PETER LAHNSTEIN

Schillers Leben

LIST VERLAG

Umschlagentwurf: Design Team, München
Umschlagbild: Ludowika Simanoviz, Schiller, Pastell- und Deckfarben, 1793
(Schiller-Nationalmuseum, Marbach)

2. Auflage 9.–12. Tausend · Januar 1982

ISBN 3-471-78024-6

Satz: Fotosatz Otto Gutfreund, Darmstadt
Druck- und Bindearbeit: May & Co, Darmstadt

INHALT

Anhang

I. HEIMATJAHRE

Eltern und Herkunft

Am 14. März 1749 reitet ein Kriegsmann durch die Gassen der kleinen Stadt Marbach am Neckar, lenkt sein Pferd zum Gasthof zum Goldenen Löwen und sitzt ab. Er ist von Borkel in Nordbrabant zehn Tage durchgeritten, kommt also weit her, und das erregt Aufsehen im Goldenen Löwen, nicht zuletzt bei der sechzehnjährigen Wirtstochter. Kommt weit her, ist aber nicht weit her; ein Hiesiger, von Bittenfeld, Waiblinger Amts, gebürtig, hat am Ort eine Schwester, andere »Geschwistrigte« in der Nähe, in Ludwigsburg, Bittenfeld, Neckarrems; heißt Johann Caspar Schiller. Er ist nicht mehr als fünfundzwanzig Jahre alt; aber wie er da in der niederen Wirtsstube steht, vierschrötig, wettergegerbt, welterfahren, wirkt er wie ein gestandener Mann und ist es auch.

Da vom späteren Vater Friedrich Schillers die Rede ist, lohnt es sich, den Lebensweg des Mannes zu skizzieren, was leicht ist, da er ein präzises »curriculum vitae meum« hinterlassen hat. Geboren am 27. Oktober 1723 in Bittenfeld als Sohn des Schultheißen Johannes Schiller und seiner Frau Eva Maria, einer geborenen Schatz aus Alfdorf. Ging frühzeitig zur Schule, bekam sogar einen Hauslehrer fürs Lateinische. Das nahm ein Ende, als der Vater starb und die Witwe mit acht unversorgten Kindern dastand; Johann Caspar knapp zehn Jahre alt. Da waren die Hoffnungen auf ein Studium oder doch wenigstens einen Schreiberdienst begraben, er mußte nun bei der Feldarbeit helfen. Aber einige Jahre später wurde es der Mutter doch möglich, der Bitte des Jungen zu entsprechen und ihn die Wundarzneikunst erlernen zu lassen. Der Fünfzehnjährige kam in die Lehre zum Klosterbarbier Fröschlin in Denkendorf; dort befand sich eine der evangelischen Klosterschulen des Landes, und in den Jahren, als Caspar Schiller dort das Rasieren und Aderlassen erlernte, wirkte dort noch Johann Albrecht Bengel, einer der machtvollen Väter des schwäbischen Pietismus. Schiller wurde bei Fröschlin freigesprochen; als dann der Prinzipal starb, blieb er noch ein halbes Jahr und führte der Witwe den Betrieb. Dann zog er weiter und blieb eine Weile beim Bader Scheffler zu Backnang in Kondition, also in der Ausbildung. Von dort begann er, »sehr mittelmäßig mit Kleidern und Wäsche versehen«, die übliche Wanderschaft, die den jungen Menschen aus dem heimatlichen Herzogtum Württemberg, nicht aber aus Schwaben hinausführt. Wir finden ihn in Lindau in Kondition bei dem Chirurgen Seeliger, und nach dessen Ableben beim Wundarzt Cramer zu Nördlingen. Er war nun zwanzig Jahre alt geworden.

Barbier, Bader, Wundarzt, Chirurg – das bedarf einer Erläuterung. Die studierten Ärzte damals befaßten sich wenig mit chirurgischen Eingriffen. Ein weites Feld war den Badern oder Barbieren überlassen, zu deren Beruf eine Art Sanitäterpraxis gehörte. Obenan in ihrer Tätigkeit stand das Aderlassen – eine in alten Zeiten ungemein verbreitete Methode, allen möglichen Leiden zu begegnen; sei es, daß man den Patienten Blutegel applizierte, sei es, daß man zum Schröpfeisen griff, um dem Opfer soundso viel Unzen Blut abzuzapfen. Darauf verstanden sich die Bader oder Barbiere und auf anderes mehr, wenn sie tüchtig waren. Übrigens sah man es den Leichensteinen nicht an, ob ein Wundarzt oder ein studierter Arzt nachgeholfen hatte, oder ob Gevatter Tod ohne sie ausgekommen war.

In der Wundarzneikunst also ist Caspar Schiller ausgebildet worden, drei Jahre Lehre, vier Jahre »in Kondition«. Über die Lehrzeit äußert er sich zornig: »ob ich zwar... auch allerhand, öfters die verächtlichsten Arbeiten verrichten mußte« – das war das alte Lied. »Alles wollte der Teufel sein, nur kein Lehrbub« hieß ein schwäbisches Sprichwort der Zeit. Aber was zu lernen war, hat sich der zielstrebige junge Mensch begierig angeeignet. Und wo immer sich Gelegenheit bot, hat er sich auch anderweitig fortgebildet. Dazu war Denkendorf besonders geeignet. Im Umgang mit den Alumnen hat er seine lateinischen Kenntnisse aufgefrischt; beim Propst Weißensee, einem Botaniker mit Apothekerneigungen, hat er manches aus der Kräuterkunde gelernt; nicht zu vergessen: Caspar Schiller hat sehr wahrscheinlich häufig Bengel predigen hören – die Wirkung auf den späteren Hausvater und damit auf den Sohn könnte beträchtlich gewesen sein. In Nördlingen fand Caspar Schiller einen guten Freund in dem Sohn seines Prinzipals, mit dem er Französisch lernte und den Fechtboden besuchte.

»1745 im September zog das in Bayern errichtete und nach Absterben des bayerischen Kaisers [Karl VII.] in holländische Dienste überlassene Graf von Frangipanische Husarenregiment nach den Niederlanden durch Nördlingen. Ich bekam Lust, unter demselben als Feldscher zu dienen, nahm meinen Abschied, ging diesem Regiment nach und holte es bei Rosenberg ein. Zwar traf ich keine ledige Stelle an, wurde aber doch en suite aufgenommen und konnte nicht allein frei bis in die Niederlande mitmarschieren, sondern auch von bezahlten Pferdrationen etwas ersparen. Den 11.

November dieses Jahres rückte das Regiment in Brüssel ein. Ich hatte damals schon so viel gelernt, daß ich einige Galanteriekuren mit gutem Erfolge vornehmen konnte, die mich unterhielten.«

Er war damals zweiundzwanzig Jahre alt. Wie ihn die Unruhe ergreift, wie er den Husaren nachzieht – es ist die Luft, die später durch *Wallensteins Lager* wehen wird. »Wohl auf, Kameraden, aufs Pferd, aufs Pferd! Ins Feld, in die Freiheit gezogen...« Den Schauplatz für Caspar Schillers Soldatenleben bilden die österreichischen Niederlande, das heutige Belgien und nördlich angrenzende Landschaften. Man ist im Erbfolgekrieg; schlägt sich mit den Franzosen. – Beim Regiment hat sich der neue Mann mit seinen »Galanteriekuren« bekannt gemacht. Also auch das hatte er gelernt, oder doch etwas davon. Die venerischen Krankheiten waren ungeheuer verbreitet. Man bekämpfte sie mit allen Mitteln, auch dem völlig sinnlosen Aderlaß; mit Arzneien und Pflastern – »Vigons Froschpflaster mit Quecksilber« und hundert anderen –, mit Bade-, Schwitz- und Räucherkuren, letztere – nach einem Lexikon der Zeit, das diesem Thema 275 dichtbedruckte Spalten widmet – »im größten Nothfalle nur bei sehr starken Naturen«. Durch solche Kuren stellte sich der junge Feldscher ganz unwillkürlich mit manchem Offizier und Wachtmeister auf vertrauten Fuß.

Caspar Schiller war zu sehr eine Soldatennatur, um sich mit dem Sanitätswesen zu begnügen. Zunächst wurde er von den Franzosen gefangen, die ihn mit anderen nach Gent führen »und alldorten auf der Hauptwache bei Wasser und Brot so lange hingehalten. bis die meisten Dienste genommen«. Die Fahne zu wechseln war damals im allgemeinen keine Schande. So nimmt auch er Dienst in dem für Frankreich kämpfenden Schweizerregiment Diesbach. Es dauert nicht lange, dann läuft er wieder den Kaiserlichen in die Hände, macht sich auf die Suche nach seinem Regiment und findet es endlich in der Gegend von Lüttich, gerade rechtzeitig zu einer »Hauptschlacht«, in der die Franzosen Sieger bleiben. Eilige Retirade, dann Winterquartier. Er erhält nun eine Planstelle als Feldscher bei der von Morgenstern'schen Eskadron. Im Frühjahr geht es wieder ins Feld. Aber der Feldscher Schiller langweilt sich – außer bei Verwundungen hat er nicht viel zu tun, das frische Husarenleben läßt Krankheiten kaum aufkommen: »Mein angeborener Hang zur immerwährenden Tätigkeit reizte mich, mir beim Regiment auszubitten, daß ich... auf Unternehmen ausreiten dürfe.« Streifzüge auf eigene Faust, den Säbel locker in der Scheide, es geht nicht ohne blutige Schrammen. »Verwundungen, entweder vom Feind oder im Zweikampf, wenn sie keinen Nachteil im

Gebrauch der Glieder verursachen, sind nicht zu achten, viel weniger, sich damit großzumachen. Wer austeilt, muß auch wieder einnehmen.« So der Vater Schiller. Der Sohn, der Dichter: »Im Felde, da ist der Mann noch was wert, da wird das Herz noch gewogen...«

Rückschauend preist der Vater sein altes Regiment »als eine vortreffliche Schule, Bravour zu lernen und auszuüben«. Der Sommer 1747 bringt Abwechslung genug nach dem Herzen dieses draufgängerischen Feldschers. Von dem von den Franzosen belagerten Bergen op Zoom schwärmen die Husaren aus und streifen in die feindlichen Linien und Verbindungswege, bringen Gefangene und Beute ein. Auch ein großer Schlag gelingt gegen einen Konvoi mit Hunderten von Pferden und Wagen. Diesmal geht es frohgemut ins Winterquartier. Von dort geleitet Caspar Schiller seinen Rittmeister nach Den Haag und anderen holländischen Städten. Das nächste Jahr bringt die Fortsetzung des für den einzelnen wagemutigen Reiter einträglichen Kleinkrieges, bis der Waffenstillstand dem ein Ende setzt. Winterquartier in Borkel. Wiederum lernt der Feldscher mit seinem Rittmeister ein Stück von der Welt kennen, von Amsterdam geht es diesmal nach London – wie gern wüßten wir genaueres von dieser Reise! Als die zwei endlich nach Borkel ins Quartier zurückkommen, erfahren sie, daß das Regiment bis auf zwei Eskadrons abgedankt werden soll. Das will Schiller nicht abwarten – »ich sehnte mich nach meinem Vaterlande« –, und er reitet also in zehn Tagen heim. (Eine schöne Leistung. Da er vermutlich den Rhein hinauf geritten ist, müßte er die Strecke von Köln bis Speyer in ungefähr sechs Tagen bewältigt haben.)

Das ist Caspar Schillers Leben bis zur Begründung eines eigenen Hausstandes. Voilà un homme! ist man versucht zu sagen. Willensstärke und Tatendrang zeichnen diesen Mann aus, sie haben auch sein Gesicht geprägt, den fest geschlossenen Mund, die tiefen Furchen über der Nasenwurzel. Ein »Aufsteiger«? Zweifellos, wiewohl er aus einer angesehenen Familie kam und es, nach äußeren Maßstäben, nicht besonders weit gebracht hat. Sein Wille voran zu kommen, war mächtig, unermüdlich aufs Lernen gerichtet, bildungshungrig, auch mit einem kräftigen Erwerbssinn. Wie muß dieser Mann gelitten haben, wenn ihn das Schicksal auf einen tristen, ruhmlosen Feldzug schickte, in eine kleinliche, öde Tätigkeit bannte, ihn um den bescheidenen Lohn für treue Dienste betrog. Im niederländischen Krieg hatte er sich austoben können auf dem galoppierenden Pferd, im Dreinschlagen, im Niederwerfen des im Anreiten rasch ins Auge gefaßten Gegners, im Beutemachen... »Was aber jeder einzelne in Gefangennehmung oder bei Totmachung seines Feindes bekam«! so steht es in seinen Lebenserinnerungen. »Drum frisch, Kameraden, den Rappen gezäumt, die Brust im Gefechte gelüftet« – für Schillers Vater ist das ein Stück Leben gewesen. Freilich: wenn ihn einer einen gewalttätigen Choleriker nennte – wer könnte da widersprechen?

Abgestiegen in Marbach im Goldenen Löwen, ist er entschlossen, sich eine bürgerliche Existenz zu gründen. Die Schwester Christine in Neckarrems meint Rat zu wissen und will ihn mit der Tochter des dortigen Chirurgus verkuppeln, damit er ins Geschäft einheiratet; aber die Sache klappt nicht, das Mädchen ist schon einem anderen versprochen. Kein Grund, ihr und der schönen Gelegenheit nachzutrauern. Caspar Schiller heiratet am 22. Juli 1749 die einzige Tochter des als wohlhabend geltenden Goldenenlöwenwirts, Elisabetha Dorothea Kodweiß; sie ist sechzehn Jahre alt. Zuvor war er in Ludwigsburg examiniert, seine Wundarzneikunst für gut befunden worden. Er läßt sich als Wundarzt in Marbach nieder und wird Bürger dieser Stadt.

Es entspricht dem Charakter der Zeit, dem Charakter ihrer Gesellschaft, daß es von Friedrich Schillers Vater viel, von seiner Mutter wenig zu berichten gibt. Freilich, als der Sohn berühmt wurde, was die Eltern erlebt haben, wandte sich die Aufmerksamkeit gebildeter Zeitgenossen ihnen beiden zu; über die Dichtereltern in ihren alten Jahren auf der Solitude sind wir gut unterrichtet. Von der Mutter weiß man, daß sie eine frohe, gütige Frau gewesen ist, für die Kinder und besonders den Sohn eine Quelle der Wärme in einer Familie, wo der über so viele Jahre unverdient in eine stupide Tätigkeit gebannte Mann, um sein bescheidenes Vermögen betrogen, lange Zeit um sein Gehalt gebracht, oft ein harter und cholerischer Vater gewesen ist. Aufgewachsen in einem Wirtshaus, war sie von heiterer Geselligkeit, hatte gern Gäste um sich. Bei allem milieu- und zeitgemäßen Gehorsam hat sie ihre Persönlichkeit neben dem starken und schwierigen Mann bewahrt, auch die Kraft besessen, Geheimnisse vor ihm zu hüten. Sie ist, dies nebenbei gesagt, Goethes Mutter ähnlich gewesen, »Frohnatur und Lust zu fabulieren«, wenn auch von schlichterem Gemüt; aber kann man sich gegensätzlichere Naturen vorstellen als die Väter? Hier der kraftvolle, rastlos tätige Mann, dort der versponnene, tatenscheue, grämliche Sonderling... Schillers Mutter ist eine tief religiöse Frau gewesen, und das in Übereinstimmung mit ihrem Mann. Ihr Christenglaube hat etwas Schwärmerisches, von Anschauung und

Phantasie gleichermaßen genährt; sie konnte den Kindern einen Hügel, eine Talaue zum Schauplatz biblischer Erzählungen machen. Des Vaters Christentum ist von rigoroser Art, sein Gott ist der allmächtige Vater und der allwissende Richter. Der Geist des schwäbischen Pietismus dürfte, in unterschiedlicher Weise, in beiden Eltern wirksam gewesen sein.

Von beiden Seiten ist Friedrich Schiller schwäbischer Herkunft. Die Vorfahren saßen zumeist im unteren Remstal und am Neckar bei Marbach. In der Mitte liegt Waiblingen (das Städtchen, nach dem sich in der Stauferzeit die dem Reich verbundenen Italiener Ghibellinen nannten). Als Wiege des väterlichen Stamms, der Schiller, kann Grunbach im Remstal gelten, ein ansehnliches Dorf mit viel Weinbau, ungefähr halbwegs zwischen Schorndorf und Waiblingen. Hier kann man die Schiller bis ins 14. Jahrhundert zurückverfolgen, Handwerker und Weingärtner, begüterte Leute. Später findet man die Familie remsabwärts, in Neustadt und Bittenfeld, beide im Waiblinger Amt. Es müssen durchweg »rechte Leut« gewesen sein, wie man dort sagt; immer wieder treten Ehrenämter neben den Beruf, »mit der Einziehung der Türkensteuer beauftragt«, Gerichtsverwandter, Schultheiß. Unter des Dichters nächsten Vorfahren fallen die Bäcker auf; Bäcker war der Großvater väterlicherseits, Bäcker und Schultheiß zu Bittenfeld, und dessen Vater war gleichfalls Bäcker, dazu Gerichtsverwandter; Bäcker auch der Großvater mütterlicherseits, der Wirt zum Goldenen Löwen in Marbach. Schillers Mutter, als sie verwitwet bei ihrem Schwiegersohn, dem Pfarrer Frankh in Cleversulzbach lebte, hat sich dort gern im Beckenhaus aufgehalten – der Geruch der Backstube brachte ihr die Kindheit zurück. Verfolgt man die Herkunft der Mutter, so gerät man in das Geflecht der Ehrbarkeit, Professoren und Prälaten; woraus sich eine entfernte Vetterschaft Schillers mit anderen Geistesgrößen des Landes, darunter Hegel, ergibt.

Des Vaters Mutter kam von Alfdorf, »freiherrlich vom Holtzischer Herrschaft«, einem großen Pfarrdorf auf dem Welzheimer Wald, ein bis zwei Wegstunden über dem Remstal; der Mutter Mutter war eine Bauerntochter vom Röhracher Hof bei Rietenau. Während alle sonst genannten Ahnen-Orte eindeutig im schwäbischen Stammesbereich liegen (das heißt, nach dem allein zuverlässigen Unterscheidungsmerkmal: im Bereich der schwäbischen Mundart), liegt der Heimatort der Großmutter mütterlicherseits, Rietenau, knapp jenseits der Dialektgrenze, im Fränkischen.

Mit dieser geringfügigen Einschränkung war Schiller seiner Herkunft nach ein Schwabe durchaus; ausgewiesen durch seine Mundart, die ihm sein Leben lang anhaftete. Soll, darf, kann man aus seinem Charakter »Stammeseigenschaften« ablesen? Ganz abgesehen davon, daß das Genie natürlicherweise etwas Anomales ist, sollte man im Aufsuchen von Stammesmerkmalen Vorsicht walten lassen, da hier das Finden und das Erfinden nahe beieinander liegen. Selbst Josef Nadler, der in dieser Hinsicht ziemlich viel gewagt hat, bemerkt bezüglich der Schwaben (der Neckarschwaben) zutreffend: »... es ist der Staat, der dieses Volk zu seiner wundervollen geistigen Geschlossenheit ausgeformt hat.« So sei zum Thema »Stammeseigenschaften« nur angemerkt, daß poetisches und philosophisches Genie bei denjenigen Schwaben, die durch das württembergische Staatswesen geformt sind, häufiger vorkommt als bei anderen Deutschen. Man kann noch im Blick auf eine fränkische Großmutter und die dem Fränkischen nahe lebenden schwäbischen Vorfahren hinzufügen, daß das Bedürfnis, sich mitzuteilen, eine unbestreitbare fränkische Stammesmerkwürdigkeit ist.

Zurückhaltung also ist geboten, wenn man in Friedrich Schiller Eigenschaften des Volksstamms entdecken will, aus dem er kommt. Für die Ausprägung der geistigen Bedingungen, unter denen er ins Leben trat und wuchs, ist jedoch der Charakter seines Heimatstaats von hoher Bedeutung. Dieses württembergische Staatswesen hat die Ideale und Verhaltensmuster von Schillers Vorfahren durch Generationen unverwechselbar bestimmt und ihn selbst bis ins dreiundzwanzigste Lebensjahr so tief geprägt, daß er diese Art so wenig abgelegt hat wie seinen Dialekt.

Die Grafschaft Württemberg hatte sich aus dem Zerfall des staufischen Besitzes heraus gebildet; weniger durch Eroberungen als durch folgerichtiges, zielstrebiges und sparsames Wirtschaften war das anfangs bescheidene, im Remstal und am mittleren Neckar gelegene Ländchen derart gemehrt und arrondiert worden, daß es am Ausgang des Mittelalters das größte Territorium zwischen der Kurpfalz und Bayern bildete; die Verleihung der Herzogswürde an Eberhard im Bart durch Kaiser Maximilian I. war nur noch die äußere Anerkennung des vom Hause Württemberg längst erlangten Gewichts. In der ersten Hälfte des 16. Jahrhunderts hat dann dieser Staat seinen eigentümlichen, in gewissem Sinn einzigartigen Charakter erhalten. Herzog Ulrich, ein unruhiger, düsterer Mann, war hoher Schulden wegen und von den aufständischen Bauern bedrängt, genötigt, mit seinen kirchlichen und bürgerlichen Ständen den Tübinger Vertrag zu schließen, der als Württembergs

Grundgesetz fast dreihundert Jahre (zufällig bis in Schillers Todesjahr) gegolten hat. Dieser Vertrag garantierte den Ständen, unter denen der Adel übrigens nicht vertreten war, in wichtigen Fragen, wie Kriegserklärungen und Einführung neuer Steuern, das Bewilligungsrecht; außerdem gewährte der Vertrag allen Bürgern gewisse Grundrechte, ein *habeas corpus* und das Recht auf »freien Zug« (Auswanderung).

Unter dem gleichen Herzog Ulrich hat sich Württemberg der Reformation angeschlossen. Daß Staat und Volk lutherisch wurden, geschah in dem Sturm, der durch Deutschland fuhr, war also nichts Ungewöhnliches. Außergewöhnlich war jedoch die Gründlichkeit, mit der die unter Ulrichs wohlgeratenem Sohn Christoph eingeführte Kirchen- und Schulordnung das neue Bekenntnis wie einen *rocher de bronce* im Leben jeden Württembergers begründete. Auf dem Grunde eines sorgsam geklärten Glaubensbekenntnisses wurde das solide, auch finanziell wohlabgesicherte Gebäude der Landeskirche errichtet; es wurden in aufgehobenen Klöstern Schulen eingerichtet, die den geistlichen Nachwuchs für das Studium im Tübinger Stift vorbereiteten, das Stift selbst für seine neue Bestimmung neu begründet; zugleich wurde unter Christoph dem allgemeinen deutschen und lateinischen Schulwesen solche Aufmerksamkeit zugewendet, daß bald das ganze Volk in den Stand gesetzt war, Bibel, Katechismus und Gesangbuch zu lesen. Nur die allerschwersten Kriegszerrüttungen der Folgezeit haben diesem Bildungsstand zeitweilig Abbruch getan. Die äußeren und inneren Verwüstungen des Dreißigjährigen Krieges haben zur Einführung der Kirchenkonvente geführt, geistlich-weltlicher Gerichte, die – auch wenn sie in der Praxis vor allem dem Schutz der Sonntagsheiligung dienten – weithin als Sittengerichte das Privatleben überwachten; der Inquisition vergleichbar, wenn auch ohne deren schärfste Zuchtmittel. »Das lutherische Spanien« wurde Württemberg bisweilen genannt. – Es lag zum Teil in der sehr weit getriebenen Integration der Kirche in den Staat begründet, wenn der Pietismus in Württemberg Wurzeln schlug und mächtig aufblühte. Die Menschen suchten in pietistischen Zirkeln, in der »Stund« die Wärme, die sie in der Staatskirche vermißten; Wärme, auch eine Art Freiheit. Wichtig ist, daß trotz aller Gegensätze der Sauerteig des Pietismus in Württemberg doch den ganzen Teig der Kirche durchwirkt hat und nicht auf separate Zellen beschränkt blieb.

So ist Schillers Heimatstaat in seiner Struktur und seinem Geist durch starke Eigentümlichkeiten ausgezeichnet. Der Tübinger Vertrag, auch wenn man alle lobpreisenden Übertreibungen beiseite läßt, enthält einen Kern von Demokratie und Rechtsstaatlichkeit. Für jene bürgerliche Oberschicht des Landes, die sich in die einflußreichsten ständischen Ämter und in die ergiebigsten Pfründen zu teilen pflegte, alle miteinander versippt und verschwägert, für diese »Ehrbarkeit« war Männerstolz vor Fürstenthronen eine von ihrem Grundgesetz vorgezeichnete Haltung. Freilich, nur wenige, wie der Landschaftskonsulent Moser, vermochten eine solche Haltung unter den härtesten Proben zu bewahren; aber sie war gesetzmäßig und galt als vorbildlich. – Das unter Christoph eingeführte Schulwesen hatte einen nicht zu übersehenden sozialen Zug. Die Aufnahme in den Klosterschulen, der Aufstieg ins Stift und von dort der Zugang zu den Ämtern war allein abhängig von den Prüfungen; und was immer man von der dorthin führenden geistigen Dressur, dem Übergewicht der alten Sprachen halten mag – Teilnahme und Ergebnis waren gänzlich unabhängig vom Rang und Geldbeutel des Vaters. Auf diesem Weg ist der Ehrbarkeit doch immer wieder frisches Blut aus dem Volk zugeführt worden.

Auf die Bibel gegründete, aus der Bibel gespeiste Frömmigkeit, feste Kirchenordnung und penetrante Kirchenzucht haben das Leben der Württemberger in hohem Maße bestimmt; Fleiß, Sparsamkeit, dazu ein Erwerbssinn, der Gewinne in protestantischem Geist als Gnadenbeweise empfand. Inmitten eines solchen Volkes mußte der Hof in dem sich wandelnden Gusto von Renaissance, Barock, Régence und Rokoko – sein Glanz hat im 18. Jahrhundert zeitweilig in der Residenz Ludwigsburg einen blendenden Spiegel gefunden – fast wie ein Fremdkörper wirken; und er wurde in der Tat von manchem Stillen im Lande als eine Provokation empfunden, von einzelnen geradezu als eine Geißel Gottes. Dabei darf man nicht aus dem Auge verlieren, daß sie kritische Haltung gegenüber Herrscher und Hof am häufigsten bei der durch den Tübinger Vertrag, ihr altes gutes Recht, faktisch privilegierten Ehrbarkeit zu finden war. Die kleinen Leute, die Handwerker, denen der höfische Luxus reichlich Aufträge einbrachte (und Anregung, Geschmacksverfeinerung dazu) sahen dem Hofleben gelassener zu. Die Bauern waren verbittert über die maßlose Wildhege und die schlimmen Jagdschäden und dankbar, wenn diesen Übeln durch Anlage von Wildparks und »Tiergärten« gesteuert wurde. Die Anhänglichkeit an das angestammte Fürstenhaus war beim einfachen Volk tief verwurzelt; wo sich die Herrschaft hart und böse zeigte, nahm man es als Gottes Fügung hin. Aber in der bürgerlichen Oberschicht war der untertänigste Gehorsam gegen den Fürsten kritisch durchsäuert und konstitutionell begrenzt.

So war dieses Staatswesen beschaffen, so waren die Württemberger. Das war die Lebenssphäre von Schillers Ahnen, von seinen Eltern. Dieses ausgeprägte Wesen war in seinem Vater auf eine sehr männliche, in seiner Mutter auf eine sehr weibliche Art verkörpert.

Als sich Caspar Schiller als Wundarzt und Bürger in Marbach niederließ, konnte er glauben, er sei zur Ruhe gekommen, und seine junge Frau war's zufrieden. Dieses Leben ging so vier Jahre hin. Zwei Kinder kamen zur Welt und verließen sie; in des Vaters späterem curriculum vitae sind sie nicht erwähnt. Im vierten Jahr braute sich in der Familie ein anderes Unglück zusammen. Der Schwiegervater machte Konkurs. Der Fall lag nicht in dem Betrieb von Bäckerei, Gastwirtschaft und Landwirtschaft begründet, sondern darin, daß Kodweiß sich in die Neckarflößerei eingelassen und als bestallter Holzinspektor so unglücklich gewirtschaftet hatte, daß er mit seinem Vermögen für das Defizit der Holzrechnung aufkommen mußte; um das Unglück hintanzuhalten, hatte er noch fremde Gelder geborgt, darunter auch Caspar Schillers kleines Vermögen – am Ende ging alles verloren. Der Schwiegersohn bewahrte sich zwar einen Rest dadurch, daß er dem Wirt die Hälfte seines Hauses abkaufte und an der Kaufsumme sein Eingebrachtes abzog. »Um aber auch der Schande des Zerfalls eines so beträchtlich geschiedenen Vermögens auszuweichen, trachtete ich von Marbach ganz hinwegzukommen.« Caspar Schiller wird wieder Soldat.

Diesmal nahm er Dienst bei seinem »gnädigsten Landesherrn« Herzog Carl Eugen, von dem im nächsten Kapitel die Rede sein wird, denn dieser Fürst ist zehn Jahre lang Friedrich Schillers anderer Vater gewesen. Sein Verhalten gegen Caspar Schiller, der mit nicht ganz dreißig Jahren in seinen Dienst trat, läßt sich auf eine kurze Formel bringen: er läßt den wackeren Mann nach und nach avancieren, bleibt ihm aber in skandalöser Weise über viele Jahre das Gehalt schuldig; als aber der alte Schiller in ödem Dienst und Verbitterung fast grau geworden ist, betraut er ihn, von dessen Neigung zur Baumzucht längst unterrichtet, mit der Leitung der Forstschule auf der Solitude; setzt ihn also genau an die Stelle, an der dieser Mann die Erfüllung seines Lebens findet und zugleich dem Staat den höchsten Nutzen bringt.

Dreiundzwanzig Jahre hat Caspar Schiller im württembergischen Militär gedient, und das ist für ihn in Krieg und Frieden eine erbärmliche Zeit gewesen. Über die Württemberger, die in den Siebenjährigen Krieg mußten (teils als gegen Hilfsgelder zur Verfügung Frankreichs gestellte, teils als Reichstruppen) nur einige

Anmerkungen, um Friedrich Schillers Vater zu charakterisieren. Der Abmarsch von 6000 Mann zum schlesischen Kriegsschauplatz, Sommer 1757, vollzog ich unter ziemlich einzigartigen Umständen. Die Unlust der großenteils erst kurz zuvor brutal gepreßten Soldaten, gegen Friedrich ins Feld zu ziehen, das Gerücht, dies sei ein Glaubenskrieg gegen die protestantische Vormacht, die einhellige Abneigung des Volkes, auch der Stände, gegen eine Beteiligung des Landes, führte zu einem massenhaften Desertieren, dem die militärische Führung mit Leibes- und Lebensstrafen und zuletzt mit einem aus Ohnmacht resultierenden Generalpardon zu begegnen suchte. Schiller, damals Fähnrich und Adjutant, erweist sich noch im Rückblick als ein Mann, der seinem Fahneneid unter allen und auch unter diesen Umständen gehorsam bleibt. Der Marsch ging über Geislingen nach Günzburg, auf der Donau bis Linz, dann durch Böhmen nach Schlesien. Nach kleinen Erfolgen gerieten die Württemberger, von dem Generalfeldzeugmeister v. Spitznas kommandiert, in die Schlacht bei Leuthen, in der Friedrich in Person die Preußen anführte. Der erste Angriff traf die gänzlich kampfunlustigen Württemberger, die sofort ausrissen und den ganzen linken Flügel der Kaiserlichen durcheinander brachten. Bei der langen und eiligen Retirade verlor Caspar Schiller sein Pferd, kam in einem Morast schier ums Leben; endlich »traurig in die Winterquartiere nach Böhmen«. Es war längst Winter. Kaum die Hälfte des Regiments war noch beieinander. Nun brach eine Seuche aus, »ein bösartiges Faulfieber«, das unter den Übriggebliebenen aufräumte, auch die Feldschere nicht verschonte, so daß in Schillers Standquartier die Kranken gänzlich hilflos zu werden drohten.

Die Feldlazarette in den Kriegen jener Zeit waren meistens miserabel geführt und versehen. Sie konnten – wenn die Krankensäle wie Latrinen stanken, die letzten Wärter sich aus Furcht vor Ansteckung permanent besoffen, die Toten zwischen den Kranken liegenblieben – wahre Vorhöllen darstellen. »Aus dem Lazarett in Saaz sind manchen Tag fünfzehn bis zwanzig Tote auf Wagen ausgeführt und ohne Bahren zusammen in große Gruben verscharrt worden.« In diesem Elend steht Caspar Schiller seinen Mann, und das ist ein Mut, anders als der in seinem Husaren-Räuberleben bewiesene. Er wird wieder zum Feldscher, hilft unermüdlich; stellt sich auch mitten im Krankensaal auf, betet mit lauter Stimme oder stimmt ein geistliches Lied an.

Im Frühjahr zog der Rest des Korps in die Heimat zurück; von 6000 waren 1900 übriggeblieben. Noch dreimal mußten die Württemberger ins Feld in diesem Kriege; im Sommer dieses Jahres

1758, im Herbst 1759, im Sommer 1760; dazwischen wurde das Kontingent immer wieder zurückgeführt. Caspar Schiller war also nicht ständig seiner Familie fern; die Standorte während der Feldzugspausen waren von Marbach nicht weit abgelegen.

Denn von Marbach »ganz hinweggekommen« war Caspar Schiller einstweilen nicht. Bis zum Jahr 1756 wohnte das junge Paar im »Goldenen Löwen«. Dann zog man für drei Jahre in der Nachbarschaft ins Beck-Schmid'sche Haus; 1759 mietete Caspar Schiller das Erdgeschoß im Haus des Secklers Schöllkopf, wenig oberhalb, wo sich die ansteigende Gasse ein wenig weitet und wo der Röhrbrunnen mit dem Wilden Mann steht. Das Niklastor, nach dem diese Gasse benannt ist, steht nicht mehr. Sonst ist alles ziemlich wohl erhalten.

Am 4. September 1757, während der Mann auf dem Marsch nach Schlesien war, hatte seine Frau das erste Kind zur Welt gebracht, das am Leben blieb, das erste von vieren: die Tochter Christophine. Bei der nächsten Schwangerschaft im Jahr 1759 wurde für die kleine Familie die Erdgeschoßwohnung im Schöllkopfschen Haus gemietet. Der Mann war damals in Steinheim an der Murr stationiert, ziemlich in der Nähe, hatte also Gelegenheit, nach der Frau und dem Töchterlein zu sehen. Im Spätsommer bezog sein Regiment, um sich in Marschbereitschaft zu setzen, ein Lager bei Ludwigsburg. Ende Oktober hat Dorothea Schiller ihren Mann dort besucht, und beinahe wäre das Kind hier, im Leutnantszelt, zur Welt gekommen. Aber die Wehen beruhigen sich. Am 10. November, einem Samstag, bringt sie in dem gegen die Gasse gelegenen Zimmer ihres neuen Quartiers den Sohn zur Welt, der am Tag darauf auf die Namen Johann Christoph Friedrich getauft wird; Friedrich, Fritz soll er gerufen werden. Sicherlich hatten sich die Gatten, so kurz vor der Niederkunft noch beisammen, auf die Namen, Bub wie Mädchen, geeinigt. Da scheint es mir von Bedeutung, daß dieser Offizier, eben im Begriff, wiederum gegen Friedrich ins Feld zu ziehen – »Friedrich der Einzige« wurde er im protestantischen Deutschland, bis ins Elsaß hinein, damals genannt – seinem erwarteten Sohn den Namen des großen Feindes zugedacht hat. Caspar Schiller hatte bewiesen, daß er seinem Fahneneid getreu in diesem widerwärtigen Krieg seine Pflicht tat, als Soldat und brav. Aber niemand konnte ihm verbieten, den ersehnten Sohn Friedrich zu nennen. Die Gedanken sind frei.

Friedrich Schillers Geburtshaus ist erhalten geblieben, es wurde ziemlich frühzeitig Gegenstand ehrfürchtiger Aufmerksamkeit.

Sieben Jahre nach des Dichters Tod hat ein Zugereister, ein gebürtiger Sachse, zur Feststellung des Geburtshauses und zur Fixierung einschlägiger Erinnerungen ein oberamtliches Protokoll angeregt, für das ihm die Nachwelt zu danken hat; wir wüßten sonst über Schillers frühe Kindheit noch weniger, als wir wirklich wissen, und man wäre vielleicht auch über die Geburtsstätte im unklaren. Fünfunddreißig Jahre später, 1857, hat der inzwischen gegründete Marbacher Schillerverein das Haus gekauft. Kurz zuvor hat ein gewisser Joseph Rank das Haus besucht:

»Schillers Geburtshaus ist von einem Bäcker bewohnt; dieses kündet schon von weitem das Brett mit Broten vor einem der Fenster an. Die Straßenseite des Hauses hat zu ebener Erde und im ersten Stock nur je drei Fenster; grüne morsche Läden schließen die Fenster des ersten Stockes wie schläfrige Augenlider. Der Eingang in das Haus ist an der Ostseite, der Blick des Fremden fällt, indem er sich der Tür nähert, auf allerlei Wirtschaftsgerümpel und alte Gebäulichkeiten. Ich trat eines schönen Sommertags durch die niedere Haustür in eine kleine verrauchte Vorhalle, Kinder sprangen und riefen da um eine kränkliche hagere Mutter, am Herde innerhalb eines Verschlags brannte ein bescheidenes Feuer und daneben holte der junge blühende Bäcker Brot aus dem Ofen, das er, unterstützt von einem Jungen, nach der Stube trug. Dahin folgte ich ihm über zwei hölzerne Stufen, nachdem wir gegenseitig freundliche Grüße ausgetauscht.

Wie klein und drückend, wie rührend schlicht war dieses Stübchen wieder! Ein großer Kachelofen verengt den ohnehin so knapp zugemessenen Raum noch mehr, dazu kommt ein Treppenverschlag, Wandbänke und ein unverhältnismäßig großer Tisch, so daß wenig Raum zum hin- und herbewegen übrig bleibt. Als ich eintrat, lehnten auf den Wandbänken ringsum große Laibe Brot; eine Heerschar von Fliegen schwärmte in der geheizten Stube durcheinander. Ich fragte nach Reliquien und Merkwürdigkeiten des Hauses; der Bäcker zeigte in der Stube herum und sagte: ›Ja, das ist alles.‹ Dann legte er mir das ›Schilleralbum‹ auf den Tisch, damit ich meinen Namen einzeichnen möge. Aus Schillers Zeiten ist auch kein Restchen Einrichtung mehr da. Eine kleine schwarze Büste Schillers ziert einen Wandwinkel der Stube.«

Nicht ahnungslos und nicht ohne Pietät war also das Haus bewohnt, bevor es der Schillerverein in seine Obhut nahm. Das Haus hat Atmosphäre, rührt den nachdenklichen Besucher auch heute noch, rührt ihn an: die niedere Stube, in der das Kind zur Welt kam; die kleine Sammlung im Oberstock – Verlobungsring,

Schnupftabakdose, Federmesser, der schwarzlederne Reisehut, der gelblichweiße Kindersonntagsanzug, zierliches Kittelchen und lange Hosen. – Als seltenen Glücksumstand empfindet man ums Haus den altertümlichen Zustand der ganzen Gasse; wie überhaupt die alte Stadt hoch über dem Neckartal in ihrem weithin erhaltenen Mauerring ein schönes Bild bietet.

Frühe Kinderjahre

Für die junge Mutter mag es eine schwere Zeit, ein trüber Winter gewesen sein. Kaum zwei Wochen vor der Niederkunft war der Mann wieder ins Feld gezogen, und nach den seitherigen Erfahrungen in diesem Krieg war nichts Gutes zu erwarten, das Wiedersehen ungewiß genug. Christophine, die sehr alt geworden ist, führt die schwächere Konstitution, die Krankheitsanfälligkeit des Bruders auf die Traurigkeit der Mutter zurück, in der sie den Sohn geboren und genährt hat. Freilich, allein und verlassen brauchte sie sich nicht zu fühlen, hatte ihre Sippe um sich, Vater und Mutter. Aber viel Trost war da nicht. Der einst reiche und stolze Wirt zum Goldenen Löwen wohnte in der Nachbarschaft kümmerlich zur Miete und durfte gnadenhalber ein städtisches Ämtlein versehen, als Torwächter.

Das »Schillerhaus« zu Marbach ist nicht die Stätte eines regelrechten Familienlebens gewesen. Der Vater, inzwischen Hauptmann – und seine Frau, das Dorle, im Städtchen die Hauptmännin – kam nur auf Besuch, Tage, bestenfalls Wochen. Bis Ende des Siebenjährigen Kriegs reist ihrerseit die Frau des öfteren in die Winterquartiere des Regiments, nach Würzburg, nach Cannstatt, nach Stuttgart und, für längere Zeit, nach Ludwigsburg. Von dem heranwachsenden kleinen Sohn wissen wir aus jenen Jahren so gut wie nichts. Unter den anno 1812 zu Protokoll gehörten Marbachern haben sich etliche an den Fritz erinnert. Rote Haar habe er gehabt und Roßmucken... Einer habe der Hauptmännin das Wasser ins Haus getragen; der Brunnen war nicht weit.

Der Aufenthalt in Marbach, für die Mutter die vertraute Heimat, aber kein rechter Platz für die junge Familie, und beiden Eltern durch das Fallissement des Löwenwirts verleidet, nahm ein Ende, als Hauptmann Schiller zum Werbeoffizier ernannt und in die Reichsstadt Schwäbisch Gmünd versetzt wurde. Der Siebenjährige Krieg war 1763 beendet worden. An Weihnachten dieses Jahres ging Caspar Schiller nach Gmünd. Frau und Kinder folgten ihm nach. Da sich das Leben in der ansehnlichen, lebensfrohen katholischen Stadt als unerwartet teuer erweist, zieht man alsbald in den nächstgelegenen württembergischen Ort, nach Lorch. Der kleine Fritz ist vier Jahre alt, als sich die Familie dort niederläßt, und er ist sieben, als man weiterzieht. Lorch ist also der Ort, an dem dieses Kind zum vollen Bewußtsein erwacht, die Umgebung wahrnimmt, den ersten Unterricht erhält.

Lorch war damals ein ansehnliches Dorf (zur Stadt ist es erst hundert Jahre später gemacht worden). Die Lage im Remstal, durch sanfte, dicht bewaldete Höhenzüge eingeengt, ist schön, war für empfindsame Gemüter idyllisch. Stattlich das Dorf, um eine geräumige gotische Kirche geschart. Auf einer von Obstgärten und Wäldern umkränzten Kuppe steht das befestigte, großenteils erhaltene Kloster mit der romanisch-gotischen Kirche und Eichenfachwerkbauten, in denen sich damals Kanzleien und Wohnungen befanden; unter dem Chor der Kirche die Grablegen von Männern und Frauen aus dem staufischen Hause, bekannt allein die Kaiserin Irene – die Ruhe der Gräber ist allerdings im Bauernkrieg gröblich gestört worden. Lorch ist eingefaßt von Einnerungsstätten der Stauferzeit. Rechts der Rems der Klosterberg; links zieht der Asrücken (so benannt nach den Asen, den alten Göttern des Nordens) vom Rechberg zum Hohenstaufen. Zwischen Lorch und dem Hohenstaufen (ein Spaziergang) steht das Wäscherschlößle, das zwar nicht, wie zeitweilig vermutet, der Ursitz des späteren Kaisergeschlechtes ist, aber doch eine gut erhaltene kleine Burg aus jener Zeit; während von der Stammburg auf dem schön aufschwingenden Berg nahezu nichts geblieben ist, nachdem sie, von den stürmischen Bauern aufgeknackt und verwüstet, durch Generationen den umliegenden Orten als Steinbruch gedient hat. Remsabwärts erhebt sich der Elisabethenberg, der gleichfalls eine staufische Burg trug, in die sich gern die Frauen des Hauses zur Niederkunft zurückzogen; Reste der Burg sind in Scheunen und Ställe vermauert. Und remsaufwärts liegt Gmünd, eine der frühen Stauferstädte, darin die rätselhaft geschmückte Johanneskirche als ältestes Zeugnis jener Zeit. – Hauptmann Schiller, belesen, auch in vaterländischer Geschichte bewandert, hat den Sohn auf Spaziergängen mit den ehrwürdigen Spuren einer in ferner Dämmerung großen Geschichte vertraut gemacht. Friedrich Schiller hat später wiederholt die Absicht geäußert, ein Konradin-Drama zu schreiben; was er mit hundert Kameraden aus Generationen württembergischer Gymnasiasten gemein hat.

Werbeoffizier. Gerade gewachsene Kerls ansprechen, sie

beschwatzen, Handgeld bieten, sie dahin bringen, sich unterschriftlich zu verpflichten; am Ende für ihren sicheren Abtransport und ihre Ablieferung Sorge tragen. Es war ein Geschäft, das im 18. Jahrhundert blühte, im Reich besonders von den Preußen, den Kaiserlichen und den Dänen betrieben. Bei Licht besehen unwürdig genug, auch wenn es in der Regel nicht so heimtückisch und kriminell betrieben wurde, wir die Manier war, auf die vielfach die Engländer ihre Schiffsmannschaften auffüllten. Oft waren die Werbelokale Rekrutierungsbureau, Kneipe und Bordell in einem. Die Offiziere, auch wenn sie für die unteren Praktiken ihre Leute hatten, mußten mit einer elastischen Standesehre leben. Aber hätte der Major von Tellheim von seinem König den Befehl dazu erhalten, er hätte daran gemußt. – Für den Kaiser oder den König von Preußen die Waffe zu führen, das ging schließlich noch an; da glomm hinter den Phrasen des Werbeoffiziers noch etwas wie ein heller Schein. Aber für den Herzog von Württemberg? Und das gleich nach dem Siebenjährigen Krieg, in dem die Württemberger, aus welchen Gründen immer, eine miserable Figur gemacht hatten? Die dem Hauptmann Schiller zugewiesene Aufgabe war erbärmlich und vertrackt dazu. Es existiert eine sechs Seiten lange, vom Herzog unterschriebene Instruktion für ihn. Darin heißt es unter Ziffer 1) »Solle selbiger mit denen ihm zugegebenen Unterofficiers allen menschenmöglichen Fleiß und Mühe anwenden, auch seine einzige Sorgfalt dahin richten, die Werbung mit aller Lebhaftigkeit und ohnermüdetem Eifer zu betreiben, dabey aber keine unnöthige Kosten aufzuwenden, sondern so gut als möglich auf die Menage Bedacht zu nehmen«. Der Sohn Fritz wurde öfters mitgenommen in die alte Reichsstadt, wo der Vater seine Dienstgeschäfte abzuwickeln hatte. Eine merkwürdige Erinnerung verdanken wir dem ungestümen alten Demokraten Johannes Scherr:

»Ich habe in meinen Schuljahren einen Gmünder Greis gekannt, welcher, sobald in seiner Gegenwart von Schiller die Rede war, aus der hypochondrischen Verdüsterung seines Alters aufglühte und dann schimmernden Auges erzählte, daß er manches liebe Mal vor dem Gasthof zum Ritter St. Jörg am Marktplatz mit dem Fritzle Schiller Marbel gespielt habe, während der Herr Hauptmann Schiller, ein ›merkwürdig serieuser Mann‹, drinnen im Hause seine Geschäfte abmachte.« Ein merkwürdig seriöser Mann als Werbeoffizier – auch das ist vorgekommen. In den Auftritt des Werbers in Wallensteins Lager mag etwas von den Erzählungen des Vater eingegangen sein; am Ende sogar eigene Eindrücke aus der Kindheit? Unwahrscheinlich, aber nicht ganz auszuschließen.

Ob der Hauptmann Schiller von Anfang an empfunden hat, wie unwürdig dieses Werbegeschäft im Grunde war, mag dahingestellt bleiben. Als er später erfahren mußte, daß die von ihm geworbenen Männer nach Holland verkauft wurden, wird es bitter in ihm aufgestiegen sein. Fest steht, daß ihn diese Arbeit nicht ausgefüllt hat. Schon bevor er nach Lorch kam, hatte er sich in der Langeweile der Winterquartiere ernstlich an mathematische und ökonomische Studien gemacht. Anregung, wohl auch Bücher, hatte er von einem nahen Vetter Johann Friedrich Schiller empfangen, der von der Universität Halle in die Heimat zurückgekehrt war. Er war auch einer von des Dichters Taufpaten. Eine merkwürdige Randfigur, dieser Vetter! Ein guter Kopf, aber ein zwielichtiger Geselle, prahlerisch, geheimnisvoll tuend, spielt den fürstlichen Geheimagenten und ist es wohl gelegentlich gewesen. Später lebt er in London, wo Körner ihn einmal aufgesucht und in einer schauderhaften Junggesellenwirtschaft mit elf Katzen angetroffen hat. Er war ein sonderbarer Mensch und dunkler Ehrenmann, hat aber eine Reihe englischer Bücher ins Deutsche übersetzt, darunter das von Adam Smith über die Ursachen der Nationalreichtümer. Auf Caspar Schiller hat dieser einzige Studierte in der Verwandtschaft nachhaltig gewirkt. Aus dem Studium erwächst bei diesem immer tätigen Mann die Lust zur eigenen Produktion. In den Lorcher Jahren schreibt er »Ökonomische Beiträge zur Verbesserung des bürgerlichen Wohlstands – Betrachtungen über landwirtschaftliche Dinge in dem Herzogtum Wirtemberg, aufgesetzt von einem herzoglichen Offizier«.

Daß sich der Hauptmann für den allgemeinen Wohlstand den Kopf zerbrach, war um so anerkennenswerter, als es um seinen eigenen Wohlstand traurig genug bestellt war, und das wahrlich nicht durch eigene Schuld. Es scheint unglaublich, ist aber sicher verbürgt: In diesen drei Jahren seiner Werbeoffizierstätigkeit hat Hauptmann Schiller überhaupt kein Geld, weder Gehalt noch Diäten erhalten. Ebenso erging es den beiden ihm unterstellten Unteroffizieren, die übrigens am Tisch des Hauptmanns verköstigt werden mußten. Um leben zu können, war man gezwungen, den letzten dürftigen Besitz, einen kleinen Weinberg in Marbach, kurz vor der Lese mit Schaden zu verkaufen; vom Erlös wurde noch ein Teil von den Behörden einbehalten. Eine Beschwerde beim Landesherrn, mit finanzwissenschaftlicher Akribie aufgesetzt, wurde ablehnend beschieden. In welche Gemütsverfassung mag dieser redliche, tüchtige, dabei cholerische Mann immer wieder geraten sein – die Frau hat es ihr Leben lang nicht leicht mit ihm gehabt.

Man hatte sich in Lorch zunächst im Gasthof zur Sonne eingerichtet. Dann fand sich eine Wohnung im Haus des Schmieds Molt, an dem, damals, der Götzenbach vorbeifloß; hinter dem Haus ein großer Grasgarten. Im Erdgeschoß befand sich die Schmiede und die Wohnung des Meisters, in den Oberstock zog die Familie Schiller. Das Haus steht noch, ebenso die »Sonne«. War der Hauptmann im Dienst in Gmünd, (ritt er den täglichen Weg? wahrscheinlich), so hatte es die Hausfrau tagsüber ruhig, bis auf den hellen Lärm aus der Schmiede, der von der Frühe bis in den Abend tönte. War der Mann daheim, so hatte man auch die Unteroffiziere am Tisch. – Am 24. Januar 1766 kam das dritte Kind zur Welt, die Tochter Luise.

Christophine und Fritz wuchsen in herzlichem Einvernehmen miteinander heran und besuchten die Dorfschule, im Sommer fünf, im Winter sechs Stunden täglich. Der Schulmeister war ein fauler und nachlässiger Mensch, der Unterricht entsprechend, so daß die Geschwister bisweilen einträchtig die Schule schwänzten, etwa an hellen Wintertagen, wenn Schlittenbahn war. Die gute Mutter wurde nicht gefürchtet; um so mehr der Vater, und die Kinder werden es mit dem Schulbesuch sehr genau genommen haben, wenn er daheim war. »Nur einmal geschah es, daß er sich vergaß, es rief ihn nämlich die Nachbarin, die mit der Familie sehr bekannt war (und durch deren Haus er immer den Gang nach der Schule machen mußte), er solle einen Augenblick in die Küche kommen. Sie wußte, daß es sein Lieblingsgericht war, Brei von türkischem Weizen – natürlich folgte er der Einladung – und war kaum über den Brei geraten, als sein Vater, der oft zum Nachbar ging ihm etwas aus der Zeitung mitzuteilen, an der Küche vorüber ging, ihn aber gar nicht bemerkte – allein der Arme erschrak so heftig und rief: Lieber Vater, ich will's nie wieder tun, nie wieder! Jetzt erst bemerkte ihn der Vater, und sagte nur: nun geh nur nach Hause. Mit einem entsetzlichen Jammergeschrei verließ er seinen Brei – eilte nach Hause, bat die Mutter inständig, sie möchte ihn doch bestrafen, ehe der Vater nach Hause käme, und brachte ihr selbst den Stock.« Eine von Christophine aufgezeichnete Erinnerung.

Neben dem Betrieb in der Dorfschule beginnt für den kleinen, kaum sechsjährigen Fritz ein Unterricht von besserer Art. In der Studierstube des Pfarrers Moser erhält er die ersten Lektionen im Lateinischen; später, er ist noch nicht sieben, auch in den Grundbegriffen des Griechischen. Denn Fritz soll nach dem Willen des Vaters ein Pfarrer werden. Das heißt in Württemberg: Landexamen, Klosterschule, Stift. Der lange Weg ist mit Vokabeln,

Regeln, Texten der alten Sprache gepflastert – man kann nicht früh genug damit anfangen. Es war übrigens nicht ungewöhnlich, daß Jungen schon in so zartem Alter, kaum daß sie lesen und schreiben konnten, mit derartigem Lehrstoff gefüttert wurden. Der kleine Schiller hatte Glück mit seinem Lehrer. Pfarrer Moser muß ein gütiger, aufrechter Mann gewesen sein. Später, in den »Räubern«, wird der Dichter ihm ein Denkmal setzen: Moser heißt der Geistliche, der dem Schurken Franz fürchterlich die Leviten liest. Der Unterricht im Pfarrhaus, der gegen Ende der Lorcher Zeit wahrscheinlich die Dorfschule gänzlich abgelöst hat, wird noch dadurch erleichtert, daß Moser gleichzeitig seinen Sohn Christoph unterrichtet, so daß Fritz Schiller in seinem Spielkameraden einen Lernkameraden hat.

Eine Erinnerung des Vaters erhellt unsere Ahnung von den frühen Kinderjahren des Dichters. Im Jahr 1790, in einer aufkeimenden autobiographischen Absicht, hat Schiller den Vater gebeten, ihm frühe Arbeiten und Entwürfe, die sich erhalten hätten, zu senden – es schwebt ihm etwas vor wie die »Geschichte meines Geistes«. Der alte Vater reagiert prompt. Schreibt im Begleitbrief: »Die Geschichte Seines Geistes kann interessant werden, und ich bin begierig darauf. Kommen zarte Entwicklungen der ersten Begriffe mit hinein, so wäre nicht zu vergessen, daß er einmal den Neckar-Fluß gesehen, und sonach im Diminutivo jedes kleine Bächgen ein ›Neckarle‹ geheißen. Wiederum hat Er einen Galgen bei Schorndorf, als Mama mit ihm nach Schwäbisch-Gmünd gefahren, einer Mausefalle verglichen, weil Er vor diesem Mausefallen gesehen hat, die einem Galgen glichen. Sein Predigen in unserm ... Quartier in Lorch, da man ihm statt Mantels einen schwarzen Schurz, und statt Überschlages ein Predigt-Lümpchen antun müssen.« Dem letzten Bild begegnet man auch in den Erinnerungen der älteren Schwester: »Von meinem Vater aber wurde er zum Geistlichen bestimmt und er selbst zeigte von früher Jugend an Neigung für diesen Stand, als Knabe von 6, 7 Jahren trat er oft mit einer schwarzen Schürze umgeben auf einen Stuhl und predigte uns; alles mußte aufmerksam zuhören, bei dem geringsten Mangel an Andacht wurde er sehr heftig; der Gegenstand der Predigt war etwas was sich wirklich zugetragen hatte, oft auch ein geistlich Lied oder Spruch worüber er nach seiner Art eine Auslegung machte, er selbst war immer ganz eifrig und zeigte da schon Lust und Mut die Wahrheit zu sagen. Aber immer war er gut, sanft und nachgiebig gegen seine Schwestern ...« Er verschenkte gern sein kleines Eigentum an ärmere Kameraden, eine Schuhschnalle, ein Buch. Der Vater mußte es ihm verwehren.

Bei aller Skepsis gegen den schönen Schein, die unserer Zeit gemäß ist, bei aller Einsicht in den Beruf des Vaters und in die wirtschaftliche Notlage der Familie, bei aller Abneigung gegen den Stock als Erziehungsmittel – sollten wir darüber hinwegsehen, wieviel Wärme, behagliche Vertraulichkeit dieses Kind umgeben haben, als es fünf, sechs, sieben Jahre alt war? Wie gut war der Ort für kindliche Neugier und langsam wachsende Unternehmungslust: der weite Grasgarten und der vorbeieilende Bach, Schmiedefeuer und Pinkepank, Häuser und Gärten freundlicher Nachbarn, der nahe Wald und droben das Kloster mit seinen Geheimnissen. Die vom Vater gehaltene Morgenandacht, an die der kleine Junge seine eindringlichen Fragen knüpft; die schwärmerisch fromme Mutter, die ihn mit Versen von Gellert und Paul Gerhardt vertraut macht; der Sonntagsgottesdienst, der bewunderte Lehrer auf der Kanzel; und wenn man, was sich eigentlich nicht schickt, umherguckt: die biblischen Bilder, mit denen die Empore bemalt ist. Die vertraute Schwester, die Spielkameraden ringsum... im Kloster droben, wo dessen Vater tätig ist, wohnt der kleine Conz, zwar kaum vier, wo man selber bald sieben ist, aber doch ein Freund.

Karl Philipp Conz hat später in einer an Schiller gerichteten Ode die Bilder gemeinsamer Kindertage enthusiastisch beschworen – im Jünglingsgeschmack der Zeit, abgedruckt in Stäudlins Schwäbischem Musenalmanach auf das Jahr 1782. Da ist von der alten Linde vor dem Klostertor die Rede, der »Pflegerin meiner Kindheit« (der Schreiber dieser Zeilen hat sie noch gekannt, jetzt steht sie nicht mehr), weiter:

Jetzt an den Krümmungen des Walds,
Der widertönt von dem Gesang der Vögel,
An schattigen Tannen
Und hochdrohenden Eichen,
Wo mir kläglich herabtönt der Holztaube Gegirr;
Dort vor mir der hochdrohende Rechberg
Und weiter hinten, wo unten die Flur,
Vom Weidenbach durchschlängelt,
Halb umkränzet der Wald,
Majestätisch emporhebend den Riesenrücken,
Dein Stolz, Suevia!
Der mächtige Staufenberg!
Hier unter all diesen Fluren,
Von neuem Leben durchtönt...

Am Ende wendet er sich ganz dem Freunde zu:

Und o wie du schon da
Manche kindische Freuden
Mit mir theiltest!
Da noch schlummernd in uns
Ruhte der Funken, der jetzt
Aufzulodern begann und bald
Ausschlagen wird zur Flamme!

Am Ende des Jahres 1766 läßt sich Hauptmann Schiller, da er drei Jahre auf eigene Rechnung habe leben müssen und nichts mehr zuzusetzen habe, in die Garnison Ludwigsburg versetzen. Die Lorcher Zeit ist zu Ende.

Man kann sich Menschen denken, die im Alter auf ihr Leben wie auf eine Reihe verlorener Paradiese zurückblicken. Dann nämlich, wenn man das Paradies nicht überirdisch auffaßt, sondern als einen geliebten Ort, wo Landschaft und Menschenwerk harmonisch ineinander gehen, wo Schmerzen, Kummer, Krankheit, Traurigkeit immer wieder aufgelöst werden im Schimmer der Schönheit ringsum, die sich im Gang der Jahreszeiten wandelt; dazu guter Boden, klares Wasser und reine Luft. Bedenkt man ferner die Geborgenheit des Kindes, von dem wir sprechen, so war der Wegzug von Lorch wie die Vertreibung aus einem Paradies; vielleicht aus dem einzigen, in dem Friedrich Schiller für längere Zeit gelebt hat.

Ludwigsburg

Die Gründung von Zweitresidenzen war ein bezeichnender Zug des Barock. Das Schloß der Väter, von den Häusern der Hauptstadt umringt oder auf einer Anhöhe darüber thronend, wurde den Herren zu eng. Es drängte sie hinaus in die offene Landschaft, die grüne Plaine, darauf ihre Baumeister schalten und walten konnten wie auf einem unbegrenzten Reißbrett. Tunlichst sollte der Standort geschickt sein zur Hoch-, Nieder- und Wasserjagd; ein bescheidenes Jagdschlößchen konnte zur Keimzelle einer großen Schloßanlage werden. Schlösser mußten entstehen, weitläufig genug für alle Spielarten des Sich-zur-Schau-Stellens, Kulissen für jeglichen pompösen Auftritt, für jedes höfische Theater. Drei Grundbedürfnisse der Barockfürsten flossen in diesen Neugründungen zusammen: die Lust am Repräsentieren, die Jagdleidenschaft und die schiere Bauwut (von ihrem Bauwurmb pflegten die Schönborn zu sprechen).

So ist auch Ludwigsburg entstanden. Zu Anfang des 18. Jahrhunderts, unter Eberhard Ludwig, wurde der Schloßbau in Angriff genommen. Ganze Sippen oberitalienischer Künstler und Handwerker, die erst in Wien, später in Prag Paläste gebaut hatten, wurden angeworben und ins Land gebracht. Mit einiger Berechtigung kann man behaupten, daß die Sprache der ersten Ludwigsburger italienisch gewesen ist; die »Bauhofstraße« unweit des riesigen Schloßbauplatzes und am Rande der alsbald daneben geplanten Stadt dürfte die zuerst bewohnte Gegend auf diesem Gelände gewesen sein. Das Schloß wuchs schnell; die ersten Bauten auf der Nordseite in einem behäbigen, österreichisch-böhmisch beeinflußten Stil; Ordenskapelle und Schloßkirche deutlich italianisierend; am Ende das neue Corps de Logis, das weite Geviert nach Süden abschließend, in französischer Manier, kühler Noblesse. Um 1730 war das neue Residenzschloß im großen und ganzen fertig.

Im Jahre 1709 war der Aufruf des Landesherrn ergangen, »zu mehrerer Aufnahme und Erweiterung allhiesigen Lustschlosses« sich am neuen Platz niederzulassen. Wie bei allen Städtegründungen- und Erweiterungen der Epoche wurden große Vergünstigungen geboten, um die Peuplierung voranzutreiben: Bauplätze und Baumaterial »gratis und ohne Entgelt«, Steuer- und Lastenfreiheit auf viele Jahre. Doch ließ sich das eingefleischte Mißtrauen der Schwaben gegen das Neue nur langsam überwinden. Es war noch eine recht dürftige Ansiedlung, die 1718 eilig zur Stadt erhoben wurde, zur Residenz und zur dritten Hauptstadt des Landes. Inzwischen hatte Frisoni, der Schloßbaumeister, der Ausbildung nach ein Stukkateur, den Prospekt der Stadtanlage geschaffen, einen klaren, großzügigen, von holländischen Vorbildern inspirierten Plan. Und als sich die Fürstengunst der neuen Residenz zeitweilig ganz zuwandte, wuchs die Stadt allmählich in diesen Rahmen hinein.

Mächtigen Auftrieb erhielt Ludwigsburg durch Carl Eugen, der über längere Zeiträume seine ganze feurige Gestaltungslust auf diese Residenz richtete. Unter seiner Herrschaft füllten sich die gähnenden Lücken im Stadtbild, wurde die Stadt nach Süden erweitert. Die Hauptstraßen wurden in Alleen verwandelt, nicht junge Bäumchen gepflanzt, sondern stattliche Linden und Kastanien mit mächtigen Wurzelballen von weither herangeschafft, so daß die staunenden Bewohner alsbald frisches Grün und wohltätigen Schatten genossen. Er hatte die Porzellanfabrik ins Leben gerufen, die innerhalb weniger Jahre europäischen Rang erreichte. Im Winter 1763 auf 1764, nach Beendigung des für ihn so kläglichen Siebenjährigen Kriegs, ließ er in unglaublich kurzer Zeit in den Schloßanlagen ein Opernhaus errichten; eine hohe und geräumige Bretterbude, schön ausstaffiert und für die Aufführung der aufwendigsten Opern eingerichtet. Der Neapolitaner Jommelli war der Kapellmeister und Opernkompositeur, der große Noverre Ballettmeister, die teuersten Solotänzer und Sänger wurden in Paris geworben, berühmte Kastraten in Italien. Zur gleichen Zeit baute er sich auf einer Anhöhe südlich von Ludwigsburg, westlich von Stuttgart, eine Waldresidenz, die Solitude, ließ sie mit Ludwigsburg durch eine schnurgerade Allee verbinden, die er, je nach Laune, in glänzender Gesellschaft – eine Schmetterlingswolke – oder nachdenklich allein durchritt.

Als die Familie Schiller hierher zog, war Ludwigsburg eine der wohnlichsten und modernsten Städte und zugleich eine der brillantesten Residenzen. Man muß sich vor Augen halten, wie verwinkelt, eng und unsauber Städte wie Stuttgart oder Tübingen damals waren, in ihren alten Mauerring gepfercht, um den Vorzug dieser regulären, weitläufigen, luftigen Stadt mit breiten Straßen und weiten Plätzen zu erkennen, wo jedes Haus Hofplatz und Garten hatte. Daneben, von der großen, Rhein und Donau verbindenden Poststraße getrennt, der Schloßbezirk mit Park, Fasanerie, Orangerie und Opernhaus. In einer sehr eigentümlichen Weise war die Bürgerstadt, deren Anlage den Geist verständiger Nüchternheit atmete, durchwirkt von farbigem, fremdländischem, geheimnisdurchwirkten Wesen, das der Glanz des Hofes aus der Ferne hierher gezogen hatte. Die Reichsten hatten eigene Häuser, aber die meisten wohnten in den Bürgerhäusern zur Miete: französische Tanzmeister und Sprachlehrer, italienische Handwerker, Tänzerinnen aus Paris und Venedig, Musikanten aus Italien, Österreich und Böhmen – Schauspieler, Sänger, Kostümschneider, Theaterfriseure... Der an den Hof gezogene, oft norddeutsche Adel hatte seine Häuser, mit Schwärmen von Bedienten, in der Nachbarschaft des Schlosses. Was im Schloß beschäftigt war, Kammerjungfern, Zofen, Lakaien, Läufer, Kutscher, Kammerhusaren, Köche, Kapaunenstopfer, Küchenmägde, Silbermägde etcetera war meistens auch dort, schlecht genug, untergebracht, trieb aber durch die Stadt sein Wesen. Denkt man endlich an jene zwielichtigen Existenzen, die ein glänzender Rokokohof anlocken mußte: Agenten jeder Sorte, zweifelhafte Glücksritter, verkannte Erfinder, Alchimisten, Kuppler, Spieler – auch ein Casanova hat Ludwigsburg mit seinem Besuch beehrt –, so hat man jene Welt, die die Ludwigsburger Bürger vor Augen hatten, Handwerker, Gewerbetreibende, Pfarrer, Lehrer, Beamte – protestantisches Volk, das nach dem Motto

»Bete und arbeite« zu leben erzogen und gewohnt war. In »Kabale und Liebe« finden wir diesen Kontrast für die Nachwelt aufgehoben.

Die Familie Schiller zog zunächst in das Haus des Leibchirurgus Reichenbach in der Hinteren Schloßstraße, die sonst dem Adel vorbehalten war. Der Bruder des Hausherrn war Feldscher in Schillers Regiment, man kannte einander, war befreundet. Die Kinder fanden gleichaltrige Spielkameraden, zumal unter den im Hause aufgezogenen Neffen und Nichten; die kleine Ludowika, die sich später mit dem Leutnant Simanowitz verheiratete, sollte eine hochbegabte Malerin werden. Die Nachwelt verdankt ihr die Portraits von Schillers Eltern und vor allem eines der wichtigsten Portraits des Dichters; die Ölkreideskizze dazu ist vielleicht das beste Bild überhaupt, das wir von dem Mann besitzen, den die Künstlerin in altgewohnter Vertrautheit »den lieben Fritz« nannte. – In diesem überaus stattlichen, wohlerhaltenen Hause haben Schillers nicht als Mieter gelebt, sondern als Hausbesuch. Noch zu Beginn des Jahres 1767 bezieht die Familie, zusammen mit der des Hauptmanns von Hoven, eine Wohnung in dem neu erbauten Haus des Hofbuchdruckers Christoph Friedrich Cotta, in dem sich auch die Druckerei befand. Hier ist der dauernde Wohnsitz der Familie bis zur Übersiedlung auf die Solitude. Für den Fritz ist es sechs Jahre lang das Elternhaus gewesen. (Auch dieses Haus ist in seiner äußeren Gestalt gut erhalten.) Es ist ein merkwürdiger Zufall, daß Fritz Schiller so früh in eine Beziehung zu dem Hause Cotta gesetzt worden ist. Von hoher Vorahnung ist schwerlich etwas zu spüren; zusammen mit den Buben des von Hoven machte er sich ein Vergnügen daraus, dem Setzer seinen wohlgeordneten Kasten mit bleiernen Lettern durcheinander zu werfen. In den Hovens, Friedrich und August, hatte Fritz gute Freunde. Für den geplagten Setzer waren die Lausbuben Offizierssöhne.

So ärmlich die Ökonomie der Familie war – der Vater war Hauptmann, und das hatte zumal hier, in der Residenz und Garnison, Konsequenzen. Was die Ökonomie betrifft: Als Hauptmann Schiller von seinem Werbeposten nach Ludwigsburg versetzt wurde, waren ihm die rückständigen Diäten und Gagen, über 2000 Gulden, bei der Kriegskasse »gnädigst angewiesen« worden. Es sollten aber volle neun (neun!) Jahre vergehen, bis er das Geld ausgezahlt bekam, »mit Akkord«, was nur heißen kann, daß er sich mit einer Kürzung einverstanden erklärte, um überhaupt zu Geld zu kommen; das übrigens zu einem Zeitpunkt, als er zum Vorgesetzten der Hofgärtnerei auf der Solitude ernannt und mit der

Aufsicht über die Baumschulen betraut wurde – der Herzog hatte also mit diesem so gnädigen wie nutzbringenden Akt eine allgemeine Bereinigung in Sachen dieses Offiziers verfügt, sparsam, versteht sich. – Während seiner Ludwigsburger Dienstzeit fraß der Groll über die vorenthaltenen Gelder unablässig an Caspar Schiller. Dabei hatte er täglich vor Augen, wie an diesem brillanten Hof das Geld verpulvert wurde... Hinzu kam die Erbitterung des Offiziers bürgerlicher Herkunft gegen die Arroganz der Offiziere von Adel, oder doch vieler davon. Das Wort vom »vornehmen Pöbel«, das sich in seinem sonst so sachlichen curriculum vitae findet, sagt viel. Trotz all dem darf, auch im Hinblick auf den Sohn, nicht übersehen werden, daß die Familie Schiller einem privilegierten Stand angehörte. So wurde der Junge im Konfirmandenunterricht, von den übrigen Altersgenossen getrennt, mit anderen Offizierssöhnen auf den heiligen Akt vorbereitet, der dann in der Garnisonkirche vor sich ging, während das übrige junge Volk in der Stadtkirche sein Gelübde abzulegen hatte.

Zu den Privilegien des Offiziersstandes gehörte, daß sie samt ihren Familien freien Eintritt ins Hoftheater hatten. Wahrscheinlich ist der Sohn im Herbst 1768, also etwa neunjährig, zum ersten Mal als Belohnung für gute Schulleistungen in die Oper mitgenommen worden. Ein Zeitgenosse, der zur gleichen Zeit aus einem engen Landstädtchen nach Ludwigsburg und ins Opernhaus kam: »Man stelle sich einen so feuerfangenden Menschen wie mich vor... wie er schwimmt in tausendfachen Wonnen, indem er hier den Triumph der Dichtkunst, Malerei, Tonkunst und Mimik vor sich sah! Jommelli stand noch an der Spitze des gebildetsten Orchesters der Welt, Aprili sang und Bonani und Cesari. Der Geist der Musik war groß und himmelhebend und wurde so ausgedrückt, als wäre jeder Tonkünstler eine Nerve von Jommelli. Tanz, Dekoration, Flugwerk, alles im kühnsten, neuesten, besten Stile!« So Schubart, der ziemlich gleichzeitig, aus seiner Geislinger Schulmeisterexistenz erlöst, nach Ludwigsburg zog und hier einige Jahre als Stadtorganist und städtischer Musikdirektor gewirkt hat; eine merkwürdig exemplarische Figur in diesem Milieu; man wird von ihm noch hören. – Dem Neunjährigen hat das Urteilsvermögen jenes hochmusikalischen Theaterbesuches gefehlt, aber der Eindruck wird kaum geringer gewesen sein. »Ein feuerfangender Mensch« – das war auch dieses helläugige, staunende Kind. Nun werden mit Geschwistern und Freunden dramatische Szenen improvisiert, nun wird daheim mit Pappfiguren Theater gespielt; dies, nebenbei bemerkt, eine der wenigen Parallelen zu Goethes Kinderzeit.

Mit dem Beginn des Jahres 1767 wurde Fritz Schiller in die Lateinschule aufgenommen. Er lernte noch die alten Räume in der Beckengasse kennen (heute Eberhardstraße), dann zog die Schule um in ein würdiges Haus, Obere Marktstraße 1, ein Kanzleigebäude, in dem zuletzt die Stadtverwaltung untergebracht war. Die Schule bestand aus drei Klassen, von denen jede zwei oder drei Jahrgänge umfaßte. Die bei Pfarrer Moser erworbenen Lateinkenntnisse wurden als gewichtig genug angesehen, um den Siebenjährigen in die ältere Abteilung der untersten Klasse einzustufen. Mit seinem ersten Lehrer, Präzeptor Elsässer, hat das Kind einigermaßen Glück. »Bei diesem Schulmeister findet man alles, was man an Fleiß, Geschicklichkeit, moderater Zucht und gutem Wandel fordern kann«, urteilt der amtliche Visitationsbericht von 1768. Vor allem: dieser tüchtige Schulmann verbindet Strenge mit ein wenig Güte.

Die Ludwigsburger Lateinschule genoß einen guten Ruf. Bei der Regierung war 1767 der Antrag gestellt worden, sie zum Gymnasium zu erheben. Finanzielle Bedenken von Kirchenrat und Konsistorium verhinderten die Sache, doch wurde eine weitere, höhere Klasse eingerichtet. Die gute Meinung, die die damaligen Behörden von diesem Institut hatten, darf aber keine falschen Vorstellungen erwecken. Die Lateinschulen standen in ihrem Lehrplan und ihrer Methode unter dem eisernen Zwang des alljährlichen »Landexamens«, durch welches der Pfarrernachwuchs ausgesiebt und auf die Klosterschulen und das Stift vorbereitet wurde. Das Landexamen forderte gediegene Kenntnisse in den alten Sprachen Lateinisch, Griechisch, Hebräisch; lateinische Poetik war ein eigenes Prüfungsfach, dazu Logik und Rhetorik; endlich etwas Geschichte und Arithmetik. Deutsch, neue Fremdsprachen, Geographie, Naturwissenschaften, Philosophie waren im Lehrplan nicht vorgesehen; Christenlehre verstand sich von selbst, dazu etwas Musikunterricht. In den Lateinunterricht, dem viel Raum zugemessen war, pflegten fortschrittliche Lehrer etwas an vernachlässigtem Lehrstoff einzuschmuggeln, etwa Philosophie, Naturwissenschaft, Geographie. – Nimmt man diese kirchlich erzwungene Einseitigkeit als vorgegeben, so mag man anerkennen, daß den Schülern immerhin hohe Bildung vermittelt wurde. Gründlicher und verständiger Unterricht in den alten Sprachen ist immer zugleich Unterricht in der Muttersprache; in dem Ringen mit der Fülle und Vielfalt einer klassischen Sprache erhellt sich das Bewußtsein von Reichtum und Regel der eigenen.

Nein, Dummköpfe wurden nicht ausgebildet an diesen Schulen

(– und es ist des Nachdenkens wert, daß viele Pfarrherrn, die diese geistige Kost in ihrer ganzen Ausbildung reichlich genossen hatten, hernach ihre liebste Beschäftigung in Bereichen suchten, aus denen sie vom Katheder herab nichts vernommen hatten – mechanische Künste aller Art, Ökonomie, Gartenbau und Bienenzucht, Literatur und Poesie). Was uns mit so tiefem Unbehagen auf jene alten Schulen zurückblicken läßt, ist die sinn- und herzlose Prügelmethode, mit der der Stoff den Jungen eingebleut wurde. Der Schreiber dieses Buchs ist überzeugt davon, daß es falsch ist, Verhaltensweisen, Ereignisse und Gestalten der Vergangenheit an den momentan gültigen oder modischen Wertmaßstäben zu messen und sie danach zu beurteilen. Diese Methode führt zu Ergebnissen, deren alsbaldige Ungültigkeit garantiert ist. Wer die Vergangenheit begreifen will, muß sich bemühen, Realität und Geist einer Epoche aus ihren damaligen Bedingungen zu verstehen. Das heißt aber nicht, schlechthin Böses und Dummes nicht beim Namen nennen. Verklären wäre das Gegenteil von Erklären. – Was jene Lateinschule betrifft: die Stockhiebe wurden nach förmlichen Taxen zugemessen, auf bestimmte Verstöße gegen die lateinische Grammatik standen 12 oder 24 »Tatzen«. Es war eine Methode, die gütige Lehrer in ständige Verlegenheit brachte, brutalen Typen aber ihr Leben lang Gelegenheit schaffte, sich ganz im Rahmen der Ordnung ungestraft auszutoben.

Bereits im Herbst seines ersten Jahres an dieser Schule geriet Fritz Schiller unter die Fuchtel eines solchen Erziehers. Er hatte sich bei Elsässer durch seinen hellen Kopf und rührenden Eifer ausgezeichnet und war nun in die Klasse des Präzeptors Honold versetzt worden. Honold war ein Theologe, dessen erbauliche Predigten bei vielen Leuten beliebt waren. Er wachte darüber, daß seine Schüler Kinderlehre und Gottesdienst fleißig besuchten und nahm im Unterricht die Christenlehre mit besonderer Gründlichkeit durch.

Eines Tages wurden Schiller und sein Freund Elwert von ihm dazu ausersehen, am nächsten Sonntag im Gottesdienst vor der Gemeinde den Katechismus zu sprechen. Der fromme Mann versprach ihnen für ein fehlerfreies Aufsagen eine Belohnung (aus dem Kirchenkasten), drohte aber, sie »durchein zu bläuen, wenn wir ein Wort fehlten«; so Elwert, dem wir diese Erinnerung verdanken. Mit »zitternder Angst« fingen die beiden an, aber die Sache ging gut. Wir zitieren nun Elwert: »Unsre Belohnung davor war 2 Kreuzer à Person, facit 4 Kreuzer. Soviel Barschaft hatten wir sonst nie leicht beisammen. Wir sinnten also darauf, wie wir ihrer los werden könnten. Schiller machte den Vorschlag, eine kalte Milch auf dem Hartenecker Schlößle zu essen, da wir aber dahin kamen, war keine zu haben, Schiller änderte das Projekt dahin, einen Vierling Käs zu nehmen, aber der Vierling Käs kostete allein vier Kreuzer und wir hätten dann kein Brod dazu gehabt. Dies Projekt mußte also aufgegeben und Harteneck mit hungrigem Magen verlassen werden. Wir wandten uns nun nach Neckarweihingen, kamen da in drei bis vier Wirtshäuser, bis wir in dem letzten eine kalte Milch bekamen. Noch schmeckt mir diese wohl, man gab uns eine reine zinnerne Schüssel und silberne Löffel dazu. Die Milch und das Brot, davon wir uns einbrockten, und noch jeder in die Tasche übrig behielt, kostete zusammen nur 3 Kreuzer. Wir hatten also noch einen Kreuzer übrig, den wir in der Allee in Ludwigsburg in einem halben Kreuzerwecken und für einen halben Kreuzer Johannisträubchen, in die wir uns brüderlich teilten, vollends verzehrten, und ein so köstliches Mahl hatten, als ich nachher nie wieder bekam. Bei dieser Gelegenheit zeigte sich Schillers poetischer Geist schon in seiner völligen Blüte. Denn da wir Neckarweihingen verließen, stieg er auf einen Hügel, wo wir Neckarweihingen und Harteneck übersehen konnten, segnete das Wirtshaus, wo wir gespeist wurden, und verfluchte Harteneck und die übrigen Neckarweihinger Wirtshäuser mit einer so poetisch prophetischen Emphase, daß ich noch es mir deutlich in das Gedächtnis zurückrufen kann.«

Da haben wir das achtjährige Kind vor unseren Augen; übrigens hat sich Schiller als Erwachsener dieser Geschichte mit Vergnügen erinnert. Sind es frohe Schuljahre gewesen in Ludwigsburg? Es wäre nicht richtig, rundweg nein zu sagen – aber doch eher nein als ja. Kameradschaft mit allen, vertraute Freundschaft mit wenigen, eine wache Aufnahmebereitschaft und ein heller Kopf, das sind gute Voraussetzungen für eine unbeschwerte Schulzeit. Aber die war verdüstert durch das leidige Prügelsystem; es bleibt geistlos und bösartig, auch wenn man vermuten darf, daß durch die schiere alltägliche Gewöhnung die Hiebe nicht als erniedrigend empfunden wurden (wobei es aber Schichten des Bewußtseins der Erniedrigung geben dürfte). Für Fritz Schiller stand vor und über der Schule die Autorität des Vaters, der seinen Ehrgeiz in diesen einzigen Sohn gesetzt hatte. Stolz und Zufriedenheit wird der Vater nicht verleugnet, wohl aber gedämpft haben. In der Unzufriedenheit griff er zum Stock; und die Verbitterung dieses Mannes wird die Hiebe noch unwillkürlich geschärft haben.

Aus den Erinnerungen seiner Schulfreunde Elwert und Friedrich von Hoven lassen sich Fröhliches und Trauriges ablesen, wobei ein grüblerischer und melancholischer Zug mit der Zeit stärker hervortritt. Beim Spielen gibt der kleine Fritz den Ton an, aufgeregt, wild, von den Kleineren wegen seines Ungestüms gefürchtet, von den älteren Buben geachtet wegen seiner Furchtlosigkeit. Auch beim Theaterspiel, wo Ordnung walten muß, »geht ihm der Gaul durch«, wie man im Schwäbischen sagt; »aber er selbst war kein vortrefflicher Spieler. Er übertrieb durch seine Lebendigkeit alles« erinnert sich Christophine (– und das sollte ihm in seinem späteren Leben noch schwer zu schaffen machen). Etwa vom elften Lebensjahr an zieht er sich immer häufiger von dem lärmenden Spiel der Kameraden zurück. Mit einem Freund streift er stundenlang durch die Alleen, klagend, und die Klagen pathetisch erhöhend, sich darin badend – mit angstvollen Ausblicken in eine »tief umnachtete Zukunft« (Petersen). Derlei ist überliefert. Doch ist wahrscheinlich, daß bei solchem Schlendern zweier kleiner Freunde im Schatten und Duft der Baumreihen die blühende Phantasie auch freudigere Sprünge gemacht hat.

Für den noch kindlichen Jungen sind die Besuche, die die Mutter mit ihm und Christophine in Marbach bei den Großeltern macht, ein Labsal. Das waren geruhsame Gänge über Land, nahe dem zwischen Weinbergen, Obstgärten und Wiesen dahinziehenden Neckar, in einer Landschaft, die damals unter heiterem Himmel paradiesisch anmuten konnte. Fern dahinten die Schule, der Vater. In der Erleichterung darüber eine innige, nie ausgesprochene Übereinstimmung zwischen Mutter und Sohn. Die Mutter wendet die beglückenden Stunden ins Erbauliche, Schwärmerische. Die Talaue wird zu dem Boden, den der Fuß des Heilands betritt – an einem sonnigen Ostermontag steigert sie den Spaziergang zu einem Emmaus-Erlebnis. Übrigens hat durch diese Besuchsgänge Fritz Schiller eine Vorstellung von seinem Geburtsort erhalten, die er aus der Dämmerung seiner frühesten Kindheit nicht gehabt hätte.

Im September 1769 muß er nach Stuttgart ins Landexamen, noch nicht ganz zehn Jahre alt. Es geht gut. Puer bonae spei (ein hoffnungsvoller Junge) urteilt der Prälat und Magister Knaus. Auch die Landexamina der beiden folgenden Jahre bringen ein gutes Ergebnis. Nach dem ersten Landexamen kommt Schiller in die Klasse des Oberpräzeptors Jahn und damit in die Hand eines ungewöhnlichen Lehrers. »Meister sowohl im Griechischen und Hebräischen wie im Lateinischen hatte er bei seinem Unterricht eine Methode, welche ganz dazu geeignet war, seine Schüler weiter zu bringen, ohne daß sie gewahr wurden, wie es eigentlich damit zuging.« So urteilt Wilhelm von Hoven. Unter dem Einfluß dieses

Pädagogen hat Schiller lateinische Distichen mit erstaunlicher Leichtigkeit verfaßt – seine früheste dichterische Produktion. – Doch sollte Jahn nicht mehr lange an der Ludwigsburger Lateinschule bleiben. Ende 1770 gründete Carl Eugen seine Militär-Pflanzschule auf der Solitude, aus der dann die hohe Karlsschule erwachsen sollte. Mit sicherem Griff holte er sich als einen der ersten Lehrer den Oberpräzeptor Jahn. Er kannte seine Leute.

Wünsch' wohl geruht zu haben,
Herr Oberpräzeptor Winter!
Gleichfalls, Herr Präzeptor Honold!
Empfehl' mich Ihnen, Herr Präzeptor Elsässer!
Guten Morgen, Schulmeister!
Bon jour, ihr Provisor!
Grüß euch Gott, liebe Kinder!
Ist man auch da, Mäule?

(Mäule war der Schulheizer.) Das war die Begrüßung, wenn der Herr Spezial, Dekan Zilling, einmal im Jahr die Lateinschule mit seiner Visite beehrte. Wir verdanken die Überlieferung dieses Grußes den Erinnerungen Justinus Kerners an das alte Ludwigsburg in seinem »Bilderbuch aus meiner Knabenzeit«. In diesem Zilling finden wir das bürgerliche Ludwigsburg jener Zeit verkörpert, wenn auch auf eine wenig sympathische Weise. Er war der Sohn eines Bäckers, aus jener ersten Generation von Bäckern, Metzgern, Wirten, die von den angebotenen Vergünstigungen Gebrauch gemacht, sich in der neugegründeten Stadt angesiedelt und den Grundstock zu ihrer Bevölkerung gebildet hatten. Nun hatte er es zu etwas Großem gebracht. Als er anno 1765 in seiner neuen Würde aufgezogen war, hatte er notiert: »Ich accordierte für Präsentation, Aufzugsmahlzeit und Fuhren usw. auf 100 fl, welche ich auch gleich den dritten Tag nach geschehenem Aufzug baar erhielt... Auch verehrte mir der löbliche Magistrat noch besonders, weil ich ein gebohrener Ludwigsburger sey, eine große Zeune voll Eier, Butter, Schuncken usw. ins Haus.« Man hört ihn schmatzen.

Er war kein schlechter Mensch, aber borniert, dumm und aufgeblasen. Kerner hat eine Anekdote von ihm überliefert, die das Wand-an-Wand-leben schwäbischer Kleinbürger und fremden Volks in dieser Stadt beleuchtet. Ein alter Italiener leidet an heftigem Bauchgrimmen, legt sich ins Bett und schickt jammernd seine Magd zum »Speciale«, das war in Italien eine Art Apotheker mit einfacher ärztlicher Praxis. Die schwäbische Magd weiß nichts anderes, als daß ihr Herr in Todesnot nach dem Herrn Spezial schicke. Rennt also zum Dekan Zilling und richtet den dringenden Wunsch ihres Herrn aus. Zilling meint, daß dieser Papist im Angesicht des Todes den Wunsch habe, der rechtgläubigen Kirche beizutreten, und begibt sich hoffnungsvoll und eilends an Ort und Stelle. Doch als er die Kammer des Italieners betritt, streckt ihm der, laut klagend und in der Erwartung des erlösenden Klistiers, den bloßen Hintern entgegen.

Zillings Predigten müssen von einer unglaublichen Simplizität gewesen sein. An die Adresse dieses Herrn, der als Dekan der Vorgesetzte der Lateinschule war, hatte der zwölfjährige Schiller ein lateinisches Danksagungsgedicht zu richten; Dank für die gnädige Gewährung von Herbstferien. – Die Ludwigsburger hatten allsonntäglich Gelegenheit, die einfältigen Predigten ihres Spezials und das herrliche Orgelspiel ihres Stadtorganisten zu hören, und es blieb nicht aus, daß die helleren Köpfe Vergleiche zogen. Das sollte dem Organisten auf die Dauer nicht gut bekommen. Er hieß Christian Friedrich Daniel Schubart.

Schubart war ein vielseitig begabter Mann, vor allem ein begnadeter Musikus, dabei eine vollblütige Natur, allen himmlischen und irdischen Freuden zugetan, berstend vor Mitteilungsbedürfnis bis zur Aufdringlichkeit, »Heißhunger nach Celebrität« – und ein schwacher Charakter. Sein musikalisches Genie erlaubt ihm den Eintritt in die Welt des Hofes. Aus einem Brief an seinen Schwager: »Ich trete aus einer Wolke von Geschäften und Zerstreuung hervor und frage einmal wieder: was macht mein guter Bökh? – ... Hier ist alles in den gewöhnlichen Lustbarkeiten des Hofes ersoffen. Opern, Bälle, Capucinaden, Harlekinaden, Comödien, Pharotische, wo sich unser Originalwiz beschäftiget, den Schweiß unserer Väter und unserer Gläubiger in Minuten zu zernichten; – das, liebster Freund, sind iezo unsere edle Beschäftigungen... Ich bin nunmehro ein Hofmann! Stolz, windicht, unwissend, vornehm, ohne Geld und trage samtne Hosen, die, so Gott will, noch vor meinem seeligen Ende bezahlt werden sollen...« Schubart schlittert bedenklich auf dem glatten Parkett, zum Gram und Grauen seiner schlichten, frommen Frau, immer mißtrauischer beäugt von weltlicher und geistlicher Obrigkeit. Trotzdem hält er sich mehrere Jahre, und im Reich der Musik leistet dieser Mann Großes. Er erliegt nicht dem mächtigen Einfluß der im Hoftheater dominierenden italienischen Musik, sondern macht die Ludwigsburger mit Bach, Telemann, Graun bekannt. Wenn Ludwigsburg durch den Hof hervorragende Opernaufführungen genoß, dann hatte es durch Schubart eine Kirchenmusik, »wie sie Deutschland selten vernehmen konnte« (aus einer alten Schubart-Biographie). Aber auf die Dauer konnten die Balanceakte dieses unruhigen Menschen zwischen der bürgerlich-kirchlichen Sphäre und der des Hofes nicht gut gehen. Die Frau flüchtet in Verzweiflung ins Elternhaus zurück, ihm bleibt die Magd. Da findet denn die Obrigkeit etwas Handfestes, Konkubinat. Mit einigen Tagen Haft und der Verweisung aus der Residenz endet dieses Taumeln zwischen zwei Welten.

Ein Musikus ist der Vater der Luise in »Kabale und Liebe«; er hätte ebensogut ein Schreiner oder Perückenmacher sein können, hätte Schiller in diesem Drama vom Einbruch der höfischen Welt in eine eng umhegte bürgerliche Familie nicht an Schubart gedacht. Schubart hat gleichzeitig mit der Familie Schiller in Ludwigsburg gelebt. Zu einer eigentlichen Bekanntschaft ist es aber wahrscheinlich nicht gekommen. Die Familie des Hauptmanns besuchte den Sonntagsgottesdienst in der Garnisonkirche, bekam also weder Zilling von der Kanzel noch Schubart vom Orgelpult zu hören. Doch war Schubart eine solche Celebrität in dieser Stadt (die in ihrer damaligen Blüte etwa zehntausend Einwohner zählte), berühmt durch Kirchenmusik und Konzerte, bekannt durch Klavierunterricht, musiktheoretische Vorträge, literarische Vorlesungen, daß er auch in dieser Familie ein Begriff war.

Das Gaffen, das Staunen, das Genießen, das teils läppisch-plumpe, teils genialische Mitspielen jenes »feuerfangenden« Mannes im blendenden Wirbel einer Rokoko-Residenz lassen uns ahnen, welche Bilder sich dem helläugigen, neugierigen, mit der lebhaftesten Phantasie begabten heranwachsenden Jungen in sechs Ludwigsburger Jahren eingeprägt haben. Wir bleiben dabei weithin im Bereich der Vermutungen, wenn auch sehr starker. Anders als über seine Karlsschulenzeit hat sich der Dichter später über diese Jahre offenbar selten geäußert. Wäre ihm aber diese Zeit in der Erinnerung gleichgültig oder zuwider gewesen, er hätte als reifer Mann bei seinem einzigen langen Besuch in der Heimat sich nicht Ludwigsburg für einen halbjährigen Aufenthalt ausgesucht. In »Kabale und Liebe« sind Eindrücke vom Ludwigsburger Hof eingeflossen, das ist sicher. Was an Krassem und Grellem in den frühen Gedichten, was im »Don Carlos«, was in späteren Werken enthalten ist an Erinnerungsbildern aus sechs Jahren Rokokoresidenz – wer wollte das mit Sicherheit analysieren? Fest steht, daß der spätere Dichter auf einer Altersstufe der empfindlichsten Bildsamkeit angesichts eines der farbigsten deutschen Höfe der Zeit gelebt hat.

Und diese Residenz war zugleich der größte Waffenplatz des

Landes. Hier waren schon dem Prinzen Eugen, dem Preußenkönig Friedrich Wilhelm I. die herzoglichen Regimenter vorgeführt worden. Hier hat sich Carl Eugen krampfhaft bemüht, Potsdam nachzuahmen. »Wenn Sie ausspeyen, so speyen Sie einem officier in die Tasche oder einem Soldaten in die Patronentasche. Sie hören ohne Unterlaß auf der Gasse nichts als halt! Marche! schwenkt euch! Sie sehen nichts als waffen, Trommeln und Kriegsgeräthe. Vor dem Eingang des schlosses stehen 2 Grenadier und 2 Dragoner zu Pferd, die Grenadiers Mützen auf dem Kopfe und einen Curas auf der Brust, in der Hand aber den bloßen säbl, über sich jeder ein großes schönes Dach habend von Blech, statt eines Schilterhauses. Mit einem Worte, es ist unmöglich, daß man eine größere accuratesse im Exerzitio und eine schönere Mannschaft sehen kann...« So schreibt Leopold Mozart, als er im Sommer 1763 (der Siebenjährige Krieg war eben vorbei) mit dem großen kleinen Sohn in Ludwigsburg weilte. Er bemerkt später treffend: »Zum Ernst zu wenig und zum Spaß zu kostbar, folglich zu viel.«

Im Sommer 1767 wird der kleine Fritz, siebenjährig, vom Vater mitgenommen in das große Musterungslager. »Wallensteins Lager« ist getränkt mit Eindrücken aus der Knabenzeit.

ARKEBUSIER:
... Wir aber stehn in des Kaisers Pflicht,
Und wer uns bezahlt, das ist der Kaiser.
TROMPETER:
Das leugn ich Ihm, sieht Er, ins Angesicht.
Wer uns nicht zahlt, das ist der Kaiser!
Hat man uns nicht seit vierzig Wochen
Die Löhnung immer umsonst versprochen?

Das freilich kann aus den häuslichen vier Wänden der Familie Schiller stammen, wenn der Vater seinem Groll über vorenthaltene Diäten und Gage Luft gemacht hat. Übrigens hatte das Cotta'sche Haus, in dem man wohnte, die Aussicht über die große Straße hinweg auf den Exerzierplatz. Kommandorufe, Trommeln und Pfeifen hörte man den ganzen Tag. Exerzierende Mannschaften waren ein gewohnter Anblick, ebenso die Exekution grausamer Strafen, wie des Spießrutenlaufens – »aber unser gnädigster Landesherr ließ alle Regimenter auf dem Paradeplatz aufmarschieren und die Maulaffen niederschießen. Wir hörten die Büchsen knallen, sahen ihr Gehirn auf das Pflaster sprützen, und die ganze Armee schrie: Juchheh nach Amerika!« Das ist aus der Kammerdienerszene in »Kabale und Liebe«. Derartiges hat der Lateinschüler nicht gesehen. Doch war es, als viele Württemberger beim Ausmarsch 1757 meuterten, zu Erschießungen gekommen; der Vater mag davon erzählt haben.

Unter den frühen Gedichten scheint mir »In einer Bataille« eines der besten zu sein. Daraus spricht die altgewohnte Kenntnis militärischen Reglements –

> Fertig! heults von P'loton zu P'loton;
> Auf die Knie geworfen
> Feuren die vorderen...

Schiller hat zeitlebens Marschmusik gern gehört. Wenn er, auf- und abschreitend, mit seinem Text rang, dann hat er mit Vorliebe die Frau oder die Schwägerin im Nebenzimmer auf dem Klavier Märsche spielen lassen.

An die Stelle des auf die Solitude beförderten Jahn war der Oberpräzeptor Winter getreten. Schiller, als einer der besten Schüler, hatte den neuen Lehrer mit einem lateinischen Gedicht zu begrüßen, in dem es witzig hieß: ver nobis Winter polliciturque bonum – und der Winter verheißt uns einen angenehmen Frühling. Der Herr Oberpräzeptor ist entzückt, nicht von dem Gedicht, sondern weil er dem Poeten einen Schnitzer ankreiden kann – pollicetur müsse es heißen, nicht pollicitur. Es wird durchaus kein angenehmer Frühling in dieser Klasse; Winters Unterricht ist geistlos und mit Prügeln gepfeffert; eine herbe Enttäuschung für die Jungen, die den Unterricht Jahns genossen hatten. Ein ganz unrechter Mann ist Winter wohl nicht gewesen. Als er einmal Schiller besonders hart gestraft hatte, dann aber merkte, daß dies zu Unrecht geschehen war, machte er immerhin dem Vater des Schülers einen Besuch und entschuldigte sich. Vater Schiller wußte von nichts, der Sohn hatte sich nicht beklagt. Befragt, sagte Fritz, er hätte gedacht: sein Lehrer meine es doch gut. Mag sein, daß deshalb mancher Gymnasialprofessor Schiller für einen mustergültigen Schüler gehalten und gepriesen hat. Uns will die verbürgte Geschichte nicht recht hinunter. Sie erscheint uns eher als ein Beweis dafür, wie der Junge, indem er sich der väterlichen Autorität unterwarf, seine Gefühle und Gedanken vor dem Vater zu verbergen pflegte – vielleicht mit einem Anflug von heimlichem Hohn und Hochmut.

Im April 1772 war die Konfirmation, die wohl niemand so weihevoll empfunden hat wie die Mutter. Als sie am Tag zuvor den Sohn auf der Straße schlendern sieht, ruft sie ihn zu sich und hält ihm unter Tränen seine scheinbare Gleichgültigkeit vor. Betroffen und aufgeregt zieht sich der Junge zurück und schreibt sein erstes deutsches Gedicht, das die bevorstehende heilige Handlung zum Gegenstand hat. Bringt es der gerührten Mutter. Der Vater, dem es gleichfalls gezeigt wird: »Bist du närrisch geworden, Fritz?« – aber wohl nicht unfreundlich. (Die Verse sind verlorengegangen.)

Das dritte Landexamen war noch gut ausgefallen. Eine Erinnerung an diese Prüfungen findet sich in dem Gedicht »Die Winternacht«, das sich unter den frühen Gedichten durch einen Ton der Behaglichkeit auszeichnet, Rückschau ohne Groll –

> Wie ungestüm dem grimmen Landexamen
> Des Buben Herz geklopft;
> Wie ihm, sprach iezt der Rektor seinen Namen,
> Der helle Schweiß aufs Buch getropft...

Die Leistungen des zwölfjährigen Schülers Schiller sanken ab. Daran mag die Wintersche Pädagogik ihren Anteil gehabt haben. Der Hauptgrund dürfte aber in dem raschen Wachstum des nun emporschießenden überschlanken, blassen, rötlich-blonden Jungen gelegen haben. Ihn streifen die ersten Schatten der Krankheiten, die sein Leben begleiten werden. Er besteht, Herbst 1772, auch das vierte Landexamen, aber mit weniger guten Noten; er habe nicht ohne Gewinn studiert, aber mit der Klasse nicht ganz Schritt gehalten, heißt es in der Beurteilung. Mit einem Fleiß, der selbst seine Lehrer erschreckt, holt er das durch Krankheit Versäumte nach. Unverrückt steht ihm sein Weg vor Augen: Klosterschule, Stift, ein geistliches Amt. In dieser Hauptsache ist er sich nicht nur mit der frommen Mutter, sondern auch mit dem strengen Vater einig.

Über den Vater aber, zwischen den leiblichen Vater und Gottvater im Himmel, ist der Landesvater gestellt, Herzog Carl Eugen, der sein Land seit sechsundzwanzig Jahren regiert (er wird weitere dreiundzwanzig Jahre herrschen). Wie ein Raubvogel vom hohen Horst sein Revier überblickt, ihm keine rennende Maus entgeht, so überschaut Carl Eugen sein Land, das nach damaligen Maßstäben nicht klein, aber überschaubar war. Längst weiß er, daß sein Hauptmann Schiller einen Sohn hat, der gut lernt. Und da nunmehr der Gestaltungsdrang dieses rastlosen Mannes gutenteils seiner Schule gilt, seiner Militär-Pflanzschule, wie sie einstweilen heißt, ist er dauernd auf der Suche nach gescheiten Buben. Schon zweimal ist der Hauptmann Schiller angegangen worden, seinen Sohn der Pflanzschule anzuvertrauen; mit dem Hinweis auf die

Bestimmung zum geistlichen Amt konnte das noch abgewehrt werden. Aber der Herzog gibt nicht nach. Er macht ein drittes Angebot, mit Zusicherung der freien Wahl des Studienfachs und einer späteren Versorgung, besser als im geistlichen Stand. Eine abermalige Ablehnung würde die Ungnade des Fürsten auf die Familie herabziehen. Caspar Schiller gibt nach. Der Sohn wird zur Schule auf der Solitude abgehen. Diese Entscheidung fiel am Ende des Jahres 1772, im 14. Lebensjahr Friedrich Schillers.

Die Karlsschule

Carl Eugen, als der andere Vater, ist die herrschende und bestimmende Gestalt im Leben Friedrich Schillers von dessen 214. bis ins 21. Lebensjahr (– der Rhythmus von jeweils sieben Jahren ist in diesem Lebenslauf exemplarisch ausgeprägt: die ersten sieben enden mit dem Wegzug von Lorch, das zweite Jahrsiebt ist die Ludwigsburger Lateinschulzeit, das dritte steht unter dem Zeichen des Herzogs, das vierte wird mit Familiengründung und Professur enden). Von Carl Eugen ist auf den vorhergegangenen Seiten schon die Rede gewesen als von einem einfallsreichen, aber verschwenderischen Herrn, der mit den Einkünften seines Landes und mit Geldern aus trüben Quellen brillant Hof hielt; der dabei keine Skrupel hatte, bewährte Diener jahrelang unbezahlt zu lassen; aber auch als von einem Menschenkenner mit scharfem Blick und sicherem Gespür für Talent und Genie.

Für die beiden ersten tollen Jahrzehnte seiner Herrschaft genügt es, von diesem Zeitpunkt unserer Biographie rückblickend festzustellen, daß Carl Eugen sich auch im Taumel exorbitanter Festivitäten persönlich nicht hat gehen lassen, daß er mäßig im Essen und Trinken blieb, ein Frühaufsteher und fleißiger Arbeiter, freilich ungeduldig und mit despotischen Allüren seinen Willen durchsetzend. Maßlos war er nur im Umgang mit Frauen, seine Stundenliebschaften unzählig, wobei er die Geschwängerten schnöde »ein for allemal« abfinden ließ; kein Wunder, daß seine stolze, kühle Gemahlin sehr bald genug von ihm hatte. Das ärgste an dieser Regierungsperiode war das Treiben übler Kreaturen, die sich mit Ämterverkauf mästeten, ihrem jungen Herrn aufs widerwärtigste schmeichelten, den Untertanen auf den Nacken traten und protestierenden aufrechten Männern mit List und Gewalt das Rückgrat brachen. Von solchen Figuren, einem Wittleder, einem Montmartin, sprach man noch lange in den Stuben der Bürger, sehr wahrscheinlich auch in der Familie des Hauptmanns Schiller.

Wenn an dem etwas sonderbaren Wort, der Schwabe werde erst mit vierzig gescheit, etwas sein sollte, dann kann dieser Schwabenherzog als Exempel dienen. Ums Jahr 1770 (sein Geburtsjahr war 1728) vollzog sich eine Wende in seinem Leben. Franziska, mit der er sich damals auf die Dauer verbunden hat, dürfte auf ihre stille Art starken Anteil an dieser Wandlung gehabt haben. Dabei ist er ein höchst selbstbewußter Herr geblieben, dessen Wille Gebot für jeden Untertan sein sollte. Aber Luxus und Verschwendung nahmen nach und nach, bisweilen mit rigorosen Beschränkungen, ein Ende. Die unwürdige Günstlingswirtschaft hatte gänzlich aufgehört. Die Wohlfahrt des Landes – die Glückseligkeit der Untertanen, wie man damals sagte – wurde zum Lebenszweck dieses rastlosen Fürsten: Förderung von Ackerbau, Weinbau, Obstbau, Viehzucht, Pferdezucht; Chausseebau, Feuerassekuranz, Manufakturen, Waisenhäuser; Gründung und Ausbau einer öffentlichen Bibliothek; besonders aber das Erziehungswesen.

Sein erzieherischer Eifer, der ganz eigentlich aus seinem Selbstverständnis als Landesvater floß, durchdrang das gesamte Schulwesen, Volksschulen und Lateinschulen, das Gymnasium illustre zu Stuttgart und die Universität in Tübingen, auch und nicht zuletzt das Stift. Aber den eigentlichen Ausdruck fand sein pädagogischer Eros, der sich keinem prinzlichen Sohn und Nachfolger zuwenden konnte, in seiner eigenen Gründung, der Karlsschule. Diesem Institut hat er den besten Teil seiner letzten dreiundzwanzig Lebensjahre gewidmet, mit einer persönlichen Hingabe, die den Betrachter immer wieder in Staunen versetzt. Diese Hingabe bedeutete für Leiter, Lehrer und Schüler beides: allerhöchste Gunst, Anfeuerung, unermüdliche Förderung, Schutz gegen Mißgunst von kirchlicher und ständischer Seite – aber auch ständige Kontrolle, tägliches Hineinreden und Reglementieren, allerdings nur selten Auswirkungen allerhöchster übler Laune. Diese Schule ist für Schillers Leben, bereichernd und einzwängend, fördernd und hemmend, bildend und vielleicht verbildend, von einer solchen Bedeutung, daß zunächst im allgemeinen von ihr die Rede sein muß: erst einige Worte zu ihrer Entstehung und Entwicklung, dann eine Skizze der Schule aus den Jahren, in denen Schiller ihr angehört hat.

In den 1760er Jahren hatte Carl Eugen sich ein Jagd- und Lustschloß bauen lassen, die Solitude, auf einer Anhöhe, von der er bei klarem Wetter nach Ludwigsburg und weit hinaus in sein Land sehen konnte; von Stuttgart in einem zweistündigen Ritt bequem zu erreichen. Die Anlage, deren Mitte ein elegantes, Friedrichs Sanssouci nachempfundenes Schlößchen bildete, hatte sich bald zu einer Residenz im Walde ausgewachsen mit Zirkelbauten und Kavalierswohnungen, Kirche, Kaserne, Reithalle, einem prachtvollen Marstall, das alles in ausgedehnten Gartenanlagen mit Orangerie, Lorbeersaal, Gartentheater, Terrassen, Bassins... All das war 1767 einigermaßen fertig, aber die Unterhaltung allein erforderte eine große Zahl von Handwerkern und Gärtnern. Hier ist *ein* Ansatzpunkt für die Überlegungen, aus denen am Ende die Karlsschule hervorgehen sollte. Ein anderer Ansatzpunkt waren die Erwägungen, ein Militärwaisenhaus einzurichten; dabei war dem Herzog bewußt, daß nicht nur die verwaisten Soldatenkinder höchst hilfsbedürftig waren, sondern auch viele andere, die in den Kasernen kümmerlich und herumgestoßen aufwuchsen. Dann gab es da seit Jahren zur Heranbildung von Künstlern, die bei den Bauten und in der Porzellanfabrik gebraucht wurden, die Académie des Arts, trotz ihres schönen Namens eine recht bescheidene Einrichtung, ein Provisorium. Endlich war der Gedanke an eine Militärakademie immer wieder erwogen worden. Alle diese Erwägungen drängten zu einem erzieherischen Werk. Man fing klein an.

Carl Eugen selbst hat rückschauend einmal gesagt: »Müde, meine Aufmerksamkeit allzu viel auf Dinge gewendet zu haben, die dem Endzweck meines erhabenen Berufs nicht gemäß waren, entstunde der Gedanke... Jünglinge für die Zukunft zu bilden; der Keim des Gedankens war damalen nicht ausgebreitet, 24 Jünglinge sollten es seyn. Je deutlicher Ich im kleinen Anfang die Früchte der Sorgfalt einärndtete, je weiters folgte ich meinem inneren Trieb; ein Halbhundert vermehrte jene 24 und die Aussichten wurden ausgebreiteter...« Es gibt noch ein Motiv, das den seiner Verantwortung nunmehr bewußten Landesherrn zu seinem Erziehungswerk getrieben hat. Er hatte in früheren Jahren sein Land mit Bastarden übersät, die Mütter schmählich abfinden lassen. Nun regte sich sein Gewissen. Waren die Kinder von seinem Fleisch und Blut einmal in der Welt, so sollten sie auch etwas rechtes werden. Unter den früheren Jahrgängen der Karlsschule war eine stattliche Anzahl leiblicher Kinder Serenissimi, und wenn er die Eleven »meine Söhne« anredete, so war das vielfach die schlichte Wahrheit.

Am 5. Februar 1770 wurden vierzehn Buben, Soldatenkinder, in die auf der Solitude eingerichtete Gärtnerschule aufgenommen. Organisator und Leiter war Leutnant Seeger, damals dreißigjährig, ein charaktervoller, gescheiter und praktisch begabter Mann, Leiter der Karlsschule von diesem bescheidenen Anfang bis zum Ende.

Die Kinder wurden behandelt wie kleine Soldaten, militärische Disziplin war tonangebend von vornherein; das verband sich mit gründlicher Unterrichtung und umfassender Fürsorge. Gärtner sollten die Jungen werden, oder auch Stukkatoren, die auf der Solitude gleichfalls benötigt wurden. In unglaublich kurzer Zeit wächst die Schule; bis zum Herbst hat sich die Zahl der Zöglinge verdreifacht, bis Ende des Jahres sind es fast hundert, ein Jahr später dreihundert. Und mit der Schülerzahl wächst die Vielfalt der Bildungswege. Musikschüler kommen hinzu. Eine gymnasiale Stufe wird eingerichtet.

Ganze Schübe junger Menschen treffen ein aus Mömpelgard, der württembergischen Exklave jenseits der Burgundischen Pforte, wo der Herzog wiederholt persönlich ansehnliche und gescheite Buben aussucht; keine Soldatenkinder mehr, aber großenteils aus einfachen Familien; unter den Vätern sind Korbmacher, Pastetenbäcker, Strumpfwirker, Kanzleidiener, Taglöhner; etwas später auch Söhne aus dem gehobenen Stand, vom Notar, vom Hofchirurgus, vom Herrn Spezial. In Schillers engstem Freundeskreis auf der Schule wird man Mömpelgardern begegnen. Der Zuzug dieser jungen Württemberger meist französischer Muttersprache war so stark, daß es im Stundenplan hieß: Französisch für die Deutschen, Deutsch für die Franzosen.

Aus der Gärtnerschule war sehr schnell die »Militärische Pflanzschule« geworden. So hieß sie noch, als Fritz Schiller dort abgeliefert wurde. Bald danach, März 1773, wurde sie zur »Herzoglichen Militär-Akademie« erhoben. Der erste bedeutende Lehrer war der von der Ludwigsburger Lateinschule geholte Jahn. Hier konnte er seine fortschrittliche Pädagogik ziemlich frei entfalten: ein vernünftiger, geistvoller Sprachunterricht; ein Religionsunterricht im Geist der Aufklärung – »Religion und Natur sind im Grund einerlei, denn sie gehen beide auf die Glückseligkeit der Menschen«. Jahn hat die Karlsschulenpädagogik segensreich beeinflußt, Lehrplan und Tagesordnung bestimmt, einige Jahre hindurch seinen lebendigen Unterricht erteilt. Aber er kam mit der Jugend besser zurecht als mit den Älteren, hatte Streit mit den Kollegen, stak in Schulden – dann geschah es noch, daß der Herzog sich in einem Rückfall in frühere Gewohnheiten Jahns Tochter näherte; die starb im Wochenbett. Der Vater wurde nach Ludwigsburg zurückversetzt.

Der Aufstieg der Akademie setzte sich inzwischen fort. »Kavalierssöhne«, also Adlige, wurden aufgenommen, mit gewissen Sonderrechten, die sich nach den damaligen Vorstellungen von selbst verstanden. Ungewöhnlich war eher, daß sie im Unterricht ihren aus zum Teil sehr einfachen Verhältnissen stammenden Kameraden gleichgestellt wurden. Ebenso ungewöhnlich, zumal nach altwürttembergischer Auffassung, war die gemeinsame Unterrichtung, das gemeinsame Gebet von Protestanten und Katholiken. – Als die Anstalt kaum drei Jahre bestand, hatte sie einen solchen Charakter angenommen, daß der Herzog sich unter den Professoren und Magistern seiner Universität Tübingen nach geeigneten Lehrern umsehen mußte. Er bewies dabei wiederum seinen scharfen Blick und seine glückliche Hand. Die ausgewählten jungen Lehrer mußten zunächst in allen Fächern unterrichten, dann spezialisierten sie sich: der pädagogisch hochbegabte Abel auf Philosophie, Schott auf Geschichte, Nast auf alte Sprachen, Kielmann auf Geographie und Latein. Immer deutlicher zeichnete sich ab, daß auf der Akademie Staatsdiener jeder Art erzogen werden sollten, Offiziere und Beamte. Forstwesen, Kameralistik und Jurisprudenz wurden Lehrfächer. Endlich wurden auch Naturwissenschaften und Medizin in den Lehrplan einbezogen, wobei schwerlich der geringfügige Bedarf an Militärärzten ausschlaggebend gewesen ist. Die jährlichen Prüfungen nahmen mehr und mehr akademischen Charakter an.

Das alles vollzog sich noch auf der Solitude, in den Wäldern, in einem neuen und nie fertiggestellten Gebäudekomplex. Am Ende des sechsten Jahres ihres Bestehens, im November 1755, erfolgte der Umzug der Schule nach Stuttgart, in eine hinter dem im Bau befindlichen »Neuen Schloß« gelegene geräumige Kaserne. Hier war nun der Akademie eine ruhigere Entwicklung beschieden, das stürmische Wachstum, das Ausgreifen in immer neue Wissensgebiete war zu einem gewissen Abschluß gekommen. Der gute Ruf der Akademie hatte sich verbreitet; mehr und mehr wurde sie auch von Ausländern, das heißt Nicht-Württembergern besucht, vor allem aus Norddeutschland und der Schweiz. Damit änderte sich manches im Verhältnis zwischen dem Protektor und seiner Schule. In den ersten Jahren hatte Carl Eugen großenteils persönlich die jungen Leute ausgesucht, die auf Staatskosten unter seiner Aufsicht zu für den Staat nützlichen Subjekten erzogen wurden. Das schnelle Wachsen der Schülerzahl, die Aufnahme von Ausländern, auch eindringliche Vorstellungen der wegen der hohen Kosten besorgten Landschaft machten es unausweichlich, daß nun auch Zöglinge genommen wurden, deren Väter ein angemessenes Kostgeld zahlten. Über diese Schüler konnte der Herzog nicht wohl souverän verfügen; zudem kamen die Ausländer für den württembergischen Dienst nur ausnahmsweise in Betracht. Der Internatscharakter, den die Akademie auch hatte, trat bei diesen finanziell Unabhängigen in den Vordergrund.

Unter den Schulen Deutschlands im 18. Jahrhundert nimmt die Karlsschule einen hohen Rang ein. Sie war »die modernste und umfassendste Erziehungsanstalt und Universität ihrer Zeit« (Robert Uhland). Von ähnlicher Bedeutung waren die Franckeschen Anstalten in Halle, das Philantropinum in Dessau, Schulpforta, die Meißner Fürstenschule; unter den Universitäten waren nur Göttingen und Leipzig der Karlsschule zu deren Blütezeit vergleichbar. Im Dezember 1781 erhob Kaiser Joseph II. die Akademie zur Universität. Als solche hat sie zwölf Jahre bestanden. Am 24. Oktober 1793 ist Carl Eugen gestorben. Ein halbes Jahr später wurde seine hohe Schule geschlossen.

Will man sich den Alltag dieser Schule vorstellen in den Jahren, da Schiller sie besuchte, von 1773 bis 1780, so muß man den eben skizzierten Fluß der Veränderungen im Auge behalten. Aber in allem Wandel blieb das Grundmuster gültig und wirksam. Auf eine eigentümliche Weise waren militärische Disziplin und fortschrittlicher Unterricht ineinander verwoben. Dem entsprach eine Rollenverteilung unter den Erziehern. Ordnung, Sauberkeit, korrektes Benehmen wurden von Militärs überwacht, Unteroffizieren, später auch Offizieren; auch sie waren ausgesucht, übel beleumundete Subjekte wären niemals an die Akademie kommandiert worden. Doch verbreiteten sie den Geist (oder wie man es nennen will) der Kaserne. Ihre Aufmerksamkeit richtete sich auf die Akkuratesse der von den Schülern zu richtenden Betten ebenso wie auf den richtig geflochtenen Zopf, wie auf das vernehmliche Mitsprechen beim gemeinsam gesprochenen Gebet. Ihnen oblag die Einhaltung der uns besonders peinlich berührenden Order, daß »kein junger Mensch einen Augenblick allein sein dürfe«, und die Aufsicht bei den Spaziergängen. – Die Lehrer waren von diesem Ballast frei. Sie hatten nur für Ordnung in den Unterrichtsstunden zu sorgen, was kaum problematisch gewesen sein dürfte. Sie waren Pädagogen und nicht selten die älteren Freunde ihrer Schüler. Die Jugend der meisten hat das noch erleichtert; der Altersunterschied zwischen Lehrern und Schülern war oft verblüffend gering.

Der Tag begann ganz wie in einer Kaserne. Um 5 Uhr im Sommer, um 6 Uhr im Winter wurde geweckt – schleuniges Aufstehen, eiliges Waschen, Ankleiden und Frisieren (zeitraubend wegen des Zopfes und der über den Schläfen gedrehten Papilloten), Bettenbau – eine Stunde nach dem Wecken Rapport, Morgengebet und Frühstück, das nach der Gewohnheit der Zeit aus einer gebrannten Mehlsuppe bestand. Ab 7 Uhr, im Winter 8 Uhr, war Unterricht bis 11 Uhr. Es folgte eine Art Putz- und Flickstunde, um die Uniform in untadeliger Ordnung zu halten, dann Rapport, den sehr oft der Herzog persönlich vornahm (mit Entgegennahme etwaiger Strafbilletts, die am Rock befestigt waren); darauf in militärischer Ordnung Einzug in den Speisesaal. Das anständige Mittagessen – jedem Zögling stand täglich ein halbes Pfund Fleisch zu – mußte eher klösterlicher Gewohnheit als Kasernenbrauch entsprechend schweigend eingenommen werden; zu trinken gab es einen Schluck einfachen und wahrscheinlich sauren Landweins. Nach dem Essen ein Spaziergang, bei schlechtem Wetter Exerzieren unter Dach. Dann wieder Unterricht bis ½ 7 Uhr, danach eine Erholungsstunde, dann das ziemlich reichhaltige Nachtessen, zu dem aber nur Wasser getrunken wurde. Bald darauf ging man zur Ruhe, um neun mußte alles in den Betten sein.

Das sind im Durchschnitt acht Unterrichtsstunden, eingefügt in einen spartanischen Tageslauf. Es geht nicht an, dieses Institut mit den Maßstäben späterer Epochen, mit den Maßstäben des letzten Viertels des 20. Jahrhunderts zu messen. Objektive Vergleichsmöglichkeiten bieten die entsprechenden Einrichtungen, die Akademien, Kadettenanstalten, Klosterschulen, Waisenhäuser jener Zeit; auch ein Blick auf den Alltag der Lehrlinge und der Bauernkinder der Epoche ist lehrreich; ebenso ein Vergleich mit dem zwar ungebundenen, aber oft erbärmlichen verlotterten Leben der Studenten damals. Erstaunlich, merkwürdig bleibt die schöne Blüte von Karls hoher Schule, die doch in ihrer inneren Ordnung eine Zuchtanstalt nicht nur nach strengen, sondern auch nach engen Grundsätzen gewesen ist.

In der Tat beruhten Zucht und Ordnung dieser Akademie auf einem totalen Freiheitsentzug. »Kein Cavalier noch Eleve wird aus dem Hauss gelassen, es wäre denn, daß Vatter oder Mutter tödtlich wäre, alsdann selbiger mit einem Officier und einem Aufseher dahin zu schicken ist« (ein Befehl von 1776). Aber selbst wenn dieser Fall eintrat, wurde ein junger Mensch nicht immer heim gelassen. Einem Schüler, dem es verwehrt wurde, zu seinem sterbenden Vater zu reisen, sagte Carl Eugen: »Tröst' Er sich, Ich bin Sein Vater –« wobei das Verrückte noch darin liegt, daß dieser Ausspruch wahrscheinlich nicht zynisch, sondern aufrichtig gemeint war... Totaler Freiheitsentzug. Ausgänge fanden nur in Begleitung von Aufsehern statt. Unterwegs hatten die Zöglinge jedermann artig zu grüßen, durften aber mit niemandem sprechen.

Die Disziplinarmaßnahmen im engeren Sinn muten da vergleichsweise milde an. Strafen wurden vom Herzog persönlich verhängt, nachdem er beim Rapport das Billett mit der Verfehlung gelesen, wohl auch mit dem Jungen über die Sache gesprochen hatte. Strafen waren: Ermahnung, eine Ohrfeige, »Carieren« (da mußte der Übeltäter im Speisesaal an einem eigenen Tisch bei Wasser und Brot stehen – eine klösterliche Buße), Hiebe mit dem Weidenstock und Arrest. Wenn man bedenkt, wie damals auf den Schulen und beim Militär geprügelt wurde, so fällt die weise Zurückhaltung auf, die in diesem Punkt auf der Akademie geübt wurde.

Peinlichste »Propreté« war ein Element der Ordnung; fleckenlose Akkuratesse aller Uniformstücke, Ordnung der komplizierten Frisur, Reinlichkeit. Wer noch in einer Armee älteren Schlages gedient hat, erinnert sich, wie dergleichen bis zur idiotischen Übertreibung Gegenstand der Aufmerksamkeit der Unteroffiziere sein konnte. So gehört auch das zum Kasernencharakter der Akademie. Schweinpelz! grunzte der Aufseher den Eleven an, auf dessen Uniformrock er einen angetrübten Metallknopf erspäht hatte. Doch war die Aufmerksamkeit, die der Reinlichkeit der jungen Leute zugewendet wurde, auch in der Sorge für ihre Gesundheit begründet. Wer eine Ahnung von den Dünsten der verschiedenen guten alten Zeiten hat, weiß das Unerhörte eines Befehls zu würdigen, daß die Eleven alle zwei Tage ein frisches Hemd anzuziehen hatten. Nicht weniger revolutionär mutet das Baden an, das auf der Solitude an schönen Sommertagen im Freien improvisiert wurde, während in Stuttgart eine eigene Anlage und später sogar ein beheiztes Winterbad eingerichtet wurden. Nach dem Bad wurde geruht.

Diese für das 18. Jahrhundert noch ganz und gar ungewöhnliche Wasserfreudigkeit war ein Teil der sehr sorgfältigen Gesundheitsfürsorge. Dazu gehörten die recht vernünftige Ernährung, das Verbot von Tabak, Kaffee und schwarzem Tee, die Trinkkuren mit Sauerwasser. Die Körperlänge der Eleven wurde in regelmäßigen Abständen kontrolliert, was Serenissimus meist persönlich vornahm, vergnügt darüber, wie seine Söhne Zoll für Zoll heranwuchsen. Die im Archiv erhaltenen Unterlagen sind so umfangreich und so präzis, daß sie 1970 als alleinige Unterlage einer Frankfurter Dissertation über Beobachtungen zur Akzeleration des Längenwachstums dienen konnten. Für Krankheitsfälle – und es blieb trotz aller Vorsorge nicht aus, daß Epidemien auch die Schule ergriffen – war in den Stuttgarter Akademiebauten großzügig vorgesorgt;

neun Krankenstuben, zum Teil mit Isoliermöglichkeit, standen zur Verfügung. In die Krankenbehandlung auf der Karlsschule wird man gerade bei der Beschäftigung mit Schiller tiefe Einblicke gewinnen.

Ein wichtiger Aspekt der Absperrung der Schüler von der Außenwelt ist das Fernhalten weiblicher Wesen. In diesem Punkt war die äußerste Prüderie befohlen. Hier besonders hielt es Carl Eugen mit dem alten Spruch »quod licet Iovi, non licet bovi« – was Jupiter erlaubt ist, bleibt dem Rindvieh verboten, will sagen: jungen Männern, die nicht durch fürstliche Geburt ausgezeichnet sind. – An weiblichem Personal fehlte es in den Räumen der Akademie nicht gänzlich; zum Beispiel waren zwei alte Frauen dazu angestellt, auf den Köpfen der Eleven nach Insekten zu forschen, was damals notwendig zur Hygiene gehörte. Man wird die in der Akademie beschäftigten »Weibspersonen« nach dem Grundsatz ausgesucht haben, der auch in Oxford und Cambridge lange Zeit galt: nec iuvenis nec pulchra (weder jung noch schön). – Es versteht sich, daß das weitestmögliche Fernhalten alles Weiblichen die Pubertätsperiode dieser bei guten Kräften gehaltenen Jünglinge nicht eben leichter machte. Die Sehnsucht nach Frauen wurde unklug komprimiert und übersteigert, die Phantasie pendelte zwischen kindisch zu Halbgöttinnen erhöhten Idealgestalten und rascher Befriedigung dessen, was man überheblich tierische Gelüste nannte. Daß sich herzliche Freundschaft zwischen jungen Männern leicht homoerotisch erhitzte, konnte nicht ausbleiben.

Doch hat es an hochnötigen Lockerungen nicht ganz gefehlt. Nach und nach wurde das lächerliche mannsklösterliche Prinzip, daß sich keine Frau innerhalb der Akademiemauern blicken lassen dürfe, abgebaut. Und als die Anstalt nach Stuttgart verlegt war, stiegen die Jünglinge nicht selten heimlich über die Mauer. – Überblickt man die Scharen hervorragend lebenstüchtiger Männer, die aus dieser Schule hervorgegangen sind, so wird man sich vor der Überbewertung unbestreitbarer pädogogischer Fehlleistungen hüten. Manche freilich sind daran zugrunde gegangen.

Am 16. Januar 1773 begleitet Hauptmann Schiller seinen dreizehnjährigen Fritz auf die Solitude, um ihn dort in die Hände des Intendanten Seeger abzuliefern. Unterwegs mag sich der Vater seine Gedanken gemacht haben über seinen allergnädigsten Landesherrn (noch ahnungslos, daß er ihm drei Jahre später wirklich seine Gunst zuwenden und ihm auf eben dieser Solitude einen schönen Wirkungskreis einräumen wird). Seine Gedanken durfte aber der

Sohn nicht erfahren, der Vater wird ihm von den Wegen Gottes gesprochen haben, die wunderbar seien und wunderlich; wird ihn zu Fleiß und Gehorsam eindringlich ermahnt haben. Auch zur Dankbarkeit gegen den Landesherrn? Vielleicht auch das. Der Junge mag in einer traurigen Benommenheit gewesen sein nach dem tränenreichen Abschied von der Mutter, die, eben wiederum schwanger, den geliebten Sohn entschwinden sah und zugleich ihre Hoffnung, ihn einmal als Pfarrer auf der Kanzel zu sehen. Als man denn angekommen war – weit war ja die Reise von Ludwigsburg auf die Solitude auch nach damaligen Begriffen nicht – hatte der neue Eleve Mühe, Traurigkeit und Trotz zu verbergen. Der Abschied vom Vater war unschwer in männlicher Haltung zu bestehen...

An diesem Punkt, auf der Schwelle der Karlsschule, ist die Überlegung am Platz, wie Schillers Jugendjahre sich gestaltet hätten, wäre er nicht auf herzogliches Geheiß in seine Schule eingeliefert worden. Er hätte, wenig später, in eine der evangelischen Klosterschulen einrücken müssen, hätte dort eine Art Kutte statt der Uniform getragen. Es wäre ihm die strenge Absonderung von der Familie erspart geblieben und die kasernenmäßige Disziplin; nicht aber klösterliche Zucht und Kargheit, die noch vier Generationen später einen Hermann Hesse »unters Rad« gebracht haben, obwohl da die Bräuche schon milder waren. Er hätte dort eine vollkommen einseitige Bildung, lateinisch, griechisch, hebräisch und die sonstigen Grundlagen zum Studium der Theologie erhalten. Er hätte fast ausschließlich Kameraden aus dem engen württembergischen Vaterland um sich gehabt und von »Welt« keinen Hauch verspürt. Danach wäre er aufs Stift gekommen. Da bekanntlich aus einem Stiftler, wenn er einmal durchs theologische Nadelöhr geschlüpft ist, alles werden kann, wäre auch Schiller auf diesem Wege etwas geworden, wie Hegel, wie Schelling – oder auch wie Hölderlin. Sein Genius wäre gewiß nicht in einem dörflichen Pfarrhaus verglommen. Nicht viel anders als auf der Akademie hätte das Pendel zwischen Bejahung und Rebellion geschwungen. Zu einem Ausbrechen aus der vorgezeichneten Bahn wäre es dort wie hier gekommen. Fragt man sich aber, wo er die reichere Fracht für den Lebensweg empfangen hätte, so neigt sich die Waage zugunsten der Karlsschule – zu schweigen von dem, was er an Welt dort verspürt hat und was er auf dem Stift gehabt hätte. – Er selbst hat sich am Ende seiner Akademiejahre dazu gegenüber dem Freunde Conz geäußert: es freue ihn, daß sein Schicksal nun diese Wendung genommen, er würde die langsame Klosterlaufbahn...

haben durchlaufen müssen; so sei er nun fertig, ausgerüstet für die Welt. »Was wäre ich jetzt? ein tübingisches Magisterlein!« Eine der sich widersprechenden Äußerungen Schillers über die Akademie, aber eine besonders bemerkenswerte.

Beginnt nicht an jenem Januartag der totale Freiheitsentzug für den künftigen Freiheitsdichter, Freiheitsentzug für sieben Jahre? Man könnte mit guter Begründung so sagen. Mit dem Wort von der Sklavenplantage – einem journalistischen Meisterstreich, in Sekunden hingehauen und nun schon zweihundert Jahre wirksam – hat Schubart *einen* Aspekt grell angeleuchtet und alles andere, unwissend oder boshaft oder unbekümmert, im Dunkeln gelassen.

Angst, Bedrücktheit, verstohlener Trotz haben den jungen Schiller über die Schwelle begleitet. Drinnen aber gibt es alsbald ein Wiedersehen mit den Brüdern Hoven, altvertrauten Hausgenossen und Spielgefährten. Und der erste Lehrer, dem er begegnet, ist Professor Jahn, geliebt und verehrt als Licht im Grau der Ludwigsburger Lateinschule. Jahn prüft die Intelligenz des neuen Eleven, Medikus Dr. Storr seinen körperlichen Zustand. Und alsbald, noch in diesem Winter, findet Schiller unter den unbekannten Gesichtern, die ihn umgeben, einen Freund: Scharffenstein. Das ist einer von den zahlreichen Mömpelgardern, trotz seines Namens von französischer Muttersprache.

Sein Leben hindurch ist Schiller durch seine stolze Haltung aufgefallen; das hat sich aber nicht immer mit einem Bedürfnis nach besonderer Reinlichkeit und nach Gefälligkeit und Ordnung der Kleidung verbunden. Wenn ihm etwas in der neuen Umgebung von Herzen zuwider war, dann die Hochschätzung und Überschätzung von Akkuratesse und Propreté. »Besonders verhaßt war es ihm und ungelegen, sich zu frisieren, wie damals noch Sitte war; und wie ernsthaft namentlich darauf gesehen wurde, daß niemand beim gemeinschaftlichen Essen mit ungeordnetem Haupte erscheine, so hatte sein Stubenkamerad doch fast täglich, wann die Eßglocke läutete, die Bemerkung zu machen: ›Aber Fritz, wie siehst du wieder aus?‹ ›Ich wollte‹, rief dann Schiller unmutig, ›daß der verdammte Zopf beim Henker wäre‹.« So erinnert sich Wilhelm von Hoven. Allein im Februar erhält Schiller zwei Strafbilletts wegen Unreinlichkeit. Im Ganzen ist er selten bestraft worden, in den späteren Jahren kaum noch.

Im Unterricht muß dem hellen, wißbegierigen jungen Menschen eine Welt aufgegangen sein. Bei Jahn genießt er einen außerordentlich gründlichen Lateinunterricht, eine Fortbildung auf hoher Stufe, denn er ist nun mehr als sieben Jahre den Umgang mit dieser

Sprache gewöhnt; »römische Antiquitäten« ergänzen das Lateinische. Dazu kommen in diesem ersten Jahr, mit Jahn als Lehrer, Moral, Geographie, Geschichte, Religion sowie das Griechische. Ein erstaunliches humanistisches Pensum! Bei anderen Lehrern lernt er Französisch, Mathematik, Geometrie, Naturkunde. Dazu kommen Stunden in Musik, Zeichnen, Reiten, Fechten und Tanzen. – Fritz Schiller erweist sich in diesem Jahr als ein mittelguter Schüler; im Französischen und in der Mathematik ein wenig unter dem Durchschnitt; aber im Griechischen ist er der erste, erhält einen Preis für die beste Äsop-Übersetzung. Im folgenden Jahr läßt seine Lernfreude nach. Schnelles Wachstum zehrt an seinen Kräften, er ist wiederholt krank, fast den ganzen September hindurch. »Ein kränklicher und schwächlicher Leib hat ihm bisher noch nicht zugelassen, seine Gaben so anzuwenden, wie er wollte –« heißt es schonend in einer der Beurteilungen (Schmidlin), die auf allerhöchsten Befehl die Eleven über ihre Kameraden zu schreiben hatten. Zudem wird Schiller durch seine heftig aufflammende Neigung zur Poesie von der Wissenschaft abgelenkt. Auf eine frühe Begeisterung für Klopstock folgt die Bekanntschaft mit Goethes Werken, den »Leiden des jungen Werther« und »Clavigo«. Am Ende seines zweiten Schuljahres bekunden die Lehrer dem Herzog ihre Unzufriedenheit mit diesem Eleven; es hätte nur eines letzten Anstoßes bedurft zur Entlassung. Aber Carl Eugen hat sich seine eigene Meinung von diesem jungen Menschen gebildet: »Laßt mir diesen nur gewähren, aus dem wird etwas.« Dieses Vertrauen wird auch nicht dadurch erschüttert, daß Schillers Leistungen auch 1775 schwach bleiben.

Man kann die drei ersten Akademiejahre Schillers als einen eigenen Lebensabschnitt sehen, der durch einen doppelten Einschnitt beendet wird. Im November 1775 wird die Anstalt von der Solitude nach Stuttgart verlegt; und kurz darauf entschließt sich der nun Sechzehnjährige für das Studium der Medizin. – Jene drei frühen Karlsschulenjahre sind kritische Entwicklungsjahre gewesen, mit der einsetzenden Pubertät und häufigen Krankheiten eine besonders schwierige Periode. Das Bildungsangebot der Schule war außerordentlich; der Lehrstoff von Schillers erstem Akademiejahr ist skizziert worden. In seinem zweiten und dritten Jahr erfolgt der Lateinunterricht im Gewand der Rhetorik. Die angehenden Juristen, zu denen er ja gezählt wurde, wurden mit Unterricht in römischen Rechtsaltertümern, Rechtsgeschichte, Naturrecht auf ihr Fach vorbereitet; auch mit Statistik und Geschichte. Philosophie wurde in erheblichem Umfang gelesen, der französische und mathematische Unterricht vermehrt. Schiller hat damals nicht vermocht, das erstaunliche Angebot für sich nutzbar und fruchtbar zu machen. Sein Mitschüler Petersen erinnert sich: »Außer dem Lateinischen, worin er aber ein Meister war, lernte er von allem diesem beinahe nichts, denn er widmete alle seine Zeit, selbst auf Spaziergängen, ausschließlich dem Studium – poetischer Werke.«

Er hatte also, nach einem leidlich guten Anfang, als Vierzehn-, Fünfzehnjähriger eine Phase, in der er, kränklich und von der Poesie abgelenkt, ein Schüler ohne Anteilnahme war, faul und verträumt. Man muß sich wundern, daß er deshalb kaum je gestraft wurde, was sonst nicht selten war. Denn auf den Tagesrapporten findet man unter der Rubrik »Seynd gestern abgestraft worden« auch Begründungen wie »weil er beim Deutschen seine Lection niemalen lernt« oder »wegen Faulheit in der lateinischen Sprache«. Außer jenen am Ende seines zweiten Akademiejahres vorgetragenen Bedenken »hat man ihn gewähren lassen«. – In den Kreis seiner Kameraden hat er sich rasch und gut eingelebt. Er wußte zwischen Kameradschaft und Freundschaft genau zu unterscheiden, hatte aber eine natürliche Begabung für beides.

Die schon erwähnten Beurteilungen, die die Karlsschüler voneinander hatten geben müssen, sprechen davon. Dieser Einfall war keine pädagogische Meisterleistung des allerhöchsten Protektors, eher Ausfluß seiner unbändigen Neugierde. (Immerhin war diese Befragung sinnvoller als die impertinente Frage, die er auch einmal gestellt hat: welcher ist der Geringste unter euch?) Verständlicherweise enthalten jene gegenseitigen Beurteilungen viele Redensarten, die dem hohen Herrn gefallen, den Kameraden herausstreichen oder zum mindesten ihm nicht schaden sollten. Die Bemerkungen über tiefe Religiosität haben deshalb nur sehr bedingte und die Beteuerungen edler Gesinnung und tiefer Dankbarkeit gegen den Fürsten überhaupt keine Aussagekraft. Auch sonst sind diese Beurteilungen mit aller Vorsicht zu bewerten. Während Scharffenstein in seinen ungenierten Erinnerungen von Schiller schreibt: »er war einer von den unreinlichen Burschen, und, wie der Oberaufseher Nies brummte: ein Schweinpelz –«, attestieren ihm, zu Händen Serenissimi, seine Mitschüler: »beobachtet die Reinlichkeit sowohl am Körper als in den Zimmern« (Atzel); »reinlich ist er sehr« (Eisenberg). Der Freund Hoven kommt der Sache vorsichtig näher: »Er macht aus der Reinlichkeit nicht die große Tugend, aber er scheint inzwischen doch derselben sich zu befleißigen«, während Batz die Wendung findet: »In der Reinlichkeit sind ihm viele vorzuziehen.« Einhellig ist das Urteil über Schiller als einen guten und zuverlässigen Kameraden. »Er zeigt sich als einen rechtschaffenen Freund seiner Mitbrüder« (Atzel); »hat sehr viele Freundschaft für seine Mitbrüder« (Hetsch); »gegen seine Mitbrüder aufrichtig, freundschaftlich und dienstfertig« (Wächter). »Seine Haupteigenschaft ist die Aufrichtigkeit«; ähnliches findet sich in allen Urteilen. Seine Neigung zur Poesie war allgemein bekannt.

Die Tagesrapporte vermitteln Einblicke in den Internatsalltag mit seinem unausbleiblichen Stalldunst. »Weilen er die Waschgülten mutwillig umgeworfen« – »weil er den Eleven B. im Bad geschlagen« – Ungehorsam und unanständige Possen und Malpropreté oder dies und das verloren, das Zopfband, die Strumpfschnalle. Ein erschreckend häufiger Strafvermerk: wegen Bettbrunzen (schwäbisch für Bettnässen); erschreckend auch deswegen, weil hier etwas im Regelfall mit Schlägen bestraft wird, was ohne den Willen, gegen den Willen des Unglücklichen passiert ist. Hält man sich dann noch vor Augen, daß den Betroffenen das Strafbillett mit Begründung an den Rock geheftet war, wenn sie zum Speisesaal marschierten, daß der Herzog in Person sich die Strafzettel ansah und zum Gegenstand väterlicher Ermahnungen machte, so meint man in Abgründe zu sehen. Abgründe oder Pfützen – eine böse pädagogische Verirrung waren diese Strafen, auch wenn die Frage offen bleibt, ob man vor zweihundert Jahren derartiges nicht anders empfunden hat als heute. Eine Merkwürdigkeit liegt noch darin, daß meistens »Cavaliere« in diese Fatalität gerieten. Überhaupt hat man den Eindruck, daß die militärischen Aufseher, deren Anzeige ja die Bestrafung auslöste, denen vom Adel besonders gern eins ausgewischt haben. Das ist auch ein Element der Egalisierung, die trotz aller Sonderrechte der Kavaliere in dieser gemeinsamen Erziehung von Adligen und Bürgerlichen wirksam war.

»Überhaupt bestand auf der Karlsschule wie in allen ähnlichen Anstalten ein gewisser esprit de corps unter den jungen Leuten, und jede besondere Abteilung derselben sucht ihre Ehre auf jede nur mögliche Weise zu bewahren. Sie konstituierte sich daher zu einer Genossenschaft, welche sich verbindlich machte, alle für einen und einer für alle zu stehen, aber auch darauf wachte, daß keines ihrer Glieder eine in der Tat ehrlose Handlung beginge. Solche wurde insgemein, wenn sie begegnete, zwar womöglich auch verheimlicht, aber zu gleicher Zeit von der Genossenschaft selbst hart bestraft. Schiller verzichtete bei den Rechtsentscheidungen dieser Art gern auf die Ehre, das Präsidium zu führen, aber der Exekutor der diktierten Strafe zu werden, die gewöhnlich in einer beträchtlichen Anzahl Schläge bestand, ließ er sich durchaus nicht nehmen;

und die Welt hat wohl nie einen Büttel sein Amt mit so moralischem Grimm verrichten sehen. Denn nur dieser war es, der Schiller dabei erfüllte und seinem von Natur schwachen Arm entsetzliche Kraft verlieh, da er sonst unzähligemal Beweise gegeben, daß er seine Genossen aufs herzlichste liebte.« Was hier ein Karlsschüler, wahrscheinlich Mönnich, berichtet, ist in Internaten, Kasernen, Schulen seit je der Brauch. Für den Charakter des jungen Schiller ist diese Aufzeichnung merkwürdig genug. Übrigens hat er, wie derselbe Gewährsmann mitteilt, Strafen, die andere verdient hätten und ihn selbst trafen, schweigend ausgestanden.

Schillers Entschluß, nach drei Akademiejahren und lustlos genossenen Vorlesungen über Jurisprudenz sich der Medizin zu widmen, hatte keine tiefreichenden Wurzeln. Im Vordergrund stand wohl sein Bedürfnis, das verbummelte Jurastudium auf gute Art zu beenden und dem diesbezüglichen Befehl des Herzogs ohne Risiko zuwider zu handeln. Der Freund Scharffenstein spricht von einem »Raptus«, verbunden mit der Vorstellung, das Medizinstudium sei eine liberalere Sache; auch hätten ihm die Lehrer dort besser behagt. Freund Hoven, der gleichfalls zu den angehenden Juristen zählte, die sich zur Medizin meldeten: »So zurückgeblieben in unseren juridischen Studien, konnten wir natürlicherweise das Versäumte nicht mehr leicht einbringen, wir entschlossen uns daher zum Studium der Medizin, mit dem Vorsatz, dieses neugewählte Studium ernster zu treiben, als das verlassene Studium der Jurisprudenz, und wir glaubten, diesen Vorsatz um so eher ausführen zu können, da uns die Medizin mit der Dichtkunst viel näher verwandt zu sein schien, als die trockene positive Jurisprudenz.« Diese Verwandtschaft von Medizin und Poesie mutet recht sonderbar an. Bedenkt man aber, wie das Leib-Seele-Problem den jungen Schiller beschäftigt hat, dann erscheint sie nicht so absurd.

Der herkömmlichen medizinischen Ausbildung gemäß stand die Anatomie von Anfang an auf dem Lehrplan. Sechzehnjährige im Anatomiesaal – das war damals nicht ganz ungewöhnlich; an den Hochschulen sah man halbe Kinder als Studenten im ersten Semester. Soviel wir wissen, hat Schiller keinen Widerwillen zu bezwingen gehabt, keine fromme Scheu, keine nervöse Scheu. Er hat von Anfang an in der Anatomie zielstrebig gearbeitet, und wohl nicht nur, wie Hoven bemerkt, »weil hier der Unfleiß mehr in die Augen fiel«. Die Persönlichkeit des Anatomen, Prof. Klein, hat ermutigend und, was die Kraßheiten dieser Beschäftigung betrifft, beruhigend gewirkt. Klein, 1741 in Stuttgart geboren und in Frankreich ausgebildet, war ein Mann, der ein bescheidenes, natürliches Wesen mit gediegenem Wissen und klarem, ja eleganten Vortrag verband. – Es mag sehr wohl sein, daß die Anatomie eine Art Reduit für manchen dieser unruhigen, nach Freiheit lechzenden jungen Menschen gewesen ist. Hier, zwischen den Leichen und Leichenteilen von Zuchthäuslern und Selbstmörderinnen, mag manchem der aufsichtführenden Unteroffiziere, der über ein verlorenes Zopfband oder einen Puderflecken wie ein Löwe brummen konnte, schwach geworden sein, mancher ließ sich gar nicht erst blicken. Wenn es gar so gewesen sein sollte, daß der allerhöchste Protektor selbst zur Schonung seiner Magennerven diesen Ort gemieden hätte – man weiß es nicht –, dann wäre die Anatomie vollends eine Insel der Freiheit gewesen... Wie dem auch sei: Schiller erwies sich hier als ein tüchtiger Schüler. In einem auch sonst recht guten Zeugnis für den jungen Mediziner lautet die Note in Anatomie »sehr gut«.

In diesem Jahr 1776, dem ersten des Medizinstudiums, kommt es auch zum ersten zündenden Erlebnis des Eleven Schiller im geisteswissenschaftlichen Unterricht; denn der nahm, etwas reduziert, neben der Medizin seinen Fortgang. Das war der Philosophieunterricht bei Professor Abel. – Friedrich Abel, nur acht Jahre älter als Schiller, war ein Sohn des Oberamtmanns zu Vaihingen an der Enz, desselben, der Schwabens berühmtesten Räuber, den Sonnenwirt, als seinen Gefangenen zu Einkehr, Reue und Geständnis gebracht hat. Friedrich Abel war für den altwürttembergischen Bildungsweg bestimmt und hat dessen Stationen mit Bravour durchlaufen, sie rückblickend sehr kritisch geschildert. Den einundzwanzigjährigen Gelehrten, der im Begriff war, vom Stift nach Göttingen abzugehen, holte sich Carl Eugen an seine junge Pflanzschule. Er stand späterhin seinem Landesherrn und Protektor mit erstaunlicher äußerer und innerer Freiheit gegenüber. Über den Zweck seines Philosophieunterrichts hat Abel selbst einmal gesagt: »Ich suchte vorzüglich durch Hilfe der Philosophie gute und weise Menschen zu bilden; es war mir wichtig, sie so vorzutragen, daß ihr Geist und ihre Grundsätze auch in die übrigen Wissenschaften und Künste, welche die Schüler studieren sollten, übergehen könnte.«

Das eigentümliche an diesem Karlsschulenunterricht in Philosophie, Moral, Ästhetik, Psychologie, wie ihn Abel gehalten hat, aber auch Drück, Schott, Nast, Moll, Schwab, war die Hinwendung aus der Theorie ins Leben, die klare Nutzanwendung. Der Schüler sollte »nach und nach zum Selbstdenken, zum vernünftigen Räsonnement, zum geschickten Ausdruck und zum verständigen Lesen der Bücher« (Julius Klaiber) geführt werden. Durch diese Schulkaserne, diese Kasernenschule floß ein heller Strom von Aufklärung.

Wilhelm von Humboldt hat von einem Besuch im Herbst 1789 einen starken Eindruck von diesen Lehrern mitgenommen. Es ist übrigens wahrscheinlich, daß Abel und nicht wenige andere Professoren an der Akademie Freimaurer gewesen sind. Weithin war ja die Freimaurerei, ungeachtet ihrer skurrilen Riten, bahnbrechend für die Aufklärung in Europa. Nur sind diese starken Vermutungen meist dokumentarisch ungesichert, eine Folge der Geheimniskrämerei der Gesellschaft.

Schiller war von Abels Unterricht ergriffen, drängte sich nach der Schulstunde zum Lehrer, um im Gespräch mit ihm die Lektion fortzusetzen. Was den Schüler vollends begeisterte: dieser Lehrer belebte seinen Vortrag durch Zitate aus Dichtungen. Abel in seinen Erinnerungen: »Ich war gewohnt, bei Erklärung psychologischer Begriffe Stellen aus Dichtern vorzulesen, um das Vorgetragene anschaulicher und interessanter zu machen; dieses tat ich insbesondere auch, als ich den Kampf der Pflicht mit der Leidenschaft oder einer Leidenschaft mit einer anderen Leidenschaft erklärte, welchen anschaulicher zu machen, ich einige der schönsten, hierher passenden Stellen aus Shakespeares Othello nach der Wielandschen Übersetzung las.« Schiller »richtete sich auf und horchte wie bezaubert. Mit ausdrucksvoller Sehnsucht trat er nach geendigter Stunde zu seinem Lehrer hin und bat um den großen Dramatiker – und von nun an las und studierte er denselben mit ununterbrochenem Eifer.«

Das waren die Stunden, in denen die innere Unruhe des glühenden jungen Menschen einmünden konnte in das geistige Leben der Schule; Befruchtung und Linderung, Kühlung zugleich. Doch blieb derartige Anteilnahme am Unterricht die Ausnahme. Schiller hat in späteren Jahren wiederholt ausgesprochen, daß für ihn selbst von der Fülle des Gebotenen das meiste ungenutzt geblieben sei. »Von einem Lehrsaal in den anderen folgte ihm seine Bilderwelt, und die Worte des Lehrers wurden oft nur unwillig vom Gedächtnis aufgenommen«, notiert später die vertraute Schwägerin Karoline. Es ist ein Zeichen von Schillers hoher Intelligenz, daß er trotzdem in seinen Akademiejahren seit 1776 ziemlich gute Beurteilungen und Noten erhalten hat.

»Er zeigte in der Pubertätszeit einen erstaunlichen Mangel an seelischem Ebenmaß.« So urteilt der Tübinger Psychiater Ernst Kretschmer in seinem Buch »Geniale Menschen« über den jungen Schiller. Welche Bedeutung soll man in einer Biographie dem Bild des Sechzehn-, Siebzehn-, Achtzehnjährigen in seinem Gärungsprozeß zumessen? Dieser hochgeschossene Knabe, dieser unsichere halbe Mann ist so etwas wie eine Karikatur des reifen Menschen der späteren Jahre. Alle charakteristischen Züge sind schon vorhanden, aber disharmonisch überzeichnet, ins Lächerliche gerückt. So auch seine äußere Erscheinung: Lang aufgeschossen, storchenbeinig, die Oberschenkel kaum stärker als die Waden, ein auffallend langer Gänsehals, sehr weiße Haut, rote Haare, die hellen Augen oft rötlich entzündet. Und bei all dem eine von Selbstbewußtsein getragene Würde, eine stolze Haltung – eine Putz- oder Waschfrau, halb ärgerlich, halb bewundernd, soll gerufen haben: der bildet sich ein, mehr als der Herzog zu sein!

Einen tiefen Einblick in das Gemüt des etwa siebzehnjährigen Schiller geben die schriftlichen Zeugnisse von einem Zerwürfnis mit zweien seiner Freunde, vor allem mit dem Erzfreund Scharffenstein. Schiller war in hohem Maße der Freundschaft fähig und bedürftig. Zu den nächsten Freunden zählten die Brüder Hoven, Spiel- und Hausgenossen von Ludwigsburg her; Petersen, ein Pfälzer nordschleswigscher Herkunft; Scharffenstein und Boigeol von Mömpelgard, Württembergfranzosen. Von allen war der ganz gleichaltrige Georg Scharffenstein »vielleicht der ihm durch Feuer und Schwungkraft am meisten verwandte« (Julius Hartmann).

Dieser Freundeszirkel schwärmte, glühte für Dichtung und versuchte es, den verehrten Vorbildern nachzueifern. Die Vorbilder: Klopstock, vor allem als Dichter des »Messias«, dann Shakespeare und der Goethe des »Götz« und des »Werther«; auch Lessing, doch gehört Schillers Entzücken über dessen theoretische Schriften einer etwas späteren Zeit, einer vertieften Erkenntnis an. Neben der Begeisterung für die Genialen hat die Freude an vielen zeitgenössischen Dichtern Platz – Gellert, Gessner, Ewald Kleist, Gleim, Uz, Hölty, Hagedorn; für den Vikar von Wakefield und für Wielands »Agathon«; so nennt sie der Reihe nach Hoven. Die Lektüre, teils Unterrichtsstoff, teils heimlich eingeschmuggelte Konterbande, gebiert unzählige eigene poetische Versuche, mit rotem Kopf und fliegenden Händen zu Papier gebracht, den Freunden in froher Erregung zugesteckt oder vorgelesen. »Man träumte schon von Edieren, Druckenlassen usw. Jeder sollte etwas machen. Schiller machte ein dramatisches Stück tragischen Inhalts (wahrscheinlich ›Cosmus von Medici‹), H(oven) einen Roman à la Werther, P(etersen) auch ein weinerliches Schauspiel, ich ein Ritterstück. Wir rezensierten uns nachher schriftlich, wie natürlich, auf das vorteilhafteste.« So erinnert sich Scharffenstein, mit dem Zusatz: »Unser ganzer Kram taugte aber im Grunde den Teufel nichts.«

Nah beieinander das Erhabene und das Lächerliche. Nun war es dem jungen Schiller nicht gegeben, das Dilettantisch-Kindische dieser taumelnden poetischen Versuche zu erkennen. Weil das Gefühl echt war, dem diese stümperhaften oder nachahmenden Verse entsprangen – darunter viele überschwengliche an den Freund Scharffenstein, »Selim an Sangir« –, waren ihm auch die dichterischen Ergüsse heilig. Der Eleve Masson, gleichfalls ein Mömpelgarder, machte sich nun den Spaß, in einer Posse die ganze dichtende Clique ins Lächerliche zu ziehen. Boigeol, aber auch Scharffenstein spürten, daß der Spötter nicht ganz unrecht hatte, und ließen das auch Schiller gegenüber erkennen, zitierten wohl auch ein boshaftes Wort gegen ihn. Der aber fiel aus den Wolken. Aus dem Brief, den er darauf an Scharffenstein schrieb:

»Wahr ists, ich pries Dich in meinen Gedichten zu sehr! Wahr! sehr wahr! Der Sangir den ich so liebe war nur in meinem Herzen Gott im Himmel weiß es, wie er darinn gebohren wurd; aber er war nur in meinem Herzen, und ich betete ihn an in Dir, seinem ungleichen Abbilde! Dafür wird Gott mich nicht strafen, denn ich fehlte nur aus Liebe nicht aus Thorheit und falschem Sinn! Gott weiß, ich vergaß alles, alle andere neben Dir, ich schwoll neben Dir, denn ich war stolz auf Deine Freundschafft, nicht um mich im Aug der Menschen dadurch erhoben zu sehen, sondern im Aug einer höhern Welt, nach der mein Herz mir so glühte, welche mir zuzurufen schien: das ist der einige den Du lieben kannst, ich schwoll, wie ich sag, in Deiner Gegenwart, und doch war ich nie so sehr gedemüthigt als wenn ich Dich ansah, Dich reden hörte, Dich fühlen sah was Dir die Sprache versagte, da fühlt ich mich kleiner, als sonsten überall, da that ich den Wunsch an Gott, mich Dir gleich zu machen! Scharffenstein! er ist bey uns, er hört dises, und richte, wenns nicht an dem so ist! es ist, so wahr meine Seele lebt. Es kostet Dich wenig Müh, Dich zu erinnern, wie ich in disem Vorschmak der seligen Zeit nichts als Freundschafft athmete, wie alles alles selbst meine Gedichte vom Gefühle der Freundschafft belebendigt wurden, Gott im Himmel mög es Dir vergeben, wenn Du so undankbar, unedel seyn kannst das zu verkennen.

Und was war das Band unserer Freundschafft? war es Eigennuz? (ich rede hier auf meiner Seite, denn ich kanns, weiß Gott, von Dir nicht ganz bestimmen) war es Leichtsinn? war es Thorheit, wars ein irrdisches, gemeines, oder ein höheres unsterbliches himmlisches Band! Rede! rede! – o eine Freundschafft wie diese errichtet hätte die Ewigkeit durchwähren können! – – Rede! rede aufrichtig! wo hättest du einen andern gefunden der Dir nachfühlte, was wir in der stillen Sternennacht vor meinem Fenster, oder auf dem Abendspaziergang mit Bliken uns sagten! Geh alle alle die um Dich sind durch, wo hättest Du einen finden können als Deinen Schiller, wo ich einen von tausenden, der mir das wäre was Du mir – hättest seyn können! Glaube, glaube unverhohlen, wir waren die einige die uns glichen, glaube mir, unsere Freundschafft hätte den herrlichsten Schimmer des Himmels, den schönsten, und mächtigsten Grund, und weißagte uns beeden nichts anders als einen Himel; Wärest Du oder ich zehenmahl gestorben, der Tod solte uns keine Stunde abgewuchert haben; – – was hätte das für eine Freundschafft seyn können! – und nun! nun! – wie ist das zugegangen? wie ists so weit gekommen? – –

Ja ich bin kaltsinnig worden! – – Gott weiß es – denn ich bin Selim blieben, aber Sangir ware dahin! Darum bin ich kaltsinnig worden – versteh mich aber wohl, in euren Augen, aber die Unruhe, der Drang meiner Seele der mich lange, lange hin und herwarf ist gestillet und ich habe Ruhe, und Empfindsamkeit, und eine mächtige Stüze gefunden, und bin gegen Dich kaltsinnig geworden!«

Im weiteren Verlauf dieses Briefs wird der allgegenwärtige Gott wiederholt beschworen – »höre, Scharffenstein, Gott ist da, Gott hört mich und dich, Gott richte!« Szenen aus dem Schlafsaal werden lebendig, Poetenkonvente an den Betten bald dieses, bald jenes Kameraden. Und Schiller glaubt sich zu erinnern, daß ihm der Freund schon da gelegentlich spöttisch begegnet war...

...»also sagt ich, ich maß mich mit Dir, und da gabst Du Dein Erstaunen vor den Ohren einiger mit einem bösen Lächeln also zu erkennen: Er wächst an Körper und Geist! (und in dem Du Dich zu mir wandtest) Ein ganzer Kerl! – – oh sahst Du auch wie ich damals erröthete sahst Du nichts mehr? Da Du mich hinstelltest meine Eigenliebe vor allen auszuhöhnen, und ich da stand Gott mit welcher Empfindung, Gott weiß, es war mir leid um meinen großen Fehler der Eigenliebe, aber diser Hohn, diser Augenblik – – von Dir – vor den Augen – o ich konnte nicht weinen ich mußte mich wegwenden, eher Zernichtung als noch so einen Augenblik von Dir – mögen diese Tränen nicht heiß auf Deine Seele fallen! –«

Der Brief endet mit der Wiederholung eines sentimentalen Verses.

Ein anderer Ton klingt aus dem wenig später verfaßten Brief an

Boigeol, in dem Schiller, zu Recht oder zu Unrecht, jedenfalls heftig übertreibend, den Anzettler dieser Kabale vermutet und ihn das hatte fühlen lassen. Boigeol hatte ihm darauf einen Brief geschrieben, der eine Rechtfertigung enthalten haben muß, verbunden mit der Klage über die Schlechtigkeit der Menschen. Schiller ersetzt das vertrauliche Du durch das distanzierende Sie; ein kühler, höflicher, ja höfischer Brief.

»Warum ich Ihnen izt erst schreibe? – Mit Fleiß hab ichs 3 Tag anstehen lassen, ob Sie in dieser Zeit nicht anders werden und Ihren Brief verwerfen würden. Ich bitte Sie, lesen Sie izt Ihren Brief wieder, was haben Sie geschrieben! Verzeyhen Sie mir, mein Freund, wenn ich nicht das mindeste mit Ihren Klagen sympathisire. Sie sind nicht unglücklich und worüber Sie sich vielleicht am meisten wundern, Sie haben auch kein Gefühl des Schmerzens, wie könnten Sie so reden? wie könnten Sie auf die lächerlichste Weise in Bildern, Metaphern und Galimathias von Ihren Schmerzen historischerweise reden? wie könnten Sie so in Zehen entgegengesetzte Empfindungen hineingerathen, die alle einander widersprechen, bald sind Sie demüthig, bald äußerst stolz auf Ihre Würde, bald wollen Sie die Menschen fliehen, verfluchen, bald ihnen guts thun, sie segnen; sizen auf das Wort, auf das unschuldige Wort in meinem Brief an *Scharffenstein »dem Boigeo!«* hinauf, dichten Dinge hinzu, an die kein anderer Mensch, am wenigsten ich beim schreiben kam, ist das alles nur ein Ausdruk des Schmerzens? Ists nicht pure kranke Phantasey? lieber Freund, ich bitte Sie lesen Sie nochmals Ihren fanatischen Brief und gestehen Sie mir aufrichtig, ist er nicht zu verwerffen? Ich kann unmöglich alles erschöpffen, kann nichts sagen als *lesen Sie ihn selber wieder!*

Warum heißen Sie die Menschen Bösewichter? weil sie nicht alle nach Ihrem Herzen sind? Oh glauben Sie denn, daß das seyn kann? Haben wirs nicht offt miteinander selbst gesagt wie wenig wir unter ihnen zu suchen hatten? Könnten wir nicht weise ihre Thorheiten ansehen? Müssen wir denn von ihnen geliebt werden, wenn wir sie lieben? o ich bitte Sie! – Sie kennen ja die Menschen? Haben Sie nicht Ressource in sich genug um darüber hinüber zu seyn? Thun sie uns ja nichts Leydes ohne gegebene Ursache, und was sollen sie dann um uns kriechen, da wir niemahls ihnen eigen werden wollen? Was verzweifeln Sie also? (Aber ich weiß gewiß, es ist nur Phantasey, meine Ueberzeugungen sind unnöthig.)

Aber Sie klagen mich an der Gleichgültigkeit, des Stolzes, Hasses gegen Sie! – Ja! mein Freund, Sie haben wirklich aus einigen Umständen auf so etwas schließen können...«

Der Ton wird dann lebhafter. Zornig hält er Boigeol Äußerungen vor, er, Schiller, hätte »das wahre Gefühl des Herzens nicht«, es sei alles »Phantasei, Poesie, die ich mir durchs Lesen Klopstocks angeeignet hätte« – kurzum: ein wahrer Freund sei Boigeol nie gewesen. Gegen Ende des Briefes das merkwürdige Geständnis: »Ich bin ein Jüngling von feinerem Stoff als viele und selten traf ich das rechte Ziel, offt, offt gleitete ich neben aus...« Und dann: »Leben Sie wohl! – – Ich wills in Ihrem Angesicht lesen und Sie nicht fragen, aber wir wollen uns unsere etliche Jahre wo wir noch so zu leiden haben nicht verbittern.«

Diese beiden Briefe sind die frühesten charakteristischen Lebenszeugnisse von Schillers Hand. »Er zog sich mit einer zerknirschten Empfindung von mir ab« schrieb Scharffenstein. Sie haben später einander wieder gefunden, und wir verdanken Scharffensteins hellem Blick und gutem Humor noch wichtige Anmerkungen zu Schillers Leben. Scharffenstein war Militär schon von der Akademie her, ein aufrechter Mann, das schöne Bild eines tapferen, dabei sehr gutherzigen Offiziers. – Auch mit Boigeol renkte sichs so leidlich wieder ein.

Scharffensteins gutem Gedächtnis verdanken wir die Notiz, daß Schiller auf der Akademie Lessings Laokoon gelesen und überaus hoch geschätzt hat – »er nannte es eine Bibel für den Künstler«. Lessing sagt in dieser Schrift einmal: »Ich weiß es, wir feinern Europäer einer klügern Nachwelt wissen über unsern Mund und über unsre Augen besser zu herrschen. Höflichkeit und Anstand verbieten Geschrei und Tränen.« Und dann: »Nicht so der Grieche! Er fühlte und furchte sich; er äußerte seine Schmerzen und seinen Kummer; er schämte sich keiner der menschlichen Schwachheiten; keine mußte ihn aber auf dem Wege nach Ehre und von Erfüllung seiner Pflicht zurückhalten.« Das mag auf den jungen Schiller mächtig gewirkt haben; denn in beiden Spiegeln konnte er sich selbst erkennen.

»Gott ist da, Gott hört mich und dich. – «: das ist noch ganz im Geist der Hausandachten des Vaters geschrieben. »Treuer Wächter Israels« beginnt eines der Morgengebete Caspar Schillers; Gott ist Vater und Richter in Einem. Eine unerschütterte Gottesvorstellung, tiefer im Alten als im Neuen Testament wurzelnd. Schillers Kinderglaube, vom Vater eingepflanzt, von der Mutter gehegt, hat auf der Karlsschule drei bis vier Jahre gedauert, obwohl die exerziermäßig befohlenen und überwachten Andachtsübungen wahrlich nicht geeignet waren, die jungen Menschen in ihrem Glauben zu festigen; wohl auch nicht das immer wieder zum Ausdruck gebrachte Bekenntnis des hohen Protektors, daß die Gottesfurcht aller Weisheit und allen Wissens Anfang sei.

Eine Wandlung in Schillers Gottesvorstellung vollzieht sich unter dem Einfluß Abels. »Überzeugt von der Wahrheit und Göttlichkeit des Alten und des Neuen Testaments, aber in der daraus gezogenen Dogmatik mehr mit Semler und Grotius als mit den symbolischen Büchern übereinstimmend« – so umreißt Abel einmal seinen Standort. Dieser Lehrer ist eine zentrale Figur im Hineinströmen der Aufklärung in die Akademie; keineswegs als ein trojanisches Pferd; Carl Eugen wußte durchaus, daß er da einen aufgeklärten Kopf an seine Schule holte, gegen manchen stillen Widerstand. Abels lebendiger Unterricht, sein Eingehen auf seine gar nicht viel jüngeren Schüler haben eine mächtige Wirkung getan. Dabei lag es ihm fern, den Christenglauben der jungen Menschen zu erschüttern. Aber sein philosophischer Unterricht überschwemmte die Glaubenspositionen mit Gedanken, die, ohne sich gegen das Christentum zu wenden, auch ohne es gedacht werden konnten. In der kühlen Flut aufgeklärter Gedanken und aufgeklärter Moral verblaßt der mystisch glühende Rubin des Glaubens zu einem schwachen rötlichen Schimmer.

Neben Abel und gleichzeitig mit ihm muß ein gewisser Gaus einen starken Einfluß auf die Gottesvorstellung des jungen Schiller geübt haben. Gaus kam 1776 als Garnisonprediger nach Stuttgart und ist dort schon im Jahre darauf, dreißigjährig, gestorben. Gaus war der Verfasser eines verbreiteten »Gebetbuchs aus dem Herzen, dem Gebrauch der Formeln entgegengesetzt«; von Pietismus und Aufklärung gleichermaßen berührt. Die Subjektivierung des religiösen Empfindens, die Gaus anstrebte, muß den jungen Schiller gefesselt haben, die Selbstbeobachtung und Selbstreflektion; auch der dialektische Widerstreit von Schein und Sein, von Außen und Innen entsprach seiner eigenen Vorstellung, den Erkenntnissen aus Abels psychologischem Unterricht. Gaus ist in der kurzen Zeit seines Wirkens auch ein emsiger Literatus gewesen. Er hat in Schiller einen aufmerksamen Leser gehabt. Worte wie: Risse im Weltenbau, Räder der Natur, kaltsinnig – finden sich in Schillers frühen Dichtungen wieder.

Von einem späteren Vorfall sei an dieser Stelle berichtet, weil er einige Vermutungen über die Glaubensvorstellungen des jungen Schiller erlaubt. Ein Todesfall im Freundeskreis ereignet sich 1780, in Schillers letztem Jahr an der Akademie. August, der jüngere der Brüder von Hoven, starb im Alter von neunzehn Jahren. Schiller war als Mediziner am Krankenbett des Kameraden tätig, und er hielt mit dessen Bruder Wilhelm und der Mutter eine Nacht hindurch die Totenwache. Es ist für Schiller die erste unmittelbare Begegnung mit dem Sterben gewesen; er hat Vergleichbares nicht wieder erlebt. Es haben sich zwei bedeutende Briefe erhalten, die er unter dem Eindruck dieses Erlebnisses geschrieben hat, an den Vater Hoven und an seine Schwester Christophine.

Aus dem Brief an Hauptmann von Hoven, Stuttgart, den 15. Juni 1780. Donnerstag.

»Aber haben Sie Ihren Sohn denn verloren? – verloren? – War Er glüklich, und ist es izt nicht mehr? – Ist er zu bedauren, oder nicht vielmehr zu beneiden?

Ich mache zwar diese Fragen einem geschlagenen Vater, deßen Seelenleiden ich freilich niemals nachempfinden kann, aber ich mache sie auch einem Weisen, einem Christen, der es weiß, daß ein Gott Leben und Tod verhängt, und ein ewig weiser Rathschluß über uns waltet. Was verlor Er das Ihm nicht dort unendlich ersezt wird? Was verließ Er, das Er nicht dort freudig wieder finden, ewig wieder behalten wird? – Und starb Er nicht in der reinsten Unschuld des Herzens, mit voller Fülle jugendlicher Krafft zur Ewigkeit ausgerüstet, eh Er noch den Wechsel der Dinge, den bestandlosen Tand der Welt beweinen durfte, wo so viele Plane scheitern, so schöne Freuden verwelken, so viele so viele Hoffnungen vereitelt werden? –

Das Buch der Weißheit sagt vom frühen Tod des Gerechten: Seine Seele gefiel Gott, darum eilet er mit Ihm aus dem bösen Leben. Er ist bald vollkommen worden und hat viele Jahre erfüllt. Er ward hingerükt daß die Bosheit seinen Verstand nicht verkehre, noch falsche Lehre Seine Seele betrüge. – So ging Ihr Sohn zu dem zurük, von dem Er gekommen ist, so kam er früher und reinbehalten dahin, wohin wir später aber auch schwerer beladen mit Vergehungen gelangen. Er verlor nichts, und gewann alles.

Bester Vater meines geliebten Freunds, das sind nicht auswendig gelernte Gemeinsprüche, die ich Ihnen hier vorlege, es ist eigenes wahres Gefühl meines Herzens, das ich aus einer traurigen Erfahrung schöpffen mußte; Tausendmal beneidete ich Ihren Sohn wie er mit dem Tode rang, und ich würde mein Leben mit eben der Ruhe statt seiner hingegeben haben, mit welcher ich schlafen gehe. Ich bin noch nicht ein und zwanzig Jahre alt, aber ich darf es Ihnen frei sagen, die Welt hat keinen Reiz für mich mehr, ich freue mich nicht auf die Welt, und jener Tag meines Abschieds aus der Akademie, der mir vor wenig Jahren ein freudenvoller Festtag würde gewesen seyn, wird mir einmal kein frohes Lächeln abgewinnen können.

Mit jedem Schritt den ich an Jahren gewinne, verlier ich immer mehr von meiner Zufriedenheit, je mehr ich mich dem reifern Alter nähere, desto mehr wünscht ich als Kind gestorben zu seyn. Wäre mein Leben mein eigen, so würd ich nach dem Tod Ihres theuren Sohns geizig seyn, so aber gehört es einer Mutter, und dreien ohne mich hilflosen Schwestern, denn ich bin der einzige Sohn, und mein Vater fängt an graue Haare zu bekommen.« –

Man könnte in dem Verfasser dieses Trostbriefs einen unerschütterten Christen vermuten. Aber mit hoher Wahrscheinlichkeit ist einiges aus dem ersten Teil des zitierten Textes einer gedruckten Totenrede entnommen. Wir haben es mit einem Gemisch aus anständiger Konvention und wirklicher Erschütterung zu tun, wobei aus dieser Erschütterung die Todessehnsucht des Jünglings Schiller spricht. »Unverkennbar ist die Glaubenshaltung vom Denken überschattet« (W. Müller-Seidel) – man muß hinzufügen: und vom eigenen starken Sentiment.

Die Todessehnsucht kommt noch stärker zum Ausdruck in dem vier Tage später geschriebenen Brief an die vertraute ältere Schwester.

»O meine Liebe mit Mühe, mit schwerer Mühe hab ich mich aus Betrachtungen des Todes und menschlichen Elends heraus gearbeitet, denn es ist etwas sehr Trauriges, theure Schwester, einen Jüngling voll Geist und Güte und Hoffnung dahinsterben sehen – denn der Verstorbene theure und edle Jüngling war mir euserst interessant. Du kanntest ihn zu Ludwigsburg als wild und leichtsinnig und roh – aber er bildete sich in den 9 Jahren die er in der Academie zubrachte, besonders in den zwei leztern auf die vortheilhaffteste Weise zu einem feinen, empfindungsvollen zärtlichen und geistvollen Jüngling, wie wenig sind –. Und ich darf Dir sagen, mit Freuden wär ich für ihn gestorben. Denn er war mir so lieb, und das Leben war, und ist mir eine Last worden.

O meine gute Schwester was Dein empfindungsvolles Herz – was die zärtliche Mutter – was ach was mein ehrwürdiger mein bester Vater, der so viel auf mich rechnet, mehr als ich Ihm jemals leisten werde, – gelitten haben würden, wenn ich der einzige Sohn und Bruder an dieses Stelle gewesen wäre, und doch, doch hätte es ja seyn können, kann es vielleicht noch seyn, daß ihr die Freude nicht mehr erlebt mich aus der Academie treten zu sehen, daß ich – Siehst Du ich mag Dirs nicht aussprechen, aber es kann ja seyn – Wer hier in die geheimen Bücher des Schiksals schauen könnte – Mir wärs erwünscht, zehentausendmal erwünscht. Ich freue mich nicht mehr auf die Welt, und ich gewinne alles, wenn ich sie vor der

Zeit verlaßen darf. Ich bitte Dich, Schwester, wenn es geschehen sollte, so sey klug und tröste Dich, und tröste Deine Eltern.«

Der Brief enthält dann noch die dunklen Sätze: »Du weißt nicht wie ich so sehr im innern verändert, zerstört bin. Auch sollst Dus gewiß niemals erfahren, was die Kräfte meines Geistes untergräbt.« Die letzten Worte sind in der Handschrift unterstrichen. Man muß sie stehen lassen, wie sie sind, Chiffren eines trostlosen Augenblicks; jeder Erklärungsversuch würde ins Ungewisse münden. Mit dem Brief sendet Schiller der Schwester ein Buch – »wenn Dirs gefällt so magst Du's behalten. Es ist vom verstorbenen Casernenprediger Gaus.« Das Buch, das ihn lange bewegt hat, scheint abgetan. Das Leben geht weiter. Man liest, wenige Zeilen unter dem Bekenntnis der Verzweiflung: »Die Wäsche besorge bald. Auch die Schuhe. Bitte den lieben Papa, daß er mir ein Buch Papier schike, und einige Kiele. Mahne die liebe Mama an Strümpffe, und bitte Sie Sie möchte mir ein Hemd ohne Manscheten zum Nachthemd zurecht machen. Es darf von grobem Linnen seyn.« Wer will, kann darüber lächeln.

Das Erlebnis findet auch einen Niederschlag in dem Trauercarmen »Eine Leichenfantasie«. Nichts findet sich darin von christlichem Trost. Schön ist der verklärte Rückblick auf das Leben des Jünglings, der übrigens einen Schimmer von Selbstbespiegelung enthalten mag.

Mutig sprang er im Gewüle der Menschen,
Wie auf Gebirgen ein jugendlich Reh,
Himmelum flog er in schweifenden Wünschen,
Hoch wie der Adler in wolkigter Höh,
Stolz wie die Rosse sich sträuben und schäumen,
Werfen im Sturme die Mähnen umher,
Königlich wider den Zügel sich bäumen,
Trat er vor Sklaven und Fürsten daher.

(Der Reim Menschen-Wünschen zeugt vom Schwäbisch des Dichters.) Das Gedicht schließt definitiv und ohne Trost:

Starr und ewig schließt des Grabes Riegel,
Dumpfer – dumpfer schollert's überm Sarg zum Hügel,
Nimmer gibt das Grab zurük.

Ein Poet war der Student der Medizin bereits in den Jahren 1776 und 1777. Schon bewegt ihn ein großer dramatischer Entwurf: »Die Räuber.« Dieses Theaterstück hat wahrscheinlich vier Wurzeln, wovon zwei im schwäbischen Boden stecken, eine in England, eine in Spanien. Im heißhungrigen Lesen war ihm der volkstümliche Held aus Englands Wäldern, Robin Hood, ein lebendiger Begriff geworden, und im »Don Quijote« des Cervantes war ihm die Figur des edlen Räubers Roque aufgefallen; beide dürften Pate gestanden haben bei Karl Moor. Im »Schwäbischen Magazin« war Schiller zu Beginn des Jahres 1775 auf eine Erzählung von Schubart gestoßen, die unter der Überschrift »Zur Geschichte des menschlichen Herzens« das Phänomen kraß ungleicher Brüder behandelte. Lesefrüchte also, gierig aufgenommen und phantasievoll verarbeitet, aber eben doch nur vom bedruckten Papier gepflückt. Aber da war einer an der Akademie, der konnte erzählen von einem unglücklichen und nicht unedlen Waldgänger, von Schwabens berühmtestem Räuber, dem Sonnenwirt Schwahn von Ebersbach; und der ihn gekannt hatte, war Schillers geliebter und bewunderter Lehrer Abel.

Der war neun Jahre alt gewesen, als der Sonnenwirt in Vaihingen an der Enz gefangen war und täglich aus seinem Turm zum Verhör geführt wurde auf die Oberamtei, wo der Vater des späteren Karlsschulenlehrers seines Amtes waltete und mit Klugheit und Einfühlungsvermögen diesen verwilderten und verhärteten, in seinem Kern ehrliebenden Mann zum Geständnis und zu innerer Umkehr bewegte. »Schwahn, von Natur aus mit außerordentlichen Anlagen des Geistes ausgerüstet, voll Verstand, Witz, Einbildungskraft, Gedächtnis, Tätigkeit, Feuer, Entschlossenheit und Kühnheit, trug den Keim jeder großen Tugend und jeden großen Lasters in sich, es hing nur von der äußerlichen Lage ab, ob er Brutus oder Catilina werden sollte.« So hat Professor Abel über den Räuber geurteilt, zu dem er als kleiner Junge staunend aufgesehen hat. Nun ist aus jenem Mann weder ein Verschwörer noch ein Tyrannenmörder geworden, sondern ein ziemlich gewöhnlicher Raufbold, Dieb, Räuber und Totschläger. Aber in tragischer Größe hat ihn Abel gesehen. So hat er ihn seinen Schülern, so hat er ihn Schiller gezeigt. – Es ist hundertmal in der Literatur darauf hingewiesen worden, daß Schillers Erzählung »Der Verbrecher aus verlorener Ehre«, 1785 in Dresden geschrieben, auf Abels Berichte vom Sonnenwirt zurückgeht. Das trifft natürlich zu. Weit weniger wird aber beachtet, daß Schillers Lust, die »Räuber« zu schreiben, und sein Karl Moor als zentrale Figur durch Abels frische Erinnerungen mächtig angeregt worden sind. Das hat übrigens Abel, gegenüber Petersen, selbst klar ausgesprochen: »Die Idee zu diesem Werk gab ihm teils der Räuberhauptmann Roque im Don Quijote, teils die Geschichte des sogenannten Sonnenwirts oder Friedrich

Schwahns, von dem damals durch ganz Württemberg viel gesprochen wurde und über die er mich öfters fragte (mein Vater war der Beamte, unter dem Schwahn eingefangen und hingerichtet wurde)...«

Wie, wann hat der Eleve Schiller seine Gedichte, seine Monologe und Szenen für die »Räuber« in der Akademie zu Papier gebracht? Die mittägliche Freistunde bot kaum Gelegenheit dazu; sie war, wie vernünftig, dem Spiel und Sport im Freien gewidmet, auch der Arbeit in den kleinen, den einzelnen Eleven zugeteilten Stücken Gartenland; bei schlechtem Wetter wurde unter Dach exerziert oder Ball gespielt. Die Zeit zwischen Nachtessen und Schlafengehen mochte eher geeignet sein, war aber kurz bemessen. Einige Gelegenheit hat wohl der Sonntag geboten. Vor allem aber hat Schiller, schon damals, die Nachtstunden für seine Produktion genutzt – und mißbraucht. Das war in dem ab neun Uhr verdunkelten Schlafsaal nur im völligen Einverständnis mit allen Stubenkameraden möglich; dessen konnte der Poet gewiß sein. Daß der Raum um neun Uhr auch abgeschlossen wurde, bot dem nächtlichen Treiben sogar einen gewissen Schutz. In den meisten Sälen schlief ein Aufseher; das ist jedoch in Schillers Abteilung in manchen Jahren nicht der Fall gewesen, sonst wären solche nächtlichen Arbeiten undenkbar. Ronden des wachhabenden Offiziers waren aber immer zu befürchten. Die Nerven des Dichters waren also angespannt genug, wie ein Dieb mußte er auf jedes verdächtige Geräusch lauschen. Von dem Talglicht, das den Schreibwinkel beleuchtete, wurden die Genossen schwerlich gestört; wohl aber durch die Art, wie Schiller die Fülle der Bilder, die ihn den Tag über bedrängt hatten, aufs Papier brachte »unter Stampfen, Schnauben und Brausen« (Petersen).

Die Eleven hatten das Recht, vor dem Wecken aufzustehen und die gewonnene Zeit für sich zu nutzen, ihre Lektionen zu präparieren oder was immer. Schiller würde seine Nerven, auch die der Kameraden geschont haben, wenn er davon Gebrauch gemacht hätte. Man weiß aber nichts davon, wahrscheinlich hat es seinem inneren Rhythmus nicht entsprochen. – Ein Ort, an dem man eher sich selbst überlassen war, wo sogar nachts Licht brennen durfte, war die Krankenstube. Wenn Schiller dorthin geschickt wurde, etwa eines geschwollenen Halses wegen, dann hat er die kleine Extra-Freiheit, die damit verbunden war, zum Schreiben genutzt. Als angehender Mediziner betrat er aber nicht nur als Patient das Revier. »Die ärztlichen Zöglinge der Akademie mußten am Ende ihrer Lehrjahre die Krankenzimmer besuchen und über die gehörige Pflege der Leidenden die Aufsicht führen. Als Schiller einmal die Reihe traf, setzte er sich an das Bett eines Kranken. Statt diesen aber zu befragen und zu beobachten, geriet der Dichtende in solche brausenden Bewegungen und heftige Zuckungen, daß dem Kranken angst und bange ward, sein zugegebener Arzt möchte in Wahnwitz und Tobsucht verfallen sein.« So berichtet Petersen. Ein kurioses Nachtstück.

Es lag etwas Selbstgefährdendes, Selbstzerstörerisches in dieser Mißhandlung des Schlafbedürfnisses. Seit den Jahren auf der Akademie war Schiller von Schlaflosigkeit geplagt. Was war Veranlagung, was selbstverschuldet, was Ursache, was Wirkung? Er hat dieses Leiden selbst tief empfunden. Die Eleven hatten, wie damals üblich, Stammbücher, in die sie sich gegenseitig etwas hineinschrieben. Der neunzehnjährige Schiller hat einmal eine Strophe aus dem württembergischen Gesangbuch dazu ausgewählt, die ihm besonders vertraut gewesen sein muß:

Ist einer krank und ruhet gleich
im Bette, das von Golde reich
recht fürstlich ist gezieret,
so hasset er doch solche Pracht
auch so, daß er die ganze Nacht
ein kläglich Leben führet
und zählet jeden Glockenschlag
und seufzet nach dem lieben Tag.

Seltsam: auch in Schillers Dissertation »Versuch über den Zusammenhang der thierischen Natur des Menschen mit seiner geistigen« findet sich ein wahrer Hymnus auf den erquickenden Schlaf. Er beginnt: »Unter dem Schlaf ordnen sich die Lebensgeister wiederum in jenes heilsame Gleichgewicht, das die Fortdauer unseres Daseyns so sehr verlangt; alle jene krampfichte Ideen und Empfindungen, alle jene überspannte Thätigkeiten, die uns den Tag durch gepeinigt haben, werden izo in der allgemeinen Erschlaffung des Sensoriums aufgelöst, die Harmonie der Seelenwirkungen wird wiederum hergestellt, und ruhiger grüßt der neuerwachte Mensch den kommenden Morgen.«

Der wohltätigen »allgemeinen Erschlaffung des Sensoriums« hat Schiller schon als junger Mensch nach Kräften entgegengearbeitet. An der Akademie blühte der Handel mit verbotenem Stoff, Kaffee und vor allem Tabak, der, da das Rauchen riskant war, geschnupft wurde. Es gab einen Eleven, der den Schwarzhandel in großem Stil aufzog – Schiller nannte ihn den allmächtigen – und die halbe

Akademie mit Contrebande versah. – Schiller hat sein Leben lang Anregungsmittel gebraucht, starken Kaffee vor allem, Tabak, auch den Wein, Champagner und Liköre.

Er hat sein medizinisches Studium mit zunehmendem Ernst betrieben. Zu den wichtigsten Vorlesungen und Übungen gehörten Pathologie, Semiotik und Therapie bei Consbruch, Chemie und Arzneimittelkunde bei Reuss, Neurologie und Chirurgie bei Klein. Begierig aufgenommene Vorträge über Philosophie und Psychologie, lässig betriebene andere humanistische Fächer und Sprachenunterricht gingen daneben her. Schillers brennende Neugierde gilt den Menschen, dem Menschen. Das ist sein innerer Antrieb zur Medizin. Er hatte keine Empfindlichkeit zu bekämpfen, arbeitete ohne Widerwillen in der Anatomie, war bei der Leichenöffnung eines Kameraden, des Malerzöglings Hiller, anwesend.

Das lebendigste und lehrreichste Zeugnis für den angehenden Arzt Schiller liegt auf dem Gebiet der Psychiatrie. Es betrifft den Fall des Eleven Grammont, auch ein Württembergfranzose, Sohn des Herrn Spezial zu Mömpelgard, mit Schiller gleichaltrig. Dieser Vorgang verdient eine genauere Schilderung, da er ein besonders anschauliches Bild von der Akademie vermittelt; der zwanzigjährige Schiller, der exaltierte Dichter der »Räuber«, zeigt sich hier umsichtig, einfühlsam, ein fester Halt für den wankenden Kameraden; zugleich wird sein ambivalentes Verhältnis zur Akademie im Gespräch mit dem Kranken merkwürdig erhellt.

Grammont père war »premier ministre dans l'Eglise paroissiale française de Montbéliard«, hatte also eines der ersten kirchlichen Ämter in der Grafschaft Mömpelgard inne. In den Personalakten des Sohnes fallen seine Briefe auf – sonst pflegten die Väter der Eleven selten an die Schulleitung zu schreiben. Im November 1779 stirbt er. Auf die Todesnachricht hin schreibt Intendant Seeger am 11. Dezember an den Vormund, er werde dem Sohn »diese traurige Nachricht auf eine schickliche Weise und nicht eher beibringen, bis die diesjährigen Examina werden beendigt sein«, um die Noten nicht zu gefährden. »Inzwischen versichere ich, daß das künftige Wohl dieser jungen Menschen immer einen Theil meiner Wünsche und Bemühungen ausmachen wird.« Die folgenden Ereignisse sollten zeigen, daß diese Beteuerung keine hohle Phrase war.

Der Tod des Vaters mag eine Ursache, sicherlich aber nicht die einzige gewesen sein, daß der junge Grammont sich auf der Akademie unglücklich fühlte und im Kameradenkreis immer häufiger schwermütige Gedanken äußerte, die um Flucht und Selbstmord kreisten. Als er am 11. Juni von Schiller einen Schlaftrunk verlangt, beredet der ihn, die Krankenstube zu beziehen, unterrichtet den Intendanten Seeger über den Zustand dieses Kameraden und erreicht dadurch, daß nun für jeweils 24 Stunden junge Mediziner eingeteilt werden, um dem Schwermütigen Gesellschaft zu leisten, ihn zu beobachten und über seinen Zustand zu rapportieren; beauftragt werden die Eleven Friedrich Hoven, Jakoby, Liesching, Plieninger und Schiller selbst. Die Berichte dieser jungen Mediziner, etwa sieben Wochen lang Tag für Tag geschrieben, bilden ein psychiatrisches Material, wie man es aus jener Zeit nicht leicht wieder finden wird.

Die Akten werden ergänzt durch ein gemeinschaftliches Gutachten der Professoren Reuß, Consbruch und Klein, in welchem die »hypochondrische Melancholie« des Patienten auf organische Fehler im Darmbereich zurückgeführt wird... »ein Aufenthalt im (Bad) Deinach nicht undienlich...« Endlich hat Professor Abel ein Gutachten von vier Seiten verfaßt – ein Dokument pädagogischer Hinwendung zu einem Schüler. Der Anfang lautet: »Ich habe Theils aus eigener Beobachtung, theils aus Nachrichten von andren und am meisten aus seinem eignen Munde die Seelenzustände des Eleven Grammont erfahren, und schildre sie hier so, wie es meine Überzeugung und die Pflicht gegen jeden mir von Sr. herzogl. Durchlaucht anvertrauten Schüler fordert. Eleve Grammont hatte schon seit vielen Jahren keinen Wunsch, keine Beschäftigung und Freude, als die Wahrheit, und besonders die Religion. Er war dabei gewohnt, jede Untersuchung mit dem wärmsten Herzen, dem größten Eifer, und mit ausnehmender Genauigkeit Strenge und Feinheit anzustellen.« Im weiteren Verlauf heißt es einmal: »... wenn er bei seinen besten Freunden ist, so überfällt ihn auf einmal der Gedanke, alle Liebe sei Eigennuz u. dgl. u. seine Freude wird in den bittersten Kummer verwandelt.«

Als Lebenszeugnisse des zwanzigjährigen Friedrich Schiller sind die Berichte, die er über den kranken Grammont geschrieben hat, von hohem Rang. Bevor diese Texte zitiert werden – in einer nötigen Auswahl und Begrenzung, die dem Biographen schwer fällt – sei auf den Zeitpunkt aufmerksam gemacht. Ereignisse, die Schiller bis in die Tiefe bewegt haben, sind auf einige Frühsommertage dieses Jahres 1780 zusammengedrängt: Am 11. Juni zieht Schiller aus den Selbstmordabsichten Grammonts die nötigen Konsequenzen. Am 13. Juni stirbt August von Hoven. Am 15. Juni schreibt Schiller den Brief an den Vater des Verstorbenen. Etwa am gleichen Tag wird Schiller vom Intendanten zur Gesellschaft und Beobachtung Grammonts eingeteilt. Am 19. Juni schreibt er den merkwürdigen Brief an seine Schwester Christophine. Am 26. Juni verfaßt er den ersten umfassenden Rapport über Grammont:

»Auf den gnädigsten Befehl, ein wachsames Auge auf die Leiden und Äußerungen meines Freundes zu haben, wage ich es, ein kurzes Bild seiner Krankheit zu entwerfen, soweit mir die mir gnädigst gemachte Gelegenheit und der bisherige genaue Umgang, den ich mit ihm genossen, Aufschluß darin gegeben hat.

Die ganze Krankheit ist meinen Begriffen nach nichts andres als eine wahre Hypochondrie, derjenige unglückliche Zustand eines Menschen, in welchem er das bedauernswürdige Opfer der genauen Sympathie zwischen dem Unterleib und der Seele ist, die Krankheit tiefdenkender, tiefempfindender Geister und der meisten großen Gelehrten. Das genaue Band zwischen Körper und Seele macht es unendlich schwer, die erste Quelle des Übels ausfindig zu machen, ob es zuerst im Körper oder in der Seele zu suchen sei.

Pietistische Schwärmerei schien den Grund zum ganzen nachfolgenden Übel gelegt zu haben. Sie schärfte sein Gewissen und machte ihn gegen alle Gegenstände von Tugend und Religion äußerst empfindlich und verwirrte seine Begriffe. Das Studium der Metaphysik machte ihm zuletzt alle Wahrheit verdächtig und riß ihn zum andern Extremo über, so daß er, der die Religion vorhero übertrieben hatte, durch skeptische Grübeleien nicht selten dahin gebracht wurde, an ihren Grundpfeilern zu zweiflen.

Diese schwankende Ungewißheit der wichtigsten Wahrheiten ertrug sein vortreffliches Herz nicht. Er strebte nach Überzeugung, aber verirrte auf einen falschen Weg, da er sie suchen wollte, versank in die finstersten Zweifel, verzweifelte an der Glückseligkeit, an der Gottheit, und glaubte sich den unglücklichsten Menschen auf Erden. Alles dies hab ich in häufigen Wortwechseln aus ihm herausgebracht, da er mir von seinem Zustand niemals nichts verschwiegen hat.

Mit dieser Unordnung seiner Begriffe verband sich nach und nach eine körperliche Zerrüttung (ich getraue mir nicht zu bestimmen, ob ein organischer Fehler im Unterleib zum Grunde liegt). Es folgten Fehler im Verdauungsgeschäfte, Mattigkeit und Kopfschmerzen, welche, so wie sie Wirkungen eines zerrütteten Seelenzustandes waren, hinwiederum diesen Zustand rückwärts verschlimmerten.

Auf diese Art war der Weg zu der fürchterlichen Melancholie gebahnt, in die er einige Wochen versank.«

Schiller schildert dann den äußerst kritischen Tag des Patienten, der die Mahlzeiten verweigert mit der Begründung, »er hätte gar nicht Ursache, sein Leben zu verlängern, da es ihm doch nur zur Last wäre«. Erst gegen Abend gelingt es Schiller, den Kranken zum Sprechen zu bringen. »Indem er so seine Klagen entwickelte und sich durch Reden erleichterte, fing er an, etwas nachgiebiger zu werden, und ermunterte sich.« Der Patient sagt, er wolle sich nun der Führung des Leibmedikus Hopffengärtner anvertrauen (die Anteilnahme des Herzogs an dem jungen Menschen äußerte sich auch darin, daß er seinen Leibarzt zu ihm schickte) – »und gestand mir auch, daß er sein eigener Peiniger gewesen und sein Übel vergrößert habe«.

Der Herzog sorgt für seine Luftveränderung, indem er den Kranken in seine ländliche Residenz Hohenheim kommen läßt; gibt sich auch persönlich mit ihm ab. Doch ist die Erholung nicht von Dauer. Schiller im Rapport vom 11. Juli:

»Diesen Vormittag war unser Hypochondrist von der gestrigen Reise noch sehr abgemattet und meistens sehr niedergeschlagen. Dieses letztere läßt sich freilich auch dem Verlust einer heitern und reizenden Gegend, worin Seine Herzogliche Durchlaucht ihn zu versetzen die Gnade gehabt, zuschreiben. Er war mißmutig zu allem, und außer dem Reuten hatte er zu keiner Lektion Lust. Er ließ sich von mir einige Zeit aus den Biographien des Plutarchs vorlesen. Sonst ging er spazieren oder schlief, worauf er immer mit schwermütigen Gedanken und Kopfschmerzen erwachte.

Den Mittag aß er wenig. Selbst seinen Wein, der ihm sonst immer wohlbekam, wollte er mir aufdringen. Ich sparte ihm solchen aber bis auf den Abend auf und beredete ihn, ihn im Garten mit mir zu trinken, wodurch ich ihn etwas munterer zu machen hoffte.

Er geht immer mit dem Gedanken um, wie er keines reinen Vergnügens fähig sei, da ihn selbst diese letztere Lustreise so wenig verändert, ja vielmehr verschlimmert hätte; er glaubt, ohngeachtet aller Gegenvorstellungen, daß kein anderer Weg zu seiner Genesung übrig sei, als die Aufhebung aller seiner Verhältnisse mit der Akademie.«

Höchst merkwürdig ist Schillers Bericht vom 16. Juli. Der unruhige Kranke »verfiel endlich aus Mattigkeit in einen Schlaf, worin Seine Herzogliche Durchlaucht ihn selbsten überraschten«. Und nun entwickelt sich ein offenbar langes Gespräch zu dritt: der Herzog, Schiller, der Kranke. Und dieses Gespräch kreist um die Freiheit der jungen Menschen an des Herzogs Schule. Ich wage zu behaupten, daß dies eine der seltsamsten Situationen gewesen ist, in denen sich Schiller je befunden hat (höchst ungewöhnlich auch für Carl Eugen). Schillers Bericht: »Auf die Unterredung, welche Höchstdieselben mit ihm zu halten die Gnade hatten, beharrte er immer noch auf dem Gedanken, ›daß er schlechterdings nicht in der Akademie genesen könne. Alles sei ihm hier zuwider...‹ Unsere eifrigsten Einredungen waren vergeblich...« Schiller hat ihm dann vorgehalten, er hätte, wenn er das Studium abbräche, »nirgends keine Aussicht in der Welt.« Darauf Grammont: »Als Taglöhner oder Bettler würde er immer vergnügter sein als hier, weil er da frei sei...« – »Unsere eifrigsten Einredungen waren vergeblich.« Unsere – ich und der Herzog! Man kommt endlich überein, Grammont solle sich noch eine Weile gedulden und dann das Teinacher Bad aufsuchen. Dem Kranken ist schließlich klar geworden, wie ungewöhnlich die »große Gnade und Gelindigkeit« des hohen Herrn war. Aber auch dieses Gefühl kehrt er als Stachel gegen die eigene Brust, »daß er notwendig für den Undankbarsten unter der Sonne gehalten werden müßte«.

Am 21. Juli ist wiederum Schiller an der Reihe als Begleiter des Patienten. Er findet ihn »voll Munterkeit und Leben« und nutzt den Sonnenblick, um ihn eindringlich zur Fortsetzung der Studien zu ermuntern, »welches ohnstreitig das einzige und auch dauerhafteste Mittel ist, sein Gemüt von sich selbst auf andere Gegenstände zu lenken«. Grammont zeigt sich empfänglich. »Er öffnete mir nun sein ganzes Herz, räumte mir vieles ein und schloß mit der Versicherung, daß er sehr gern in der Akademie bleiben wolle, wenn ihm nur diejenigen Freiheiten gelassen würden, die sein körperlicher Zustand und die Richtung seiner Seele notwendig machten.« Der Tagesrapport schließt zuversichtlich. – Ohne Ärger ist diese Sache, in der er sich als Freund und Seelenarzt bewährt hat, für Schiller nicht ausgegangen. Irgendein Filou muß dem Intendanten ins Ohr geblasen haben, Schiller und andere Verdächtigte wollten die Flucht des Kranken bewerkstelligen. In einem Brief an Oberst Seeger vom 23. Juli hat Schiller diesen Verdacht zurückgewiesen. Ähnlich wie in jenem Brief an Boigeol, aber noch heller, noch geklärter, zeigt sich hier der junge Mensch, der als Dichter noch in einem heißen Gärungsprozeß begriffen ist, als Mann von scharfem Verstand, der die Nuancen höfischer Diplomatie beherrscht, um seine ehrliche Auffassung wirkungsvoll und klug geschützt vorzubringen.

Grammont, nach einem Aufenthalt im Schwarzwaldbad Teinach, hat sich in der Akademie nicht mehr zurechtgefunden, kehrte, in Gnaden entlassen, zurück nach Mömpelgard, wo er sich mit mechanischen Spieluhren befaßte. Dann wurde er für eine Weile Hauslehrer in Petersburg; Maria Feoderowna, eine in Mömpelgard aufgewachsene württembergische Prinzessin, Gemahlin des Thronfolgers, später Kaiserin, hat manchen Württemberger und Mömpelgarder dorthin gezogen. Er kehrte aber nach Stuttgart zurück, wurde bei Hof Gouverneur des Pagenkorps und endlich Professor am Gymnasium illustre – seine Nachkommenschaft blühte im Lande Württemberg und blüht wohl noch.

Das Wort höfisch ist in bezug auf Schiller wiederholt gebraucht worden. Ebenso ist davon die Rede gewesen, daß die Eleven der Akademie, anders als die Seminaristen und Stiftler auf ihrem kirchendienstlichen Bildungsweg, etwas »Welt« gespürt haben oder doch einen Hauch davon. Die Akademie war Carl Eugens liebster Gegenstand geworden; die Verbindung der Schule mit dem Hof war die natürliche Folge. Bei festlichen und offiziellen Anlässen, wie den jährlichen Preisverleihungen, war der ganze Hof anwesend. Sehr häufig, wenn auch nicht regelmäßig, begleitete Franziska von Hohenheim ihren geliebten Gebieter in die Akademie. Diese hochgewachsene, anmutige, wenn auch nicht eigentlich schöne Frau war für die Karlsschüler Jahre hindurch das einzige weibliche Wesen, zu dem sie aufblicken konnten, und sie dürfte im Phantasieleben der Jünglinge eine starke Rolle gespielt haben. Alle kannten sie, sie kannte jeden. Unzählige Male war sie anwesend, wenn Serenissimus am Eingang des Speisesaals seine Söhne Revue passieren ließ und dabei die Strafbilletts ansah. »Überhaupt schien er manchmal nur deshalb Strafen in ihrer Gegenwart auszusprechen, damit die Gräfin für den zitternden Eleven um deren Niederschlagung bitten konnte« – so vermutet der alte Biograph Boas (1815–1853) und könnte recht damit haben. So menschlich schön das Verhältnis zwischen Carl Eugen und Franziska gewesen ist, der Form nach war sie seine Mätresse (erst viel später waren endlich die Voraussetzungen für eine Eheschließung gegeben) – das gab ihrer Rolle als Schutzpatronin der Karlsschüler eine eigenartige Würze.

Franziskas Geburtstag im Januar und der des Herzogs im Februar boten Anlässe zu Schulfeiern, deren Hauptstücke Festreden und theatralische Darbietungen waren. Schillers Anteil daran in den Jahren 1779 und 1780 war ungewöhnlich groß; man kannte ihn bereits, auch höchsten Orts, als Poeten und feurigen Rhetoriker. Zu Franziskas Ehrentag hatte der Herzog als Thema für die Festrede die Behandlung der Frage befohlen »Gehört allzuviel

Güte, Leutseligkeit und große Freigebigkeit im engsten Verstande zur Tugend?« »Tugend, das Papiergeld, mit dem er (Carl Eugen) überall zahlte –« bemerkt der alte Weltrich witzig. Keine Aufgabenstellung, die einen feurigen Kopf hätte reizen können. Aber Schiller kam mit dem dialektischen Knoten des Themas geschickt zurecht. Wer beherrscht die hohe Kunst der Tugend? Der Weise. Eine Floskel korrespondiert der anderen. »Der Weise ist gütig, aber kein Verschwender. Der Weise ist leutselig, aber er behauptet seine Würde.« Dann wird aus Klopstocks Ode »An den König« zitiert

> Große Wonne ist es, vor Gott gelebt zu haben,
> Gute Taten um sich in vollen Schaaren
> Zu erblicken...

Und Schiller fragt, den Blick zum Protektor der Akademie erhoben: »Wo also eine höhere tugendhaftere Tat als die Bildung der Jugend?« Was ja nicht falsch ist. Aber es kommt noch kräftiger. Schiller verweist auf Marc Aurel. Dann: »Aber was soll ich noch lange Geschicht voriger Zeiten durchirren, Muster edler Güte und Leutseligkeit aus den verwehten Trümmern des Altertums hervorzuheben? Durchlauchtigster Herzog! nicht mit der schamrot machenden Heuchelrede kriechender Schmeichelei (Ihre Söhne haben nicht schmeicheln gelernt) – Nein – mit der offenen Stirne der Wahrheit kann ich auftreten und sagen: Sie ists, die liebenswürdige Freundin Carls – Sie die Menschenfreundin! – Sie, unser aller besondere Freundin! Mutter! Franziska!« Und so fort, effektvoll aufs höchste. Carl Eugen und die Dame seines Herzens waren hoch befriedigt.

»Ihre Söhne haben nicht schmeicheln gelernt.« Was aber waren solche Festreden? Nun wäre es töricht, sich über eine Distanz von zweihundert Jahren über solches Beweihräuchern zu entrüsten. Das Zeremoniöse ist zählebig, in dieser Hinsicht lebte man zur damaligen Zeit noch im Spätbarock. Bedenkt man, wie noch heute, da das Zeremoniell auf dürftige Reste zusammengeschmolzen ist, bei Jubiläen und ähnlichen Anlässen (von Grabreden zu schweigen) lauthals und vollmundig gelogen wird, so muß einem die Beckmesserei vollends vergehen. – Trotzdem, in einer Schiller-Biographie bleibt die Feststellung wichtig, daß der Dichter der »Räuber« zu solcher Übersteigerung höfischer Artigkeit bereit und fähig war. Unerklärlich ist das nicht. Man muß daran denken, daß Schiller wie seine Kameraden, trotz aller rebellischer Aufwallungen, Carl Eugen verehrte und für die liebenswerten Züge im helldunklen Charakterbild dieses merkwürdigen Fürsten nicht blind war; und daß Franziska seine wie aller dieser jungen Männer warme Sympathie besaß. Er redete und rühmte also nicht gegen seine innere Überzeugung. Ferner: Schiller hat nichts mit halbem Herzen gemacht. Wenn er, in den »Räubern«, allen Konventionen ins Gesicht schlagen, ins Gesicht speien wollte, dann tat er das radikal und absolut. Und wenn er eine Festrede machen sollte, so warf er sich darauf wie auf etwas Unerhörtes, berauschte sich an den Bildern und den Wortkaskaden, die ihm zuströmten. Er konnte nichts halb tun.

Einen Monat später, zum Geburtstag des Herzogs, wurde ein kleines Festspiel »Der Jahrmarkt« aufgeführt, das Schiller geschrieben hatte; es ist verloren gegangen und der Verlust zu verschmerzen. Zu Franziskas Ehrentag 1780 wurde wiederum Schiller für die Festrede bestimmt. »Die Tugend in ihren Folgen betrachtet« hieß das befohlene Thema, bei dem der Dichter in ähnlicher Weise wie im Vorjahr sein Bestes tat. Wie mögen diese Reden vor versammeltem Hof, Lehrkörper und Schülerschaft geklungen haben? Schiller hat zeitlebens schlecht vorgelesen und vorgetragen, er pflegte den Ton zu übersteigern bis zum Geschrei. Hier hat die Schule keinen erzieherischen Einfluß auf ihn ausgeübt – im Sprachunterricht, in der Rhetorik hätte man ihm das abgewöhnen können. Hat er sich als Redner bei großen Anlässen zusammengenommen? Es muß ihm wohl irgendwie gelungen sein, da man ihn zweimal zu Franziskas Ehrentag hat sprechen lassen.

Es hatte der incognito reisende Herzog von Sachsen-Weimar, mit Goethe aus der Schweiz heimreisend, am 14. Dezember 1779 der Akademie einen Besuch abgestattet. Im Weißen Saal des Neuen Schlosses waren beide Gäste bei der Preisverteilung anwesend, bei welcher auch Schiller drei Medaillen erhielt, für praktische Medizin, Arzneimittellehre und Chirurgie (der Preis für deutsche Sprache war durchs Los Freund Elwert zugefallen). So hat der dreißigjährige Goethe in Schiller einen wackeren angehenden Mediziner erblickt, während der ihm mit leuchtenden Blicken stumm als dem Dichter des »Werther« und des »Götz« huldigte.

Carl Eugen hatte also damals Goethe kennengelernt, und der, strahlend und dabei die höfischen Sitten vollendet beherrschend, dürfte einen starken Eindruck hinterlassen haben. Am nächsten Geburtstag des Herzogs sollte nun von den Karlsschülern ein Schauspiel Goethes aufgeführt werden, und man wählte das Trauerspiel »Clavigo«. Es ist schwer begreiflich, warum man die Haupt- und Titelrolle Schiller gegeben hat, dessen Unberufenheit zum Schauspieler notorisch war. Man kann es sich nur so erklären, daß Schiller, begeistert, sich dazu gemeldet hatte, und daß kein anderer geneigt war, den langen Text auswendig zu lernen. Schillers Begeisterung für die Rolle ist verständlich, manches darin war ihm wie auf den Leib geschrieben.

»Clavigo vom Schreibtisch aufstehend: Das Blatt wird eine gute Wirkung tun, es muß alle Weiber bezaubern. Sag mir, Carlos, glaubst du nicht, daß meine Wochenschrift jetzt eine der ersten in Europa ist?« So beginnt das Stück. Aber Schiller, kreischend, brüllend und ungebärdig, hat aus dem Clavigo eine jämmerliche Karikatur gemacht. Liest man Berichte von dieser Aufführung, diesem Sichaufführen des schauspielernden Eleven Schiller, so wird man an die Bemerkung des Psychiaters Kretschmer erinnert: »Tausend seelisch Abnorme zeigen in diesem Alter dieselben genialischen Gebärden, dieselbe laute, schreiende, gespreizte Theatergebärde.« Kurzum: das Trauerspiel wurde zum Lacherfolg. Der Herzog selbst war übrigens verreist.

Diese höfischen Feste waren alle nach dem gleichen Muster zugeschnitten: Festrede, Schauspiel, Oper und Musik, aber alles etwas sparsam. Man kann das Wort hausbacken im buchstäblichen Sinne dafür verwenden, weil das meiste aus der Akademie bezogen wurde, also nichts kostete. Zu der breiten beruflichen Fächerung der Schule gehörte ja auch das Heranbilden des Nachwuchses für Orchester, Oper, Ballett und Schauspiel – so mochten denn die jungen Leute zeigen, was sie gelernt hatten.

Die Zeiten, in denen der Hof Carl Eugens einer der glänzendsten Europas gewesen war, lagen zurück, sie waren ungefähr mit den sechziger Jahren zu Ende gegangen. Der Lateinschüler Fritz Schiller hatte in Ludwigsburg noch etwas davon gespürt und gesehen. Jetzt war die wirkliche Residenz Carl Eugens der etwas aufgeputzte Gutshof in Hohenheim, an dem nur die Gärten sehenswert waren. Das entsprach der gewachsenen und geläuterten Einsicht des Herzogs, es entsprach aber auch dem Zeitgeist. Das Idealbild des Fürsten war der Country Gentleman geworden – zu Beginn des Jahrhunderts war es der Sonnenkönig gewesen, Mittelpunkt eines sich gravitätisch drehenden Zeremoniells aus burgundisch-spanischer Tradition; dann hatte die raffinierte Genußsucht, die Fäulnis der Régence sich den europäischen Höfen mitgeteilt – und nun gab man sich beinahe ländlich-sittlich.

Die relative Schlichtheit des württembergischen Hofs in den 1770er und 1780er Jahren zeigte sich auch im fast ausschließlichen Gebrauch der deutschen Sprache, die zudem, zum stillen Amüsement der norddeutschen Hofchargen, aus Franziskas Mund im breitesten Schwäbisch ertönte; da Carl Eugens Orthographie Rückschlüsse erlaubt, dürfte auch er spürbar schwäbisch gesprochen haben, wenn er auch in diesem Punkt seiner Fränzel das Wasser nicht reichen konnte, deren Orthographie für uns heute ein mundartliches Dokument darstellt. Das Französische spielte an diesem Hof eine Rolle nur am Rande. Auch im Schauspiel wurde der französische Einfluß, der in der ersten Hälfte des 18. Jahrhunderts und an manchem deutschen Hoftheater darüber hinaus übermächtig gewesen war, Schritt für Schritt zurückgedrängt. In der Oper dominierte nach wie vor das Italienische. Unterricht in italienischer Sprache war für die Karlsschüler im Musik- und Theaterfach obligatorisch.

Überhaupt hatte der Unterricht in den neuen Sprachen an der Akademie einen Rang, der im württembergischen Schulwesen gänzlich neu war. Französisch war Pflichtfach für alle. Der Unterricht im Englischen wurde 1776 eingeführt; Schiller hat also Grundkenntnisse in dieser Sprache gehabt. Gelegentlich wurde mit Rücksicht auf Schüler aus solchen Ländern ein wenig russisch, polnisch, dänisch getrieben.

Wie ist die Bedeutung des Französischen an der Akademie einzuschätzen? Wie weit, wie tief hat Schiller sich auf der Schule in dieser Sprache gebildet? Der Mittler zwischen der französischen Kultur und dem Stuttgarter Hof war seit langem Joseph Uriot. Er hatte Einfluß auf das Bibliothekswesen, ihm war, vor Gründung der Akademie, die Ausbildung des Theaternachwuchses anvertraut, er war Maître de Plaisir und Carl Eugens französischer Lobredner, aber auch ein ernst zu nehmender Kenner und Interpret der großen Literatur seines Landes. Er dirigierte an der Akademie französiche Schauspiel- und Singspielaufführungen, hatte ziemlich viele Stunden zu geben und mußte sich, inzwischen ein alter Herr, recht plagen. Das viele laute Reden schlage ihm auf die Brust, schreibt er in einem Gesuch an den Herzog, er bedürfe der Stärkung »deux Eymer d'un vin tel que Votre Altesse le jugera propre pour un homme de 63 ans« (zwei Eimer Wein von einer Qualität, die S. Herzogl. Durchlaucht für einen Mann von 63 Jahren für angemessen halte)... Wegen des Umfangs des französischen Sprachunterrichts bekam Uriot nach und nach Hilfskräfte.

Schiller hat also einen gründlichen Unterricht in der französischen Sprache genossen. Wichtigstes Lehrbuch war die »königlich französische Grammatik« von De Peplier, die auch Brieffloskeln, Denksprüche und Anekdoten enthielt. Gelesen wurden Corneille, Racine, Fénélon, d'Alembert und Voltaire. Zu den besonders beliebten Büchern zählten Bossuet's *Histoire Universelle,* die Briefe der Madame de Sévigné und Voltaire's *Zaïre*. Schiller empfand keine Begeisterung wie für Klopstock, für Shakespeare, Goethe, Lessing; gewann aber Kenntnisse, Einsichten, Weite des Blicks. Das französische Drama, französische Geschichtsschreibung und Philosophie, der Briefstil des Hofes von Versailles und der französischen Gelehrten wurden ihm bekannt. Seine Sprachkenntnisse, die er von der Akademie hatte, erwiesen sich als so hinreichend, daß er später stundenlange schwierige Gespräche mit der sprudelnden Madame de Staël (die kein Deutsch sprach) durchhalten konnte.

Den Dichter der *Räuber* konnten die Klarheit des französischen Denkens, die Regel des französischen Theaters nicht entflammen. Der Dichter der *Räuber* ist Schiller gewesen von den Anfängen, die im Frühjahr 1775 zu vermuten sind, bis zur Uraufführung in Mannheim zu Beginn des Jahres 1782. Bemerkenswert im Werdegang der *Räuber* war ein Maitag im Jahr 1778. Die Eleven machten einen ihrer beaufsichtigten Spaziergänge; man ging zum Bopser hinauf, einer der mit Laubwald geschmückten Höhen, die den Stuttgarter Talkessel umrahmen. Im Wald schlagen sich Schiller und fünf Kameraden seitwärts in die Büsche – ohne Zweifel im stillen Einvernehmen mit dem begleitenden Offizier. Man findet einen passenden Platz unter einem dicken Baum, Schiller fingert aufgeregt das Manuskript der *Räuber* aus der Rocktasche, räuspert sich, beginnt mit heißem Kopf zu lesen, deklamiert laut und wild. Dieser Text, wenn einer, war seinem übersteigerten Vortrag angemessen. Die Kameraden, ringsum gelagert, lauschen entzückt, hingerissen. Es waren: Friedrich von Hoven, ältester Freund, Hausgenosse in Ludwigsburg, später Arzt dortselbst. Schlotterbeck, Sohn eines Maurers, vom Herzog von der Straße weg auf die Pflanzschule geholt, später ein tüchtiger Maler und Kupferstecher, aber ohne Fortune. Kapf, Sohn eines Rittmeisters aus dem katholischen Oberschwaben, ein rechter Flegel und lustiger Patron, später als Offizier mit dem an die Holländer verkauften Kapregiment nach Afrika, endlich vor Batavia beim Ausschiffen ertrunken. Heideloff, illegaler Abkömmling des Kurfürsten von Hannover, nachmaligen Königs Georg I., Sohn eines Hofbildhauers im Rheinischen, auf der Akademie tüchtig im Malen, später Theatermaler, zeitweilig in Weimar; erblindet. Endlich Dannecker von Stuttgart, Sohn eines Stallknechts und später einer der bedeutendsten Bildhauer, die Württemberg hervorgebracht hat; wir verdanken ihm die kolossale Büste Schillers – höchste Porträtkunst –; er mag sich bei der Arbeit daran auch an jene Lesung im Bopserwald erinnert haben.

Die weltbekannte Szene könnte zu einem kleinen Exkurs verleiten: Wer hat wem aus seinen Werken vorgelesen in Stuttgart? Es soll aber nur an eine weitere Begebenheit erinnert werden. Goethe, im Spätsommer 1797, liest im Rapp'schen Haus, selbst ergriffen, von Anfang bis Ende das frischvollendete Werk *Hermann und Dorothea*. Zuhörer: der Hausherr, Kaufmann Rapp, und Frau; der eben erwähnte Dannecker mit Frau; und, zu Füßen der Mutter, Rapps fünfjähriges Töchterlein (sagt am Schluß: der Ma soll no meh lesa!)

Bereits im Jahr 1779 hatte Schiller eine medizinische Dissertation geschrieben und im Oktober eingereicht. Das Thema lautete: Philosophie der Physiologie. Ein Meisterwerk konnte das nicht wohl sein, denn nach heutiger Zählweise hatte er kaum sieben Semester Medizinstudium hinter sich, und das im Rahmen eines allgemeinen Schulbetriebes. Die erhaltenen Teile lassen aber den Schluß auf einen wohldurchdachten, geistvollen Versuch zu. Die Arbeit, deutsch und lateinisch geschrieben, war gegliedert in die Kapitel: Das geistige Leben. Das nährende Leben. Zeugung. Zusammenhang dieser drei Systeme. Schlaf und natürlicher Tod. Die Einleitung hebt großartig, in klingender Sprache an mit dem göttlichen Weltplan – Christentum, von einem Schwall Aufklärungsgeist durchströmt, vielleicht mit einer spezifisch freimaurerischen Note, was im Hinblick auf Abels starken Einfluß nicht verwunderlich wäre.

Die drei Zensoren, Klein, Consbruch und Reuß, beurteilen das Werk ziemlich skeptisch. Der Kandidat Schiller reibt sich allzu frech an anerkannten Autoritäten. »Dabey ist der Verfasser äußerst verwegen und sehr oft gegen die würdigste Männer hard und unbescheiden« schreibt Klein. Die Ungeniertheit gegen ehrwürdige Perücken mißfällt auch Consbruch, der übrigens »viel gutes und wohl durchdachtes« in der Arbeit findet, doch auch allzu Kühnes. »Daß die Seele erst während der Geburt in das Kind kommen solle, ist eine Meinung, die auch für einen Dichter zu kühn wäre«; er gibt aber zu, daß auch die gegenteilige Theorie ihre Schwierigkeiten habe. Alle drei Zensoren raten vom Druck ab.

In einem Brief an Seeger verschließt sich auch der Herzog dieser Auffassung nicht, »obschon Ich gestehen muß, daß der junge Mensch viel schönes darinnen gesagt – und besonders viel Feuer gezeigt hat. Eben deswegen aber und weilen solches wirklich noch zu stark ist, denke Ich, kann sie noch nicht öffentlich an die Welt ausgegeben werden. Dahero glaube Ich, wird es auch noch recht gut for ihm seyn, wenn er noch Ein Jahr in der Akademie bleibt, wo inmittelst sein Feuer noch ein wenig gedämpft werden kann, so daß er alsdann einmal, wenn er fleißig zu sein fortfährt, gewiß ein recht großes Subjectum werden kann.«

Schiller, der sich schon in der Freiheit oder wenigstens außerhalb der Mauern der Akademie gesehen hat, ist bitter enttäuscht. Zur Dämpfung seines Feuers hat dieses zusätzliche Jahr wenig beigetragen. In dieses Jahr fällt der Tod August Hovens und die Gemütserkrankung Grammonts. Der akademische Unterricht ist wenig belastend – Vorlesungen über Homer und Virgil, ein psychologischer Kurs bei Abel; auch ein Lehrgang in italienischer Sprache, zufällig fast, doch muß das für einen so vortrefflichen Lateiner vergnüglich und ein Gewinn gewesen sein. In der Medizin ist es ein Jahr praktischer Ausbildung mit häufiger Verwendung in den Krankenstuben; auch die Betreuung des Grammont ist in diesem Zusammenhang zu sehen.

Dazu kommt die Arbeit an der neuen Dissertation: *Versuch über den Zusammenhang der tierischen Natur des Menschen mit seiner geistigen*. Wegen des allzu philosophischen Charakters dieses Themas wird ihm noch eine zweite Arbeit aus der praktischen Medizin zudiktiert: *Über den Unterschied der entzündlichen und faulen Fieber*. – Mit der Dissertation findet Schiller diesmal Anklang. Er behandelt die »wunderbare und merkwürdige Sympathie, die die heterogenen Prinzipien des Menschen gleichsam zu einem Wesen macht; der Mensch ist nicht Seele und Körper, der Mensch ist die innigste Vermischung dieser beiden Substanzen«. Wiewohl Schiller dazu neigt, die geduldige Beobachtung der Natur zu vernachlässigen, und dafür erdachte Gesetze in Schöpfung und Geschöpfe hineinzuzwängen – wie Petersen klug bemerkt –, hat ihn dennoch seine gezügelte Phantasie Zusammenhänge ahnen und andeuten lassen, die die Wissenschaft viel später erforscht hat. – Wie an der Akademie üblich, wurde die Dissertation mit einem bombastischen Dank an den hohen Protektor eingeleitet, was für Schiller nicht ungewohnt war. Doch findet sich in diesem Schwulst auch eine treffende Bemerkung, wie »Höchstdieselbe mit den durchdringenden Augen eines Menschenkenners« die richtigen Lehrer »aus der gemeinen Klasse der Gelehrten herausgeforscht« habe.

Die Arbeit wird zum Druck freigegeben. Die nötigen Absprachen mit der Druckerei besorgt der Verfasser selbst; er läßt sich bei der Gelegenheit gleich einen Kostenvoranschlag für seine *Räuber* machen. Am 9. und 12. Dezember finden die Abschlußprüfungen statt. Am 15. Dezember 1780 erhält Schiller sein Abschlußzeugnis und wird aus der Akademie entlassen.

Die Jahre auf der Karlsschule, unter den Augen des Herzogs,

haben Friedrich Schiller geprägt. Einordnung und Unterordnung, Träumerei und Rebellion, versäumte Bildungsmöglichkeiten und begierig ergriffene, fruchtbar wirkende – alles ist in dieser Zeit beschlossen. Dem Kreis der Kameraden, der Schicksalsgefährten hat er sich immer zugehörig gefühlt. Er hat sich im Gespräch oft an die Akademie erinnert, unterschiedlich darüber geurteilt. Ein Wort findet sich in der Rheinischen Thalia von 1784: »Seine Bildungsschule hat das Glück mancher hunderte gemacht, wenn sie auch gerade das meinige verfehlt haben sollte.«

Regimentsarzt

Der Hauch der Freiheit war wie der eines trüben, nassen Dezembertages. Das Versprechen einer guten Versorgung, mit dem Carl Eugen den Vater Schiller bewogen hatte, seinen Jungen auf des Herzogs Schule zu geben, war auf die billigste und schäbigste Weise eingelöst worden. Schiller bekam eine Stelle als »Regiments-Doctor« beim Grenadierregiment Augé, das in Stuttgart in Garnison lag; er hatte Feldscheruniform zu tragen, stand im Rang noch unter dem Leutnant; sein Monatsgehalt betrug 18 Gulden. Das Regiment Augé, kaum mehr als zwei Kompanien stark, war der erbärmlichste Haufen unter dem ohnedies wenig ansehnlichen württembergischen Militär und bestand zumeist aus Leuten, die man anderswo hatte los werden wollen; und wie die Mannschaft war die Montur, verschlissen und geflickt. Schillers neue Existenz erwies sich als kaum weniger kläglich als die eines Vikars in einer armen Dorfgemeinde.

Carl Eugen hatte mehr als einmal bewiesen, daß er die schlummernden Fähigkeiten dieses jungen Menschen erkannt hatte. Seine geradezu verachtungsvoll anmutende Gleichgültigkeit zu dem Zeitpunkt, da das Schulziel erreicht war, gehört zu dem Ungereimten im Charakterbild des Fürsten. Aber ein solches Verhalten ist bei ihm öfters zu beobachten. Seine Menschenkenntnis befähigte ihn, Talent und Genie zu wittern, und er war schnell bei der Hand, solchen Jungen eine Chance zu geben. Im Einlösen ausgesprochener oder unausgesprochener Versprechungen aber war er oft engherzig und, wo es ums Geld ging, sparsam bis zum Geiz.

Trotz aller Enttäuschung, die auf die Familie, vor allem den ehrgeizigen Vater, noch schmerzlicher wirkte als auf den Betroffenen selbst, mag Schiller die Halbfreiheit, die er nun als Militärarzt hatte, als einen Schritt voran empfunden haben. An Freunden fehlte es nicht. Scharffenstein war schon zuvor Leutnant geworden und hatte, einem herzlichen Bedürfnis folgend, brieflich den alten Streit mit Schiller begraben. Nun, da sie beide beim Militär waren, hieß er ihn mit offenen Armen willkommen. Er war auch anwesend, als Schiller als Regimentsmedikus vorgestellt wurde. »Die Stunde, an welcher er auf der Parade sich präsentierte, war auch die erste des Wiedersehens; wie gram war ich dem Dekorum, das mich hinderte, diesen Langentbehrten zu umfassen! Aber wie komisch sah mein Schiller aus! Eingepreßt in dieser Uniform, damals noch nach dem alten preußischen Schnitt, und vorzüglich bei den Regimentsfeldscherern steif und abgeschmackt! An jeder Seite hatte er drei steife vergipste Rollen; der kleine militärische Hut bedeckte kaum den Kopfwirbel, in dessen Gegend ein dicker, langer falscher Zopf gepflanzt war; der lange Hals war von einer sehr schmalen roßhärenen Binde eingewürgt; das Fußwerk vorzüglich war merkwürdig: durch den den meisten Gamaschen unterlegten Filz waren seine Beine wie zwei Zylinder von einem größeren Diameter als die in knappe Hosen eingepreßten Schenkel. In diesen Gamaschen, die ohnehin mit Schuhwichse sehr befleckt waren, bewegte er sich, ohne die Kniee recht biegen zu können, wie ein Storch. Dieser ganze, mit der Idee von Schiller so kontrastierende Apparat war oft nachher der Stoff von tollem Gelächter in unsern kleinen Kreisen.«

Der Dienst hat den Regimentsmedikus nicht übermäßig in Anspruch genommen. Nur während einer Ruhr-Epidemie, die einmal in seinem Regiment um sich griff, war er vollauf beschäftigt und hat dabei seinen Mann gestanden. Er war befugt, privatim eine Praxis auszuüben, hat aber kaum Gebrauch davon gemacht. Sein genialisch-burschenmäßiges Gehabe war nicht dazu angetan, ihn als Arzt zu empfehlen. Seine Grenadiere mußten ihn freilich nehmen, wie er war; er stand bald im Geruch, vorzugsweise überdosierte Brechmittel zu verordnen, um das Übel gewaltsam ans Tageslicht zu schleudern. Schiller hatte den strikten Befehl, zweifelhafte Fälle seinem Vorgesetzten, dem Leibmedikus Elwert, vorzutragen, hielt sich aber nicht daran. Elwert, ein entfernter Verwandter, war ein wohlwollender Mann und ging, um Schiller zu schonen, so weit, alle ihm unterstellten Militärärzte anzuweisen, ihre Rezepte zunächst ihm vorzulegen. So wurde mancher Mann davor bewahrt, nach der Methode des Doktor Eisenbart kuriert zu werden.

Die halbe Freiheit, die er nun besaß, hat Schiller in vollen Zügen genossen. Seine Lebensart damals hat etwas von der grobschlächtigen Burschenherrlichkeit, die man aus Laukhards Schilderungen vom Studentenleben jener Zeit kennt. Zusammen mit dem Leutnant Kapf, dem Rauhbein, hauste er am Kleinen Graben, der späteren Eberhardstraße, in einem Gelaß im Erdgeschoß. Die zwei Feldbetten standen im Alkoven; ein Ofen diente zum Heizen und Kochen; ein Tisch und zwei Bänke standen da; die Kleider hingen an Wandhaken; aufgeschüttete Kartoffeln, leere Flaschen und, wie sie kamen, Ballen von Gedrucktem lagen in den Ecken. Die Bude stank nach kaltem Tabaksrauch, der andere Dünste niederschlug. – »Einst, als ich von der Straße aus, wo ich Schillern getroffen hatte, mit ihm nach seinem Logis ging, Kapf aber nicht zu Hause war und Schiller seinen Schlüssel zu sich zu stecken vergessen hatte, stieß er in der Ungeduld, um die Mühe, beim Eigentümer des Hauses einen Schlüssel zu holen, so sich zu ersparen, ohne Umstände geradezu mit dem Fuß die Türe auf einen Ansprung ein...« So berichtet Conz, der Freund aus den Lorcher Kinderjahren.

Hauseigentümer war der Professor Haug. Bei dem Zustand ihrer Behausung muß man daran erinnern, daß beide Mieter, Leutnant Kapf und Regimentsmedikus Schiller, Burschen zu ihrer Verfügung hatten, »Kerls«. Aber entweder war die Reinigung der Wohnung noch unter ihrem Stande (Schiller: der Hundsfott mein Kerl) oder, was wahrscheinlicher ist, den jungen Herren war es in ihrer Räuberhöhle wohl, und sie wollten ihr stimmungsvolles Milieu nicht durch Wassergüsse und Besen zerstört sehen.

Das Stammlokal war der »Ochsen« in der Hauptstätterstraße. Ein Zettel hat sich sonderbarerweise erhalten, den Schiller in diesem Wirtshaus hinterlassen hat, als er einmal die Kameraden nicht angetroffen hatte. »Seid mir schöne Kerls. Bin da gewesen, und kein Petersen, kein Reichenbach. Tausendsakerlot! Wo bleibt die Manille heut? Hol Euch alle der Teufel! Bin zu Haus, wenn Ihr mich haben wollt. Adies, Schiller.« Mit der Manille (eigentlich ein Kartenspiel) war das Manuskript der *Räuber* gemeint. Gleichfalls erhalten ist eine Rechnung des Ochsenwirts Brodhag für die Herren Schiller und Petersen. Sie zählt auf, was die beiden in zehn Sommerwochen verzehrt haben, Wein, »Schuncken«, Brot und Salat (wahrscheinlich Kartoffelsalat) – für insgesamt 13 Gulden, 39 Kreuzer; also ungefähr ein Monatsgehalt Schillers.

Das waren harmlose Gelage, burschikos und biedermännisch. Einmal hat sich Schiller schwer betrunken, und das war auf dem Offiziersbankett seines Regiments zu Ehren des allerhöchsten Geburtstags, also am 11. Februar. Man mußte ihn, der sich nicht mehr auf den Füßen halten konnte, in einer Sänfte heimschaffen. Stuttgart hatte damals ungefähr 18000 Einwohner. Man paßte gut aufeinander auf. Seit dem Heimtransport von jenem Bankett galt Schiller den Stuttgartern als Trinker. (Das ist er nie gewesen, obwohl er außer Kaffee immer Wein und auch stärkere Alkoholica zur Anregung, zur Überwindung leichteren Unwohlseins gebraucht hat. Die enorme Trinkfestigkeit Goethes hatte er nicht.)

Wenn Schiller die Stadt verlassen wollte, mußte er um Urlaub nachsuchen, auch wenn er nur auf die Solitude zu gehen vorhatte, um seine Eltern und Geschwister dort zu besuchen; ein Fußweg von gut zwei Stunden. – Seit Ende des Jahres 1775 lebte die Familie dort oben; Wochen zuvor war die Karlsschule nach Stuttgart verlegt worden. Caspar Schiller war zum Vorgesetzten der herzoglichen Hofgärtnerei ernannt worden und zum Leiter der Forstbaumschule. Im Alter von 52 Jahren hatte er endlich einen Platz zugewiesen bekommen, der seiner Tüchtigkeit, seinen Kenntnissen, auch seiner Neigung entsprach. Das Logis, das die Familie in den achtziger Jahren bewohnte, lag über den Orangengewächshäusern. Man hatte an schönen Tagen den unbegrenzten Blick in die Weite des Unterlands, und bei geöffneten Fenstern wehte der Duft der Orangenblüten herauf. Die Freunde, die Schiller gern mitbrachte, genossen diese Atmosphäre und die warme Gastfreundschaft besonders der Mutter. Scharffenstein: »Nie habe ich ein besseres Mutterherz, ein trefflicheres, häuslicheres, weiblicheres Weib gekannt. Wie oft sind wir zu ihr gewallfahrtet, wenn wir einen guten Tag haben wollten! Was wurde dort für das liebe Wundertier von Sohn und seine mitgebrachten Kameraden gebakken und gebraten!« – Auch der Vater war auf seine Art ein guter Gastgeber, begierig, Neues zu hören, erzählte auch gern aus seinem abenteuerlichen Soldatenleben. Für seine Person war er nun, endlich, zur Ruhe gekommen und zufrieden. Aber ihn wurmte die schäbige Versorgung seines Sohnes. Hatte der nicht eine der ersten Schulen Deutschlands mit Erfolg absolviert? Und war nun in seiner Feldscheruniform nichts besseres, als es der ungelehrte Vater in jungen Jahren selbst gewesen war.

Zwischen Schiller und den Frauen stand nicht mehr die Schranke, die er von der Akademie her gewöhnt war. Eine gewisse Befangenheit mag nachgewirkt haben. Eine Frau hat in seinem Stuttgarter Dasein eine Rolle gespielt. Schiller hat sie, die altmodische Wendung ist hier am Platz, zu seiner Muse gemacht; man kann auch sagen: er hat ihr mit stürmischen, inbrünstigen Versen Gewalt angetan. Luise (Laura) Vischerin, wenig über dreißig Jahre alt, war die Witwe eines unlängst verstorbenen Offiziers, Mutter von zwei

Kindern, »eine magere Blondine mit blauen, schwimmenden Augen« (Boas). In rüdem Burschenton nennt Petersen sie »ein wie an Geist, so an Gestalt gänzlich verwahrlostes Weib, eine wahre Mumie«. Die meisten Urteile sind freundlicher. Sie wird auch als geistreich bezeichnet. Wenn sie das nicht war, so war sie jedenfalls nicht ungebildet. Zudem konnte sie Klavier spielen. Schiller, für Musik empfänglich, aber dabei anspruchslos, begeisterte sich für ihr Spiel. *Laura am Klavier* heißt eines der Gedichte, die der Entflammte ihr dargebracht hat: »wenn dein Finger durch die Saiten meistert – Laura, izt zur Statue entgeistert, Izt entkörpert steh ich da...« Mindestens ein halbes Dutzend Laura-Gedichte hat er aufs Papier geworfen, und unter seiner frühen Poesie zählen sie zum besten.

Es saß da am Klavier oder auf dem Sofa eine Frauensperson vor ihm, leibhaftig, und in ihr begehrte er das ganze weibliche Geschlecht. Die ehrbare Witwe hatte ihm wohl das Gelöbnis abgenommen, in den Grenzen des Schicklichen zu bleiben, »artig zu sein«, wenn's auch schwerfalle. »Geschworen hab ich's, ja, ich hab's geschworen, mich selbst zu bändigen...« heißt es in dem Gedicht *Freigeisterei der Leidenschaft.* Doch war der Schwur für ihn, »des süßen Giftes voll«, nur mühsam einzuhalten.

Wie schnell auf sein allmächtig glühendes Berühren,
Wie schnell, o Laura, floß
Das dünne Siegel ab von übereilten Schwüren,
Sprang deiner Pflicht Tyrannenkette los,

Jetzt schlug sie laut, die heißerflehte Schäferstunde,
Jetzt dämmerte mein Glück –
Erhörung zitterte auf deinem brennenden Munde,
Erhörung schwamm in deinem feuchten Blick,

Mir schauerte vor dem so nahen Glücke,
Und ich errang es nicht.
Vor deiner Gottheit taumelte mein Mut zurücke,
Ich Rasender! und ich errang es nicht!

Verse, die nach eigener Erfahrung klingen. – Übrigens war das Verhältnis der beiden kein Geheimnis. Die Vischerin kam zu Besuch auf die Solitude zur Familie. Sie war mit Henriette von Wolzogen bekannt, einer thüringischen Dame, deren Söhne die Akademie besuchten und die sich zeitweilig in Stuttgart aufhielt. Im Mai 1782 haben beide, Frau von Wolzogen und Frau Vischer, zusammen mit Schiller eine Theaterreise nach Mannheim gemacht.

Und bei den Kindern der Vischerin spielte Schiller den jugendlichen Onkel und tollte mit ihnen herum.

Das Jahr 1781 ist erfüllt von einer Produktion von Gedichten, derart, daß man von Fabrikation sprechen möchte. Fast all diesen Versen merkt man das Eilige, das Flüchtige an; dabei exaltiert, oft schreiend, auf den stärksten, krassesten Effekt zielend; säuisch manches, auf gröbste Burschenmanier, und dann ins ungewollt Lächerliche umschlagend. Und doch in alledem hohe Sprachgewalt, die das Genie ahnen läßt. – Die Lektüre von Schillers früher Poesie gleicht einem Gang durch einen Keller im Spätherbst, wo links und rechts in den Fässern der junge Wein gärt, rumort, schmatzt, gluckst, rülpst. Ein säuerlich aromatischer Dunst schwebt im Gewölbe, nicht ungefährlich, mit todbringenden Essenzen gemischt. Geht die Zeit drüber hin, kann ein großer Wein daraus werden.

Zu Beginn des Jahres war wieder ein junger Mensch aus dem Kreis der Kameraden gestorben, Johann Christian Weckherlin. Schiller schrieb ein Leichengedicht – »Banges Stöhnen wie vor'm nahen Sturme, hallet her vom öden Trauerhaus«, es wurde auf Kosten der medizinischen Kollegen bei Mäntler gedruckt. Bei diesem Werk der Pietät hat der Dichter solchen Ärger mit der Zensur bekommen, daß er von der Elegie als dem kleinen hundsföttischen Ding sprach. Was die Zensur in Harnisch gebracht hatte, war die Freigeisterei, die das Trauergedicht durchwehte, nicht ohne böse Worte gegen Pietisten und Orthodoxe.

Aber wohl dir! – köstlich ist dein Schlummer,
Ruhig schläft sichs in dem engen Haus;
Mit der Freude stirbt hier auch der Kummer,
Röcheln auch der Menschen Qualen aus.
Über dir mag die Verläumdung geifern,
Die Verführung ihre Gifte spein,
Über dich der Pharisäer eifern,
Fromme Mordsucht dich der Hölle weihn,
Gauner durch Apostel Masken schielen...

Solche Verse haben den Regimentsarzt in dem etwas engen Stuttgart nach seinen Worten »berüchtigter als zwanzig Jahre Praxis« gemacht. Übrigens geschah dieses Ärgernis kurz vor jenem Bankett, das ihm auch noch den Ruf eines Trinkers einbrachte, und man kann sich vorstellen, wie in manchen Stuttgarter Häusern über diese wurmstichige Frucht vom Baum der Hohen Karlsschule gesprochen wurde.

Mustert man die Gedichte, die Schiller am Ende dieses Jahres gesammelt hat, so gewinnt man bisweilen den Eindruck, als ob der Dichter, trotzig und spöttisch, diesen seinen schlechten Ruf noch hat unterstreichen wollen. Die Publikation eines Machwerks wie *Kastraten und Männer* ist vielleicht so zu erklären – männliche Protzerei von der gröbsten und peinlichsten Sorte. Man kann aus Schillers Frühwerk in seiner Gewitterhaftigkeit ein Nachklingen des Barock heraushorchen. Auch Dichter des Barockzeitalters haben in Versen unverblümt von den Wonnen der sinnlichen Liebe geschwärmt – aber ungleich inniger, schöner haben ein Quirinus Kuhlmann oder ein Johann Christian Günther derartiges gesagt. Schillers erwähntes Poem entspricht eher den undelikaten Blättern in studentischen Stammbüchern.

Die genannte Sammlung ist die *Anthologie auf das Jahr 1782,* die Schiller im Selbstverlag herausgebracht hat, unter der imaginären Bezeichnung »Gedruckt in der Buchdruckerei zu Tobolsko« (was bis in die Gegenwart manchen Biedermann zu bewundernden Ausrufen verleitet hat, wie schnell doch des Dichters Ruhm ins ferne Sibirien gedrungen sei). Mit dem Druckort Tobolsk wollte der Herausgeber die geistige Öde seines württembergischen Vaterlandes geißeln – so, wie er sie manchmal empfunden hat, die Wirklichkeit war so eisig-öde nicht. Die Anthologie enthält allerlei Spitzen gegen Stäudlins kurz zuvor erschienenen Musenalmanach, in welchem Schillers Verse nicht den gebührenden Raum erhalten hatten; sie war bewußt als ein Konkurrenzunternehmen aufgezogen.

»Meinem Prinzipal dem Tod zugeschrieben« lautet die Widmung, und: »Großmächtigster Czar alles Fleisches, allezeit Vermindrer des Reichs, Unergründlicher Nimmersatt in der ganzen Natur! Mit unterthänigstem Hautschauern unterfange ich mich deiner gefräßigen Majestät klappernde Phalanges zu küssen, und dieses Büchlein vor deinem trockenen Kalkaneus in Demut niederzulegen...« und so über vier Seiten. Das ist nicht die tiefsinnige Art, in der der Wandsbecker Bote mit Freund Hein Zwiesprache hält. Das ist der rauhe Burschenton, für den der Regimentsarzt eine Vorliebe hatte. Robert Minder bringt diese Widmung in Verbindung mit des Dichters stets gefährdeter Gesundheit. »Mit unfaßbarer Energie hat Schiller... am Tod entlanggelebt.« Das ist in der Tat die eine Seite der fast gigantischen Lebensleistung des Mannes, dessen Vita wir erzählen; und es wird oft davon die Rede sein. Was die Widmung betrifft, so mag sich auch die Fakultät damit haben ausweisen wollen – der Tod als die letzte Instanz der Ärzte. Diese

Auffassung und jenes andere Gefühl mögen ineinander geflossen sein.

Die Anthologie besteht zu gut drei Vierteln aus früher Schillerscher Poesie. Um einen großen Mitarbeiterkreis vorzutäuschen, hat er seine Beiträge mit elf verschiedenen Chiffren gezeichnet. Andere Beiträge wurden geliefert von seinen früheren Lehrern Abel und Haug sowie von einigen Kameraden: Hoven, Petersen und Ludwig Schubart, dem Sohn des Gefangenen auf dem Asperg. Im wesentlichen haben wir also in der *Anthologie auf das Jahr 1782* ein Zeugnis des jungen Dichters Friedrich Schiller. Die grobschlächtigen, die Zote streifenden Machwerke stehen vereinzelt darin; fallen freilich nicht nur der Nachwelt auf, sondern dürften auch den Zeitgenossen besonders in die Nase gestiegen sein. Gewagtes auch in anderer Richtung – so das Gedicht *Die schlimmen Monarchen,* das deutlich von Schubarts großartiger *Fürstengruft* beeinflußt ist. Vieles ist in der Nachfolge Klopstocks geschrieben –

> Die der schaffende Geist einst aus dem Chaos schlug,
> Durch die schwebende Welt flieg ich des Windes Flug,
> Bis am Strande
> Ihrer Wogen ich lande.
> Anker werf', wo kein Hauch mehr weht,
> Und der Markstein der Schöpfung steht.

Und hie und da eine Zeile, eine Strophe, die für die Dauer von Generationen ins allgemeine Bewußtsein gedrungen ist – »Willkommen, schöner Jüngling! Du Wonne der Natur! Mit deinem Blumenkörbchen Willkommen auf der Flur!« Die besten Stücke sind wohl die Gedichte an Laura. – Schiller hat später diese seine frühe Produktion äußerst kritisch beurteilt; nur weniges daraus hat er in die Ausgaben seiner Werke aufgenommen. Flegelhaftes, Derbdrolliges hat er abgestreift wie den Schorf von einer alten Wunde. Bei der Auswahl für Anthologien und Almanache hat er eine Strenge walten lassen, von der selbst Goethe nicht ausgenommen war. Seine ungerechte Schärfe gegen den genialen Bürger hat vielleicht ihren tiefsten Grund darin gehabt, daß er in ihm die Verwandtschaft mit dem jungen Schiller gespürt hat.

Der Regimentsarzt hat seine ersten praktischen Erfahrungen als Autor und als Herausgeber mit dem Druck- und Verlagswesen und mit Journalen gesammelt. Im Mai 1781 übernahm er anonym die Redaktion eines Blättchens: *Nachrichten zum Nuzen und Vergnügen. Mit Herzogl. gnädigstem Privilegio. Stuttgart, gedruckt bei Christoph Gottfr. Mäntler.* Eine Nebenbeschäftigung, ein kleiner Nebenverdienst, und größtenteils eine etwas welke Blütenlese aus anderen Blättern; mit dem Ende des Jahres schläft die Unternehmung ein. Schillers Unzufriedenheit mit Städlins *Schwäbischem Musenalmanach* weckte den Entschluß zu der eigenen Anthologie auf das Jahr 1782, die er nicht nur größtenteils selbst geschrieben, sondern auch im Selbstverlag mit geborgtem Geld herausgebracht hat. Da er schon für den Druck der *Räuber* ein Darlehen hatte aufnehmen müssen – fast 150 Gulden von der Frau eines Korporals – wuchsen seine Schulden auf mehr als die Höhe eines Jahresgehalts.

Eine ernsthafte Journalgründung war die Vierteljahrsschrift *Wirtembergisches Repertorium der Litteratur*. Gründer und Herausgeber waren Schiller, Abel und Petersen. Das erste, dicke Heft enthält, anonym, eine Reihe von Beiträgen Schillers: ein Aufsatz über das deutsche Theater; eine ausführliche und für die Nachwelt bedeutsame Selbstanzeige der *Räuber*; Rezensionen, einige den ungeliebten Städlin betreffend; den philosophischen Dialog zweier Freunde – »Eine Allee von Linden war der Lieblingsplatz ihrer Betrachtungen« –, worin, was den Schauplatz betrifft, Ludwigsburger Erinnerungen an kindisch-ernste Zwiegespräche anklingen mögen.

Deutschland hatte damals drei große Journalisten, sämtlich Süddeutsche (ein weiterer, Melchior Grimm aus Regensburg, ließ sein Licht in Paris leuchten). Schlözer, aus dem Hohenloheschen stammend, redigierte und schrieb in Göttingen den *Staatsanzeiger*, der ein fast unglaubliches Ansehen gewonnen hatte. »Was wird Schlözer dazu sagen?« – seufzte Maria Theresia nach einem Kabinettsbeschluß; und die große Katharina schrieb aus Petersburg lange Briefe nach Göttingen. – Der zweite war Wilhelm Ludwig Wekhrlin, ein Württemberger, dem aber sein Heimatstaat verschlossen war; nicht, weil der Herzog etwas gegen ihn hatte, sondern wegen familiärer Intrigen. So schrieb er seine kenntnisreichen und geistvollen Journale und Hefte in einem öttingen-wallensteinschen Bauernnest; entzückte die hellsten Köpfe im Reich, hatte aber wenig Fortune.

Der dritte war Schubart, der nach seinem Weggang von Ludwigsburg in Augsburg, dann in Ulm seine ungeheuer populäre *Deutsche Chronik* geschrieben hatte. Der saß nun seit 1777 auf dem Hohenasperg als Gefangener. Carl Eugen hatte ihn durch seinen Blaubeurer Amtmann heimtückisch auf württembergisches Gebiet locken und ihn, der gar nicht seiner Jurisdiktion unterstand, auf dem Asperg einsperren lassen. Schubart hatte dem Herzog nie gefallen, ihn endlich mit einer Anpöbelung Franziskas in Rage gebracht. Ein Jahr lang mußte der Gefangene erbärmlich in einem

Turmgelaß eingeschlossen sitzen. Dann war die Haft erleichtert worden, es wurde ihm ein anständiges Zimmer zugewiesen, und er konnte sich innerhalb der Festungsmauern frei bewegen; führte, wenn man es bei einem bösen Namen nennen will, das Leben eines Festungsclowns; durfte oder mußte musizieren, auf die Offiziersgeburtstage Reime schmieden, deren Töchtern Klavierstunden geben und bei allen Festen den Maître de Plaisir machen, besonders Theater spielen. So lebte er dahin. Der Tag der Freiheit, von Serenissimo ihm persönlich angekündigt, sollte erst 1787 anbrechen.

Festungskommandant war der General Rieger, der selbst einmal in grausamster Haft auf dem Hohentwiel hatte sitzen müssen. Im Herbst 1781 besuchte Hoven, inzwischen Waisenhausarzt in Ludwigsburg, als er im Dorf Asperg Krankenbesuche gemacht hatte, den Festungsberg, wo eben Riegers Geburtstag, von Schubart inszeniert, gefeiert wurde... »Der Vorhang ging auf, es trat ein Prologus heraus und sprach ein Festgedicht von Schubart, dessen Anrede ›Edler Rieger!‹ lautete. Schon jetzt klatschte der General Beifall, er rief Dacapo! und die Worte ›Edler Rieger!‹ wurden wiederholt« (Boas). Hoven wurde von Rieger erneut auf die Festung eingeladen und beredet, er möge doch Schiller mitbringen. Die *Räuber* waren bereits Lektüre auf dem Asperg. Rieger, ein seltsamer Mensch, wollte eine Begegnung zwischen dem alten und dem jungen Dichter arrangieren. Um es recht spannend zu machen, befahl er Schubart, eine Rezension der *Räuber* zu schreiben. Schubart über Schiller: »Außer Schiller wüßte ich kaum Einen jungen deutschen Mann, dem heilige Geniusfunken aus der Seele, wie Lohe vom Opferaltar emporsteigen.«

Wirklich kommt es an einem Novembertag zu einem Treffen der beiden. Schiller betritt in Begleitung Hovens die Festung und wird vom Kommandanten überschwenglich begrüßt. Dann beginnt das Gesellschaftsspiel. Die Besucher werden von Rieger zu Schubart geführt, Schiller als Dr. Fischer vorgestellt. Das Gespräch wird alsbald auf die *Räuber* gelenkt. Dr. Fischer bemerkt, er kenne den Verfasser persönlich, gut sogar. Rieger zu Schubart: Sie haben ja eine Rezension verfaßt, wollen Sie nicht...? Und ob Schubart wollte (ich mußte mich mitteilen, oder bersten – hat er einmal von sich gesagt), schon ist das Manuskript zur Hand, schnaufend und schnaubend liest er vor. Ob der Rezensent den Dichter nicht einmal kennen lernen wolle? Und ob! Rieger: »Er steht vor Ihnen.« Verwirrung, Tränen, Umarmungen. Rieger ist von sich entzückt, weil ihm dies so schön gelungen ist. So verlief das Treffen, einer der merkwürdigen Auftritte auf Schwabens Seufzerbuckel. Schiller und Hoven, der es für die Nachwelt aufgeschrieben hat, verlassen die Festung sehr vergnügt.

Das bleibende Werk aus Schillers Jünglingsjahren ist das Schauspiel *Die Räuber*. »Die Räuber schrieb er zuverlässig weniger um des literarischen Ruhmes willen, als um ein starkes, freies, gegen die Konventionen ankämpfendes Gefühl der Welt zu bekennen. In jener Stimmung hat er oft zu mir geäußert: Wir wollen ein Buch machen, das aber durch den Schinder absolut verbrannt werden muß!« So Scharffenstein. Ein Protestgesang, stellenweise, zumal in den später gestrichenen Partien, ein Protestgeheul. Das Wort Jugendwerk ist nicht unrichtig, aber beschönigend und glättend für ein so unausgegorenes Stück, von einem exaltierten Siebzehn-, Achtzehnjährigen in Nachtstunden heimlich und hastig aufs Papier geworfen – und doch durch nun zweihundert Jahre weltberühmt und wirkungskräftig.

Als Schiller die Akademie verlassen hatte, war seine Hauptsorge, die *Räuber* drucken und in die Welt gehen zu lassen. Mit den Druckkosten lud er sich Schulden auf, die ihn, nach und nach gemehrt, Jahre hindurch bedrückt haben. Der Zwang, sich bei einer Unteroffiziersfrau Geld zu leihen, zeigt, daß seine Freunde so mittellos waren wie er selbst; denn am guten Willen hätte es den Hoven, Scharffenstein, Petersen nicht gefehlt. Nachdem der Drukker bares Geld auf der Hand hatte, machte er sich im März 1792 ans Werk. Die Verlagsorte »Leipzig und Frankfurt« waren fingiert; der Verfasser hatte, beschwörend oder scherzhaft, die beiden großen Meßplätze dafür ausgesucht. Nicht von Schiller ist das berühmte Motto »In tirannos«; es stammt wie der fauchende Löwe, der das Blatt schmückt, von einem Kupferstecher aus der Akademie, der es gratis radiert hat. – Mit Jubelrufen werden die ersten Druckbogen begrüßt; die später folgenden häufen sich, in Ballen verpackt, in der Schiller-Kapfschen Behausung, von dem stolzen Verfasser nachdenklich beäugt, denn der Absatz erschien fragwürdig genug. Ende März sind die ersten sieben Druckbogen nach Mannheim expediert worden, an den kurpfälzischen Hofbuchhändler Schwan, um ihn zur Verlagsübernahme zu bewegen.

Schwan erweist sich als die richtige Adresse. Er liest, was er erhalten hat, »brühwarm«, wie er Schiller schreibt, dem Intendanten des Nationaltheaters vor, dem Freiherrn von Dalberg. (Über das Mannheimer Theaterwesen wird im nächsten Kapitel berichtet werden.) Damit hat Schwan eine für den Dichter sehr bedeutsame

Verbindung hergestellt. Jedoch kann er sich nicht dazu entschließen, das Stück zu verlegen; zu vieles darin, scheint ihm, sei dem Publikum unzumutbar. – Im Juni verlassen *Die Räuber* komplett die Druckerei, in einer Auflage von 800 Stück; der Verkaufspreis ist 48 Kreuzer oder 12 Groschen. Sofort geht ein Exemplar an Schwan, der die großen theatralischen Möglichkeiten erkennt und sich mit Dalberg und den anderen Köpfen am Nationaltheater, darunter Iffland, in Verbindung setzt. Zu Beginn des Sommers erhält Schiller von Dalberg ein schmeichelhaftes Schreiben mit der Bitte um eine Bühnenbearbeitung und Andeutungen einer möglichen dauerhaften Verbindung.

Schillers Antwortbrief an Dalberg ist eingewickelt in ein Bukett höfischer Artigkeiten, wie sie die Mode von einem an eine Standesperson gerichteten Brief gebietet, doch verbindet sich das Höfische mit einem Bekenntnis von Bescheidenheit und Selbstbewußtsein. Dalbergs Lob könne er nur empfinden »als bloße Aufmunterung meiner Muse. Mehr läßt mich die tiefste Überzeugung meiner Schwäche nicht denken, gewiß aber, wenn meine Kräfte jemals an ein Meisterstück hinaufklettern können, so dank ich es Euer Exzellenz wärmsten Beifall allein, so dankt es Hochdenenselben auch die Welt.« Er spricht den Wunsch aus, sich in Mannheim zu etablieren. »Der gütigste Vorschlag Euer Exzellenz in Rücksicht auf meine Räuber und die noch in Zukunft zu verfertigenden Stücke ist mir unendlich wichtig und dörfte zu seiner Zeitigung wohl eine genauere Kenntnis der Partikularökonomie von Euer Exzellenz Theater, von den H. H. Schauspielern und dem non plus ultra der Theatermechanik, mit einem Wort einen lebendigen Augenschein erfordern, den ich aus dem Stuttgarter Stadttheater niemalen werde abstrahieren können, das noch im Stande der Minderjährigkeit ist.« Das Wort Stadttheater ist nicht gerade korrekt, ein Stich, den sich der Dichter nicht verkneifen konnte; es war Hoftheater, allerdings »in das Geleise einer Alltagsbühne von mittleren Leistungen eingelenkt« (Rudolf Krauß). Andererseits legt Schiller der eigenen Person eine Kleinigkeit zu: er unterschreibt mit dem Doktortitel, der ihm nicht gebührt.

Viel Zeit verwendet Schiller in diesem Jahr auf immer neue kritische Durchsichten, Änderungen und Umbauten der *Räuber*. Er war da ohne Dünkel. »Noch immer erinnere ich mich« schreibt sein Lehrer Abel, »eines Spazierganges, den er mit seinem innigsten Freunde, Bibliothekar Petersen, und mir machte, und auf dem die Fehler des Stückes der Gegenstand der ganzen Unterredung waren. Mit Verläugnung aller Eigenliebe und mit großem Scharfsinn spürte er selbst allen Fehlern nach, und ohne allen Schein eines Mißvergnügens oder Unwillens hörte er den Tadel seiner Freunde.« So kommt er auch Dalbergs Vorschlägen und Forderungen für die Mannheimer Bühne bereitwillig nach. Nur in einem Punkt will er lange nicht nachgeben. Im Geist und Text des Dichters sollten *Die Räuber* ein zeitgenössisches Stück sein. Das Räuber- und Gaunerwesen war in der Tat damals ein Stück Gegenwart, sozialer Wirklichkeit, und ganz besonders in Schwaben. Abels Sonnenwirt stand für viele seinesgleichen, und die seither verflossenen Jahre hatten so gut wie nichts geändert. Nach Dalbergs Wunsch sollte das Schauspiel im Spätmittelalter, in der Zeit Maximilians I. spielen. Die Gründe sind verständlich; die zu erwartenden Bedenken der Zensur waren leichter zu überwinden, wenn man das Stück in die Vergangenheit verlegte. Doch in diesem Punkt leistet der Dichter zähen Widerstand; von Anfang Oktober bis Mitte Dezember geht die Korrespondenz darüber hin und her. Wirklich ist Dalbergs Meinung unrealistisch, daß eine solche Rotte sich nicht halten könne »in unserem hellen Jahrhundert, bei unserer abgeschliffenen Polizey und Bestimmtheit der Gesetze«. Dalbergs wirkliche und vernünftige Gründe blieben wohl verhüllt. Am Ende gab Schiller nach – was blieb ihm anderes übrig?

Inzwischen sickerten Ruhm und Ruf der *Räuber* aus Stuttgart und Mannheim hinaus. Die erste Rezension erschien am 24. Juli in der *Erfurtischen Gelehrten Zeitung*, und dieser erste Rezensent, wahrscheinlich ein gewisser Timme aus Arnstadt, war kein Dummkopf. »Volle blühende Sprache, Feuer im Ausdruck und Wortfügung, rascher Ideengang, kühne fortreißende Fantasie, einige hingeworfene, nicht genügend überdachte Ausdrüke, poetische Deklamazionen, und eine Neigung, nicht gern einen glänzenden Gedanken zu unterdrücken, sondern alles zu sagen, was gesagt werden kann, alles das karakterisiert den Verfasser als einen jungen Mann, der bei raschem Kreislauf des Bluts und einer fortreißenden Einbildungskraft, ein warmes Herz voll Gefül und Drang für die gute Sache hat. Haben wir je einen teutschen Shakespear zu erwarten, so ist es dieser.« Ein solcher Ausspruch hat ein um so größeres Gewicht, als es an kritischen Anmerkungen keineswegs fehlt; denn Rezensent ist eher ein Anhänger der klassischen Regeln, voller Skepsis gegenüber »wütenden Kraftgenies«. Er wendet sich, zu Unrecht, gegen die Vielzahl der Figuren – »wozu die ganze Rotte?« Und: »Spiegelbergs Erzählungen sind nicht nur überflüssig und langweilig, sondern auch ekelhaft.« Und so fort. Schiller hat diese Würdigung ernst genommen und in seinen Umarbeitungen berücksichtigt.

»Das einzige Schauspiel auf Wirtembergischen Boden gewachsen.« Mit diesen Worten beginnt Schillers ausführliche, anonym gezeichnete Selbstbesprechung der *Räuber* im *Wirtembergischen Repertorium*. Der Satz ist merkwürdig einmal wegen des autobiographischen Bewußtseins, das daraus spricht, zum andern, weil der Entschluß auszuwandern schriftlich niedergelegt ist. Dabei war der Dichter bereits mit einem zweiten Stück beschäftigt, dem *Fiesco* – er war sich damals anscheinend sicher, daß der nicht auf »wirtembergischen Boden« vollendet werde. – Die sehr ausführliche, dabei höchst lebendig geschriebene Selbstrezension bringt einen Abriß der Handlung, psychologische Betrachtungen der Hauptfiguren, Leseproben und kritische Anmerkungen. »Räuber Moor ist nicht Dieb, aber Mörder. Nicht Schurke, aber Ungeheuer. Wofern ich mich nicht irre, dankt dieser seltene Mensch seine Grundzüge dem Plutarch und Cervantes (eine Fußnote weist auf den Räuber Roque aus dem Don Quijote), die durch den eigenen Geist des Dichters nach Shakespearischer Manier in einem neuen, wahren und harmonischen Charakter unter sich amalgamiert sind... Die gräßlichsten seiner Verbrechen sind weniger die Wirkungen bösartiger Leidenschaften als des zerrütteten Systems der guten.« Launig tadelt er sich selbst: »Auch sollte durchgängig mehr Anstand und Milderung beobachtet sein. Laokoon kann in der Natur aus Schmerz brüllen, aber in der anschaulichen Kunst erlaubt man ihm nur eine leidende Miene. Der Verfasser kann vorwenden: ich habe Räuber geschildert, und Räuber bescheiden zu schildern wär ein Versehen gegen die Natur – Richtig, Herr Autor! Aber warum haben Sie denn auch Räuber geschildert?«

Am frühen Abend des 13. Januar 1782 ist die Uraufführung im Mannheimer Nationaltheater. Am Tag zuvor war Schiller, ohne Urlaub genommen zu haben, mit Petersen nach Mannheim abgereist. Unterwegs amüsieren sich die beiden in Schwetzingen so gut mit einer hübschen Kellnerin, daß sie ums Haar zu spät zur Aufführung kommen. »Man räumte ihm eine eigene Loge ein, wo er unbemerkt und unerkannt sehen und fühlen könne, was sein Stück auf der Bühne für Wirkung tue. Da er aber die Unvorsichtigkeit begangen, bei seiner Ankunft seinen Namen am Tore anzugeben, so ward es gleich in der ganzen Stadt bekannt...« So Schwan, bei dem die beiden auch logierten. – Die Besetzung war hervorragend, der berühmte Böck spielte den Karl Moor, der noch berühmtere Iffland den Franz. Die Wirkung auf das überfüllte Haus – aus der ganzen Pfalz, aus Darmstadt, selbst aus Frankfurt waren die Leute angereist – war ungeheuer. Einen Begriff von der Aufführung gibt eine zeitgenössische Schilderung (K. A. Böttiger) von Ifflands Franz Moor:

»Mit grausend aufwärts gekehrtem, anfänglich glühend funkelndem, dann versteinert starrendem Blick, mit gehobener, daß unbeweglich eingewurzelter Stellung, wobey die rechte hoch vorwärtsstrebende Hand Trutz, die linke krampfhaft gegen die Brust gesenkte Schutz anzukündigen schien, rief er: ›Rächet denn droben über den Sternen einer?‹ Nun eine Pause. – Leises, furchtsames, angsterpreßtes: ›Nein!‹ – Neue Pause. – Der gefürchtete Donnerschlag schmettert nicht herab. – Dem Gottesläugner wächst der frevelnde Muth. – ›Nein!‹ brüllt er zum zweyten Mal knirschend, mit geballter Faust gegen den Himmel, und mit hörbar aufstampfendem Fuße. – Nun hatte er auch den über den Sternen erschlagen. Aber da packt ihn plötzlich die ganze Hölle. Die Haare sträuben sich empor, die Knie schlottern vorwärts eingebrochen. – Eine Pause der gefühltesten Vernichtung! – Ein Blitzstrahl durchkreuzt die umnachtete Seele, worin ihm der Weltrichter mit der am Himmel aufgehangenen Waage erscheint. – ›Wenns aber doch wäre?‹ murmelt, röchelt es tief heraus aus der Brust – ›Wenns dir vor-ge-zählt (dieß Wort in drei Halte geteilt) würde! Diese Nacht noch!‹«

Nach der Aufführung fröhlicher Schmaus mit allen beteiligten Schauspielern (dabei freilich, wie Petersen vermerkt, »auch viel leeres Kunstgeschwätz«). Ungern reist Schiller nach Stuttgart zurück und legt mit Widerwillen die Feldscheruniform wieder an.

Und doch ist der Dienst, der Beruf oder wie man es nennen mag, bereits zur Nebensache geworden. Der Dichter, der Journalschreiber hat alle Hände voll zu tun. Nacheinander erscheinen die *Anthologie auf das Jahr 1782*, das *Wirtembergische Repertorium*. Neue dramatische Pläne erhitzen seinen Kopf. Eine Konradin-Tragödie, aus frühen Eindrücken von Lorch her genährt, wird erwogen und dann verworfen zugunsten des *Fiesco*, der großen Gestalt aus der Geschichte Genuas; der Regimentsmedikus stürzt sich ins Studium vor allem französischer Historiker. Daneben gilt den *Räubern* unverminderte Sorge und Aufmerksamkeit. Im April erscheint, nunmehr von Schwan verlegt, die erste Ausgabe der Bühnenbearbeitung, übrigens wesentlich wohlfeiler als die vom Autor selbst verlegte Ausgabe (32 statt 48 Kreuzer).

Mit Macht zieht es den Dichter nach Mannheim. Im Mai reist der Herzog nach Wien, um sich persönlich beim Kaiser, Joseph II., für die Erhebung seiner Akademie zur Universität zu bedanken. So stark empfindet Schiller den Druck seines Herrn, daß er dessen

Abwesenheit sofort zu einer weiteren Reise nach Mannheim ausnutzt. Förmlichen Urlaub nimmt er auch jetzt nicht, doch unterrichtet er seinen Vorgesetzten, Oberst von Rau. Er reist in Gesellschaft seiner Hauptmännin Vischer und der Frau von Wolzogen. Freund Hoven wird durch ein eiliges Billett eingeladen – »Du nimmst allenfalls zwei Hemder und ein gutes Kleid mit, welches Du unter einem Überrocke auf dem Leibe tragen kannst. Stiefel verstehen sich ohnehin, und allenfalls zwei Ducaten Geld, willst Du und kannst Du also, so komme!« –, aber er ist verhindert.

Henriette von Wolzogen war die Witwe des Freiherrn Ernst Ludwig von Wolzogen, eines thüringischen Gutsbesitzers, der übrigens mit der Familie von Lengefeld verwandt war. Sie war mit dreißig Witwe geworden und mußte es als ein Glück betrachten, daß ihre vier Söhne auf der Akademie des Herzogs von Württemberg erzogen und versorgt wurden. Sie hatte sich deshalb in Stuttgart niedergelassen.

Diese Reise, in schöner Jahreszeit und mit zwei Damen in der viersitzigen Chaise, wird zu einem nur halb geglückten Unternehmen. Wegen der Abwesenheit einiger Schauspieler können nicht, wie versprochen, die *Räuber* gegeben werden. So sieht man statt dessen Goldonis *Weltbürger* und *Die junge Indianerin* von Chamfort. Schiller hat eine Aussprache mit Dalberg, der ihm in die Hand verspricht, alles für seine Anstellung in Mannheim zu unternehmen; aber beide wissen, daß die Loslösung aus dem württembergischen Dienst das eigentliche Problem ist. – Schiller infiziert sich an der grassierenden Grippe und kehrt fiebernd, unruhig, sorgenschwer nach Stuttgart zurück.

Natürlich blieb seine Reise nicht unbemerkt in Stuttgart, und das nicht nur, weil er mit zwei Damen gereist war, sondern auch wegen seines eigenen unbekümmerten Auftretens unterwegs. Doch gingen einige Wochen darüber hin. Es passierte nichts, es kam auch kein aufmunternder, klärender Bescheid von Dalberg. Dann, am 28. Juni, ergeht an Schiller der Befehl, er solle sich in Hohenheim beim Herzog melden; vor seiner Wohnung wird ein Pferd aus dem herzoglichen Marstall vorgeführt, Beweis allerhöchster gnädiger Gesinnung. So reitet er denn die Weinsteige hinauf und durch Wald und Feld zur ländlichen Residenz Carl Eugens (Schiller ist nicht ungern, aber schlecht geritten). Serenissimus empfängt diesen seinen Sohn freundlich, geht mit ihm durch die Gärten, zeigt dieses und jenes. Dann, wie aus der Pistole geschossen: »Er ist auch in Mannheim gewesen, ich weiß alles; ich sage, sein Obrister weiß darum.« Ohne Umschweife gibt Schiller seine

Reise zu. Aber er schützt seinen vorgesetzten Offizier – der habe nichts davon gewußt. Der fürstliche Choleriker läuft rot an. Er droht – und Schiller mußte wissen, wie schnell die Drohung Wirklichkeit werden konnte –, droht mit der Festung, wo Schubart schon saß, droht, den Vater um Stellung und Brot zu bringen. Schiller gibt nicht nach (sollte er, bei aller Angst, seine noble Haltung bei diesem dramatischen Auftritt nicht im Grunde seiner Seele genossen haben?). Er wird in Ungnaden entlassen – »es wird nachkommen« – und macht den Heimweg zu Fuß. Was nachkam, waren vierzehn Tage Arrest, nichts anderes, und es scheint nicht ganz abwegig, darin einen versteckten Liebesbeweis zu sehen. Schiller, auf der Hauptwache brummend, mit Feder und Tinte beschäftigt, hat es nicht so empfunden. Es ist wahrscheinlich, daß während jener Haft die ersten Gedanken an *Kabale und Liebe* in ihm aufgestiegen sind, das bürgerliche Trauerspiel mit der grellen Anklage gegen den Hof. Leger war die Haft, aber auch das ist Schiller schlecht bekommen; im Spiel verlor er 15 Gulden an einen Wachoffizier.

Das war im Frühsommer des Jahres 1782. Der Herzog hatte Schiller jeden Verkehr mit dem Ausland untersagt (wozu Kurpfalz so gut gehörte wie die nächste Reichsstadt) und das hauptsächlich deshalb, weil er gekränkt war, daß die *Räuber*, dieses wilde Stück, in Mannheim zur Uraufführung gelangt war und nicht in seinem Stuttgart. Noch hielten Unmut und Stolz sich die Waage, wenn er an diesen schwierigen Sohn dachte. Aber im Spätsommer sollte sich der Bruch vollziehen. Der Anlaß dazu war fast lächerlich.

»Aber zu einem Spitzbuben wills Grütz – auch gehört dazu ein eigenes Nationalgenie, ein gewisses, daß ich so sage, Spitzbubenklima, und da rat ich dir, reis du ins Graubündner Land, das ist das Athen der heutigen Gauner.« So sagt Spiegelberg im 2. Akt, 3. Szene; und das steht nur deshalb in den *Räubern*, weil ein besonders unbeliebter Aufseher an der Karlsschule ein gebürtiger Bündner war. Nun hatten die *Räuber* in Graubünden zum mindesten einen Leser gefunden, einen Dr. Amstein, der die anstößige Stelle für wert befand, in einer Churer Zeitschrift dagegen ins Feld zu ziehen: »Apologie für Bünden gegen die Beschuldigung eines auswärtigen Komödienschreibers.« Das Blatt wird mit einer Aufforderung zum Widerruf Schiller zugeschickt. Der läßt es liegen. Aber sein Bündner Widersacher ruht nicht. Er wendet sich an den Ludwigsburger Gartenbauinspektor Walter, ein korrespondierendes Mitglied der bündnerischen ökonomischen Gesellschaft, mit der Bitte, die *causa* vor seinen Herzog zu bringen – was prompt geschieht. Genau dies, dieser Tropfen Bündner Galle, wird zu dem Tropfen, der bei Carl Eugen das Faß überlaufen läßt. Er hätte die Sache, die sein Garteninspektor wichtigtuerisch und geschwollen vor ihn brachte, überlegen und mit einem Lächeln abtun können. Aber er tut das Gegenteil, befiehlt Schiller noch einmal vor sich nach Hohenheim und läßt ein Donnerwetter auf ihn nieder – »Bei Strafe der Kassation schreibt Er mir keine Komödien mehr!« Medizinisches könne er drucken lassen, sonst nichts; entläßt ihn höchst ungnädig.

Es sei hier beiläufig bemerkt, daß die Ehrenkäsigkeit eidgenössischer Stände in jenen Jahren wiederholt Aufsehen erregt hat. Genau im gleichen Jahr, 1782, wurde in Glarus eine unglückliche Frau als Hexe verbrannt, möglicherweise die letzte Schandtat dieser Art im zivilisierten Europa. Wekhrlin, der große schwäbische Journalschreiber, hatte diesen Fall in seinen *Chronologen* gebührend kommentiert. Darauf Ersuchen des Standes Glarus an Öttingen-Wallerstein, den Skribenten festzusetzen; da dies unterblieb, Aufforderung, er solle sich der Ratsversammlung von Glarus stellen. Da auch dies nicht geschah, Verbrennung des Journals durch den Henker (wie Schiller sich das Schicksal seiner *Räuber* ausgemalt hatte) und ein Steckbrief gegen Wekhrlin, welcher »jeglichen Respekts vor dem Souverän (von Glarus) ermangle«, mit einer Personenbeschreibung, die mit den Worten endigt: »überhaupt eine ganz widerwärtige Erscheinung.« Der Gesuchte beeilt sich, den Steckbrief in seinem Journal abzudrucken. – Wenige Jahre später kollidiert wiederum die Ehre eines Kantons mit einem schwäbischen Publizisten, einem gewissen Armbruster, der die schlechten Sitten der Solothurner getadelt hatte. Die Zürcher hatten ihn aus freundeidgenössischer Gesinnung gegen Solothurn eingesperrt, und er war auf Befragen geständig, seine Informationen von einem Solothurner namens Lüthi bezogen zu haben, der sich in Lyon aufhalte. Worauf sich der Stand Solothurn an Frankreich wandte, um einen *lettre de cachet* (von der *Vossischen Zeitung* mit »Fangbrief« gut verdeutscht) gegen Lüthi zu erwirken. Die würdige französische Antwort: »Wenn Lüthi nur als Schriftsteller gesündigt habe, solle man ihn als Schriftsteller widerlegen.« Doch machte der seiner Obrigkeit die Freude, von selbst heimzukehren, so daß sie ihn einlochen konnten.

Im Casus Graubünden gegen Schiller hat die Kränkung der Würde eines Kantons den Gang eines großen Menschenlebens wahrscheinlich entscheidend beeinflußt. Es scheint so, aber ein Fragezeichen ist anzubringen. Das eine steht fest: der Bündner Protest ist die alleinige Ursache des »Schreibverbots«, das der

Herzog über den Dichter verhängt hat; nicht der Inhalt der *Räuber,* den man als revolutionär empfinden kann, nicht die hinreißend wilde Sprache des Stücks, nicht die Kühnheiten und Tollheiten, von denen es überquillt. Im Gegenteil: Carl Eugen war verärgert, weil die Uraufführung im Ausland stattgefunden hatte, und das Stück wurde zwei Jahre später in Stuttgart gespielt. Grund und Nicht-Grund des Schreibverbots bilden ein besonders anschauliches Beispiel für die seltsame Gemengelage von harter Unfreiheit und weitherziger Freiheit, die beim Blick auf Carl Eugens Herrschaft immer wieder verblüfft.

In der Kausalreihe, die zu Schillers Flucht aus Württemberg führt, ist das beharrliche Procedere des beleidigten Arztes aus Chur ein nötiges Glied. Trotzdem kann man sich fragen, ob Schiller, nachdem er die Akademie hinter sich hatte, nicht früher oder später den Schritt hinaus getan hätte. »Meine Knochen haben mir im Vertrauen gesagt, daß sie nicht in Schwaben verfaulen wollen« hat er, kaum daß er Regimentsarzt geworden war, dem Freund Elwert anvertraut. Jetzt, Ende August 1782, stand sein Entschluß fest. Scharffenstein: »Er sagte kurz: ich kann so unmöglich leben; ich muß gehen.«

Freilich ist da noch dieser Brief, den Schiller am 1. September an den Herzog geschrieben hat, buchstäblich ein letzter Versuch. »Friedrich Schiller... bittet unterthänigst um die gnädige Erlaubniss, ferner litterarische Schriften bekannt machen zu dörfen.« Dann: »Eine innere Überzeugung, daß mein Fürst und unumschränkter Herr zugleich auch mein Vater sey, giebt mir gegenwärtig die Stärke, Höchstdenenselben einige unterthänigste Vorstellungen zu machen, welche die Milderung des mir zugekommenen Befehls... zur Absicht haben.« Demütiges, herzliches Bitten, aber unversehens durchleuchtet von dem Stolz, »daß ich von allen bisherigen Zöglingen der großen Karls-Akademie der Erste und Einzige gewesen, der die Aufmerksamkeit der großen Welt angezogen, und ihr wenigstens einige Achtung abgedrungen hat« – welche Ehre er dann dem Adressaten, »dem Urheber meiner Bildung«, weiterreicht. Aber die ausgestreckte Hand, bittend und versöhnlich, greift ins Leere. Die Annahme des Briefes wird verweigert, weitere Bittschriften unter Arrestandrohung verbeten. Zwischen diesem Vater und diesem Sohn ist das Tischtuch zerschnitten.

Kein anderer Ausweg bleibt als die Flucht, und zwar, aus Gründen, die noch zu schildern sind, die eilige Flucht. – »Da ging der junge Tobias hinaus und fand einen feinen jungen Gesellen stehen, der hatte sich angezogen und bereitet zu wandern; und wußte nicht, daß es ein Engel Gottes war, grüßte ihn und sprach: Woher bist du, guter Gesell?« (Tobias 5 V. 5,6). Der Biograph begeht keine Blasphemie, wenn er an dieser Stelle der Beschreibung von Schillers Leben dieses Bibelwort zitiert. Denn der junge Schiller, im Begriff, seine Heimat und seine Eltern zu verlassen und ins Ungewisse (trotz Dalberg und Schwan ins sehr Ungewisse) zu ziehen, hat einen Freund gefunden, der, soweit das einem Menschen überhaupt möglich ist, ihm auf der Flucht und in der Fremde beigestanden ist fast wie der Engel dem jungen Tobias.

Andreas Streicher war am 13. Dezember 1761 in Stuttgart zur Welt gekommen, also zwei Jahre jünger als Schiller. Der Vater, ein Steinhauermeister, war schon vor der Geburt dieses Kindes gestorben, und Andreas wuchs im Waisenhaus auf; hatte aber das Glück, daß sein hohes musikalisches Talent dort nicht übersehen wurde. Schon in ganz jungen Jahren wurde er als Klavierspieler bekannt. Im November 1780 hat er während der öffentlichen Prüfungen in der Karlsschule Schiller zum erstenmal gesehen, als Teilnehmer an einer Disputation, einen Jüngling »mit rötlichen Haaren, gegeneinander sich neigenden Knieen, schnellem Blinzeln der Augen, wenn er lebhaft opponierte, öfterem Lächeln während des Sprechens, besonders aber mit schön geformter Nase und tiefem kühnem Adlerblick, der unter einer sehr vollen breitgewölbten Stirne hervorleuchtete«. Er beobachtete auch, wie im Speisesaal der Herzog sich gnädig-freundlich mit Schiller unterhielt, den Arm auf dessen Stuhl gelehnt. – Etwas später wurde Andreas Streicher mit Schiller bekannt. Zumsteeg hat sie zusammengebracht, unter allen Karlsschülern der musikalisch Begabteste; er hat zu den *Räubern* Klavierstücke und Arien komponiert, später eine Nichte der Hauptmännin Vischer geheiratet. Aus der neuen Bekanntschaft erwächst alsbald die innigste Freundschaft; sie sehen sich fast täglich. In dem großen Freundeskreis ist Andreas Streicher der einzige, dem Schiller seinen Fluchtplan anvertraut.

Es war allerdings hochnötig, den Kreis der Eingeweihten so klein wie möglich zu halten. Dem Herzog dienten viele Ohren, bestellte und unbestellte. Eine besondere Schwierigkeit lag darin, daß der Vater nichts ahnen durfte. Er mußte von allen Vorbereitungen zur Flucht aufs sorgfältigste abgeschirmt werden, damit er imstande blieb, auf sein Offiziersehrenwort zu erklären, er habe von nichts gewußt. Was Schillers Mutter in diesem Spätsommer ertragen hat, läßt sich nur ahnen. Die gütige, fromme und tüchtige Frau war es gewohnt, unter dem Befehl eines Mannes zu leben, der bei aller Redlichkeit hart und cholerisch war. Nun war sie in einer Sache, die ihr so tief zu Herzen ging, auf sich gestellt, genötigt, ihren Eheherrn zu täuschen und zu belügen. Und was sie da heimlich betrieb, lief ihrem innersten Gefühl zuwider; mitwissend und mittätig bereitete sie die Trennung von dem geliebten Sohn vor. Sie hätte es wohl kaum vermocht, wenn nicht die stille und starke Tochter Christophine, eingeweiht, ihr mit Rat und Tat zur Seite gestanden hätte. Christophines Meinung: Da der Herzog sein Versprechen, ihren Bruder nach Absolvierung der Akademie anständig zu versorgen, so schlecht gehalten habe, sei der Fritz im Recht, wenn er seinem Dienst entlaufe.

Eile war geboten, denn für die zweite Hälfte des September stand ein Ereignis bevor, das die Flucht ungemein begünstigen konnte. Noch einmal sollte die versunkene Zeit der brillanten, größenwahnsinnigen Feste zurückkehren. Das Haus Württemberg hatte sich mit einem der großen Höfe verbunden. Carl Eugens Nichte Dorothea, jetzt Maria Feoderowna, eine Tochter seines in Mömpelgard als Statthalter residierenden Bruders Friedrich Eugen, hatte als junges Mädchen den russischen Thronfolger Paul geheiratet; sie würde Kaiserin werden (wurde es auch, erlebte den Regierungsantritt und die Ermordung ihres geistesgestörten Gemahls; sie war die Mutter des späteren Zaren Alexander I.). Das Paar hatte unter dem lässig gehandhabten Incognito eines »Grafen von Norden« eine Reise ins westliche Europa gemacht, England, die Niederlande, Frankreich besucht und auch Mömpelgard aufgesucht, an dessen kleinem württembergischen Hof Maria Feoderowna aufgewachsen war. Nun befand man sich auf der Rückreise nach Petersburg und beabsichtigte, dem regierenden Onkel in Stuttgart einen Besuch zu machen. – Maria Feoderowna, wie alle ihre vielen Geschwister – ihr ältester Bruder Friedrich wurde nachmals der erste württembergische König – war eine derbe Erscheinung mit runden roten Backen; Großfürst Paul ein unansehnlicher Mensch, aber mit ausdrucksvollen Augen und von schwankender Gemütsverfassung. Dieses künftige russische Herrscherpaar, dieser außergewöhnliche Besuch wurde von Carl Eugen für Mitte September erwartet.

Die Umkehrung aller gewohnten Ordnung, die während der Festivitäten zu erwarten war, erhöhte die Chancen für die Flucht; doch zwang das erwartete Ereignis auch zur Eile. Andreas Streicher hatte zugesagt, den Flüchtigen zu begleiten; er hatte die Absicht, im Frühjahr 1783 nach Hamburg zu reisen, um sich dort bei Philipp Emanuel Bach weiterzubilden. Dem Freund zulieb hat er diesen Plan vorverlegt (und dem Freund zulieb hat er später überhaupt auf diese für ihn so wichtige Sache verzichtet). Die beiden holen nach und nach Schillers Wäsche und Bücher aus der elterlichen Wohnung auf der Solitude und schaffen sie in Streichers Wohnung. – In den letzten Monaten hatte Schiller *Die Verschwörung des Fiesco. Ein republikanisches Trauerspiel* geschrieben. Er arbeitet bis in die letzten Tage auf heimatlichem Boden fieberhaft daran; das Manuskript wird ins Fluchtgepäck geschoben. Um ihn herum, in Stuttgart, auf der Solitude, in Hohenheim und Ludwigsburg, an der Landesgrenze, regen sich tausende von Händen, rumpeln hunderte von Fuhrwerken, um den russischen Besuch festlich zu empfangen.

Aus dem Tagebuch der Baronin Oberkirch, einer Elsässerin, Hofdame und Vertraute der Großfürstin Maria Feoderowna:
»17. September. Wir fuhren alle von Karlsruhe ab, um in Enzberg zu speisen, einem Städtchen an der Grenze des Herzogtums Württemberg, wo der Herzog mehrere luftige Säle aus Laub und Tannengrün hatte errichten lassen. Das war ein reizender Aufenthalt. Eine Schar junger Mädchen erwartete die Prinzessin mit prächtigen Buketts; sie machten ihre Komplimente und bedienten ihre Hoheiten in diesem improvisierten Haus. Die Mahlzeit war charmant. Der Herzog von Württemberg belebte das ganze Gespräch; er hat soviel Geist und weiß davon Gebrauch zu machen!

Unter dem Donner der Kanonen trafen wir am Abend in Stuttgart ein, unter dem Jubel der ganzen Bevölkerung, die zusammengeströmt war, um die Gräfin von Norden und ihre Familie zu sehen. Es herrschte eine allgemeine Freude. Haus Württemberg ist von seinen Untertanen sehr geliebt... Den Großfürsten hat man im Triumph fast davongetragen; die Häuser wurden spontan illuminiert; das herzogliche Schloß war die ganze Nacht von Neugierigen umlagert und bebte von Vivatrufen...«

Und so fort. Große italienische Oper, vom eigenen Kapellmeister Poli komponiert, Akteure und Orchester, wie die Oberkirch vermerkt, zumeist von der Akademie gestellt; ein glänzendes Publikum, fürstliche Gäste, Pfalz-Zweibrücken, Hessen-Darmstadt et cetera. Am 18. September großes Galadiner, »wo man sich zerdrückte«, danach charmantes Souper im engsten Kreis und Ankündigung eines ländlichen Festes für den nächsten Tag, das aber leider verregnet. Am 21. September ist wiederum Hohenheim der Schauplatz, dessen Gärten die Oberkirch mit Trianon vergleicht; hohes Lob für die feine, natürliche Art, in der Franziska ihre Rolle spielt. Abends *bal paré* in Stuttgart. Am 21. September rollt ein Programm in Ludwigsburg ab. Tagebuch vom 22. September:

»Besuch des Militärwaisenhauses, wo der Herzog arme Soldatenkinder erziehen läßt. Das ist eine Wohltat für das Land und für die Armee, soweit von Armee in einem so wenig beträchtlichen Staat die Rede sein kann. Beim Besuch der Porzellanmanufaktur machte der Herzog allen Präsente und verehrte seiner illustren Nichte einen unvergleichlichen Cheminée... Man fuhr zur Nacht auf die Solitude, ein prächtiges Schloß, das der Herzog einst, in seiner tollen Zeit, drei Meilen von Ludwigsburg auf eine Anhöhe hatte bauen lassen; der Blick von dort ist von großartiger Weite. Das Schloß... war illuminiert ebenso wie die Chaussee; man glaubte, man sähe den Sonnenpalast...«

An diesem Abend, als halb Stuttgart aus den Toren und durch die Wälder ausgeschwärmt war, um die feenhafte Illumination zu bestaunen; da sich Hof und hohe Gäste auf der lichterfunkelnden Solitude nach der Oper im Lorbeersaal zum Souper versammelten – fahren durchs Eßlinger Tor, wo Leutnant Scharffenstein die Wache kommandiert, zwei Herren, die sich Dr. Ritter und Dr. Wolf nennen, in einer mit zwei schweren Koffern und einem kleinen Klavier bepackten Kutsche. Als die Stadt hinter ihnen liegt, schwenkt man von der Eßlinger Straße ab, und die Deichsel weist nun in Richtung Vaihingen, Bretten, Mannheim. Der Druck, der den beiden jungen Reisenden auf der Brust liegt, beginnt sich zu lösen. Sie überqueren die schnurgerade Chaussee, die einige Stunden zuvor der Hof mit seinem glänzenden Troß von Ludwigsburg zur Solitude gefahren ist. Aus Andreas Streichers Erinnerungen:

»Gegen Mitternacht sah man links von Ludwigsburg eine außerordentliche Röte am Himmel, und als der Wagen in die Linie der Solitude kam, zeigte das daselbst auf einer bedeutenden Erhöhung liegende Schloß mit allen seinen weitläufigen Nebengebäuden sich in einem Feuerglanze, der sich in der Entfernung von anderthalb Stunden auf das Überraschendste ausnahm. Die reine, heitere Luft ließ alles so deutlich wahrnehmen, daß Schiller seinem Gefährten den Punkt zeigen konnte, wo seine Eltern wohnten, aber alsbald, wie von einem sympathetischen Strahl berührt, mit einem unterdrückten Seufzer ausrief: Meine Mutter!«

Tief in der Nacht, man schreibt jetzt den 23. September, rasten sie in der Poststation zu Enzweihingen (das Haus, ein mächtiger Fachwerkbau, steht noch). Die Freunde lassen sich einen Kaffee bringen. Inzwischen zieht Schiller ein Heft mit Gedichten Schubarts aus der Tasche – der arme Schubart! wäre es Tag gewesen, hätten sie den Asperg zu ihrer Rechten liegen gesehen, hätten ihm einen Gruß hinüberwinken können. Und Schiller beginnt zu lesen, liest Schubarts stärkstes Gedicht *Die Fürstengruft:*

Da liegen sie, die stolzen Fürstentrümmer,
Ehmals die Götzen ihrer Welt!
Da liegen sie, vom fürchterlichen Schimmer
Des blassen Tags erhellt!

Die alten Särge leuchten in der dunkeln
Verwesungsgruft, wie faules Holz;
Wie matt die großen Silberschilde funkeln,
Der Fürsten letzter Stolz!

Entsetzen packt den Wandrer hier am Haare,
Geußt Schauder über seine Haut...

Der verschlafenen Magd, die eben die Tassen aufstellt, läuft es kalt über den Rücken. Strophe um Strophe tönt durch das nächtliche Haus – »da liegen sie!«

Die Hunde nur und Pferd' und fremde Dirnen
Mit Gnade lohnten, und Genie
Und Weisheit darben ließen; denn das Zürnen
Der Geister schreckte sie.

Die Pferde sind eingespannt, die Reise geht weiter. Nach drei Stunden beginnt es zu tagen. Um acht Uhr morgens rollt der Wagen über die kurpfälzische Grenze.

II. WANDERJAHRE

Mannheim

Umwege

Das Ziel der Flucht, die Plattform eines erhofften neuen Lebens war Mannheim.

Auch Mannheim war, wie Ludwigsburg, eine auf dem Reißbrett geplante neue Stadt, Rivalin der alten Residenz Heidelberg und nun schon seit geraumer Zeit Hauptstadt der zu beiden Seiten des Rheins ausgebreiteten Kurpfalz. Als rasch erblühter Handelsplatz und starke Rheinschanze hatte die Stadt schon eine bewegte Geschichte hinter sich. Tillys Soldaten hatten hier gehaust, Bernhard von Weimar sich des Platzes bemächtigt, und 1689 hatten die Franzosen im sogenannten Orleans-Krieg Stadt und Festung in Schutt und Asche gelegt. Aber die Unverdrossenheit und der Fleiß der Bewohner ebenso wie der Wille der Kurfürsten hatten die Stadt größer und prächtiger aus den Ruinen entstehen lassen, was zur Folge hatte, daß im Jahr 1720 der Hof von Heidelberg hierher verlegt wurde. Das weitläufige Schloß, auf französische Manier gebaut, etwas starr und klotzig geraten, war der Mittelpunkt eines kultivierten höfischen Lebens, in dem besonders die Musik blühte. Mozart hat hier liebenswürdige Kollegen gefunden und ein musikverständiges Publikum, das sein Genie zu würdigen wußte. Er berichtet im November 1778 dem Vater: »Gott Lob und Dank, daß ich wieder in meinem lieben Mannheim bin! – Ich versichere Sie, wenn Sie hier wären, so würden Sie das nämliche sagen.« Und: »Wie ich Mannheim liebe, so liebt Mannheim mich!« Ein Wort, das um so schwerer wiegt, als Mozart solch warmes Verständnis keineswegs überall gefunden hat, schon gar nicht in Wien. – Dabei erschöpfte sich das geistige Leben dieser Stadt nicht in der Musikpflege. Die Sammlerleidenschaft des Kurfürsten Carl Theodor ließ hier wichtige Sammlungen, vor allem antiker Bildwerke, entstehen. Eine Akademie der Wissenschaften wurde 1762 ins Leben gerufen, und 1775 die »Deutsche Gesellschaft«, die sich die Pflege der deutschen Sprache und Literatur zum Ziel gesetzt hatte.

Die Unbefangenheit, die Toleranz, die Aufgeschlossenheit für das Neue waren einer solchen Stadt eigentümlich, die weder alte Schätze noch ehrwürdige Traditionen noch den starren Stolz alteingesessener Familien noch die Verkrustung alter Herrschaftsverhältnisse kannte. In dieser jungen Stadt war jeder willkommen, der etwas zu leisten vermochte. Vertriebene Hugenotten und Wallonen wurden mit offenen Armen aufgenommen, auch Juden fanden hier erträgliche Lebensbedingungen. Die verzwickte Geschichte des kurpfälzischen Hauses, in dem lutherische, reformierte und katholische Linien verschlungen waren, führte zwar nicht allgemein, wohl aber in Mannheim zu einer Toleranz, wie man sie damals sonst nur in Holland kannte. Man hat sogar eine Eintrachtskirche errichtet, die allen Konfessionen dienen sollte; die fiel allerdings vor ihrer Vollendung der allgemeinen Zerstörung anheim; an ihrer Stelle entstand dann die Konkordienkirche für die wallonische und die deutsch-reformierte Gemeinde.

Seit 1742 residierte in Mannheim Kurfürst Carl Theodor, ein Altersgenosse Carl Eugens, regierte Kurpfalz so lange wie jener Württemberg. In den Niederlanden gebildet, französisch geprägt, ein Mann von Welt, dessen großartiges Repräsentationsbedürfnis seiner Residenz sehr wohl bekam; dabei kaltherzig, ganz *ancien régime*. Daß er dennoch mit Mannheim tief verbunden war, empfand er, als in München mit Max Joseph die bisher regierende Linie der Wittelsbacher ausgestorben war. – »Jetzt sind deine guten Tage vorbei« entfuhr es ihm, als er diese Nachricht erhielt. Denn das bedeutete: er war bayrischer Kurfürst, mußte seinen Sitz in München nehmen und seine Pfalz von dort aus regieren.

Für die Stadt Mannheim war dieses dynastische Ereignis von schwerwiegender Bedeutung. »Die Gewißheit, daß unser Kurfürst die Stadt Mannheim nächstens verlassen werde, setzt die hiesigen Bewohner und Bürger alle in äußerste Verzweiflung. So viele Tausende lebten hier bisher von dem Fürsten, der jährlich ansehnliche Summen in die Zirkulation ließ, wodurch Gewerb befördert und jeder Bürger sich davon erhalten konnte.« So Freiherr von Dalberg, der damals noch nicht viel mehr war als ein Kammerherr. Und der mit Schiller gleichaltrige, schon namhafte Schauspieler Iffland, gerade von Gotha nach Mannheim abgeworben, schreibt wenig später: »Bei unserer Ankunft in Mannheim waren schon viele Familien zu dem Hoflager des Kurfürsten nach München abgegangen; dennoch waren diese kaum die Hälfte von denen, welche überhaupt dazu bestimmt waren. Mannheim war anfangs noch sehr lebhaft; und da die Fremden noch in der vieljährigen Gewohnheit waren, diese glänzende Residenz zu besuchen, die benachbarten Fürsten teils noch Wohnungen dort hatten..., so gab es Tage, wo die Stadt ein sehr fröhliches und sogar noch ein prächtiges Aussehen hatte. Allein da nach und nach immer mehr

Familien nach München ziehen mußten, so verlor sich alles dieses merklich... Eine sichtbare Freudlosigkeit war über die Stadt verbreitet; viele Gewerbe des Luxus standen still, mehrere gingen ein... Einschränkung war die allgemeine Losung... Es verbreitete sich ein Geist des Kleinmuts, welcher gegen alle Lebensfreude strebte. Die allgemeine Stimmung war nirgends fühlbarer als im Theater.«

Aber gerade für das Theater sollte diese Wende in der Geschichte der Stadt die merkwürdigste Bedeutung gewinnen. – Theater, das versteht sich, war in Mannheim gespielt worden, seit der Hof sich hier niedergelassen hatte. Es war sogar ein Mittelpunkt des europäischen Rokoko-Theaters geworden. Im Jahr 1730, während einer Zeit der Hoftrauer, hatten adlige Herren eine hervorragende französische Schauspielertruppe engagiert, die zunächst in einem Stadtpalais, später im Kaufhaus am Paradeplatz spielte; was sie durch Jahre dem Mannheimer Publikum bot, war ein Abbild des Spielplans der Comédie Française in Paris. Die ganze Entwicklung der französischen Bühnenkunst von Corneille bis Voltaire spiegelt sich auf dieser deutschen Bühne; allein von Molière wurden zwanzig Stücke aufgeführt.

Inzwischen war im Schloß das kurfürstliche Opernhaus eingerichtet worden, ein Werk von Alessandro Galli-Bibiena, der auch sonst in Mannheim Bedeutendes geschaffen hat, darunter die Jesuitenkirche. Dieses Opernhaus war eines der prächtigsten in Deutschland. In Weiß und Gold gehalten, mit fünf Rängen, bot es Platz für zweitausend Zuschauer; erlaubte großartige, im Geschmack der Zeit phantastische – oder auch realistische – Architekturkulissen, Paläste, Tempel, Kerker; tausend Kerzen beleuchteten die Bühne, zwölfhundert den Zuschauerraum. Dieses Opernhaus wurde am 17. Januar 1742 (fast auf den Tag 40 Jahre vor der Uraufführung der *Räuber*) mit einer prunkvollen Festoper *Meride* eröffnet. In einer überaus glücklichen Weise flossen im Mannheim der Ära Carl Theodors Theaterleidenschaft und Theatererfahrung mit höchst anspruchsvoller Musikpflege zusammen. Klopstock: »Hier schwimmt man in den Wollüsten der Musik.« Schubart: »Kein Orchester der Welt hat es je dem Mannheimer zuvor getan. Sein Forte ist ein Donner, sein Crescendo ein Katarakt, sein Diminuendo ein in die Ferne hinplätschernder Krystallfluß, sein Piano ein Frühlingshauch.« Ein reisender Engländer, Bewunderer Friedrichs des Großen, Lord Fordice: »Preußische Taktik und Mannheimer Musik setzen die Deutschen über alle Völker weg.« Zu den großen Mannheimer Theaterereignissen gehören die Aufführungen von vier Opern Johann Christian Bachs; in ihrer Verschmelzung von italienischen mit deutschen Elementen waren sie ganz neuartig, auch von Mozart bewundert. Eine dieser Opern, ein Schäfersingspiel, wurde übrigens im Heckentheater des Schwetzinger Parks gespielt, dem Sommeraufenthalt des kurpfälzischen Hofs. – Man muß sich all das vor Augen halten, um zu verstehen, welche Sonnenfinsternis für Mannheim der Umzug des Hofes bedeuten mußte.

Italienische Oper, französisches Schauspiel... man hat sich hier aber auch ernsthaft, anfänglich mit wenig Glück, um das deutsche Schauspiel bemüht. Das gipfelte zunächst in der Anstrengung, keinen geringeren als Lessing für das kurpfälzische Theater zu gewinnen; es scheiterte, weil der federführende Minister von Hompesch, als Lessing wirklich erschien, Angst vor der eigenen Courage bekam und den großen Mann mit kleinlichem Wenn und Aber vergraulte. Zu den Mannheimern, die Lessing mit offenen Armen empfingen, gehörte Schwan, derselbe, der später Schiller den Weg hierher geebnet hat. Lessing, nach Braunschweig zurückgekehrt: »Es ist ein wenig spät, mein lieber Schwan, daß ich Sie und Ihre liebe kleine Frau schriftlich meiner Erkenntlichkeit für die viele Freundschaft versichre, die mir meinen Aufenthalt in Mannheim noch so angenehm gemacht hat. Aber Sie sind beide so gut, daß Sie mir diese Nachlässigkeit leicht vergeben, wenn ich Ihnen sage, daß ich erst gern die bewußte Sache ganz aus dem Wege haben wollte, ohne jene schnurrende Sayte im geringsten zu berühren. Bey meinem Abschiede sahe es auch darnach aus, daß dieses gar bald geschehen könnte; doch der Brief, welchen ich neulich von dem Minister erhalten, ist wieder so weit aussehend, so um den Brey gehend, kurz, so ministerialisch, daß Sie wohl in Jahr und Tag keinen Brief von mir haben würden, wenn ich zuvor das Ende der Sache abwarten wollte...« Lessing etwas später an den Minister, so deutlich, wie man damals nicht an Minister zu schreiben pflegte: »Denn nur einem Kinde, dem man ein gethanes Versprechen nicht gern halten möchte, drehet man das Wort im Munde um, um es glauben zu machen, daß es uns nunmehr ja selbst freywillig von diesem Versprechen lossage. Das Kind fühlt das Unrecht wohl; allein weil es ein Kind ist, weiß es das Unrecht nicht auseinander zu setzen. Wenn mich denn aber Ew. Excellenz nur für kein solches Kind halten: so bin ich schon zufrieden.«

Lessing für Mannheim zu gewinnen, war also gründlich mißlungen. Es mutet kurios an, daß man die nicht begrabene Absicht, eine deutsche Schaubühne aufzurichten, nun einem Franzosen anvertraute, Marchand, der in Straßburg geboren, aber in Paris aufgewachsen war; doch besaß er einige Erfahrung auf deutschen Bühnen, hatte u. a. in Frankfurt gewirkt. Goethe beurteilt ihn freundlich-nachsichtig als einen behaglichen Mann, einen Direktor, »der selbst leidlich sang und sich mit Versemachen abgab«. Da Marchand von verschiedenen Seiten, so von Schwan, mit brauchbaren Texten versehen wurde, kam wirklich ein deutscher Schauspielbetrieb in Gang. Als aber der Hof abzog, wanderte auch die Marchand'sche Theatergesellschaft nach München. Die Wahl des Stücks, mit dem sie sich von den Mannheimern verabschiedete, zeigt, daß sie auf gutem Wege war: man spielte Lessings *Minna von Barnhelm*.

Wolfgang Heribert Freiherr von Dalberg erweist sich nun als ein Mann, der sich willensstark und einfallsreich gegen die drohende Verödung Mannheims stemmt. Sein Vorschlag, die Universität von Heidelberg hierher zu verlegen, wird zwar glücklicherweise zu den Akten gelegt. Um so fruchtbarer ist sein Bemühen um ein deutsches National-Theater; mit Dekret vom 2. September 1778 wird er förmlich mit der Errichtung beauftragt. Zwei glückliche Umstände haben Dalbergs Vorhaben begünstigt. Zunächst war ein geräumiges, zweckmäßiges und schönes Haus bereits vorhanden, stand parat. Wenige Jahre zuvor, 1775 bis 1777, hatte Lorenzo Quaglio, ein in Wien gebildeter Italiener, aus einem alten Speicherbau jenes Nationaltheater entstehen lassen, das bis zur Zerstörung im Zweiten Weltkrieg Mannheims berühmtestes Bauwerk gewesen ist.

Der zweite Glücksfall, der Dalberg zur Hilfe kam, betraf das Personal. Dieser Glücksfall war ursprünglich ein Todesfall. Konrad Ekhof, 1720 in Hamburg als Sohn eines Stadtsoldaten geboren, ein schlichter, redlicher Mann und seltsamerweise zugleich ein Schauspieler von ungeheurer Wirkungskraft, ein Freund Lessings, der »Vater der deutschen Schauspielkunst«, der auch für das bürgerliche Ansehen dieses zweideutigen Standes etwas geleistet hatte – dieser Ekhof war 1778 gestorben, in Gotha, wo er mit einer erlesenen Gesellschaft am dortigen bescheidenen Hof Theater gespielt hatte. Nach dem Tode des Prinzipals verlor der Herzog die Lust am Theater, ließ noch ein Jahr weiterspielen und machte dann im Herbst 1779 endgültig Schluß. Die in ganz Deutschland renommierten Schauspieler sahen sich von mehreren Seiten umworben – aber Dalberg gelang über geschickte Agenten der große Coup: fast die ganze Gesellschaft zieht an das Nationaltheater zu Mannheim, Beil, Beck, Iffland – junge, feurige Schauspieler aus der allerbesten, der Ekhof-Lessingschen Schule. Ihr Prinzipal wird Seyler, der mit einer kleinen Truppe schon am Ort ist, von Lessing empfohlen; auch diese Wahl erweist sich als glücklich. Mannheim hat das beste Schauspiel in Deutschland. Das ist die Bühne, nach der Schiller von Stuttgart aus sehnsüchtig geblickt hat. Hier wurden seine *Räuber* zum ersten Mal aufgeführt – nirgends hätte das besser geschehen können. Das deutsche Nationaltheater ist für den seinem Dienst entlaufenen Dichter die erhoffte Basis seiner neuen Existenz.

Sie haben in Schwetzingen übernachtet, der Flüchtling und sein Reisekamerad. Am Morgen des 24. September sind sie »sehr früh geschäftig, um sich zu dem Eintritt in Mannheim vorzubereiten. Das Beste, was die Koffer faßten, wurde hervorgesucht, um durch scheinbaren Wohlstand sich eine Achtung zu sichern, die dem dürftig oder leidend aussehenden fast immer versagt wird« (Andreas Streicher). Sie haben es bitter nötig, einen guten Eindruck zu machen, denn um beider Barschaft ist es kläglich bestellt. Aber während sie nun in der Postchaise die letzte Wegstrecke von zwei Stunden ihrem Ziel entgegenrollen, macht Schiller zuversichtlich eine Rechnung auf, die ihnen beiden einleuchtet. Ist nicht das Manuskript des *Fiesco,* das im Gepäck steckt, einige Röllchen Gold wert? Unangemeldet steigen sie bei dem Regisseur und Schauspieler Wilhelm Christian Meyer ab, der angenehm überrascht ist – denn er verehrt den Verfasser der *Räuber* –, mehr noch und nun nicht mehr so angenehm überrascht, als er begreift, daß der gefeierte Dichter als Flüchtling, als Emigrant vor ihm steht. Andreas Streicher: »Obwohl Herr Meyer bei der zweimaligen Anwesenheit Schillers in Mannheim von diesem selbst über sein mißbehagliches Leben und Treiben in Stuttgart unterrichtet war, so hatte er doch nicht geglaubt, daß diese Verhältnisse auf eine so gewagte und plötzliche Art abgerissen werden sollten. Als gebildeter Weltmann enthielt er sich bei den weiteren Erklärungen Schillers hierüber jedes Widerspruchs...«

Meyer zeigt sich der Situation gewachsen. Die unerwarteten Gäste werden zum Mittagessen eingeladen, in einem nahegelegenen Haus wird eine Wohnung gemietet – es standen ja viele leer seit dem Umzug des Hofs –, und das Gepäck wird gleich dorthin geschafft. Dies fürs erste. Gleichzeitig aber redet er Schiller zu, seinem Herzog einen Brief zu schreiben, um schön Wetter zu bitten... Nach Streichers Darstellung, die zu bezweifeln wir keinen Grund haben, hat Schiller selbst einen solchen Brief bereits erwogen, und Meyer hat ihn nur darin bestärkt, empfohlen, das ja gleich zu tun – bitte sehr, lieber Schiller, im Nebenzimmer sind Sie ganz ungeniert. Schiller folgt und schreibt in den nächsten Stunden zwei Briefe, einen an den Intendanten Seeger, einen an den Herzog selbst. An Seeger:

»Die Ueberzeugung, daß ich mit einem Manne rede, der Gefühl für mein Unglük und Weißheit genug für meine Lage hat, einem Mann, der in Verbindungen eines Vaters gegen mich steht, läßt mir jezt die Dreustigkeit zu, Hochdenenselben mein Herz aufzudeken, und wenn mich alle Ressourcen in der Welt verlassen, meine Zuflucht zur Großmuth und Edeln Denkungsart meines ehemaligen Freundes zu nehmen. Seine Herzogliche Durchlaucht haben mir vor 4 Wochen das Herausgeben litterarischer Schriften verboten. Da ich mir schmeichelte durch eben dergleichen Schriften den Plan der Erziehung der in der Karlsacademie zu Grunde ligt auf eine auffallende Art gerechtfertigt, und geehrt zu haben; da es überdiß die Gerechtigkeit gegen mein eignes Talent erforderte, es zu meinem Ruhm und Glük anzubauen, da die wenigen Schriften, die ich biß jezt der Welt mitgetheilt habe, meine jährliche Gage um fünfhundert Gulden jährlich vermehrt haben, so war es mir ganz unmöglich, ein Verbot, das all diese Vortheile und Aussichten zu Grunde richtet, ganz mit stillsschweigender Gleichgültigkeit anzunehmen. Ich habe es gewagt Seine Herzogliche Durchlaucht unterthänigst um die gnädigste Erlaubniß anzusuchen, Höchstdenenselben meine Lage in einem Schreiben vor Augen zu stellen. Diese Bitte wurde mir abgeschlagen und meinem General der Befehl gegeben mich, so bald ich mich wieder um die Erlaubniß eines Briefs melden würde in Arrest nehmen zu lassen. Da ich aber nun schlechterdings gezwungen bin, dieses Verbot entweder aufgehoben oder gemildert zu sehen, so bin ich hieher geflohen um meinem gnädigsten Landesherrn meine Noth, ohne Gefahr, vortragen zu können. Von Eurer Hochwohlgebohren aufgeklärtem Geist, und edelm Herzen hoffe ich großmütigste Unterstützung in meiner höchst bedrängten Situation, denn ich bin der unglüklichste Flüchtling, wenn mich Serrenissimus nicht zurükkommen lassen. Ich kenne die fremde Welt nicht, bin losgerissen von Freunden, Familie und Vaterland, und meine wenigen Talente wägen zu wenig in der Schaale der grosen Welt, als daß ich mich auf sie verlassen könnte...«

Und an den Herzog:

»Das Unglük eines Unterthanen und eines Sohns kann dem gnädigsten Fürsten und Vater niemals gleichgültig seyn. Ich habe einen schröklichen Weeg gefunden, das Herz meines gnädigsten Herrn zu rühren, da mir die natürlichen bei schwerer Ahndung untersagt worden sind. Höchstdieselbe haben mir auf das strengste verboten litterarische Schriften herauszugeben, noch weniger mich mit Ausländern einzulassen. Ich habe gehoft Eurer Herzoglichen Durchlaucht Gründe von Gewicht unterthänigst dagegen vorstellen zu können, und mir daher die gnädigste Erlaubniß ausgebeten, Höchstdenenselben meine unterthänigste Bitte in einem Schreiben vortragen zu dörfen; da mir diese Bitte mit Androhung des Arrests verwaigert ward, meine Lage aber eine gnädigste Milderung dieses Verbots höchst nothwendig machte, so habe ich, von Verzweiflung gedrungen, den izigen Weeg ergriffen.«

Er bittet seinen Fürsten um nichts als um die Duldung seiner literarischen Tätigkeit und um gnädige Nachsicht wegen seines Ausreißens. »Diese einzige Hoffnung hält mich noch in meiner schröcklichen Lage. Solte sie mir fehlschlagen, so wäre ich der ärmste Mensch, der verwiesen vom Herzen seines Fürsten, verbannt von den Seinigen wie ein Flüchtling umherirren muß.« In der Schlußfloskel: »der ich... in aller Empfindung eines Sohns gegen den zürnenden Vater ersterbe.«

Diese zwei Briefe bieten reichlich Stoff zum Nachdenken. In wie weit spiegeln sie, die üblichen Ergebenheitsfloskeln einmal beiseite gelassen, wirklich die Gedanken und die Stimmung Schillers? Daß er, neben ganz anderen Gefühlen, Seeger und besonders Carl Eugen gegenüber die Empfindungen eines Sohnes hegte, ist kaum zu bezweifeln. Hat sich in solche Regungen etwas wie Heimweh gemischt, jetzt, da die Grenzen des engen Heimatstaates eben überschritten waren? Oder sind diese Briefe nicht eigentlich kalkuliert, taktisch berechnet, von einer Art Alibifunktion? Sehr wahrscheinlich sollten sie dem Schutz der Familie vor landesherrlichem Groll dienen. Rücksichtnahme auf den so offenkundig betroffenen Gastfreund dürfte mit im Spiel sein. Schwingt in diesen Zeilen auch Angst vor dem Ungewissen, Zweifel an der eigenen Courage und Kraft? Was auch bedeuten könnte: Bewußtsein, Unterbewußtsein der flackernden physischen Lebenskräfte? Der treue Reisekamerad berichtet in seinen Erinnerungen, wie Schiller dann aus dem Nebenzimmer getreten sei und den Wartenden vorgelesen habe, was er zu Papier gebracht – was zu der weiteren Überlegung führt: ob er nicht seinen Ehrgeiz darein gesetzt hat, jetzt und hier höchst effektvolle Briefe zu schreiben, würdig eines Meisters der Feder? – Der Biograph breitet vor dem denkenden Leser seine Fragen aus;

eine Antwort drängt er ihm nicht auf. Jeder mag sich an kritische Situationen in seinem eigenen Leben erinnern und wird zugeben, daß im Rückblick er selbst die Motive seines Verhaltens nur mühsam und ungefähr definieren kann.

Am Nachmittag des 27. September versammelt sich bei Meyer eine Reihe von Schauspielern, darunter Iffland, Beck und Beil. Schiller will sein neues Trauerspiel vorlesen.

Der Leser erinnert sich: Von der Uraufführung der *Räuber* nach Stuttgart zurückgekehrt, hatte sich Schiller, zwischen einem Hohenstaufendrama und einem Thema aus der Zeit Kaiser Karls V. schwankend, für das letztere entschieden und sich auf die dramatische Darstellung des Ringens zwischen Gian Luigi de'Fieschi (Fiesco) und Andrea Doria um die Macht im Genua des Jahres 1547 geworfen. Von Februar bis September hatte er Szene für Szene, Akt für Akt niedergeschrieben, zusammengefügt, glühend vor Schöpferfreude. Sein Lehrer Abel, einer der Zeugen seiner Begeisterung, hat notiert, das Stück sollte sich »der Vollendung möglichst nähern, und durch keinen von den Fehlern befleckt werden, die er selbst in den Räubern fand«. Wiederholt hat sich Schiller in jenen Monaten geäußert: meine *Räuber* mögen untergehen, wenn nur der *Fiesco* lebt. In der Tat ist der Reifeprozeß, der von den *Räubern* zum *Fiesco* führt, außerordentlich. Bei ungedämpftem jugendlichem Feuer eine unvergleichlich stärkere Zucht in der Gestaltung des Stoffs und in der Sprache.

Man ist bei Meyer, die Schauspieler um einen großen runden Tisch gruppiert. Schiller könnte sich kein besseres Publikum wünschen, und, indem er das Manuskript vor sich ausbreitet, genießt er im voraus den erwarteten Triumph. Er liest in einem Zuge den ersten Akt, alle dreizehn Auftritte. Schweigen. Man erhebt sich, steht herum, spricht von diesem und jenem. Dann nimmt man wieder Platz – Herr Beil ist gegangen – und hört den zweiten Akt. Keine Regung von Beifall. Der Hausherr bietet Birnen und Trauben an. Einer schlägt vor, zur Abwechslung ein Bolzenschießen zu veranstalten; willkommener Anlaß, sich draußen umzusehen und sich unauffällig zu entfernen. Nur Iffland bleibt noch eine Weile. – Andreas Streicher, der treue Freund, ist fassungslos, da kommt der Hausherr und bittet ihn ins Nebenzimmer. »Sagen Sie mir jetzt ganz aufrichtig, wissen Sie gewiß, daß es Schiller ist, der die Räuber geschrieben?« Und auf die empörte Beteuerung weiterbohrend: »Wissen Sie gewiß, daß nicht ein anderer dieses Stück geschrieben und er es nur unter seinem Namen herausgegeben? Oder hat ihm jemand anderer daran geholfen?«

Das Ergebnis der Lesung war niederschmetternd. »Das Allerschlechteste, was ich je in meinem Leben gehört... erbärmliches, schwülstiges, unsinniges Zeug.« Das sind Meyers Worte. Selten ist ein Werk so in Grund und Boden gelesen worden wie der *Fiesco* von seinem Autor. Und nie hat sich Schiller mit seinem notorisch schlechten Vortrag so schwer geschadet wie jetzt und hier, da er vor einem Kreis von Schauspielern aus der besten Schule das edle Pathos seiner Dichtung durch das falsche Pathos, durch krächzendes, übersteigertes Deklamieren unkenntlich macht; und zu allemhin noch seine Mundart – Fiesco, Verrina, Bourgognino mitsamt dem Mohren von Tunis in breitestem Schwäbisch. Das Stillhalten zwei Akte hindurch, der unauffällige Abgang sind das Äußerste an Höflichkeit, was sich die entgeisterten Zuhörer abzuringen vermögen. Wenn es wahr sein sollte, daß manche gebildete Schwaben ihren Dialekt als ein Trauma mit sich durch die Welt tragen – ich glaube nicht recht daran –, dann wäre für sie jene Lesung des *Fiesco* in der Tat ein Ereignis, das ihren Gram bestätigen könnte.

Auf Andreas Streicher macht Meyers Reaktion »einen so betäubenden Eindruck, daß ihm die Sprache für den Augenblick den Dienst versagte«. Der Rest des Abends verrinnt in der peinlichsten Verlegenheit. Vom *Fiesco* spricht niemand. Aber als die zwei Reisekameraden sich anschicken, in ihr Quartier hinüber zu gehen, erbittet sich Meyer doch das Manuskript, um sich vom Ganzen ein Bild zu machen. Das ist an diesem düsteren Herbstabend eine momentane Aufhellung. Als die zwei unter sich sind, macht sich nach langem Schweigen Schillers Enttäuschung in wütenden Angriffen gegen die intriganten und bornierten Schauspieler Luft, und sein Zorn führt ihn ins Absurdeste: wenn er hier nicht Theaterdichter werden könne, dann wolle er eben als Schauspieler auftreten, »indem eigentlich doch niemand so deklamieren könne wie er«. Wenn es dem treuen Gefährten nicht eher zum Weinen gewesen wäre, hätte er allen Grund zum Lachen gehabt.

Zeitig am nächsten Morgen begibt sich Streicher zu Meyer – und findet einen verwandelten Mann. Er hat in der Nacht das Stück gelesen und nennt es nun ein Meisterwerk. »Aber wissen Sie auch, was schuld daran ist, daß ich und alle Zuhörer es für das elendeste Machwerk hielten? Schillers schwäbische Aussprache und die verwünschte Art, wie er alles deklamiert! Er sagt alles in dem nämlichen hochtrabenden Ton her...« Jetzt müsse alles in Bewegung gesetzt werden, um das Stück auf die Bühne zu bringen – wozu denn freilich der abwesende Dalberg noch gewonnen werden mußte. Der Freund rennt mit der guten Botschaft zu Schiller;

bringt es aber nicht übers Herz, die Wahrheit über die Ursache des ersten Fehlurteils auszusprechen.

Was hatten die Briefe bewirkt, die Schiller am Tag seiner Ankunft in Mannheim indirekt und direkt an seinen Landesvater geschrieben hatte? Am Vormittag der *Fiesco*-Lesung war ein im Auftrag des Herzogs verfaßtes Schreiben des Generals Augé eingetroffen, des Inhalts, daß Schiller »sich hierher begeben möchte; er werde von der Gnade Sr. Herzoglichen Durchlaucht dadurch profitiren«; auch die Andeutung, Durchlaucht sei durch den Besuch hoher Gäste besonders wohlwollend gestimmt. Diese Antwort konnte alles sein: Gnadenbeweis so gut wie Falle. Schiller schrieb sofort zurück und bat um konkrete Zusicherungen. Darauf ein weiterer Brief von Augé, ähnlich wie der erste. Die Korrespondenz hat sich dann noch hingeschleppt, bis Carl Eugen Ende Oktober dem General befiehlt, damit aufzuhören. Dieser Briefwechsel ist begleitet von Gerüchten – jede Nachricht aus Stuttgart wird von Schiller und vor allem von seiner Umgebung begierig und ängstlich aufgenommen. Frau Meyer war am Tage der Flucht und danach in Stuttgart gewesen und brachte als die allgemeine Meinung von dort mit: der Herzog werde dem Flüchtigen nachsetzen lassen, ihn gewaltsam zurückholen oder bei der kurfürstlichen Regierung seine Auslieferung verlangen. Was Schiller in diesen ersten Tagen im Exil erlebt, ist alles andere als Männerstolz vor einem – ausländischen – Fürstenthron, es ist das Gegenteil davon. Man empfiehlt ihm so recht eindringlich, weiter zu reisen, sich weiter von den württembergischen Grenzen zu entfernen, nach Frankfurt zum Beispiel – man werde ihm alle Briefe nach Frankfurt nachsenden.

Neun Tage waren dem Emigranten in Mannheim vergönnt, Tage voller Unruhe, Angst und bitterster Enttäuschung, und das, obgleich er nicht unfreundlich aufgenommen worden war, sich von Bewunderern seiner *Räuber* umgeben sah. Aber nirgends fand er Festigkeit bei den Mannheimern und vertrauensvolle Gelassenheit; nicht bei dem freundlichen Meyer, nicht bei Schwan – der, auf den es am meisten ankam, Dalberg, weilte bei den Festivitäten in Stuttgart. Verfinsternd, wenn auch im nachhinein etwas aufgehellt, war die Enttäuschung mit dem *Fiesco,* der nicht nur seinen Ruhm hatte mehren sollen, sondern der auch das Fundament seiner ökonomischen Berechnung gewesen war; denn er hatte kein Geld mehr. Und von seiner Familie, von seinen Freunden in der Heimat war er abgeschnitten.

Friedrich Schiller hätte hier ein Ende finden können, in den

Fluten des Rheins oder wie immer. Ob wir sein Weiterleben dem Andreas Streicher verdanken, wissen wir nicht. Aber das wissen wir: daß Schiller in diesem jungen Menschen einen Gefährten gehabt hat, der ihm wie vom Himmel gesandt war. Als müßte es so sein, sagt der, als die Mannheimer Freunde den Dichter auf die Landstraße verweisen: ich gehe mit. Er ist so arm an Barschaft wie Schiller. Aber er bittet seine Mutter brieflich um Geld: sie soll es nach Frankfurt schicken. Am Nachmittag des 3. Oktober verlassen sie Mannheim über die Neckarbrücke, zu Fuß, denn zum Reiten oder Fahren fehlt das Geld. Sie übernachten in dem Dorf, das an der Straße liegt, als die Dunkelheit einfällt; vielleicht war es Lampertheim. Den nächsten Tag wandern sie die herbstliche Bergstraße hin, zwölf Stunden lang, bis Darmstadt. Schiller ist nicht gesprächig, will auch von Burgen und Ruinen nicht viel wissen. Seinem Wanderkameraden verdanken wir die Kenntnis, was ihn auf diesem anstrengenden Fußmarsch innerlich bewegt hat: nicht die Frage, wovon er in den nächsten Wochen leben soll; nicht, was nun mit dem *Fiesco,* diesem Trauerspiel in zweifachem Sinn, geschieht; sondern ein neuer dramatischer Entwurf, *Luise Millerin* – später unter dem Titel *Kabale und Liebe* der Welt bekannt geworden. Aus dem mühseligen Heute greift er über ein ungewisses, sorgenverhangenes Morgen hinaus ins Übermorgen. – In Darmstadt finden sie ein gutes Quartier, sinken todmüde in die Betten – und fahren in der Nacht, von fürchterlichem Trommelgerassel aufgeschreckt, aus dem Schlaf. Möglich, daß sie im Moment des Aufschreckens an ein württembergisches Detachement denken, das zum Sturm auf ihre Herberge trommelt. Wach und auf bloßen Füßen, rennen sie ans Fenster, um zu sehen, ob's brennt. Nichts ist passiert. Am anderen Morgen erfahren sie: zu Mitternacht wird getrommelt, so sei es in Darmstadt der Brauch.

Am Morgen, einem schönen, heiteren Herbstmorgen, fühlt sich Schiller matt, will aber den Weg nach Frankfurt, sechs Stunden, hinter sich bringen. Im nächsten Dorf versucht er, sich mit einem Kirschengeist, in Wasser geschüttet, zu stärken. Mittags suchen sie ein Wirtshaus auf, werden aber vom Lärm grober Gäste wieder hinausgetrieben. Noch ein paar hundert Schritte, dann verlassen Schiller die Kräfte. Auf einer Waldlichtung legt er sich nieder und schläft ein. Der Reisekamerad hält neben ihm Wache. »In welcher Sorge und Unruhe der Wachende die Zeit zugebracht, während der Kranke schlief, kann nur derjenige allein fühlen, der die Freundschaft nicht bloß durch den Austausch gegenseitiger Gefälligkeiten, sondern auch durch das wirkliche mit Leiden und mit Tragen aller

Widerwärtigkeiten kennt.« Nach zwei Stunden kommt ein Werbeoffizier des Weges und entdeckt die beiden jungen Männer; versucht, wie es sein Geschäft ist, anzubändeln, artig, versteht sich – »Ah, hier ruht man sich aus!« –, wird aber von Andreas Streicher derart unhöflich abgefertigt, daß er von jedem Versuch absteht und weiterzieht. Darüber ist Schiller wach geworden, fühlt sich ausgeruht und ist zum Weitermarsch bereit. Noch vor Abend erreichen sie Sachsenhausen, mieten sich ein im Gasthof zum Storchen an der Mainbrücke.

Fünf Tage, vom 6. bis zum 10. Oktober, verbringt Schiller in Frankfurt und in seinem Sachsenhäuser Quartier. Reichsstädte sind unter den Stationen seines Lebens spärlich vertreten. In den Kinderjahren hat er Schwäbisch Gmünd gesehen, und der Vater in seiner lehrhaften Art wird ihm den Ort als eine freie Stadt charakterisiert haben. Nach Frankfurt hat er nur einmal, im Spätsommer 1793, einige Wochen auf reichsstädtischem Boden gewohnt, in dem seinem Heimatstaat eng benachbarten Heilbronn. Schillers Erfahrungen in rebus publicis sind von denen eines Goethe oder eines Wieland von Grund auf verschieden. – Was hat er in Frankfurt getan? Da sind die täglichen Gänge zur Post; ein neugieriges, bewußtes Aufnehmen der historischen Merkwürdigkeiten der alten Krönungsstadt und ihres Lebens und Treibens; beim Schlendern durch die Stadt die Aufmerksamkeit auf die Buchläden; und, während der Nachmittags- und Abendstunden, in der Gasthauskammer auf- und abgehend, hastig niedersitzend und eilig schreibend, die Gestaltung seines neuen Trauerspiels *Luise Millerin*. Das erste aber, was in Frankfurt zu tun war, ein Brief an Dalberg:

»Euer Exzellenz werden von meinen Freunden zu Mannheim meine Lage bis zu Ihrer Ankunft, die ich leider nicht mehr abwarten konnte, erfahren haben. Sobald ich Ihnen sage, *ich bin auf der Flucht,* sobald hab ich mein ganzes Schiksal geschildert. Aber noch kommt das schlimmste hinzu. Ich habe die nöthigen Hilfsmittel nicht, die mich in den Stand sezten, meinem Mißgeschik Troz zu bieten. Ich habe mich von Stuttgart, meiner Sicherheit wegen, schnell, und zur Zeit des Grosfürsten losreissen müssen. Dadurch habe ich meine bisherige ökonomische Verhältnisse plözlich durchrissen, und nicht alle Schulden berichtigen können. Meine Hoffnung war auf meinen Aufenthalt zu Mannheim gesezt; Dort hofte ich, von Ewr. Exzellenz unterstützt, durch mein Schauspiel, mich nicht nur schuldenfrei, als auch überhaupt in beßere Umstände zu sezen. Diß ward durch meinen nothwendigen plözlichen Aufbruch hintertrieben.

Ich ging leer hinweg, leer in Börse und Hofnung. Es könnte mich schaamroth machen, daß ich Ihnen solche Geständniße thun muß, aber, ich weiß, es erniedrigt mich nicht. Traurig genug, daß ich auch an mir die gehäßige Wahrheit bestätigt sehen muß, die jedem freien Schwaben Wachsthum und Vollendung abspricht.

Wenn meine bisherige Handlungsart, wenn alles das woraus Ewr. Exzellenz meinen Karakter erkennen, Ihnen ein Zutrauen gegen meine Ehrliebe einflössen kann, so erlauben Sie mir, Sie freimütig um Unterstützung zu bitten. So höchst nothwendig ich izt des Ertrags bedarf, den ich meinem Fiesko erwartete, sowenig kann ich ihn vor 3 Wochen theaterfertig liefern, weil mein Herz solange beklemmt war, weil das Gefühl *meines* Zustands mich gänzlich von dichterischem Träumen zurükriß. Wenn ich aber biß auf besagte Zeit nicht nur *fertig,* sondern, wie ich auch hoffen kann, *würdig* verspreche, so nehme ich mir *daraus* den Mut, Ewr. Exzellenz um gütigsten Vorschuß des mir dadurch zufallenden Preises gehorsamst zu bitten, weil ich izt vielleicht mehr als sonst durch mein ganzes Leben, deßen benöthiget bin.

Ich hätte ohnegefehr noch 200 fl. nach Stuttgardt zu bezahlen. Ich darf es Ihnen gestehen, daß mir das mehr Sorgen macht, als wie ich mich selbst durch die Welt schleppen soll. Ich habe so lang keine Ruhe, biß ich mich von der Seite gereinigt habe. – Dann wird mein Reisemagazin in 8 Tagen erschöpft seyn. Noch ist es mir gänzlich unmöglich mit dem Geiste zu arbeiten. Ich habe also gegenwärtig auch in meinem Kopf keine Ressourcen. Wenn Euer Exzellenz (da ich doch einmal alles gesagt habe) mir auch hiezu 100 fl. vorstreken würden, so wäre mir gänzlich geholfen. Entweder würden Sie dann die Gnade haben, mit den Gewinnst der ersten Vorstellung meines Fieskos mit aufgehobenem Abonnement zuzusprechen, oder mit mir über einen Preiß übereinkommen, den der Werth meines Schauspiels bestimmen würde. In beiden Fällen würde es mir ein leichtes seyn..., beim nächsten Stük das ich schreibe die ganze Rechnung zu applanieren. Ich lege diese Meinung, die nichts als inständige Bitte seyn darf, dem Gutbefinden Euer Exzellenz also vor, wie ich es meinen Kräften zutrauen kann sie zu erfüllen.

Da mein gegenwärtiger Zustand aus dem bisherigen hell genug wird, so finde ich es für überflüßig Euer Exzellenz mit einer *drängenden Vormahlung* meiner Noth zu quälen. Schnelle Hilfe ist alles was ich izt noch denken und wünschen kann. H. Meyer ist von mir gebeten mir den Entschluß Eurer Exzellenz unter allen Umständen mitzutheilen, und Sie selbst des Geschäfts mir zu schreiben zu überheben.«

Dieser Brief, aus der Tiefe eines bedrängten Gemüts geschrieben, bedarf keiner Erläuterung. Als Schiller damit »die schwerste Last von seinem Herzen abgewälzt hatte, gewann er zum Teil auch seine frühere Heiterkeit wieder«, schreibt der Freund. Das Treiben der großen fremden Stadt zog ihn an. Goethe in *Dichtung und Wahrheit:* »Am liebsten spazierte ich auf der großen Mainbrücke. Ihre Länge, ihre Festigkeit, ihr gutes Aussehen machte sie zu einem bemerkenswerten Bauwerk; auch ist es aus früerer Zeit beinahe das einzige Denkmal jener Vorsorge, welche die weltliche Obrigkeit ihren Bürgern schuldig ist. Der schöne Fluß auf- und abwärts zog meine Blicke nach sich... Gewöhnlich ward alsdann durch Sachsenhausen spaziert und die Überfahrt für einen Kreuzer gar behaglich genossen. Da befand man sich nun wieder diesseits, da schlich man zum Weinmarkte, bewunderte den Mechanismus der Krane, wenn Waren ausgeladen wurden; besonders aber unterhielt uns die Ankunft der Marktschiffe, wo man so mancherlei und mitunter so seltsame Figuren aussteigen sah. Ging es nun in die Stadt herein, so ward jederzeit der Saalhof, wo die Burg Kaiser Karls des Großen und seiner Nachfolger gewesen sein sollte, ehrfurchtsvoll gegrüßt. Man verlor sich in die alte Gewerbestadt und, besonders Markttages, gern in dem Gewühl...«

Andreas Streicher erinnert sich, wie sie an diesem ersten Tag von der Post zurückkommen: »Auf dem Heimwege übersah man von der Mainbrücke das tätige Treiben der abgehenden und ankommenden, der ein- und ausladenden Schiffe, nebst einem Teil von Frankfurt, Sachsenhausen, sowie den gelblichen Mainstrom, in dessen Oberfläche sich der heiterste Abendhimmel spiegelte. Lauter Gegenstände, die das Gemüt wieder hoben und Bemerkungen hervorriefen, die um so anziehender waren, als seine überströmende Einbildungskraft dem geringsten Gegenstand Bedeutung gab und die kleinste Nähe an die weiteste Entfernung zu knüpfen wußte.« – Diese letzte Anmerkung beweist, wie scharf der treue Reisekamerad den bewunderten Freund erkannt hat. Wie eng umgrenzt ist Schillers mit eigenen Augen geschaute Welt gewesen – dieser Streifen Deutschland zwischen Oberrhein und Elbe, etwas von Böhmen und gegen Ende die Reise nach Berlin. Nie hat er das Hochgebirge gesehen, nie das Meer. Aber wie hat er aus gründlicher Kenntnis geographischer und topographischer Werke und aus Kartenstudium mit einer schöpferischen Phantasie ohnegleichen ungesehene Landschaften, Städte und Stätten in seine Worte gebannt!

Drei Tage in Frankfurt vergehen, unruhig zwar zwischen Sorge und Hoffnung, aber beschwingt. Sie genießen die Fülle der neuen Eindrücke, sie lassen sich die einfachen Mahlzeiten in ihrem Wirtshaus schmecken. Schiller erkundigt sich in den Buchläden, scheinbar beiläufig, nach den *Räubern,* und kann es dann, wenn er hört, was er zu hören hofft, nicht lassen, sein Incognito abzuwerfen – hier steht er vor Ihnen! Und ein Buchhändler, der sich unter dem Verfasser wohl einen genialischen Strolch vorgestellt hat, mit schwarzer Augenbinde und umgeschnalltem Säbel, kann sich nicht genug verwundern über den sanften und höflichen jungen Mann, der da mit leuchtenden Augen in seiner Bude steht. – Daß sie am zweiten, am dritten Tag auf der Post nichts vorfinden, hält Streicher für ein gutes Zeichen; das erwartete Geld könne nicht so schnell expediert werden wie ein ordinärer Brief... Er selbst beginnt jetzt ernsthaft an seine Weiterreise nach Hamburg zu denken.

Am vierten Tag gehen sie schon in der Frühe auf die Post, und diesmal findet sich für »Dr. Ritter« ein Paket aus Mannheim mit Briefen, mit dem sie in ihren Gasthof eilen, um den Inhalt gemeinsam in Ruhe lesen zu können. Da sind zunächst Briefe aus Stuttgart, die von dem großen Aufsehen berichten, das Schillers Flucht erregt habe, und die zur äußersten Vorsicht mahnen; auch ein weiterer Brief von Augé mit dem Befehl zur schleunigen Rückkehr. Gut klingt das alles nicht. Aber das eigentliche, ein Brief von Meyer, wird bis zuletzt aufgespart; den liest Schiller für sich allein. Liest ihn, tritt ans Fenster und schweigt. Wie er sich dem Gefährten zuwendet, ist sein Gesicht verfärbt. Seine Bitte war umsonst gewesen. Dalberg will keinen Vorschuß zahlen.

In seinen frühen Dramen läßt er seine Figuren heulen, schreien, wild gestikulieren, mit den Zähnen knirschen. Der Dichter, der vor dem vertrauten Reisegefährten ohne Scheu hätte weinen und fluchen können, bewahrt eine Ruhe, die bewundernswert ist. Dalbergs Absage läßt ihn in bitterer Bedürftigkeit stecken, »leer in Börse und Hoffnung«; sie ist zudem als Antwort auf einen Brief, in dem sich Aufrichtigkeit und Würde mit treuherziger Zutraulichkeit verbinden, kalt und kränkend. Schiller versagt sich jedes Schimpfwort, jede herabsetzende Bemerkung; sammelt seine Gedanken und überlegt, was in dieser Lage zu tun sei. Er kommt zu dem Ergebnis: abreisen, und sich in der Nähe von Mannheim, in Reichweite von Meyer und Schwan, ein billiges Quartier suchen.

Am Nachmittag dieses Tages macht sich Schiller auf, um sein bedeutendes Gedicht *Teufel Amor* einem Verleger für 25 Gulden anzubieten. Das Gedicht gefällt, aber mehr als 18 Gulden will der

Käufer nicht dafür anlegen. Auch das ist für einen, der fast nichts im Beutel hat, ein namhafter Betrag. Aber des Dichters Stolz erlaubt diesen Nachlaß nicht. Das Geschäft kommt nicht zustande, Schiller steht ohne Geld wieder auf der Gasse (und das Gedicht geht in den nächsten Wochen verloren).

Andreas Streicher empfängt das erbetene Geld für die Reise nach Hamburg; gibt aber seinen Plan auf, verzichtet auf die Fortbildung durch Karl Philipp Emanuel Bach und beschließt, in dieser Not an der Seite des Freundes zu bleiben. – Zehn Jahre später spricht Schiller in einem Brief an Streicher aus, ihm werde seine »auf jeder Probe ausharrende Treue in ewig teurem Andenken bleiben«. Sie waren einander wert.

Am Vormittag des 11. Oktober besteigen die Freunde das Marktschiff nach Mainz. Dort wird der Dom besichtigt, die ganze Stadt. In ihrer Gasthofkammer hören sie durch die dünne Wand das Geplauder zweier Frauenzimmer, die es mit den *Räubern* haben, und wie aufregend es sein müßte, den Dichter einmal zu sehen – das war nun wirklich die Einladung zu einem theatralischen Auftritt, Poeta ex machina. Wenn man einer Bemerkung in einem späteren Brief glauben darf, hat er sich's nicht entgehen lassen und hat mit den Damen einen Kaffee getrunken. – Es ist eine kleine Rheinreise bei schönem Herbstwetter. »Am nächsten Morgen verließen sie Mainz sehr früh, wo sie, die Favorite vorbei, den herrlichen Anblick des Zusammentreffens vom Rhein- und Mainstrome bei der schönsten Morgenbeleuchtung genossen und den echt deutschen Eigensinn bewunderten, mit welchem beide Gewässer ihre Abneigung zur Vereinigung durch den scharfen Abschnitt ihrer bläulichen und gelben Farben bezeichneten.« Man wüßte gern, welcher von den beiden den Einfall mit der deutschen Abneigung gegen Vereinigung gehabt hat; es muß nicht Schiller gewesen sein.

Bis Worms wollen sie an diesem Tag, das sind neun Stunden Marsch. Es liegen zwischen den sanften Hügeln und der weiten Ebene altberühmte Weinorte am Weg, Nackenheim, Nierstein, Oppenheim. In Nierstein beschließen sie, sich zu stärken, denn Schiller ist matt und wortkarg geworden; und ungeachtet ihrer Geldnot bestellen sie großartig vom besten alten Wein. »Als Nichtkenner edler Weine schien es ihnen, daß bei diesem Getränk wie bei vielen berühmten Gegenständen der Ruf größer sei, als die Sache verdiene. Aber als sie ins Freie gelangten, als die Füße sich leichter hoben, der Sinn munterer wurde, die Zukunft ihre düstere Hülle etwas lüftete und man ihr mit mehr Mut als bisher entgegenzutreten wagte, glaubten sie einen wahren Herzenströster in ihm entdeckt zu haben, und ließen dem edlen Weine volle Gerechtigkeit angedeihen.« Eine Weile beflügelt sie der Zaubertrank, dann verfliegt die wohltätige Wirkung. Um Worms zu erreichen, mieten sie zuletzt einen Wagen, der sie bei Nacht an ihr Ziel bringt. Am andern Morgen finden sie auf der Post eine Nachricht von Meyer: man wolle sich nachmittags in Oggersheim treffen.

Dieses Oggersheim war ein durch die Pfalzkriege verarmtes Städtchen mit einer bescheidenen pfalzgräflichen Residenz, linksrheinisch eine Wegstunde von der Mannheimer Rheinbrücke entfernt, in der Ebene zwischen baumbestandenen Chausseen. Hier, im Gasthaus zum Viehhof, trifft man sich mit Herrn und Madame Meyer und zwei weiteren Mannheimern, die aus Verehrung für den Dichter mitgekommen sind. Meyer, ungern und gequält, erläutert Dalbergs ablehnende Haltung; doch wird ihm diese peinliche Aufgabe durch Schillers noble und sachliche Art erleichtert, »weit über das Gewöhnliche erhaben«, wie der Gefährte schreibt. Man kommt bald überein, daß Schiller und Streicher vorläufig bleiben sollen, wo man eben ist: im »Viehhof« zu Oggersheim. Schiller (nun nicht mehr als Dr. Ritter getarnt, sonderer größerer Vorsicht halber als Dr. Schmidt) und Streicher (als Dr. Wolf) akkordieren mit dem Wirt Schick Kost und Wohnung und beziehen das ihnen zugewiesene Eckzimmer im Oberstock des geräumigen Hauses. Das Bett müssen sie sich teilen, was etwas unbequem war, aber damals üblich; nicht nur Geschwister, nicht nur Handwerksgesellen im Meisterhaushalt pflegten zu mehreren in einem Bett zu schlafen; auch Reisende mußten darauf gefaßt sein, in einem Gasthofbett die Geräusche, Dünste und Rippenstöße eines fremden Schlafkameraden zu genießen. Von Mannheim werden die Koffer und das Klavier herübergeschafft. Man richtet sich ein.

Es wurde daraus ein Aufenthalt von sieben Wochen Dauer, bis tief in den Spätherbst hinein. Ein Asyl, ein Dach über dem Kopf, ein Rastort auf der Flucht; keine Sorge, wie man sich heute ernähren, wo man abends sich niederlegen werde, aber von Woche zu Woche die Sorge, wie das notdürftige Quartier zu zahlen sei. Und hinter dieser vordergründigen Verlegenheit türmt sich die Sorge, wie das Leben eigentlich weitergehen solle, und die Angst – die uns im Rückblick übertrieben dünkt – vor dem, was der Herzog gegen seinen entlaufenen Regimentsmedikus unternehmen könnte. Um die Spur zu verwischen, werden die Briefe mit fingierten Ortsangaben versehen. So schreibt er am 18. Oktober an die Schwester Christophine scheinbar aus Leipzig. Der Inhalt ist durch eine etwas gewaltsam zur Schau getragene Zuversicht verfärbt, doch schimmert durch, was ihn bewegt. Bemerkenswert ist, daß schon hier von Bauerbach, dem Wolzogenschen Gut im südlichen Thüringen als einer möglichen Fluchtstation die Rede ist.

»Mir ist sehr wohl, biß auf die Ungeduld mich ganz meiner Larve und meiner Comödienrolle entledigt zu sehen. Ich habe schon einen artigen Strich durch die Welt gemacht, Du soltest mich kaum noch kennen Schwesterchen. Meine Umstände sind gut. Frei bin ich und gesund wie der Fisch im Waßer, und welchem freien Menschen ist nicht wohl. Auch geht mir nichts ab; meine Schulden bezahl ich sobald sie verfallen sind, und sobald meine Affaire mit dem Herzog entschieden ist. Laß also die guten Eltern höchst ruhig seyn. Sage dem liebsten Papa, daß ich den Brief an ihn mit eben dem Herzen, als er den seinigen an mich, geschrieben habe, daß ich aus guten Gründen so mit ihm gesprochen habe, um sein Schicksal von dem meinigen zu trennen. Auch meine Liebe hoffe ich daß wir beide uns bald wiedersehen sollen. Nach Bauerbach gehe ich nicht um die Wolzogen zu schonen, wenigstens nicht, biß der Sturm versaußt ist. Sag ihr das, und küße sie in meinem Namen millionenmal. Küße die liebe Louise, die gute Nanette; wenn Du den lieben Eltern den Brief zeigen darfst, so sag ihnen dass ich mit ganzer Seele und mit ganzem Herzen ihr gehorsamer ihr freier, ihr froher Sohn sey. Über mein Schiksal sollen sie keine Anfechtung haben, denn mir gehe es wol. Wenn ich nicht mehr zurükkomme, so müßen meine hinterlaßene Sachen verkauft werden. Mit denen kann Landauers Conto ganz bezahlt werden. Das andere will ich alles besorgen. Vergiß mich nicht meine liebe. Nächstens schreib ich Dir mehr ...«

Es fehlte diesem Dasein im Viehhof nicht an einer gewissen Behaglichkeit. Die stellt sich ein auch im dürftigsten Quartier, wenn für das allernötigste gesorgt ist, vollends, wenn zwei so herzensgute Kameraden beieinander sind. Schiller war wohl, wenn der Gefährte auf seinem Instrument phantasierte, während er mit seinem Text rang. »Er machte daher meistens schon bei dem Mittagstische mit der bescheidensten Zutraulichkeit die Frage an S.: ›Werden Sie nicht heute abend wieder Klavier spielen?‹ – Wenn nun die Dämmerung eintrat, währenddem er im Zimmer, das oft bloß durch das Mondlicht beleuchtet war, mehrere Stunden auf und ab ging und nicht selten in unvernehmliche, begeisterte Laute ausbrach.« Der Dichter hat zur Musik ein seltsames Verhältnis gehabt. Er hat sie nicht ausgeübt, er verstand nichts davon, aber er liebte sie als Untermalung seiner Gedankenarbeit. Es genügte ihm schon, wenn jemand im Nebenzimmer auf dem Klavier einen Marsch trommelte. Andreas Streicher war ein hochbegabter Musiker, und was er da im halbdunklen Zimmer auf seinem kleinen Klavier phantasierte, war wohl hoch über dem, was der Dichter auffaßte – aber dem war es wohl dabei, und das war dem Gefährten genug.

Allen Mißhelligkeiten zum Trotz bot der einfache Gasthof in dem langweiligen Städtchen keine schlechten Voraussetzungen zum stetigen Arbeiten. Und Schiller war fleißig, nur nicht so, wie die Freunde in Mannheim erwarteten. Nichts war jetzt dringlicher, als den *Fiesco* umzuarbeiten und den Vorstellungen Dalbergs anzupassen. Aber dieses Geschäft schob er vor sich her und von sich weg, um sich ganz auf sein Trauerspiel zu werfen, das er noch *Luise Millerin* nannte; bei der Gestaltung der Personen standen ihm Mitglieder des Mannheimer Ensembles vor Augen. Das ging wohl zwei Wochen lang, bis er sich endlich losriß und nun ernsthaft an die widrige und schwierige Aufgabe ging, den *Fiesco* umzumodeln. Ungefähr am 8. November ist es so weit, daß er das Manuskript über Meyer an Dalberg senden kann.

Es existiert aus jenen Tagen ein Brief Schillers an einen gleichaltrigen vertrauten Akademiefreund, Dr. Friedrich Jakobi, gleichfalls Militärarzt. Das Schreiben ist datiert von Mittwoch, den 6. November, aus »E«, worunter wohl Erfurt verstanden werden sollte. »Gegenwärtig bin ich auf dem Weeg nach Berlin.« Tarnung, fingierte Reisepläne – »vielleicht daß ich in Berlin meinen Plan verändere, und durch Unterstützung wichtiger Personen nach Petersburg gehe.« Übrigens sucht Schiller einiges von der Konfusion zu bereinigen, die er durch seine künstlich verdrehten Briefe nach Stuttgart bewirkt hat: »Jene hatten den sehr wichtigen Zwek, meine Familie zu sichern, und meinen gewaltsamen Schritt in den möglichstrechtmäßigen hinüber zu drehen. Dieses Ziel scheine ich wirklich erreicht zu haben, und hiemit bleibt auch die ganze Maschinerie auf sich beruhen. Wenn ich die Einwilligung des Herzogs in meine Forderungen ohne alle Zweideutigkeit erhalten hätte, so hätte ich natürlich nicht nur zurückgehen *müssen,* sondern auch mit *Ehre* und *Vortheil können,* und mein ganzer Plan hätte ein neues Ansehen gewonnen.« Aber im Weiteren wird das Verwirrspiel, das er seit der Flucht treibt, fortgesetzt. Ernsthaft ist wohl der Zweifel, ob er auf dem Weg zur Schriftstellerei fortschreiten oder zur Medizin zurückkehren solle. Seine Enttäuschung spiegelt die Bemerkung: »Mannheim ist schlechterdings keine Atmosphäre für mich, zu klein mich als Mediciner zu begünstigen, zu unfruchtbar mich als Schriftsteller aufkomen zu lassen. Beim Theater Dienste zu nehmen ist nicht nur unter meinem Plan, sondern auch wirklich schwer, weil es sehr erschöpft ist, verarmt und sinkt.«

In diesem November – Schiller wird dreiundzwanzig – scheint sich alles Berechenbare aufzulösen, scheinen die berechtigsten Hoffnungen zu trügen. Der Bruch mit dem Heimatstaat, der im Oktober noch heilbar scheinen konnte – Augé hatte noch einmal geschrieben, der Geflohene habe nichts zu befürchten – war nun endgültig, die Angst vor des Herzogs Zorn steigerte sich bis ins Hysterische. Um nur beim Wirt nicht in der Kreide zu bleiben, schreibt Streicher noch einmal an seine Mutter um Geld, und Schiller verpfändet seine Uhr. Die auf den *Fiesco* gesetzte Hoffnung trügt zum zweitenmal, und das aus der Stuttgarter Sicht so hell strahlende Mannheim wird zum Aschenhaufen enttäuschter Hoffnungen.

In einem an Christophine gleichfalls am 6. November geschriebenen Brief schwingt noch einmal etwas von der Frömmigkeit des längst verlassenen Elternhauses:

»Theuerste Schwester.

Gestern Abend erhalte ich Deinen lieben Brief und eile, Dich aus Deinen und unserer besten Eltern Besorgnißen über mein Schicksal zu reissen.

Daß meine völlige Trennung vom Vaterland und Familie nunmehr entschieden ist, würde mir sehr schmerzhaft seyn, wenn ich sie nicht erwartet, und selbst befördert hätte, wenn ich sie nicht als die nothwendigste Führung des Himmels betrachten müßte, welche mich in meinem Vaterland nicht glüklich machen wollte. Auch der Himmel ist es, dem wir die Zukunft übergeben, von dem ihr und ich, *gottlob nur allein,* abhängig sind. Ihm übergebe ich euch, meine Theuren, er erhalte euch vest und stark, *meine* Schiksale zu erleben, und mein Glük mit der Zeit mit mir theilen zu können. Losgerißen aus euren Armen weis ich keine beßere keine sichere Niederlage meines theuersten Schazes, als Gott. Von *seinen* Händen will ich euch wiederempfangen, und – das sei die lezte Träne die hier fällt.

Dein Verlangen mich zu Mannheim etabliert zu wißen, kann nicht mehr erfült werden. So wenig es auch im Krais meines Glüks läge, dort zu seyn, so gern wollt ich die nähere Nachbarschaft mit den meinigen vorziehen, und dort Dienste zu erlangen suchen, wenn mich nicht eine tiefere Bekanntschaft mit meinen Mannheimischen Freunden für ihre Unterstützung zu stolz gemacht hätte. Ich schreibe Dir gegenwärtig auf meiner Reise nach *Berlin*...«

Gleiches armseliges Verwirrspiel: nach Berlin, vielleicht nach Petersburg. Aus gutem Herzen erlogen auch die Versicherung, er litte keine Not, »weil meine Arbeiten gut bezahlt werden, und ich fleißig bin«. In Berlin sei er an Nicolai empfohlen, da werde es an nichts fehlen. Aber dann im nächsten Satz: »Ich habe keinen andern Gedanken, als mein Glük nur allein durch die Medicin zu machen, und werde suchen innerhalb eines halben Jahrs Doctor zu seyn.« Solches ging ihm wohl durch den Kopf, er wußte auch, daß der Vater das gern hörte, aber: wie sollte Christophine, wie sollten die Eltern sich das alles zusammenreimen?

Es wird zu zeigen sein, wie sich diese durch eine wahrscheinlich unbegründete Angst diktierte Schwindelei durch die kommenden Monate fortsetzt. Der Familie gegenüber kommt aber jetzt das Bedürfnis nach einer Aussprache zum Durchbruch. Einen Brief vom 19. November datiert Schiller schlicht aus Mannheim – »Da ich gegenwärtig zu Mannheim bin, und in 5 Tagen auf immer weggehe...« und schlägt vor, man solle sich auf der Post in Bretten treffen; die Mutter und Christophine sollten kommen und die Vischerin und Frau von Wolzogen mitbringen. Daraufhin reisen Mutter und Schwester, aber ohne die genannten Damen, was sehr begreiflich erscheint. Wie mag sich Vater Schiller zu dem Vorhaben gestellt haben? Jedenfalls hat er es nicht verboten. – »Um Mitternacht hörten wir, daß ein Reiter dem Gasthof zusprengte: Er wirds sein, dachten wir, und sobald er ins Haus trat und den Kellner fragte, ob nicht zwei Damen angekommen wären, erkannten wir sogleich seine Stimme und stürzten ihm entgegen. – Er war äußerst heiter! voll Hoffnung für die Zukunft und plauderte bis zum Morgen. Wir blieben drei volle Tage beisammen.« Das sind Christophines Erinnerungen. Es waren die Tage vom 23. bis zum 25. November. »Äußerst heiter und voll Hoffnung...« – dunkel lag die Zukunft vor ihm. Aber der Wille, es den beiden liebsten Menschen, die er hatte, nicht schwer zu machen, und der eigene jugendliche Optimismus, der im Anblick der beiden rasch aufblühte, haben es ihm ermöglicht, seine Sorgen zu verbergen und drei Tage lang eine fröhliche Miene zu zeigen. So werden die Frauen tränennaß vom Abschied, aber einigermaßen getröstet den Heimweg angetreten haben. Und Schiller läßt den gemieteten Gaul wieder gen Mannheim traben, ins Ungewisse, in die Dunkelheit hinein.

Denn wiederum hatte sein *Fiesco* keine Gnade gefunden vor Dalbergs Richterstuhl. Am 16. November hatte der Dichter ihm geschrieben:

»Ich lebe gegenwärtig in der grösesten Erwartung, wie Euer Exzellenz meinen *Fiesko* befunden, und wie sich überhaupt meine Voraussezungen von dem Stück bestätigt oder *nicht* bestätigt haben. Da E. E. acht Tage, ohne eine Erklärung, darüber verweilen, vermuthe ich eines Theils, daß die Durcheinanderarbeitung des Stoffs dem kritischen Leser wie dem Verfaßer einige Anstrengung abfordern mus. Es solte ein ganzes, groses Gemählde des würkenden und gestürzten Ehrgeizes werden. – wenn es *das* wirklich ist, so zweifle ich keineswegs, daß es der Theaterdirection, dem Schauspieler und Zuschauer ein ziemliches zumuthen wird. Sobald ich aber freie Macht bekäme, das Stück noch außerdem nach *meinem* Sinn herauszugeben, wo ich den Theaterzweck ganz ausser Augen sezen dörfte, sobald ich dazu befugt würde, solte das Stük durch Herausnahme einer einzigen Episode in ein simpleres Theaterstük schmelzen. Wenn E. E. auch izt noch keine Entscheidung über die Theaterfähigkeit deßelben geben können, so bitte ich mir indeß nur das Urtheil des Dramaturgisten überhaupt aus, welches mir äuserst willkommen seyn wird.«

Zwei oder drei Tage später mußte Meyer ihm eröffnen, daß auch die neue Fassung nicht für brauchbar befunden sei, daß sie nicht angenommen und nicht vergütet werde. Auch diese Abfuhr, die auszurichten dem guten Meyer schwer genug gefallen sein mag, nahm Schiller klaglos hin, äußerlich ruhig und vollkommen beherrscht. Darauf ging er zu Schwan und verkaufte ihm den *Fiesco* für den Druck um einen Louisdor je Druckbogen, davon zehn Louisdors bar auf die Hand, wovon fürs erste der Wirt in Oggersheim bezahlt wurde. Einige Wochen später schreibt Schwan an Wieland, trocken genug: »Ich habe ihn so viel möglich abgemahnt, sich fürs erste weiter in das Feld der Dramaturgie und Dichtkunst zu wagen, sondern sich vielmehr seinem Hauptstudio, der Medicin, worin er wirklich sehr gute Progressen gemacht haben soll, ganz zu widmen. Ich glaube aber nicht, daß er meinen Rathe folgen werde. Ich habe ein neues Trauerspiel von ihm unter der Presse, das ich ihm abgekauft, um ihm Reisegeld zu verschaffen.«

Ende November hatte sich auch der Theaterausschuß noch mit dem *Fiesco* befaßt; Iffland hatte den Vorschlag gemacht, die Umarbeitung wenigstens mit einem bescheidenen Betrag zu vergüten, war damit aber nicht durchgedrungen. Es gab wirklich nichts mehr, was Schiller in Mannheim hätte halten können. Aber es sollte noch ein Signal gegeben werden zum Aufbruch, ein Warnpfiff, ein Alarm. Bei Meyer hatte ein württembergischer Offizier vorgesprochen und recht dringlich nach Schiller gefragt; Meyer, geistesgegenwärtig, wie er meinte, hatte sich unwissend gestellt. Als danach Schiller und Streicher bei Meyers vorsprechen, schlägt ihnen die Schreckensnachricht entgegen, und wie an der Haustür geschellt wird, werden die beiden in heller Aufregung hinter einer Tapetentür versteckt; ein lächerlicher Vorgang, der sich mehrmals wiederholt, denn Meyers sind gesellige Leute. Inzwischen hat man umhergeschickt nach einem besseren Versteck, und Madame Curioni vom Theater kann den rettenden Engel spielen. Sie hat die Schlüssel zum leerstehenden Palais des Freiherrn von Baaden; dort finden die beiden Freunde Unterschlupf. Nachdem sich die Aufregung gelegt hat, genießen sie das noble Milieu. An den Wänden hängen Kupferstiche von Lebrun, die alle zwölf Schlachten des großen Alexander darstellen – »welche den Betrachtenden bis spät in die Nacht die angenehmste Unterhaltung gewährten« (Streicher). Im Lauf des nächsten Tages stellt sich heraus, daß der ganze Lärm um nichts gewesen war – Leutnant Koseritz, ein Freund von der Akademie, hatte Schiller besuchen wollen, war eigens deswegen nach Mannheim gereist.

Und doch löst sich die ausgestandene Aufregung nicht auf in befreiendes Gelächter oder in Beschämung. Konnte nicht, was gestern nicht passiert war, jederzeit eintreten? Wir wollen die Empfindungen und Gedanken der Mannheimer Freunde und Gönner, vorab des gutherzigen Ehepaars Meyer, nicht analysieren. Sie waren sehr dafür, daß der Dichter abreise, sich anderwärts in Sicherheit bringe. Und Schiller selbst? Feigheit war ihm fremd und verächtlich, in seinem Charakter, in seinem Leben schimmern heldenhafte Züge. Aber ganz abgesehen davon, daß er momentan in Mannheim und mit Mannheim fertig war – er war in dieser Situation nicht frei von Furcht. Der »Aschberg« warf einen langen Schatten, Schubarts Schicksal stand ihm vor den Augen; der Gedanke an die Existenz eines Falken im Käfig mußte ihm schrecklich sein. So greift er jetzt auf das Angebot der Frau von Wolzogen zurück, ihm im Falle der Not ein Asyl auf ihrem thüringischen Gut Bauerbach zu gewähren; er bittet sie um die nötige Vollmacht und erhält sie postwendend.

Adieu Mannheim, adieu Oggersheim. Es gibt dort im Viehhof einen warmherzigen Abschied, Frau und Töchter waren diesem Gast sehr gewogen. Streicher ist zugegen, Meyer – man packt zusammen und lädt auf. Oggersheim war eine merkwürdige Lebensstation gewesen, und manche haben das gewußt, nicht nur die späteren Literarhistoriker und Biographen...

»Wir kamen durch die schönsten Alleen nach Oggersheim, wo der Kurfürstin ihr Sitz ist. Ich kam hier in das nämliche Wirtshaus, in welchem sich der große Schiller lange aufhielt, nachdem er sich aus Stuttgart geflüchtet hatte. Der Ort wurde mir so heilig – und ich hatte genug zu tun, eine Träne im Auge zu verbergen, die mir über der Bewunderung des großen genialischen Dichters ins Auge stieg. Von dem Lustschloß der Kurfürstin kann ich nichts Eigentliches sagen – ich sah nichts – als Häuser und Gärten, dann Schiller ging mir im Kopf herum...« So hat wenige Jahre später der achtzehnjährige Hölderlin von seiner ersten Reise an die Mutter geschrieben.

Der 30. November war ein unzeitiger Wintertag mit Kälte und Schnee. Streicher, Meyer, Iffland und andere Mannheimer Freunde geben Schiller bis Worms das Geleit. Es trifft sich, daß im Saal der Post, wo er logiert, eine reisende Schauspielertruppe ihre Kunst zeigen will. Das will sich die Gesellschaft nicht entgehen lassen; es wird *Ariadne auf Naxos* gegeben, in der Bearbeitung von Johann Christian Brandes. Ein armseliges und lächerliches Unterfangen, eine rechte Schmierenkomödie. Der Donner, unter dem Ariadne vom Felsen hinabsinkt, wird mit einem in eine Blechwanne geschütteten Sack Kartoffeln erzeugt. Die Mannheimer Herrschaften schlagen sich vor Vergnügen auf die Schenkel und zerfließen vor Lachen. Nicht so Schiller. Ihn rührt das einfältige Spiel bis in die Tiefen seiner Seele, er spürt den Zauber der Poesie durch die armseligste Verhüllung. Auch während des nachfolgenden Nachtessens, seines von Liebfrauenmilch begleiteten Abschiedsessens, bleibt er ernst und nachdenklich, kaum, daß einmal ein flüchtiges Lächeln über sein Gesicht huscht. – Dann fahren die Mannheimer durch die Winternacht heim, und Schiller sucht seine kalte Kammer auf.

Intermezzo in Bauerbach

Das Herzogtum Sachsen-Meiningen war von allen sächsischen Landen das am wenigsten sächsische. Westlich und südlich des Rennsteiges, dem alten Heerweg auf dem Rücken des Thüringer Waldes gelegen, der Scheide zwischen den Stämmen der Thüringer und der Franken, war es fränkischer Mundart und Wesensart. Es ist das obere Werratal, Hügelland zwischen Thüringer Wald und Rhön, Keuper- und Muschelkalkhöhen, Wiesen, Felder und Wälder; Meiningen eine Residenz mit allem Zubehör, im Zwergformat, versteht sich – sein Hoftheater hat einmal von sich reden gemacht in Europa, aber das war lange nach der Zeit, von der wir berichten.

Am Morgen des 7. Dezember 1782 traf Schiller, durchgeschüttelt und durchfroren, mit dem Postwagen in Meiningen ein und stieg fürs erste im Gasthof zum Hirsch, am Markt, ab. Er hatte eine siebentägige Postkutschfahrt hinter sich, zuletzt durch die tief verschneite hohe Rhön, gegen die in den wackelnden Kasten eindringende Kälte nur durch einen dünnen Überzieher geschützt. Durch Frau von Wolzogen war er an den Bibliothekar Reinwald empfohlen worden; er sandte ihm einen Bescheid und lud ihn zum Essen ein. Es erschien ein trockener, aber nicht unfreundlicher, gebildeter Mann, der ihm die ersten Informationen über diese neue kleine Welt gab. Der Weg nach Bauerbach war dabei wohl nicht hinreichend beschrieben worden. Denn Schiller macht sich zu spät auf den Weg – das Gepäck blieb noch im »Hirschen« – und wird von der Dunkelheit überrascht. Anfangs, bis Untermaßfeld, eine passable Straße im Werratal; dann aber geht's seitab und bergauf, schlechter Weg über einen Höhenzug, tiefer Schnee und sinkende Nacht; und gegen die Kälte ist er nicht gerüstet. Mit Erleichterung erblickt er endlich in einer weißen Mulde unter dem dunklen Himmel die Häuser von Bauerbach (in den zeitgenössischen Berichten ist nur von Hütten die Rede), einzelne glimmende Lichter. Er findet zu dem Wolzogenschen Verwalter, Voigt. Er muß von der Gutsherrin bereits avisiert gewesen sein, denn Voigt begreift sofort, und wie er mit dem fremden Herrn, diesem Doktor Ritter, nun hinüber kommt zum Gutshaus, einem einfachen zweistöckigen Fachwerkbau, ist dort alles aufs angenehmste vorbereitet. Im Obergeschoß sind zwei Kammern für den Gast bestimmt. Ein eiserner Ofen strahlt Wärme aus und wirft einen rötlichen Schein auf die Dielen – daneben ein stabiler kleiner Tisch, an dem sichs gut schreiben läßt; im nächsten Raum ist ein Bett einladend aufgeschlagen. Wohlige Geborgenheit.

Er schreibt am nächsten Tag, einem Sonntag, an den treuen Andreas Streicher:

»Liebster Freund – Endlich bin ich hier, glüklich und vergnügt, daß ich einmal am Ufer bin. Ich traf alles noch über meine Wünsche. Keine Bedürfniße ängstigen mich mehr, kein Querstrich von aussen soll meine dichterischen Träume, meine idealische Täuschungen stören. Das Haus meiner Wohlzogen ist ein recht hübsches und artiges Gebäude, wo ich die Stadt gar nicht vermiße. Ich habe alle Bequemlichkeit, Kost, Bedienung, Wäsche, Feurung, und alle diese Sachen werden von den Leuten des Dorfs auf das vollkommenste und willigste besorgt. Ich kam abends hieher – Sie müssen wißen, daß es von Frankfurt aus 45 Stund hieher war – zeigte meine Briefe auf, und wurde feierlich in die Wohnung der Herrschaft abgehohlt, wo man alles aufgepuzt, eingeheizt, und schon Betten hergeschaft hatte. Gegenwärtig kann und will ich keine Bekanntschaften machen, weil ich entsezlich viel zu arbeiten habe. Die Ostermeße mag sich angst darauf seyn laßen...«

Schiller empfiehlt ihm dann, sich in Mannheim an Schwan und Meyer zu halten, besser noch, zu reisen. Und dann ein Wort, das die ganze Bitterkeit der Mannheimer Enttäuschungen enthält: »Wenn man die Menschen braucht, so muß man ein Hundsvott werden, oder sich ihnen unentbehrlich machen. Eins von beiden, oder man sinkt unter.« An diesen in allen Proben bewährten Freund geht der eine Brief von diesem Sonntag, der andere ist an Schwan gerichtet. »Theuerster Freund, Izt kann ich Ihnen mit aufgeheitertem Gemüth schreiben, denn ich bin an Ort und Stelle, wie ein Schiffbrüchiger, der sich mühsam aus den Wellen gekämpft hat.« Ihm empfiehlt er »meinen zurückgelassenen Freund und Landsmann« eben Andreas Streicher, er möge ihn in seinen Schutz nehmen. »Sie thun es mir.«

Am Ufer, an Ort und Stelle – wie gut sind solche Worte zu verstehen. Seit mehr als einem halben Jahr, seit seinem Entschluß zur Flucht, hatte er sich an keinem Abend mehr ruhig niederlegen können, und bei jedem Erwachen stand ihm die Ungewißheit vor den Augen. Hier, endlich, konnte er sich geborgen fühlen. Dieses Gefühl atmen nicht nur die ersten Briefe aus Bauerbach, sondern auch Äußerungen aus späteren Wochen und Monaten. Und als Bauerbach längst hinter ihm liegt, schreibt er (am 5. Mai 1784 an Reinwald): »Halten Sie es für kein leeres Geschwätz, wenn ich gestehe, daß mein Aufenthalt in Bauerbach bis jetzt mein seligster gewesen, der vielleicht nie wieder kommen wird.«

Ein Schlupfwinkel... »Mir ist es immer ein unaussprechliches Vergnügen, mich im möglichst kleinsten körperlichen Raum im Geist auf der großen Erde herumzutummeln.« Das ist aus einem Brief an Lotte Lengefeld vom November 1788. Hieronymus im Gehäus, wie ihn Dürer gezeichnet hat, das war eine Seite in Schillers Wesen. Ein anderes Dürerblatt: der Ritter, der unbekümmert um Tod und Teufel auf sein Ziel zureitet – auch das ist ein Stück von Schiller.

Es wird zu zeigen sein – und wen wollte es verwundern? –, daß ihm in seinem Schlupfwinkel bisweilen zu eng wird, daß er sich nach Welt sehnt. Dennoch liegt über dieser Zeit, die vom Dezember bis zum Juli währt, der Hauch einer dörflichen Idylle. Zudem ist er in diesem Nest – daran zweifelt er selbst nicht im geringsten – der oberste; lateinisch gebildet, mag er sich an den Spruch erinnert haben, es sei besser, in einem entlegenen Winkel der erste, als in Rom der zweite zu sein. Er ist der legitimierte Statthalter der Gutsherrschaft, und die Dorfbewohner, vom Verwalter Voigt (zugleich Schulmeister) bis zum letzten Häusler sind Wolzogensche Untertanen; da fechten den Dichter der *Räuber* keine Zweifel an. Wenn er jahrelang das Schicksal eines Flüchtlings getragen hat, dann war das nirgends so wie in diesem Dorf gemildert durch seine Zugehörigkeit zu einer privilegierten Klasse – um es einmal bei einem groben modernen Namen zu nennen.

Eine dörfliche Idylle... Winterzeit im Gehäus unter dem dick verschneiten Dach, Schneeschleier stieben an den niederen Fenstern vorüber, er sitzt neben dem Ofen am Tisch, Bücher ringsum, vom Bibliothekar Reinwald aus Meiningen geliehen; schreibt emsig, bis es auf dem letzten Blatt heißt »Gute Nacht – Ich kann keine Feder mehr halten«. Frühling – ein Brief an Reinwald beginnt: »Bauerbach. Früh in der Gartenhütte, am 14. April 83. Montag. In diesem herrlichen Hauche des Morgens denk ich Sie Freund – und meinen Karlos. Meine Seele fängt die Natur in einem entwölkten blanken Spiegel auf, und ich glaube, meine Gedanken sind wahr.« Er arbeitet gern bei schönem Wetter in dieser Gartenhütte, vom frühen Morgen bis gegen Mittag. Es wird auch wohl, wenn Besuch kommt, im Garten getafelt; oder man spaziert den nächsten Hügel hinauf zu einem steinernen Tisch, auf dem der Kaffee serviert wird.

Dörflicher Alltag spiegelt sich drastisch in einem Brief, den Schiller, ganz in der Rolle eines umsichtigen Statthalters, an die Gutsherrin schreibt (am 23. April): »Neulich entstund ein Streit zwischen beiden Parthieen wegen der Schaafe. Vogt und Konsorten verboten, das Vieh auf die Wiesen zu treiben. Der Wirth, Schnupp, Ziegenbein und Straub (deßen Frau vor einigen Tagen starb) praetendierten das Gegentheil. Die Gerichte sprachen 2 mal für den Verwalter, und demungeachtet treiben die leztern die Schaafe auf die Wiesen, Ihre eigene nicht geschont. Ich kam zu einer Szene, die so verdrüßlich sie mir im Grunde war, den besten Maler verdient hätte. Vogt und Familie kommen mit Knitteln, die Schaafe wegzutreiben, die andern wehren sich, man sagt sich Grobheiten, Wahrheiten, und dgl. Des Wirths Sohn hezt den Hund an den Schulmeister, welcher, in Gefahr Schläge zu kriegen, die Gloke ziehen ließ, und das ganze Dorf aufforderte. Nun ist ihm durch den Gerichtshalter alle gewalthätige Execution des Verbots untersagt und auf morgen ein Termin ausgesezt. Meine Meinung ist (ich habe beide Partheien gehört) Sie soutenieren Ihren Schulzen, der doch immer Ihre Person vorstellen mus, gegen das respektwidrige Betragen der Nachbar. Das müssen Sie thun wenn Sie nur einen Befehl exequiert sehen wollen, und die Ruhe erhalten werden soll. Die Gemeinde aber müssen Sie auch gegen diesen in Sicherheit sezen. Rein ist er nicht, wie Sie sehr wol wißen, aber die Grobheit und Gewalthätigkeit der andern ist auch unverantwortlich, und wie ich hörte soll ein Confirmant, den Tag vor der Einseegnung, dem Verwalter zum Spott, hinter die Orgel hofiert haben in Mitte des Gottesdienstes.« Hofieren bedeutet sein großes Geschäft verrichten, und dieses Detail aus dem dörflichen Alltag oder vielmehr Sonntag ist noch jenseits Bruegelscher Dorfszenen... Es paßt zu Schillers Rolle als jungem Herrn auf dem Lande, daß er bisweilen auf die Jagd geht.

Eine Besonderheit von Bauerbach: es wohnen dort viele Israeliten. Während in der armseligen, einem Holzschuppen ähnlichen Kirche nur gelegentlich Sonntagsgottesdienst gehalten wird, ist die kleine Synagoge jeden Samstag voll inbrünstigen Lebens. Die kleine Magd im Gutshaus war ein Judenkind namens Judith; sie besorgte die Botengänge, trug die Briefe, die Bücherpakete zwischen Bauerbach und Meiningen hin und her. Bei einem Juden namens Israel hat Schiller vor seinem Weggang ein Darlehen aufgenommen. Beides ist mehr oder weniger zufällig und besagt über Schillers Haltung gegenüber den Dorfjuden wenig.

Bemerkenswert ist aber, daß sein bevorzugter Gesprächspartner unter den Bauerbachern ein Jude namens Mattich gewesen ist. »Brave Gesinnung, ziemliche Bildung und gesunder Mutterwitz« haben ihn nach der lokalen Überlieferung ausgezeichnet; Schiller hat unter allen Dorfleuten ihn zu seinem Umgang gewählt. An Winterabenden hat er mit ihm Karten gespielt, »Sechs Männchen«. Vor allem hat er ihn gern als Begleiter auf seinen Spaziergängen gehabt. Sie führten Religionsgespräche miteinander, oder der Jude hat ihm die Merkwürdigkeiten der Gegend – seiner Heimat? – gezeigt, ihm die Sagen und Geschichten erzählt, etwa von der Burg Henneberg, die im Bauernkrieg gestürmt und zerstört worden war. Schiller, mit großen, stakigen Schritten und geneigtem Kopf neben ihm, war ein dankbarer Zuhörer. Die alten Geschichten, die er da vernahm, suchten in seinem Geist den Weg in die Ballade – so daß er einmal den Erzähler zu warten bat, sich auf einer Waldlichtung niederließ und sein Schreibtäschlein vornahm; am anderen Tag erkundigte sich Mattich vorsichtig danach – »es war nichts, ich hab's zerrissen«. Mattich, der mit seinem Kram ringsum auf den Dörfern hausierte, saß manchmal müde von einer langen Tour daheim, wenn Schiller nach ihm schickte. Und seine Frau schalt, er vergeude seine Zeit im Umgang mit dem »Chattes« (nichtsnutzigen Kerl). Seine Antwort blieb in der Familie überliefert: »Schwag mer still, ich waß net, wie mer werd, wann er mich rüft, ich muß ihm folgen...« Soviel vom Hausierer Mattich. – Einem anderen Dorfjuden hat der Dichter das Leben gerettet, einem gewissen Jonas Oberländer. Der war, was wenige seines Glaubens taten, auf Noahs Spuren gewandelt und schwer betrunken in einen tiefen Wassergraben gefallen; Schiller, des Weges spazierend, entdeckte ihn gerade noch rechtzeitig und zog ihn heraus. Der Mann ist steinalt geworden und hat zeitlebens den Dichter als seinen Retter gepriesen.

Diese Bauerbacher Dorfjudengeschichten sind für Schillers Biographie bedeutungsvoll, weil er nur damals und dort näheren Umgang mit jüdischen Leuten gehabt hat. Von Haus aus konnte er keine unbefangene Haltung gegenüber Juden haben. Die bürgerliche Ehrbahrkeit in Württemberg war in hohem Maße voreingenommen, schon weil man bei Hofe weniger starr dachte, und weil es bei Herzog Carl Alexander, dem Vater Carl Eugens, der berüchtigte Jud Süss zu Macht und Ansehen gebracht hatte, eine schillernde Figur, die am Galgen die eigene Zeche und die nicht weniger Christenschelme bezahlt hatte. Von diesem Mann erzählte man sich noch in Schillers Knabenjahren. – Auf der Karlsschule dagegen wehte ein Geist, der eher der von Lessing und Mendelssohn angestrebten Humanität entsprach. Carl Eugen hat sich, anders als sein Vater, anders als viele Fürsten seiner Zeit, zwar nicht mit jüdischen Finanzleuten eingelassen, betrachtete aber das Volk des alten Bundes mit einer Art toleranter Neugierde. Die freimaurerischen Akademielehrer wie Abel haben zweifellos im Sinne von Aufklärung und Toleranz gewirkt. – In den *Räubern* begegnen wir einem Juden in der Person des Spiegelberg, und der ist wahrlich nicht der schönste von der verwegenen Gesellschaft. Aber daß der Vertreter einer extra unterprivilegierten Gruppe in diesem Stück besonders kraß gezeichnet ist (übrigens gab es jüdische Räuberbanden im 18. Jahrhundert), erscheint nicht ungewöhnlich.

Schillers freundlicher Umgang mit Bauerbacher Juden stand im Einklang mit seiner geistigen Entwicklung. In seinem ersten Bücherwunsch an Reinwald steht Lessing obenan und fehlt Mendelssohn nicht. Bei den Besuchen, die er nach und nach ringsum in verschiedenen Pfarrhäusern macht, lernt er auch den Hofprediger Pfranger in Meiningen kennen. Dieser Pfranger war einer der vielen theologischen Widersacher Lessings und hatte sich besonders über Nathan den Weisen geärgert, in dem er eine Verherrlichung des Judentums auf Kosten der Kirche erblickte. In langen Streitgesprächen verteidigt Schiller den Nathan aufs wärmste, und als ihm der Hofprediger gereizt hinwirft: »Sie sind wohl auch der jetzt immer überhandnehmenden Freigeisterei zugetan« – will er das durchaus nicht gelten lassen; ihn ärgere die Gleichgültigkeit der Bauerbacher Christen gegenüber ihrer Kirche, indes die Juden so eifrig ihren Gottesdienst besuchten... Diesem Disput im Haus des Hofpredigers entsprechen die Gespräche, die Schiller auf seinen Spaziergängen mit Mattich führte, in denen er neugierig und teilnehmend die Meinung eines ungelehrten, aber gescheiten Israeliten erforschte, dabei den christlichen Standpunkt als seinen eigenen erklärte und verfocht. So ist dieser Aufenthalt nicht nur merkwürdig durch seine Berührung mit der jüdischen Welt, sondern auch durch sein Festhalten an den kirchlichen Gepflogenheiten. Wenn in Bauerbach Gottesdienst gehalten wurde, hat Schiller ihn besucht. Und er hat sich der Frau von Wolzogen gegenüber verpflichtet, er wolle, wenn sie endlich den elenden Kirchschuppen durch ein würdiges Gotteshaus ersetze, das erste Honorar für sein neues Trauerspiel dafür stiften.

Unter den Bekanntschaften, die Schiller in Bauerbach und um Bauerbach herum gemacht hat, ist der Bibliothekar Reinwald die erste und wichtigste gewesen. Hermann Reinwald war damals in der Mitte seiner vierziger Jahre, ein von Enttäuschungen und Entbehrungen gezeichneter Mann, dessen dürftige und kläglich besoldete Stellung in einem Mißverhältnis zu seiner gründlichen juristischen und linguistischen Bildung stand. Es existieren zwei Portraits von ihm, eines aus jungen, eines aus späteren Jahren, und es ist jammervoll zu sehen, wie aus dem bescheiden, aber doch vertrauensvoll in die Welt blickenden Gesicht die abweisende Maske eines verbitterten und grämlichen Philisters geworden ist. Mit Schillers Ankunft ging dem früh gealterten, frostigen Manne ein wärmendes Licht auf. »Heute schloß er mir sein Herz auf, der junge Mann – Schiller – der so früh schon die Schule des Lebens durchgemacht, und ich habe ihn würdig befunden, mein Freund zu heißen. Ich glaube nicht, daß ich mein Vertrauen einem Unwürdigen geschenkt habe, es müßte denn alles mich trügen. Es wohnt ein außerordentlicher Geist in ihm, und ich glaube, Deutschland wird einst seinen Namen mit Stolz nennen. Ich habe die Funken gesehn, die diese vom Schicksal umdüsterten Augen sprühn...« Dies aus Reinwalds Tagebuch.

An ihn, den verständnisvollen und erfahrenen Mann in der einzigen erreichbaren Stadt wendet sich Schiller mit allen Wünschen und Fragen nach Büchern und Journalen, auch in allerlei nötigen Kleinigkeiten wie Tinte und Postpapier und einem »Pfund guten Schnupftobak für einen armen schmachtenden Freund«. Vor allem aber vertraut er ihm seine dramatischen Vorhaben an. – »Nach Verfluß von 12 oder 14 Tagen bringe ich ein neues Trauerspiel zu Stande, davon ich Sie zum geheimen Richter ernennen will« (am 17. Dezember); gemeint ist »Luise Millerin«, woran er in seinem stillen Domizil wütend schafft; doch zieht sich die Fertigstellung noch hinaus. Denn schon bedrängen ihn neue Entwürfe, stürmen andere Bilder durch seinen Kopf. Maria, Königin von Schottland – Don Carlos, Infant von Spanien –, sie sind ihm nahe in seiner niederen Stube, sie begleiten ihn auf seinen Spaziergängen. Ein dramatischer Entwurf *Imhof* bewegt ihn, der nie Gestalt angenommen hat; auch Konradin zeigt sich noch einmal von ferne. Rückblickend war im Dezember eine Vorrede zum *Fiesco* zu schreiben. Und nebenbei bringt er, drolliges Geschenk an das Herzogtum Sachsen-Meiningen, wo man sich momentan durch Annektionsgelüste des benachbarten Sachsen-Coburg beunruhigt fühlte, ein ad hoc gedrechseltes Spottgedicht zustande: *Wundersame Historia des berühmten Feldzuges als welchen Hugo Sanherib König von Assyrien ins Land Juda unternehmen wollte aber unverrichteter Ding wieder einstellen mußte. Aus einer alten Chronika gezogen und in schnakische Reimlein bracht von Simeon Krebsauge Bakkalaur.* Das Ding, von Reinwald korrigiert, erscheint in den *Meiningschen wöchentlichen Nachrichten,* zur Freude des Hofs.

Unter den Briefen, die Schiller von Bauerbach aus geschrieben hat, spiegeln allein die an Reinwald gerichteten ungetrübt seine Empfindungen und vor allem seine schöpferischen Gedanken. Es finden sich Seufzer aus der Enge und Einsamkeit. »Gelegentlich muß ich anmerken, daß ich nunmehr der Meinung bin, daß das Genie wo nicht unterdrükt, doch entsezlich zurückwachsen, zusammenschrumpfen kann, wenn ihm der Stoß von außen fehlt...« (am 21. Februar). »Meine Lage in dieser Einsamkeit hat meiner Seele das Schiksal eines stehenden Wassers zugezogen, das in Fäulung ginge, wenn es nicht je und je in eine kleine Wallung gebracht würde.« (Im März.) – Über einen Theaterkalender, der sein Mißfallen erregt, äußert er sich mit dem schon damals beliebten Wort des Götz von Berlichingen, übrigens korrekt zitiert...

»vor seiner kaiserlichen Majestät habe ich schuldigen Respekt aber er kann mich...« (im März). – Es wurde bereits der Anfang eines unter heiterem Frühlingshimmel in der Gartenhütte geschriebenen Briefes zitiert. Hier soll der ganze Wortlaut folgen. Diese Morgenstunde bezeichnet einen Durchbruch in Schillers Denken, und der Brief ist ein großes Beispiel für die Glut der Empfindungen und die eisige Verstandesschärfe, die beide dem Dichter eigen waren.

»Ich stelle mir vor – Jede Dichtung ist nichts anderes, als eine enthousiastische Freundschaft oder platonische Liebe zu einem Geschöpf unsers Kopfes. Ich will mich erklären.

Wir schaffen uns einen Karakter, wenn wir *unsre* Empfindungen, und unsre historische Kenntniß von *fremden,* in andere Mischungen bringen – bei den Guten das Plus oder Licht – bei Schlimmern das Minus oder den Schatten vorwalten laßen. Gleichwie aus einem einfachen weisen Stral, je nachdem er auf Flächen fällt, tausend und wiedertausend Farben entstehen, so bin ich zu glauben geneigt daß in unsrer Seele alle Karaktere nach ihren Urstoffen schlafen, und durch Wirklichkeit und Natur, oder künstliche Täuschung ein daurendes oder nur illusorisch – und augenblikliches Daseyn gewinnen. Alle Geburten unsrer Phantasie wären also zulezt nur *wir selbst.* Aber was ist Freundschaft oder platonische Liebe denn anders, als eine wollüstige Verwechslung der Wesen? oder die Anschauung unserer Selbst in einem andern Glase? – *Liebe,* mein Freund, das grose unfehlbare Band der empfindenden Schöpfung ist zuletzt nur ein *glüklicher Betrug.* – Erschreken, entglühen zerschmelzen wir für das *Fremde,* uns ewig nie eigen werdende, Geschöpf? Gewis nicht. Wir leiden jenes alles nur für uns, für das Ich, deßen Spiegel jenes Geschöpf ist. Ich nehme selbst *Gott* nicht aus. Gott, wie ich mir denke, liebt den Seraph so wenig als den Wurm der ihn unwißend lobet. Er erblikt *sich,* sein groses unendliches *Selbst,* in der unendlichen Natur umher gestreut. – In der allgemeinen Summe der Kräfte berechnet er augenbliklich Sich selbst – Sein Bild sieht er aus der ganzen Oekonomie des Erschaffenen vollständig, wie aus einem Spiegel, zurückgeworfen, und liebt *Sich* in dem *Abriss,* das *bezeichnete* in dem *Zeichen.* Wiederum findet er in jedem einzelnen Geschöpf (mehr oder weniger) *Trümmer* seines Wesens zerstreut. Dieses bildlich auszudrüken – So wie eine Leibnizische Seele vielleicht eine *Linie* von der Gotheit hat, so hat die Seele der Mimosa nur einen einfachen *Punkt,* das Vermögen zu empfinden von ihr, und der höchste denkende Geist nach Gott – doch Sie verstehen mich ja schon.

Nach dieser Darstellung komme ich auf einen reinern Begriff der Liebe. Gleichwie keine Vollkommenheit einzeln existieren kann, sondern nur diesen Namen in einer gewisen Relation auf einen allgemeinen Zwek verdient, so kann keine denkende Seele sich in sich selbst zurükziehen und mit sich begnügen. Ein ewiges nothwendiges Bestreben, zu diesem Winkel den Bogen zu finden, den Bogen in einen Zirkel auszuführen, hiesse nichts anders, als die zerstreute Züge der Schönheit, die Glieder der Vollkomenheit in *einen* ganzen Leib aufzusammeln – das heißt mit anderen Worten: Der ewige innere Hang, in das Nebengeschöpf überzugehen, oder daßelbe in *sich hineinzuschlingen, es anzureissen* ist Liebe. Und sind nicht alle Erscheinungen der Freundschaft und Liebe – vom sanften Händedruk und Kuß bis zur innigsten Umarmung – soviele Äußerungen eines zur *Vermischung* strebenden Wesens?

Izt wär ich auf dem Punkt, zu dem ich durch eine Krümmung gehen mußte. Wenn Freundschaft und platonische Liebe nur eine Verwechslung eines fremden Wesens mit dem unsrigen, nur eine heftige Begehrung seiner Eigenschaften sind, so sind beide gewisermasen nur eine andere Wirkung der Dichtungskraft – oder beßer: Das was wir für einen *Freund,* und, was wir für einen Helden unsrer Dichtung empfinden ist eben das. In beiden Fällen führen wir *uns durch neue Lagen und Bahnen, wir brechen uns* auf anderen Flächen, wir sehen *uns* unter andern Farben, wir leiden für *uns* unter andern Leibern. Können wir den Zustand eines Freunds feurig fühlen, so werden wir uns auch für unsere poetische Helden erwärmen. Aber die Folgerung, daß die Fähigkeit zur Freundschaft und platonischen Liebe sonach auch die Fähigkeit zur grosen Dichtung nach sich ziehen müsse, würde sehr übereilt seyn. – Denn ich kann einen *grosen Karakter* durchaus *fülen,* ohne ihn *schaffen* zu können. Das aber wäre bewiesen wahr, daß ein *groser* Dichter wenigstens die Kraft zur höchsten Freundschaft besizen mus, wenn er sie auch nicht immer geäusert hat. – Das ist unstrittig wahr, daß wir die Freunde unserer Helden seyn müssen, wenn wir in ihnen *zittern, aufwallen, weinen* und verzweifeln sollen – daß wir sie als Menschen ausser uns denken müssen, die uns ihre geheimsten Gefüle vertrauen, und ihre Leiden und Freuden in unsern Busen ausschütten. Unsere *Empfindung* ist also Refraktion, keine ursprüngliche sondern sympathetische Empfindung. *Dann* rühren und erschüttern und entflammen wir Dichter am meisten, wenn wir selbst *Furcht* und *Mitleid für* unsern Helden gefült haben. Ein groser Philosoph, der mir nicht gleich beifallen will, hat gesagt, daß die Sympathie am gewisesten und stärksten *durch* Sympathie erwekt werde. Izt denke ich diesen Saz in seiner ganzen Deutlichkeit. Der Dichter mus *weniger* der *Mahler* seines Helden – er mus *mehr* deßen *Mädchen*, deßen *Busenfreund* seyn. Der Antheil des Liebenden fängt tausend feine Nüancen mehr, als der scharfsichtigste Beobachter auf. Welchen wir lieben, deßen Gutes und Schlimmes, Glük und Unglük genießen wir in gröseren Dosen, als welchen wir nicht so lieben und noch so *gut kennen*. Darum rührte mich Julius von Tarent mehr als Leßings Ämilia, wenn gleich Leßing unendlich beßer als Leisewiz beobachtet. Er war der Aufseher seiner Helden, aber Leisewiz war ihr Freund. Der Dichter mus, wenn ich so sagen darf, sein eigener Leser, und wenn er ein theatralischer ist, sein eigenes Parterre und Publikum seyn. – – Ich habe Ihnen hier *vieles*, und, wie ich beim Durchlesen finde, mit *zu wenig* Worten gesagt. Vielleicht führe ich solches an andermal aus.

Nun eine kleine Anwendung auf meinen *Karlos*. Ich mus Ihnen gestehen, daß ich ihn gewisermassen statt meines Mädchens habe. Ich trage ihn auf meinem Busen – ich schwärme mit ihm durch die Gegend um – um Bauerbach herum. Wenn er einst! fertig ist, so werden Sie mich und Leisewiz an Don Karlos und Julius abmessen – Nicht nach der Gröse des Pinsels – sondern nach dem Feuer der Farben – nicht nach der *Stärke* auf dem Instrument – sondern nach dem *Ton*, in welchem wir spielen. Karlos hat, wenn ich mich des Maases bedienen darf, von Shakespears Hamlet die Seele – Blut und Nerven von Leisewiz Julius, und den *Puls* von mir. – Außerdem will ich es mir in diesem Schauspiel zur Pflicht machen, in Darstellung der Inquisition, die prostituirte Menschheit zu rächen, und ihre Schandfleken fürchterlich an den Pranger zu stellen. Ich will – und solte mein Karlos dadurch auch für das Theater verloren gehen – einer Menschenart, welche der Dolch der Tragödie biß jezt nur gestreift hat, auf die Seele stoßen. Ich will – Gott bewahre, daß Sie mich nicht auslachen. – –

Ihr lezter Brief mein Bester hat Ihnen in meinem Herzen ein unvergeßliches Denkmal gesezt. Sie sind der edle Mann, der mir solange gefehlt hat, der es werth ist, daß er mich mit samt allen meinen Schwächen und zertrümmerten Tugenden besizt, denn er wird *jene* dulden, und *diese* mit einer Träne ehren. Theurer Freund! Ich bin *nicht*, was ich gewis hätte werden können. Ich hätte *vielleicht* gros werden können, aber das Schiksal stritte zu früh wider mich. Lieben und schäzen Sie mich wegen dem, was ich untern beßern Sternen geworden wäre, und ehren Sie die Absicht in mir, die die Vorsicht in mir verfehlt hat. Aber bleiben Sie *mein*.«

Schiller, dreiundzwanzig Jahre alt, zeigt dem nachdenkenden Betrachter Züge geistiger Reife, hoch entwickelter Schöpferkraft, auch: heiterer Würde im Alltag; zugleich aber noch Zeichen von jünglingshafter Unreife, namentlich ein noch ganz unsicheres Verhältnis zu den Frauen. Das zeigt sich, in Briefen reich dokumentiert, in seinem Verhältnis zu seiner Beschützerin, der Frau von Wolzogen.

Henriette Freifrau von Wolzogen, geb. Freiin Marschalk von Ostheim, die früh verwitwete Mutter von vier Karlsschülern, war damals eine Frau von siebenunddreißig Jahren, eine frauliche Erscheinung mit sympathischen Gesichtszügen. Warmherzig war sie und hilfsbereit, aber ängstlich und rasch aufgeregt, durch den geringsten oder auch nur eingebildeten Anlaß zum Flattern zu bringen. Reinwald: »Der, den ich liebe, kann zwar Freundschaft, Menschenliebe und Gutthätigkeit bei der Fr. v. W. lernen, aber Ordnung und Beständigkeit lern er woanders!« (am 24. Mai an Schillers Schwester Christophine). Der Dichter war ihr in Dankbarkeit ergeben, und wohl nicht nur in Dankbarkeit; er war leicht erregt und rasch entzündbar von weiblicher Ausstrahlung, und sie war wenig älter als seine in Stuttgart zurückgebliebene Laura und wahrscheinlich von angenehmerem Äußeren.

Von Ende Dezember bis Ende Januar weilt Frau von Wolzogen mit ihrer Tochter im Thüringischen, wohnt in Walldorf, drei Wegstunden von Bauerbach auf dem Gut ihres Bruders, und in dieser Zeit besucht man sich jeweils für mehrere Tage. Um Neujahr sind die Damen in Bauerbach. Und obwohl Schiller danach im Begriff steht, seinerseits in Walldorf Besuch zu machen – »Ich bin ungewis ob ich diesen Brief bälder werde fortbringen können, als ich selbst zu Ihnen gekommen –«, greift er heftig bewegt zur Feder. »Seit Ihrer Abwesenheit bin ich mir selbst gestohlen. Es geht uns mit grosen lebhaften Entzükkungen, wie demjenigen der lange in die Sonne gesehen. Sie steht noch vor ihm, wenn er das Auge längst davon weggewandt. Es ist für jede geringere Stralen verblindet.« Der hastig hingeworfene Brief enthält den merkwürdigen Satz, der die Erfahrungen des vergangenen Herbstes in Mannheim spiegelt: »Ich hatte die halbe Welt mit der glühendsten Empfindung umfaßt, und am Ende fand ich daß ich einen kalten Eisklumpen in den Armen hatte.« Er unterschreibt »und vergessen Sie nicht daß drei Stunden von Ihnen jeden Augenblik an Sie gedacht wird von Ihrem zärtlichsten Freunde F. Schiller«. Danach liegt er wieder vier oder fünf Tage in den Armen oder zu den Füßen seiner Beschützerin.

Bei aller Wärme der beiderseitigen Gefühle kann es nicht ganz harmonisch zugegangen sein. Frau von Wolzogen bebt vor Angst, Schillers Aufenthalt auf ihrem Gut könne bekannt werden und es werde am Ende dahin kommen, daß der Herzog die Schale seines Zorns über ihre Söhne ausgieße und sie von der Akademie verwiese. Carl Eugen hat derartiges nie getan, aber der Gedankengang der besorgten Frau ist nicht unverständlich, vor allem, was die Aufdeckung des Verstecks betrifft. Es scheint, daß das Geschwätz von Schillers Stuttgarter Dulcinea, der Vischerin, einiges angerichtet hat; übrigens hielt Schiller selbst auch nicht strikt auf die Wahrung seines Incognito. Die besorgte Frau, im Blick auf ihre Söhne wie eine aufgeregte Glucke, veranlaßt Schiller zu einigen Verwirrbriefen. Gleich in Walldorf muß er sich hinsetzen und einen solchen Brief, aus Hannover datiert und an Frau von Wolzogen adressiert verfassen, in dem von großen Reiseplänen die Rede ist, nach England, nach Amerika. Er enthält auch die Versicherung, er werde den Herzog von Württemberg »niemals verkleinern«, und einen herben Tadel für die Vischerin – alles genau nach den Wünschen der Frau von Wolzogen. – Auch der treueste Freund, Andreas Streicher, erhält einen Täuschungsbrief: »So bin ich doch der Narr des Schiksals! Alle meine Entwürfe sollen scheitern! Irgend ein kindsköpfischer Teufel wirft mich wie seinen Ball in dieser sublunarischen Welt herum. Hören Sie nur! Ich bin wenn Sie den Brief haben, nicht mehr in Bauerbach. Ich bin vieleicht besser aufgehoben.« Halb wahr ist die Bemerkung: »Meine gnädige Donna versichert mich zwar, wie sehr sie gewünscht hätte, ein Werkzeug in dem Plan meines künftigen Glükes zu seyn – aber – ich werde selbst soviel Einsicht haben, daß ihre Pflichten gegen ihre Kinder vorgingen, und diese müßten es unstrittig entgelten, wenn der Herzog von Wirtemberg Wind bekäme. Das war mir genug.« Wirklich muß man sich fragen, wie Schiller sich angesichts der Befürchtungen seiner Gönnerin weiterhin in Bauerbach mit gutem Gewissen geborgen fühlen konnte. Er hat es dort aber noch ein halbes Jahr ausgehalten, sich bald vereinsamt, bald sehr behaglich gefühlt. Es ist denkbar, daß Reinwald, dem die Schwächen der mildtätigen Frau bekannt waren, beruhigend auf Schiller eingewirkt hat.

Doch waren während dieser Winterbesuche die ängstlichen Besorgnisse der Dame nicht das einzige Verwirrende, auch nicht ihre frauliche Ausstrahlung auf den so empfänglichen Dichter. Daß sie ihre blühende sechzehnjährige Tochter bei sich hatte, blieb auch nicht ohne Wirkung. Schillers Neigung zu diesem jungen Mädchen schwillt nach der Abreise, ihr Bild schwebt ihm in seiner Wintereinsamkeit vor – »Noch ganz, wie aus den Händen des Schöpfers, unschuldig, die schönste weichste empfindsame Seele, und noch kein Hauch des allgemeinen Verderbnisses am lauteren Spiegel ihres Gemüts« –, so hat er sie einige Monate später in einem Brief an ihren Bruder Wilhelm gemalt.

Als im März Henriette von Wolzogen ihm brieflich in Aussicht stellt, ein Leutnant von Winckelmann, auch ein Karlsschüler, werde sie, Mutter und Tochter, auf der Frühjahrsreise von Stuttgart nach Thüringen begleiten, entbrennt in Schiller die Eifersucht, und in einem langen Brief vom 27. März warnt er seine Beschützerin aufs dringlichste davor, diesen Herrn mitzubringen – das ganze mühsam gewahrte Geheimnis seiner Bauerbacher Existenz würde dann rettungslos platzen. Wie Schiller seine Absicht, sich den vermuteten Rivalen vom Halse zu halten, in diese Besorgnis, Frau von Wolzogens Hauptsorge, einwickelt – wie er scheinheilig diesen Winckelmann madig macht – »Ich will ihm durchaus nichts von seinem Werthe benehmen, denn er hat wirklich einige schäzbare Seiten, aber« –, das erinnert geradezu an die Diktion eines Franz Moor. Daß Schiller, um seiner vermeintlichen Herzenssache willen, hier den Intriganten spielt, ja beinahe den Schurken, erfüllt jedenfalls seinen Zweck. Es kommt ein beruhigender Brief von der mütterlichen Beschützerin: nein, Herr von Winckelmann werde nicht mit von der Partie sein.

Erleichterten Herzens sieht er der Rückkehr der Damen entgegen, die am 20. Mai eintreffen. Schiller an Reinwald: »Den Einzug der Frau v. Wolzogen habe ich von den Unterthanen feierlich begehen laßen, welches Gelegenheit zu einem sehr angenehmen Abend gab. Von dem äusersten Ende des Orts ließe ich eine Allee von Maien biß zu ihrem Hause anlegen. Am Hof des Hauses war eine Ehrenpforte von Tannenzweigen errichtet, die auch Sie noch mit ansehen werden, denn bald, sehr bald müssen Sie kommen mein Bester. Vom Hause ging es unter Schießen in die Kirche, die überal mit Maien voll gestekt war. Wir hatten artige Musik mit Blasinstrumenten, und der Pfarrer von Bibra hielt eine Einzugsrede, u. s. f.« Nach acht vergnügten Tagen reisen die Damen vorübergehend ab; es geht darum, Lottes Unterhalt bei der Herzogin von Sachsen-Gotha zu sichern. Schiller, allein gelassen, schreibt an Frau von Wolzogen: »Bauerbach. Frühmorgens am 28. Mai. 83. Mittwoch. Alle guten Geister heute über Sie! da siz ich, reibe mir die Augen, und besinne mich, daß ich den Kaffe allein trinken mus – aber mein Herz ist zwischen Ihnen und unsrer Lotte, und begleitet Sie bis ins Zimmer der Herzogin...« Und er rät, die Verbindung zur Herzogin zu lösen. Er, der Tragödiendichter, wolle für Lotte sorgen...

Das war kühn. In einem langen Brief, am Abend des 30. Mai, schüttet er ihr sein Herz aus. »Nie war ich Ihrer liebevollen Ermunterung so bedürftig als eben jetzt...« Verliebtheit in die Tochter Lotte, die Ahnung, daß sie sich anderweitig gebunden fühle, dennoch die verwegene Hoffnung, mit dem erträumten Einkommen aus den Tragödien das geliebte Mädchen einem unwürdigen Dienst zu entreißen, und zugleich schwarze Zweifel am eigenen Können. »... und trete Ihnen meine tragische Muse zu einer Stallmagd ab, wenn Sie Sich Vieh halten.« Fluchtgedanken und ewige Verbundenheit – »Ich überlese was ich geschrieben habe. Es ist ein toller Brief. Aber Sie verzeihen mir ihn. Wenn ich mündlich ein Narr bin, so werde ich schriftlich wol nicht viel weiseres seyn.«

Den düsteren Gedankenspielen folgt die heiterste, wenn auch flüchtige, Wirklichkeit. Pfingsten auf dem Lande, Spaziergänge, Besuche, Frühstück im Grünen, Tanz der Bauern auf dem Gutshof (Schiller an Reinwald: Ich habe manche Feinheit an den Leuten entdeckt, die mir umso schäzbarer war, je weniger ich sie der rohen Natur zugetraut hätte). – Auf einem langen Spaziergang, den die Gutsherrin mit ihrem Schutzbefohlenen allein unternimmt, redet sie ihm mütterlich, gütig, bestimmt, seine Schwärmerei für ihre Tochter aus; hier hat sich die sonst so leicht irritierte Frau sicher gezeigt.

»Meine Luise Millerin jagt mich schon um 5 Uhr aus dem Bette. Da siz ich, spize Federn und käue Gedanken.« So beginnt ein Brief Schillers an Reinwald vom 3. Mai. Bereits Mitte Februar hatte der Dichter gemeint, er sei mit dem Stück fertig. Da die Damenbesuche im Mai und Juni regelmäßiges Arbeiten unmöglich machten – auch schien ihm die Bühne des Lebens aufregender als die des Theaters –, zog sich der Abschluß bis tief in den Juli hinein. – Erinnern wir uns: Die ersten Umrisse dieses »bürgerlichen Trauerspiels« dämmerten dem Dichter im Sommer 1782 auf, als er in Stuttgart auf der Hauptwache im Arrest saß. Als er nach dem mißglückten Mannheimer Debut mit Streicher nach Frankfurt wanderte, ging ihm das Stück im Kopf herum. Im Sachsenhäuser Quartier hat er daran geschrieben. Dann, in Oggersheim notdürftig untergeschlupft, ließ er die hochnötigen Nacharbeiten am *Fiesco* liegen und stürzte sich in das Spiel um Luise Millerin. Nun, in Bauerbach, war es sein Hauptgeschäft, dieses Trauerspiel zu Ende zu schreiben, wenngleich schon die Figuren und Szenen des *Don Carlos,* der *Maria Stuart* und anderer, verflogener, Entwürfe in seiner Phantasie wetterleuchteten.

Luise Millerin oder, wie es später genannt wurde, *Kabale und Liebe,* ist von allen Werken Schillers am stärksten auf seine Zeit bezogen. Unter den anderen Dramen waren nur die *Räuber* vage zeitgenössisch empfunden und wurden erst auf Dalbergs dringendes Ersuchen vorsichtshalber ins Spätmittelalter verlegt. Alle anderen Bühnenstücke spiegeln Historie, sehr frei gestaltet, wie der Don Carlos, oder geschichtswissenschaftlich fundiert, wie großenteils die Wallenstein-Trilogie. Allein in *Kabale und Liebe* erleben wir Schillers Zeitalter, seine gesellschaftlichen Probleme. – Erlebtes, Erlauschtes, Erschautes, auch: Überliefertes. Ludwigsburg war zeitweilig exemplarisch für das Nebeneinander eines brillanten Hofes und einer kargen, schlichten, pietistisch angehauchten Bürgerwelt. Da galt der französische Spruch:

Comme les pêches et les melons
sont pour la bouche d'un baron,
ainsi les verges et les bâtons
sont pour les fous – dit Salomon –

Pfirsiche und Melonen für den Herrn Baron, und die Ruten und Stöcke für die Dummen. Nirgends aber waren die Maßstäbe so absolut verschieden wie im Verhältnis der Geschlechter zueinander. Was in der einen Welt lachend abgemacht wurde und allenfalls ein Achselzucken bewirkte, führte in der anderen zu Schande und Tod, und das im Bewußtsein ewiger Verdammnis. Aus dieser Kluft einer bis in die Wurzeln gespaltenen Moral zieht die Tragödie von der Luise Millerin ihr Leben.

Freilich befand sich das gesellschaftliche Karussell in raschem Schwung und Umschwung. »Hof und Serail wimmelten jetzt von Italiens Auswurf« – diese Erinnerung der Lady Milford könnte von ungefähr auf den württembergischen Hof der 1750er Jahre passen, als der jugendliche Carl Eugen sich die Zügel schießen ließ und Kreaturen wie Wittleder und Montmartin die Untertanen plagten und aussaugten. Das Ludwigsburg der 1760er Jahre strahlte in hellem Glanz, für eine Wintersaison oder zwei zählte der Hof zu den ersten Europas. Das stillere Ludwigsburg der 1770er Jahre lebt guten- oder bösenteils von der Erinnerung an das jüngst Vergangene. Der Stuttgarter Hof der Karlsschulenzeit ist eher durch Sparsamkeit ausgezeichnet als durch Luxus, und neben Franziska war eine Mätressenwirtschaft undenkbar. Hohenheim, Carl

Eugens eigentliche Residenz in Schillers Jünglingsjahren, war nicht viel mehr als ein Gutshof. Das Strahlende, das Fürchterliche, das Dunkelbunte gehört schon der getuschelten Überlieferung an, belebt durch manches, was des Dichters Kinderaugen noch gesehen haben. Manches freilich aus der bösen alten Zeit wuchert fort, so das Vermieten von Soldaten (das berühmte Kapregiment!); und kaum gemildert die zwiefache Moral in Fragen des Sexus.

Es gäbe den Musikus Miller so nicht ohne Schubart, es gäbe Lady Milford so nicht ohne Franziska, das ist gewiß. Aber ebenso gewiß ist, daß Miller nicht Schubarts Ebenbild, die Lady nicht das Abbild Franziskas ist. Beide gaben Anstöße für Schillers glühende Phantasie und seinen kalten Verstand; Anstöße, mehr nicht.

Es ist in einer Biographie Schillers, die ja auch ein Charakterbild sein muß, unerläßlich, auf die seltsame Brutalität hinzuweisen, mit welcher der jugendliche Dramatiker seine Gestalten traktiert. »Doch war es wunderlich, daß ihm noch von den Räubern her ein gewisser Zug von Grausamkeit anklebte, der selbst in seiner schönsten Zeit ihn nie ganz verlassen wollte –« bemerkt Goethe gegen Eckermann. Die Grausamkeit, die sich in den *Räubern* austobt, wird irgendwie durch das Indianerhafte des Spiels, durch die Jugend des Dichters erträglich; das Schreckliche wohnt hier nahe beim Lächerlichen. Aber: »Bei Kabale und Liebe vergeht uns der Spaß« (Emil Staiger).

In dieses Trauerspiel hat Schiller umgesetzt, was er an Erniedrigung und Beleidigung in seinen jungen Jahren verspürt, verschluckt oder – was nicht auszuschließen ist: was er im nachhinein als kränkend empfunden hat. Die Knabenzeit mit häufigen ungerechten Schlägen, die kalten und dunklen Schattenseiten der Karlsschule, das bis zum Ridikülen Beschränkte seiner Existenz als Regimentsarzt und endlich die eisigen Enttäuschungen, die ihm in Mannheim beschieden waren – er hat es umgewandelt in dieses krasse Spiel von abgefeimter Kabale und naiver Liebe. Schurken zu erfinden und mit ihnen abzurechnen, ist auch eine Art, für Demütigungen, die man mit Anstand ertragen, Rache zu nehmen; und das, ohne einem lebenden Menschen weh zu tun. Das Grausame schlägt sich auf das Papier nieder und ist für die Schaubühne bestimmt. »Höre, Mensch! Du gingst beim Henker zur Schule. Wie verstündest du sonst, das Eisen erst langsam-bedächtlich an den knirschenden Gelenken hinaufzuführen, und das zuckende Herz mit dem Streich der Erbarmung zu necken?« (Luise zu Wurm, 3. Akt, 6. Szene). Schinder und Folterknecht hat Schwan den Dichter wegen solcher Aussprüche gescholten.

Neben der Vollendung der *Luise Millerin* sind die ersten Entwürfe zum *Don Carlos* Frucht der Arbeit im ländlichen Asyl. An diesem Stück hat er vor allem im April gearbeitet. Der erste Akt ist hier entstanden, der Auftritt in den königlichen Gärten von Aranjuez mag in der Bauerbacher Gartenhütte geschrieben sein. Mit dem *Don Carlos* tritt der Dichter über den Kreis seiner Jugenddramen hinaus. So kraß das Vater-Sohn-Problem (das dominierende Erlebnis seiner jungen Jahre) gezeichnet ist, so überströmend die sentimentale Freundschaft zum Marquis de Posa (in Freundschaftsschwüren auf der Akademie mag ähnliches geklungen haben), so überspannt die unselige Leidenschaft des Prinzen zu seiner Stiefmutter – dennoch zeugt das ganze »dramatische Gedicht« von einer inneren Beruhigung, Festigung und Klärung; die Schlacken studentenhafter Rüpeleien und Sauereien, des Gräßlichen und Schrecklichen sind abgestoßen. – In Bauerbach ist noch der Gesamtplan des Stückes entstanden, den Schiller nicht für sich aufgesetzt hat, sondern als eine Art Prospekt für Theaterleute, die an der Sache interessiert werden sollten.

Denn im Uhrwerk seines Schicksals hatte sich ein Rad gedreht. Im März hatte ihm Dalberg einen nicht erwarteten Brief geschrieben; verbindlich, ja sich entschuldigend, und mit unverhohlenem Interesse für *Luise Millerin*. Was hatte den Intendanten zu dieser Wendung bewegt? Vor allem hatte er nun den Eindruck gewonnen, daß der Herzog von Württemberg nicht Rache schnaube, vielmehr das Entweichen seines Militärarztes mit kühler Gelassenheit ansah; ein Brief des Vaters Schiller an Schwan hatte in diesem Punkt für die Mannheimer beruhigende Klarheit geschaffen. Sodann blickte der Intendant auf eine flaue Spielzeit zurück und erinnerte sich, wie in der Saison zuvor die *Räuber* Zulauf von weither gebracht und die Kasse gefüllt hatten. Schiller läßt sich Zeit und antwortet am 3. April klug, kühl, diplomatisch (Briefe in kaltem, aber von Geist durchwehtem höfischem Stil hat er immer wieder gern geschrieben, schon als ganz junger Mensch – man erinnert sich an den Brief an Boigeol).

Er entschuldigt eingangs seinen Verzug mit Verhandlungen, die er wegen seines neuen Stücks mit dem Leipziger Buchhändler Weigand gepflogen habe, der seinen finanziellen Erwartungen aber nicht entsprochen habe. Es folgt eine gemessene Beantwortung der Frage nach dem persönlichen Befinden. Dann: »E. E. scheinen, ungeachtet meines kürzlich mislungenen Versuchs noch einiges Zutrauen zu meiner Dramatischen Feder zu haben. Ich wünschte nichts, als solches zu verdienen, weil ich mich aber der Gefar, Ihre

Erwartung zu hintergehen, nicht neuerdings aussezen möchte, so nehme ich mir die Freiheit, Ihnen einiges von dem Stüke vorauszusagen. Außer der Vielfältigkeit der Karaktere und der Verwiklung der Handlung, der vielleicht allzufreyen Satyre, und Verspottung einer vornehmen Narren- und Schurkenart hat dieses Trauerspiel auch diesen Mangel, daß komisches mit tragischem, Laune mit Schreken wechselt, und, ob schon die Entwiklung tragisch genug ist, doch einige lustige Karaktere und Situationen hervorragen. Wenn diese Fehler, die ich EE. mit Absicht vorhersage, für die Bühne nichts anstößiges haben so glaube ich daß Sie mit dem übrigen zufrieden seyn werden. Fallen sie aber bei der Vorstellung zu sehr auf, so wird alles übrige, wenn es auch noch so vortreflich wäre, für Ihren Endzwek unbrauchbar seyn, und ich werde es beßer zurükbehalten. Dieses überlaße ich nun dem Urtheil EE. Meine Kritik würde zuviel von meiner Laune und Eigenliebe partizipieren.«

Er zeigt sich durchaus nicht freudig überrascht, er gibt sich den Anschein, geradezu zu warnen. Aber Dalberg läßt sich nicht beirren und bekundet fast postwendend sein entschiedenes Interesse.

Weigand in Leipzig hatte also das Nachsehen. Wenige Wochen vor Dalbergs Brief war Schiller ziemlich weit mit ihm gekommen. Der Leipziger »offerierte sich für alle meine Schriften und machte mir das Compliment daß ich nicht nötig habe meine Arbeit erst zur Besichtigung zu schiken« (Schiller an Reinwald). Übrigens war Weigand von Carl Eugen besucht worden, als dieser eine Reise nach Norddeutschland machte. In Serenissimi Tagebuch findet sich unter dem 28. Januar 1783 der Vermerk: »Von diesem gienge es zu dem Buchhändler Weigand, wo Wir eine halbe Stunde blieben...« Weigand, über Schillers *Räuber,* aber nicht über Schillers Leben unterrichtet, gratuliert dem Herzog zu diesem berühmten Untertanen. Der Dichter, der es von Weigand gehört hat, an Reinwald: »Denken Sie bester, was der Herzog von Wirtemberg da mag gemacht haben.« (Wir denken uns: Ärger und Stolz über dieses Produkt seiner Erziehungsanstalt mögen sich die Waage gehalten haben.) Auf der Rückreise ist der Herzog, es war am 18. Februar, auf dem »weiten und schlimmen Weeg« von Eisenach nach Fulda nicht weit am Asyl des »verloffenen und in der Welt umherirrenden Schiller« (so hat er sich einmal ausgedrückt) vorbei gefahren.

Die Entscheidung gegen Weigand und für Dalberg erwies sich als folgenreich. Den Blick wieder nach Mannheim gerichtet, lehnte Schiller Mitte Juni das Anerbieten Reinwalds ab, ihn auf eine Reise nach Gotha und Weimar zu begleiten. Der treue Streicher hat das nachträglich bedauert und die Meinung geäußert, Schiller habe dadurch wertvolle Zeit verloren – wer will darüber urteilen? Reinwald hatte seit dem Frühjahr Schiller überhaupt geraten, sich aus dem Bauerbacher Nest hinaus und in die Welt zu begeben. Er hatte erkannt, daß die Einsamkeit für eine Zeit heilsam gewesen war, aber nun der Entwicklung des Dichters hinderlich zu werden begann; ein selbstloses Zureden, denn für ihn war Schillers Nähe eine wärmende Aufhellung seiner trüben Existenz. – Im Einvernehmen mit Frau von Wolzogen und mit Reinwald wurde eine Reise nach Mannheim beschlossen; man sah es wie einen Erkundungsritt, Schiller sollte seine Aussichten in Kurpfalz prüfen und dann nach Bauerbach zurückkehren, um das weitere zu besprechen. Zuvor mußten allerdings einige Mittel beschafft werden. Bei einem der Dorfjuden nahm Schiller ein ziemlich beträchtliches Darlehen auf, mit der Bürgschaft der Frau von Wolzogen. Am 24. Juli 1783 fuhr er ab.

Wir wissen: der Abschied war endgültig. Vom frühen Winter bis in den hohen Sommer hatte sein Aufenthalt gedauert, war dieses kleine Dorf, waren Wiesengrund und Felder zwischen sanften bewaldeten Höhen seine Welt gewesen, seine Nußschale, in der er behaglich saß, indes seine Phantasie in alle Welt schweifte, nach Schottland, nach Kastilien. Nie wieder wird von einem Lebensabschnitt zu berichten sein, der von Schlaflosigkeit, Schmerzen und Krankheit so verschont war wie dieser. In diesem Sinne ist Bauerbach wirklich Schillers »seligster Aufenthalt« gewesen.

Theaterdichter

Am Abend des 27. Juli traf Schiller in Mannheim ein. Andreas Streicher – ahnungslos, denn er glaubte den Freund weiß Gott wo, und die Theaterleute hatten ihm von den neuerlichen Verhandlungen nichts gesagt – traute seinen Augen nicht, als er seinen gewohnten Besuch bei den Meyers machte, und Schiller ihm entgegentrat »mit der heitersten Miene und dem blühendsten Aussehen«. Nun war das Wiedersehen mit diesem bewährten Freund, mit Meyers und mit Schwan einstweilen das einzige Erfreuliche, was Schiller am Ziel seiner Reise erwartete. Mannheim lag in einem faulen Sommerschlaf. Dalberg, auf den jetzt alles ankam, war nach Holland verreist, Iffland nach Hannover. Zwar spielte man, da ein Teil des Hofs anwesend war, auf dem Theater; aber das waren nur belanglose Komödien. So hatte Schiller unerwünschte Muße und

Zeit. Er machte einen Besuch in Oggersheim, wo die Wirtsfamilie ihn freundlich begrüßte. Er besuchte wie ein gelangweilter Vergnügungsreisender die Sehenswürdigkeiten der Stadt, die Schloßanlagen, Jesuitenkirche, Sternwarte...

Einen starken Eindruck hat der Antikensaal auf ihn gemacht, den auch Lessing und Goethe besucht haben; er war 1767 von Carl Theodor eingerichtet worden. Schiller hat ihn als »Brief eines reisenden Dänen« in der *Rheinischen Thalia* beschrieben. Dieser erdachte Brief enthält eingangs erstaunliche Bemerkungen, die heute, zweihundert Jahre später, ein nachdenklicher Reisender etwa beim Besuch indischer Kunststätten machen könnte: wie der Kunstgenuß verkehrt werden kann durch den Anblick menschlichen Elends. »Eine hohläugige Hungerfigur, die mich in den blumigen Promenaden eines fürstlichen Lustgartens anbettelt... wie schnell schlägt sie meinen auffliegenden Stolz zu Boden!« Und dann: »Ich sehe jetzt die Flüche von Tausenden gleich einer gefräßigen Würmerwelt in dieser großsprechenden Verwesung wimmeln – Das Große und Reizende wird mir abscheulich. – Ich entdecke nichts mehr als einen siechen, hinschwindenden Menschenkörper, dessen Augen und Wangen von fiebrischer Röte brennen und blühendes Leben heucheln, während daß Brand und Fäulung in den röchelnden Lungen wüten. Dies, mein Bester, sind oft meine Empfindungen bei den Merkwürdigkeiten, die man in jedem Land einem Reisenden zu bewundern gibt. Ich habe nun einmal das Unglück, mir jede in die Augen fallende Anstalt in Beziehung auf die Glückseligkeit des Ganzen zu denken, und wie viele Größen werden in diesem Spiegel so klein – wie viele Schimmer erlöschen!«

Es wurde wiederholt angedeutet, daß Schiller sich bei aller Armut und Entbehrung stets einem gehobenen Stand zugehörig gefühlt hat – wie eben in Bauerbach gegenüber den Wolzogenschen Untertanen –, und daran hat sich auch später – Hofrat und Professor und nobilitiert – nichts geändert. Um so merkwürdiger ist dieser Ausbruch von Gefühl für die Elenden und Entrechteten. – Liest man im »Brief des reisenden Dänen« weiter, so erfährt man einen völligen Wechsel von Stimmung und Tonart. Mit dem Betreten des Kunsttempels scheint der Eindruck von den Krüppeln auf den Eingangsstufen ausgelöscht. »Ich komme aus dem Saal der Antiken zu Mannheim. Hier hat die warme Kunstliebe eines deutschen Souveräns die edelsten Denkmäler griechischer und römischer Bildhauerkunst in einem kurzen geschmackvollen Auszug versammelt. Jeder Einheimische und Fremde hat die uneingeschränkteste Freiheit, diesen Schatz des Altertums zu genießen...«

Es folgen Beschreibungen einzelner Kunstwerke, wie des farnesischen Herkules, der Laokoon-Gruppe, die von Winckelmanns *Geschichte der Kunst des Altertums* (1764) stark beeinflußt sind; Beschreibungen, die uns exaltiert und dennoch trocken erscheinen. Aber dann das Wort: »Siehe Freund, so habe ich Griechenland in dem Torso geahndet.« Und: »Unterdessen wanderte die Welt durch tausend Verwandlungen und Formen, Throne stiegen – und stürzten ein. Festes Land trat aus den Wassern – Länder wurden Meer. Barbaren schmolzen zu Menschen. Menschen verwilderten zu Barbaren. Der milde Himmelsstrich des Peloponnes entartete mit seinen Bewohnern – wo einst die Grazien hüpften, die Anakreon scherzten und Sokrates für seine Weisheit starb, weiden jetzt Ottomanen – und doch, Freund, lebt jene goldene Zeit noch in diesem Apoll, dieser Niobe, diesem Antinous, und dieser Rumpf liegt da – unerreicht – unvertilgbar – eine unwidersprechliche ewige Urkunde des göttlichen Griechenlands, eine Ausforderung dieses Volks an alle Völker der Erde.« – Merkwürdig, dieser »Brief eines reisenden Dänen«. Auf wenigen Seiten begegnen wir Schiller, der mit den Verdammten dieser Erde fühlt und darüber alle Schönheit zu verachten scheint; Schiller, dem nachdenkenden Ästheten, der trockene Überlegungen in enthusiastische Worte kleidet; und Schiller, wie er die Weltgeschichte dichterisch erfaßt.

Zwei Wochen verbringt er ungeduldig wartend, müßig, wenn auch nicht fruchtlos. Er sehnt sich zurück nach Bauerbach, schon von der Zwischenstation Frankfurt schreibt er an Henriette von Wolzogen: »O meine beste liebste Freundin, unter dem erschröklichen Gewühl von Menschen fällt mir unsere Hütte im Garten ein – Wär ich schon wieder dort!« In den nach Bauerbach gerichteten Briefen finden sich auch Grüße an die kleine jüdische Magd: »Auch die Judith lass ich schön grüßen, und es freut mich, dass sie mich noch lieb hat.« Recht kühl schreibt er: »Meinen Freunden habe ich mit meiner Ankunft viele Freude gemacht, ihnen aber sehr klar merken lassen, dass ich nichts als mein Vergnügen bei meinem hiesigen Aufenthalt zur Absicht habe –« fährt aber fort – »Bis also Dalberg zurück ist, kann ich Ihnen nicht das geringste von Aussichten sagen.«

Am 10. August kehrt Dalberg zurück, und noch am gleichen Tag trifft er sich im Theater mit Schiller, zeigt sich dabei von seiner liebenswürdigsten Seite und bedeutet ihm, daß er nun mit seinem Bleiben rechne. – Wolfgang Heribert von Dalberg, für Schiller die Schlüsselfigur in Mannheim, stammte aus dem rheinischen Uradel; die Familie wurzelte in den Gegenden von Worms und Kreuznach.

Er war am 18. November 1750 auf Schloß Herrnsheim zur Welt gekommen. Auf seine Erziehung wurde wenig Sorgfalt verwendet. Er sollte ein geistlicher Herr werden, kam aber in Hofdienste wie sein Vater. Mit zwanzig Jahren war er schon kurpfälzischer Kammerherr. Er hat es früh verstanden, die hohle dünnversilberte Schale einer höfischen Charge mit Leben und Wirkungskraft zu erfüllen. Wie er sich, erst siebenundzwanzig Jahre alt, für Mannheim engagiert hat, als der Kurfürst nach München ziehen mußte, seine maßgebende Rolle bei der Errichtung des Nationaltheaters – das wurde bereits angedeutet.

Dalbergs Verhältnis zu Schiller ist nicht auf einen Nenner zu bringen. Mit der sorgfältigen und aufwendigen Aufführung der *Räuber* – der absoluten Schillerschen Uraufführung – hat er den Grundstein zu Schillers Ruhm gelegt. Als sich jedoch acht Monate später der Dichter, aus allen heimatlichen Bindungen losgerissen, an seine Brust werfen wollte, wich er kühl zurück. »Dalberg war der korrekte, an höhere Rücksichtnahme gebundene Hofmann, dem die zerrütteten Verhältnisse des existenzlosen Poeten nicht minder zuwider waren als jedes kompromittierende, die bürgerliche Achtung verscherzende Verhalten eines Mitglieds seiner Bühne.« (Fr. Walter) Wenn sich Schiller danach in seiner *Luise Millerin* ingrimmig mit der kalten und perfiden Welt der Höfe auseinandergesetzt hat, so mögen auch die Demütigungen, die er von diesem klugen Hofmann hatte einstecken müssen, dazu beigetragen haben.

Ein Hofmann ist Dalberg gewesen, der nicht nur in einem ihm selbstverständlichen Standeshochmut lebte, sondern auch jede politische Rücksicht auf den Hof im Auge hatte. Aber er war ein Mann von Geist, und innerhalb klug berechneter Grenzen wagte er etwas. Die Aufführung der *Räuber* war auch politisch ein Wagnis. Und so hat er auch Shakespeare auf seiner Bühne gegen den Widerstand des Publikums durchgesetzt. Bei allem Standesstolz oder Standesdünkel konnte er lachen, wenn über allerhöchste Herrschaften gespottet wurde – sofern dies geistreich geschah. Da war im Spätherbst dieses Jahres 1783 der Namenstag der Kurfürstin zu feiern, und dazu sollte Schiller eine gereimte Huldigung schreiben. »Ich mache sie, und nach meiner verfluchten Gewohnheit satyrisch und scharf. Heute schik ich sie Dalberg – er ist ganz davon bezaubert und entzükt, aber kein Mensch kann sie brauchen, denn sie ist mehr ein Pasquill als Lobrede...« (In einem Brief an Frau von Wolzogen.)

Im August 1783 ist der Gipfel des Einvernehmens zwischen Intendant und Dichter erreicht (danach ist es nur noch abwärts gegangen). Dalberg sprüht Liebenswürdigkeit und ist zu beträchtlichen Angeboten bereit. Die diplomatischen Besorgnisse wegen unfreundlicher Reaktionen des Herzogs von Württemberg sind verflogen. Mit der hohen Meinung von Schillers Genie verbinden sich wirtschaftliche Erwartungen auf eine bessere Spielzeit. Eine Leseprobe aus *Luise Millerin,* bei Dalberg in großer Gesellschaft, verläuft gut; schon zuvor hatte Schiller dem verständigen, vertrauten Schwan daraus vorgelesen. Noch im August kommt ein Vertrag zustande, dessen Inhalt Schiller in einem Brief an Frau von Wolzogen wie folgt beschreibt:

»I. Bekommt das Theater von mir 3 neue Stüke – den Fiesco – meine Louise Millerin – und noch ein drittes, das ich innerhalb meiner Vertragszeit noch machen mus.

2. Der Contract dauert eigentlich ein Jahr, nemlich vom 1. September dieses Jahrs biß zum lezten August des nächsten; ich habe aber die Erlaubniß herausbedungen die heißeste Sommerzeit wegen meiner Gesundheit anderswo zuzubringen.

3. Ich erhalte für dieses eine fixe Pension von 300 fl., wovon mir schon 200 ausbezahlt sind, – Außerdem bekomme ich von *jedem Stük* das ich auf die Bühne bringe die ganze Einnahme einer Vorstellung die ich selbst bestimmen kann, und welche nach Verhältniß 100– biß 300 fl. betragen kann – Dann gehört das Stük dennoch mein und ich kann es nach Gefallen, wohin ich will, verkaufen und druken laßen. Nach diesem Anschlag habe ich bis zu Ende Augusts 1784 die unfehlbare Aussicht auf 12– biß 1400 Gulden, wovon ich doch 4 biß 500 auf Tilgung meiner Schulden verwenden kann.«

Der Vertragsinhalt ist richtig dargestellt. Aber der letzte Satz ist erwartungsfrohe Spekulation, eine Milchmädchenrechnung.

Am 31. August findet Schiller zulieb eine glänzende Aufführung der *Räuber* statt, unter großem Andrang des Publikums. Am 1. September tritt der Vertrag in Kraft, der Schiller zum besoldeten Theaterdichter macht. Am 1. September wirft die Malaria, »das kalte Fieber«, Schiller aufs Krankenbett.

In der Sommerhitze faulendes Wasser in den Festungsgräben und Kanälen, verdorbenes Trinkwasser hatten die Seuche ausgebrütet, die jeden dritten Mannheimer ergriff. So erscheint es nicht ungewöhnlich, daß auch Schiller zu den Opfern zählte. Und doch berührt uns die Symbolik dieses Zusammentreffens. Das Wort Symbol bedeutet ursprünglich das Zusammenwerfen. Und hier hat das Schicksal das Erreichen eines seit Jahren heiß erstrebten Ziels mit dem Ausbruch einer gefährlichen und folgenschweren Krankheit auf einen Tag zusammengeworfen, diesen 1. September 1783.

Am 2. September stirbt aus dem engsten Bekanntenkreis der Regisseur Meyer, dessen Haus der Rückkehrer zuerst aufgesucht hatte. Schiller ist für zwei oder drei Wochen ans Bett gefesselt. An Fürsorge hat es nicht gefehlt – er schreibt an Frau von Wolzogen: »Ich war in den besten Händen und wurde wie ein Kind des Hauses gepflegt« – und noch weniger an Abwechslung – »während meiner Krankheit habe ich die besten Zerstreuungen gehabt, und mein Zimmer war selten von Besuchern leer.« Im Oktober macht er, unvernünftig genug, eine Reise nach Speyer. Rückfälle in die Krankheit verfolgen ihn bis tief in den Winter hinein. Ob dieses »kalte Fieber« Schillers Gesundheit entscheidend angegriffen hat, läßt sich nicht mit Sicherheit sagen. Vieles spricht dafür.

Schiller wohnte, als ihn die Seuche ergriff, angenehm und ziemlich teuer bei einer Madame Hammelmann, mit schöner Aussicht auf den Schloßplatz. Wahrscheinlich waren es Geldsorgen, die ihn bewogen, im Oktober eine andere Wohnung zu beziehen, und nun wieder gemeinsam mit Andreas Streicher; das war beim Baumeister Hölzel, einem, wie sich noch zeigen sollte, überaus hilfsbereiten Mann mit einer ebenso guten Frau. Aber obgleich er mit dem treuesten Freund bei kreuzbraven Menschen wohnte, hat Schiller in diesem immer wieder von Fieberanfällen durchschauerten Herbst und Winter recht kläglich und unvernünftig gelebt. Die Witwe Meyer, die fürsorglich für ihn kochte, hatte seltsame Vorstellungen von Krankenkost, hielt Fleisch und Fleischbrühen von dem Patienten fern und traktierte ihn Wochen hindurch mit Wassersuppen, Rüben und saurem Kartoffelgemüse; dazu verschrieb er sich selbst Unmengen von Chinarinde, womit er seinen Magen ruinierte. Das einzige Gute, was er in dieser Zeit genossen hat, waren etliche Flaschen Burgunder, die ihm die Freunde zum 24. Geburtstag verehrt hatten.

Aus einem Brief Schillers an Frau von Wolzogen vom 14. November:

»Stellen Sie Sich vor, meine Beste, wie angenehm ich gestern in dem Fortschreiben unterbrochen werde! – Man klopft an mein Zimmer. Herein! – und hereintreten – Stellen Sie sich meinen frölichen Schreken vor – *Profeßor Abel* und Baz, ein anderer Freund von mir. Beide haben, um der Stuttgardter Seuche zu entgehen, eine Reise nach Frankfurt gethan, kommen hiedurch, und bleiben von gestern biß heute vor einer Viertelstunde bei mir. Wie herrlich mir in den Armen meiner Landsleute und innigen Freunde die Zeit floß! Wir konnten vor lauter Erzälen und Fragen kaum zu Athem kommen. Sie haben bei mir zu Mittag und zu Abend gegeßen (Sehen Sie! ich bin schon ein Kerl, der Tafel hält) und bei dieser Gelegenheit waren meine Burgunderbouteillen wie vom Himmel gefallen. Um sie ein wenig herumzuführen bin ich heute und gestern wieder ausgegangen. Schadet nichts, wenn ich jezt auch später gesund werde, hab ich ja doch ein unbeschreiblich Vergnügen gehabt.«

Es folgt einiges an Stuttgarter Klatsch, woran es bei dem Wiedersehen von Lehrer und Schüler auch nicht gefehlt hat.

In dieser Zeit geht ein recht lebhafter Briefwechsel zwischen dem Dichter und seiner Familie auf der Solitude, die ihm nun, nach seiner Reise ins Thüringische, so fern nicht mehr dünkt. Da unter den Gerüchten, die in und um Stuttgart über den interessanten entwichenen Landsmann umlaufen, manchmal auch Zutreffendes war, hatte man auf der Solitude von der Rückkehr des Sohns nach Mannheim und von seiner Erkrankung gehört. Der hatte unter dem ersten Ansturm des Fiebers gebeten, Mutter und Schwester möchten zu ihm kommen. In einem freundlichen Brief vom 14. September setzt ihm der Vater auseinander, warum dies nicht angehe, kostenhalber und aus anderen Gründen: »Nach all meiner und unserer reifen Überlegung wäre nichts besseres, als wenn Er hieher kommen könnte.« Er macht dann genaue Vorschläge, wie dieserhalb an Serenissimum zu schreiben sei. »Als gleichsam Verbannter außer dem Vaterland zu leben, und die Seinigen nicht frei besuchen zu dörfen, ist eben eine harte Sache, der man schon etwas aufopfern darf, ja, ich würde alles anwenden, um das Geschehene vergessen zu machen.« Der Vater hat es aber nicht übelgenommen, daß der Sohn darauf nicht einging. Etwas voreilig teilt der Dichter den Seinigen seine Genesung mit, was der Vater unter dem 10. November mit herzlicher Freude vermerkt. Dieser Brief zeigt, daß Caspar Schiller sich mit der Theaterlaufbahn des Sohns abzufinden beginnt – »Ich hätte freilich gewünscht, dass Er, mein lieber Sohn, imstande gewesen wäre, nach Wien oder Berlin zu gehen, indem das Mannheimer Theater doch eben nicht so berühmt ist...« Aber: »Nebst diesem ist mir aber doch immer noch das medizinische Studium als die Hauptsache Seines Berufs am Herzen, und ich glaube gewiß, dass, wenn Er all Seine Kräfte dazu anwenden könnte, Er ebensoviel profitieren und ein weit rühmlicheres und sicheres Brot erhalten würde...« Das ist eine sehr begreifliche Überlegung des Hauptmanns, aber seit der Flucht denkt auch der Sohn immer wieder an diese Möglichkeit.

Das wichtigste Dokument aus dieser Korrespondenz ist der Brief, den Schiller am Neujahrstag 1784 der vertrauten Schwester Christophine geschrieben hat, ein rechter Familienbrief. Er entschuldigt eingangs sein Schweigen:

»Es ist die entsezliche Zerstreuung, in der ich von Stunde zu Stunde herumgeworfen werde, es ist zugleich auch eine gewiße *Beschämung,* daß ich meine Entwürfe über das Glük der meinigen, und über Deins insbesondere, biß jezt so wenig habe zur Ausführung bringen können. Wie viel bleiben doch unsere Thaten unsern Hoffnungen schuldig! und wie oft spottet ein unerklärbares Verhängniß unsers besten Willens –

Also unsere gute Mutter kränkelt noch immer? Sehr gern glaube ich es, daß ein schleichender Gram ihrer Gesundheit entgegenarbeitet, und daß Medikamente vielleicht gar nichts thun. Aber Du irrst Dich meine gute Schwester, wenn Du ihre Beßerung von meiner Gegenwart hoffst. Unsere liebe Mutter nährt sich gleichsam von beständiger Sorge. Wenn sie auf einer Seite keine mehr findet, so sucht sie sie mühsam auf einer andern auf. Wie oft haben wir alle uns das ins Ohr gesagt! Ich bitte Dich auch, ihr es in meinem Nahmen zu widerholen. Ich spreche ganz allein als Arzt – denn daß eine solche Gemütsart das Schiksal selbst nicht verbeßere, daß sie mit einer Resignation auf die Vorsicht durchaus nicht bestehen könne, wird unser guter Vater ihr öfter und beßer gesagt haben.«

Er geht noch einmal auf die Frage einer Heimkehr ein, die ihn doch stark bewegt hat – die Krankheit mag ihren Anteil daran gehabt haben. Es sei für ihn eine Ehrensache, schreibt er, Württemberg nicht eher wieder zu betreten, als er es zu hohem Ansehen, Rang und Würden gebracht habe. »Solange ich nicht beweisen kann, daß ich den Herzog von Wirtemberg nicht mehr brauche«, würde es wie eine »erbettelte Wiederkehr« aussehen. »Eine groser Theil von Teutschland weiß von meinem Verhältniss gegen euren Herzog, und von der Art meiner Entfernung. Man hat sich für mich auf Unkosten des Herzogs interessiert – wie entsetzlich würde die Achtung des Publikums (und diese entscheidet doch mein ganzes zukünftiges Glük) wie sehr würde meine Ehre durch den Verdacht sinken, daß *ich* die Zurückkunft gesucht ...« Euer Herzog – man höre! Vor der Welt werde seine »offene edle Kühnheit, die ich bei meiner gewaltsamen Entfernung gezeigt habe« dann als kindische Übereilung erscheinen ... Er war von Krankheit gezeichnet, von Schulden schwer bedrückt, aber sein Stolz war ungebrochen, dieser Stolz wird nie gebrochen werden.

»Im Theater geh ich frei aus und ein, wie in meinem eigenen Hause« – so liest man in einem Brief Schillers an Frau von Wolzogen. Die Welt der Schauspieler war seine Welt geworden oder doch ein guter Teil davon. Das Mannheimer Nationaltheater war eines der ersten Häuser in Deutschland, in denen ein festes Ensemble spielte. Sonst waren das Jahrhundert hindurch die Schauspieler buchstäblich »fahrende Leute« gewesen, sie wurden von guten Bürgern leicht in einem Atemzug mit anderem fahrenden Volk genannt, mit Hausierern, Wunderdoktoren, Kesselflickern und Zigeunern, und in der Tat waren viele herumreisende Theatertruppen mit ihren Hanswursten und Luftspringern von solchem Volk nicht sehr unterschieden. In Schillers Heimat hießen sie Scheurenpurzler; der Knabe wird in Lorch und Ludwigsburg das Wort oft genug gehört haben. Man sehe sich die einschlägigen Blätter eines Hogarth an! Die heldenmütigen Anstrengungen einer Neuberin, eines Ekhof galten nicht nur der künstlerischen Qualität, sondern auch dem sittlichen Rang und dem gesellschaftlichen Ansehen ihres Standes. Goethes Bildungsroman *Wilhelm Meister* lebt großenteils aus der Spannung zwischen der in der Titelfigur verkörperten bürgerlichen Welt und der Welt des Theaters, schillernd zwischen Leichtfertigkeit und Ernst; Mariane und Philine und der geplagte Prinzipal, auch der alte Harfner und Mignon – sie sind alle lebendige Figuren aus jener farbigen Welt.

Kaspar Schiller zeigte sich in Fragen des Theaters wenig bewandert, wenn er seinem Sohn schrieb: wenn schon Theater, dann doch lieber gleich in Wien oder Berlin. Wirklich ist Mannheim der Platz gewesen, an dem das deutsche Schauspiel eine Stufe erklommen hat, auf der es nie zuvor war. Überblickt man das Theaterwesen zur Zeit Lessings und Schillers, macht man sich ein Bild vom Bühnenalltag an Hand der Memoiren des ebenso erfahrenen wie gesprächigen Schauspielers Joseph Anton Christ (1744 bis 1823), so lernt man den seriösen Betrieb am Mannheimer Nationaltheater zu würdigen, ein Verdienst des weltkundigen, geistvollen und energischen Intendanten Dalberg.

August Wilhelm Iffland war als Schauspieler und Stückeschreiber eine der markanten Figuren am Mannheimer Theater. Unter dem Titel *Meine theatralische Laufbahn* hat er Erinnerungen geschrieben, die mit dem Jahr 1798 enden; er hat noch bis 1814 gelebt. »Wie wunderlich Sentimentalität und Kunst bei diesem vorzüglichen Mann durcheinander wirkten« hat der alte Goethe in sein Tagebuch vermerkt, mit dem grämlichen Nachsatz, »in unsern Tagen« (1831) würden ja bloß noch Halbkünste geübt. August Wilhelm Iffland kam am 19. April 1759 in Hannover zur Welt als Sohn eines Kanzleiregistrators. Das Schönste in seiner Autobiographie sind die Erinnerungen an die ersten Eindrücke, die er als Kind vom Theater empfangen hat – es ist die tiefe, bezaubernde, fast krank machende Ergriffenheit, wie wir sie von Thomas Manns Hanno Buddenbrook kennen. Diese brennenden Eindrücke haben das Kind heim begleitet, wo dann »an jedem Fenstervorhange« Theater gespielt wurde.

Im Hause liest der ältere Bruder aus Lessings *Dramaturgie* vor. »Ich saß in einer Ecke, von niemand bemerkt, und hörte mit Innigkeit zu. Ich verstand das wenigste, aber ich fühlte vieles. Nie kam mir der Schlaf über diesen Gesprächen, so lange sie auch dauern mochten. So bekam ich ein dunkles Vorgefühl von dieser Kunst, und auch wohl etwas mehr. Es muß etwas Seltnes sein, sagte ich mir, was kluge und gute Menschen in eine solche Bewegung setzen kann.«

Geradlinig ist Ifflands Lebensbahn zur theatralischen Laufbahn geworden. Daß er einige Jahre gemeinsam mit Karl Philipp Moritz die Schulbank drückt, ist ein merkwürdiger Zufall; auch jenen Schwierigen zieht es zunächst zur Bühne. Kaum siebzehn Jahre alt verläßt Iffland heimlich Elternhaus und Vaterstadt, scheinbar ziellos, kommt aber nach drei Wochen in Gotha und bei der Ekhofschen Truppe an, als habe ein Magnet ihn dorthin gezogen. Einen Monat nach seinem Entweichen steht er zum erstenmal auf der Bühne, die nun seine Welt ist für immer. Mit der weiland Ekhofschen Truppe kommt er nach Mannheim. Hier erlebt er den damals größten deutschen Schauspieler, Friedrich Ludwig Schröder, als König Lear, dem er bei seinem Gastspiel in der bedeutsamen Rolle des Narren gegenüber treten darf. Zwei Jahre danach spielt Iffland den Franz Moor in den *Räubern;* später in *Kabale und Liebe* den Wurm. Als Freund und Nichtfreund, als Partner und als Rivale ist er für Schiller in der ganzen Mannheimer Zeit von Bedeutung; das Pendel seiner Stimmungen gegen den Dichter schwingt von warmherziger Bewunderung bis zu boshaftem Hohn. Die beiden haben einander nie aus den Augen verloren, einige der letzten Briefe Schillers sind an Iffland (nun in Berlin) gerichtet.

Es sind noch drei vom Theater, mit denen Schiller im vertraulichen Verkehr stand. Beil war ein hochbegabter Schauspieler, dabei, ein seltener Fall, ziemlich frei von Eitelkeit; er spielte in Schillers Stücken Männer von Herz, den Schweizer in den *Räubern,* den Miller in *Kabale und Liebe.* Von gröberem Holz war Böck geschnitzt, unter manierlichen Sachsen ein unzarter Wiener, ein

Kerl, der sich auf Effekte verstand; er war der Karl Moor der Uraufführung, spielte später den Präsidenten in *Kabale und Liebe*. Wirklich befreundet war Schiller mit Beck, der als Schauspieler kaum über dem Mittelmaß, aber ein feiner und herzensguter Kamerad war. Zudem war er mit der bildhübschen, liebenswürdigen Karoline Ziegler verheiratet. Die beiden spielten bei der Uraufführung von *Kabale und Liebe* den Ferdinand und die Luise. Es war auch für Schiller ein großer Schmerz, als die junge Frau im Hochsommer des Jahres 1784 plötzlich starb, wahrscheinlich infolge eines Sturzes auf der Bühne.

Ihre Nachfolgerin wurde Katharina Baumann, ein junges Mädchen von ungewöhnlicher Schönheit – Schiller schwärmte sie an. Nach einer übrigens wenig geglückten Aufführung von *Kabale und Liebe* schenkt ihr der Dichter sein winziges, aber gut getroffenes Miniaturporträt, ein Meisterwerk von Freund Scharffenstein. Darauf ihre reichlich schnippische Frage: was sie denn damit anfangen solle? Schiller: »Ja, sehet Se, i bin halt a kurioser Kautz, des kann i Ihne net sage.« Eine Antwort, die eines Stiftlers würdig gewesen wäre. Die Dame hat sich noch im hohen Alter ohne Reue an diese Szene erinnert; seine Kleidung sei zu nachlässig gewesen, als daß man sich in ihn hätte verlieben können... Dabei hat der Dichter in jener Zeit, ungeachtet seiner jammerwürdigen Finanzen, ziemlich Geld zum Schneider und zum Haarkünstler getragen. Er war aber zeitlebens ungeschickt in allen Dingen der Kleidung und der Frisur, sein Stolz war mit Nachlässigkeit drapiert.

Verliebt war Schiller auch in Margarete, die ältere Tochter des Buchhändlers und Verlegers Schwan. Das Schwansche Haus war für ihn in seiner ganzen Mannheimer Zeit ein ruhender Pol. Schwan ist der erste gewesen, der überhaupt außerhalb Württembergs Schillers Genie erkannt hat, er hat ihm über Dalberg den Weg ins Bewußtsein der deutschen Öffentlichkeit gebahnt. Es war in Schwans Haltung gegenüber Schiller kein Enthusiasmus, er hat nichts außergewöhnliches gewagt oder riskiert für ihn. Er blieb aber stetig in seiner hohen Meinung, war ihm mit seinem festen Charakter, seiner Erfahrung, seinem guten Rat ein väterlicher Freund. Es lohnt sich, einen Blick auf das Leben dieses Mannes zu werfen.

Christian Friedrich Schwan wurde am 12. Dezember 1733 als Sohn eines Buchbinders und einer Pfarrerstochter in Prenzlau in der Uckermark geboren. Erzogen wurde er zeitweilig in den berühmten Franckeschen Anstalten, im Hallischen Waisenhaus. Von dort bezog er die Universität der gleichen Stadt, studierte Theologie und

Jura. Er beendet die theologische Ausbildung und hält eine bewunderte Probepredigt in seiner Vaterstadt. Wird dann aber nicht Pfarrer, sondern zunächst Hauslehrer auf einem Adelsgut in Mecklenburg-Strelitz. Nach einem Zwischenfall mit preußischem Militär, das auf Rekrutenjagd über die Grenze gestreift ist, beurlaubt ihn sein Herr für eine Weile nach Hamburg. Das Leben in der großen Hafenstadt entzückt ihn. Doch kehrt er auf seine Hauslehrerstelle zurück. Als der Siebenjährige Krieg in Gang kommt – Soldat wollte er nicht werden –, verzieht er sich zunächst ins schwedische Vorpommern und von da nach Hamburg. Er wird zu einem Grafen Moltke nach Kopenhagen empfohlen, der aber keine Verwendung für ihn hat. Da steht der junge Mensch in der fremden Hafenstadt und beschließt, nach Amerika zu reisen. Auf der Suche nach einem Schiff stößt er auf einen Segler, der im Begriff ist, nach St. Petersburg auszulaufen. Schwan ändert seinen Kurs von West nach Ost und entschließt sich, mitzureisen. Einen Paß, die Russen verlangen so etwas, besitzt er zwar nicht, aber ein kranker Passagier, der sich unterwegs ausladen läßt, schenkt ihm den seinen. So kommt er glücklich in Petersburg an, findet sich im Kreise der dort zahlreichen Deutschen bald zurecht, wird protegiert und empfohlen und landet als Pagenmeister im Hofdienst. Das geht gut, sogar glänzend, bis sich in einem blutigen Putsch Katharina II. auf den Thron schwingt und die Günstlinge des vorigen Zaren treppab purzeln läßt. Nach einer unangenehmen Wartezeit wird er mit etlichen Schicksalsgefährten von einem nach Lübeck auslaufenden Schiff mitgenommen. Die Reise verläuft stürmisch, doch landet er nach sieben schlimmen Wochen endlich im Holsteinischen. Durch prinzliche Gunst kommt er in Dienst seines preußischen Vaterlands, als Auditeur, eine Art Armeerichter. Quittiert diesen Dienst wieder, sieht sich in Hamburg um, begibt sich nach Holland. Hier, zum erstenmal, betätigt er sich literarisch, veröffentlicht *Anecdotes russes ou Lettres d'un officier allemand* und tritt in Den Haag, bei einem Austernhändler behaglich eingemietet, in die Buchhandlung eines Württembergers ein. Das war im Jahr 1764, Schwan ist dreißig Jahre alt. Von Holland kommt der neue Buchhändler nach Frankfurt am Main, beteiligt sich an einer Handlung und heiratet die Tochter seines Chefs.

Im Jahr darauf, 1765, gründet er sein Geschäft in Mannheim, beobachtet, wie sich das Interesse von Hof und Publikum vom französischen Theater dem deutschen zuwendet. »Ich fing nun sogleich damit an, mir die vorzüglichesten deutschen Dichter und andere gute Schriftsteller im Fach der schönen Wissenschaften in

Menge kommen zu lassen.« Als Buchhändler und Verleger wird er in Mannheim zu einer zentralen Gestalt. Im Jahr 1776 ist er es, der in Braunschweig die Verhandlungen mit Lessing führt. Als dann Lessing Mannheim besucht, wohnt er bei Schwan. In diesen selben Räumen hat Schiller sich wohl gefühlt. Nur die »liebe kleine Frau« (Lessing brieflich) war inzwischen gestorben.

Beim Vater lebten die Töchter Margarete und Luise; Margarete in jener Zeit siebzehn, achtzehn Jahre alt, Luise ein Kind von ungefähr zehn. Schiller arbeitete auch gern in diesem Haus. Wenn die Kleine ihn störte, schalt er sie freundlich mit drolligen Worten, die sie sich gemerkt hat: kleiner Grasteufel, Knipperdolling! (Letzteres der Münsteraner Wiedertäufer, dessen kurioser Name auch Schiller erheitert hat.) In Margarete hatte er eine aufmerksame Zuhörerin, der er gern vorlas, was er frisch aufs Papier gebracht hatte. Sie war ein schönes Mädchen, belesen, klug und kühl; seine Verliebtheit hat sie nicht erwidert. Schillers Neigung führte bis zu einem Werbebrief an den Vater. Aber der lebenserfahrene Schwan hat rundweg abgelehnt: sie passe nicht zu ihm. Er hat wohl recht gehabt, und Schiller hat die Absage das Herz nicht gebrochen.

Luise hat ein hohes Alter erreicht, und ihrem Gedächtnis verdanken wir lebendige Erinnerungen an Schillers Leben in Mannheim. Aus der Fieberzeit, während er bei den Hölzels wohnte: »Einmal, ich erinnere mich, nach einem Spaziergang mit dem Vater, kamen wir an Schillers Wohnung vorbei. Die Läden waren fest verschlossen. Mein Vater sagte, er wolle doch hineingehen und sehen, was es mit ihm sei. Schon vor der Stubentüre hörten wir ihn laut perorieren. In dem ganz finsteren Zimmer brannten zwei Kerzen, auf dem Tisch stand eine Bouteille Burgunder und ein Glas und Schiller rannte in Hemdärmeln auf und ab. Mein Vater zankte sehr mit ihm und sagte, ob er deshalb Medizin studiert habe, um sich in seinem fieberhaften Zustand in eine solche Aufregung zu versetzen. Nachdem er ausgeschnauft hatte, sagte er, drum habe er grade den Mohren am Kragen gehabt – nämlich im Fiesco –, und er könne nicht begeistert werden, wenn das Tageslicht zu ihm hereinscheine...«

Das erinnert an Nachtstücke aus dem Krankensaal der Akademie. Immer wieder hat Schiller die Nacht zur Arbeit genutzt oder auch künstlich Nacht um sich verbreitet. Aber das ist keineswegs allein die Atmosphäre, in der ihm seine Gedanken und Worte gedeihen. Die Bauerbacher Gartenhütte war ein geliebter Arbeitsplatz; in Lauben, Hütten, Gartenhäusern hat er sein Leben hindurch mit Vorliebe geschrieben. Er kannte auch den wohltätigen Rhythmus von Spazierengehen und frischer Niederschrift des im Gehen Vorausgedachten. Auch für die Mannheimer Zeit ist derartiges bezeugt. »Der Platz unter der Riesenpappel auf der Mühlau-Insel war Schillers Lieblingsaufenthalt; dahin lenken seine liebsten Spaziergänge.« (Rahbeck) In einem seiner öfters gewechselten Quartiere hatte er auch eine Gartenlaube, in der er sich gern mit einem Glas Pfälzer – »e feins Weinle« – zum Schreiben niederließ.

Fiesco und *Kabale und Liebe* waren die Hauptgegenstände des Jahres, in dem Schiller als Theaterdichter besoldet war. An beiden Stücken hat er bis zur Uraufführung immer neu gearbeitet; gestrichen, verbessert, umgebaut. Zu Beginn des Karnevals 1784, am 11. Januar, wurde *Fiesco* mit allem Pomp aufgeführt. Böck spielte die Titelrolle, Iffland den Verrina, Beil den Mohren. Schiller hatte eine »Erinnerung an das Publikum« verfaßt, die, wie in Mannheim üblich, neben dem Theaterzettel angeschlagen war. Vertieft man sich in den Text, so wird klar, warum *Fiesco* kein Publikumserfolg werden konnte. Unter hundert Theaterbesuchern mochten sich drei oder vier finden, die so viel Bildung besaßen, um diese »Erinnerung«, so schön sie geschrieben ist, zu verstehen, um sich für den Unterschied zwischen dem historischen Fiesco und dem des Dramas zu interessieren. Und so waren auch die stolzen Worte, ein Zeugnis für Schillers Sendungsbewußtsein als Bühnendichter, ins Leere gesprochen: »Heilig und feierlich war immer der stille, der große Anblick in dem Schauspielhaus, wo die Herzen so vieler Hunderte, wie auf den allmächtigen Schlag einer magischen Rute, nach der Phantasie eines Dichters beben – wo herausgerissen aus allen Masken und Winkeln der natürliche Mensch mit offenen Sinnen horcht – wo ich des Zuschauers Seele am Zügel führe, und nach meinem Gefallen einem Ball gleich dem Himmel oder der Hölle zuwerfen kann – und es ist Hochverrat an dem Genius – Hochverrat an der Menschheit, diesen glücklichen Augenblick zu versäumen, wo so vieles für das Herz kann verloren oder gewonnen werden. – Wenn jeder von uns zum Besten des Vaterlands diejenige Krone hinwegwerfen lernt, die er fähig ist zu erringen, so ist die Moral des Fiesco die größte des Lebens.«

Die Aufführung war nicht geradezu ein Mißerfolg, aber das Publikum, das auf eine Art neuer *Räuber* gespannt und gestimmt war, blieb ungerührt. Das Stück wurde nur noch zweimal, am 25. Januar und am 15. Februar, gegeben. »Den Fiesco verstand das Publikum nicht. Republikanische Freiheit ist hier zu Lande ein Schall ohne Bedeutung, ein leerer Name – in den Adern der Pfälzer fließt kein römisches Blut... Die Mannheimer sagen, das Stück wäre viel zu gelehrt für sie.« So schrieb Schiller später an Reinwald. Am besten aufgenommen wurde das Stück in Berlin, wo es innerhalb von drei Wochen vierzehnmal gespielt wurde.

Das Mannheimer Theaterpublikum fand den Dichter der *Räuber* wieder in *Kabale und Liebe* – diesen Titel hatte das Spiel von *Luise Millerin* auf Ifflands Rat endgültig erhalten. – Es hatte im Spätwinter infolge einer Überschwemmung eine Unterbrechung der Spielzeit gegeben. Man war in den Proben für *Kabale und Liebe,* der Dichter dabei leidenschaftlich beteiligt, wobei es nicht ausblieb, daß er seine Umgebung zum Lächeln brachte. Eine Szene ist überliefert: »Schiller wohnte den Proben von Kabale und Liebe bei, und äußerte laut seinen Unwillen über die Derbheit, mit welcher des Musikanten Rolle vorgetragen wurde. – Der Schauspieler (Beil) schwieg. Kurz darauf kam eine Stelle, wo Millers Frau zu früh abging; der Schauspieler rief ihr nach, er habe noch eine Nuance zu beobachten. ›Welche?‹ fragte sie. – ›Ich habe Ihnen nach des Verfassers Vorschrift einen Tritt zu geben.‹ Der jugendliche Autor schwieg.«

Eine bedeutende Momentaufnahme aus Schillers Leben verdanken wir Andreas Streicher. Zur Erstaufführung von *Kabale und Liebe* hatte Schiller ihn in seine Loge eingeladen. »Ruhig, heiter, aber in sich gekehrt und nur wenige Worte wechselnd, erwartete er das Aufrauschen des Vorhanges. Aber als nun die Handlung begann – wer vermöchte den tiefen, erwartenden Blick – das Spiel der unteren gegen die Oberlippe – das Zusammenziehen der Augenbrauen, wenn etwas nicht nach Wunsch gesprochen wurde – den Blitz der Augen, wenn auf Wirkung berechnete Stellen diese auch hervorbrachten – wer könnte dies beschreiben! – Während des ganzen ersten Aufzuges entschlüpfte ihm kein Wort, und nur bei dem Schlusse desselben wurde ein ›es geht gut‹ gehört.« Es ging in der Tat gut. Die Leute waren begeistert und brachten stehend dem Dichter Ovationen. Das war am 15. April. Zwei Tage zuvor war in Frankfurt die eigentliche Uraufführung gewesen. Der dortige Theaterdirektor Großmann hatte ein aufmerksames Auge auf Schiller; im März hatte er ihn in Mannheim besucht.

Das Stück hat seinen Weg über die Bühnen genommen – bis ins Moskauer Kammertheater. In Berlin wurde es im November 1784 im Kleinen Theater in der Behrenstraße gespielt; diese Inszenierung ist in Chodowieckis Stichen verewigt. In der *Vossischen Zeitung* war aber zuvor eine Kritik des gedruckten Textes erschienen, wie sie schlimmer kaum zu denken war: »In Wahrheit wieder einmal ein Produkt, was unsern Zeiten Schande macht! Mit welcher Stirn kann ein Mensch doch solchen Unsinn schreiben und drucken lassen, und wie muß es in dessen Kopf und Herz aussehen, der solche Geburten seines Geistes mit Wohlgefallen betrachten kann! – Doch wir wollen nicht deklamiren. Wer 167 Seiten voll eckelhafter Wiederhohlungen gotteslästerlicher Ausdrücke, wo ein Geck um ein dummes affektirtes Mädchen mit der Vorsicht rechtet, und voll krassen pöbelhaften Witzes oder unverständlichen Galimathias durchlesen kann und mag – der prüfe selbst. So schreiben heißt Geschmack und gesunde Kritik mit Füßen treten; und darin hat denn der Verfasser diesmal sich selbst übertroffen. Aus einigen Scenen hätte was werden können, aber alles, was dieser Verfasser angreift, wird unter seinen Händen zu Schaum und Blase. – Kostet in der Voßischen Buchhandlung allhier 10 Gr.«

Und einige Wochen später schrieb der gleiche Rezensent, dem das Stück keine Ruhe ließ, noch einmal darüber, am Ende: »Nun sey es aber genug; ich wasche meine Hände von diesem Schillerschen Schmutze, und werde mich wohl hüten, mich je wieder damit zu befassen!« Der Urheber dieses Doppelverrisses war Karl Philipp Moritz, der wenig später den autobiographischen Roman *Anton Reiser* geschrieben hat, ein seltsamer, in seinem kurzen Leben (1756 bis 1793) unglücklicher Zeitgenosse, ein ebenso schwärmerischer wie skeptischer Kopf. Ein Jahr nach jener Kritik lernen Dichter und Rezensent einander in Leipzig kennen – Schiller behandelt Moritz mit Hochachtung, erkennt vieles als begründet an. Sie schließen Freundschaft.

Im Januar 1784 war Schiller in die Mannheimer Deutsche Gesellschaft aufgenommen worden. Das war in zweifacher Hinsicht wichtig. Einmal war es von gesellschaftlicher Bedeutung – er zählte nun förmlich zu den Honoratioren der Stadt. Sodann war ihm merkwürdigerweise mit dieser, vom Kurfürsten zu bestätigenden, Mitgliedschaft die Staatsangehörigkeit von Kurpfalz verliehen. Beides war für den Emigranten wichtig genug. Er erwähnt es in zwei nach Stuttgart gerichteten Briefen. Am 18. Januar an Wilhelm von Wolzogen, spürbar gedämpft: »Ich bin jetzt Mitglied der kurfürstlichen teutschen Gelehrtengesellschaft, und also mit Leib und Seele Kurpfälzischer Unterthan – diese Kleinigkeiten interessierten Sie vielleicht nicht weniger, als mich mein Bester, die Ihrigen.« Schwungvoller klingt es in dem an den alten Akademiefreund Zumsteeg gerichteten Schreiben vom Tag darauf: »Jetzt lebe ich zu Mannheim in einem angenehmen dichterischen Taumel – Kurpfalz ist mein Vaterland, denn durch meine Aufnahme in die gelehrte Gesellschaft, deren Protector der Curfürst ist, bin ich nazionalisiert, und kurfürstlich Pfalz bairischer Unterthan. Mein Clima ist das Theater, in dem ich lebe und webe, und meine Leidenschaft ist glücklicherweise auch mein Amt.«

Ein Augenblick von Hochgefühl – oder auch nur ein hochgemutes Wort nach Stuttgart gerichtet, wo die Leute ihn nicht bedauern oder bemitleiden sollen. Die Wahrheit wird in einem Brief an Reinwald sichtbar (vom 4. Mai 1784): »Allein und getrennt – ohngeachtet meiner vielen Bekanntschaften dennoch einsam und ohne Führung muß ich mich durch meine Oekonomie hindurch kämpfen, zum Unglük mit allem versehen, was zu unnötigen Verschwendungen reizen kann. Tausend kleine Bekümmernisse – Sorgen – Entwürfe, die mir ohne Aufhören Vorschweben zerstreuen meinen Geist, zerstreuen alle dichterische Träume, und legen Bley an jeden Flug der Begeisterung... Bester Freund, ich bin hier noch nicht glüklich gewesen, und fast verzweifle ich, ob ich je in der Welt wieder darauf Anspruch machen Kann.« Es folgt jener Stoßseufzer nach der Bauerbacher seligsten Zeit...

Unfruchtbar ist letzten Endes sein Verhältnis zur »Deutschen Gesellschaft«; Schillers Versuche, sie zur Trägerin seiner dramaturgischen Ideen zu machen, sind vergeblich geblieben. Das mag zum guten Teil daran gelegen haben, daß sich Dalberg, auf den es am meisten ankam, reserviert verhielt. Aber auch sonst mag in der Gesellschaft ein Mißbehagen verbreitet gewesen sein gegen diesen von Einfällen übersprudelnden jungen Mann von saloppem Äußeren und jammerwürdigen Finanzen, mit seinen naiven Verliebtheiten und seinem penetrant schwäbisch vorgetragenen Pathos. Schillers wichtigster Auftritt in der Gesellschaft war seine Rede über das Thema »Was kann eine gute stehende Schaubühne eigentlich wirken?« Sie wurde später unter dem treffenderen Titel *Die Schaubühne als eine moralische Anstalt betrachtet* in der *Rheinischen Thalia* gedruckt. »Beförderung der allgemeinen Glückseeligkeit« – das ist die Tonart des aufgeklärten Absolutismus, der Stil der Festreden auf der Akademie – »daß die Schaubühne Menschen- und Volksbildung wirke« besagt dasselbe und klingt modern. Zwei Zitate mögen den Inhalt andeuten. »Die Gerichtsbarkeit der Bühne fängt an, wo das Gebiet der weltlichen Gesetze sich endigt... Das ganze Reich der Phantasie und Geschichte, Vergangenheit und Zukunft stehen ihrem Wink zu Gebot. Kühne Verbrecher, die längst schon im Staube vermodern, werden durch den allmächtigen Ruf der Dichtkunst jetzt vorgeladen...« Und: »Eine merkwürdige Klasse von Menschen hat Ursache, dankbarer als alle übrigen gegen die Bühne zu sein. Hier nur hören die Großen der Welt, was sie nie oder selten hören – Wahrheit; was sie nie oder selten sehen, sehen sie hier – den Menschen.« (Zu dem letzten Zitat ist eine chronologische Anmerkung zu machen. Am 26. Juni 1784 hat Schiller diese Rede gehalten. Am 5. Mai waren, erstaunlich genug, anläßlich eines Ifflandschen Gastspiels die *Räuber* durch ehemalige Akademisten in Stuttgart aufgeführt worden – in Anwesenheit Carl Eugens! Dieses Ereignis, Schiller natürlich bekannt, könnte die beiden Sätze geformt haben.) Die Beispiele in seiner Rede holt Schiller zumeist bei Shakespeare, auch bei Lessing oder selbstbewußt aus seinen *Räubern*. – Eingangs spricht er übrigens einmal von der »Rache der kleinen Geister an dem Genie, dem sie nicht nachklimmen können«.

Zu dem, was Schiller konkret in der »Deutschen Gesellschaft« bewirkt hat, gehört ein Liebesdienst für den Stuttgarter Freund Petersen. Die Gesellschaft hatte eine, übrigens bemerkenswerte, Preisfrage ausgeschrieben: »Welches sind die Veränderungen und Epochen der deutschen Hauptsprache seit Karl dem Großen und welches hat sie in jeder an Stärke und Ausdruck gewonnen oder verloren?« Petersen hatte sich mit einer beachtlichen Einsendung beteiligt. Der Preis wurde dem Professor Meister in Zürich zuerkannt, aber Schiller als einer der drei Preisrichter setzte es durch, daß Petersen, dessen Arbeit der preisgekrönten nahe komme, ebenfalls eine »anständige Belohnung« erhielt. »Diß ohngefähr ist mein geringstes Verdienst« schreibt Schiller am 1. Juli an Petersen, »aber ich gestehe Dir ausdrüklich, nicht der Rüksicht auf unsere Bekanntschaft, bloß meiner Überzeugung hast Du es zu danken.« Die »anständige Belohnung« bestand aus einer 25 Dukaten schweren Goldmedaille. Schiller, wie zu berichten sein wird, befand sich damals auf dem tiefsten Grund seiner Schuldennot.

Auf die Dauer mischte sich auch in das Verhältnis zu den Schauspielern, bei allem geselligen Verkehr, manches Unerquickliche. Selbst auf einer Bühne vom Rang des Mannheimer Nationaltheaters nahm anspruchslose Unterhaltung einen breiten Raum ein, leicht gefertigte Komödien und Rührstücke, die den Schauspielern nicht viel abverlangten; *Henriette oder der Husarenraub*, *Zwei Onkels für einen* und wie immer sie hießen. Schiller mit seinen Stücken stellte hohe Anforderungen, und das ging den Schauspielern mit der Zeit auf die Nerven, zumal sie ziemlich strapaziert waren durch die Vielzahl der Stücke, die Dalberg für nötig hielt.

Dazu kam, daß nach alter Theatermanier manche Schauspieler selbst Textschreiber waren und den Dichter als Konkurrenten ansahen. Das gilt in besonderem Maß für Iffland. Gerade zu der

Zeit, als Schiller Theaterdichter war, entfaltete Iffland sein Talent als Stückeschreiber. Es begann mit zwei Fünfaktern, die der Autor später selbst als übelgeratene Versuche bezeichnet hat. Dann folgte das Schauspiel *Verbrechen aus Ehrsucht* (der Titel von Schiller), das einschlug und auch in Frankfurt mit Erfolg gespielt wurde. Für dieses Stück, ein »Familiengemälde«, wurde dem Verfasser von der »Deutschen Gesellschaft« eine Goldmedaille verehrt – für Schiller hat man sich derartiges nicht einfallen lassen. Da Iffland bei allem Selbstbewußtsein sensibel und klug genug war, um in Schillers Dramen den höher fliegenden Geist zu spüren, mußte er ihn als Rivalen empfinden. Und Schiller, so sehr sein Genie Bewunderung, sein Charakter herzliche Freundschaft verdiente und auch fand, bot dem Spott reichliche Angriffsflächen; wer ihm schaden wollte, konnte ihn ohne Mühe als Karikatur hinstellen. Das hat sich nicht nur in Geschwätz und Gekicher unter dem Theatervolk geäußert – nur in Beck hat er einen beständigen Freund gehabt –, das sollte noch im Sommer 1784 die krasseste Gestalt annehmen.

Dieses ganze Jahr war für Schiller dunkel bewölkt, aber es gab einige Aufhellungen. Dazu gehört die geglückte Aufführung von *Kabale und Liebe*. Dazu gehört eine Reise, die er Ende April, Anfang Mai, mit Iffland und Beil nach Frankfurt unternimmt. Man steigt im »Schwarzen Bock« ab. Das war nun ein feineres Haus als der »Storchen« drüben auf der Sachsenhäuser Seite, und Schiller wird in diesen Tagen, ringsum eingeladen, gefeiert und üppig traktiert – »kaum ein nüchterner Augenblick« –, euphorische Vergleiche gezogen haben zwischen den Tagen damals im Herbst 1782 und dem heute. Sein Ruhm hatte sich verbreitet seither, das war offenkundig. Daß er dabei im Grunde so arm und ungesichert war wie damals – dieses Gefühl, diese Gewißheit war jetzt nur obenhin von Champagnerschaum benetzt.

Es war ein kleines Gastspiel, das die Mannheimer bei der Großmannschen Truppe in der Reichsstadt gaben. Am ersten Abend spielen Iffland und Beil im *Verbrecher aus verlorener Ehre,* am letzten Abend in *Kabale und Liebe;* jedesmal mit großem Erfolg. Nach dem ersten Abend berichtet Schiller mit fliegender Feder an Dalberg: »Noch voll und warm von der Geschichte des gestrigen Abends eile ich, Ewr Exzellenz von dem Triumph zu benachrichtigen, den die Mannheimer Schauspiel Kunst feierlich in Frankfurth erhielt... das aber ist zuverlässig wahr, daß Ifland und Beil unter den besten hiesigen Schauspielern, wie der Jupiter des Phidias unter Tüncherarbeiten hervorragten... Iflands und Beils Spiel haben Revoluzion unter dem Frankfurter Publikum veranlaßt. Man ist warm für die

Bühne geworden...« – Unter den Bekanntschaften, die Schiller in diesen Frankfurter Tagen machte, war ein Ehepaar Albrecht; sie war eine bedeutende Schauspielerin, eine gefühlvolle, sentimentale Natur. Albrechts waren von Meiningen her mit Reinwald bekannt – Schiller hatte ihm seit seiner Abreise von Bauerbach nicht geschrieben.

Das wird nun, am Tage der Rückkehr nach Mannheim, schleunigst nachgeholt – »mit peinigender Beschämung ergreife ich die Feder...« Ein langer Brief, ein redlicher Bericht. Es wurde daraus schon zitiert, denn nirgends sonst hat Schiller sich so deutlich über seine Einsamkeit in aller Betriebsamkeit und über seine drückenden Sorgen ausgesprochen. Und er äußert den »Lieblingsgedanken, zurükgezogen von der grösseren Welt, in philosophischer Stille mir selbst, meinen Freunden und einer glücklichen Weißheit zu leben«.

Eine Hauptursache der quälenden Unruhe, die Schillers Mannheimer Zeit wie das physische Fieber begleitete, war die Schuldenlast. Mit Schulden zu leben, war zu allen Zeiten nichts Ungewöhnliches, im 18. Jahrhundert schon gar nicht. Aber um mit Schulden behaglich zu leben, braucht es eine gewisse Veranlagung und ein spezielles Talent, etwa nach dem Goethe-Vers

Mit Männern sich geschlagen,
Mit Weibern sich vertragen,
Und mehr Kredit als Geld –
So kommt man durch die Welt.

Das war nun Schillers Art nicht. Die württembergisch-protestantische Sparsamkeit und Genauigkeit, wie er sie in den Eltern und besonders im Vater verkörpert sah, war ihm angeboren und anerzogen, und hiergegen hat er nie rebelliert. Wohl war er gern mit den Fröhlichen fröhlich und ließ dann auch etwas springen – fast gerührt liest man in einem Brief seines Vaters: »Ich würde mich selbst einer Ungerechtigkeit beschuldigen müssen, wenn ich alle erlaubten Ergötzlichkeiten einem jungen Menschen, meinem Sohn, verdenken oder abraten sollte. Nein! Das wäre mit leid, wenn er sich nach einer schweren Kopf-Arbeit nicht sollte erholen, erfreuen können.« Es folgt dann noch die Mahnung: »Aber! Dergleichen Erholungstage mehrere als Beschäftigungstage zu machen, das wird wohl nicht angehen.« Gerade weil der Vater ein Vorbild der Redlichkeit ohne Kleinlichkeit darstellte, hat der Sohn das als beispielhaft empfunden. Diese soliden Grundsätze und sein Stolz haben ihn seine Schulden zu einer nervenzermürbenden Plage werden lassen. Jedes mahnende Wort von Gläubigern und Bürgen drang ihm wie ein Stachel ins Fleisch.

Machen wir einmal die Schuldenrechnung auf:

Die Grundlage des Schuldenberges bildet das Darlehen in Höhe von 150 Gulden für die Druckkosten der *Räuber;* das war im März 1781. Ein Jahr darauf mußte er einen Betrag von ähnlicher Höhe leihen, um seine *Anthologie auf das Jahr 1782* drucken zu lassen. Diese Schulden hingen ihm an, als er aus Württemberg floh.

Die nächsten Schulden erwachsen ihm in Bauerbach. Zwar wohnte er im Wolzogenschen Haus als Gast, das Kostgeld jedoch – er bezog seine Mahlzeiten aus dem Wirtshaus – und die unvermeidbaren kleinen Ausgaben wurden ihm von der Gutsherrin vorgestreckt. Weltrich berechnet diese Ausgaben mit 540 Gulden, was mir zu hoch erscheint, denn das wären fast 70 Gulden monatlich. Mag diese Schuld also bedeutend niedriger und die Dringlichkeit durch Freundschaft gemildert gewesen sein, sie zählte auch. Eine schwere Last lud er sich aber auf die Schultern, als er vor der Abreise aus Bauerbach bei Israel ein Darlehen von wahrscheinlich fast 600 Gulden aufnahm – das doppelte der alten Stuttgarter Schulden! Frau von Wolzogen übernahm die Bürgschaft, und das war kein halbverbindliches Geschäft unter Freunden mehr.

Selbst wenn man das, was Schiller der mütterlichen Freundin direkt schuldig geblieben war, sehr niedrig ansetzt, war seine Schuldenlast, als er nach Mannheim zurückkehrte, auf mindestens tausend Gulden angewachsen. Das war mehr als das dreifache des Gehalts, das ihm dann als Theaterdichter zugestanden wurde. Wie wollte er da an Schuldentilgung denken? (Die Umrechnung alter Münzsorten in heutige Kaufkraft kann nur vage Annäherungswerte ergeben. Hier irrt auch der sonst so genaue Weltrich beträchtlich, wenn er um 1900 einen Gulden mit 10 M gleichsetzt. Wenn wir aber den Gulden rheinisch mit 20 DM, Kaufkraft von 1980, ansetzen, so ist das sehr vorsichtig gerechnet, und das ergibt eine Schuld von 20000 – bei einem Jahresgehalt von 6000!)

Der ganze Schuldenjammer, unter dem Schiller so lange gelitten hat, bricht aus in einem Brief vom 8. Oktober 1784 an Frau von Wolzogen:

»Ihr Brief, meine theuerste, und die Situation, in welcher ich mich mit Ihnen befinden muß, hat eine schrekliche Wirkung auf mich gemacht. Unglükliches Schiksal, das unsere Freundschaft so stören mußte, das mich zwingen mußte, in Ihren Augen etwas zu scheinen, was ich niemals gewesen bin, und niemals werden kann, niederträchtig und undankbar. Urtheilen Sie selbst, meine beste, wie weh es mir thun muß, auch nur einen Augenblik in der Liste derjenigen zu stehen, die an Ihnen zu Betrügern geworden sind. Gott ist mein Zeuge, daß ich es nicht verdiene. Aber jetzt ist es zu nichts nüze, so allgemein über unser Verhältniß zu reden. Nur das einzige überlegen Sie bei Sich selbst, ob eben diese entsezliche Beschämung, mit der ich an meine Wohlthäterin denken muß, mein bisheriges Stillschweigen nicht einigermaasen – ich will nicht sagen, entschuldigt – doch wenigstens begreiflich macht. Wie oft und gern wäre ich in den Bedrängnißen meines Herzens, in der Bedürfniß nach Freundschaft zu Ihnen meine Theuerste geflogen, wenn nicht eben die schrekliche Empfindung meiner Ohnmacht Ihren Wunsch zu erfüllen, und meine Schulden zu entrichten, mich wieder zurükgeworfen hätten. Der Gedanke an Sie, der mir jederzeit soviel Freude machte, wurde mir, durch die Erinnerung an mein Unvermögen, eine Quelle von Marter. Sobald Ihr Bild vor meine Seele kam, stand auch das ganze Bild meines Unglüks vor mir. Ich fürchtete mich, Ihnen zu schreiben, weil ich Ihnen nichts, immer nichts, als das ewige: Haben Sie Geduld mit mir, schreiben konnte.«

Es ist ein langer Brief, und wie könnte er weiter gehen ohne Vertröstungen und Versprechungen – es ist entsetzlich, einen grundehrlichen und stolzen Menschen in die Rolle eines windigen Schuldenmachers gestoßen zu sehen.

Im Hochsommer dieses Jahres war die Korporalsfrau Fricke, die für eine der alten Stuttgarter Schulden bürgte, vom Gläubiger bedrängt, in Panik nach Mannheim geflohen, um beim Schuldner Hilfe, das heißt Geld zu suchen. Frau Hölzel öffnet ihr und verleugnet ahnungsvoll ihren Mieter; unterrichtet dann Schiller von dem Besuch und erfährt von ihm, wie es steht. Maurermeister Hölzels waren keine wohlhabenden Leute, aber die Not ihres Mieters rührte die guten Herzen der Frau und des Mannes. Sie bringen die 200 Gulden auf, und die Korporalin, bereits von der Polizei in Schuldhaft gesetzt, kann wohlverrichteter Dinge heimfahren. Diese alte Schuld war getilgt – eine frische Verbindlichkeit entstanden. Viele Jahre später hat Schiller diese Guttat vergolten, durch Geldsendungen und indem er der in Not geratenen Familie aus der Ferne durch die Versorgung ihres Sohnes beim Nationaltheater helfen konnte – der Dankesbrief der Frau Anna Hölzel ist auch ein Dokument aus Schillers Leben. Einige Sätze daraus: »... mein Sohn musste sich setzen die freide wirkte so auf ihn dass er weinte. Mutter nicht das gelt machte würkung sondern wie ich hörte dass der grose Schiler seine kostbare Zeit an uns verlassen wänte.«

Bis Ende August 1784 war der Theatervertrag befristet – längst waren die Einkünfte daraus verzehrt –, und in diesem Sommer häuften sich die Sorgen und Aufregungen. Unstreitig war Schiller mit einem Punkt des Vertrags im Verzug: der Lieferung eines neuen Bühnenstücks. Der Gegenstand dieser Zusicherung war der *Don Carlos*. Aber drängende Arbeiten, die vor den Aufführungen von *Fiesco* und *Kabale und Liebe* gemacht werden mußten (*Fiesco* war ja fast neu zu gestalten), andere Anforderungen des Theateralltags, vor allem aber die immer wiederkehrenden Fieberanfälle hatten den *Don Carlos* kaum über die Bauerbacher Anfänge hinaus gedeihen lassen. Schiller am 7. Juli an Dalberg: »Ich bin jetzt mehr als jemals über mein neues Schauspiel verlegen. Woher ich nur Briefe bekomme, dringt man darauf, ich möchte ein groses historisches Stük, vorzüglich meinen Karlos zur Hand nehmen, davon Gotter den Plan zu Gesicht bekommen, und gros befunden hat... *ein* Stück wie dieses erwirbt dem Dichter, und auch dem Theater dem er angehört schnellern und grösern Ruhm, als drei Stüke...« Wirklich findet der Dichter nach diesem Brief den inneren Schwung und leidliche äußere Ruhe, um den *Don Carlos* voranzubringen. Andreas Streicher hilft ihm, wie damals in Oggersheim, mit Phantasien auf dem Klavier. Und am Abend liest Schiller dem treuen Freund vor, was er am Tag zu Papier gebracht hat.

Dalberg war bereits gesonnen, den Theaterdichter-Vertrag nicht zu verlängern. – Schillers vertrauensselige Art, sich aus dem Augenblick heraus rückhaltlos über seine Pläne und Projekte zu äußern, hat ihm oft geschadet. Seit seiner Flucht war der Gedanke, sich wieder der Medizin zuzuwenden, weiterzustudieren, eine Praxis zu eröffnen, nie ganz erloschen. Bald durch Briefe des Vaters, bald durch äußere Umstände erweckt, tauchen solche Überlegungen immer wieder auf; und was Schiller bewegt, das muß er mitteilen, im Gespräch oder im Brief. So redet man denn in Mannheim, Schiller wolle in Heidelberg wieder Medizin studieren. – Als der 1. September da war und der Vertrag nicht verlängert, der Dichter aus dem Verband des Nationaltheaters entlassen, war es Dalberg, der diese Karte im Spiel ergriff – vielleicht aus wirklicher Teilnahme an dem Geschick des jungen Mannes, vielleicht, um seinem kühlen Entschluß einen Mantel von Nächstenliebe umzuhängen. Schiller hatte es ihm mehr als leicht gemacht, indem er ihm am 24. August seinen Entschluß, wieder Mediziner zu werden, schriftlich mitgeteilt hatte... Dalberg schickt den Hofrat May zu ihm, einen der beiden Theaterärzte. May, ein mit vielen Wässerchen gewaschener Mann, ein Hofmann wie aus *Kabale und Liebe*, macht seine Sache vortrefflich. Wie vortrefflich, zeigt der Brief, den Schiller am Tag darauf an Dalberg schreibt:

»Dasjenige, was Ewr. Exzellenz mir gestern durch H. Hofrath Mai haben sagen lassen, erfüllt mich aufs neue mit der wärmsten und innigsten Achtung gegen den Vortrefflichen Mann, der so grosmütigen Antheil an meinem Schiksal nimmt. Wenn es auch nicht schon längst der einzige Wunsch meines Herzens gewesen wäre, zu meinem Hauptfach zurükzukehren, so müßte mir allein schon dieser schöne Zug Ihrer edeln Seele einen blinden Gehorsam abnötigen.« Wenn irgendwo, dann hier, erscheint Schiller als der reine Tor. Zutraulich bittet er im weiteren Dalberg um nichts geringeres als um einen Vorschuß auf künftig zu liefernde Dramen – praktisch um ein weiteres Jahresgehalt als Theaterdichter. Der Brief endet: »Kann ich hoffen, die Entschließung Euer Exzellenz mündlich oder schriftlich zu hören. Ich erwarte sie mit Sehnsucht und Ungeduld.« Dalberg reagiert überhaupt nicht.

Es ist wahrhaftig ein Brief von unirdischer Einfalt. Und doch enthält er einen wichtigen Gedanken, der vor und nach Schiller ungezählte schöpferische Menschen bewegt hat. Der Dichter gesteht, daß die Identität von Berufung und Beruf, von Neigung und Broterwerb lähmend auf seine Produktion wirke... »lange schon habe ich, nicht ohne Ursach, befürchtet, daß früher oder später, mein Feuer für die Dichtkunst erlöschen würde, wenn sie meine Brodwissenschaft bliebe, und daß sie im Gegenteil neuen Reiz für mich haben müßte, sobald ich sie nur als Erholung gebrauchte, und nur meine reinsten Augenblike ihr widmete.« Überblickt man Schillers weiteres Leben, so sind »Brodwissenschaft« und Dichtkunst einander ziemlich nahe geblieben; aber doch nie mehr so bis zur Identität verschmolzen wie in dem Jahr, in dem er »Theaterdichter« gewesen ist. – Die Rückkehr zur Medizin, die Erfüllung des angeblich einzigen Herzenswunsches, blieb auf dem hastig beschriebenen Papier stehen, und es ist sehr zu bezweifeln, ob etwas daraus geworden wäre, wenn Dalberg dem kühnen Wunsch nach einem Stipendium-Darlehen entsprochen hätte. Aber daran hat er keinen Augenblick gedacht. Sein Verhältnis zu Schiller war nahe an den Gefrierpunkt gesunken.

Das Theaterdichter-Jahr sollte mit einem Spuk zu Ende gehen, mit einem höhnischen Rüpelspiel auf eben den Brettern, auf denen die *Räuber* der Welt bekannt gemacht worden waren. Am 3. August – Schiller befand sich in Schwetzingen, auch Dalberg war abwesend – wurde die Posse *Der schwarze Mann* aufgeführt, ein nach einem französischen Vorbild von Gotter gefertigtes Machwerk. Nun war Friedrich Wilhelm Gotter in Gotha nicht irgendwer, sondern einer der angesehensten deutschen Theaterkritiker, und in Mannheim war man ihm besonders gewogen, denn er hatte seinerzeit bei der Vermittlung der Ekhofschen Truppe eine wichtige Rolle gespielt; Iffland, Böck, Beck schätzten ihn hoch. Gotter hatte etwas gegen Schiller, er empfand die *Räuber* als einen barbarischen Einbruch in die helle Welt des Theaters; mit heftigem Unwillen hatte er vermerkt, daß der Verfasser dieses Stückes bei dem von ihm, Gotter, so begünstigten Nationaltheater eine Anstellung gefunden hatte. – Eine Hauptfigur in jener Posse ist ein Theaterdichter namens Flickwort, eine Figur, die sich als Chevillard bereits in dem französischen Stück findet, die aber von Gotter Schiller geradezu auf den Leib geschneidert worden ist. Das war zu einem Zeitpunkt geschehen, als der *Fiesco* bereits bekannt war; Gotter war über die vorausgegangenen Schwierigkeiten und Abänderungen im Bilde. Flickwort: »Aber der fünfte Akt? – O, du unseeliger Fünfter! – Klippe meiner schiffbrüchigen Kollegen, soll auch ich an dir scheitern? – (nachdenkend.) Zwey Wege liegen vor mir – beide von Aristoteles gezeichnet. – Die Verschwörung wird entdeckt – der König – ein zweiter August – siegt über sich selbst – Die Verräther erhalten Gnade – (Pause.) – Nein! das sieht zwanzig andern Stücken so ähnlich. – Ich stehle nicht. – Ich bin ein Original. – Ich lasse die Tugend unterliegen. Je unmoralischer, desto schrecklicher!«

Dieser Theaterdichter ist ein Schuldenmacher und ein Hungerleider. Der Wirt Quick, nach seinen Gästen gefragt: »... und ein Poet, den ich nicht rechne, weil ich ihn gratis füttre.« Wiederholte Szenen, wo der hungrige Flickwort nach gedeckten Schüsseln schmachtet. Einmal läßt Gotter seinen Flickwort ausrufen: »Herr! Athen schickte seine großen Männer ins Elend...« Auch das fehlt nicht. Flickwort war in das Kostüm gesteckt, das Mannheim an Schiller kannte: blauer Überrock mit Stahlknöpfen, hohe schmutzigweiße Strümpfe, große Schuhschnallen, bloßer Hals. – Diese Rolle wurde von Iffland gespielt, der ein Meister in der Nachahmung war. Das Publikum brüllte und wieherte vor Lachen.

Als es geschehen war, hat Iffland an Dalberg einen gewundenen Brief geschrieben: »Wir selbst haben damit im Angesicht des Publikums den ersten Stein auf Schiller geworfen. Ich habe ängstlich jede Analogie vermieden.« Das letztere war stark gelogen. Aber die Reue mochte ehrlich sein. »Wir hätten dieses Stück niemals geben sollen. Aus Achtung vor Schiller nicht.« Es dürfte so gewesen sein, daß Iffland an der üblen Kabale seinen Anteil gehabt und daß er die Rolle des Flickwort mit komödiantenhafter Lust gespielt hat – daß ihn aber danach eine Art Beschämung beschlich und er auch interessiert war, dem Intendanten gegenüber als ehrlicher Mann dazustehen. Wie auch immer: »Treuherzigkeit, Biedersinn, Nachsicht und Wohlwollen«, die Iffland im Rückblick auf jene Jahre beschwört, haben Lücken gehabt.

Und Schiller? Er hat bisweilen außerhalb oder doch am Rande der Wirklichkeit gelebt. Eine Gemeinheit, deren er selbst nicht fähig war, hat er vielleicht an anderen nicht eigentlich wahrgenommen. Und der Rest, der dennoch blieb, war stolzes Schweigen.

Nachspiel

Aus dem Verband des Nationaltheaters war Schiller entlassen. Aber er blieb, solange er noch in Mannheim wohnte, dem Theater und den Kreisen, die es trugen, gesellig verbunden, mitredend, schreibend. Triftige Gründe, ernsthafte Aufgaben waren es aber nicht mehr, die ihn »in dem für ihn so fatalen Mannheim« hielten; so hat es Andreas Streicher genannt. Das ging den Rest des Jahres 1784 hindurch und bis in den April 1785. Es war ein rechtes Elend (– besinnen wir uns auf die ursprüngliche Bedeutung des Worts: in fremdem Land, aus dem Frieden der angeborenen Rechtsgenossenschaft ausgewiesen). Und was in dieser restlichen Zeit an Tröstlichem geschah, hatte nicht in Mannheim seinen Ursprung.

Zu den Sorgen in diesem Elend gehörte das Verhältnis zu seiner Familie auf der Solitude. Den Gedanken an eine Rückkehr des Sohns hatte man dort allmählich aufgegeben. Und es wurde schon erwähnt, daß auch der Vater sich mit dem Dichterberuf abgefunden hatte; Erfolge des Sohnes taten dem Alten gut, und wenn sie auf dem Theater stattfanden. Daß ihm der Arztberuf als das Solidere erschien, hat er freilich nie verschwiegen, aber der Sohn selbst dachte ja immer wieder daran – »der einzige Wunsch meines Herzens« –, wir haben's zitiert. Hier lagen die Schwierigkeiten nicht. Belastend war die Sorge der Familie wegen der alten Stuttgarter Schulden. Und dann sollte ein anderer Umstand, in dessen Mitte die treue, liebevolle Schwester Christophine stand, sich zu einer Zerreißprobe entwickeln.

Die Schulden – wieder muß von ihnen die Rede sein. Der Vater war ziemlich unterrichtet, bürgte auch für einzelne Stuttgarter Posten. Der Barometerstand läßt sich aus seinen Briefen ablesen. »Ich will, wenn ich nur vorhero von Ihm, liebster Sohn, erfahre, was es mit der Frau Generalin von Hollschen Schuld für eine

Bewandnis habe, auch für selbige auf eine Zeitlang gutstehen, damit Er nicht angefochten wird und desto ruhiger arbeiten kann; aber ich versichere mich auch dabei, dass Er mich nicht zum Nachteil Seiner Schwestern im Stich lassen werde.« (Ende Dezember 1783.) Am 19. Februar 1784 heißt es: »... will ich keinen Augenblick anstehen, Ihm zur Erleichterung und endlichen Verbesserung Seiner Lage meinen väterlichen Rat mitzuteilen, vorhero aber die Anmerkung machen, daß es gar nicht Sein Glück sein würde, wenn Er einen Vater hätte, der immerhin vermögend genug und geneigt wäre, Ihn aus Seinen Verlegenheiten herauszuholen... Solange Er, mein liebster Sohn, Seine Rechnung auf Einnahmen setzt, die erst kommen sollen, mithin dem Zufall oder Unfall unterworfen sind, solang wird Er im Gedränge verwickelt bleiben.« Im gleichen Brief: »Die v. Wolzogen kann warten..., denn sie ist auch eine von den Personen, die Ihn zu seinem Derangement veranlaßt haben.« Es folgt dann eine derbe Mahnung wegen des Spielens: »Ein Mann von solchen Gaben wie Er, schändet sich, wenn er mit einem solch kindischen Unterhalt die Zeit verdirbt.«

Der Sohn hatte die Zahlung von 50 Gulden für den Februar zugesagt. Der Vater am 9. März: »Liebster Sohn! Es ist nunmehr der Monat Februar ganz vorbei, und Er hat zu Bezahlung des von Schadeschen Postens das Geld nicht geschickt.« Aber nach einigen ärgerlichen Worten einlenkend: »Ich will zugeben, daß es in Seinen Augen bis letzt unmöglich gewesen sei, das Geld... zu schicken, aber ich muß auch hinzusetzen, daß Er dieses selbst schon lange gewußt haben müsse oder hätte wissen können...« Der Vater weist dann auf den Finger Gottes, der den Sohn mit diesen Beschwernissen mahne, »damit Er allen Eigensinn ablege, dem guten Rat Seines Vaters und andrer wahrer Freunde mehr folge...« Und weitere Mahnungen, er wäre besser im Lande geblieben, und »Er hat überhaupt manchmalen so närrische Launen, die Ihn bei Seinen besten Freunden unerträglich machen«. – Schiller hatte aber doch, wahrscheinlich bereits im Februar, die Schadesche Schuld mit 50 Gulden beglichen. Briefe des Vaters vom Mai und vom Juni berühren die leidige Frage nicht. Aber im Herbst und Winter werden die Schulden Gegenstand seiner bitteren, fast verzweifelten Vorwürfe werden.

Es hatte sich etwas entwickelt, was allen Beteiligten Aufregung und Verdruß bereitet hatte. Der Urheber davon war kein andrer als der Bibliothekar Reinwald aus Meiningen, Schillers zuverlässige Stütze in der Bauerbacher Zeit; die Ursache seine Werbung um die

Hand Christophines. Von der Existenz dieses Mädchens hatte er im Umgang mit Schiller erfahren, auch Briefe von ihr zu Gesicht bekommen und selbst eine Korrespondenz mit ihr begonnen. Reinwald, im Herbst seines freudlosen Lebens, verspürt einen Hauch von Frühling; er unternimmt die Reise nach Schwaben. Auf der Solitude wird er freundlich aufgenommen. »Hier logier ich unbeschreiblich angenehm, sehe über einen Garten, der grenzenlos scheint... Alle meine Schilderungen reichen nicht hin, diese Aussicht zu beschreiben... Hier leb' ich unter einer liebenswürdigen Familie, mein Zimmer mit Orangen und den herrlichsten Blumen des Gartens parfümiert, bei schmackhafter Kost und dem besten Nachtisch, den ich je gehabt.« Man erkennt leicht die Ursache dieser Lustreise des sparsamen, genauen Mannes. Christophine war fast 27 Jahre alt, nach damaligen Begriffen beinahe schon eine alte Jungfer. Der Vater hat den soliden Kern des um zwanzig Jahre älteren Besuchers bald erkannt und ist mit dessen Absichten einverstanden. Christophine soll unter die Haube. Zunächst aber sollen die beiden eine Reise miteinander machen und den Fritz besuchen.

Sie treffen am 21. Juni 1784 in Mannheim ein und bleiben zwei Wochen. Der Dichter wäre über den Besuch der geliebten Schwester glücklich gewesen, und er hätte den geschätzten, bewährten Reinwald mit Freude begrüßt. Daß sie aber miteinander kommen, gibt der Wiedersehensfreude einen galligen Beigeschmack. Von Anfang an läßt Schiller erkennen, daß er gegen eine Verbindung dieser beiden ist. Er war seiner Christophine von Herzen zugetan. Er schätzte Reinwald als einen gebildeten, redlichen Mann, aber er kannte auch die pedantische, philiströse Art des in Entbehrung und Enttäuschung vertrockneten alten Knaben, kannte seine dürftigen Verhältnisse. Dorthin sollte seine Christophine nicht kommen. Aber war sie nicht schon so gut wie versprochen? – Fatale Vorzeichen für das Zusammensein selbdritt. Man unternimmt dieses und jenes. Man besucht die Kunstsammlungen, macht Ausflüge nach Schwetzingen, nach Heidelberg; besichtigt dort das große Faß... Zu allem anderen hin hat Reinwald vom Vater Schiller den Auftrag, den Fritz in seinen Finanznöten zu beraten. Es mag manchmal zum Ersticken gewesen sein. – In diese Besuchszeit fallen jene zwei Ereignisse, die Schillers seelisches Gleichgewicht auf die härteste Probe stellen: das Erscheinen der unseligen Korporalsfrau Fricke, und die Aufführung der Posse vom Schwarzen Mann. Und dazu das grämliche, von Enttäuschung und Kränkung zerknitterte Gesicht Reinwalds, und das fragende, unruhvolle der Schwester!

Christophine meldet ihm ihre Heimkehr in einem harmlosen

Brief. Nicht ihren eigenen Kummer, nur den des Bruders berührt sie behutsam: »Schreib mir doch so bald als möglich, aber die Wahrheit. Du mußt mir das nicht übelnehmen, ich weiß, daß Du mich gern schonst in dergleichen Fällen, aber ich merke es gewiß Deinem Brief an, wenn Du nicht wahr redest, und wozu hilft das?« Auch Reinwald, wieder in Meiningen, schreibt ohne spürbaren Groll: »Ich kann nicht dafür, daß ich sie liebe. Ich habe keinen Grund finden können, gleichgültig gegen sie zu sein: man sucht sich zu gefallen, man wird sich unvermerkt unentbehrlich, und das ist sie mir...« Erst fünf Monate später, durch einen – nicht erhaltenen – Brief Schillers neu gereizt, machen sich Kränkung und Enttäuschung über den undankbaren Freund Luft. »Ohngeachtet ich an Mannheim stets mit Unwillen und Schauder denken werde –« heißt es darin. Und weiter: »Mein Schmerz vergeht wieder; aber Sie bleiben noch eine geraume Zeit unglücklich, weil Sie die Menschen entweder nicht genug kennen oder nicht nutzen.« – Auch Christophine hat Ende November einen traurig gestimmten Brief an den Bruder geschrieben. Aber kein Wort steht darin von ihrem eigenen Kummer, nur vom Mitfühlen mit den Sorgen des Bruders und dem Schmerz darüber, daß er sich nicht mitteilen will... »freilich würde ich Dir im Ganzen wenig helfen können, aber ist es nicht Trost, jemand sein Herz ganz öffnen zu können? Wenigstens bei mir wäre dies so. Sollte Deine Schwester, die schon viel, gewiß viel gelitten hat, nicht wert sein, Deine Freundin zu sein, die den ganzen Schmerz Deiner Seele aufnimmt? Glaube mir, Lieber, mein Herz litt schon viel um Deinetwegen.«

Von grobem Schrot und Korn ist ein Brief des Vaters vom Januar 1785. »Sehr ungern gehe ich an die Beantwortung Seines letzten Schreibens vom 21. November vorigen Jahres (nicht erhalten), das ich lieber niemals gelesen zu haben wünsche, als daß ich die darin enthaltenen Bitterkeiten nochmalen kosten soll.« Es geht ums Geld. Dann aber kommt er auf die geplante Verbindung Christophines mit Reinwald. »Jetzt habe ich wegen Seiner Schwester noch etwas anzumerken. Da Er, mein Sohn... Reinwald von einer Seite geschildert hat, die sowohl mich als Seine Schwester im Raten und Handeln von dem vorgehabten Wege abbringen müssen, so scheint die Sache ganz rückgängig geworden zu sein... Ob Er, mein Sohn, wohl daran getan hat, eine für das Alter und die mangelhaften Vermögensumstände Seiner Schwester nicht unschickliche Partie zu hindern, das weiß Gott, der in die Zukunft sieht. Da ich schon 61 Jahre zurückgelegt habe, wenig Vermögen hinterlassen kann, wenn ich sterbe; da Er, mein Sohn, so glücklich auch Seine

Hoffnungen erfüllt werden, dennoch Jahre zu tun hat, sich aus allem Gedränge zu retten... so wäre es auf allen Seiten nicht übel gewesen, wenn Christophine versorgt worden wäre, und sie hätte sich... ganz gewiß in ihn und seine Verfassung um so besser schicken können, als sie gottlob von Großtun und Übertreibung noch nicht angesteckt ist und sich in alle Umstände schicken kann.«

In der Tat war der Reinwaldisch-Christophinische Ehehandel auf eine lange Bank geschoben. Es gab im Herbst 1784 einen Briefwechsel zwischen Vater Schiller und dem verbitterten Reinwald, der nicht frei von Ärger war. Der alte Schiller schreibt dann am 18. Oktober begütigend und deutlich: »Glauben Sie also, daß Sie sich mit dem guten Herzen meiner Tochter, und mit dem, was wir derselben durch Erziehung zur Gottesfurcht zu einer guten Wirtin und Gesellschafterin haben geben können, befriedigen – und das, was Sie an zeitlichen Mitteln dabei vermissen, vergessen können; und ist es sodann der Wille Gottes und mit Übereinstimmung meiner Tochter: so haben Sie mein und meiner Gattin Wort, und Gott segne u. beglüke Ihr Vorhaben.« Nun lenkt auch Reinwald ein, rät »die Neigung des guten Geschöpfs erst sorgsam zu prüfen« und fabriziert den schönen Satz: »Der Umstand den Sie mir in Ihrem schätzbaren Briefe zu bedenken geben, daß Ihre l. Tochter nicht reich sei, war mir zwar noch neu, weil ich mich darnach bei Niemand erkundiget – aber er schreckte mich nicht.« Der biedermännische Brief endet nicht ohne einen Seitenhieb auf den Störenfried Fritz. – Gut Ding will Weile haben, und manches weniger gute Ding auch. Reinwald und Christophine verloben sich förmlich im Herbst 1785 und heiraten im Juni 1786. Christophine wird ihrem Eheherrn in Demut und Armut dienen. Der Inhalt ihres Lebens wird der Ruhm des Bruders sein.

In Schillers Leben während dieser unruhevollen Zeit war die erste liebende Frau eingetreten. Man erinnert sich an das vertrackte und einigermaßen lächerliche Verhältnis zu der verwitweten Hauptmännin Vischer, der »Laura«. Man erinnert sich an die unerwiderten Schwärmereien für diese und jene Schauspielerin, an das doch oberflächliche Interesse für Margarete Schwan – nie konnte eigentlich von Liebe gesprochen werden. – Charlotte von Kalb wurde als Kind eines Marschalk von Ostheim auf Schloß Waltershausen an der fränkischen Saale am 25. Juli 1761 geboren. Sie war also jünger als Schiller, was in manchen Darstellungen verwischt wird. Charlotte war zum Unglück bestimmt von Anbeginn, dazu mit der Gabe der Vorahnung geschlagen. Als sie noch ein Kind war, starben die Eltern kurz nacheinander. Die Geschwister wurden auseinandergerissen, bald hier, bald dort in der Verwandtschaft untergebracht; begann das Mädchen sich einmal heimisch zu fühlen, wurde es aufs neue verpflanzt. Als Zwanzigjährige wird sie in Meiningen bei Hof vorgestellt – und gefällt. Sie ist ein großes, etwas fülliges Mädchen mit üppigem blondem Haar, dazu, wie sich zeigt, mit einer klangvollen Stimme. Eine der Prinzessinnen nimmt sich ihrer an, Charlotte blüht auf. – Ihre Schwestern (es waren vier Töchter und ein Sohn) werden nacheinander verheiratet, standesgemäß, aber unglücklich. Die Schwester Wilhelmine stirbt in ihrem ersten Wochenbett, fast am gleichen Tag fällt der geliebte Bruder im Duell. Charlotte, die das Unheil vorausgeahnt hatte, vergräbt sich in ihrem Schmerz. Man schickt sie zu ihrer Schwester Eleonore, die den Johann August von Kalb hatte heiraten müssen, einen Mann, den Goethe mit den Worten charakterisiert hat: Als Geschäftsmann hat er sich mittelmäßig, als Politiker schlecht, als Mensch abscheulich aufgeführt. Dann taucht der Bruder auf, Heinrich von Kalb, Offizier in französischen Diensten, der sich in Amerika ausgezeichnet hat. Ein Hauch von Abenteurertum umgibt ihn, der Bruder hält eine Heirat mit Charlotte für zweckmäßig – bei allem Unglück waren die Ostheim vermögend; am 23. Oktober 1783 werden die beiden getraut. Heinrich von Kalb war kein Schuft wie sein Bruder, aber die Ehe mit der gefühlsstarken jungen Frau steht unter einem bösen Stern. »Zu meiner Erkenntnis gehört Entlaubung – Sturm – Frost – Erstarren« – selten ist es einer Frau gegeben, ihre Eheverzweiflung in ein solches Bild zu kleiden.

Im Mai 1784 kommt das Ehepaar von Kalb nach Mannheim und macht alsbald Schillers Bekanntschaft. Sie hatten Sendungen von Frau von Wolzogen und Reinwald mitgebracht. Vielleicht hat man sich daran erinnert, daß Charlotte eine der jungen Damen gewesen war, die dem Dichter einen Lorbeerkranz nach Bauerbach geschickt hatten. *Kabale und Liebe* steht am Abend der ersten Begegnung auf dem Theaterprogramm, und Schiller sorgt dafür, daß diesmal der Name Kalb für den dümmlichen Hofmarschall vermieden wird. – Frau von Kalb hat den Eindruck, den ihr der Dichter damals machte, in ihren Erinnerungen festzuhalten versucht: »In der Blüte des Lebens... sein Auge glänzend von der Jugend Mut; feierliche Haltung, gleichsam sinnend, von unverhofftem Erkennen bewegt... Durch Scheu nicht begrenzt, traulich, da gegenseitig mit dem Gefühl des Verstandenseins das Wort gesprochen werden konnte... Im Laufe des Gesprächs rasche Heftigkeit, wechselnd mit fast sanfter Weiblichkeit...« Kalbs reisen zunächst in linksrheinische Garnisonen, nehmen aber im August ihren ständigen Wohnsitz in Mannheim. Am 8. September bringt Charlotte ihr erstes Kind zur Welt, den Sohn Fritz (dessen Hauslehrer einmal Hölderlin wird). Zwei Tage darauf verfällt die Wöchnerin auf eine Halluzination hin in eine lange Ohnmacht, die von Schiller zuerst bemerkt wird, der schleunigst einen Arzt alarmiert.

Für den Rest seiner Mannheimer Zeit ist Schiller ein ständiger vertrauter Gast im Kalbschen Hause, ob der Hausherr nun anwesend ist oder, wie meistens, bei seinem Regiment. Charlotte findet in dem Dichter einen Mann, der auf sie eingeht, ihr zuhört und ihr selbst sein Herz ausschüttet – mehr noch freilich: seine Gedankenflut vor ihr wogen läßt. Charlotte von Kalb war das, was man damals eine schöne Seele nannte. Aber sie war auch eine schöne Frau, jung und in ihrer Ehe unglücklich. Schiller, leicht zu entflammen, wird sich nicht immer nur nach Konversation gesehnt haben. Emil Staiger vermutet, gerade in bezug auf Frau von Kalb, »daß der Liebende meistens nicht auf halbem Wege stehen blieb«. Andere Autoren beziehen jenes Jugendgedicht *Freigeisterei der Leidenschaft,* aus dem im Kapitel »Regimentsarzt« zitiert worden ist, auf Charlotte – das wäre nun gerade die Situation des auf halbem Wege steckengebliebenen Liebhabers. Ich teile diese Meinung nicht. Daß dieses Poem in der Überschrift ausdrücklich auf Laura bezogen ist, darf nicht übersehen werden, wenn das auch kein zwingender Beweis ist. Vor allem paßt das Pubertäre jener überdeutlichen Strophen völlig zu dem frisch entlassenen Karlsschüler vis à vis seiner Hauptmannswitwe; aber kaum mehr zu dem Fünfundzwanzigjährigen, der so ahnungslos nicht mehr war, der vor allem die Reife besaß, um eine Frau wie Charlotte von Kalb nicht auf solche Art auf dem Markt auszustellen.

Man muß sich vor Augen halten, daß im letzten Viertel des 18. Jahrhunderts auch in Deutschland in den oberen Rängen der Gesellschaft die Ehe durchaus nicht mehr allgemein als Heiligtum betrachtet wurde. Goethes nachdenklich konstruierter Roman *Die Wahlverwandtschaften* bietet gerade in seinem Ernst ein starkes Beispiel dafür. Im Blick auf die Romantik sagt Ricarda Huch: »Es ist wunderbar, wie in dieser Zeit die höchste Idee von der Wichtigkeit und Ewigkeit der Liebe mit der weitherzigsten Nachsicht gegen Untreue und allerhand Liebesirrungen zusammen geht.« Beides gilt durchaus schon für die Zeit des jungen Schiller. Und dessen Milieu war nicht das eines Musikus Miller.

Schiller war kein großer Liebender. Charlotte war innerlich zu allem bereit, zu jedem lebensverändernden, lebensgestaltenden Schritt; er nicht. Beiden hat ihre Begegnung tröstende und beglükkende Momente gebracht. Aber weder vermochte er sie aus ihrem dunklen Schicksal zu erlösen, noch vermochte sie ihn von den ihn quälenden Ungewißheiten und Sorgen zu befreien. – Das von Kalbsche Haus hat aber für Schiller noch eine andere Bedeutung. Heinrich von Kalb, aus welchen Gründen immer frei von Eifersucht, hielt ein offenes Haus, in dem Charlotte repräsentierte; und das hatte sie an dem kleinen Meininger Hof merkwürdig gut gelernt. Der Umgang in ihrem Salon hat manches, was dem Dichter noch an Burschikosem anhaftete, abgeschliffen. Diese gesellschaftliche Zähmung gelang um so leichter, als höfisches Wesen Schillers Natur durchaus nicht fremd war – das hatte sich schon in den letzten Akademiejahren gezeigt –, wenn er nur seine stolze Haltung bewahren konnte. So hat Frau von Kalb, wahrscheinlich bewußt, zu des Dichters Erziehung beigetragen; nur seine Gleichgültigkeit in Kostümfragen hat auch sie nicht zu ändern vermocht.

In der Mannheimer Gesellschaft ist Schiller auch der Frau Sophie von La Roche begegnet, die damals als schon alte Dame im Domherrnhof zu Speyer saß, aber monatelang in Mannheim wohnte, des Theaters und der Konzerte halber. Sie stammte aus Oberschwaben und ihr hat zeitlebens die platonische Liebe des jungen, des nicht mehr jungen und des alten Wieland gegolten. Sie war eine fruchtbare Schriftstellerin, ihre *Geschichte des Fräuleins von Sternheim* wurde in ganz Deutschland gelesen. Über ihre Tochter Maxe ist sie zur Stammutter der Brentanos geworden. Diese Dame verfolgte Schillers Weg aufmerksam, bewunderte seinen Geist, lehnte aber seine Jugenddramen im Grunde ab. Schiller in einem Brief an Frau von Wolzogen: »Die Staatsrätin von La Roche kenne ich sehr gut, und diese Bekanntschaft war eine der angenehmsten meines Lebens... Die sanfte, gute, geistvolle Frau, die zwischen 50 und 60 ist und das Herz eines neunzehnjährigen Mädchens hat.«

»Schütteln Sie den Kopf nicht, mein Werthester, wenn Sie mich unversehens als Journalisten erbliken, und mir auf einer Straße begegnen wo Sie selbst so vollkommen zu Hause sind und alle Gänge und Schliche kennen. Lassen Sie mich armen Wandersmann immer in Frieden dahinziehen; ich trage ja nur die Pakete nach die Ihr reichbeladener Frachtwagen fallen ließ. Stören Sie mein bischen Verdienst nicht. Es wird mir sauer genug werden. Im Ernst, bester Freund, meine gegenwärtige müßige und unabhängige Situation, verbunden mit den Aufmunterungen, einheimischen und fremden, welche noch immer ein Theaterjournal vermissen, haben mich in

Versuchung geführt mit einem Avertissement bei dem Publikum anzupochen: ob es mich für den Mann hält ihm eins zu liefern. Es kann möglich seyn daß ich meine Verheißungen halte sobald das Publikum mein Gesuch unterstützen will; und Das muß jezt die Unterzeichnung entscheiden.«

So schreibt Schiller am 16. November 1784 an Göckingk. Der war der Herausgeber des *Journal von und für Deutschland,* Kanzleidirektor in Ellrich am Harz – (für manche Leute, zum Beispiel für belesene Damen, ein großer Mann; eben jetzt, November 84, waren Elise von der Recke und ihre Begleiterin Sophie Becker bei ihm zu Gast, baltische Fräulein; die letztere, sonst ein beherztes Frauenzimmerchen, gesteht in ihrem Tagebuch »fieberhaftes Herzklopfen«, als sie den berühmten Mann zu Gesicht bekommen sollte... solches Ansehen genossen die Literati). Schiller hatte ihm im August zwei Beiträge für sein Blatt gesandt, darunter *Ifflands Spiel als König Lear* – knapp drei Wochen nach der Aufführung jener schmählichen Posse; ein auffälliger Beweis für Schillers seltsame Fähigkeit, Kränkungen scheinbar zu ignorieren.

Das geplante Theaterjournal, von dem Schiller Göckingk quasi vorsorglich unterrichtet, ist die *Rheinische Thalia,* von der nur eine Nummer erschienen ist, die aber später in Sachsen in der *Thalia* ihre Fortsetzung gefunden hat. Der Plan, ein solches Journal zu gründen, entstand, als der Theaterdichtervertrag nicht verlängert wurde; er hat im Lauf des Herbstes feste Form angenommen und den Dichter zu einer regen Geschäftskorrespondenz bewogen, um Subskribenten zu werben. So an den alten Freund Scharffenstein, mit der Entschuldigung, »daß mein erster Brief an Dich bloß ein Kaufmannsbrief ist«; an Meister in Zürich – »Ihre Zirkel, Korrespondenz, Empfehlungen versprechen mir den besten Erfolg«; an Bertuch in Weimar: »Erlauben Sie mir, werthester Herr, daß ich ohne Umschweife geradezu ihre Güte für mich auffordere, und einen Dienst der Freundschaft von Ihnen erbitte, eh ich mich der Ihrigen noch werth machen kann.«

Die *Rheinische Thalia* erscheint im März 1785. Die Ankündigung ist ein bemerkenswertes Dokument. Sie enthält die wichtigste autobiographische Äußerung, die Schiller je zu Papier gebracht hat. So bedeutsam diese Sätze sind, dürfen sie doch nicht zur absoluten Gültigkeit erhoben werden. Sie sind ein Zeichen, wie der Fünfundzwanzigjährige sein bisheriges Leben gesehen hat. Auffällig ist, angesichts des Freundeskreises auf der Karlsschule, die harte Formulierung »die vierhunderte, die mich umgaben«. Scharf treffend die Betrachtungen über die Flucht in die Welt der Ideen, seine Menschenunkenntnis, die Motivierung seiner *Räuber*. Hier die Kernsätze aus seinem Bekenntnis:

»Ich schreibe als Weltbürger, der keinem Fürsten dient. Frühe verlor ich mein Vaterland, um es gegen die große Welt auszutauschen, die ich nur eben durch die Fernröhre kannte. Ein seltsamer Mißverstand der Natur hat mich in meinem Geburtsort zum Dichter verurteilt. Neigung für Poesie beleidigte die Gesetze des Instituts, worin ich erzogen ward, und widersprach dem Plan seines Stifters. Acht Jahre rang mein Enthusiasmus mit der militärischen Regel; aber Leidenschaft für die Dichtkunst ist feurig und stark, wie die *erste* Liebe. Was sie ersticken sollte, fachte sie an. Verhältnissen zu entfliehen, die mir zur Folter waren, schweifte mein Herz in eine *Idealenwelt* aus – aber unbekannt mit der *wirklichen,* von welcher mich eiserne Stäbe schieden – unbekannt mit den *Menschen* – denn die vierhunderte, die mich umgaben, waren ein *einziges* Geschöpf, der getreue Abguß eines und eben dieses Modells, von welchem die plastische Natur sich feierlich lossagte – unbekannt mit den Neigungen freier, sich selbst überlassener Wesen, denn hier kam nur eine zur Reife, eine, die ich jetzo nicht nennen will; jede übrige Kraft des Willens erschlaffte, indem eine einzige sich konvulsivisch spannte; jede Eigenheit, jede Ausgelassenheit der tausendfach spielenden Natur ging in dem regelmäßigen Tempo der herrschenden Ordnung verloren – unbekannt mit dem schönen Geschlecht, die Tore dieses Instituts öffnen sich, wie man wissen wird, Frauenzimmern nur, ehe sie anfangen interessant zu werden, und wenn sie aufgehört haben es zu sein – unbekannt mit Menschen und Menschenschicksal mußte mein Pinsel notwendig die mittlere Linie zwischen Engel und Teufel verfehlen, mußte er ein Ungeheuer hervorbringen, das zum Glück in der Welt nicht vorhanden war, dem ich nur darum Unsterblichkeit wünschen möchte, um das Beispiel einer Geburt zu verewigen, die der naturwidrige Beischlaf der *Subordination* und des *Genius* in die Welt setzte. – Ich meine die »Räuber«. Dies Stück ist erschienen. Die ganze sittliche Welt hat den Verfasser als einen Beleidiger der Majestät vorgefordert. – Seine ganze Verantwortung sei das *Klima,* unter dem es geboren ward. Wenn von allen den unzähligen Klagschriften gegen die Räuber eine einzige *mich* trifft, so ist es diese, daß ich zwei Jahre vorher mich anmaßte, Menschen zu schildern, ehe mir noch einer begegnete. Die Räuber kosteten mir Familie und Vaterland – –«

Das Heft enthält hauptsächlich den vor der »Deutschen Gesellschaft« gehaltenen Vortrag *Was kann eine gute stehende Schaubühne wirken?;* einige Szenen aus *Don Carlos;* ein »merkwürdiges Beispiel weiblicher Rache«, übersetzt aus Diderot; den schon erwähnten »Brief eines reisenden Dänen« über den Mannheimer Antikensaal. Unter den kleineren Beiträgen findet sich als leichte Kost der *Wallensteinische Theaterkrieg,* was mit dem Friedländer nichts zu tun hat; vielmehr war eine Madame Wallenstein wegen schlechten Benehmens von dem strengen und korrekten Dalberg entlassen, aber flugs am Münchner Hoftheater wieder angestellt worden, zum Zorn des Mannheimer Intendanten – »eine erbärmliche Theaterbalgerei« nennt es Schiller in seinem Brief an Göckingk. – Die *Rheinische Thalia* ist der erste Schritt auf einem Weg, den Schiller nicht mehr verlassen hat. Er bleibt ein geistvoller Zeitschriftenherausgeber, ein »Journalist«; geistvoll, dabei im Umgang mit dem Publikum und den Verlegern klug und umsichtig.

Nicht nur das Unheil kündigt sich mit Vorzeichen an. In dem dunkel überschatteten Jahr 84 zeigen sich Lichtblicke, die aus dem »so fatalen Mannheim« hinausweisen in die Gegenden, wo sich des Dichters Schicksal, schweren Bedrohungen zum Trotz, zum Guten und Großen wenden wird. Kurz vor Weihnachten unternimmt Schiller eine Reise nach Darmstadt; Frau von Kalb hat ihn an den dortigen Hof empfohlen, an eine Hofdame aus der Wolzogenschen Sippe. Karl August, Herzog von Weimar, ist eben dort zu Besuch (– wußte das Charlotte?). Am zweiten Weihnachtstag liest Schiller bei Hofe den ersten Akt seines *Don Carlos;* Karl August ist anwesend. Am nächsten Morgen hat der regierende Herr aus Weimar eine Unterredung mit Schiller und verleiht ihm auf seine Bitte »mit vielem Vergnügen« den Titel eines Weimarischen Rats. Das war genau das, was Schiller zu Beginn dieses Jahres als erhofft bezeichnet hatte – Titel, Rang, »Charakter« –; in der damaligen Gesellschaft galt das viel. Sogar das Schuldenmachen und Schuldenhaben war leichter, wenn man als Person von Stand ausgewiesen war.

Gleichzeitig mit dieser hocherwünschten Rangerhöhung ging eine kleine Erleichterung einher, die Schiller auch nicht verachten konnte. Auf Betreiben des wohlwollenden Vorsitzenden Anton von Klein gewährte ihm die »Deutsche Gesellschaft« ein Darlehen von 132 Gulden, das in Wirklichkeit ein kaschiertes Geschenk war. Schon zuvor war Klein in einer anderen Hinsicht entgegengekommen, die für den Alltag des Dichters ihre Bedeutung hatte. Schiller in seinem Dankbrief: »Da Sie gestern Mittag so gütig waren mir zu erlauben, daß ich zu Ihnen um Schreibmaterialien schiken dürfe, so mache ich jezt gleich von dieser Gefälligkeit Gebrauch, und ersuche Sie mir einige Buch gutes Schreibpapier, auch Postpapier, wenn dieses zu haben ist, und gute Kiel nebst Sigellak gütigst zu übermachen. Bei dem ungeheuren Aufwand, den ich für dergleichen Effekten bisher gemacht habe, und auch in Zukunft noch mehr hätte machen müssen, kann ich für Ihre Aufmerksamkeit nicht anders als im höchsten Grade dankbar seyn...«

Im Mai 1784 war eine Sendung eingetroffen, eine Art Liebeserklärung aus der Ferne, von Schwans Kompagnon Götz von der Leipziger Messe mitgebracht. Schiller an Frau von Wolzogen: »Vor einigen Tagen widerfährt mir die herrlichste Überraschung von der Welt. Ich bekomme Paquete aus Leipzig, und finde von 4 ganz fremden Personen Briefe, voll Wärme und Leidenschaft für mich und meine Schriften.« Eine kunstvoll gearbeitete Brieftasche, Porträts der Verehrerinnen und Verehrer, huldigende Briefe, ein Lied aus den *Räubern* in Musik gesetzt... »Sehen Sie meine Beste – so kommen zuweilen ganz unverhoffte Freuden für Ihren Freund, die desto schäzbarer sind, weil freier Wille, und eine reine, von jeder Nebenabsicht reine, Empfindung und Simpathie der Seelen die Erfinderin ist. So ein Geschenk von ganz unbekannten Händen – ein solches Geschenk ist mir größre Belonung, als der laute Zusammenruf der Welt, die einzige süße Entschädigung für tausend trübe Minuten – Und wenn ich das nun weiter verfolge, und mir denke, daß in der Welt vielleicht mehr solche Zirkel sind, die mich unbekannt lieben, und sich freuten, mich zu kennen, daß vielleicht in 100 und mehr Jahren – wenn auch mein Staub schon lange verweht ist, man mein Andenken seegnet, und mir noch im Grabe Tränen und Bewunderung zollt – dann meine theuerste freue ich mich meines Dichterberufes, und versöne mich mit Gott und meinem oft harten Verhängniß.« Das sind Worte, die man nach zweihundert Jahren ergriffen liest. Die Absender waren Dora Stock, die Tochter eines Leipziger Kupferstechers, ihre Schwester Minna, sowie Christian Gottfried Körner und Ferdinand Huber aus Dresden – begeisterte Leser.

Es ist schwer zu verstehen, daß Schiller mehr als ein halbes Jahr verstreichen läßt, ohne Antwort zu geben. Endlich rafft er sich auf und schreibt an Huber »mit einer Schamröte«, schiebt sein Schweigen auf seine damalige Gemütsverfassung, kommt dann aber in Schwung – »wenn ich Ihnen bekenne, daß Ihre Briefe und Geschenke das angenehmste waren, was mir – vor und nach – in der ganzen Zeit meiner Schriftstellerei widerfahren ist«. Der Brief endet mit der etwas vagen Hoffnung auf persönliche Bekanntschaft. – Im Januar 85 kommen die Antwortbriefe. Von Dora Stock: »Welche Freude haben Sie uns mit Ihrem lieben herrlichen Brief gemacht; nichts kann sie übertreffen als die, Sie selber zu sehen und zu sprechen: Machen Sie unsere Hoffnungen wahr, lassen Sie sie nicht gleich einem schönen Traum verschwinden...« Von Ferdinand Huber: »Aber alle kleinen und wirklich sehr seltenen Anwandlungen des Verdrusses... sind durch Ihren Brief, durch einen Brief, dessen Wärme und Herzlichkeit so belohnend ist, vollkommen getilgt.« Von Körner: »Ihr Stillschweigen, edler Mann, war uns unerwartet, aber nicht unerklärlich...« Jeder dieser Briefe strahlt die Bereitschaft zu tätiger Freundschaft aus.

Darauf folgt ein langer Brief Schillers an Körner, am 10. Februar begonnen. »Unterdessen, daß die halbe Stadt Mannheim sich im Schauspielhaus zusammendrängt... fliege ich zu Ihnen, meine Theuersten, und weiß, daß ich in diesem Augenblik der Glüklichere bin.« Der Gedanke habe ihn seit den letzten Briefen nicht mehr verlassen: »Diese Menschen gehören dir, diesen Menschen gehörest du.« Der Brief ist ein Geständnis von schöner Offenheit, bisweilen von Humor aufgehellt. Im Verlauf des zehn Tage unterbrochenen Schreibens reift spürbar der Entschluß, nach Sachsen zu den neuen Freunden abzureisen – »Leipzig erscheint meinen Träumen und Ahndungen wie der rosigte Morgen jenseits der waldigten Hügel«. Und zwei Seiten weiter: »Ich bin fest entschlossen, wenn die Umstände mich nur entfernt begünstigen, Leipzig zum Ziel meiner Existenz, zum beständigen Ort meines Auffenthalts zu machen.« Der Brief steigert sich ins Enthusiastische: »Wie unaussprechlich viele Seligkeiten verspreche ich mir bei Ihnen...« Ein etwa gleichzeitiges Schreiben an Huber hat geschäftlichen Charakter und zielt auf 300 Thaler Vorschuß auf die *Rheinische Thalia.* Die Antworten aus Sachsen konnten nicht erwünschter sein. Schiller wird aufs herzlichste eingeladen. Und Körner erwirkt bei Göschen, an dessen Verlag er beteiligt ist, den erbetenen ansehnlichen Vorschuß auf die *Thalia*...

Ende März schreibt Schiller den letzten Brief aus Mannheim an die neuen Freunde, schon halb reisefertig. Er wird nun, Huber gegenüber, ganz deutlich. »Meine Seele wird getheilt, beunruhigt, ich stürze aus meinen idealischen Welten, sobald mich ein zerrissener Strumpf an die wirkliche mahnt.« Er will für keinen eigenen Hausstand sorgen müssen, bereitet sein künftiges Nest mit Umsicht, denkt an alles. Mit einem der neuen Herzensfreunde wünscht er zusammenzuwohnen, »der mir stets an der Hand ist, wie mein Engel, dem ich meine aufkeimenden Ideen und Empfindungen in der Geburt mitteilen kann«. Sonst keine großen Ansprüche... »Ich brauche nichts mehr als ein Schlafzimmer, das zugleich mein Schreibzimmer seyn kann, und dann ein Besuch-Zimmer. Mein *nothwendiges* Hausgeräthe wäre eine gute Commode, ein Schreibtisch, ein Bett und *Sopha,* dann ein Tisch und einige Seßel. Hab ich dieses, so brauche ich zu meiner Bequemlichkeit nichts mehr. Parterre und unter dem Dach kann ich nicht wohnen, und dann möcht ich auch durchaus nicht die Aussicht auf einen Kirchhof haben.« Dann: ich liebe Menschen, und also auch ihr Gedränge... Essen möglichst in großer Gesellschaft. Am Ende kommt ihm wohl selbst der Wunschzettel ein wenig lang vor. »Meine Zumutungen sind freilich verzweifelt naiv, aber Ihre Güte hat mich verwöhnt.«

Der Leipziger Vorschuß bot die lang ersehnte Möglichkeit, die drückendsten Schulden zurückzuzahlen, vor allen anderen die alten Stuttgarter Verbindlichkeiten. Damit wurde auch das gute Verhältnis zum Vater wiederhergestellt. Schon die Rangerhöhung hatte der Familie gutgetan. Der alte Schiller äußert sich höchst anerkennend über die Rheinische Thalia, vor allem über die Szenen aus Don Carlos, »ganz außerordentlich stark durchgedacht und ausgefeilt«, und macht die respektvolle Bemerkung, es wundere ihn nicht, daß der Leipziger Buchhändler so viel Honorarium biete, »denn die Burschen haben ihre Leute... welche so etwas zu beurteilen und zu schätzen wissen«. Nichts hat aber die Eltern so gerührt wie eine fromme Wendung im letzten Brief des Sohns... »Tränen des Dankes gegen Gott, daß Er unser armes Gebet für Ihn... nicht verworfen hat.«

In den ersten Apriltagen nimmt Schiller Abschied. Im Hause Schwan verehrt ihm die Tochter Margarete ihrerseits eine gestickte Brieftasche. Wenn er sich von Charlotte von Kalb verabschiedet hat, dann flüchtig in des Wortes eigentlicher Bedeutung – aus dieser Verstrickung ist er geflohen. – Den letzten Abend verbringt er allein mit dem Freund, der ihn in keinem Augenblick enttäuscht hat: Andreas Streicher. Sie plaudern bis Mitternacht und malen einander ihre Zukunft aus. Seltsam genug: Schiller schwärmt davon, sich der Jurisprudenz zu widmen, das werde ihm ein leichtes sein, den Schneckengang der anderen mit seinen weit ausgreifenden Schritten zu überholen – und dann werde ihm ein ehrenvoller Posten an einem der kleinen sächsischen Höfe gewiß sein. Der Poesie wolle er sich nur in Stunden »der aufgereiztesten Stimmung« widmen. Und so scheiden die Freunde mit dem Versprechen, einander nicht eher zu schreiben, bis der eine Kapellmeister und der andere Minister geworden sei. – Einen kurzen, herzlichen Briefwechsel hat es später doch gegeben, obgleich Schiller nicht Minister geworden war. Gesehen haben sie sich nie mehr. Aber noch nach des Freundes Tod hat Andreas Streicher seine Treue in seltener Art bewiesen.

Am frühen Morgen des 9. April 1785 reist Schiller von Mannheim ab.

In Sachsen und Thüringen

Bei Freunden

»Mein Leipzig lob ich mir, es ist ein Klein-Paris und bildet seine Leute«: Leipzig hatte im Laufe des 18. Jahrhunderts unter den deutschen Städten einen angenehmen Ruf erlangt, den man von Zeitgenossen oft bestätigt und selten bestritten findet. Die Stadt war vielen Fremden bekannt. Sie bildete einen Schnittpunkt vielbefahrener Straßen, war neben Frankfurt der wichtigste mitteleuropäische Meßplatz, und besaß eine Universität, die durch ihre Gelehrsamkeit, mehr noch durch die ungewöhnlich manierlichen Sitten der Studenten auffiel und Söhne aus guten Häusern von weither anzog. Daß Johann Sebastian Bach hier als Thomaskantor lange Jahre gewirkt hat, ist für den Nachruhm der Stadt bedeutsam, hat aber damals zu ihrem Ansehen nur unter den Eingeweihten beigetragen. Viel wichtiger erschien den meisten gebildeten Zeitgenossen, daß Gottsched und Gellert hier ihre Katheder zur literarischen Belehrung der Deutschen aufgerichtet hatten. Schon war Leipzig führend im Buchhandel und Verlagswesen; Namen wie Breitkopf und Göschen hatten bereits einen guten Klang.

Leipzig bedeutete Umtrieb und Geschäftigkeit, aber auch Reinlichkeit, Manierlichkeit, gute Ordnung. Der sechzehnjährige Studentenknabe Goethe, frisch eingerichtet an diesem Ort, schreibt an Cornelia: »Was würdest du sagen, Schwesterchen; wenn du mich, in meiner jetzigen Stube sehen solltest? Du würdest astonished ausrufen: So ordentlich! so ordentlich, Bruder! – da! – tue die Augen auf, und sieh.« In Dichtung und Wahrheit ist zu lesen, wie er eben zur Meßzeit ankommt, den von der Vaterstadt gewohnten Betrieb vorfindet, aber mit einem starken östlichen Einschlag, Polen, Russen, Griechen. »Und nun trat mir die Stadt selbst mit ihren schönen, hohen und untereinander gleichen Gebäuden entgegen. Sie machte einen sehr guten Eindruck auf mich, und es ist nicht zu leugnen, daß sie überhaupt, besonders aber in stillen Momenten der Sonn- und Feiertage, etwas Imposantes hat, so wie denn auch im Mondschein die Straßen, halb beschattet, halb beleuchtet, mich oft zu nächtlichen Promenaden einluden... Leipzig ruft dem Beschauer keine altertümliche Zeit zurück; es ist eine neue, kurz vergangene, von Handelstätigkeit, Wohlhabenheit, Reichtum zeugende Epoche, die sich uns in diesen Denkmalen ankündet. Jedoch ganz nach meinem Sinn waren die mir ungeheuer scheinenden Gebäude, die, nach zwei Straßen ihr Gesicht wendend, in großen, himmelhoch umbauten Hofräumen eine bürgerliche Welt umfassend, großen Burgen, ja Halbstädten ähnlich sind.« Noch ein Urteil aus etwas späterer Zeit, von einem so erfahrenen Reisenden wie Fürst Pückler: »Leipzig gefiel mir, der Winter hielt es so reinlich, und die altertümlichen hohen Häuser mit dem weiten Markt und den gutmütigen Sachsenphysiognomien (der vielen hübschen Mädchen, denen man begegnet, nicht zu vergessen) sprachen mich an...« So war die Stadt beschaffen, die für Schiller eine Lebenswende bedeuten sollte. Hier endlich hat er gefunden, was er seit seiner Flucht gesucht hatte.

Er war mit Schwans Buchhalter Götz gereist, der zur Messe fuhr, und die Reise im Aprilwetter war verdrießlich gewesen, dazu teuer, da man öfters Vorspann mieten mußte, um den Wagen aus dem Morast zu ziehen – »denn der Weg zu Euch, meine Lieben, ist schlecht und erbärmlich, wie man von dem erzählt, der zum Himmel führt«. So heißt es im ersten Billett, das Schiller nach der Ankunft den Freunden sendet. Er war im »Blauen Engel« abgestiegen, einem feinen Hause; in dem für Leipzig höchst beschwerlichen Siebenjährigen Krieg hatte es dem Prinzen Ferdinand von Braunschweig als Quartier gedient (und hat als Hôtel de Russie bis ungefähr 1920 bestanden). Später bezog er ein Quartier im »kleinen Joachimstal« in einem Hause, in dem auch das Ehepaar Albrecht wohnte – sie die schöne, sentimentale, dem Dichter sehr gewogene Schauspielerin; man kannte sich von Schillers zweitem Frankfurter Besuch her.

Der erste aus seinem Leipziger Freundeskreis, den Schiller zu Gesicht bekam, war Huber; Körner war in Dresden festgehalten. Ferdinand Huber, zwei Jahre jünger als Schiller, war der Sohn eines an der Universität angestellten Sprachlehrers und einer Französin, ein begabter und begeisterungsfähiger junger Mensch, dessen ganze Erziehung aber leider die herrschsüchtige Mutter allein bewerkstelligt hatte. Das Französische war sozusagen seine Muttersprache, er hatte gute Kenntnisse im Englischen, übersetzte aus beiden Sprachen. Er hatte sich an den älteren Körner angeschlossen, fähig, aus seinem lebhaften Geist mitzuteilen, vor allem aber der Teilnahme, auch der Führung bedürftig. Diese Freundschaft hatte auch den Effekt, daß er der Schwester von Körners Braut Minna Stock, der etwas älteren Dora, den Hof machte bis zur Verlobung; Dora war ein hochbegabtes und trotz einem Körperschaden frohmütiges Mädchen. Huber hat es nicht vermocht, den schönen Schwung seiner jungen Jahre in eine sinnvolle Existenz münden zu lassen; und für Dora war es eher ein Glück, daß die Verlobung sich auflöste. – Als Schiller ankam, war das Viererkleeblatt, die beiden befreundeten jungen Männer und die zwei liebenswürdigen Schwestern, noch beieinander. Es waren die vier Menschen, die ihm ein Jahr zuvor die erste schöne Huldigung für sein Genie dargebracht hatten.

Am 17. April war Schiller angekommen und hatte Huber getroffen. Am nächsten Tag führte der ihn zu den Schwestern Stock. Es waren die Töchter jenes geschätzten Kupferstechers, mit dem Goethe in seiner Studentenzeit unter einem Dach gewohnt und dem er manches abgeguckt hatte. In *Dichtung und Wahrheit* erinnert er sich an das ordentliche und reinliche Milieu dieser Familie und erwähnt auch die Töchter, »von denen ist die eine glücklich verheiratet und die andere eine vorzügliche Künstlerin; sie sind lebenslänglich (der Meister verwendet dieses Unwort) meine Freundinnen geblieben«. – Die Schwestern hatten der Ankunft Schillers mit Herzklopfen entgegengesehen, denn sie konnten sich ihn nicht anders vorstellen als seinen Karl Moor, gestiefelt und gespornt, ein Kerl zum Fürchten. Das Staunen war groß, mit einem Anflug von Enttäuschung, als Huber mit einem rötlichblonden, etwas linkischen und sichtlich verlegenen Menschen erschien, der herkömmliche Artigkeiten in einer ungewohnten Mundart vorbrachte – erst im Lauf des Gesprächs schwand seine Schüchternheit, er wurde mitteilsam, und in seinen Worten begann es zu wetterleuchten.

Den Mittelpunkt von Schillers Aufenthalt in Leipzig bildete Richters Kaffeehaus. Seit die Türken zum letztenmal vergeblich vor Wien gelegen hatten (1683) und die Sieger in dem verlassenen Lager Säcke voller Kaffee erbeutet hatten, hatte sich von Wien aus der Kaffeegenuß und die Einrichtung von Kaffeehäusern über das Abendland verbreitet. In Leipzig existierten nicht weniger als acht, aus denen das Richtersche hervorragte. Es befand sich im zweiten Stock eines prächtigen Barockhauses, das ein gewisser Romanus erbaut hatte und das nun dem Weinhändler Richter gehörte. Hier traf sich, wie Schiller an Schwan schreibt, »die halbe Welt Leipzigs«, Literaten besonders – eine frühe Art von Romanischem Café. Der Dichter der Räuber war oft der Mittelpunkt einer neugierigen Runde, was ihm allmählich lästig wurde. Aus dem Brief an Schwan vom 24. April: »Es ist so eine eigne Sache mit einem schriftstellerischen Namen, bester Freund. Die wenigen Menschen von Wert und Bedeutung, die sich einem auf diese Veranlassung darbieten und deren Achtung einem Freude gewährt, werden nur allzusehr durch den fatalen Schwarm derjenigen aufgewogen, die wie Geschmeißfliegen um Schriftsteller herumsumsen, einen wie ein Wundertier angaffen und sich obendrein gar, einiger vollgekleckster Bogen wegen, zum Kollegen aufwerfen.« Einen seltsamen Beweis seiner Popularität erlebte Schiller, als er auf einem Spaziergang mit Madame Albrecht eine Bude aufsuchte, wo dressierte Hunde Komödie aufführten. Der Direktor des Unternehmens erkannte beide, begrüßte sie als Kollegen und wollte von diesen edlen Kunstverwandten kein Entrée annehmen.

Es war der gute Brauch der Zeit, wenn er auch bisweilen zur Routine verflachte, daß ein Fremder von Stand sich in einer Stadt mit bedeutenden Menschen bekanntmachte, die hier lebten, mit Gelehrten, Literaten, Künstlern, Fabrikanten. So lernte Schiller, und zwar meistens im Kaffeehaus, Leipziger Celebritäten kennen: den Komponisten Hiller, den Dichter Weisse, den reformierten Prediger Zollikofer; den Schauspieler Reinecke, der ein glühender Anhänger der »Natürlichkeitsrichtung« war, Vers und gebundene Rede auf der Bühne ablehnte, und der später den Dichter zur Prosafassung des *Don Carlos* bewegte; den Maler und Kupferstecher Oeser, Direktor der Zeichen-, Mal- und Architektur-Akademie, einen Freund Winckelmanns, der starken Einfluß auf Goethes ästhetische Urteilsbildung gehabt hat. Reinecke ausgenommen, waren alle diese verdienstvollen Herren für Schiller von begrenztem Interesse.

Schiller, zum erstenmal weit gereist, zum erstenmal ins nördliche Deutschland gekommen, war nicht auf einer Bildungsreise begriffen. Die Reisen, zu denen er begabt und berufen war, hat er im Kämmerlein an seinem Schreibpult gemacht, und sie waren großartig, sie führten dahin durch Raum und Zeit, ins Antwerpen Karls V., in kastilische Residenzen seines Sohnes Philipp, in die böhmischen Wälder, in die Schweizer Berge und noch zuletzt, im Angesicht des Todes, in die Ebenen Rußlands. Die Reisen, die er in der Wirklichkeit machte, haben den Dichter nicht sonderlich beeindruckt. Wohl hat er für Landschaft ein Gespür gehabt – und es wird

Gelegenheit sein, darauf hinzuweisen. Merkwürdig gering sind die Eindrücke von fremden Städten, wenngleich er es nicht unterlassen hat, bedeutende Kirchen und Sammlungen zu besichtigen. Aber fast nichts davon spiegelt sich in seinen Briefen, die doch die allerwichtigsten Lebenszeugnisse sind. Um die Orte, die Schillers Lebensstationen waren, anschaulich zu machen, müssen wir auf die Schilderungen anderer Zeitgenossen zurückgreifen. Leipzigs belebte Gassen und weite Plätze haben Schiller keine schriftliche Bermerkung entlockt. Vom Meßbetrieb bemerkt er gegenüber Schwan, er sei unter seiner Erwartung.

Auch die Kaffeehausbekanntschaften haben ihn nicht eben überwältigt. Der Mann, nach dem er sich sehnte, ohne ihn von Angesicht zu kennen, war noch abwesend – Körner. Christian Gottfried Körner, drei Jahre älter als Schiller, entstammte einer Pfarrersippe aus dem Thüringischen; der Vater hatte es in Leipzig zum Superintendenten gebracht. Sein Bildungsgang war etwas sprunghaft gewesen – die berühmte Fürstenschule zu Grimma eher berührt als durchlaufen, naturwissenschaftliche Studien in Göttingen, Jurastudium in Leipzig; dann einen jungen Herrn von Adel auf seiner Kavalierstour durch halb Europa begleitet. Der kraftvolle und geistreiche junge Mann hatte es danach im kursächsischen Staatswesen zu einer angesehenen Stellung gebracht. Er wurde Oberkonsistorialrat, zugleich Assessor in drei Landesdeputationen: für Landwirtschaft, Manufaktur und Kommerz. Er war vermögend von Haus aus. Und sein ganz persönliches Problem hatte sich zu Anfang dieses Jahres 1785 auch gelöst, wenn auch schmerzlich. Zwischen ihm und seiner geliebten Minna hatte das »nein« des Vaters gestanden, die »Kupferstechermamsell« war dem Alten nicht standesgemäß genug. Nun waren beide Eltern kurz nacheinander gestorben, aber das traurige Ereignis machte den Weg zu der ersehnten Ehe frei.

Es ist merkwürdig, wie Körner in zwei Briefen, vom 2. und vom 8. Mai, dem Bedürfnis nachkommt, dem Dichter, den er nur aus Gedrucktem und aus wenigen Briefen kennt, der jünger ist als er selbst, eine Art Lebensbeichte abzulegen. Nun ist es eine sehr ausgeprägte sächsische Eigentümlichkeit, sich gern und leicht mitzuteilen und sich dabei seinem vis à vis auf Tuchfühlung und bis auf die Haut zu nähern – was bei ordinären Leuten lästig, peinlich, ja widerwärtig werden kann. Bei einem Charakter wie Körner vereinigt sich dieser Zug mit Begeisterungsfähigkeit, mit Hilfsbereitschaft und Lebenstüchtigkeit, und macht ihn zu einem Genie der Freundschaft.

Einige Sätze aus Körners »Lebensbeichte«: »Meine ersten jugendlichen Pläne gingen auf schriftstellerische Tätigkeit. Aber immer war mein Hang, mich dahin zu stellen, wo es gerade an Arbeitern fehlte. Die interessanteste Beschäftigung hatte für mich nichts Anziehendes mehr, sobald mir eine dringendere aufstieß. So flog ich von einer Gattung Wissenschaften zur anderen.« Er schildert, wie er alle Fakultäten berochen hat – »Theologie würde mich gereizt haben, wenn nicht die Philosophie schon Zweifel in mir erregt hätte...« Medizin? Nein. »Jurisprudenz blieb allein übrig. Ich wählte sie als Brotstudium...« Er geht alles durch wie Mephisto mit dem Schüler. Naturwissenschaften und Philosophie werden mit wärmeren Worten erwähnt, aber geblieben ist er bei der Jurisprudenz, und da er kein Wirrkopf und kein Leichtfuß war, hat er es darin zu etwas gebracht.

Der zweite Brief handelt von seinem Verhältnis zur Kunst. »Von meiner ersten Erziehung klebte mir lange Zeit der Gedanke an: der Künstler arbeite nur für sein und anderer Menschen Vergnügen. Eltern und Lehrer hatten sich so viel Mühe gegeben, den Hang zum Vergnügen bei mir zu unterdrücken, es war ihnen gelungen durch eine Art von leidenschaftlicher, mönchsartiger Frömmigkeit mich so sehr zur Resignation zu gewöhnen, daß ich über jede Stunde, die ich ohne Vorwissen und Erlaubnis meiner Vorgesetzten mit irgendeiner Ergötzlichkeit zugebracht hatte, Gewissensbisse fühlte...« (Da hebt sich die Karlsschule sehr vorteilhaft von der sächsischen Fürstenschule ab.) Nur langsam vermag sich Körners Neigung zur Kunst von der Bevormundung zu befreien. »Indessen entstand frühzeitig bei mir ein Ekel vor aller Mittelmäßigkeit in Werken der Kunst. Daher der Mangel an Trieb, selbst zu arbeiten.« Langsam habe sich sein Urteilsvermögen gebildet, gipfelnd in der unbegrenzten Verehrung des wahren Künstlers. – Der erste Brief beginnt mit den Worten »In einer unendlich seligen Stimmung setze ich mich hin, an meinen Schiller zu schreiben.« Am Ende des zweiten heißt es: »Ruhig zu sein, am Ziele seiner Wünsche, Schiller neben sich – wer weiß, was dies alles noch aus mir machen kann! Wenigstens muß Schiller nicht zu sehr über mich emporragen, wenn uns ganz wohl beieinander sein soll.«

Gleich auf den ersten Brief hat Schiller mit einem langen begeisterten Schreiben geantwortet. Hier schwingt schon etwas von dem Hochgefühl »Wem der große Wurf gelungen, eines Freundes Freund zu sein«, das bald in seinem Lied *An die Freude* Ausdruck finden wird. Merkwürdig ist der Satz: »Glückzu also, glückzu dem lieben Wanderer, der mich auf meiner romantischen Reise zur

Wahrheit, zum Ruhme, zur Glückseligkeit so brüderlich und treu begleiten will« – merkwürdig, weil Schiller hier das Wort romantisch anwendet, und zwar für seine eigene Lebensreise; der Beachtung wert, aber kein Gegenstand für weit schweifende Betrachtungen. In einer Aufwallung, die man sehr wohl als schwärmerisch empfinden kann, versichert der Dichter »Es ist keine Schwärmerei«. Und: »Danken Sie dem Himmel für das beste Geschenk, das er Ihnen verleihen konnte, für dieses glückliche Talent zur Begeisterung.« – Körner in seinem Antwortbrief (vom 14. Mai): »Das Sie in unseren Briefen ist mir zuwider. Wir sind *Brüder* durch Wahl, mehr, als wir es durch Geburt sein könnten. – Ich wünsche Dir Glück, Freund...«

Inzwischen, Anfang Mai, war Schiller hinausgezogen aufs Land, in das Dorf Gohlis – von der Stadt in einem Spaziergang von einer halben Stunde bequem zu erreichen. Gohlis war ein beliebter Sommeraufenthalt, ein hübscher ländlicher Ort mit einem Schlößchen, zu dem ein schöner Park gehörte; wohlhabende Leipziger unterhielten dort eigene Wohnungen. Und so war denn bald der ganze neue Bekanntenkreis dort draußen versammelt, die Schwestern Stock und Huber, die Albrechts und Reinecke. Der Buchhändler Göschen arbeitete tagsüber in der Stadt und spazierte abends nach Gohlis hinaus, um in Schillers Sommerquartier zu übernachten. Mit dieser Wohnung verglichen war die in Bauerbach herrschaftlich zu nennen, und das Zimmer im Viehhof zu Oggersheim bequem. Das schmale bäurische Wohnhaus, an das damals wahrscheinlich noch eine Scheune angebaut war, gehörte einem Karpfenhändler, der die passablen Räume im Erdgeschoß an einen Bäcker vermietet hatte. Unter dem Dach waren zwei winzige weißgekalkte Gemächer, davon die Schlafkammer so eng, daß spätere Besucher sich fragen, wie Schiller seine langen Beine darin ausstrecken konnte; zudem mußte er sie ja mit Göschen teilen. Vom Stübchen hatte man wenigstens eine schöne Aussicht auf die Baumgruppen des Rosentals – wie denn überhaupt die ländliche Gegend, Wäldchen, Lindenalleen, das von der Pleiße durchflossene Tälchen und die wohlbestellten Felder den bescheidenen Reiz des Ortes ausmachten.

Der Dichter hatte wunderliche Gewohnheiten. »Schiller stand damals sehr frühzeitig auf, schon um 3 oder 4 Uhr, und pflegte dann in das Freie zu gehen. Dabei mußte ich ihm mit der Wasserflasche und dem Glase folgen. Um 5 oder 6 Uhr kehrte Schiller dann gewöhnlich nach Hause und teilte seine Ideen dem Buchhändler Göschen, der in demselben Hause wohnte, mit, worüber sich dann zuweilen beide stritten. Bei diesen Morgenspaziergängen schrieb Schiller nichts nieder, sondern überließ sich nur seinen Gedanken. Das Niederschreiben erfolgte erst bei seiner Rückkehr in seiner Wohnung. Bei diesen frühen Spaziergängen war Schiller leicht angezogen, mit dem Schlafrocke bekleidet, mit unbedecktem Halse. Sein Weg führte ihn gewöhnlich in die Felder nach der Halleschen Straße zu, in denen er kreuz und quer umherirrte... Schiller war stets freundlich und human, er sah blaß von Gesicht, hatte viel Sommersprossen, rötliches Haar und war sehr lang.« Diese Schilderung verdanken wir einem gewissen J. C. Schneider, der als zwölfjähriger Junge dem Dichter als eine Art Laufbursche gedient hat. (Weil Schiller frühzeitig eine heute fast unvorstellbare Volkstümlichkeit erlangt hat, sind solche Augenzeugenberichte gar nicht selten. Gerade an kleinen Orten wurden aus lokalpatriotischem Stolz Personen, die ihn noch persönlich gekannt hatten, förmlich zu Protokoll gebeten. Übrigens wäre auch das Häuschen in Gohlis längst nicht mehr erhalten, wäre es nicht 1856 vom Leipziger Schillerverein gekauft worden.)

Frühling und Sommer in Gohlis – Träumerei, Arbeit und Geselligkeit im Grünen. Die Arbeit war dem *Don Carlos* gewidmet und der Fortführung der *Thalia,* die als »Rheinische« noch in Mannheim das Licht der Welt erblickt hatte, deren Fortbestand aber Sorge bereitete, zumal der Absatz weit hinter den hochgespannten Erwartungen zurückblieb. – Schiller schrieb hier gern im Freien. Sein Leben hindurch hat er sich bald von der Nacht, selbst künstlich hergestellter, bald vom Tageslicht unter freiem Himmel begeistern lassen. Hier hatte er zwei bevorzugte Plätze für seine Schreibarbeit, unter einer Linde und in einem Obstgarten in einer Laube. Es war, als befolge Schiller die Devisen, die ein gewisser Hofrat und Professor Böhme auf einem Stein hatte anbringen lassen, der auf einer von der Pleiße umflossenen Insel stand – »der einsamen Betrachtung« und »dem geselligen Vergnügen«; Böhme, der strenge Mentor des jungen Studiosus Goethe, war so etwas wie der Entdecker von Gohlis gewesen. An den Nachmittagen, den langen Sommerabenden die harmloseste Geselligkeit: Kartenspiel, Kegeln, Besuch der »Wasserschenke«, wo man sich meistens mit dem gewöhnlichen Leipziger Bier, der säuerlichen Gohse, begnügte oder sich im Übermut das berühmte Merseburger Bier leistete... Der Gipfel dieser Sommervergnügen waren Gondelfahrten auf der Pleiße.

Göschen in einem Brief an Bertuch in Weimar: »Ich habe mit Schiller ein halbes Jahr auf einer Stube gewohnt und er hat mir die zärtlichste Achtung und Freundschaft eingeflößt. Es ist mir sein sanftes Betragen und die sanfte Stimmung seiner Seele im geselligen Zirkel, verglichen mit den Produkten seines Geistes ein großes Rätsel. Ich kann Ihnen nicht sagen, wie nachgebend und dankbar er gegen jede Kritik ist, wie sehr er an seiner moralischen Vollkommenheit arbeitet, und wieviel Hang er zum anhaltenden Denken hat.« Immer wieder begegnet man bei Zeitgenossen des jüngeren Schiller dem Staunen darüber, daß der Dichter der *Räuber* ein so gutartiger Mensch war.

Die seltene Gabe, scharfe, ja feindselige Kritik nachdenklich und ungekränkt zu würdigen (wieviel Selbstsicherheit gehört dazu!) hat Schiller bewiesen, als er in diesem Sommer Moritz kennenlernte, der in der *Vossischen Zeitung* sein Stück *Kabale und Liebe* verrissen hatte; es wurde im Kapitel »Theaterdichter« daraus zitiert. Als sich Dichter und Rezensent nun begegnen, sind sie bald in ein tiefschürfendes Gespräch versunken, in dem Schiller seinem Tadler in vielen Punkten recht gibt, denn wirklich beginnt der Dichter gegenüber seinen frühen Trauerspielen Abstand zu gewinnen. Moritz seinerseits (in seinem autobiographischen Roman *Anton Reiser*) »gestand beiden Werken große Schönheiten zu, und führte selbst Stellen an, die eines Shakespeares würdig wären, zeigte aber auch große Fehler und solche Auswüchse des Genies in ihnen, die offenbar einen schädlichen Einfluß auf die Sittlichkeit machen müßten. Männer wie Reiser und Schiller vereinigen sich bald, wenn sie sich erst näher über die Punkte erklärt haben, worin sie voneinander abgehn. Die Freuden des Mahls erhöhten das gesellschaftliche Vergnügen und die schönste Sommernacht versiegelte den hier geschlossenen Bund der Freundschaft.«

Endlich lernen Schiller und Körner einander kennen. »Bester Freund – der gestrige Tag, der zweite des Julius, wird mir unvergeßlich bleiben, solang ich lebe.« So Schiller am Tag nach der ersten Begegnung. Ein mächtiges Hochgefühl erfüllt ihn. »Mein Herz wurde warm. Es war nicht Schwärmerei, philosophischfeste Gewißheit wars, was ich in der herrlichen Perspektive der Zeit vor mir liegen sah.« Es war ein Treffen auf Gut Kahnsdorf bei Borna, das einem Vetter Körners gehörte. Auf der Rückfahrt, die Schiller mit Huber und Göschen machte, wurde eingekehrt, und beim Wein wurde den dreien so feierlich zumute wie beim Abendmahl, als ihnen einfiel, daß heute Körners Geburtstag sei. Noch in dieser Stimmung hat Schiller den Brief geschrieben, als er wieder in seiner Gohliser Klause angekommen war. Es ist ein Brief, in dem die Gespräche jener ersten Begegnung noch einmal Gestalt annehmen.

Schiller blickt zurück auf sein bisheriges Leben, beschämt. »Ich fühlte die kühne Anlage meiner Kräfte, das mißlungene (vielleicht große) Vorhaben der Natur mit mir.« Er klagt sich selbst und die Herren seiner Erziehung an: »Eine Hälfte wurde durch die wahnsinnige Methode meiner Erziehung und die Misslaune meines Schicksals, die zweite und größere aber durch mich selber zernichtet.« Diese Begegnung, die Freundschaft mit Körner soll nun die endgültige Wende bringen. »Der Himmel hat uns seltsam einander zugeführt, aber in unserer Freundschaft soll er ein Wunder getan haben. – Ein exaltierter Brief, pathetisch in Klage, Anklage und Begeisterung; aber gerechtfertigt schon dadurch, daß hier wirklich eine Freundschaft fürs Leben begründet wurde, die alle unvermeidlichen Anfechtungen überdauert hat. Übrigens schließt der Brief mit einigen Bemerkungen, die darauf abzielen, daß Huber geholfen werden müsse.

Im Blick zurück, nach Mannheim, nach Stuttgart, blitzt der Zorn. An Schwan hatte Schiller zwar alsbald geschrieben und ihm nicht nur die frischen Eindrücke von Leipzig geschildert, sondern auch gleich um die Hand seiner Tochter Margarete angehalten; dies vielleicht im Hinblick auf die Verlöbnisse Körners und Hubers. Schwan, wie bekannt, hatte rundweg abgelehnt, nicht übelwollend – die beiden paßten nicht zueinander (Margarete hat das später lebhaft bedauert). Kein Wohlwollen bewies Schwan aber damit, daß er ohne Wissen des Autors und ohne Honorarzahlung eine Neuauflage des *Fiesco* drucken ließ, und noch dazu die von Schiller bestellten Exemplare in Rechnung stellte. Dieses Verhalten hat es dem Dichter sehr erleichtert, sich vollends Göschen in die Arme zu werfen. Aber daß ein Mann, auf den er sich in der argen Mannheimer Zeit hatte verlassen können, ihn aus der Ferne so unfreundlich behandelte, hat den Blick auf jene »so fatale« Stadt noch weiter getrübt. Auch gegen das Land der Väter und die Väter selbst hat sich Schiller selten so einseitig und hart geäußert wie jetzt.

Körners Freundschaft erlöst Schiller aus dem drückendsten Zwang, seiner andauernden Geldnot. Schon im März hatte Göschen, durch Körner ermutigt und sichergestellt, jenen stattlichen Vorschuß nach Mannheim geschickt, mit dem sich der Dichter seiner ärgsten Schulden hatte entledigen können. Nun, bei der Begegnung in Kahnsdorf, hat Körner gespürt, daß den Freund etwas drücke, und er schreibt in einem warmherzigen Brief vom 8. Juli: »Über die Geldangelegenheit müssen wir uns einmal ganz verständigen... Warum schriebst Du mir nicht gleich, wieviel Du brauchst?... sobald Du im mindesten in Verlegenheit bist, so schreibe mit der ersten Post und bestimme die Summe, Rat kann ich allemal schaffen.« Rat kann ich allemal schaffen – können wir ermessen, was ein solches Wort, von Freundeshand geschrieben, für Schiller bedeutet haben muß? Dazu verbirgt Körner seine Hilfsbereitschaft mit einem bewundernswerten Takt: »Ich weiß, daß Du imstande bist, sobald Du nach Brot arbeiten willst, Dir alle Bedürfnisse zu verschaffen. Aber ein Jahr wenigstens laß mir die Freude, Dich aus der Notwendigkeit des Brotverdienens zu setzen.« Aus dem Angebot entstehen ein solider Vertrag zwischen Schiller, Göschen und Körner und ein von Körner verbürgter Kredit bei einem Leipziger Bankier. Schiller hatte am 11. Juli an Körner geschrieben: »Für Dein schönes und edles Anerbieten habe ich nur einen einzigen Dank, dieser ist die Freimütigkeit und Freude, womit ich es annehme.«

Zu den ersten Ausgaben des seiner Geldsorgen enthobenen Dichters gehören zwei Vasen in antikem Geschmack, die er Körner und seiner Minna zur Hochzeit verehrt. Das beigefügte Schreiben scheint auf Stelzen zu gehen – auch Meister des Briefs werden durch feierliche Anlässe irritiert –, es handelt von einem vor Zeus ausgetragenen Rangstreit zwischen Liebe, Tugend und Freundschaft... (Carl Eugen würde seine Freude daran gehabt haben). Die Hochzeit wird in Leipzig gefeiert. Dann fährt das junge Paar nach Dresden ab, Schiller und Huber begleiten den Reisewagen zu Pferde bis Hubertusburg. Auf dem Heimritt stürzt Schiller und erleidet eine Quetschung der rechten Hand, die ihn wochenlang am Schreiben hindert. Er war kein guter Reiter, hatte auch nicht eben die Figur dazu; schon auf der Karlsschule hatte er in diesem Fach eine sehr schlechte Note.

Die verstauchte Hand ist wohl ein Grund mehr, daß es ihm in Gohlis nicht mehr recht gefallen will. Er füllt die Zeit aus, indem er Reinecke zulieb eine neue Fassung des *Fiesco* diktiert, mit einem wiederaufgenommenen tragischen Schluß. Was soll er noch hier? Körner und seine junge Frau leben in Dresden, Dora ist bei ihnen, Huber, in der Hoffnung auf einen diplomatischen Dienst, weilt ebenfalls dort. Schiller am 6. September, seine Hand mühsam gebrauchend, an Körner: »Mein bisheriges Dasein in Gohlis war einsiedlerisch, traurig und leer. Die Natur selbst war nicht mehr schön – düstere, feindselige Herbsttage mußten sich mit Eurem Abschiede verschwören... Ich gehe an den vorigen Tummelplätzen meiner Freude, wie der Reisende an den Ruinen Griechenlands, schwermütig und still vorüber.« Und noch deutlicher: »Ich muß zu Euch – und auch meine Geschäfte fordern Ruhe, Muße und

Laune... Schreibe mir, bester Körner, mit dem ersten Posttag – nur in zwei Zeilen – ob ich kommen kann und darf...«

Am 11. September 1785, in dunkler Frühe, reist er mit Dr. Albrecht per Extrapost ab und erreicht gegen Mitternacht Dresden.

Dresden

Schiller hat Dresden ungefähr so gesehen, wie Canaletto es gemalt hat; nur ein Vierteljahrhundert liegt dazwischen. Unter den deutschen Residenzen leuchtete Dresden – schöner als Wien, bedeutender als München, unvergleichlich prächtiger als Berlin. Freilich war, als Schiller hier lebte, ja schon als Canaletto hier malte, die glänzendste Zeit vorbei. August der Starke war weder ein Ausbund von Tugend, noch eine starke Figur im Spiel der Mächte, aber er war in seiner Selbstdarstellung, als Bauherr, als Förderer der schönen Künste und der feinen Manufakturen eine barocke Erscheinung, die unter den regierenden Herren außerhalb Frankreichs kaum ihresgleichen hatte. Das »augustäische Zeitalter« hat Dresden erblühen lassen, die Regierungszeit Augusts des Starken (1694–1733) und seines Sohnes August II. (1733–1763). Beide waren Kurfürsten von Sachsen und Könige von Polen zugleich, und da sie selten in Warschau residierten, fiel der Glanz des Königtums auf Dresden. Das endete mit dem Tod Augusts II., und es war schon zuvor vieles in Scherben gefallen, als zu Beginn des Siebenjährigen Kriegs die Preußen die Stadt gestürmt, ausgeplündert und jahrelang besetzt gehalten hatten. Als Goethe während seiner Leipziger Studentenzeit einmal hierher kam, wurde er erschreckt »durch den zerstörten und verödeten Zustand so mancher Straßen, durch die ich meinen Weg nahm. Die Mohrenstraße im Schutt so wie die Kreuzkirche mit ihrem geborstenen Turm drückten sich mir tief ein und stehen noch wie ein dunkler Fleck in meiner Erinnerung.«

Diese Wunden waren, als Schiller hierher kam, vernarbt, aber die glänzendste Zeit dieser Residenz war vergangen. Trotzdem: nie hat Schiller Jahr und Tag in einer so bedeutenden und so schönen Stadt gelebt. Trotz eines gewissen Rückgangs hat Dresden damals ungefähr 60000 Einwohner gehabt; mehr als Frankfurt am Main, doppelt so viel wie Leipzig, weit mehr als Mannheim oder Stuttgart, von Weimar oder Jena zu schweigen. In Dresden lagen berühmte Kunstschätze und war eine der bedeutendsten Gemäldesammlungen der Welt.

Es ist eigenartig, wie wenig Schiller sich dieser glänzenden Stadt bewußt geworden ist, in der er doch fast zwei Jahre gelebt hat. Zu einem Teil mag das damit erklärt werden, daß die von Winckelmann ästhetisch Gebildeten blind waren für die Schönheit des Barock. Die großen Baumeister des Barock haben überhaupt sehr undankbare Kinder und Enkel gehabt. Heinrich von Kleist, als er 1800 nach Dresden kommt, vermerkt kalt: »Auf dem Zwinger findet man Pracht, aber ohne Geschmack.« Ein Jahr darauf schwärmt er wohl vom Blick von der Brühlschen Terrasse »über das herrliche Elbtal, es lag wie ein Gemälde von Claude Lorrain unter meinen Füßen – es schien mir wie eine Landschaft auf einen Teppich gestickt...«, aber da meint er das Gesamtbild. Schiller lebt in Dresden in seiner Gedankenwelt und im Zirkel seiner Freunde. Für ihn, der doch ein starkes Gespür für das Höfische hat, scheint der kurfürstliche Hof gar nicht zu existieren. Nur im Karneval seines zweiten Dresdner Winters weht ihn einmal ein heißer Hauch der barocken Welt an.

Für den Reiz des Landschaftlichen war er empfänglich. Am 13. September brieflich an Huber: »Unsere Hierherreise war wirklich sehr angenehm, schade nur, daß der Abend und die Nacht uns beim Eintritt in schönre Landschaften überfielen... Als auf einmal, und mir zum erstenmal, die Elbe zwischen zwei Bergen heraustrat, schrie ich laut auf. O mein liebster Freund, wie interessant war mir alles! Die Elbe bildet eine romantische Natur um sich her, und eine schwesterliche Ähnlichkeit dieser Gegend mit dem Tummelplatz meiner frühen dichterischen Kindheit macht mir sie dreifach teuer. Meißen, Dresden und seine Gegenden gleichen ganz in die Familie meiner vaterländischen Fluren.« Wieder stößt man auf das Wort romantisch. Merkwürdig ist, wie ihn die Elbgegenden an das heimatliche Neckartal erinnern. Im gleichen Brief spricht er vom Dresdner Elbtal als der himmlischsten Gegend. Dafür war sein Blick offen. Aber die prächtige Stadt hat ihn kalt gelassen.

Und über ihre Bewohner hat er sich ein Jahr nach seinem Weggang aus dieser Stadt mit heftiger Abneigung geäußert: »... aber die Dresdner sind vollends ein seichtes, zusammengeschrumpftes, unleidliches Volk, bei dem es einem nie wohl wird. Sie schleppen sich in eigennützigen Verhältnissen herum, und der freie edle Mensch geht unter dem hungrigen Staatsbürger ganz verloren, wenn er anders je dagewesen ist.« (Am 4. Dezember 1788 brieflich an Lotte und Karoline Lengefeld.) Bemerkenswert, daß Seume, der doch selbst Sachse war, nicht viel später ganz ähnlich geurteilt hat (*Spaziergang nach Syrakus*, das war 1802): »Man trifft so viele trübselige, unglückliche, entmenschte Gesichter (in Dresden), daß man alle fünf Minuten auf eines stößt, das öffentliche Züchtigung verdient zu haben, oder sie eben zu geben bereit scheint... Viele erscheinen auf irgendeine Weise zum Hofe zu gehören oder die kleinen Offizianten der Kollegien zu sein, die an dem Stricke der Armseligkeit fortziehen, und mit Grobheit grollend das Endchen Tau nach dem hauen, der ihrer Jämmerlichkeit zu nahe tritt.« Man kann nach diesen beiden Zitaten darüber nachdenken, ob Residenzen wirklich den Charakter ihrer Einwohner verbogen haben.

Am Mittag des 12. September 1785 regnet es so heftig, daß sich Schiller in einer Portechaise aus dem »Goldenen Engel« in das Körnersche Haus Auf dem Kohlenmarkt hinüber tragen lassen muß. Die Wiedersehensfreude ist groß, man setzt sich in der fröhlichsten Laune zu Tisch. Am späten Nachmittag fährt man zu dem Haus, das Körner in seinem Loschwitzer Weinberg besitzt; Loschwitz, ein wenig stromaufwärts an der Elbe, gegen sanfte Höhen ansteigend. Schiller beschreibt die Lokalität genau: »Er liegt eine Stunde vor der Stadt, ist beträchtlich und hat Terrain genug, Körners Erfindungsgeist zu allerlei Ideen zu verführen. Am Fuße des Berges liegt das Wohnhaus, welches weit geräumiger ist als das... zu Gohlis. Am Haus ist ein niedlicher kleiner Garten, und oben auf der Höhe des Weinbergs steht noch ein artiges Weinberghäusgen. Die Aussicht von diesem und der Untergang der Sonne soll ganz zum Entzücken sein. Alles hier herum wimmelt von Weinbergen, Landhäuschen und Gütern.« Und in dem gleichen Brief an Huber: »Diese Nacht habe ich zum erstenmal unter einem Dache mit unsern Lieben geschlafen. Minna ist ein so liebes Hausweibchen. Sie haben mich gestern nacht in Prozession auf mein Zimmer gebracht, wo ich alles zu meiner Bequemlichkeit schon bereitet fand. Heute beim Erwachen hörte ich über mir auf dem Klavier spielen, Du glaubst nicht, wie mich das belebte.«

Beim Frühstück hat Schiller so begeistert mit der jungen Hausfrau angestoßen, daß sein Glas zerschellte. Die Gesellschaft macht daraus ein Trankopfer für die Götter – damit der Weiheakt nicht durch Wiederholungen profaniert wird, trinkt man den Wein künftig aus silbernen Bechern. – Die Arbeit während dieser Herbstwochen im Weinberg ist dem *Don Carlos* gewidmet. Wie gut gelaunt Schiller war, zeigt sich bei einem momentan verdrießlichen Anlaß. Wir zitieren das ganze Gedicht, denn kaum einmal sonst spiegelt sich des Dichters Alltag so anmutig in Versen:

UNTERTHÄNIGSTES PRO MEMORIA

an die Consistorialrath Körnerische weibliche Waschdeputation
in Loschwiz eingereicht von einem niedergeschlagenen Trauerspieldichter

Dumm ist mein Kopf und schwer wie Blei,
die Tobaksdose ledig
Mein Magen leer – der Himmel sei
dem Trauerspiele gnädig.

Ich kraze mit dem Federkiel
auf den gewalkten Lumpen;
Wer kann Empfindung und Gefühl
aus hohlem Herzen pumpen?

Feur soll ich gießen aufs Papier
mit *angefrornem* Finger? – –
O Phöbus, haßest du Geschmier,
so wärm auch deine Sänger.

Die Wäsche klatscht vor meiner Thür,
es scharrt die Küchenzofe –
und mich – mich ruft das Flügelthier
nach König Philipps Hofe.

Ich steige mutig auf das Roß;
in wenigen Sekunden
seh ich Madrid – am Königsschloß
hab ich es angebunden.

Ich eile durch die Gallerie
und – siehe da! – belausche
die junge Fürstin Eboli
in süßem Liebesrausche.

Jezt sinkt sie an des Prinzen Brust,
mit wonnevollem Schauer,
in *ihren* Augen Götterlust,
doch in den *seinen,* Trauer.

Schon ruft das schöne Weib Triumph
schon hör ich – Tod und Hölle!
Was hör ich? – einen naßen Strumpf
geworfen in die Welle.

Und weg ist Traum und Feerey,
Prinzessin, Gott befohlen!
Der Teufel soll die Dichterei
beim Hemderwaschen hohlen.

gegeben
in unserm jammervollem
Lager
ohnweit dem Keller.

F. Schiller.
Haus- und Wirtschafts Dichter.

Ein Gelegenheitsgedicht, liebenswürdig, spontan, eine Momentaufnahme. – Das Hochgefühl, das Schiller in diesem Herbst 1785 beseelte, ist in ein anderes Gedicht eingegangen, das man als das erste seiner großen Gedichte ansehen kann, in das Lied *An die Freude* – »Freude, schöner Götterfunken«. Schiller war nahezu 26 Jahre alt, als er diese Strophen geschrieben hat. Ihm war versagt geblieben, was wenigen geschenkt worden ist: der holde Überfluß, die traumwandlerische Sicherheit, die einen jungen Menschen Gedichte von vollender Schönheit finden läßt; Mörike, um dieses eine Beispiel zu nennen. Das Genie des jungen Schiller tritt wie unter Krämpfen ans Licht der Welt, am großartigsten in den *Räubern*. Und seine Jugendgedichte? Sturmgepeitschte Phantasie, mühsam in Reim und Metrik gezügelt; manches wäre lächerlich oder abstoßend, zeugten sie nicht von einer mitreißenden Sprachgewalt. Auch in den Gedichten seiner reifen Jahre ist selten etwas von der Gnade zu spüren, die das Unerreichbare mit leichter Hand pflücken läßt. Nur selten findet er den einfachen Ton des Volkslieds – »In einem Tal bei armen Hirten«. Selten wird die gezügelte Kraft gelöst in genialer Leichtigkeit – wie in der Dithyrambe »Nimmer, das glaubt mir, erscheinen die Götter, nimmer allein . . .«.

AN DIE FREUDE

Freude, schöner Götterfunken,
  Tochter aus Elisium,
Wir betreten feuertrunken
  Himmlische, dein Heiligthum.
Deine Zauber binden wieder,
  was der Mode Schwerd getheilt;
Bettler werden Fürstenbrüder,
  wo dein sanfter Flügel weilt.

CHOR

Seid umschlungen Millionen!
  Diesen Kuß der ganzen Welt!
  Brüder – überm Sternenzelt
muß ein lieber Vater wohnen.

Wem der große Wurf gelungen,
  eines Freundes Freund zu seyn;
wer ein holdes Weib errungen,
  mische seinen Jubel ein!
Ja – wer auch nur *eine* Seele

sein nennt auf dem Erdenrund!
Und wer's nie gekonnt, der stehle
weinend sich aus diesem Bund!

CHOR

Was den großen Ring bewohnet
huldige der Simpathie!
Zu den Sternen leitet sie,
Wo der *Unbekannte* tronet.

Freude trinken alle Wesen
an den Brüsten der Natur,
Alle Guten, alle Bösen
folgen ihrer Rosenspur.
Küße gab sie *uns* und *Reben,*
einen Freund, geprüft im Tod.
Wollust ward dem Wurm gegeben,
und der Cherub steht vor Gott.

CHOR

Ihr stürzt nieder, Millionen?
Ahndest du den Schöpfer, Welt?
Such' ihn überm Sternenzelt,
über Sternen muß er wohnen.

Freude heißt die starke Feder
in der ewigen Natur.
Freude, Freude treibt die Räder
in der großen Weltenuhr.
Blumen lockt sie aus den Keimen,
Sonnen aus dem Firmament,
Sphären rollt sie in den Räumen,
die des Sehers Rohr nicht kennt!

CHOR

Froh, wie seine Sonnen fliegen,
durch des Himmels prächtigen Plan,
Laufet Brüder eure Bahn,
freudig wie ein Held zum siegen.

Aus der Wahrheit Feuerspiegel
lächelt sie den Forscher an.
Zu der Tugend steilem Hügel
leitet sie des Dulders Bahn.
Auf des Glaubens Sonneberge

sieht man *ihre* Fahnen wehn,
Durch den Riß gesprengter Särge
sie im Chor der Engel stehn.

CHOR

Duldet mutig Millionen!
Duldet für die beßre Welt!
Droben überm Sternenzelt
wird ein großer Gott belohnen.

Göttern kann man nicht vergelten,
schön ists ihnen gleich zu seyn.
Gram und Armut soll sich melden
mit den Frohen sich erfreun.
Groll und Rache sei vergessen,
unserm Todfeind sei verziehn
Keine Thräne soll ihn pressen,
keine Reue nage ihn.

CHOR

Unser Schuldbuch sei vernichtet!
ausgesöhnt die ganze Welt!
Brüder – überm Sternenzelt
richtet Gott wie wir gerichtet.

Freude sprudelt in Pokalen,
in der Traube goldnem Blut
trinken Sanftmut Kannibalen,
Die Verzweiflung Heldenmut – –
Brüder fliegt von euren Sitzen,
wenn der volle Römer kraißt,
Laßt den Schaum zum Himmel sprützen:
Dieses Glas dem guten Geist.

CHOR

Den der Sterne Wirbel loben,
den des Seraphs Hymne preist,
Dieses Glas dem guten Geist,
überm Sternenzelt dort oben!

Festen Mut in schwerem Leiden,
Hülfe, wo die Unschuld weint,
Ewigkeit geschwornen Eiden,
Wahrheit gegen Freund und Feind,
Männerstolz vor Königsthronen, –

Brüder, gält' es Gut und Blut –
Dem Verdienste seine Kronen,
Untergang der Lügenbrut!

CHOR

Schließt den heilgen Zirkel dichter,
schwört bei diesem goldnen Wein:
Dem Gelübde treu zu sein,
schwört es bei dem Sternenrichter!

Rettung von Tirannenketten,
Großmut auch dem Bösewicht,
Hoffnung auf den Sterbebetten,
Gnade auf dem Hochgericht!
Auch die Toden sollen leben!
Brüder trinkt und stimmet ein,
Allen Sündern soll vergeben,
und die Hölle nicht mehr seyn.

CHOR

Eine heitre Abschiedsstunde!
süßen Schlaf im Leichentuch!
Brüder – einen sanften Spruch
aus des Todtenrichters Munde!

Diese Hymne hat ihren Platz in der Biographie Schillers, sie ist ein Stück davon. Sie ist Ausdruck wiedergefundener Lebensfreude – oder soll man sagen: erstmals so empfundener Lebensfreude? Befreiung von eisernem Druck und quälender Not, Seelenruhe im vertrauten Freundeskreis; auch Spiegelung philosophischer Gespräche mit dem Erzfreund Körner. Dieses Lied, stark und schön in sich selbst, ist auf den Schwingen der Beethovenschen Musik um die Erde geflogen und hört nicht auf, zu tönen. In jeder Neujahrsnacht ist der Äther erfüllt davon.

In diesem Sommer 1785 war Reinwald wieder nach Württemberg gereist und hatte sich nun mit Christophine verlobt. Auf die Nachricht davon schreibt Schiller an die vertraute Schwester. Es ist ein abgewogener, sehr vernünftiger Brief, ein wenig verschnupft – »da Du mir Deinen gefaßten Beschluß nur bloß historisch hast melden lassen, nachdem Eure Verlobung vorbei ist« –, kühl, nur von verhaltener Traurigkeit ein wenig erwärmt; und getragen von dem Willen zur Gerechtigkeit gegen alle Beteiligten. Er spricht von der Beharrlichkeit des Freundes, einer bescheidenen Besserung seiner Verhältnisse. »Du kennst ihn und bist also auf alles vorbereitet, was unvermeidlich sein wird, und wirst Dich in das zu finden wissen, was Dich nicht mehr überraschen kann. Er wird das Opfer schätzen, das Du ihm gebracht hast...« Das sind nüchterne Worte, bevor er förmlich seinen brüderlichen Segen erteilt. Ausdrücklich wird die Schwester gebeten, seine warnenden Briefe (übrigens auch die der Frau von Kalb) dem Verlobten zu zeigen: »Sie werden ihn an die Pflichten erinnern, die er gegen Dich hat.« Und: »Ich habe niemals aufgehört, sein Freund zu sein, sage ihm das und auch meinem Vater. Unsere Mißverständnisse waren nie etwas anderes als eine Kollision seiner Hypochondrie und meiner Empfindlichkeit. Ich kann ihn nicht *mehr* lieben, nachdem er mein Schwager ist, als vorher, da er nur mein Freund war. Jetzt tu ich aus Pflicht, was ich damals aus Wahl getan.« Nüchternheit, Redlichkeit, unbedingte Aufrichtigkeit.

Ende Oktober zieht man aus dem Weinberg in die Stadt zurück. Huber und Schiller beziehen ein Zimmer und führen gemeinsam einen kleinen Junggesellenhaushalt. Das ging, weil das reiche, wohlgeordnete Körnersche Haus in der Nähe war; die energische Minna sorgte auch dafür, daß die Bude von Zeit zu Zeit gescheuert wurde, nicht zu des Dichters Freude. Im Zusammenleben der zwei Gefährten spielt Schiller die führende, Huber die bewundernde Rolle – wobei freilich Schiller, indem er den Jüngeren männlich vor Schwärmerei warnt, nur zu leicht selbst darein verfällt. – Das meiste, was von seiner und von der Körnerschen Seite aufgewendet wurde, um Huber auf eine sinnvolle Lebensbahn zu führen, hat sich als verlorene Liebesmüh erwiesen. Huber ist nach einem unruhigen und erfolgsarmen Literatenleben früh gestorben, noch vor Schiller; er hat immer dankbar die Begegnung mit Schiller als den Höhepunkt seines Lebens betrachtet.

Körner ist für Schiller die schirmende und maßgebende Gestalt in diesen zwei Dresdner Jahren und bleibt der Freund das Leben hindurch; Schillers letzter Brief an ihn ist vom 25. April 1805, zwei Wochen vor dem Tode. – »Als Schiller 1785 der Einladung seiner jungen Gönner nach Leipzig folgte, traf er in dem drei Jahre älteren Körner einen ihm an Bildung, Geschmack und Welterfahrung überlegenen Freund.« Diesem Urteil von Berghahn ist zuzustimmen, jedenfalls was Geschmack und Welterfahrung betrifft. Auch Körners Erziehung und Bildungsgang waren durch Zwänge von außen und Unruhe von innen irritiert – er hat das dem neuen Freund freimütig offenbart. Doch war er unbelastet von der qualvollen Bürde des Genialen, war eine in ihrem Grunde harmonische

Natur, durch Familie und Vermögen der Gesellschaft empfohlen – auch drei Jahre älter als der Dichter, was auf dieser Lebensstufe etwas bedeutet. Die Anfänge ihres Verhältnisses zueinander waren auf beiden Seiten durch Empfindsamkeit und Enthusiasmus etwas vernebelt. Auf verschiedenen Wegen ist eine starke und belastbare Freundschaft daraus geworden: im alltäglichen geschäftlichen Zusammenwirken, in der fröhlichen häuslichen Geselligkeit und im philosophischen Gedankenaustausch.

Der gesellige Kreis um die »seligen fünf«, wie sie sich in Momenten der Begeisterung selbst nannten, war ziemlich eng gezogen. Der Maler Graff gehörte dazu, der auch Schiller porträtiert hat, das Ehepaar Albrecht. Trotz der beträchtlichen Entfernung waren einige Leipziger einbezogen, Göschen und der Steinguthändler Kunze mit seiner Frau. Schillers seltene Briefe an Kunze haben einen besonders behaglichen Ton: »Verzeihung, liebste Freundin, daß ich Sie schon wieder mit einem Brief belästige. ›Das ist ein aufdringlicher Mensch‹, werden Sie freilich sagen, ›er läßt einem keine Ruhe mit Schreiben. Weiß ich denn nicht schon, daß er mir gut ist, recht herzlich gut ist? Was braucht mirs denn der Narr noch erst lange schriftlich zu versichern...‹« So schreibt er an Madame Kunze, nachdem er sich monatelang ausgeschwiegen hatte.

Eine Bemerkung in einem Brief an beide Kunzes, vom 7. Dezember 1785: »Ich bin jetzt ganz erschröcklich beschäftigt, wenn man das Beschäftigung nennt, daß ich viel tun sollte.« In der Tat war es keine sehr schöpferische Periode, und es ist der Betrachtung wert, daß der Dichter, von Sorgen gepeinigt und von Aufregungen gepeitscht, großartige Entwürfe gefaßt und verwirklicht hat, während die Beruhigung, die er Körners Hilfsbereitschaft verdankte. die schöpferische Spannung absinken ließ; unerklärlich ist das nicht.

Im Spätherbst und Winter gehen Manuskriptpakete an Göschen ab, der die *Thalia* verlegen soll; das Heft erscheint im Februar 1786. Die Beiträge, sämtlich von Schiller selbst und nur zum Teil neuen Datums, lassen die Entwicklung des Autors erkennen. Fast verwunderlich, daß er ein so krasses Jugendgedicht wie die wiederholt erwähnte, wahrscheinlich auf die Hauptmännin Vischer bezogene *Freigeisterei der Leidenschaft* jetzt und hier dem Publikum vorstellt; die Veröffentlichung wird nicht diskreter dadurch, daß er mit einer Anmerkung, die für den Zensor bestimmt ist – denn freilich gab es auch in Kursachsen die Zensur – beteuert, es handle sich um die Verzweiflung eines *erdichteten* Liebhabers... Zu den frühen Gedichten muß wohl auch die Phantasie *Resignation* gerechnet werden, die wehmütige Klage über eine verlorene Jugend:

Auch ich war in Arkadien geboren,
Auch mir hat die Natur
An meiner Wiege Freude zugeschworen,
Auch ich war in Arkadien geboren,
Doch Tränen gab der kurze Lenz mir nur.

Eine andersartige Reminiszenz an die Heimatjahre: *Verbrecher aus Infamie, eine wahre Geschichte.* Diese Erzählung knüpft direkt an Abels Kindheitserlebnisse mit dem Sonnenwirt an, der in der Geschichte auch so genannt wird. Sie beginnt mit dem Satz: »In der ganzen Geschichte der Menschheit ist kein Kapitel unterrichtender für Herz und Geist als die Annalen seiner Verirrungen«; ein Ausspruch, der auch für die *Räuber* und für *Kabale und Liebe* gilt. – Von Schillers neuem Lebensabschnitt kündet das Lied *An die Freude,* das an den Anfang des Heftes gesetzt ist. Und der künftige Historiker zeigt sich in drei Beiträgen, die von der Epoche Philipps II. handeln. Ein Aufsatz über ihn aus der Feder Merciers, von Schiller übersetzt; das Gedicht *Die unüberwindliche Flotte,* im Januar 1786 geschrieben und gleichfalls durch einen Text von Mercier angeregt: »Sie kömmt – sie kömmt, des Mittags stolze Flotte...«; und aus dem Akt II des *Don Carlos* die ersten drei Auftritte, mit der großen Szene zwischen Vater und Sohn.

»Täglich wird mir die Geschichte teurer. Ich habe diese Woche eine Geschichte des Dreißigjährigen Kriegs gelesen, und mein Kopf ist mir noch ganz warm davon. Daß doch die Epoche des höchsten Nationalelends auch zugleich die glänzendste Epoche menschlicher Kraft ist! Wie viele große Männer gingen aus dieser Nacht hervor! Ich wollte, daß ich zehn Jahre hintereinander nichts als Geschichte studiert hätte. Ich glaube, ich würde ein ganz anderer Kerl sein. Glaubst Du, daß ich es noch werde nachholen können?« (Im April 1786 an Körner.) Die entschiedene Wendung zur Historie ist, was Schillers geistige Entwicklung betrifft, das wichtigste Resultat der Dresdner Zeit. Zuerst hatte sich diese Neigung beim *Fiesco* gezeigt. Zu Beginn des Jahres 1782 hatte Schiller sich auf der Stuttgarter Bibliothek in den Stoff eingelesen. Es waren vor allem französische Historiker, der Kardinal de Retz, Duport du Tetre, de Mailly; daneben Häberlins *Gründliche historisch-politische Nachricht von der Republik Genua.* Später folgt das Studium von Robertsons sechsbändiger *Geschichte der Regierung Kaiser Karls V.,* die er wahrscheinlich in der 1771 in Amsterdam erschienenen französischen Ausgabe gelesen hat. Dem Historiker bieten sich die Stoffe im Gewand der französischen Sprache – eine Schwierigkeit, ein Reiz mehr.

Eigenartig steht die große Gestalt Kaiser Karls V. am Anfang von Schillers historischem Schaffen, wirft ihren Schatten auf den *Fiesco:* »Kaiser Karl! Mit dieser einzigen Silbe will ich sie niederwerfen, daß in ganz Genua auch keine Glocke mehr summen soll« – und auf den *Don Carlos.* Später hat ihn Schiller zu Beginn der *Geschichte des Abfalls der Niederlande* in seinem Verhältnis zu seinen Niederländern glänzend charakterisiert, obwohl der Autor ja entschieden die Sache der protestantischen Partei vertritt. Schillers wichtigste historische Arbeiten, im engeren Sinne und in dramatischer Darstellung, gelten den hundert Jahren zwischen 1550 und 1650 – die *Geschichte des Abfalls der Niederlande* und die des *Dreißigjährigen Kriegs, Don Carlos, Maria Stuart, Wallenstein.* »Es sind ereignis- und spannungsreiche Zeiten. Da gab es Szenen zu schildern, Menschen zu porträtieren, Projekte, Verschwörungen, große Zusammenhänge aufzudecken, wie vorher nicht und nachher nicht.« (Golo Mann, Schiller als Historiker.) Die Anteilnahme an der oft dramatischen Bewährung des Protestantismus gegen die Mächte der Gegenreformation mag in Schillers württembergischer Herkunft wurzeln.

Genau ein Jahr nach seiner Ankunft bei den Freunden senkt sich auf Schiller ein Schleier von Traurigkeit, ja Lebensüberdruß. Eine vorübergehende Abwesenheit der Familie Körner und Hubers scheint das ausgelöst zu haben. Noch halbwegs launig schreibt er am 20. April an Körner: »Und was habe ich armer Versifex von der ganzen Schönheit des Wetters? Just eben jetzt, da ichs allein genießen muß und also gar nicht genieße?... Alles lebt und webt hier und freut sich und fliegt aus und liebt und begattet sich, und ich – mein Zustand ist trostlos.« Elf Tage später an Huber: »Ich bin jetzt fast untätig. Warum, wird mir schwer zu sagen... Mein Herz ist zusammengezogen, und die Lichter meiner Phantasie sind ausgelöscht... Ich bedarf einer Krisis. Die Natur bereitet eine Zerstörung, um neu zu gebären. Kann wohl sein, daß Du mich nicht verstehst, aber ich verstehe mich schon. Ich könnte des Lebens müde sein, wenn es der Mühe verlohnte, zu sterben...«

Es ist vielleicht nicht zufällig, daß jetzt Gestalten aus seinem früheren Leben auftauchen, in Gedanken oder in Person. Schiller schreibt an Reinwald, entschuldigt sich freundlich ob seiner Schreibfaulheit; geht vom Sie zum Du über: »Sapperment, und sind wir nicht oder werden wir nicht Schwäger? Also.« In einem weiteren Brief bittet er ihn um Mitarbeit an der *Thalia.* – Und Schwan von Mannheim kommt angereist, Schwan mit seinen beiden Töchtern. Eigentlich stand ja etwas zwischen ihm und

Schiller; Schwan hatte sich mit dem unentgeltlichen Neudruck des *Fiesco* eine derbe Eigenmächtigkeit herausgenommen; und die Werbung um Margaretes Hand hatte er ja auch rundweg zurückgewiesen. Das hat ihn nicht an einem Besuch gehindert. Er durfte sich bewußt sein, daß alles, was er für den Dichter getan hatte, weit schwerer wog als die spätere Verstimmung; auch war er wohl ein wenig neugierig. Und Schiller nimmt den Besuch mit offenen Armen auf.

Luise, die jüngere Tochter, in ihren Lebenserinnerungen: »Man hatte es Schillern von Leipzig aus geschrieben, daß wir nach Dresden kommen würden, und als wir in Meißen am Posthause anfuhren, wer stand unter dem Torweg? Schiller in einem mausfarbenen Rock mit Stahlknöpfen. Ich sehe ihn noch vor mir. Das war denn eine große Freude, und er begleitete uns alsdann aufs Schloß und in die Porzellanfabrik... Weiter nun kamen wir mit Schillern, der geritten war, nach Dresden... Dort hatte mein Vater viele Bekannte, und Schiller führte uns zu Körners, zu Stocks und zum Kapellmeister Naumann, wo wir zu einem Konzert eingeladen wurden, in welchem Körner mit seiner Minna sang. Zu einem berühmten Maler, Graff, gingen wir auch miteinander. Schillers Portrait stand auf der Staffelei noch unvollendet.« Luise erwähnt hier unter anderen auch ein Porträt der Schauspielerin Albrecht, »auch einer Liebschaft Schillers«, wie sie scharfsinnig vermutet und freimütig sagt. Vater Schwan wurde sogleich zu einer Porträtsitzung genötigt, Schiller führte die zwei Schwestern inzwischen auf der Brühl'schen Terrasse spazieren. »Schillers Betragen war so herzlich und gerade wie eines Sohns und Bruders.«

Luise Schwans Vermutung hinsichtlich der Madame Albrecht erscheint zweifelhaft, wenn man deren Urteil über Schillers äußere Erscheinung in jener Zeit liest: »Schillers gewöhnliche Kleidung bestand damals in einem dürftigen grauen Rocke, und der Zubehör entsprach in Stoff und Anordnung keineswegs auch nur den bescheidensten Anforderungen des Schönheitssinnes. Neben diesen Mängeln der Toilette machte seine reizlose Gestalt und der häufige Gebrauch des Spaniol(Schnupf-)tabaks einen ungünstigen Eindruck, den das tiefgesenkte, immer sinnende Haupt noch vermehrte. Nur auf seiner schönen Stirn und in dem glänzenden Auge sprachen erhebende Zeichen von den großen Gedanken, die er meistens nächtlich eben damals dem Manuskript seines Don Carlos übergeben.«

So gar wenig Wert auf sein Äußeres hat Schiller nicht einmal gelegt, nur hat er darin nie Geschick entwickelt. Im Juli wird den

Körners das erste Kind geboren, Schiller soll Gevatter stehen. Das bringt ihn in Verlegenheit und er wendet sich an Freund Kunze wegen einer beträchtlichen Anleihe, »da ich bei dieser Gelegenheit Ausgaben habe, die meine Kasse übersteigen, unter andern mir ein Kleid anschaffen muß, das ich zum Degen tragen kann...« Das Kind hat nur ein halbes Jahr gelebt. – Von Stuttgart und Mannheim aus gesehen, zählt Sachsen zum nördlichen Deutschland. Dorthin hatte sich der Dichter begeben müssen, um tatkräftige Hilfe zu finden. In der weniger äußerlich als seelisch begründeten Krise seiner Dresdner Zeit empfängt er Aufmunterung und Anerkennung wiederum aus dem Norden. Wenn man von dem Karlsschülerkreis in der schwäbischen Heimat und der Bekanntschaft in Mannheim absieht, hat Schiller immer im Norden die stärkste Resonanz gefunden (wobei die konfessionellen Voraussetzungen eine Rolle gespielt haben dürften), in Norddeutschland und in dem damals an den deutschen Kulturkreis eng angeschlossenen Dänemark. Seine Wirkung im Süden, in Bayern, in Österreich, blieb lange Zeit gering, wobei Kaiser Joseph II. eine interessante Ausnahme macht. In seinen letzten Lebensjahren hat Schiller freilich noch erlebt, wie sein Ruhm den ganzen deutschen Sprachraum erfüllte.

Jetzt in Dresden empfängt er aus Berlin ein Huldigungsgedicht der Karschin, einer einfachen Frau, die darauf losschrieb, wie ihr der Berliner Schnabel gewachsen war, beliebt und anerkannt, mit Gleim und Ramler befreundet:

O Schiller, den im Schattenreiche
der Britte Schäcksbaer zugesteht
Dass Carl von Moor den Macbath gleiche
Und Einem Grad noch drüber geht.
Ich sahe siebenmahl die Räuber
und weinte siebenmahl gerührt...

Den Versen schließt sich ein gescheiter Brief an, der von einem guten Theaterverständnis zeugt. Er endet mit den Worten ».... aber kommen Sie doch einmahl selbst nach Berlin, kommen Sie, ehe der altte Fährmann abrudert mit Ihrer altten dreyundsechzigjährigen Beifallgeberin A. L. Karschin«. – In Hamburg zeigt Friedrich Ludwig Schröder starkes Interesse. Schröder, der als Luftspringer angefangen hatte, war zur größten Gestalt im damaligen deutschen Theaterleben geworden, er hatte die von Ekhof und Lessing angebahnte »Natürlichkeitsrichtung« auf die Höhe ihrer Wirkung geführt, er hat Shakespeare auf der deutschen Bühne heimisch gemacht. Schiller kommt Schröder sofort mit großen Angeboten entgegen – *Don Carlos,* alle späteren Dramen –, voreilig und ohne Rücksicht auf Göschen. Schröder lädt darauf den Dichter nach Hamburg ein. Aber der Besuch findet nicht statt, Schiller hat Hamburg so wenig gesehen wie eine andere Seehafenstadt. Das ausgeworfene Tau ist ins Wasser gefallen.

Weihnachten 1786 verbringt Schiller mit Huber bei einem Glase Punsch und einem Stollen, den Körners aus Leipzig geschickt haben. Schiller einige Tage später an Körner: »Einesteils verdrüßt michs, daß ich die Freuden meines Lebens so sehr von Euch abhängig gemacht habe und nicht einmal einen Monat mehr durch mich allein ganz glücklich existieren kann. Lieber Gott, wie wird das noch werden? Alle Einförmigkeiten unserer bisherigen Existenz fangen mir an notwendig zu werden... Eine Schuld freilich müßt Ihr mir erlauben auf das erbärmliche Äquivalent zu schieben, das Ihr mir in der Stadt Dresden zurückgelassen habt... Zu meinem Weben und Wirken seid Ihr mir unentbehrlich geworden. Ich bin sehr wenig oder nichts. Ich bin Hubern nichts und er mir wenig. Die Feiertage haben mich vollends verdorben. Es ist so etwas Hergebrachtes, daß an diesen Tagen alles Feierabend machen soll. Das Vergnügen ist an diesen Tagen eine Art von Arbeit und Bestimmung...« Das sind zwei Hiebe auf Huber und eine bemerkenswerte Festtagsbetrachtung. Der dunkel beschwingte Brief spricht dann die Befürchtung aus, Schiller könne Körners Freundschaft verlieren: »Ihr wart mir so viel und ich Euch noch wenig – nicht einmal das, was ich fähig sein könnte, Euch zu sein... Der schwarze Genius meiner Hypochondrie muß Euch auch nach Leipzig folgen. Verzeiht mir das.« Er spricht dann von seiner Arbeit am *Don Carlos:* »Willst Du wissen, wie weit ich in meiner Arbeit gekommen bin? Mitten in der letzten Szene des Marquis mit der Königin, die Du ja kennst. Jetzt fängt es an sehr interessant zu werden, aber ich zweifle, ob meine Ausarbeitung nicht unter, tief unter meinem Ideale und dem Interesse der Situation bleiben wird.« Und weiter unten: »Hie und da ein Funke unter der Asche, und das ist alles...«

Solche Briefe sind seelische Momentaufnahmen. Man muß sich nur davor hüten, sie ins Absolute zu rücken. Schon zwei Wochen später klingt ein ruhigerer Ton. Schiller bewohnte mit Huber das Körnersche Haus während derer Abwesenheit: »Es wird mir ganz ungewohnt sein, wieder aus Eurem Hause zu ziehen. Ich bin so nach und nach ganz damit verwandt worden, und auf Deinem Zimmer, welches zu Deiner Schande gesagt sei, läßt sichs trefflich arbeiten.« Weniger zufrieden zeigt er sich mit Körners Bett: »Überhaupt bin ich für das Bette zu groß oder es ist für mich zu klein, denn eins meiner Gliedmaßen kampiert immer die Nacht über in der Luft.«

Geniale Menschen tragen eine schwerere Last durch ihr Leben als solche, die dem gesunden Durchschnitt oder wie immer man es nennen will, zugehören. Schiller macht da keine Ausnahme. Was aber sein Leben schwer und streckenweise zu einem Martyrium gemacht hat, sind doch vor allem die äußeren Zwänge in seiner Jugend und physische Leiden in seinen späteren Jahren. Unter den genialen Menschen gibt es wenige, die seelisch so im Gleichgewicht waren wie er. »Der schwarze Genius meiner Hypochondrie« schwebte wohl zu Zeiten über ihm, aber dieser Rabenvogel verschwand auch wieder, er setzte sich ihm nicht aufs Haupt, hackte ihm nicht ins Hirn. Schiller hat eine Begabung für den Umgang mit Menschen gehabt, ein schönes Talent zur Freundschaft. Ein großer Liebender ist er wohl nie gewesen. Aber anders als bei gewissen verwandten Geistern, etwa Jean Jacques Rousseau, ist seine idealische Liebe zur Menschheit nicht von Kälte im Umgang mit dem lebendigen Mitmenschen kontrastiert. Und immer wieder schimmert aus Briefstellen und aus überlieferten Aussprüchen ein wärmender Humor.

Schillers Freundschaft zu Körner hat alle Spannungen und Verstimmungen ausgehalten. Aus dem Grunde einer tiefen Freundschaft und in heiterer Laune hat der Dichter zu Körners 31. Geburtstag, dem 2. Juli 1787, einen dramatischen Scherz, *Körners Vormittag,* geschrieben. Die Sache erinnert den heutigen Leser – wenn es einer liest – ein wenig an das Lever der Marschallin im *Rosenkavalier,* nur derber und ganz konkret auf den Körnerschen Haushalt und was dort ein- und ausging bezogen. Schiller spielt darin selbst eine Rolle, mustert verwundert den sehr geringen Fortschritt, den eine schriftliche Arbeit des Freundes gemacht hat, und wird von Minna abgekanzelt: »Da steht er wieder und hält meinen Mann auf. Sieht er denn nicht, daß er ins Konsistorium muß? Hanswurst!« Es gibt aber noch weit mehr Abhaltungen, es kommt ein Bekannter, der neue Noten anbietet, eine Nachbarin, die ihren frisch abgezogenen Wein verkaufen will, ein Schuhmacher, um dem Herrn neue Stiefel anzumessen, endlich ein Kandidat der Theologie, der dem Herrn Konsistorialrat seine Dissertation *De transsubstantiatione* überreicht – alle diese Rollen hat Schiller selbst gespielt. Dazwischen andere Auftritte, Freunde des Hauses mit Neuigkeiten, einer will Geld leihen, der Klavierstimmer kommt,

Dora fragt um Wirtschaftsgeld – so vergeht *Körners Vormittag,* geschrieben ist nichts, und ins Konsistorium kommt er auch nicht. Ein Zeugnis Schillerschen Humors und des herzlichen freundschaftlichen Einvernehmens, obwohl dieses im vergangenen Winter eine neue Belastungsprobe erfahren hatte.

In ganz Kursachsen war der Karneval allein in Dresden von Bedeutung, wo ein katholischer Hof residierte (August der Starke war um der polnischen Krone willen zur katholischen Kirche übergetreten). In ihrem zweiten Dresdner Winter bekam Minna Körner Lust, einmal eine jener Maskeraden mitzumachen, von denen sie in ihrer Mädchenzeit im gut lutherischen Leipzig Märchenhaftes gehört hatte. Körner hatte seine Bedenken, als Sohn eines Superintendenten und selbst Konsistorialrat, »Hochwürden«. Aber Schiller und Huber waren gleich dafür und besonders Dora. So stürzt man sich denn an einem Winterabend selbfünft in den Karnevalstrubel.

Minna in ihren Erinnerungen: »Unter dem tobenden Lärm und Geschwirr der hier aus allen Ländern und Völkern versammelten, ausgelassenen Narrenwelt wurde mir ganz unheimlich zumute; ich ließ den Arm meines Mannes nicht los, Huber führte Dorchen, und so war Schiller auf sich und sein gutes Glück angewiesen. Nach einigen Stunden verließ ich mit Körner und meiner Schwester den Redoutensaal, und wir fuhren nach Haus. Schiller und Huber blieben noch da, und von letzterem erfuhr ich, daß Freund Schiller von der Maskenfreiheit sehr ungenierten Gebrauch und eine ihm sehr zusagende Bekanntschaft gemacht habe...«

Schiller – gern wüßten wir, in welches Kostüm er sich geworfen hatte – dürfte in jener Nacht wohl nicht unter Langeweile gelitten haben. Später, am Weimarer Hof, hat er solche Festivitäten als nachdenklicher Beobachter mitgemacht und über das doppelte Rollenspiel der Maskierten seine Betrachtungen angestellt. Hier, sechsundzwanzigjährig, in einer fremden, schillernden Scheinwelt und von vornherein in seiner kleinen Gesellschaft überzählig, hat er das Abenteuer gesucht und auf eine Art auch gefunden. – Eine Frau von Arnim war bei Hof »Gardedame« der Hofdamen, versiert in allen höfischen Kabalen und auch der Kuppelei nicht ganz unkundig. Sie war auf dem Maskenball anwesend, souverän und erfahren in dem Gewimmel, und wußte ihre drei schönen Töchter zu dirigieren. Der Dichter entging ihrer Aufmerksamkeit nicht, und sie setzte ihre neunzehnjährige Tochter Henriette auf ihn an. Henriette, eine dunkelhaarige Schönheit, war als Zigeunerin maskiert und las den Kavalieren aus den Handlinien vor, was ihnen blühte.

Nun beugt sie sich über Schillers Hand, und das ist, als berühre eine brennende Fackel einen Bund trockenes Stroh. Er weicht die Nacht hindurch nicht von ihrer Seite und ist nun auf Wochen und Monate mit schwerer Verliebtheit geschlagen.

Die Gardedame vermerkt das mit gemessenem Gefallen. Der Dichter war bekannt genug, um als eine Zierde ihres Hauses zu gelten, das er nun beharrlich Abend für Abend aufsucht. Doch gedenkt ihn die Dame in Grenzen zu halten, denn seine Börse ist offenkundig unbeträchtlich, wenngleich er Geschenke bringt, die im Mißverhältnis zu seinen Mitteln stehen. Ein jüdischer Bankier und ein Graf Waldstein-Dux dürfen sich durch den rothaarigen Literatus in ihren Ansprüchen auf Henriette nicht geniert fühlen (es hat also einmal ein Herr aus der Sippe Wallensteins den Weg des späteren Wallenstein-Dichters feindselig gekreuzt). Frau von Arnim arrangiert das Erforderliche mit erfahrener Hand. Ein Licht in einem bestimmten Fenster bedeutet für Schiller: Halt! Henriette hat Familienpflichten – und für die Rivalen: Entrez!

Armer Schiller! (aber auch: arme Henriette!) Minna schreibt in ihren Erinnerungen: »Von jetzt an fehlte Schiller jeden Abend an unserem Teetische; ich dachte mir es gleich, wo er seine Abende zubringe, und sagte es ihm auf den Kopf zu... Da mir die Leichtfertigkeit der Mutter und ihrer Tochter nicht unbekannt war, ließ ich es an Warnungen nicht fehlen; es war vergeblich. Unser Freund war ganz toll und blind verliebt, und selbst nachdem ich ihm die Überzeugung verschafft hatte, daß er nicht der Alleinbegünstigte in jener Familie sei, ließ er sich nicht abwendig machen...« In der Tat konnte Schiller seiner Angebeteten keineswegs sicher sein, und in seinem Freundeskreis hörte er nichts als Warnungen und Mahnungen. Auch Huber, der mit sich selbst genug zu tun hätte, erhebt mahnend seine Stimme: »Wie heißt Dein großer Genius? Ich möchte ihn beim Namen rufen, daß er noch herspränge, weils Zeit wäre, und den Karlos vorm Fallen schützte. Schüttle Dich zusammen, zum Henker! Lulle Dich zurück in die Tage Deiner Kraft« (was das lautmalende Lallwort lullen in diesem Kontext zu suchen hat, bleibt unerfindlich und ist wohl ein Geheimnis des sächsischen Idioms).

Die andauernden guten Lehren, vor allem aber das Unbestimmte und Zwielichtige in der Haltung Henriettes haben Schillers leidenschaftliche Neigung – stärker ist er wohl nie zuvor verliebt gewesen – irritiert und allmählich abgekühlt. – Die Nachwelt sollte Henriette von Arnim gerechter beurteilen, als es Minna Körner aus begreiflichen Gründen getan hat. Sie war dem Willen ihrer energischen, durch ein langes Leben am Hof zynisch gewordenen Mutter unterworfen, und so gab es wohl Raum für Empfindungen, aber nicht für Entscheidungen.

Es existieren Briefe Henriettes an Schiller, die stutzen lassen. »Wenn ich mich für den heutigen (Tag) recht gut stimmen will, so muß (ich) gleich am frühen Morgen an Sie schreiben und Ihnen sagen, daß ich immer und unaufhörlich an Sie denke, mich nur mit Ihnen beschäftige. Der Gedanke an Sie ist jetzt der einzige, der mir wichtig ist, alles andere, und wenn es des Reichs Wohlfahrt beträfe, kann ich nur als Nebensache betrachten; wann ichs bedenke, wie sehr ich mich verändert finde seit den drei Monaten, die ich Sie kenne...« Es ist der Brief einer liebenden Frau, die sich, so jung sie war, bereits geschworen hatte, keiner Mannesperson mehr eine Empfindung entgegenzubringen – ob dem Dichter bewußt war, wie nahe er hier dem Milieu war, das er in *Kabale und Liebe* gegeißelt hat? Das Fräulein endet ihren Brief mit einer schnippischen Bemerkung über einen der beiden Protégés ihrer Mama, eben den Herrn aus Wallensteins Geschlecht: »Vorhin wurde ich gestört, es kam der dicke Graf W., ich habe den ehrlichen Mann nun auch balde satt, er hat uns schon um manchen schönen Augenblick gebracht, besonders letzten Dienstag...«

Irgendwann in diesem Frühling ist zerbrochen, was die beiden für eine Weile innerlich verbunden hat. »Schmeichelt es Ihnen, Empfindungen erweckt zu haben, die Sie nicht erwidern« – diese Worte hat Schiller ihr geschrieben und sie damit verletzt, und sie antwortet: »Ich fürchte, daß sich diese Stelle eher in meinem als in Ihrem Brief geschickt hätte.« Es ist ein merkwürdiger, kluger Frauenbrief, den Henriette von Arnim am 5. Mai an Schiller geschrieben hat. »Muß ich denn aber just nur ein sublimes Geschöpf sein, um Ihre Liebe zu verdienen? Gilt bei Ihnen das for kein Verdienst, was ich mir doch darzu rechne, nämlich, Sie über alles zu lieben? Doch das, denken Sie, ist keine Kunst, aber von Ihnen geliebt zu werden, das will freilich mehr sagen. Ich wollte, ich wäre auf einige Zeit der Flattergeist oder das schale Geschöpf, wofür Sie mich halten, ich wäre vielleicht ruhiger. Da hätte ich Sie nicht geliebt und wäre weniger unglücklich als jetzt.« Und am Ende: »Leben Sie wohl und ruhiger als ich, und bedauern Sie zum wenigsten mich – nein, nein, um Himmels willen bedauern Sie mich nicht.« – Henriette wurde später auf ein ostpreußisches Gut verheiratet und saß als Gräfin Kunheim auf Koschenen bei Friedland; als ihr Mann starb, heiratete sie noch dessen Onkel; zum zweiten Mal verwitwet zog sie nach Dresden zurück. Sie war noch im hohen Alter eine stolze Erscheinung, und stets war sie sich bewußt, daß Schiller sie einmal geliebt hatte.

Für Körners war Schillers Verliebtheit ein Gegenstand ernster Sorge gewesen, sie konnten darin nichts anderes als eine gefährliche Verirrung erblicken und dachten sich alles mögliche aus, um ihn auf andere Gedanken zu bringen. Im April hatte Körner den Freund überredet, etwas Luft- und Ortsveränderung werde ihm gut tun, Tharandt sei ein hübscher Platz – und er hatte ihm gleich auf einige Zeit eine Wohnung dort im Gasthof zum Hirsch gemietet. Tharandt liegt einige Wegstunden südlich von Dresden zwischen Felsen und bewaldeten Hügeln in einem Wiesengrund, die Weißritz schäumt hindurch. Dreizehn Jahre später als Schiller weilt hier ein deutscher Dichter und schwärmt: »Da hangt an dem Einschnitt des Tales, zwischen Felsen und Strom, ein Haus, eng und einfältig gebaut, wie für einen Weisen. Der hintere Felsen gibt dem Örtchen Sicherheit, Schatten winken ihm die überhangenden Zweige zu, Kühlung führt ihm die Welle der Weißritz entgegen... In dem reizenden Tale von Tharandt war ich unbeschreiblich glücklich« (Heinrich v. Kleist am 4. September 1800 an Wilhelmine v. Zenge). Auf Schiller hat der Zauber des Orts nicht gewirkt. Er schreibt am 22. April 1787: »Heute war der erste erträgliche Tag unter sechsen, die ich hier zubringe. Ich bin auf den Bergen, Dresden zu, herumgeschweift, weil es da oben schon ganz trocken ist. Wirklich habe ich diese Bewegung höchst nötig gehabt; denn diese paar Tage auf dem Zimmer zugebracht, haben mir nächst dem Biertrinken, das ich aus wirklicher Desperation angefangen habe, dumme Geschichten im Unterleib zugezogen, die ich sonst nie verspürt habe. Bei ebenso schlechtem Wetter hätte ich in der Stadt doch mehr Bewegung gehabt, auch Plätze gefunden, die man wandeln kann – hier aber ist alles Morast; wenn ich Motion halber in meinem Zimmer springe, so zittert das Haus und der Wirt fragt erschrocken, was ich befehle.«

Übrigens hat Schiller sich auch hier mit Henriette von Arnim getroffen, und Graf Waldstein hatte die Liebenden hier an diesem romantisch gelegenen Ort gestört. Wichtige Briefe sind zwischen Tharandt und Dresden hin und her gegangen. Während Schillers Aufenthalt an diesem Ort hat sich der Bruch zwischen den Liebenden vollzogen. Als Schiller Ende Mai nach Dresden zurückkehrt, ist dieses Kapitel abgeschlossen.

Abgeschlossen ist nicht nur die Affaire mit dem schönen Fräulein von Arnim, sondern eigentlich auch des Dichters Dresdner Existenz, und das eine mag mit dem anderen zu tun haben. Von den

»seligen fünf« war nun nicht mehr die Rede. Doch war als Kern der Schwärmerei die Freundschaft zwischen Schiller und Körner gefestigt, und auch zu den Körnerschen Damen blieb das Verhältnis freundschaftlich, unbeschadet mancher Spannungen, und gewürzt durch Neckerei. Ein Beweis für die durch die Krisis gerettete Freundschaft ist Schillers Geburtstagsgeschenk *Körners Vormittag*.

Aber das wohlgelaunte Spiel kann nicht darüber hinwegtäuschen, daß Schiller sich fortwünscht von Dresden. – Seine Arbeit war nicht sonderlich gediehen in diesen zwei Jahren. Von der *Thalia* waren drei Hefte erschienen, im Februar 1786, im Frühling desselben Jahres und im Januar 1787; da als 1. Heft die Mannheimer *Rheinische Thalia* galt, waren es die Nummern 2, 3, 4. Der vielseitige Inhalt von Heft 2 ist genannt worden. Heft 3 enthält weitere Szenen aus *Don Carlos* und die *Philosophischen Briefe,* meist ältere, bis in die Akademiezeit zurückgehende Arbeiten. In Heft 4 wiederum Teile des *Don Carlos* sowie die Erzählung *Der Geisterseher* – eigentlich ein Romanfragment, aus dem Milieu der dunklen Ehrenmänner, der Obskuranten und Scharlatane, von denen im Zwielicht zwischen Rokoko und Aufklärung viele ihr Wesen trieben. Cagliostro mag als Modell für den Armenier gedient haben, der Hauptfigur in dieser Erzählung, die sehr spannend anhebt und in erdachten Briefen verebbt.

Die wichtigste Frucht der Dresdner Jahre ist die Fortführung, Ausfeilung und Vollendung des *Don Carlos* – die ersten Szenen davon waren bereits in der Bauerbacher Gartenlaube aufs Papier geworfen worden. Dieses Trauerspiel ist ein Markstein auf dem Weg des Theaterdichters Schiller, mit dem Feuer der Jugendwerke und schon erkennbaren Zügen des späteren »Klassikers«. In den exaltierten, aber großartigen Szenen zwischen dem Sohn und dem Vater wetterleuchtet es von des Dichters eigenem Erleben. – »Dreiundzwanzig Jahre, und nichts für die Unsterblichkeit getan!« So läßt Schiller einmal seinen Carlos rufen – und ist darin selbst Carlos. Sechsundzwanzig war er nun geworden. Ende Juni erscheint *Dom Karlos Infant von Spanien* in Versen als Buch bei Göschen (Schillers falsche Schreibart, aus dem spanischen Don einen portugiesischen Dom zu machen, ist hier in den Druck eingegangen). Der Dichter hat lange Zeit Zweifel daran gehegt, ob das Stück für die Bühne geeignet sei; Erfahrungen mit dem *Fiesco* spielten dabei wohl mit. Die in Gohlis verfertigte Prosafassung hielt er für eher dafür geeignet. Jetzt bietet er diese zwei Theaterleitern an, Schröder in Hamburg und Koch in Riga. Interessiert sind auch Döbbelin in Berlin und Großmann in Hannover. Die Kompaßnadel weist nach Norden. In Riga blühte damals das deutsche Theaterleben unter der Leitung von Siegfried Gottheld Koch, einem gebildeten, Shakespeare zugewandten Regisseur; auch Christ, dem wir die lebendigsten Einblicke in das damalige Schauspielerleben verdanken, war in jenen Jahren dort tätig.

Schröder greift mit beiden Händen zu. Er honoriert das Stück mit 21 Louisdors und versucht ernstlich, Schiller für Hamburg zu gewinnen. »Sind Sie frei? Können Sie Dresden gegen Hamburg vertauschen? Und unter welchen Bedingungen?« Klug und unterrichtet betont er, die Verhältnisse an seinem Theater seien sehr viel anders als in Mannheim... Schiller sagt einen Besuch in Hamburg zu; auf die Michaelismesse wolle er kommen.

Hamburg, ein fernes, ein scheinbares Ziel. Näher, sozusagen am Weg nach Hamburg, liegt Weimar. Hier wäre endlich einmal die Bekanntschaft mit Wieland zu machen, dessen dramaturgischen Überlegungen Schiller manches verdankte, der überhaupt eine zentrale Figur im literarischen Deutschland war (ein Literatur-Papst? wahrlich nicht! Eher ein Literatur-Abbé, verbindlich, geschmeidig, wohlunterrichtet). Und in Weimar lebt Charlotte von Kalb, die Liebende und halb und halb Geliebte. Ist es von ungefähr, daß Schiller, leeren Herzens nach der Trennung von Henriette, sich nach ihrer Nähe sehnt? Sie hatte ihn wiederholt eingeladen. Und ist es ein anderer Zufall, daß er sich kurz vor der Abreise nach Weimar mit Goethes Arbeiten näher bekannt macht? (Goethe war noch in Italien.) Schiller läßt sich von Göschen Werther, Götz und Iphigenie senden.

Am 19. Juli macht Schiller mit Körners und Kunzes einen langen Waldspaziergang bei Loschwitz. Abschied. Am nächsten Morgen reist er ab, nach Weimar, und später wohl nach Hamburg; zunächst einmal und für heute nach Leipzig zu Göschen.

Bekanntschaft mit Weimar

Um ein Haar hätte Schiller auf dem Weg nach Weimar, in Naumburg auf der Post, beim Pferdewechsel, den Herrn getroffen, von dem er als »mein Herzog« zu sprechen beliebte, seit der ihm den Titel eines Rats verliehen hatte – Karl August, Herzog von Sachsen-Weimar, eben auf dem Weg nach Potsdam. Diese Gelegenheit also war verpaßt. Schiller trifft am 21. Juli in einem hochsommerlich verschlafenen Weimar ein. Der Herzog ist abgereist. Goethe weilt seit Jahr und Tag in Italien. Auch von den übrigen »Weimarischen Göttern und Götzendienern« (Schiller in seinem ersten Brief an Körner) sind einige verreist, Bode, Bertuch, Reinhold...

Weimar, eine von etlichen zwanzig sächsisch-thüringischen Residenzen, neben dem bescheidenen Hof ein Ackerbürgerstädtchen von sechstausend Seelen, erscheint klein und dürftig selbst im Vergleich mit mittleren Residenzen wie Mannheim oder Stuttgart. Zudem war das Schloß eine Brandruine und sollte es noch lange bleiben. Das junge herzogliche Paar wohnte im »Fürstenhaus« recht und schlecht unter einem Dach mit einigen Hofbeamten und der Kasse; Karl August, damals dreißigjährig, und seine gleichaltrige Gemahlin Luise, eine geborene Prinzessin von Hessen-Darmstadt – beide gesunde, kräftige Naturen, aber kein harmonisches Paar. Im »Wittumspalais« wohnte die Herzogin-Witwe Anna Amalia, die Mutter Karl Augusts, Ende vierzig, als Schiller hier eintraf. Das Wittumspalais, mitten im Städtchen beim Theater, und das Fürstenhaus, wenigstens durch seine Lage im Grünen verschönt, sind bescheidene Behausungen, mit den Palais barocker Residenzen nicht zu vergleichen. Die grüne Aue der Ilm, die sich am Ostrand der Stadt dahinschlängelt, macht das Bild des Ganzen freundlich. Die kleinen ländlichen Schlösser ringsum, Belvedere, Ettersburg, Tiefurt – so bescheiden sie sind, haben einen behaglich heiteren Charakter und sind durch Goethe ins allgemeine Bewußtsein gehoben worden.

Schillers Eintritt in diese kleine Welt, die einmal die seine werden sollte, ist durch seine Briefe an Körner unvergleichlich dokumentiert. Sie sind auch Beweise für sein Selbstbewußtsein und sein geschärftes Urteilsvermögen; »nichts Klügeres, Klareres, Kälteres kann man lesen« wurde vor zwei Menschenaltern einmal gesagt (E. Kühnemann). Gereift, geklärt, gestrafft tritt Schiller in eine neue Existenz ein. Im Tor dazu steht freilich die Frau, die ihm die eigene Vergangenheit lebendig macht, Charlotte von Kalb. Schiller an Körner: »Unser erstes Wiedersehen hatte so viel Gepreßtes, Betäubendes, daß mir's unmöglich fällt, es Euch zu beschreiben. Charlotte ist sich ganz gleichgeblieben... Sonderbar war es, daß ich mich schon in der ersten Stunde unsers Beisammenseins nicht anders fühlte, als hätte ich sie erst gestern verlassen: so einheimisch war mir alles an ihr, so schnell knüpfte sich jeder zerrissene Faden unsers Umgangs wieder an.« Und: »Charlotte ist eine große sonderbare weibliche Seele.«

Anwesend in diesen Sommerwochen sind Wieland und Herder, mit denen Schiller sich nun bekannt macht. »Ich besuchte also Wieland, zu dem ich durch ein Gedränge kleiner und immer kleinerer Kreaturen von lieben Kinderchen gelangte. Unser erstes Zusammentreffen war wie eine vorausgesetzte Bekanntschaft. Ein Augenblick machte alles. Wir wollen langsam anfangen, sagte Wieland, wir wollen uns Zeit nehmen, einander etwas zu werden. Er zeichnete mir gleich bei dieser ersten Zusammenkunft den Gang unseres künftigen Verhältnisses vor... Er fand es glücklich, daß wir uns erst jetzt gefunden hätten... Sein Äußeres hat mich überrascht. Was er ist, hätte ich nicht in diesem Gesicht gesucht – doch gewinnt er sehr durch den augenblicklichen Ausdruck seiner Seele, wenn er mit Wärme spricht. Er war sehr bald aufgeweckt, lebhaft, warm. Ich fühlte, daß er sich bei mir gefiel und wußte, daß ich ihm nicht mißfallen hatte... Sehr gerne hörte er sich sprechen, seine Unterhaltung ist weitläuftigt und manchmal fast bis zur Pedanterei vollständig, wie seine Schriften, sein Vortrag nicht fließend, aber seine Ausdrücke bestimmt. Er sagt übrigens viel Alltägliches; hätte mir nicht seine Person, die ich beobachtete, zu tun gegeben, ich hätte oft lange Weile fühlen können. Im ganzen bin ich aber sehr angenehm bei ihm beschäftigt worden, und was unser Verhältnis betrifft, kann ich sehr mit ihm zufrieden sein.«

Wieland, aus der Gegend von Biberach gebürtig, Schwabe also wie Schiller, aber mit anderer Mundart und in reichsstädtischen Verhältnissen aufgewachsen, ein halber Landsmann, war damals 54 Jahre alt. Gesellschaftlich genoß er beträchtliches Ansehen als Prinzenerzieher. Als Literatus war er bekannt, ja berühmt, durch seine modischen Romane und Dichtungen, über denen ein Hauch von Ironie und Frivolität schwebt; und dazu war er der Herausgeber des *Teutschen Merkur* (seit 1773), der wichtigsten literarischen Zeitschrift. Ein feiner Kopf, ein mittelmäßiger Charakter; oft furchtsam, bisweilen mutig; niemandes Feind, vielen gefällig, aber fast niemandes ganzer Freund; sein schönster Zug: fremdes Genie, auch wo es ihm zuwider war, zu spüren und anzuerkennen.

Herder stand, als Schiller ankam, in der Mitte der vierziger Jahre. Wieland war, obwohl er nur bis in die Schweiz gekommen war, Weltmann durch umfassende Bildung und Korrespondenz und durch sein savoir vivre. Herder war ein Mann von Welt, er brachte sie von draußen herein in dieses stille Nest und trug sie in sich. Geboren war auch er in engen Verhältnissen, in dem ostpreußischen Städtchen Mohrungen; Studium in Königsberg bei Kant (ohne dessen Jünger zu werden); Prediger in Riga; von dort auf einer langen Seereise, die er herrlich beschrieben hat, bis nach Frankreich; Prediger und Prinzenerzieher an kleinen norddeutschen Höfen, Bückeburg und Eutin; Straßburg sodann, wo Goethe ihm begegnet, der es später bewerkstelligt, Herder als Superintendenten nach Weimar zu holen. Auch im kürzesten Lebensabriß darf nicht unerwähnt bleiben, daß er an einem Augenübel litt, das ihn nie losließ. Sein Blick hat ihm die Welt wie durch einen Tränenschleier gezeigt, aber seine Seele hat die Vielfalt der Völker und Kulturen, den Geist ihrer Sprachen erkannt, wie kaum ein anderer.

»Ich komme von Herdern... Er hat mir sehr behagt. Seine Unterhaltung ist voll Geist, voll Stärke und Feuer, aber seine Empfindungen bestehen in Haß oder Liebe. Goethen liebt er mit Leidenschaft, mit einer Art von Vergötterung. Wir haben erstaunlich viel über diesen gesprochen...« Schiller gewinnt den Eindruck, daß Herder noch keine Zeile von ihm gelesen und auch sonst nur eine vage Vorstellung von seiner Existenz hat. Nur von seinem Konflikt mit Carl Eugen weiß er etwas: »Er haßt ihn mit Tyrannenhaß.« Aber nachhaltiger als die leichte Enttäuschung über die bisherige Unbekanntheit der eigenen Person ist für Schiller die Aussicht, mit diesem bedeutenden Mann in nähere Verbindung einzutreten – »man hat sich wohl in seiner Gegenwart. Ich glaube, ich hab ihm gefallen, denn er äußerte mehrmals, daß ich ihn öfters wiedersehen möchte.«

Kurze Zeit später, am 12. August, schreibt Schiller an Körner, und diese Briefstelle ist ein Zeugnis für Herder, für Schiller und für den Geist der Zeit: »Am vorigen Sonntag hörte ich *Herdern* zum erstenmal predigen. Der Text war der ungerechte Haushalter, den er mit sehr viel Verstand und Feinheit auseinandersetzte. Du kennst das Equivoque in diesem Evangelium. Die ganze Predigt glich einem Diskurs, den ein Mensch allein führt, äußerst plan, volksmäßig, natürlich. Es war weniger eine Rede, als ein vernünftiges Gespräch. Ein Satz aus der praktischen Philosophie, angewandt auf gewisse Details des bürgerlichen Lebens – Lehren, die man ebenso gut in einer Moschee, als in einer christlichen Kirche erwarten könnte. Einfach wie sein Inhalt ist auch der Vortrag: keine Gebärdensprache, kein Spiel mit der Stimme, ein ernster und nüchterner Ausdruck. Es ist nicht zu verkennen, daß er sich seiner Würde bewußt ist. Die Voraussetzung dieses allgemeinen Ansehens gibt ihm Sicherheit und gleichsam Bequemlichkeit, das ist augenscheinlich. Er fühlt sich als einen überlegenen Kopf, von lauter untergeordneten Geschöpfen umgeben. Herders Predigt hat mir besser als jede andere, die ich in meinem Leben zu hören bekommen habe, gefallen – aber ich muß Dir aufrichtig gestehen, daß mir überhaupt keine Predigt gefällt. Das Publikum, zu welchem ein Prediger spricht, ist viel zu bunt und zu ungleich, als daß seine Manier eine allgemein befriedigende Einheit haben könnte, und er darf den schwächlichen Teil nicht ignorieren, wie der Schriftsteller. Was kommt also heraus? Entweder er gibt dem Menschen von Sinn Alltagswahrheiten oder Mystik zu hören, weil er dem Blödsinnigen opfern muß – oder er muß diesen skandalisieren und verwirren, um den ersten zu unterhalten. Eine Predigt ist für den gemeinen Mann – der Mann von Geist, der ihr das Wort spricht, ist ein beschränkter Kopf, ein Phantast oder ein Heuchler. Diese Stelle kannst Du übrigens beim Vorlesen meines Briefs überschlagen. Die Kirche war gedrängt voll und die Predigt hatte das große Verdienst, nicht lange zu dauern...«

Schiller ist kaum eine Woche in Weimar, als er schon die erste Einladung erhält, die ihn bei Hofe einführt. Es gab in der kleinen Residenz zwei Hofhaltungen, die des regierenden Herzogs und die der Herzogin-Witwe Anna Amalia. Die erstere liegt im Sommerschlaf, aber zu Anna Amalia wird Schiller eingeladen, zusammen mit Wieland, der seit langen Jahren eine fast unentbehrliche Figur am Hof ist. – Anna Amalia, damals eine Endvierzigerin, eine Nichte Friedrichs des Großen, hatte sich nicht eben verbessert, als sie siebzehnjährig von Braunschweig nach Weimar verheiratet wurde. An dem Aufstieg, den Weimar ungeachtet aller äußeren Bescheidenheit erlebte, hatte die energische kleine Frau ihren Anteil. »Sie ist klein von Statur, sieht wohl aus, hat eine spirituelle Physiognomie, eine braunschweigische Nase, schöne Hände und Füße, einen leichten und doch majestätischen Gang, spricht sehr schön aber geschwind und hat in ihrem ganzen Wesen viel angenehmes und einnehmendes« – so eine zeitgenössische Schilderung. Goethe hat sie ein »indefinibles Wesen« genannt; und später einmal im Gespräch mit Eckermann bezeichnet er sie als eine »vollkommene Fürstin mit vollkommen menschlichem Sinne und Neigung zum Lebensgenuß«.

Am 17. Juli also empfängt die Dame Schiller in Tiefurt, ihrem Sommersitz. Vor der Begegnung scheinen die Rollen seltsam vertauscht: nicht der Neuling ist befangen, sondern die Fürstin. Wieland baut vor: »Er suchte mich zur Toleranz für sie zu stimmen, weil er wisse, daß sie verlegen sein würde.« Aber es geht glatt. »Es wurde Tee gegeben und von allem Möglichen viel schales Zeug geschwätzt.« Es ist ein kleiner Kreis, neben der Herzogin der Kammerherr von Einsiedel und die Hofdame Luise von Göchhausen, ein verwachsenes Persönchen, aber voller Geist und Witz; man ist also zu fünft, und es besteht eigentlich keine Notwendigkeit, schales Zeug zu schwätzen. Nach dem Tee spaziert die Herzogin mit Schiller durch den Park, zeigt ihm alle Sehenswürdigkeiten, und Schiller unterhält sie nach besten Kräften. Schon am nächsten Tag wird er wieder eingeladen, zum Tee, Konzert und Souper. Er hat auf Anhieb reüssiert. Seinerseits äußert er sich gegen Körner recht kühl über die fürstliche Dame: »Sie selbst hat mich nicht erobert. Ihre Physiognomie will mir nicht gefallen. Ihr Geist ist äußerst borniert, nichts interessiert sie, als was mit Sinnlichkeit zusammenhängt; diese gibt ihr den Geschmack, den sie für Musik und Malerei und dergl. hat oder haben will... Sie spricht wenig, doch hat sie das Gute, keine Steifigkeit des Zeremoniells zu verlangen...« Und dann, so bescheiden wie stolz: »Ich weiß nicht, wie ich zu der Sicherheit meines Wesens, zu dem Anstand kam, den ich hier behauptete.«

Zu den zeitgemäßen Freiheiten an diesem Hof gehört auch, daß Schillers Verhältnis zu Frau von Kalb taktvoll respektiert wird. Man geht dazu über, beide gemeinsam einzuladen: »Man ist in diesen Kleinigkeiten hier sehr fein, und die Herzoginnen selbst lassen es an solchen kleinen Attentionen nicht fehlen.« Solcher Feinheiten ungeachtet ist das Verhältnis zwischen Charlotte und Schiller mehrdeutig. Monatelang bleibt die Verbindung so eng, daß sich zwangsläufig Überlegungen einstellen, was nun daraus werden solle. Charlotte hofft auf die Scheidung von dem ungeliebten Mann und auf ein Leben an der Seite des Dichters. Schiller spielt mit dem Gedanken an eine Ehe zu dritt, was damals nicht ganz selten war; im Grunde aber strebt er fort von dieser Frau, der er viel verdankt, deren Leidenschaft er aber nicht zu erwidern vermag. Gegenüber einem gänzlich gleichgültigen Ehemann und einem zögernden Geliebten spielt die schwärmerische Frau eine jammervolle Rolle. Was sie vor dem Untergang bewahrt, ist die Vertrautheit mit ihrem Unglück. So fällt sie nicht in Verzweiflung, als Schiller sich im Winter einem anderen Kreis zuwendet, sie sinkt nur zurück in die gewohnte Dunkelheit, bleibt empfänglich für einen Rest von Zuneigung und für andere Herzensregungen.

Die Weimarer Gesellschaft, trotz großer Geister eng und sonderbar, war doch nicht intolerant; mochte jeder seinen Roman leben und auf seine Fasson selig werden. Nach acht Wochen Weimar meint Schiller brieflich zu Körner: »Ich fange an, mich hier ganz leidlich zu befinden, und das Mittel, wodurch ich es bewerkstellige – Du wirst Dich wundern, daß ich nicht früher darauf gefallen bin – das Mittel ist: ich frage nach niemand. Das hätte ich zwar schon in den ersten Wochen wegkriegen können, denn wohin ich nur sehe, pflegt hier jeder ein Gleiches zu tun. – So viele Familien, ebenso viele abgesonderte Schneckenhäuser, aus denen der Eigentümer kaum herausgeht, um sich zu sonnen. In diesem Stücke ist Weimar das Paradies. Jeder kann nach seiner Weise privatisieren, ohne damit aufzufallen. Eine stille, kaum merkbare Regierung läßt einen so friedlich hinleben und das bißchen Luft und Sonne genießen. Will man sich anhängen, eindrängen, brillieren, so findet man allenfalls seine Menschen auch. Anfangs hab ich mir alles viel zu wichtig, zu schwer vorgestellt. Ich habe mich selbst für zu klein und die Menschen umher für zu groß gehalten...« Jetzt lebe er gemächlich: zwei Spaziergänge am Tag, zweimal bei Charlotte, Besuche bei Bode, Bertuch, Herder, Voigt; montags in den Club. »Die übrige Zeit bin ich zu Hause und arbeite.«

Schillers Bemerkungen über das gesellschaftliche Leben in Weimar werden bestätigt und ergänzt durch Bode, der zwei Jahre zuvor dem schon genannten kurländischen Fräulein das folgende erklärt hat: »Der Privatmann in Weimar ist mehrenteils arm. Die Offizianten des Fürsten werden noch nach der alten Weise besoldet, da der Luxus kleiner und die Bedürfnisse wohlfeiler waren. Nun müssen sich alle diese Familien äußerst einschränken, um nur nicht in Schulden zu geraten. Gesellige Zusammenkünfte, Diners, Soupers sind ganz ungewöhnliche Dinge; daher bleiben sich die Menschen fremd, lassen auch mit Fleiß nichts von der Etikette gegeneinander ab, um nur nicht näher zu kommen.« So lebten denn auch Goethe (bei dem es allerdings am Geld nicht mangelte), Wieland, Herder, jeder ziemlich für sich in seinem »Schneckenhaus«. Bode brachte die drei Celebritäten bisweilen im Gräfin Bernstorffschen Hause zusammen, aber dann »hat keiner Geist und Leben«. Bode muß ein eigenartiger Mensch gewesen sein. Sophie Becker: »Dieser Mann verbindet mit seinem starken, fast kolossalen Körper einen feinen Geist, viele praktische Weltkenntnis, lachende Laune und ein redliches biederes Herz.« Ein unverwüstliches Gemüt, denn der Riese hatte nacheinander drei Frauen und deren sämtliche zehn Kinder begraben. Er war ein eifriger Freimaurer, vielseitig gebildet, unentbehrlich auf dem Liebhabertheater, vor allem ein bekannter Übersetzer aus dem Englischen; er hat Fieldings *Tom Jones* und Sternes *Sentimental Journey* ins Deutsche übertragen.

Überhaupt war die Vertrautheit mit fremden Sprachen ein interessanter Zug dieser Weimarer Gelehrtenrepublik. Wieland hatte Shakespeare übersetzt. Bertuch, der verschiedene öffentliche Ämter bekleidete und nebenher eine nach philantropischen Gesichtspunkten geführte Kunstblumenfabrik betrieb, übersetzte aus dem Spanischen (den Don Quijote!) und Französischen. Herder endlich hat den Deutschen überhaupt das Tor zur Weltliteratur aufgestoßen; in dieser Hinsicht hat er auch einen mächtigen Einfluß auf Goethe ausgeübt.

»Dieser Tage bin ich auch in Goethens Garten gewesen... Goethens Geist hat alle Menschen, die sich zu seinem Zirkel zählen, gemodelt. Eine stolze philosophische Verachtung aller Spekulation und Untersuchung, mit einem bis zur Affektion getriebenen Attachement an die Natur und einer Resignation in seine fünf Sinne; kurz eine gewisse kindliche Einfalt der Vernunft bezeichnet ihn und seine ganze hiesige Sekte. Da sucht man lieber Kräuter oder treibt Mineralogie, als daß man sich in leeren Demonstrationen verfinge. Die Idee kann ganz gesund und gut sein, aber man kann auch viel übertreiben...« Und im selben Brief vom 12. August: »Goethe wird von sehr vielen Menschen (auch außer Herder) mit einer Art von Anbetung genannt, und mehr noch als Mensch, denn als Schriftsteller geliebt und bewundert. Herder gibt ihm einen klaren universalischen Verstand, das wahrste und innigste Gefühl, die größte Reinheit des Herzens!... Er liebt in allen Dingen Helle und Klarheit...« So tritt aus vielen Spiegeln ihm Goethes Gestalt entgegen. – Schiller erwähnt auch einen langweiligen Spaziergang in adliger Gesellschaft, unter der ihm nur eine Person aufgefallen sei: Charlotte von Stein, damals 45 Jahre alt – »von der ich begreife, daß Goethe sich so ganz an sie attachiert hat. Schön kann sie nie gewesen sein, aber ihr Gesicht hat einen sanften Ernst und eine ganz eigene Offenheit.«

Unter Schillers vielen Bekanntschaften hier, die alle, wie konnte es anders sein, in irgendeiner Beziehung zu Goethe standen, sei eine Begegnung vermerkt mit einem Manne, der erst später zu Goethe in eine nähere Beziehung treten sollte, Vulpius, sein künftiger Schwager, einstweilen nur ausgewiesen durch den vielgelesenen Räuberroman *Rinaldo Rinaldini;* eine Leuchte der Trivialliteratur. Die Begegnung schildert Schiller in einem Brief an Körner, und sie sei zitiert, nicht weil Vulpius wichtig ist, sondern weil in der Briefstelle eine komische Situation meisterhaft skizziert ist.

> Es wird an meine Tür geklopft.
> »Herein«.
> Und herein tritt eine kleine dürre Figur in weißem Frack und grüngelber Weste, krumm und sehr gebückt.
> »Habe ich nicht das Glück, sagt die Figur, den Herrn Rat Schiller vor mir zu sehen?«
> »Der bin ich. Ja«.

»Ich habe gehört, dass Sie hier wären und konnte nicht umhin, den Mann zu sehen, von dessen Dom Karlos ich eben komme.«

»Gehorsamer Diener. Mit wem hab ich die Ehre?«

»Ich werde nicht das Glück haben, Ihnen bekannt zu sein. Mein Name ist Vulpius.«

»Ich bin Ihnen für diese Höflichkeit sehr verbunden – bedauere nur, daß ich mich in diesem Augenblick versagt habe und eben (zum Glück war ich angezogen) im Begriff war, auszugehen.«

»Ich bitte sehr um Verzeihung. Ich bin zufrieden, daß ich Sie gesehen habe.« Damit empfahl sich die Figur – und ich schreibe fort.

Ende August fährt Schiller für eine Woche nach Jena. Er findet die Landschaft reizlos, vermerkt aber eine schönere Natur, wenn man sich Jena nähert, das ihm überhaupt gefällt – »Jena ist, oder scheint, ansehnlicher als Weimar; längere Gassen und höhere Häuser erinnern einen, daß man doch wenigstens in einer Stadt ist«. Der Besuch gilt Wielands Schwiegersohn Reinhold, Professor der Philosophie. Sie, die geborene Wieland, gefällt Schiller sehr – »das unverdorbenste Geschöpf«. »Noch nie«, schreibt er an Körner über ihr Hauswesen, »ist's mir an einem fremden Ort so behaglich gewesen.« Und setzt hinzu: »Ganz glücklich kann ich nirgends und nie sein, das weißt Du, weil ich nirgends die Zukunft über der Gegenwart vergessen kann. Ich war sechs Tage müßig in Jena. Schon allein das mußte mir die reine Freude vergällen.«

Reinhold war ein Kantianer (Körner, an den der Brief gerichtet ist, gleichfalls). Er hat Schiller nur halb gefallen. Schiller schreibt den merkwürdigen Satz: »Wir sind sehr entgegengesetzte Wesen. Er hat einen kalten, klarsehenden, tiefen Verstand, den ich nicht habe und nicht würdigen kann; aber seine Phantasie ist arm und enge und sein Geist begrenzter als der meinige.« Verstand, Geist, Phantasie – es mutet seltsam an, daß Schiller sich selbst den »kalten, klarsehenden, tiefen Verstand« abspricht; der Biograph vermag ihm da nicht ganz zu folgen. – Schiller lernt noch einige Jenenser Köpfe kennen: Professor Schütz, den Herausgeber der *Allgemeinen Literaturzeitung;* Gottlieb Hufeland, den Vetter des Arztes, der die Literaturzeitung großenteils besorgt, »ein still denkender Geist voll Stolz und tiefer Forschung«; und am letzten Abend, bei dem Frau von Kalb wieder anwesend ist, den Geheimen Kirchenrat Griesbach, von dem der Gast interessante Aufschlüsse über die Universität erhält. »Ich verliess Jena sehr vergnügt und tat ein Gelübde, es nicht zum letztenmal gesehen zu haben.«

Sechs Tage Müßiggang haben ihm die reine Freude vergiftet... Sie haben ihn von der Arbeit an der Geschichte des Abfalls der Niederlande abgehalten. An ihr schreibt Schiller jetzt mit Feuereifer, läßt sich auch durch zeitweiliges Unwohlsein nicht darin stören. Es sind seine ersten Schritte ins Terrain der Geschichtsschreibung. Das Werk ist nie vollendet worden, aber der Torso ist ein kühner Wurf. Alles ist groß gesehen und in gemeißelter Sprache zu Papier gebracht. Wie versteht er, die handelnden Personen zu porträtieren! So Anton Perenot, den jüngeren Granvella:

»Ein tiefdringender, vielumfassender Verstand, eine seltene Leichtigkeit in verwickelten großen Geschäften, die ausgebreitetste Gelehrsamkeit war mit lasttragendem Fleiße und nie ermüdender Geduld, das unternehmendste Genie mit dem bedächtlichsten Maschinengange in diesem Manne wunderbar vereinigt. Tage und Nächte, schlaflos und nüchtern, fand ihn der Staat; Wichtiges und Geringes wurde mit gleich gewissenhafter Sorgfalt von ihm gewogen. Nicht selten beschäftigte er fünf Sekretäre zugleich und in verschiedenen Sprachen, deren er sieben geredet haben soll. Was eine prüfende Vernunft langsam zur Reife gebracht hatte, gewann Kraft und Anmut in seinem Munde, und die Wahrheit, von einer mächtigen Suad begleitet, riß gewaltsam alle Hörer dahin. Seine Treue war unbestechlich, weil keine der Leidenschaften, welche Menschen von Menschen abhängig machen, sein Gemüt versuchte. Mit bewundernswürdiger Schärfe des Geistes durchspähte er das Gemüt seines Herrn, und erkannte oft in der Miene schon die ganze Gedankenreihe, wie in dem vorangeschickten Schatten die nahende Gestalt. Mit hülfreicher Kunst kam er diesem trägern Geiste entgegen, bildete die rohe Geburt noch auf seinen Lippen zum vollendeten Gedanken, und gönnte ihm großmütig den Ruhm der Erfindung. Die schwere und so nützliche Kunst, seinen eigenen Geist zu verkleinern, sein Genie einem andern leibeigen zu machen, verstand Granvella; so herrschte er, weil er seine Herrschaft verbarg, und nur so konnte Philipp der Zweite beherrscht werden.«

Große Partien der *Geschichte des Abfalls der Niederlande* sind die Frucht des Weimarer Alltags, der bei begrenzter Geselligkeit genügend Raum für nachdenkliche Spaziergänge und konzentrierte Produktion gewährt. Schiller war zunächst im »Erbprinzen« abgestiegen, durch Jahrhunderte das erste Haus am Platze, und hatte dann ein Logis bezogen, das Frau von Kalb zuvor bewohnt hatte, zwei Zimmer und eine Kammer; er hatte sich auch einen Bedienten genommen, »der zur Not schreiben kann«. Er lebt also recht anständig. Die Verbindung zu Charlotte von Kalb ist eng, ihr verdankt er seinen gesellschaftlichen Schliff und damit die Sicherheit, mit der er sich hier auf dem Pflaster und dem Parkett bewegt. In dieser Hinsicht erweist sich Charlotte als eine ungewöhnlich kluge Frau; es ist erstaunlich, wie sie Schiller im Umgang mit dem Hof dazu erzieht, sein angeborenes Selbstbewußtsein zu behaupten, ohne sich dabei mißliebig zu machen.

Goethes Geburtstag, der 28. August, wird trotz der Abwesenheit des 38jährigen Jubilars nicht vergessen. Knebel – auch eine unentbehrliche Weimarer Figur, alt gewordener Prinzenerzieher, Schöngeist, Tagebuchschreiber und in der Tat einer der wenigen intimen Freunde Goethes –, Knebel hatte die Feier in Goethes Garten arrangiert. Schiller: »Wir fraßen herzhaft, und Goethes Gesundheit wurde von mir in Rheinwein getrunken. Schwerlich vermutete er in Italien, daß er mich unter seinen Hausgästen habe, aber das Schicksal fügt die Dinge gar wunderbar.« Nach dem Souper wird der dunkelnde Park mit Laternen erhellt und zum Schluß ein Feuerwerk in den Nachthimmel gejagt. – Im geselligen Leben spielt »der Club« eine gewisse Rolle, eine Einrichtung nach englischer Art, aber weimarisch-einfach. Die Herren treffen sich dort, diskutieren und unterhalten sich. Herder läßt sich nicht blicken, »weil dort nur gespielt oder gegessen oder Tobak geraucht würde«. Auch Schiller vermerkt gelegentlich mißvergnügt »einige seichte hiesige Kavaliers«, sucht den Club aber nicht ungern auf. Im Herbst wird eine Mittwochsgesellschaft gegründet, speziell für Nichtadelige; erstaunlicherweise haben Damen Zutritt; und dann entsteht noch, auf Schillers Initiative, der Freitagsclub für Ledige. Schiller spielt im Club gern eine Partie Whist. Das Kartenspiel war ihm zeitlebens eine angenehme Zerstreuung.

Schillers Briefe an Körner bilden die wichtigste Quelle für seine erste Weimarer Existenz. Daneben sind zwei Briefe auffallend, die er im September und Oktober an Huber geschrieben hat. Die Freundschaft mit Huber hatte in der letzten Dresdner Zeit Risse bekommen. Jetzt, aus der Entfernung, tritt alles Unstimmige zurück. »Ich habe so unendlich viel auf dem Herzen, das ich Dir durchaus nicht schreiben kann. Hier habe ich viele Bekannte, worunter auch recht brave Menschen sind – aber keinen Freund, den ich lieben könnte.« Unter den Bekannten rangieren obenan Bertuch, dessen großzügige Lebensweise Schiller sehr behagt, Bode, dieser Koloß voll Witz und Geist, dem Schiller aber nicht ganz traut (vielleicht, weil Bode seine Mitmenschen allzu treffend zu charakterisieren vermag), der Hofmedikus Hufeland. Von Herder fühlt er sich mächtig angezogen, wenn nur der »aus sich heraustreten könnte, um der Freund eines Freunds zu sein«. Über Wielands allzu geschmeidigen Charakter war sich Schiller bald im klaren, doch legt er, mit Recht, Wert auf dessen Urteil in Fragen der Literatur. Die Summa in dem Brief an Huber vom 6. Oktober: »Ich bin ganz isoliert.« Und: »Lass diesen Brief niemand lesen.« Solche briefliche Äußerungen haben etwas von einer Confessio, sind aber auch von der Stimmung des Augenblicks beeinflußt.

Er hätte vielleicht fröhlicher geschrieben, wäre sein Verhältnis zu Charlotte von Kalb nicht so sehr mit Problemen belastet gewesen. Im Grunde hofft der Liebhaber auf die Ankunft des Gemahls; er hegt und pflegt freundliche Empfindungen gegen ihn. – Unter den Weimarer Damen tritt sonst nur eine in seinen persönlichen Kreis, Corona Schröter, Kammersängerin und Schauspielerin: »Seht sie gefällig stehn! Nur absichtslos, doch wie mit Absicht schön« (Goethe). Ihre Schönheit war verblüht, als sie Schiller begegnete, nicht aber ihre herrliche Stimme und ihre hohe Vortragskunst. Zwischen dem Dichter und der Sängerin entwickelt sich eine schöne Sympathie.

Eine andere Frauengestalt beginnt in Schillers Vorstellung wieder lebendig zu werden, weil er ihr nun räumlich näher gerückt ist, auch, weil er noch immer in ihrer Schuld steht – buchstäblich, leider. Die Vorschüsse der sächsischen Freunde hatten die uralten Schulden von Stuttgart her getilgt und manche spätere; der mütterlichen Freundin Henriette von Wolzogen gegenüber war Schiller im Verzug geblieben. Schon bald nach seiner Ankunft in Weimar meldet er ihr, »daß wir uns um einige zehen Meilen näher sind« und kündigt einen Besuch in Bauerbach für Ende September an. In diesen Brief sind herzliche Dankbarkeit, Verlegenheit über unbeglichene Schulden und Beteuerung der ernsthaftesten Zahlungswilligkeit nur zu eng zusammengeschnürt. »Keine Zeit, kein Schicksal kann die süße Erinnerung Ihrer Güte, Ihres herzlichen Wohlwollens aus meiner Seele löschen.« Und: »Glauben Sie mir, liebste Wolzogen (wir wollen ernstlich davon reden), glauben Sie mir, daß diese vielen Hindernisse, die sich seit drei bis vier Jahren mir in den Weg werfen, daß ich Sie nicht bezahlen kann, manche Stunde meines Lebens zu einer Marterstunde für mich machten...«

Natürlich reist Schiller nicht zur vorgesehenen Zeit nach Bauerbach, und fast wundert man sich, daß er sich zwei Monate später wirklich auf den Weg macht. In Meiningen besucht er Reinwalds, Schwager und Schwester. Durch freundliche Briefe war die Verstimmung gelöst worden, die Schillers anfänglicher heftiger Widerstand gegen diese Verbindung bewirkt hatte – nichts scheint einem sogenannten frohen Wiedersehen entgegenzustehen. Aber es kann so froh nicht gewesen sein, denn Schiller, der vor allem Körner gegenüber so mitteilsam ist über Begebnisse, Empfindungen und Gedanken, schweigt sich über den Besuch bei Reinwalds gänzlich aus. Mag sein, daß kein ungutes Wort gefallen ist, aber die Vermutung ist stark, daß Schiller seine alten Befürchtungen bestätigt gefunden hat – die geliebte Schwester, warmherzig und kräftig mit ihren dreißig Jahren, kopuliert mit dem redlichen, aber vertrockneten und pedantischen Gemahl, und in den engsten Verhältnissen.

Nicht in der heitersten Laune wird Schiller in Bauerbach angekommen sein, am späten Abend des 25. November, ziemlich genau fünf Jahre nach jener Winternacht, in der er als flüchtiger junger Mensch hier unter das schützende Dach kroch. Zwei Wochen weilt er nun wieder im alten Nest, wo er eine so bedeutsame und eigentlich glückliche Zeit verlebt hat. Bei Henriette sind der Sohn Wilhelm, die Tochter Charlotte und deren Verlobter, ein Herr von Lilienstern. Allgemeines Wiedersehen, Fröhlichkeit, keine Langeweile. Er liest aus dem *Don Carlos* vor, dessen erste Szenen hier entworfen wurden. Er reitet mit Wilhelm nach Meiningen ins Theater. Besuche auf den befreundeten Gütern ringsum. Ein literarisches Gespräch mit Reinwald. In Meiningen auch Vorstellung beim dort regierenden Herzog (wobei zu erinnern wäre, daß er in Weimar noch nicht von »seinem Herzog« empfangen worden ist). Den Wilhelm lädt er ein, mit ihm nach Weimar zu kommen. War auch von Schulden, Zins und Amortisation die Rede? Gewiß. Im März kommenden Jahres tritt ein Schuldtilgungsplan in Kraft... So gehen die vierzehn Tage hin. Schiller an Körner: »Ich war also wieder in der Gegend, wo ich von 82 bis 83 als ein Einsiedler lebte. Damals war ich noch nicht in der Welt gewesen, ich stand sozusagen schwindelnd an ihrer Schwelle, und meine Phantasie hatte ganz erstaunlich viel zu tun. Jetzt nach fünf Jahren kam ich wieder, nicht ohne manche Erfahrungen über Menschen, Verhältnisse und mich. Jede Magie war wie weggeblasen. Ich fühlte nichts. Keiner von allen Plätzen, die ehemals meine Einsamkeit interessant machten, sagte mir jetzt etwas mehr. Alles hat seine Sprache an mich verloren.«

Am 5. Dezember reiten Schiller und Wilhelm Wolzogen in dunkler Frühe ab, überqueren das Thüringer Waldgebirge und bleiben zur Nacht in Ilmenau. Am nächsten Tag geht es, wieder im Sattel, bis Rudolstadt, wo man in der Abenddämmerung bei Wilhelms Cousinen Lengefeld eintrifft. Die ältere der beiden Töchter erinnert sich, wie die zwei Reiter die Straße herunter kommen: »Sie waren in Mäntel gehüllt; wir erkannten unsern Vetter Wilhelm von Wolzogen, der sich scherzend das halbe Gesicht mit dem Mantel verbarg; der andre Reiter war uns unbekannt und erregte unsre Neugier. Bald löste sich das Rätsel durch den Besuch des Vetters, der um die Erlaubnis bat, seinen Reisegefährten, Schiller... am Abend bei uns einzuführen.« Schiller selbst erwähnt die Station einige Tage später in einem Brief an Körner: »In Rudolstadt habe ich mich auch einen Tag aufgehalten und wieder eine recht liebenswürdige Familie kennen lernen. Eine Frau von Lengefeld lebt da mit einer verheirateten und einer noch ledigen Tochter. Beide Geschöpfe sind (ohne schön zu sein) anziehend und gefallen mir sehr. Man findet hier viel Bekanntschaft mit der neuen Literatur, Feinheit, Empfindung und Geist. Das Klavier spielen sie gut, welches mir einen recht schönen Abend machte. Die Gegend um Rudolstadt ist außerordentlich schön. Ich hatte nie davon gehört und bin sehr überrascht worden.«

Nein, keine Vorahnungen. Keine Empfindsamkeit, die sich zurückträumt, und keine Empfindsamkeit, die vorausahnt. Die ganze Winterreise wäre ziemlich überflüssig und beiläufig gewesen, hätte man diesen Umweg über Rudolstadt nicht gemacht, weil Wilhelm Wolzogen seine Cousinen überraschen wollte. – Am 7. Dezember ist Schiller wieder in Weimar. Von einem ganz anderen Reiseplan, nach Hamburg zu Schröder, ist nicht mehr die Rede gewesen. Hätte diese Reise Schillers Leben verändert?

Schillers Lebenshoffnungen kreisen nunmehr über einem engen Raum im Thüringerland, in dem die drei kleinen Städte Weimar, Jena und Rudolstadt jede ihre Bedeutung haben. Eine der Grundstimmungen in diesem Menschen Friedrich Schiller ist das Bedürfnis, aus der eng umhegten stillen Gelehrtenstube ins Große und Grenzenlose zu denken, zu gestalten, zu wirken. Ein Hieronymus im Gehäus von besonderer Art. »Ich habe einen unendlichen Respekt vor diesem großen drängenden Menschenozean, aber es ist mir auch wohl in meiner Haselnußschale« – eine Briefstelle aus dem Jahr 1788.

In diesem Winter 1787 auf 1788 arbeitet Schiller fleißig, manchmal zwölf Stunden an einem Tag, an der *Geschichte des Abfalls der Niederlande*. Körner befürchtet, er könne sich dem historischen Fach gänzlich verschreiben und seiner eigentlichen Bestimmung, der dramatischen Dichtung, verloren gehen. Von »etwas Solidem« hatte der Dichter brieflich gesprochen, und, auf die Vorstellungen

Körners: »Deine Geringschätzung der Geschichte kommt mir unbillig vor.« Und er fährt fort: »Im Gegenteil habe ich aus eigenen Erfahrungen, daß die uneingeschränkte Freiheit, in Ansehung des Stoffs, die Wahl schwerer und verwickelter macht, daß die Erfindungen unserer Imagination bei weitem nicht die Autorität und den Kredit bei uns gewinnen, um einen dauerhaften Grundstein zu einem solchen Gebäude abzugeben, welche uns Fakta geben, die eine höhere Hand uns gleichsam ehrwürdig gemacht hat, d. h. an denen sich unser Eigenwille nicht vergreifen kann.« Schiller redet weiterhin dem »Gründlichen«, dem »Unterrichtenden« das Wort, gibt Körner (oder sich selbst) auch das Stichwort von der schön geschriebenen Geschichtserzählung – vom historischen Drama, von den Erfahrungen aus dem *Fiesco* und dem *Don Carlos,* von künftigen Entwürfen dieser Art ist nicht die Rede.

Vor der Reise nach Bauerbach war ihm der Gedanke durch den Kopf geschossen, Wielands Tochter Amalia zur Frau zu nehmen, und da er die Gewohnheit hat, auch flüchtigste Regungen Körner anzuvertrauen, schreibt er ihm darüber – keine Verliebtheit, nichts davon, aber »ein gutes Wesen... zu einer Frau ganz vortrefflich erzogen, äußerst wenig Bedürfnisse und unendlich viel Wirtschaftlichkeit« (man meint, man höre den alten Hauptmann Schiller!). Als Körner die Sache in einem besorgten Brief ernst nimmt, ist das dem Dichter, der längst über diese flüchtige Anwandlung hinaus ist, peinlich... »Es war ein hingeworfener Gedanke... Es ist möglich, daß ein interessanteres Mädchen mir aufgehoben sein kann...« Aber eigentlich habe er überhaupt keine rechte Lust am Heiraten... Einen Monat später, am Ende des Briefs über die Vorzüge der Historie (7. Januar 1788): »Ich sehne mich nach einer bürgerlichen und häuslichen Existenz, und das ist das Einzige, was ich jetzt noch hoffe.«

Die Lengefelds

Das Fürstentum Schwarzburg-Rudolstadt ist eine kleine Welt für sich. Wälder, Äcker, Wiesen, die Dörfer dazwischen, Berg und Tal, von der geschlängelten Saale durchflossen; inmitten, schön gelegen, die Hauptstadt Rudolstadt, etwa viertausend Seelen, überragt vom Residenzschloß, der Heidecksburg, nach einem Brande anno 1735 neu erbaut. Von dort regiert der Fürst sein kleines Land – Zölle, Chausseebau, Domänenverwaltung, Forstwesen, Militär, Justiz; Kanzleien, Kassa und Registratur; und, Mikrokosmos im Mikrokosmos, der Hof mit allen Chargen vom Oberstallmeister bis zum Läufer. Dreiundzwanzig »hochadelige« Familien sind ihrem Fürsten beim Regieren behilflich, drängeln sich um halbwegs einträgliche oder doch wenigstens ehrenvolle Posten, und leisten ihm Gesellschaft. Zweimal in der Woche kommt und geht der Bote nach Weimar und Jena und verbindet dergestalt das Ländchen mit der Welt.

Zu den hochadeligen Familien gehören die von Lengefeld. Carl Christof von Lengefeld hatte dem Forstwesen des Ländchens vorgestanden; ein gerader, ehrlicher Mann (und nach Beruf und Art gar nicht unähnlich dem alten Schiller auf der Solitude); und so hervorragend tüchtig in seinem Fach, daß Friedrich der Große sich persönlich bemüht hat, ihn für preußische Dienste zu gewinnen. Im Alter von 46 Jahren hatte er die 18jährige Luise von Wurmb geheiratet, gleichfalls aus kleinem thüringischen Adel, mit den Wolzogens verwandt. Der Gemahl war nicht nur so viele Jahre älter als seine Eheliebste, sondern auch seit seinem 30. Lebensjahr halbseitig gelähmt. Auch das hatte Luise in Kauf zu nehmen. Willensstark hat er sein Amt, immerhin eins der wichtigsten im Fürstentum, vortrefflich verwaltet. Die Ehe war mit drei Kindern gesegnet, wovon ein Söhnlein früh starb, während die Töchter blühend heranwuchsen: Karoline, 1763 geboren, und die um drei Jahre jüngere Charlotte, genannt Lollo. Karoline war dreizehn, Lotte zehn Jahre alt, als der Vater starb.

Der Vater hatte das Gut Heisenhof in Pacht gehabt, das dem Weimarischen Oberstallmeister von Stein gehörte, dem unauffälligen Gemahl seiner durch Goethe weltberühmten Frau. So war der Heisenhof die Kinderheimat Karolines und Lottes. »Auf einer kleinen Anhöhe, die mit Obstbäumen bepflanzt war, lag unser Haus. Die vordere Seite hatte einen großen Hof, der mit einem kleinen Garten begrenzt war. Vor uns lag ein fürstliches Lustschloß und rechts eine alte Kirche, und das Geläute der Glocken, das ich zu allen Stunden hörte, stimmte mich oft ernst und melancholisch. Ich stand stundenlang an meinem Kammerfenster, sah in die dunklen Fenster des Turms hinein, hörte den Glocken zu und sah die Wolken am Himmel sich bewegen. Mein Horizont war frei. In der Ferne sahen wir schöne Berge und ein altes Schloß auf dem Berge liegen...« So erinnert sich Lotte an den Ort ihrer Kindheit.

Luise von Lengefeld war mit 32 Jahren Witwe. Der Heisenhof mußte aufgegeben werden. Das Gutsleben mit seinem sinnerfüllten Jahres- und Tagesrhythmus war zu Ende, die Wälder ringsum waren ferner gerückt. Man zog hinunter ins Städtchen in ein Anwesen, bestehend aus einem Gebäude an der Straße und einem parallel dazu stehenden Gartenhaus, beide durch Zwischenbauten verbunden; geräumig, bequem, aber kein freier Horizont mehr. Die Lebensaufgabe der Witwe bestand nun darin, unter knappen wirtschaftlichen Verhältnissen ein standesgemäßes Leben fortzuführen und die Töchter in der Gesellschaft vorteilhaft zu placieren. Sie wird als eine etwas herbe Frau geschildert, was aus verschiedenen Gründen begreiflich erscheint, die sich aber aus Anstand und Einsicht zur Güte zwingt – was ihr gelingt, eine seltene Leistung. Als die »chère mère« ist sie in die Literaturgeschichte eingegangen. In der Familie blieb sie die Autorität.

Trotz ihrer angespannten ökonomischen Lage leistet sich die Witwe Lengefeld um der Bildung der Töchter willen eine Schweizerreise, einen Aufenthalt von einem Jahr am Genfer See. Als man im Frühjahr 1783 abfährt, ist Karoline achtzehn und bereits mit einem Herrn von Beulwitz verlobt, Lotte fünfzehn. Auf der Reise in die Schweiz sieht man sich besonders in Württemberg um. Man besucht Ludwigsburg, macht eine Visite auf dem Asperg und läßt sich von dem armen Schubart auf dem Klavier vorspielen, sieht die Solitude und Hohenheim, macht in Echterdingen dem berühmten Pfarrer Hahn seine Aufwartung und läßt sich seine neueste Rechenmaschine erklären... Auf der Solitude werden sie durch Wolzogens mit Familie Schiller bekanntgemacht. So erleben die Damen, so erlebt Lotte die Heimat Schillers (der zu jener Zeit in Bauerbach weilt). Sie werfen auch einen Blick in das spezielle Milieu der Akademie – Damenbesuch war dort längst nicht mehr verpönt –, sind bei einer Mahlzeit anwesend. Lotte in ihr Tagebuch: »Jede ihrer Bewegungen hängt von dem Winke des Aufsehers ab. Es wird einem nicht wohl zu Mute, Menschen wie Drahtpuppen behandeln zu sehen.« Überhaupt zeugt dieses Tagebuch der Reise in die Schweiz von einer klaren Beobachtung. Lotte bekennt selbst, sie habe in ihren Kinder- und Mädchenjahren nicht gerne gelernt; aber einen hellen Verstand hat sie gehabt. – Die Rückreise, ein Jahr später, geht über Basel, Colmar und Mannheim, eigens, um Schiller kennenzulernen; aber es kommt nur zu einer ganz flüchtigen Begegnung.

Karoline hatte sich auf dieser Reise aufs heftigste in ihren Vetter Wilhelm von Wolzogen verliebt. Aber die Mutter, die sie mit Ludwig von Beulwitz verlobt hat, sorgt dafür, daß auch geheiratet wird. Karoline nimmt diesen Mann hin, ohne ihn geradezu zu hassen. Es ist ein stattlicher, gemütlicher Landjunker, immun gegen romantische Regungen, aber sonst kein Spielverderber. Er richtet sich im Vorderhaus jenes Zwillingsanwesens ein, macht aber das Leben für Karoline und sich selbst dadurch erträglich, daß er sich meist auswärts aufhält; da er im Dienst eines reiselustigen Prinzen steht, ergibt sich das zwanglos. Die leere Ehe wird 1794 endlich geschieden. Dann ist für Karoline der Weg zur Verbindung mit Wilhelm von Wolzogen frei.

Karoline und Lotte waren ungleiche Schwestern. Karoline ist fülliger und feuriger, unruhig, geistvoll, eine schwärmerische, romantische Natur. Sie schreibt auch, und gut; als ihr Roman *Agnes von Lilien* anonym erscheint, wird er von manchen Lesern Goethe zugeschrieben. Lotte ist anders. Sie entspricht einem Mädchentyp, wie er im alten Deutschland häufig war, der uns aus Bildern von Dürer bis zu den Romantikern immer wieder anblickt: in sich ruhend, auf Erfüllung wartend, ein wenig verschlafen, verträumt. Diese Menschenkinder waren fleißig und geschickt im Haushalt, rüstig und ausgelassen in Garten, Feld und Wald und im Umgang mit Tieren; verschlossen, unsicher, zaghaft in Gesellschaft; schwärmerisch und phantasievoll im engen Kämmerlein oder an einem geliebten Platz im Garten, im Wald; viele Jahre in der Knospe, lange Jahre halbes Kind; und viele von ihnen sacht verwelkend, alte Jungfern, herzensgute Tanten.

So war Lotte von Lengefeld beschaffen. Ein Mädchen vom Lande, aber auch ein Mädchen von Adel und damit Gegenstand von Standesehrgeiz, der in der chère mère äußerst lebendig war, die Haupttriebfeder im Denken und Handeln dieser tüchtigen Frau. Mit der durch den Heisenhof geknüpften Verbindung zu den von Stein und damit zum Weimarer Hof ist ein Weg in die Hofgesellschaft vorgezeichnet. Schon als ganz junges Mädchen muß Lotte der Frau von Stein von Zeit zu Zeit Gesellschaft leisten. Die kluge Frau hat ihre Freude an dem naiven, gutherzigen Kind. Und für Lottes Lebensgeschichte ist es nichts Geringes, mit der Frau vertraut zu sein, die von Goethe geliebt worden ist wie nie eine andere. Mit dem Sohn Fritz bleibt Lotte bis ins Alter freundschaftlich verbunden.

Im Karneval 1787, demselben, der in Dresden Schiller in die Arme der Henriette Arnim wirft, macht Lotte Lengefeld die ersten Schritte auf dem Parkett des Weimarer Hofs. (Lotte war zwanzig und fast noch ein Kind, das Fräulein von Arnim achtzehn, aber an Erfahrung ihrer unbewußten Rivalin ein halbes Menschenleben voraus.) Und das schüchterne junge Mädchen findet gleich zwei Verehrer. Kein geringerer als Knebel steigt ihr nach, Knebel, die unentbehrliche Stütze der Hofgesellschaft, ein Mittvierziger inzwischen. Der andere, gewissermaßen in Knebels Kielwasser schwimmend, ist ein junger Brite namens Heron, der sich eine Weile am Weimarer Hof aufhält, ein kraftvoller und dabei feinsinniger junger Mann, der sich heftig in Lotte verliebt. Aber der Romanze ist schon bei Beginn das Ende gesetzt. Rule, Britannia, rule the waves – Heron wird demnächst ein Schiff besteigen, das ihn nach Indien entführt. Lotte trauert ihrem jungen Helden nach.

Am Ende dieses Jahres hatte Schiller in Begleitung Wilhelm Wolzogens Bekanntschaft mit den Lengefelds gemacht, der »herzguten Familie«, wie Herders Frau, Karoline geb. Flachsland, sie einmal genannt hat. Den Wünschen der chère mère und der Frau von Stein folgsam nimmt Lotte auch an der folgenden gesellschaftlichen Saison in Weimar teil und wohnt bis in den April im Hause der Frau von Imhoff, einer Schwester der Frau von Stein. Auf einem Maskenball begegnen sich Schiller und Lotte wieder; eine Woche darauf wird Schiller zu einer Fasnachtsgesellschaft ins Imhoffsche Haus geladen. In dieser Zeit, Februar 1788, beginnt ein Briefwechsel zwischen den beiden, im gleichen Städtchen von Haus zu Haus, das war damals üblich. »Eben zieht mich ein Schlitten ans Fenster, und wie ich hinaussehe, sind Sie's. Ich habe Sie gesehen, und das ist doch etwas für den Tag.« Das steht in dem ersten Brief, den Schiller seiner künftigen Frau geschrieben hat. Und als Lotte sich anschickt, wieder heimzureisen: »Sie werden gehen, liebstes Fräulein, und ich fühle, daß Sie mir den besten Teil meiner jetzigen Freuden mit sich hinwegnehmen.«

Es ist anders als bei allen seinen früheren Begegnungen mit Frauen. Lotte weckt keine leidenschaftliche Begier, regt ihn nicht auf. Aber es ist ihm wohl in ihrer Anwesenheit, sie verbreitet Helligkeit und milde Wärme, und wenn sie gegangen ist, empfindet er Frost und Dunkelheit. Dann sehnt er sich nach ihr. Das ist mehr als Freundschaft, und doch keine eigentliche Verliebtheit. »Wohltemperiert« könnt man die Gefühle nennen, die er für das frische, schlichte Mädchen hegt. Dazu ist sie gebildet und bildungsfähig genug für Gespräche über seine Lektüre, seine Arbeiten und Pläne. – Der einmal eingeleitete Briefwechsel reißt nicht mehr ab. Die ältere Schwester wird darin einbezogen, und zwei Jahre hindurch gehen hunderte beschriebener Blätter hin und her, manchmal mehrmals an einem Tag: Schiller an Lotte, Schiller an Karoline, Schiller an beide Schwestern, Karoline an Schiller, Lotte an Schiller. Pietätvoll aufbewahrt, bilden diese Briefe eine fast unvergleichliche Dokumentation des Gedankenaustauschs, der seelischen Beziehungen zwischen drei Menschen, durchsprenkelt von einer Fülle reizvoller Momentaufnahmen, anschaulicher Erhellungen des

Alltags. Für den Biographen ein unermeßlicher Schatz, fast erdrükkend freilich in seiner Fülle – embarras de richesse.

An Geschäften und Geschäftigkeit fehlt es Schiller nicht in seinem ersten Weimarer Winter. Der Druckbeginn der *Geschichte des Abfalls der Niederlande,* der Vorabdruck davon in Wielands *Teutschem Merkur,* die Fortsetzung der nie zu einem Ende gebrachten Erzählung vom Geisterseher, das Gedicht *Die Götter Griechenlands* – alles ernsthaft, aber die eigenen, immer hochgespannten Erwartungen nicht befriedigend. Von einer tiefen seelischen Unrast spricht ein merkwürdiger Brief an Huber, der kurz vor der Wiederbegegnung mit Lotte geschrieben ist. »Du glaubst nicht, wie sehr ich seit 4 oder 5 Jahren aus dem natürlichen Geleise menschlicher Empfindungen gewichen bin; diese Verrenkung meines Wesens macht mein Unglück, weil Unnatur nie glücklich machen kann.« Es gebe nur ein Heilmittel – »eine Heurath«. Er fährt fort, seinen Zustand zu schildern, und es ist die klassische Schilderung einer Lebenskrise: »Weder Du noch Körner – und wer also sonst? – könnt die Zerstörung ahnden, welche Hypochondrie, Ueberspannung, Eigensinn der Vorstellung, Schicksal meinetwegen in dem innern meines Geists und Herzens angerichtet haben. Wollt ihr nach gewöhnlichem Maaßstab über mich entscheiden, oder meinen Zustand unter die natürlichen Verhältniße bringen, so, nehmt mirs nicht übel, so seid ihr in Gefahr, über mich zu stümpern. Alle die Triebfedern die mir seit vorigen Jahren Thätigkeit gegeben, sind ganz durchaus unwirksam geworden. Urtheile, ob die einzige die mir noch übrig ist, *Noth* und *Pflicht* (Schulden zu bezahlen) Quellen der Freude für mich, oder Ressorts zur Größe und Vortreflichkeit sind? Ich zähle auf *einen* Karakterzug, den ich aus der großen Verwüstung meines Wesens noch gerettet habe, auf meine Bonhommie auf die Weichheit meines Herzens, die mir zu statten kommen wird, Lasten wegzutragen und Arbeiten anzugreiffen, die ich jezt träg und verdroßen übernehme. Kann ich das Wohl und Wehe eines Geschöpfs, das mir ganz ergeben ist, in meine Wirksamkeit verflechten, so habe ich eine große Aufforderung mehr, meine Kräfte zu brauchen. Was ist jezt mein Zustand oder was war er, seitdem Du mich kennest? Eine fatale fortgesetzte Kette von Spannung und Ermattung, Opiumsschlummer und Champagnerrausch. Habe ich, solange wir uns näher waren, dieses wohlthätige Gleichgewicht genoßen, das Körner selten verliert und Du oft schon genoßen hast? Und auf welchem andern Weg kann ich diese gleichförmige Zufriedenheit erhalten, als durch häußliche Existenz?«

Krampflösend und sänftigend hat die Begegnung mit Lotte Lengefeld auf ihn gewirkt. Dem widerspricht durchaus nicht, daß Schiller dieses Erlebnis in einem Brief an Körner vom 6. März verbirgt, ja geradezu verleugnet. Körner hatte etwas läuten hören, Schiller streitet es ab, nicht ohne sich dabei zu widersprechen – »aber dieses schläft tief in meiner Seele, und Charlotte selbst, die mich fein durchsieht und bewacht [hier ist die andere Charlotte gemeint, Frau von Kalb], hat noch gar nichts davon geahnet«.

»Ländliche Einsamkeit im Genuß der Freundschaft und schöner Natur... Ich kenne kein höheres Glück.« So schreibt Schiller am 11. April an Lotte. Sie sollte ihm für die schöne Jahreszeit ein solches ländliches Quartier vorbereiten, so war es abgemacht; recht nah bei Rudolstadt, versteht sich. Für Lotte, für beide Schwestern ein willkommener Auftrag. Zuerst wird die Wohnung des Schloßgärtners ins Auge gefaßt (das wäre also das Milieu von Eichendorffs Taugenichts gewesen), aber dann nehmen die Schwestern davon Abstand – neugierige Müßiggänger könnten ihm ins Fenster gukken. Lotte: »Daher fielen wir auf ein ander Dorf, das... eine schöne Lage hat, am Ufer der Saale, hinter ihm erheben sich Berge, an deren Fuss liebliche Fruchtfelder sich ziehen, und die Gipfel mit dunklem Holze bekränzt; gegenüber an der andern Seite der Saale schöne Wiesen und die Aussicht in ein weites, langes Tal. Ich denke, diese Gegend wird Ihnen lieb sein, mir brachte sie gestern einen Eindruck von Ruhe in die Seele, der mir innig wohltat.« Das Haus gehört dem Kantor und Schulmeister Unbehaun, seine Frau wird den Kaffee kochen und auch sonst behilflich sein – (ganz abgesehen davon, daß ja auch ein Bedienter, der Bursche des Herrn Hofrat, in diesem Sommerquartier sein Plätzchen findet).

Volkstädt heißt der Ort. In der zweiten Hälfte des Mai bezieht Schiller diese Sommerfrische, schreibt zufrieden an Körner von dieser »sehr bequemen heitern und reinlichen Wohnung«, rühmt die »sehr reizende Aussicht«. Er spricht in diesem Brief vom 26. Mai auch von dem wohltuenden Umgang mit den Lengefelds, beteuert aber: »Doch werde ich eine sehr nahe Anhänglichkeit an dieses Haus, und eine ausschließende an irgendeine einzelne Person aus demselben, sehr ernstlich zu vermeiden suchen.« Er hat sich mit allem Nötigen zur Arbeit versehen; Fortsetzung sowohl des Geistersehers als auch der Niederländischen Rebellion. Aber fast täglich sucht er, meistens gegen Abend, die »herzgute Familie« auf. Karoline: »Wie wohl war es uns, wenn wir nach einer langweiligen Kaffeevisite unserm genialen Freunde unter den schönen Bäumen des Saaleufers entgegengehen konnten! Ein Waldbach, der sich in die Saale ergießt und über den eine schmale Brücke führt, war das Ziel, wo wir ihn erwarteten. Wenn wir ihn im Schimmer der Abendröte auf uns zukommen erblickten, dann erschloß sich ein heiteres ideales Leben unserm innern Sinne.«

Regenwetter und Erkältung haben die Idylle öfters gestört. Schiller Anfang Juni an Körner: »Das Vergnügen des Landlebens ist mir durch einen heftigen Catarrh verbittert worden, der mich wenige Tage nach meinem Hierseyn befiel und der eben jezt epidemisch hier grassiert. Freilich mag ich mir ihn zum Theil auch durch meine nächtliche Retraite aus der Stadt zugezogen haben, wo ich mich vielleicht erkältete – aber woher ich ihn auch haben mag, er hat mich schändlich zugerichtet und mein Kopf will mir fast zerspringen. Du kannst leicht denken, daß der Zeitverlust den ich dadurch erleide, und der Verdruß meine schönen Erwartungen von dieser ländlichen Existenz gleich am Anfang so aufgehalten zu sehen, mir dieses Übel nicht erträglicher macht.« Von den Schwestern erbittet er sich »fußfälligst« Märchenbücher, den gehörnten Siegfried und die schöne Melusine, »damit diese Zentnerlast von Langeweile von mir abgewälzt würde«.

Nicht jede Art schlechten Wetters hat auf den Dichter deprimierend gewirkt. »Bei Gewittern litt es Schiller nicht in der Enge des Hauses. Er schweifte hinaus in Feld und Flur, von den Gipfeln der Berge diese großartigen Naturerscheinungen, welche hier in den Bergen doppelt erhaben, zu bewundern, indem sie ihn über alle Maßen affizierten und geistig aufregten.« Wir können es der Tochter seines Volkstädter Hauswirts nicht genug danken, daß sie uns ein zuverlässiges Zeugnis von Schillers Gewitterseligkeit überliefert hat, von der wir sonst nur von ungefähr wüßten. Sein Ausbruch von Begeisterung, als während einer Bootsfahrt auf der Elbe ein Gewitter die Gesellschaft überrascht, sein Hinaufrufen in die brüllenden Wolken, diese überlieferte, aber nicht sicher dokumentierte Szene wird glaubhaft angesichts des zuverlässigen Berichts der geborenen Unbehaun. Schillers Begeisterung für Gewitter ist ein Beweis gegen die öfters geäußerte Meinung, er habe nur im Reich der Ideen gelebt und keinen Sinn für die Natur gehabt. Man kann auch andere Gedanken daran knüpfen. Von Jugend an waren ihm antike mythologische Vorstellungen vertraut. Nach dem Glauben der Alten versetzt der Blitztod den Getroffenen in die Gesellschaft der Götter. Schiller hat oft Stunden gehabt, in denen der Wunsch sich regte, diesem Leben zu entfliehen. In seinem Hinausstürmen ins Gewitter mag das Gefühl mitgeschwungen haben, sich dem Schicksal anzubieten.

Sanftmütigere Vorstellungen weckt die Fortsetzung jener Erinnerungen aus dem Sommer 1788: »In solchen Fällen, oder wenn er spät zur Nacht aus der Stadt zurückerwartet wurde, schickten die sorglichen Wirtsleute Boten mit Laternen ihm entgegen, um ihn vor Schaden oder Unglück zu bewahren. Am häufigsten, wenn nicht verhindert, begab sich der Hauswirt selbst auf den Weg. Solche Teilnahme machte auf Schillers Gemüt einen tiefen Eindruck.«

Die Abende bei den Lengefelds waren gutenteils der Lektüre gewidmet. Daß Schiller notorisch schlecht vortrug, war hier aufgehoben in einer Atmosphäre von Sympathie und Harmonie. Er hat vorgelesen, was er unter der Feder hatte. Vor allem aber hat er den Frauen Homer in der Übersetzung von Voss nahegebracht und ihr Entzücken darüber erweckt. Schiller hat sich immer gern über seine jeweilige Lektüre geäußert, Lesefrüchte ausgeteilt. Als ihm Diderots Biographie von der Hand seiner Tochter in die Hände fällt – der große Enzyklopädist war 1784 gestorben –, ist er so entzückt, daß er Anekdoten daraus Körner brieflich mitteilt. Nicht jedes der Bücher, die er durchstudiert, macht Freude. Pütters Staatsverfassung des Deutschen Reiches, Schmidts vielbändige, biedere Geschichte der Deutschen mögen unter die »Folianten und alten staubigten Schriftsteller« gerechnet werden, über die er in einem Brief an Frau von Wolzogen einmal seufzt. Ein wichtiger Autor in diesem Jahr ist für ihn Montesquieu; er studiert die Bücher über den Geist der Gesetze und über Größe und Fall der Römer. Die reinste Freude findet er immer wieder bei den Alten, bei Homer, bei Sophokles und Euripides, Plutarch und Lukian.

In diese Welt versetzt auch sein einziges bedeutendes Gedicht aus dieser Zeit, *Die Götter Griechenlands:*

> Da ihr noch die schöne Welt regieret,
> An der Freude leichtem Gängelband...

Diese zwei ersten Zeilen verraten die Schwäche dieses vielstrophigen Gesangs, der eine heitere, glänzende Götterwelt preist, die die Griechen so nie geglaubt haben.

> Eure Tempel lachten gleich Palästen,
> Euch verherrlichte das Heldenspiel
> An des Isthmus kronenreichen Festen,
> Und die Wagen donnerten zum Ziel.
> Schön geschlungne seelenvolle Tänze
> Kreisten um den prangenden Altar,

Eure Schläfe schmückten Siegeskränze,
Kronen euer duftend Haar.

So wird ein den Göttern freudig zugewandtes Leben ausgemalt, in dieser Strophe den olympischen Spielen. Aber:

Alle jene Blüten sind gefallen
Von des Nordens schauerlichem Wehn,
Einen zu bereichern unter allen,
Mußte diese Götterwelt vergehn.
Traurig such ich an dem Sternenbogen,
Dich, Selene, find ich dort nicht mehr,
Durch die Wälder ruf ich, durch die Wogen,
Ach, sie widerhallen leer!

Das ist die Wendung gegen die jüdisch-christliche Gottesvorstellung. Sie wurde nicht überhört und brachte dem Dichter manchen Tadel ein. Auch Körner bemerkt kühl: »Einige Ausfälle wünschte ich weg, die nur die plumpe Dogmatik, nicht das verfeinerte Christentum treffen. Sie tragen zum Wert des Gedichtes nichts bei, und geben ihm ein Ansehen von Bravour, dessen Du nicht bedarfst, um Deine Arbeiten zu würzen.« Besonderen Anstoß nimmt im *Deutschen Museum* Friedrich Leopold Graf Stolberg, Regierungspräsident in Eutin, von dem Schiller später aus einem anderen Anlaß gegen Goethe bemerkt: »So eine vornehme Seichtigkeit, eine anmaßungsvolle Impotenz, und die gesuchte, offenbar nur gesuchte Frömmelei« (am 29. November 1795). *Die Götter Griechenlands* haben auf Moritz, den strengen Richter über *Kabale und Liebe,* einen außerordentlichen, belehrenden und erhellenden Eindruck gemacht.

Schiller, zu einer kritischen Haltung gegenüber den eigenen Werken durchaus befähigt, hat dieses Gedicht selbst hoch geschätzt. In einem Brief aus Volkstädt verteidigte er es geradezu gegen den kritischen Körner: »Mir gefällt dieses Gedicht sehr, weil eine gemäßigte Begeisterung darin atmet –« (gemäßigte Begeisterung klingt ein wenig lächerlich, aber man muß das »gemäßigt« im Rückblick auf den maßlosen Sturm und Drang der Jugendwerke verstehen). Schiller benennt dann »meine liebsten Stellen«, nicht weniger als zehn, und fügt hinzu – »und zwar weniger der Gedanken wegen, als wegen des Geistes, der sie eingab und, wie ich glaube, darin atmet«. – Körner, der Freund, ist überhaupt ein kritischer Bewunderer. In den ehrlichen Beifall für die Einleitung der *Geschichte des Abfalls der Niederlande* flicht er die Bemerkung ein:

»Wider den Wohlklang Deiner Perioden und die kraftvolle Sprache habe ich gewiß nichts einzuwenden; aber hie und da habe ich zu viel Schmuck gefunden.«

In Schillers Volkstädter Sommer fällt der Tod der Henriette von Wolzogen; sie stirbt, 43 Jahre alt, am 5. August. In Schillers Brief an ihren Sohn Wilhelm spricht ein wenig der Mediziner mit: »Mein und unser aller Trost ist dieser, daß sie durch diesen sanften und geschwinden Tod vielem Leiden entgangen ist, das ihr unausbleiblich bevorstand. Ihrer Kinder und ihrer Freunde Herz würde weit mehr dabei gelitten haben, wenn sie ein hoffnungsloses und martervolles Leben hätte fortleben müssen, ohne Aussicht von Besserung...« Am Ende: »Ach! sie war mir alles, was nur eine Mutter mir hätte sein können.« Von der Beerdigung, es wäre von Rudolstadt nach Bauerbach nicht sehr weit gewesen, hält er sich aber fern.

Die Sommerzeit auf dem Lande tröstet ihn über diesen Verlust, den ersten ernsthaften in seinem Leben. Obwohl man sich fast täglich sieht, wandern kleine Geschenke den kurzen Weg vom Lengefeldschen Haus zur Sommerwohnung; die Schwestern schikken, was der Garten bringt, Kirschen, Aprikosen, oder Backwerk. Schiller, wenn ihm sein Leib nicht hie und da einen Streich spielt (glimpfliche Streiche einstweilen noch), lebt gesund und vernünftig wie lange nicht. Gleichwohl ist auch für diese Zeit gelegentliche Nachhilfe mit Opium bezeugt. »Bade mich alle Tage« – eine Bemerkung in einem Brief an Huber, die den stutzen läßt, der die Bräuche jener Zeit kennt. Eine Heilquelle, deren Wasser man nicht nur trinken, sondern auch in einer Butte sitzend hätte genießen können, war nicht am Ort. So ist es denkbar, daß Flußbäder in der Saale gemeint sind. Die Briefe, von Boten in einer halben Stunde hin oder her getragen, sind voller Hinweise auf einen heiteren Tageslauf.

Lotte an Schiller: »Da der Himmel sich aufhellt und es so schöne Luft ist, so hatten wir uns ausgedacht, heute Kaffee in Kumbach zu trinken. Sie haben doch Zeit, gegen halb 5 Uhr mit uns zu gehen?« Kumbach war die fürstliche Gärtnerei, mit einem Jagdwirtshaus. Oder: »Schönen guten Tag, eben wollten wir Ihnen sagen lassen, daß wir nicht nach Gumbach (wie Sie sagen) gehen, sondern lieber den Kaffee im Baumgarten trinken wollen, weil Fr. von Stein den Abend kommen will, und wir Sie da empfangen wollen.« Und Schiller, an einem Spätsommermorgen vertraut an Lotte: »Wie haben Sie denn heute nacht in Ihrem zierlichen Bette geschlafen? Und hat der süße Schlaf ihre lieben holden Augenlider besucht?

Sagen Sie mir's in ein paar geflügelten Worten – aber ich bitte Sie, daß Sie mir Wahrheit verkündigen. Lügen werden Sie nicht sagen, denn Sie sind viel zu verständig.« Und: »Was macht Ihre Schwester? Klappert der Pantoffel schon um ihre zierlichen Füße oder liegt sie noch im weichen schöngeglätteten Bette?« Zärtliche Gedanken an beide. Eine andere Wendung aus diesem Brief: » – und wir leben dann den Tag so miteinander hin – schwatzen, lesen und freuen uns, daß wir zusammen auf der Welt sind.«

Lotte wird für ein paar Tage nach Kochberg abgerufen, dem Gut der Familie von Stein. Anfang September macht Goethe dort Besuch. Er war im Juli aus Italien zurückgekehrt: »Ja, mein Lieber ich bin wieder zurück und sitze in meinem Garten, hinter der Rosenwand unter den Aschenzweigen und komme nach und nach zu mir selbst. Ich war in Italien sehr glücklich, es hat sich so mancherlei in mir entwickelt, das nur zu lange stockte...« (am 21. Juli an Jacobi). Nun also in Kochberg, dem Sitz der so lange geliebten Frau. Von dort macht am 7. September die Gesellschaft, Goethe, Frau von Stein, der Sohn Fritz, Frau Karoline Herder, Besuch in Rudolstadt. Hier erfolgt nun endlich die Begegnung Goethes mit Schiller; genau genommen sah man sich nicht zum erstenmal, denn Goethe war im Dezember 1779 mit seinem Herzog bei der Preisverteilung in der Stuttgarter Akademie Gast gewesen und hatte zugesehen, wie auch Schiller seine Preise aus der Hand seines Landesherrn empfing; aber eine Begegnung konnte man das nicht nennen. Die Begegnung also nun hier, im Speisezimmer der Beulwitz, im Lengefeldschen Garten. Mit innigen Wünschen, mit Herzklopfen hatten Lotte und vielleicht noch mehr Karoline dem entgegengesehen. »Höchst gespannt waren wir bei dieser Zusammenkunft und wünschten nichts mehr als eine Annäherung, die nicht erfolgt.« (Karoline)

Eine Annäherung erfolgte in der Tat nicht. Goethe war wohl von vornherein entschlossen, sich den Verfasser der *Räuber* höflich vom Halse zu halten. Er hatte in Italien seine innere Ruhe gefunden und war durchaus abgeneigt, sich mit einem Feuerkopf näher einzulassen. So blieb es denn bei gescheiter Konversation. Die Atmosphäre war auch belastet durch die Gegenwart der Frau von Stein, der in diesen Tagen offenbar wurde, daß das Verhältnis zu ihrem einst glühenden Verehrer einen nicht mehr zu heilenden Riß erlitten hatte. Wenigstens steckte sich Goethe das Merkurheft ein, als er *Die Götter Griechenlands* darin bemerkte. – Schiller den nächsten Morgen an Lotte: »Ich habe recht wohl geschlafen und finde mich überaus leicht, diesen Morgen.« Kein Wort über Goethe.

Am 12. September dann an Körner: »Endlich kann ich Dir von Goethe erzählen, worauf Du, wie ich weiß, sehr begierig wartetest. Ich habe vergangenen Sonntag beinahe ganz in seiner Gesellschaft zugebracht... Sein erster Anblick stimmte die hohe Meinung ziemlich tief herunter, die man mir von dieser anziehenden und schönen Figur beigebracht hatte. Er ist von mittlerer Größe, trägt sich steif und geht auch so; sein Gesicht ist verschlossen, aber sein Auge sehr ausdrucksvoll, lebhaft, und man hängt mit Vergnügen an seinem Blicke. Bei vielem Ernst hat seine Miene doch viel Wohlwollendes und Gutes. Er ist brünett und schien mir älter auszusehen, als er meiner Berechnung nach wirklich sein kann. Seine Stimme ist überaus angenehm, seine Erzählung fließend, geistvoll und belebt; man hört ihn mit überaus viel Vergnügen; und wenn er bei gutem Humor ist, welches diesmal so ziemlich der Fall war, spricht er gern und mit Interesse. Unsere Bekanntschaft war bald gemacht und ohne den mindesten Zwang; freilich war die Gesellschaft zu groß und alles auf seinen Umgang zu eifersüchtig, als daß ich viel allein mit ihm hätte sein oder etwas anderes als allgemeine Dinge mit ihm sprechen können. Er spricht gern und mit leidenschaftlichen Erinnerungen von Italien; aber was er mir davon erzählt hat, gab mir die treffendste und gegenwärtigste Vorstellung von diesem Lande und diesen Menschen... Im Ganzen genommen ist meine in der Tat große Idee von ihm nach dieser persönlichen Bekanntschaft nicht vermindert worden; aber ich zweifle, ob wir einander je sehr nahe rücken werden.« – Die Welt weiß, daß sich die beiden dennoch in einem unerhört fruchtbringenden Dialog gefunden haben – aber bis dahin sollten noch sechs Jahre vergehen.

Ein halbes Jahr hat Schiller in dem angenehmen Haus des Kantors Unbehaun gewohnt und über die Distanz eines halbstündigen Spaziergangs mit der »herzguten Familie« gemeinsam gelebt. Die chère mère hatte sich an diesen Freund des Hauses gewöhnt und empfand sein harmonisches Zusammensein mit Karoline und Lotte als wohltuend. Übrigens war Beulwitz nicht ausgeschlossen. Der joviale Mann hat sich mit der Schwiegermutter, der Schwägerin und nicht zuletzt mit Schiller ganz gut verstanden – nur eben nicht mit seiner Ehefrau. Frau von Lengefeld hatte reichlich Zeit, sich mit der Frage zu beschäftigen, ob Schillers vertraulicher Umgang in ihrem Hause nicht ernsthafte Weiterungen haben würde. Und da ihr der Gedanke an eine Scheidung des Beulwitz'schen Paars wohl fern lag, konnte das nur eine Verbindung Schillers mit Lotte sein. Adelsstolz, arm und über die sehr bescheidenen ökonomischen

Verhältnisse ihres Hausfreundes unterrichtet, betrachtete sie eine solche Möglichkeit mit Besorgnis. Doch blieb diese Sorge milde umhüllt, denn Schiller trat durchaus nicht in der Rolle eines werbenden Liebhabers auf, und Lotte hegte für ihn Bewunderung und herzliche Freundschaft, aber nichts von leidenschaftlicher Erregung. Davon mochte eher etwas in Karoline glimmen.

Im Herbst macht Schiller wieder eine fiebrige Erkältung zu schaffen, wozu sich lang anhaltendes Zahnweh gesellt. Es war ein gesellschaftliches Gebot, daß die Schwestern keine Besuche an seinem Bett machen durften. Man schreibt sich fleißig Zettelchen. Karoline: »Dass man sich doch im Grund so wenig sein und helfen kann!« Lotte: »Leben Sie geduldig heute, wohl kann ich nicht sagen, wir wollen Ihrer oft denken.« Seine kurzen Briefe, im Bett geschrieben bei dick verbundenem Kopf, lassen den Humor durchschimmern, der ihn selten gänzlich verläßt. »Ich sehe Sie im Geist ganz traulich und einsam am Tische sitzen, das Duduchen auf dem Schoss...« (Dudu, alias Toutou, war Lottes weiße Katze – es ist übrigens selten, daß Schiller ein Tier erwähnt). Und als ein geschätzter Besuch eintrifft, der älteste Sohn der Sophie von La Roche, und Lotte vorschlägt, Schiller solle sich in der Portechaise herübertragen lassen, meint er, er könne mit seinem geschwollenen Backen nicht einmal deutlich sprechen: »Das kann Ihnen niemand besser bezeugen als mein Ludwig, denn verlange ich zu trinken, so bringt er mir die Pfeife, und will ich Tee, so präsentiert er mir die Pantoffel...« (Ludwig war der Diener des Herrn Hofrat.) – Bis in den November hinein hält es Schiller in seiner Sommerfrische aus. Seinen 29. Geburtstag feiert er noch bei den Lengefelds. Endlich kehrt er nach Weimar zurück, schweren Herzens. Er empfindet, was er zurückläßt.

Alle behagliche Geselligkeit in diesem Kreise darf nicht darüber täuschen, daß Schiller jeden Tag als verloren betrachtete, an dem er nicht seine Arbeit hätte fördern können, was immer er unter der Feder hatte; Historie vor allem, Rezensionen, Übersetzungen und auch ein weiteres philosophisches Gedicht. In der ersten Zeit seines Sommeraufenthalts standen noch die Abschlußarbeiten am *Abfall der Niederlande* im Vordergrund – wobei die Beendigung dieses Werkes, das im Oktober bei Crusius in Leipzig als »Erster Band« erschien, nicht die abschließende Behandlung des Gegenstandes war. Die *Geschichte des Abfalls der vereinigten Niederlande von der spanischen Regierung* ist ein Torso geblieben, flankiert von der großartigen Einleitung und zwei Beilagen über den Prozeß gegen Egmont und über die Belagerung von Antwerpen. Ein Torso also, aber kein Stückwerk. Sieht man von der dramatischen Behandlung des Themas Wallenstein ab, so hat Schiller niemals wieder so prägnant Geschichte geschrieben wie in diesem Werk, der ersten Frucht seiner in Dresden erwachten Leidenschaft für die Historie. Neben dieser großen Arbeit wurden zwei kleine historische Aufsätze geschrieben, ein beiläufiger über die Jesuitenregierung in Paraguay (wobei zu vermuten ist, daß er nicht geahnt hat, welch ein Thema er da berührte) und die Anekdote *Herzog Alba bei einem Frühstück auf dem Schlosse zu Rudolstadt im Jahr 1547* – letzteres eine kleine Huldigung für das in Rudolstadt regierende Haus und für weibliche Courage; übrigens ein Musterstück von guter und gut erzählter Anekdote. Beide Aufsätze erschienen im Oktoberheft von Wielands *Teutschem Merkur*.

Unter den Rezensionen ragt eine heraus durch die Vertrautheit des Rezensenten mit dem Stoff und seine besondere Aufmerksamkeit für den Autor: die kritische Würdigung von Goethes *Egmont*, erschienen in der Septembernummer der Jenaer *Allgemeinen Literatur-Zeitung*, also kurz nach der Begegnung mit Goethe. Zum Gram der Schwestern Lengefeld, besonders Karolines, die den Text schon kannten, befindet sich am Ende der Rezension eine wirklich kritische Anmerkung. Karoline: »Wir hatten Schillern die Rezension des Egmont fast nicht verzeihen können.« Insgesamt ist diese Rezension eine breit angelegte, fundierte Würdigung voller Geist und von hohem Einfühlungsvermögen, über die sich Goethe gegenüber seinem Herzog lobend geäußert hat. Und Körner vermerkt respektvoll: Strenge mit Achtung, ohne affektierte Schmeichelei.

Eine andere Besprechung ist der Autobiographie Goldonis gewidmet. Merkwürdige Menschen, tote und lebende, sind für Schiller von unerschöpflichem Interesse. Zumal in Briefen an Körner entwirft er die anschaulichsten Charakterbilder. So über den Minister Kettelhodt, den eigentlichen Regenten von Schwarzburg-Rudolstadt: »Eine groteske Species von Menschen, und eine monströse Composition von Geschäftsmann, Gelehrten, Landjunker, Galanthomme und Antike. Als Geschäftmann [d.h. in seinen Dienstgeschäften, Anmerkung des Verf.] soll er vortrefflich seyn und dabey tragen wie ein Esel; sein größter Anspruch geht aber auf gelehrte Wichtigkeit. Er hat eine Bibliothek angelegt, die für einen Particulier erstaunlich groß... Die Bibliothek würde ich übrigens, wärs auch nur um in dem alten Schutt der Romane und Memoires ein Goldkörnchen auszuwühlen, fleißig besuchen, wenn der Wirth zu vermeiden wäre. Aber zum Unglück ist er äußerst eitel, besonders auf gelehrte oder gar auf berühmte Bekanntschaften, und man wird ihn nicht los. Nachdem er in Erfahrung gebracht hat, daß ich seine Bibliothek gelobt habe mußte ich ein Souper bey ihm aushalten, und er ließ meinen Burschen von der Gasse auffangen, mich nach Volkstädt mit Wein zu regalieren.« *Auch* ein Rückblick auf die Rudolstädter Gesellschaft.

Die poetische Frucht dieses Sommers: das Gedicht *Der Künstler:*

Wie schön, o Mensch, mit deinem Palmenzweige
Stehst du an des Jahrhunderts Neige,
In edler stolzer Männlichkeit,
Mit aufgeschloßnem Sinn, mit Geistesfülle,
Voll milden Ernsts, in tatenreicher Stille,
Der reifste Sohn der Zeit,
Frei durch Vernunft, stark durch Gesetze,
Durch Sanftmut gross, und reich durch Schätze...

So, in einer Art von epochaler Selbstgefälligkeit, hebt das Lehrgedicht an, das weit schweifend, auf mehr als fünfhundert Zeilen vom Ursprung und Aufstieg der Künste in der Menschheitsgeschichte handelt. In einer langen Reihe schöner Bilder wird bis zur Ermüdung doziert. Es ist unverkennbar, daß der Dichter damals den Umgang mit bildungshungrigen, bewundernden und geduldigen Frauen gewöhnt war. Erst gegen das Ende fließen ihm Zeilen in die Feder wie diese:

Der Menschheit Würde ist in eure Hand gegeben,
Bewahret sie!
Sie sinkt mit euch! Mit euch wird sie sich heben!

Und: Erhebet euch mit kühnem Flügel
Hoch über euren Zeitenlauf;
Fern dämmre schon in eurem Spiegel
Das kommende Jahrhundert auf.

Schiller hat das Gedicht wiederholt umgearbeitet.

»Mein Abzug aus Rudolstadt ist mir in der That schwer geworden, ich habe dort viele schöne Tage gelebt und ein sehr werthes Band der Freundschaft gestiftet. Bei einem geistvollen Umgang, der nicht ganz frey ist von einer gewißen schwärmerischen Ansicht der Welt und des Lebens so wie ich sie liebe, fand ich dort Herzlichkeit, Feinheit und Delikateße, Freiheit von Vorurtheilen und sehr viel Sinn für das, was *mir* theuer ist. Dabey genoß ich einer unumschränkten innern Freiheit meines Wesens und die höchste

Zwanglosigkeit im äußerlichen Umgang und Du weißt, wie wohl einem bei Menschen ist, denen die Freiheit des andern heilig ist. Dazu kommt, daß ich wirklich fühle, *gegeben* und in gewissem Betrachte wohlthätig auf diese Menschen gewirkt zu haben. Mein Herz ist ganz frey, Dir zum Troste.« So schreibt Schiller, eben nach Weimar zurückgekehrt, an Körner (13. November). Was den letzten zitierten Satz betrifft, so darf man jedenfalls glauben, daß er noch keine feste Heiratsabsicht gehegt hat.

Der Brief an Körner behandelt dann Wielands liebe Not mit dem *Teutschen Merkur*. – Schillers Mitarbeit an literarischen Zeitschriften und seine wechselnden Pläne für ein weitergehendes Engagement für die eine oder andere – das ist ein schwer zu überblickendes Feld. Seine eigene Schöpfung war die *Thalia,* deren Anfänge in die Mannheimer Zeit zurückreichen. Im Mai 1788 war das fünfte Heft erschienen; das sechste Heft kam erst im März 1789, dicht gefolgt vom siebten. Als Schiller in Volkstädt war, hatte Körner brieflich Pläne für ein neues Journal ausgeheckt, das gleichfalls bei Göschen erscheinen (und die *Thalia* ablösen?) sollte. Schiller geht in seinem Antwortschreiben vom 12. Juni ausführlich darauf ein. »Für die Grundlage eines Journals, das man in viele Hände bringen will ist Dein Plan offenbar zu ernsthaft, zu solid – wie soll ich sagen? – zu edel. Betrachte alle Journale, die Glück gemacht haben, und sieh nach, wodurch sies gemacht haben... Giengen wir also von Deiner Idee aus, so müßten wir es uns ja nicht anmerken lassen.« Er geht sehr gesprächig darauf ein, was man bringen, wen man dafür gewinnen könne, um dann die Sache mit einer skeptischen Wende abzuschließen – Körner könne doch seine Sachen ebensogut in der *Thalia* bringen. Und auch mit Wielands *Teutschem Merkur* wolle er, Schiller, nicht brechen, »ich weiss warum«.

In der Tat hat Schiller von seinem Sommersitz aus dem *Teutschen Merkur* wichtige Beiträge zukommen lassen, die Goldoni-Rezension, die Briefe über *Don Carlos, Die Götter Griechenlands.* Neben der eigenen *Thalia,* neben Wielands *Merkur* wird auch die Jenaer *Allgemeine Literatur-Zeitung* bedacht. Dort erscheint u.a. die bedeutsame *Egmont*-Rezension. – Als Schiller nach Weimar zurückkehrt, bedrängt ihn der alte Wieland mit Vorschlägen, die auf ein Mitredigieren am *Teutschen Merkur* hinauslaufen; ein großzügiger Vorschuß soll die Sache schmackhafter machen. Schiller an Körner: »Bei meiner Zurückkunft habe ich den armen Merkur in Todesnöthen gefunden. Das Feuer brennt Wielanden auf den Nägeln, und er fängt an, mich sehr nöthig zu brauchen. Wenn ich mich nicht entscheidend für den Merkur mit ihm verbinde, so wird er wohl aufhören. Er hat mir über das Mercantilische ein offenherziges Geständniss abgelegt...« Schiller macht dann eine große Rechnung über Soll und Haben der Zeitschrift auf, scheinbar präzis durchdacht und am Ende so vorteilhaft, daß Körner nicht anders annehmen kann, als daß sein Freund sich diesem Journal verschreiben und darauf seine Existenz gründen will... Aber die Dinge nehmen einen anderen Verlauf.

Während Schiller in einer Periode brennender Arbeitswut steckt – Übersetzung aus Euripides, Fortsetzung des *Geisterseher,* Abschluß der Briefe über *Don Carlos* – wird er von Regierungsrat Voigt, der im Weimarischen für das Hochschulwesen zuständig ist, ins Gespräch gezogen: wie er über eine Professur für Geschichte an der Universität Jena dächte? Das war am 9. Dezember. Auf Schillers Zusage, mehr verblüfft als begeistert gegeben, verfaßt Goethe in seiner Eigenschaft als Minister ein Promemoria an das Geheime Consilium, in dem, nach Zustimmung der Herzöge von Weimar und Gotha, Schiller für die Jenenser Professur vorgeschlagen wird. Die Universität Jena stand auf dem Boden des Herzogtums Sachsen-Weimar, war aber Landesuniversität zugleich für Sachsen-Gotha, Sachsen-Coburg und Sachsen-Meiningen. An diese drei Höfe (der von Gotha hatte seine Zustimmung schon mündlich gegeben) gehen nun die entsprechenden Ersuchen, die der Reihe nach bewilligt werden. Am 15. Dezember macht Schiller eine Visite bei Goethe, der die Sache so energisch betreibt. Es ist keine überschwengliche Dankesbekundung, sondern eher das Eingeständnis, daß er diesem Vertrauensbeweis betreten gegenüber stehe, voller Zweifel am eigenen Wissensfundament. Goethe tröstet: docendo discitur (lehrend lernt man). Die Sache nimmt ihren Lauf. Hanebüchene Gebühren müssen in Kauf genommen oder vielmehr bezahlt werden (60 Thaler). Am 21. Januar 1789 erfolgt die förmliche Ernennung zum Professor. Am 30. April schließlich erhält er sein Doktordiplom und leistet den Magister-Eid. Die ganzen Formalitäten wurden in ziemlicher Geschwindigkeit abgewickelt, ein Wohlwollen ist unverkennbar, zu dem Goethe stark beigetragen hat.

Schillers Empfindungen und Gedanken in dieser verblüffenden Wende seiner Existenz spiegeln sich in seinen Briefen. Ein Schreiben an Körner vom 15. Dezember verrät geradezu Panik. »Du wirst in zwei oder drei Monaten aller Wahrscheinlichkeit nach die Nachricht erhalten, daß ich Professor der Geschichte in Jena geworden bin; es ist fast so gut als richtig... Man hat mich hier übertölpelt, Voigt vorzüglich, der es sehr warm beförderte. Meine Idee war es fast immer; aber ich wollte wenigstens ein oder einige Jahre zu meiner bessern Vorbereitung noch verstreichen lassen... So stehen die Sachen. Ich bin in dem schrecklichsten Drang, wie ich neben den vielen, vielen Arbeiten, die mir den Winter bevorstehen und des Geldes wegen höchst notwendig sind, nur eine flüchtige Vorbereitung machen kann. Rat mir. Hilf mir. Ich wollte mich prügeln lassen, wenn ich Dich auf vierundzwanzig Stunden hier haben könnte...«

Körner antwortet postwendend. »Freilich hätte ich auch diesen Vorfall ein paar Jahre später gewünscht. Indessen kommt es darauf an, ob man Dir jetzt eine *beträchtliche* Besoldung ausmacht, die Dich wenigstens für einen Teil Deiner Bedürfnisse sichert. Abhängig bist Du doch auch jetzt vom Buchhändler, um Geld zu verdienen, und es fragt sich bloß, ob die neue Abhängigkeit beschwerlicher ist. Würdest Du für ein paar Stunden Vorlesungen gut bezahlt, so bliebe Dir vielleicht mehr Zeit zum Studium und zu besseren Arbeiten übrig, als bei Deiner jetzigen Lebensart. Was die Notwendigkeit einer Vorbereitung betrifft, so bist Du, glaube ich, zu ängstlich. Du hast ein historisches Werk geliefert, das Dich so gut als jeden anderen berechtigt, ohne Scheu aufs historische Katheder zu treten. Das Feld der Geschichte ist so weitläufig, daß man Dir nicht zumuten kann, in allen Teilen derselben gleich bewandert zu sein.« Körner empfiehlt Zähigkeit in den Besoldungsforderungen. Bemerkt aber auch: »Mich freut's doch, daß Goethe sich so lebhaft für Dich interessiert.« – Vielleicht kann man aus diesen Freundesbriefen schließen, daß die deutsche Ehrfurcht vor akademischen Lehrstühlen ein Gewächs aus dem 19. Jahrhundert ist, jedenfalls vorher nicht allgemein verbreitet war.

In der Korrespondenz mit den Schwestern in Rudolstadt, die Schiller trotz aller Arbeitsbelastung liebevoll pflegt, ist zunächst von dieser Angelegenheit nicht die Rede. Am 23. Dezember heißt es dann in einem an Karoline und Lotte gerichteten Brief: »Aber eine Nachricht von mir kann und muß ich Ihnen doch geben, weil sie leider eine meiner schönsten Hoffnungen für eine Zeitlang zugrund richten wird. Es ist beinahe schon richtig, daß ich als Professor der Geschichte künftiges Frühjahr nach Jena gehe. So sehr es im Ganzen mit meinen Wünschen übereinstimmt, so wenig bin ich von der Geschwindigkeit erbaut, womit es betrieben wird; aber der Abgang Eichhorns machte es in mehrerem Betracht notwendig. Ich selbst habe mich aber *übertölpeln* lassen, und jetzt, da es zu spät ist, möchte ich gerne zurücktreten... Also die schönen paar Jahre von Unabhängigkeit, die ich mir träumte, sind dahin, mein schöner künftiger Sommer in Rudolstadt ist auch fort; und dies alles soll mir ein heilloser Katheder ersetzen! Das beste an dieser Sache ist doch immer die Nachbarschaft mit Ihnen.«

Der Briefwechsel Schiller-Lotte-Karoline »nach Volkstädt« ist überhaupt innerhalb des unermeßlichen Bereichs der Schiller-Korrespondenz ein besonders reizvolles Kapitel. Hier haben wir die Fortsetzung eines durch ein halbes Jahr gepflogenen vertrauten Gesprächs zu dritt. Deutlich spiegeln sich die verschiedenen Charaktere der Schwestern. Karolines Briefe haben einen schwärmerischen Ton. Sie war eine geistvolle und leidenschaftliche Frau, beschattet und gebunden durch eine verfehlte Ehe, voll Drang, sich dem Freunde mitzuteilen. »Es ist mir ein eigener Zustand, in den die Disharmonie fremder menschlicher Naturen mein Wesen bis zum schmerzlichen rührt, eigentlich mit Krankheit verbunden, und ich hoffe, ich soll es wieder los werden. Ich rede viel von mir, aber ich lasse Sie gern in meine Seele blicken« (Mittwoch früh, 10. Dezember). Karoline ist wie der Abend und Lotte wie der Morgen. Beide Schwestern berichten gern von ihrer Lektüre, und hierin zeigt sich Lotte der geistvollen Schwester ebenbürtig, in der Empfänglichkeit wie im Urteil.

Aus Schillers Briefen spricht eine tiefe Verbundenheit mit den Schwestern, ungekünstelte Teilnahme an allem, was um sie vorgeht, und seien es die Zahnschmerzen der chère mère. Er vertraut ihnen vieles an auf diesen Blättern, bemerkt aber auch einmal sehr fein: »Fließt auch zuweilen etwas Melancholisches in meine Briefe mit ein, so müssen Sie denken, daß diese Laune vorbei ist, wenn Sie den Brief erhalten.« Im Dezember war es ungewöhnlich kalt. Obwohl Schiller in Weimar keine behagliche Häuslichkeit genoß, finden wir in jenen Winterwochen Bemerkungen in seinen Briefen, die eine »Hieronymus im Gehäus-Stimmung« atmen – im kleinsten Raum sitzen und sich im Geist in der großen Welt tummeln. »Mir macht dieses winterliche Wetter mein Zimmer und meinen stillen Fleiß desto lieber und leichter...« Es kann sein, daß ihn die Flut produktiver Arbeit in einen Rausch höherer Art versetzt hat, auch ohne die Stimulantia, derer er sich so oft bedient hat. (Ein Hinweis darauf in einem Brief an Lotte: Ich habe jetzt auch eine Kaffeemaschine, die aber, ich muß es zu meinem Lobe sagen, sehr mäßig gebraucht wird.) In der Korrespondenz zwischen den dreien, wie sie sich den Winter hindurchzieht, tröstet man sich gegenseitig damit, daß Jena und Rudolstadt nicht weit voneinander liegen, daß man sich häufig sehen wird, »wenn nämlich der ernsthafte Herr Professor sich noch zu uns herunterlassen will«, wie Lotte einmal sagt. Und beide stellen ihm vor, daß er neben seinen Kollegpflichten genug Zeit für Besseres finden werde – was Schiller durchaus nicht gelten lassen will; mehr als tausend geist- und herzlose alte Schriften werde er durchwühlen müssen, um ein rechter Professor zu werden.

In Schillers Briefen in der Zeit, als er schon einen Fuß im Steigbügel hatte, um der ungeliebten Professur entgegenzutraben, klingt etwas an, was in seinem Leben, Denken und Empfinden so selten zu vernehmen ist: das Interesse des Historikers für eine zeitgenössische Gestalt. Friedrich II. von Preußen war im Sommer des Jahres 1786 gestorben. Schiller weilte damals in Dresden, wo man wenig Ursache hatte, des feindnachbarlichen Kriegshelden in Ergriffenheit zu gedenken. Aber »Friedrich der Einzige«, wie er von den Zeitgenossen genannt wurde, war die große Gestalt in Schillers jungen Jahren, nach ihm ist er Friedrich getauft und Fritz gerufen worden. Es wird noch die Rede davon sein, wie Schiller, dieser Historiker aus Leidenschaft, in einer seltsamen Distanz zu den gewaltigen Ereignissen und den großen Gestalten seiner eigenen Zeit gelebt hat. Sein Interesse für Friedrich, auf dem Weg der Lektüre, ist eine Ausnahme und nicht von Dauer. Ausgelöst wurde es möglicherweise von Lotte, die durch ihren Schwager mit den posthum erschienenen Schriften des Königs bekanntgemacht wurde und in einem langen Brief vom 15. Januar den Freund davon unterrichtet. In einem Antwortschreiben geht er auf das Thema ein und würdigt klug und kritisch des Königs *Histoire de mon temps*. Auch hier zeigt sich Schillers vornehme Haltung gegenüber der gegnerischen Partei (die Körner ihm bei der *Geschichte vom Abfall der Niederlande* geradezu zum Vorwurf macht): »Die Rolle, die er seine Maria Theresia spielen läßt, ist fein angelegt, aber nicht ohne Bosheit« – ungeachtet solcher nobelkritischer Distanz nennt er die Memoiren Friedrichs »das einzige stärkende Buch, das ich unterdessen gelesen habe.«

Das Thema Friedrich taucht auch in der Korrespondenz mit Körner auf, der ihn anregt, eine »Fridericiade« zu verfassen. Schiller, nicht abgeneigt: »Ein episches Gedicht im achtzehnten Jahrhundert muss ein ganz anderes Ding sein, als eins in der Kindheit der Welt; und eben das ist's, was mich an dieser Idee so anzieht – unsere Sitten, der feinste Duft unserer Philosophie, unsere Verfassungen, Häuslichkeit, Künste... Auch über die Epoche aus seinem Leben, die ich wählen würde, habe ich nachgedacht. Ich hätte gern eine unglückliche Situation, welche seinen Geist unendlich poetischer entwickeln läßt. Die Schlacht bei Kollin und der vorhergehende

Sieg bei Prag z.B....« Man muß vielleicht daran denken, daß Schillers nunmehriger Landesherr stark nach Potsdam orientiert war und eine Kommandostelle in der preußischen Armee innehatte – aber wie dem auch sei, Schillers Epos von Friedrich dem Großen ist nie geschrieben worden.

Indes Schiller sich auf seine neue Existenz vorbereitet, gibt es in dem stillen Lengefeldschen Haus eine aufregende Veränderung: die chère mère wird zur Erziehung der Töchter des Erbprinzen berufen, die bisher damit befaßte böse Person ist entlassen worden. Schiller reagiert auf diese große Neuigkeit etwas sarkastisch: »Ich bewundere den herkulischen Mut, womit die Chère Mère sich der sauersten Arbeit unter der Sonne unterziehen will. Das Wagestück ist groß, und die ganze hochfürstliche Familie sollte in Prozession im Hemde und Wachskerzen in der Hand eine ganze kalte Winternacht lang vor ihrem Fenster ein Kirchenlied dafür singen...«, um dann in respektvollerem Ton die neue Lage der Familie zu würdigen. Dutzende von Briefen gehen in den nächsten Monaten zwischen den dreien hin und her.

»Nur keine Hypochondrie – und alles wird gut gehen« mahnt Freund Körner im Hinblick auf die nun bevorstehende Änderung. Im Spätwinter sieht Schiller sich wiederholt in Jena um, macht sich mit dem Clubleben der Professoren bekannt, kümmert sich um eine Wohnung, und zwar um ein Logis ohne eigenes Auditorium (derlei gab es). Bei der Wohnungssuche ist ihm das Ehepaar Schütz behilflich; Schütz, Professor der Beredsamkeit und Dichtkunst, Herausgeber der *Allgemeinen Literatur-Zeitung,* die von Schiller nicht vernachlässigt worden war. Man einigt sich auf ein Quartier Jenergasse 26 in der »Schrammei«, einem stattlichen Hause, in dem die Schwestern Schramm Wohnungen vermieteten und einen Mittagstisch unterhielten. Am 11. Mai 1789 zieht Schiller nach Jena.

III. JAHRE DES REIFENS

Die Professur

Anders als Leipzig stand die Universität Jena noch nicht im Geruch besonderer Gelehrsamkeit und schon gar nicht verfeinerter studentischer Sitten.

Zwar hatten sich die blutig rüden Bräuche, die noch in der ersten Hälfte des Jahrhunderts gerade hier geherrscht hatten, ein wenig gemildert. Die *Vossische Zeitung* ließ sich 1765 sogar aus Jena berichten: »In unsern gesitteten Zeiten wird auch der hiesigen Universität der Ruhm nicht abgesprochen werden können, daß solche immer gesitteter werde.« Es waren nämlich damals die militanten Landsmannschaften ganz friedlich aufgelöst worden – aber in kürzester Frist lebten sie wieder auf. Magister Laukhard, der das Studentenleben jener Zeit gekannt hat wie kaum ein anderer, schildert anno 1776 die Burschen dort:

»Der Ton der Jenenser behagte mir sehr; er war bloß durch mehrere Roheit von dem der Gießener unterschieden. Der Jenenser kannte – wenigstens damals – keine Komplimente; feine Sitten hießen Petimäterei, und ein derber Ton gehörte zum rechten Komment. Dabei war der Jenenser nicht beleidigend grob oder impertinent; vielmehr zeigte sich viel Trauliches und Dienstfertiges in seinem Betragen. Ich habe hernach den viel feineren Ton in Göttingen und den superfeinen Leipziger kennen gelernt; da lobe ich mir denn doch meinen jenischen... Man hatte mir schon gesagt, daß Schlägereien in Jena häufig vorfielen, und in der Tat fand ich, daß es gar leicht war, in Händel zu geraten. Sie wurden zwar mit dem Degen ausgemacht; da aber immer für gute Sekundanten gesorgt wurde, so waren die Balgereien selten gefährlich... Meine Freunde suchten mir den Aufenthalt so angenehm zu machen als sie vermochten. Die Dörfer Ammerbach, Lichtenhain, Löbstadt, Ziegenhain, wie auch die Mühlen, hab ich in ihrer Gesellschaft fleißig besucht, auch in der Oelmühle bei einer Bataille mit den Knoten derbe Kopfnüsse davongetragen. Auf der Schneidemühle und in Wenigenjena habe ich einige unsaubere Nymphen angetroffen, welche den Beutel, die Gesundheit und die Sitten der Jünglinge so schändlich verwüsten...«

War es anders, als Schiller hier Professor wurde? Drei Jahre nach Schillers Berufung trifft Heinrich Steffens in Jena ein, ein Norweger, später ein bedeutender Vertreter der romantischen Naturwissenschaft, mit Goethe und Schiller gut bekannt. Als hoffnungsvoller Zwanzigjähriger zieht er in seinen neuen Musensitz ein:

»Wir waren in dem Schwarzen Bären abgestiegen, und schon am ersten Abend unserer Ankunft sollte ich mit meinem Freunde einen Auftritt erleben, welcher uns an die noch damals herrschende Roheit der Studenten erinnerte. – Ich fand in dem Gasthofe meinen Freund, der schon einige Tage früher angekommen war. Er beklagte sich vorzüglich über das schlechte Essen, welches in der Tat für den Nordländer, der an kräftige und nahrhafte Speisen gewohnt war, abschreckend genannt werden konnte. Wir unterhielten uns, da wir einige Zeit getrennt gewesen waren, lebhaft; ein jeder hatte dem andern genug zu erzählen. Es ward dunkel, ich blickte in die mir fremde Gegend hinaus, und ein unruhige Ahnung von dem, was ich hier innerlich und äußerlich erleben konnte, durchschauerte meine Seele. Da hörten wir in der Ferne ein lautes Getümmel, schreiende Stimmen von mehreren Menschen; sie wälzten sich dem Gasthofe immer näher, wurden immer lauter. Man hatte uns kurz vorher Licht gebracht, und als die laute Menschenmasse sich näherte, stürzte der Kellner herein, um uns warnend zu bedeuten, daß wir die Lichter auslöschen möchten. Wir fragten neugierig, warum? und was die schreiende Menge wolle. Daß es Studenten waren, vermuteten wir freilich. Der Kellner erzählte uns nun, daß die Studenten dem damaligen Prorektor, Professor A., mit dem sie unzufrieden waren – ich weiß nicht warum, – ein Pereat bringen wollten. Das Geschrei von einigen hundert Studenten ward nun immer vernehmlicher. Licht aus! wurde gerufen, und wir hörten einzelne Fensterscheiben klirren, wenn der Warnung nicht schnell genug Folge geleistet wurde. Ich gestehe, daß dieses Ereignis... mich sehr trübe stimmte. Das war es nun freilich nicht, was mich nach Jena hingezogen hatte.«

Bei seinem ersten Besuch in Jena, August 1787, war Schiller das selbstbewußte Auftreten der Studenten aufgefallen. »Daß die Studenten hier was gelten, zeigt einem der erste Anblick, und wenn man sogar die Augen zumachte, könnte man unterscheiden, daß man unter Studenten geht, denn sie wandeln mit Schritten eines Niebesiegten...« (An Körner)

Vor diesen Jünglingen hält Schiller am 26. Mai 1789, abends 6 Uhr, seine Antrittsvorlesung, und sie kommen in Haufen – der Dichter der *Räuber* auf dem Katheder, das will sich keiner entgehen lassen. Der vorgesehene Hörsaal erweist sich als zu eng. Schiller berichtet Körner: »Halb sechs war das Auditorium voll. Ich sah aus Reinholds Fenster Trupp auf Trupp die Straße heraufkommen, welches gar kein Ende nehmen wollte. Ob ich gleich nicht ganz frei von Furcht war, so hatte ich doch an der wachsenden Anzahl Vergnügen, und mein Mut nahm eher zu. Überhaupt hatte ich mich mit einer gewissen Festigkeit gestählt, wozu die Idee, daß meine Vorlesung mit keiner andern, die auf irgendeinem Katheder in Jena gehalten worden, die Vergleichung zu scheuen brauchen würde, und überhaupt die Idee, von allen, die mich hören, als der Überlegene anerkannt zu werden, nicht wenig beitrug. Aber die Menge wuchs nach und nach so, daß Vorsaal, Flur und Treppe voll gedrängt waren und ganze Haufen wieder gingen.« Man entschließt sich zur Verlegung in den größten Hörsaal, den Griesbach'schen. »Nun gabs das lustigste Schauspiel. Alles stürzte hinaus und in einem hellen Zug die Johannisstraße hinunter, die, eine der längsten in Jena, von Studenten ganz besät war. Weil sie liefen was sie konnten, um in Griesbachs Auditorium einen guten Platz zu bekommen, so kam die Straße in Alarm und alles in den Fenstern in Bewegung. Man glaubte anfangs, es wäre Feuerlärm, und am Schloß kam die Wache in Bewegung. Was ists denn? was gibts denn? hieß es überall. Da rief man denn: Der neue Professor wird lesen!«

Er schildert dann, wie er durch eine Allee von Zuschauern und Zuhörern sich seinen Weg zum Katheder bahnt. Für sein physisches Befinden oder Empfinden bezeichnend die Bemerkung: »So schwül der Saal war, so erträglich wars am Katheder, wo alle Fenster offen waren, und ich hatte doch frischen Odem.« Und: »Mit den zehn ersten Worten, die ich selbst noch fest aussprechen konnte, war ich im ganzen Besitz meiner Kontenance, und ich las mit einer Stärke und Sicherheit der Stimme, die mich selbst überraschte.« Später dann vor seiner Wohnung eine Nachtmusik und Vivat-Rufen. Ein guter Anfang.

Aber nicht der Start zu einem beständigen akademischen Höhenfluge. Sein schlechter Vortrag war ein Hemmschuh für den neuen Professor, und die Zahl seiner Hörer ging stark zurück, nachdem sich die Neugierigen verlaufen hatten. Ein preußischer Schulmann, der in dienstlichem Auftrag mehrere Hochschulen besuchte, ein gewisser Gedicke, war bei der Antrittsvorlesung dabei und hat notiert: »Auch erst ganz neuerlich ist der bekannte theatralische Dichter Schiller hier als Professor angestellt worden und hat gleich in diesem ersten halben Jahr einen ganz außerordentlichen Beifall gefunden. Er mußte in dem größten hiesigen Auditorium lesen, und doch hatten die Zuhörer nicht Raum. Noch bei meinem Aufenthalt hatte er in seiner Einleitung in die Universalgeschichte an 400 Zuhörer. Ich gestehe indessen, daß es mir schwer ward, die Ursachen seines übergroßen Beifalls zu finden. Er las alles Wort vor Wort ab, in einem pathetischen, deklamatorischen Ton, der aber häufig zu den simpeln historischen factis und geographischen Notizen, die er vorzutragen hatte, gar nicht paßte. Überhaupt aber war die ganze Vorlesung mehr Rede als unterrichtender Vortrag. Der Reiz der Neuheit und die Begierde, einen berühmten theatralischen Dichter nun auf dem Katheder in einer ganz neuen Situation zu sehen, mochte wohl am meisten den Zusammenfluß so vieler Zuhörer bewirkt haben, zumal da nichts für das Kollegium bezahlt ward...« Gedicke hat Schiller auch näher kennengelernt. »Im Umgange ist Schiller recht sehr angenehm, obgleich sein Äußeres zurückschreckend scheinen kann.«

Das Thema der Antrittsvorlesung lautete: »Warum und zu welchem Ende studiert man Universalgeschichte?« Schiller begann mit den Worten: »Erfreuend und ehrenvoll ist mir der Auftrag, an Ihrer Seite künftig ein Feld zu durchwandern, das dem denkenden Betrachter so viele Gegenstände des Unterrichts, dem tätigen Weltmann so herrliche Muster zur Nachahmung, dem Philosophen so wichtige Aufschlüsse und jedem ohne Unterschied so reiche Quellen des edelsten Vergnügens eröffnet – das große weite Feld der allgemeinen Geschichte. Der Anblick so vieler vortrefflicher junger Männer, die eine edle Wißbegierde um mich her versammelt und in deren Mitte schon manches wirksame Genie für das kommende Zeitalter aufblüht, macht mir meine Pflicht zum Vergnügen, läßt mich aber auch die Strenge und Wichtigkeit derselben in ihrem ganzen Umfang empfinden.« Das Thema ist anschaulich und lebensnah behandelt. »Anders ist der Studienplan, den sich der Brotgelehrte, anders derjenige, den der philosophische Kopf sich vorzeichnet« – das ewige Dilemma der Studierenden wird hier angesprochen.

Dann wendet sich Schiller dem eigentlichen Gegenstand zu. Er spricht von den Entdeckungen der europäischen Seefahrer, ihren Erfahrungen mit den »Wilden« (wobei Schiller an den Begegnungen mit fremden Hochkulturen, der Chinesen, der Inka, der Azteken vorbeisieht), malt das Bild eines schauderhaften Zustands von Angst und gesetzloser Freiheit – um dann mit einer Wendung zu sagen: »So waren *wir*. Nicht viel besser fanden uns Caesar und Tacitus vor achtzehnhundert Jahren.« Diese achtzehnhundert Jahre werden in einer sehr fortschrittsgläubigen Weise überflogen. Merkwürdig berührt Schillers hohes Lied auf seine Gegenwart – und wie wirs denn am End so herrlich weit gebracht. Selbst das blutarme römisch-deutsche Kaisertum wird mit einem freundlichen Wort bedacht: »Das Schattenbild des römischen Imperators, das sich diesseits der Apenninen erhalten, leistet der Welt jetzt unendlich mehr Gutes als sein schreckhaftes Urbild im alten Rom – denn es hält ein nützliches Staatssystem durch Eintracht zusammen.« Er rühmt den damaligen Zustand Europas mit Worten, die uns heute, einige Zuversicht vorausgesetzt, auf unsere Zeit zu passen scheinen: »Den Frieden hütet jetzt ein ewig geharnischter Krieg, und die Selbstliebe eines Staats setzt ihn zum Wächter über den Wohlstand des andern. Die europäische Staatengesellschaft scheint in eine große Familie verwandelt. Die Hausgenossen können einander anfeinden, aber hoffentlich nicht mehr zerfleischen.« (Akkurat sieben Wochen, nachdem dieser Zustand von dem neuen Professor in Jena gemalt worden ist, brach die Französische Revolution aus, die in ein kriegerisches Zeitalter einmündete, das erst zehn Jahre nach Schillers Tod enden sollte.)

In der Vorlesung folgten dann eine Reihe bildkräftiger Beispiele aus der Weltgeschichte, Bemerkungen über die Quellen und endlich eine treuherzige Empfehlung dieses Studiums, das dem Verstande Licht und dem Herzen eine wohltätige Begeisterung bringe. Dann noch einmal eine Apotheose des eigenen gegenwärtigen Zeitalters: »Unser menschliches Jahrhundert herbeizuführen, haben sich – ohne es zu wissen oder zu erzielen – alle vorhergehenden Zeitalter angestrengt.«

Jena war ein angenehmer Ort, »in einer anmutigen Gegend, aber mit hohen Bergen umgeben«, wie ein altes Lexikon (1735) berichtet, das die schöne steinerne Brücke ebenso rühmend erwähnt wie die trefflichen Kräuter, die auf den Bergen dort wuchsen. Jena hat auf viele Gemüter einen starken Reiz ausgeübt, durch die Schönheit seiner Landschaft wie durch die ungenierte Art, wie man dort lebte. Ernestine Voß schrieb an Boie: »Man kann schwerlich einen Ort finden, wo ein jeder so ganz leben kann wie er will, als Jena.«

Schiller ist gern dort gewesen; die Stadt hat ihm auf den ersten Blick gefallen. Am 30. Mai 1789 schreibt er an Karoline und Lotte: »Übrigens führe ich ein behaglicheres Leben in Jena als in Weimar oder sonst irgendwo, wo ich mich häuslich niedergelassen habe. Ich schöpfe Vergnügen aus dem Gedanken, daß ich hier zu Hause bin, und hänge auch mehr mit der Welt zusammen, die mich umgibt, weil ich hier zu einem Ganzen gehöre. Jeder Besuch von jungen Leuten oder Professoren, jede andere Angelegenheit, in die ich dadurch verwickelt werde, bringt diesen Gedanken zurück und erneuert dieses für mich neue Vergnügen.«

Seine ersten drei Vorlesungen hatten gewaltigen Zulauf, es drängten sich bis zu fünfhundert Hörer in dem und um den Griesbachschen Hörsaal; das dürfte weit mehr als die Hälfte aller Studenten aus sämtlichen Fakultäten gewesen sein. Die vierte Vorlesung mußte eines Katarrhs halber abgesagt werden. Zu Massenversammlungen unter Schillers Katheder ist es dann nicht mehr gekommen. Manche seiner späteren Vorlesungen, in die immer öfter Krankheiten Lücken rissen, hatten kaum drei Dutzend Zuhörer. In seinem ersten Semester las Schiller nach der Einführung über die frühen Gesetzgeber, Moses, Lykurg und Solon. Seine Hörer spürten die Kraft und das Feuer seiner Gedanken. »Indessen (nach einem Zeugen von Hörensagen, einem gewissen Franz Horn, der aber glaubwürdig ist) war dabei auch eine Schattenseite, der Vortrag verweilte zu sehr im Pathetischen, die Deklamation war vorherrschend und nicht geeignet, die Lückenhaftigkeit der Kenntnisse des Redners zu verhüllen. Man sah überall, daß selbst das Beste, was er vorgetragen hatte, erst seit kurzem, vielleicht seit gestern erst erworben war.« Der Professor hätte, was die Eile der Vorbereitung und die Wissenslücken betrifft, dieser Meinung nicht widersprochen. Mitte September war Semesterschluß.

Heiratspläne, später der Ehestand – das nächste Kapitel wird von dieser Lebenswende handeln – waren ein Grund mehr, weshalb für Schiller neben den akademischen Pflichten der Zwang zum Geldverdienen härter wurde. Die Professur war ja einstweilen unbesoldet, was bei Schiller, entgegen dem behaglichen Gefühl, endlich »zu einem Ganzen zu gehören«, die Bereitschaft zur Änderung wachhielt. Im Oktober hat er den Antrag, bei einem in Frankfurt am Main zu gründenden Lyceum Professor für philosophische und schöne Wissenschaften zu werden, zwar abgelehnt. Dagegen hat er sich beim Koadjutor Karl von Dalberg, späterem Erzbischof von Mainz, der meistens im nahen Erfurt residierte, um eine Anstellung vergeblich bemüht. Schiller verblieb also unter dem doppelten Druck, eine Besoldung seiner Professur zu erkämpfen, was natürlich einschloß, daß er sich dieser Aufgabe weiterhin ernsthaft widmete – und dem Bestreben, als Schriftsteller tätig zu sein und seine Erzeugnisse so teuer wie möglich zu verkaufen. Das Nächstliegende, das er nicht übersah, war, seine Vorlesungen drucken zu lassen und so in den Handel zu bringen.

Da war, als eine Quelle von Einkünften, die *Thalia*, deren siebentes Heft im Mai 1789 erschien, mit einer Fortsetzung des *Geistersehers*. Das achte Heft kam erst im Herbst, mit drei Beiträgen aus Schillers Feder: eine Übersetzung aus Euripides, einem

Egmont-Aufsatz und einer weiteren Fortsetzung des *Geistersehers*. Das neunte Heft, Januar 1790, von Huber redigiert, enthielt nichts von Schiller. Im zehnten Heft, Spätsommer 1790, findet sich Schillers Vorlesung über die Gesetzgebung Mosis abgedruckt. Die Antrittsvorlesung erschien, allerdings umgearbeitet, im *Teutschen Merkur*. – Ein neues Projekt, ebenfalls periodisch, war eine *Sammlung historischer Memoiren*, verlegt von einem gewissen Mauke. Schiller arbeitete mit einer fast wütenden Energie daran, stellte aber auch massive Forderungen. Mauke am 9. Januar 1790 an Bertuch: »Gestern war ich bei dem Hr. Prof. Schiller, denn er schickte mir ein Billet und verlangte Geld auf den 2. Band; ich habe ihm wieder, wie beiliegende Quittung zeiget, 51 Thlr. bezahlt und er wünscht bald wieder soviel... Überhaupt merk ich, daß der Hr. Prof. vieles Geld braucht. Er that mir auch zugleich einen neuen Vorschlag, nämlich er will seine ganze Abhandlung über seine Vorlesungen herausgeben, welche bereits im Mskr. schon fertig liegen, doch aber unter ½ Jahr noch nicht könnten gedruckt werden. Da verlangt er aber gleich die Hälfte des Honorars im Voraus und er will mir das Mspt. zum Unterpfande geben.«

Ein anderes Projekt war ein *Historischer Kalender für Damen*, das er mit dem bewährten Freund Göschen betrieb. Eine Geschichte des 30jährigen Krieges sollte die Substanz dafür bilden. In schönster Laune, es war in seinen ersten und wirklich glücklichen Ehewochen, bat er nicht etwa den Verlegerfreund um Vorschuß auf den geplanten Kalender, sondern teilte ihm unbekümmert mit, daß er einen Wechsel über 275 Thaler der Einfachheit halber auf ihn gestellt habe – Schiller ahnte nicht, daß Göschen sich in der ernstesten Bedrängnis befand. Körner hatte sich bereits aus seinem Verlag zurückgezogen. Nachdem Göschen auf der Michaelismesse 1789 ein geschäftliches Debakel erlitten hatte, zog sich auch Bertuch, als der andere Teilhaber, aus dem Geschäft zurück, dabei seine Forderungen rücksichtslos geltend machend. Göschen konnte also unmöglich helfen, aber irgendwie – weitere Korrespondenz ist nicht erhalten – hat man sich mit Schillers Gläubiger arrangieren können. Die Rettung für beide, Autor und Verleger, war der kommerzielle Erfolg dieses Damenkalenders. Schiller war mit den Lieferungen arg in Verzug, obwohl er wochenlang fast verzweifelt schaffte – »Ich bin täglich, 14 Stunden, lesend und schreibend, in Arbeit« (am 18. Juni 1790 an Körner) –, aber am Ende wurde der Kalender doch noch rechtzeitig fertig. Göschen, selbst aus der gefährlichsten Bedrängnis gerade erlöst, honorierte so großzügig, daß Schiller ihm mit den Worten dankte: »Sie haben mich nicht bezahlt, sondern belohnt, und die Wünsche, auch des ungenügsamsten, Autors übertroffen.«

Zurück in den Herbst 1789. Die Jahreszahl hat weltgeschichtliche Bedeutung. Es ist da ein Besucher zu erwähnen, der aus Paris kommend Schiller aufsucht; ein ziemlich junger Mensch namens Schulz, ein reiselustiger Romanschriftsteller. Am Abend dieses 30. Oktober schreibt Schiller an Karoline und Lotte in spürbar heiterer Laune: »Schulz weiß sehr unterhaltende Partikularitäten von dem Aufruhr in Paris zu erzählen, gebe der Himmel, daß alles wahr ist, was er sagt! Ich fürchte, er übt sich jetzt im Vorlügen so lange, bis er die Sachen selbst glaubt, und dann läßt er sie drucken.« Amüsiert fährt er fort: »Einiges, was mir eben einfällt, will ich Euch zum besten geben, Ihr könnt bei Hof damit Glück machen.« Es folgen die Geschichte, wie der König, dem man eine Kokarde zugesteckt hat, als alles Beifall klatscht, diese in den Mund nimmt, um brav mitklatschen zu können – die Worte, die eine Hökersfrau zutraulich zum König spricht – die Verlegenheit des Schulz, dem ein besoffener Haufen auf offener Straße eine Flinte aufnötigt und ihn zum Anführer erklärt – und wieder der König, für den es nach einem Tumult im Schloß nichts zum Frühstück gibt als etwas sauren Wein und schwarzes Brot...

Solche Anekdoten haben Schiller belustigt, bezaubert, wenn er gleich hinter ihre Glaubwürdigkeit ein dickes Fragezeichen setzt. Aber, nach allem was wir wissen, hatte er noch keine Ahnung davon, daß hier etwas in Bewegung gekommen ist, das die Welt verändern, die »große Familie der europäischen Staatengesellschaft« von Grund auf durcheinander bringen wird. Die offenbare oder scheinbare Blindheit dieses genialen Mannes, der auch ein leidenschaftlicher Historiker war, gegen gewaltige Ereignisse seiner eigenen Zeit – das ist etwas höchst Merkwürdiges. Es ist überliefert, daß er auf der Karlsschule unbeteiligt blieb, als die Kameraden den Abfall der nordamerikanischen Kolonien vom englischen Mutterland aufgeregt erörterten. Der Französischen Revolution hat er später wohl seine Aufmerksamkeit zugewendet, sogar versucht, mäßigend Einfluß zu nehmen. Ganz und gar unbegreiflich scheint Schillers Vorbeiblicken an Bonaparte, dessen dramatischen Aufstieg bis zur Kaiserkrönung er ja noch erlebt hat.

An seiner Professur hat Schiller keine besondere Freude gehabt, wenn man von den ersten glücklichen sechzehn oder siebzehn Tagen absieht. Im November 89 war ihm ein besonderer Ärger beschieden. Schiller war formell Professor extraordinarius der Philosophie, hatte sich aber in einer Vorankündigung Professor der Geschichte genannt. Hieran nahm sein Kollege, Prof. Heinrich, ein Ärgernis, übrigens pünktlich zu Schillers 30. Geburtstag. »Diese elende Zänkerei hat mir aber doch heute Laune und Freude verdorben; denn sie hat mich lebhafter daran erinnert, daß ich hier bin und ohne allen Zweck und Nutzen –« (an seinem Geburtstag an Lotte und Karoline). – Ordinarius oder Extraordinarius – wie schulmeistermäßig dies Professorenwesen war, hatte er eben jetzt erfahren, als ihm von einem jungen Studenten sein erstes Kollegiengeld ausgehändigt wurde – »was mir doch lächerlich vorkam. Zum Glück war der Mensch noch neu und noch verlegener als ich. Er retirierte sich auch gleich wieder«. Der schwachsinnige Protest des Heinrich wurde von der Fakultät mit leidlichem Anstand beigelegt, Schiller wurde »privatim« über die Rechtslage aufgeklärt, was man schon bei seiner Installation am 6. Mai hätte besorgen können.

Dieser lächerliche Vorfall hatte Schillers Überdruß an seiner professoralen Existenz, die gerade ein halbes Jahr währte, auf den Siedepunkt steigen lassen. Es wurde bereits angedeutet, daß er auf Änderung sann und dabei besondere Hoffnung auf den Koadjutor Karl von Dalberg, den Bruder des ihm so wohl bekannten Mannheimer Intendanten, setzte. »Der für alles Gute so tätige Dalberg« (ein Ausdruck von Goethe) ist eine seltsame Erscheinung. Reichsfreiherr, 1744 geboren, seit 1772 als Koadjutor des Erzbischofs und Kurfürsten von Mainz dessen Statthalter in Erfurt; später dann Kurfürst von Mainz, nach dem Untergang des alten Reichs Fürstprimas des Rheinbundes (als solcher den frisch erwachten teutschen Patrioten ein Ekel) und einige Jahre, solange dieses Interimsgebilde bestand, Großherzog von Frankfurt. Er war immer ein eifriger Förderer der schönen Künste und der Wissenschaften, ohne selbst solide Kenntnisse oder auch nur Geschmack zu besitzen. Von der Umsicht und Energie, mit denen sein jüngerer Bruder das Mannheimer Theater leitete, war bei ihm wenig zu spüren. Aber ihm spielt der Zufall hohe Würden in stürmischer Zeit zu. Wie ein luftgefüllter goldfarbener Ball tanzt er auf den Wogen. Als der Sturm sich legt, wird er auf einen stillen Platz getrieben und lebt nicht mehr lange, stirbt arm, weil er bis zuletzt den Ärmeren reichlich gegeben hat. Eine Gestalt, die, ohne groß zu sein, unter den Deutschen ihresgleichen sucht.

Karl von Dalberg schien Schiller wichtig, weil Lotte und besonders Karoline dem Herrn bekannt und angenehm waren. Schatz oder Goldschatz heißt in den Briefen der Schwestern der Mann, dem als Mainzer Koadjutor eine der ersten Reichsfürstenstellen so gut wie sicher war. Schillers Hoffnungen in diesem trüben Spätherbst 89 richteten sich über des Koadjutors Vermittlung auf »das so fatale Mannheim« oder Heidelberg oder auf irgendeinen Posten im Kurmainzischen. Ja, der durch das kalte Fieber aus dem Mannheimer Morast fürs Leben Beschädigte macht der Verlobten Hoffnung auf den milden Himmel dort... Karoline schreibt am 15. November hoffnungsvoll, aber eigentlich nichtssagend: »In Mainz ist also eine sichere Aussicht, sobald er Kurfürst wird – er ist der Mann nicht, sich zurückzuziehen. Die Aussicht freut mich sehr. Der Koadjutor hat ein ewig Treiben Dich zu sehen, Du mußt darauf denken, ihn zu besuchen. Ich wünschte, Du würdest sein Freund, er ist es wert und hat tausend angenehme Züge, die ein eines Band unter Euch knüpfen werden.« »Sobald er Kurfürst wird« – er wurde es nach dreizehn Jahren.

Die Begegnung zwischen dem Koadjutor und Schiller ergibt sich dann Anfang Dezember, und zwar in einer großen Gesellschaft bei Karl August. Sämtliche Jenenser Professoren sind dazu eingeladen. Karl August, »mein Herzog«, wie Schiller gern sagte, nachdem er weimarischer Hofrat geworden war, hatte sich bisher um seine neue Akquisition so gut wie gar nicht gekümmert, nicht aus persönlicher Abneigung, sondern aus einer momentanen Gleichgültigkeit gegen die Universität überhaupt; es war eine Periode, in der ihm der preußische Militärdienst wichtiger war als die Regierung seines angestammten Ländchens. Schiller bemüht sich bei diesem Empfang auch durchaus nicht um ein Gespräch mit »seinem Herzog«, sondern sucht die Gesellschaft Dalbergs, aber – »in so großer heterogener Gesellschaft war an kein Partikulargespräch zu denken. Der Koadjutor selbst wollte und mußte allen etwas sein und also konnte er mir insbesondere nichts sein. Er gefiel mir aber sehr... Mit mir sprach er bloß von allgemeinen Dingen, von meiner Lage in Jena, meinen gegenwärtigen Beschäftigungen und meinen Schriften; und dann kam der Herzog immer dazwischen...« (An Karoline)

Aber gerade der hier als störend empfundene Herzog war es, der dann doch den entscheidenden Schritt tat, Schiller aus der ärgsten Verlegenheit half und ihn auf seiner Professur ausharren ließ. Karl August erfuhr noch im Dezember durch Frau von Stein von Schillers Verlobung mit Lotte von Lengefeld, und die kluge Stein hat wohl nicht versäumt deutlich zu machen, wie nötig eine feste Besoldung für den künftigen Ehemann sein würde. Noch am 12. Dezember hatte Schiller an Körner geschrieben: »Es ist mir gar lieb zu hören, daß auch Dir vor dem Universitätswesen ekelt; ich wollte es in meinen letzten Briefen an Dich nur nicht gerade heraussagen, daß mir diese Existenz – verbunden mit der ganzen Begleitung von fatalen Umständen, die von dem Professorleben unzertrennlich sind – daß sie mir herzlich entleidet ist; wäre sie mit nur ein wenig ökonomischen Vorteilen verknüpft, so wollte ich mich darein ergeben... Aber... ich habe keinen großen Glauben an die Générosité meines Herzogs.«

Doch ließ er sich am 23. Dezember bewegen, an Karl August eine schriftliche Bitte um festes Gehalt zu richten; von der Frau von Stein über Lengefelds zu Schiller wurden Nachrichten und Winke leicht und rasch übertragen. Am Neujahrstag 1790 – die Lengefelds waren über die Feiertage in Weimar und Schiller bei ihnen – ließ ihn der Herzog zu sich rufen und sagte ihm ein Jahresgehalt von 200 Thalern zu. Das war das errechnete, das erhoffte Minimum; damit war der künftige Haushaltsetat zu balancieren. Schiller akzeptierte. Was ihm bei seinem starken Empfinden für Anstand und Würde wohl getan hat, war des Herzogs spürbare Geniertheit – mehr könne er ihm leider nicht bieten; »mit gesenkter Stimme und einem verlegenen Gesicht«. (Schiller an Körner)

Leichteren Herzens konnte Schiller im neuen Jahr seine Vorlesungen fortsetzen. Übrigens, das mochte mit seiner freieren Gemütsverfassung zusammenhängen, hat er im Lauf des Winters das Ablesen des präparierten Stoffs aufgegeben und nun frei gesprochen – was gerade bei seiner Vortragsweise ein großer Fortschritt war. Er las *Universalgeschichte von der fränkischen Monarchie bis Friedrich II.* und *Geschichte der Römer.* Vermutlich war die letztere, öffentlich gehaltene die bessere, denn wem das Lateinische so von Kindesbeinen an vertraut ist, der hat auch ein lebendiges Verhältnis zu den alten Römern. – Im neuen Semester, ab Mitte Mai, las er neben seinem Pflichtfach Universalgeschichte über die *Theorie der Tragödie*, dabei ganz seinen eigenen Ideen und Theatererfahrungen folgend. Lotte, seine junge Frau, hörte aus einem Nebenraum zu. Zeitweilig sah es so aus, als ob der Lehrstuhl wirklich ein Instrument seines Geistes werden solle. »Freilich, zu einem musterhaften Professor werde ich mich nie qualifizieren; aber dazu hat mich die Vorsehung auch nicht bestimmt.« (Am 16. Mai 1790 an Körner)

Ein musterhafter Professor ist Schiller in der Tat nie geworden. Auch der Jenenser Lehrstuhl erweist sich als eine Lebensstufe im eigentlichen Sinne des Wortes, des Bildes – bedeutsam in dem Moment, wo sie erklommen ist, aber dann nur noch als Vorstufe für den nächsten Schritt aufwärts empfunden. Dieses weitere Aufsteigen ist nicht an höheren Ämtern oder Einkünften abzumessen. Es ist ein allmähliches Freisetzen, ein wachsendes Wirksamwerden seines Genius gegen alle schicksalhaften Widerstände. Was jedem normalen Menschen aufgegeben ist: treue Pflichterfüllung im verliehenen Amt – davon ist der Geniale dispensiert, weil er seiner anderen Bestimmung folgen muß. (Ein Vorrecht, das meistens von Wirrköpfen in Anspruch genommen wird, die sich irrtümlich für genial halten.)

Faktisch war das im Oktober 1790 beginnende Semester schon das letzte reguläre in Schillers akademischer Lehrtätigkeit. Das Programm war ansehnlich: *Europäische Staatengeschichte*, fünfstündig; eine öffentliche Vorlesung über die Geschichte der Kreuzzüge; eine ebenfalls fünfstündig angekündigte *Universalgeschichte der mittleren und neueren Zeit* ist nicht gelesen worden. Die Kollegs wurden im Winter durch schwere Krankheit wiederholt unterbrochen – und am 2. März reichte Schiller ein Gesuch ein um Beurlaubung von den Vorlesungen des Sommersemesters. Das war beinahe schon das Ende. Im Winter 1792/93 hielt er noch in seiner Wohnung ein Kolleg über Ästhetik, mit zwei Dutzend Zuhörern. Diese Vorlesung fand im darauf folgenden Semester ihre Fortsetzung, es ist aber wahrscheinlich nur zu wenigen Stunden gekommen. Dann folgte ein langer Aufenthalt in Württemberg. Nach seiner Rückkehr sind dann noch gelegentlich Vorlesungen angekündigt, aber nie mehr gehalten worden.

Verlobung und Heirat

»So sind wir denn wirklich getrennt! kaum ist's mir denkbar, daß der langgefürchtete Moment nun vorbei ist. Noch sehen wir einerlei Gegenstände, die nämlichen Berge, die Sie umschließen, umgeben auch uns. Und morgen soll dies alles nicht mehr so sein? Mögen Sie immer gute und frohe Geister umschweben und die Welt in einen schönen Glanz Sie einhüllen, lieber Freund! Ich möchte Ihnen gern sagen, wie lieb mir Ihre Freundschaft ist, und wie sie meine Freuden erhöht. Aber ich hoffe, Sie fühlen es ohne Worte. Sie wissen, daß ich wenig Worte finden kann, meine Gefühle zu erklären und sie andern deutlich zu machen. Aber glauben Sie, daß ich nicht weniger den Wert Ihrer Freundschaft zu schätzen weiß. Lassen Sie, so oft wie Sie können und Lust haben, von sich hören, daß der Gang Ihres Geistes mir nicht fremd wird, und ich ihm folgen kann. Es würde die Trennung leichter machen und mir so manchen freundlichen Augenblick geben. Gute Nacht! Gute Nacht! Leben Sie so wohl, als ich's wünsche. Denken Sie gern meiner und oft. Adieu! Adieu!«

So hatte Lotte von Lengefeld geschrieben, als Schillers Volkstädter Sommerfrische endlich vorüber war und damit ein Nahbeieinanderwohnen, das den drei Beteiligten Stunden beschert hat, die dem Glück sehr nahe kamen. Schiller zwei Tage später aus Weimar an Lotte: »Mein erster ruhiger Augenblick ist für Sie. Ich komme eben nach Hause, nachdem ich mich den ganzen Tag bei den Leuten herumgetragen habe, und für diese Mühe belohne ich mich mit einem recht lebhaften Andenken an meine teuren Freundinnen, die ich heute nicht zu sehen mich noch gar nicht gewöhnen kann. Dies ist der erste Tag, den ich ohne Sie lebe. Gestern habe ich doch Ihr Haus gesehen und eine Luft mit Ihnen geatmet. Ich kann mir nicht einbilden, daß alle diese schönen seelenvollen Abende, die ich bei Ihnen genoß, dahin sein sollen; daß ich nicht mehr, wie diesen Sommer, meine Papiere weglege, Feierabend mache, und nun hingehe mit *Ihnen* mein Leben zu genießen. Nein, ich kann und darf es mir nicht denken, daß Meilen zwischen uns sind. Alles ist mir hier fremd geworden; um Interesse an den Dingen zu schöpfen, muß man das Herz dazu mitbringen, und mein Herz lebt unter Ihnen. Ich scheine mir hier ein abgerissenes Wesen...«

Das war im November 1788. Die folgenden Monate hindurch zieht sich eine Korrespondenz, wie sie in dieser Dichte von bedeutenden Menschen selten überliefert ist. – Ein Briefwechsel zwischen drei Menschen, ein fortgesetztes Gespräch selbdritt. Nicht: er und sie, sondern ein Mann und zwei Frauen. Ein Umstand, der den Zeitgenossen, auch so hochansehnlichen wie Wilhelm von Humboldt und seiner Karoline von Dacheröden, allerschönsten Stoff zum Klatschen gab, und der im nachhinein ungezählte Federn in Bewegung gesetzt hat. Nun »ist Klatschen überhaupt nicht inferior«, wie im *Stechlin* der alte Fontane sich einmal zu bemerken erlaubt. Und so unerhört absonderlich war die Sache wohl auch nicht, so sehr sie den Beteiligten bisweilen zu schaffen machte.

Von den verschiedenen Naturen der zwei Schwestern ist schon die Rede gewesen, von der starken, leidenschaftlichen Art der älteren und der morgenfrischen Unschuld der jüngeren. Es ist anzunehmen, daß Karoline das männliche Interesse des Hausfreunds stärker angesprochen hat, als es die mädchenhafte Lollo tat. Aber, wenn er auch von den gelockerten Anschauungen der Gesellschaft nicht ganz unberührt war – er empfand sicherlich Schranken zwischen sich und der verheirateten Frau, deren ungeliebten Ehemann er zudem kannte und einigermaßen schätzte. Und Karoline, so stark Schiller auf sie wirkte, hatte in ungestillter Sehnsucht das Bild Wilhelms von Wolzogen »in petto«, was ja auf deutsch heißt: im Busen. Am allermeisten aber stand einem hitzigen Roman zwischen Schiller und Karoline, wenn je etwas davon in der Abendluft lag, die Autorität der chère mère entgegen. Schiller mußte wissen und hat gewußt, daß eine dauernde Verbindung nur eine Ehe mit Lotte bedeuten konnte.

Er hat den schwebenden, spannungs- und beziehungsreichen Zustand zwischen sich und den beiden Schwestern durchaus nicht als Mißgeschick empfunden: »Wie schön ist unser Verhältnis gestellt von dem Schicksal! Worte schildern diese zarten Beziehungen nicht, aber fein und scharf empfindet sie die Seele.« Die Ehe mit Lotte hat diesem Verhältnis kein Ende gesetzt. Zeit seines Lebens hat für Schiller neben seiner Frau die Schwägerin gestanden, auch nachdem die verfehlte Ehe mit Beulwitz geschieden und Karoline endlich mit dem Vetter Wolzogen, ihrer Jugendliebe, vermählt war. Nach allem was wir wissen, hat das nie zur Feindschaft zwischen den Schwestern geführt. Wenn im seelischen Bereich eine Art Rivalität zwischen ihnen bestanden hat, so dürfte das auf Schiller eher wärmend und anregend als quälend gewirkt haben.

Was in der Literatur bisweilen die Doppelliebe genannt wird oder melodramatisch die Doppelbrautschaft, hat Schillers Eheabsichten nicht beschleunigt. Freund Körner nahm in diesem Punkt einen weltmännisch-kalten Standpunkt ein – Schiller möge entweder die Hände davon lassen oder aber seine Finanzen durch eine Geldheirat sanieren. Schiller, in den rüden Ton seiner Regimentsarzt-Zeit zurückfallend, paßt sich dem an: »Könntest Du mir innerhalb eines Jahrs eine Frau von 12 000 Thalern verschaffen, mit der ich leben, an die ich mich attachieren könnte, so wollte ich Dir in 5 Jahren – eine Fridericiade, eine klassische Tragödie und weil Du doch so darauf versessen bist, ein halb Dutzend schöner Oden liefern – und die Akademie in Jena möchte mich dann im A. lecken...« (Am 8. März 89) Mit solchen Sprüchen verbirgt er vor Körner seine wahren, längst erwachten Empfindungen; ein Hauptgrund für die – vorübergehende – Trübung dieser Freundschaft.

Seit die chère mère Hofdienst genommen hatte und im Schloß wohnte, war es für die Schwestern recht still geworden im Haus, still und langweilig, zumal ja Beulwitz oft verreist war – so wohltätig das empfunden wurde. Die Langeweile mag ein Hauptmotiv für eine Badereise gewesen sein, die sie im Sommer 1789 nach Lauchstädt führte. Lauchstädt, ein Ackerstädtchen unweit Leipzig, nahe bei Halle, in einer landschaftlich fast reizlosen Gegend gelegen – »gar keine Gegend« hat Solger einmal über einen Landstrich bemerkt –, erfreute sich des Naturgeschenks einer starken Heilquelle und war damals ein Modebad, dem der kursächsische Hof zur Blüte verholfen hatte. Ein Schloß für die Unterbringung der höchsten Herrschaften, Quell- und Badepavillons, Kolonnaden, ein luftiger Kursaal, alles durch Alleen verbunden, in Gartenanlagen eingebettet, verliehen dem Nest den Charakter einer Sommerresidenz en miniature (heute ist es eine grüne Insel inmitten einer trostlosen Industrielandschaft und ein Musterstück von Denkmalspflege). Das berühmte Theater, nach Goethes Plänen, kam erst etwas später hinzu. Das Bad stand dazumal im Flor. Der Dresdner Hof, die Leipziger Kaufmannschaft, Leipziger, Hallenser und Jenenser Professoren fanden sich, schicklichen Abstand wahrend, zu Brunnen- und Badekuren ein. Das eisenhaltige Wasser genoß einen guten Ruf, der durch wissenschaftliche Traktate geweckt und wach gehalten wurde. Der Geheime Rat Hoffmann – derselbe, der die Hoffmannstropfen erfunden hat – war der erste gewesen, der den Ruhm dieses Bades ausposaunt hatte. Karoline und Lotte verbringen hier sechs Wochen. Vielleicht hatte Lotte gelesen, daß der Brunnen neben vielem anderen auch bei »Bleichsucht der Frauenzimmer« Wunder wirke.

Am 10. Juli reisen die Schwestern ab. Jena ist das erste Ziel, das sie am Nachmittag erreichen; ihr Quartier ist das Griesbach'sche Gartenhaus. Alle drei hatten sich auf das Wiedersehen gefreut: »Richten Sie's ja so ein, daß wir Sie viel sehen, es wird uns sonst eine sehr üble Laune in Jena anwandeln.« (Karoline am 6. Juli) Aber leider gestaltet es sich so, daß die sehr üble Laune sich einstellt. Lotte am 13. Juli an Schiller: »... Ich wollte in Jena so vieles von Ihnen hören und wissen, und da nun das böse Schicksal es nicht so wollte, habe ich so wenig mit Ihnen reden können. Ich darf nicht daran denken, wie die Freude in Jena Sie recht viel zu sehen vereitelt worden ist; es war ein fataler Zufall; und den unheimlichen Abend werde ich so leicht nicht vergessen.« Durch unerwartete und anscheinend nicht zu vermeidende Umstände hatte Schiller sich erst am Abend freimachen können, um dann bei Griesbachs eine große Gesellschaft anzutreffen, darunter keinen geringeren als Goethe, und außerdem Knebel, der ja einmal Absichten auf Lotte gehabt hatte. Für die drei befreundeten Seelen muß es ein qualvoller Abend gewesen sein. »Unheimlich« nennt ihn Lotte. Das könnte sich auf Knebel beziehen, dessen Anwesenheit sie vielleicht geängstigt hat.

Denkbar auch, daß diese erneute Begegnung zwischen Goethe und Schiller frostig verlief. Vielleicht ist auch nichts anderes dahinter zu vermuten als die Enttäuschung, den Ersehnten endlich vor sich zu sehen und ihn im Trubel der Gesellschaft doch nicht zu haben. – Daß Schiller am anderen Morgen eine Strecke weit neben dem Wagen der Damen her reitet, kann die tiefe Verstimmung des Vortages nicht lösen.

Schillers Gemütsverfassung während seiner ersten Jenenser Zeit ist starken Schwankungen unterworfen. Der anfängliche Eindruck von Jena ist Behagen. Die triumphalen Begleitumstände seiner ersten drei Vorlesungen haben ihn erhoben. Doch schon am 24. Juli, zwei Wochen nach jenem verfehlten Treffen, schreibt er nach Lauchstädt die bitteren Worte: »In der Tat – ich mache täglich eine traurige Entdeckung nach der andern, daß ich Mühe haben werde, mit diesem Volk hier zu leben. Alles ist so alltägliche Ware...« Aber wenige Tage später, im Begriff, über Leipzig nach Lauchstädt zu reisen, schickt er den heitersten Brief an den Verlegerfreund Göschen, der ihn eingeladen hat, bei ihm zu logieren; schreibt, seiner Saumseligkeit mit dem Damenkalender eingedenk: »Ich freue mich von Herzen, liebster Freund, Sie einmal wieder zu sehen und Ihre liebe Frau kennen zu lernen. Aber Ihr freundschaftliches Anerbieten, bei Ihnen zu logieren, kann ich wahrlich jetzt, wo ich mich so sehr vor Ihnen zu schämen habe, nicht annehmen. Sie würden durch Ihre Güte nur feurige Kohlen auf mein schuldiges Haupt sammeln, und Ihre Tische und Stühle, Schränke und Pantoffeln und das Bett, worin ich schliefe, würden mir die Pflichten eines Autors gegen seinen Verleger mit schrecklicher Stimme predigen... Ich lade mich also nur auf eine Tasse Kaffee oder eine Suppe bei Ihnen zu Gaste – mit der ausdrücklichen Bitte, daß Sie mir ja nicht gegenüber sitzen und Ihre Augen, wie Shakespeare sagt, ihre stummen Mäuler gegen mich auftun, mich an meine Sünden zu erinnern...« In unbewölkten Stunden, gegenüber vertrauten Menschen, leuchtet aus Schiller ein heller Humor.

Der kurze Besuch in Lauchstädt verläuft eigenartig, zeigt das seltsame Verhältnis dieses Mannes zu zwei Frauen in einer neuen Beleuchtung, hat aber die wohltätigsten Folgen. Schiller, in dem nun der Entschluß zur Heirat gereift ist, findet seine Lotte in einer nicht erwarteten kühlen Gelassenheit, so, daß er nicht den Mut zum entscheidenden Wort findet. Aber nun ist es Karoline, die ihm sagt, daß sich hinter Lottens scheinbarer Gelassenheit ein heftig klopfendes Herz verbirgt, daß die Schwester auf das Wort des geliebten

Freundes wartet. Das bringt Schiller nicht über die Lippen – er vertraut es in Leipzig dem Papier an.

»Ist es wahr, teuerste Lotte? darf ich hoffen, daß Karoline in Ihrer Seele gelesen hat und aus Ihrem Herzen mir beantwortet hat, was ich mir nicht getraute, zu gestehen? O wie schwer ist mir dieses Geheimnis geworden, das ich, solange wir uns kennen, zu bewahren gehabt habe! Oft, als wir noch beisammen lebten, nahm ich meinen ganzen Mut zusammen, und kam zu Ihnen, mit dem Vorsatz, es Ihnen zu entdecken – aber dieser Mut verließ mich immer. Ich glaubte Eigennutz in meinem Wunsche zu entdecken, ich fürchtete, daß ich nur *meine* Glückseligkeit dabei vor Augen hätte, und dieser Gedanke scheuchte mich zurück. Konnte ich Ihnen nicht werden, was Sie mir waren, so hätte mein Leiden Sie betrübt, und ich hätte die schöne Harmonie unserer Freundschaft durch mein Geständnis zerstört, ich hätte auch das verloren, was ich hatte, Ihre reine und schwesterliche Freundschaft.«

Das war am Morgen des 3. August. Am Abend des gleichen Tages greift er noch einmal zur Feder, wendet sich jetzt an beide Schwestern: »Dieser heutige Tag ist der erste, wo ich mich ganz, ganz glücklich fühle. Nein! Ich habe nie gewußt, was glücklich sein ist, als heute...« Es ist dann von Körner die Rede, der nach Leipzig gekommen war: »Liebste, teuerste Freundinnen, ich verlasse eben meinen Körner – meinen und gewiß auch den Ihrigen – und in der ersten Freude unsers Wiedersehens war es mir unmöglich, ihm etwas zu verschweigen, was ganz meine Seele beschäftigt.« Er hatte vor Körner sein volles Herz ausgeschüttet, und der Freund war in dieser Stunde nicht so kaltsinnig, seinen Kommentar dazu zu geben. Doch hat Körner, weltklug und erfahren, bis zur endgültigen Entscheidung in Schillers Heiratsplänen ein wenig den Mephisto gespielt. Noch war kein Vierteljahr vergangen, daß er ihm ein reiches bürgerliches Mädchen, ein Fräulein Schmidt, stark empfohlen hatte – das wäre eine pure Geldheirat gewesen. – Nun trifft man sich in Leipzig, Körners, Schiller, die Schwestern Lengefeld, macht einen Spaziergang miteinander durchs Rosental – Schiller hatte sich naiverweise von dieser Begegnung den Himmel auf Erden versprochen, aber da sprang kein wärmender Funken über. Und sein anschließendes, lang ersehntes Zusammensein mit Körners in Jena endete mit einem leisen Mißklang.

Lotte hatte am 5. August an ihren künftigen Mann geschrieben: »Schon zweimal habe ich angefangen, Ihnen zu schreiben, aber ich fand immer, daß ich zu viel fühle, um es ausdrücken zu können. Karoline hat in meiner Seele gelesen; und aus meinem Herzen geantwortet. Der Gedanke, zu Ihrem Glück beitragen zu können, steht hell und glänzend vor meiner Seele. Kann es treue, innige Liebe und Freundschaft, so ist der warme Wunsch meines Herzens erfüllt, Sie glücklich zu sehn.«

Arme Lotte – sie besonders hatte bis zur endlichen Hochzeit eine trübe Zeit auszustehen. Die kühle Haltung des bedeutenden Körner mochte sie als persönliche Geringschätzung empfinden. Die große Autorität, die chère mère war noch nicht eingeweiht, und die Sache mußte noch Monate vor ihr verborgen bleiben. Dies allein war für das geradsinnige Mädchen eine fast unerträgliche Last; »und doch liebe ich die Wahrheit wie mich selbst« – dieser Ausspruch der Judith im *Grünen Heinrich* paßt vollkommen auf Lotte. Und ein weiterer großer Kummer erwächst ihr aus der Erkenntnis, daß sie zwar Schillers Frau werden soll, daß aber weder er noch Karoline gewillt sind, aus dem Dreieck hinauszutreten, dieser Figur, die bisher für sie bestimmend war und von der Lotte nun in der Stille wünscht, sie möge aufgelöst werden. Manchmal muß sie sich fragen, ob Schiller nicht eigentlich die ältere Schwester meint... Wenn eine gute Kennerin der Weimarer Frauenwelt (Olga Gräfin Taxis-Bardogna) sagt: »Die Brautzeit ist für Lotte vielleicht die schwerste Zeit ihres Lebens« – so hat sie wahrscheinlich recht damit.

Aber auch Schiller hatte seine Sorgen. Der hauptsächliche Grund, aus dem man der Frau von Lengefeld die Verlobung verschwieg, war ja seine eigene ungesicherte wirtschaftliche Existenz, und wenn er diesen Druck bisher allein auszuhalten gehabt hatte, so stand jetzt die Erfüllung gemeinsamer Hoffnungen auf dem Spiel und mehr als zuvor, so hat er es empfunden, seine Ehre. – Und nun, da er seine Wahl getroffen hat, erhebt noch einmal eine andere Frau Anspruch darauf, nicht vergessen zu werden. Charlotte von Kalb, die ihm in Mannheim so viel bedeutet hat, die ihm bei seinem Eintritt in die kleine Welt von Weimar liebevoll und klug behilflich war, die einsame, vom Unglück verfolgte, dabei noch jung (wir erinnern daran: jünger als Schiller) – sie klammert sich in Gedanken gerade jetzt an den längst Entglittenen; berät sich mit Herder, dem Superintendenten, wie ihre unselige Ehe geschieden werden könne.

Schiller hatte sich innerlich von ihr getrennt. »Lange Einsamkeit und ein eigensinniger Hang ihres Wesens haben mein Bild in ihrer Seele tiefer und fester gegründet, als es bei mir der Fall sein konnte mit dem ihrigen« – so stellt er kühl und vernünftig fest. Im September 89 war sie einmal im Begriff, nach Rudolstadt zu kommen, und hätte dort Schiller bei den Lengefelds angetroffen. Es kam jedoch etwas dazwischen. Schiller an die Schwestern: »Mir ist es lieb, daß sie nun nicht mehr kommen kann, wenn ich schon bei Euch bin. Es hätte uns einen ganzen Tag Zwang angetan... Sie hat auf meine Freundschaft die gerechtesten Ansprüche, und ich muß sie bewundern, wie rein und treu sie die ersten Empfindungen unserer Freundschaft, in so sonderbaren Labyrinthen, die wir miteinander durchirrten, bewahrt hat. Sie ahndet nichts von unserem Verhältnis; auch hat sie, mich zu beurteilen, nichts als die Vergangenheit... aber sie ist mißtrauisch...« Frau von Kalb hatte die von Schiller gewahrte Distanz als zarte Rücksichtnahme angesehen. Nun, da sie, bald nach dem eben zitierten Brief, die Initiative ergreift, fällt sie jämmerlich ins Leere. Der Bruch wird förmlich vollzogen; sie läßt sich ihre Briefe von ihm zurückgeben und verbrennt sie im Kamin. Wie Lotte Lengefeld bei der Frau von Stein, als einer gemeinsamen Freundin, mit ihr zusammentrifft, wirkt Charlotte von Kalb wie verstört: »Sie sah aus wie ein rasender Mensch, bei dem der Paroxismus vorüber ist – so erschöpft, so zerstört...« Charlotte von Stein und Charlotte von Kalb haben fast gleichzeitig ein ähnliches Schicksal erlitten – von jeder hat sich der geniale Freund zurückgezogen, um sein Glück in einer stillen Häuslichkeit zu suchen. Soll man von Schuld sprechen? Wollte man es tun, so müßte man Schiller die schwerere zurechnen, denn er war dieser Frau sehr zu Dank verpflichtet. Aber Dankbarkeit ist nicht immer ein guter Berater.

Schiller macht vom 18. September bis zum 22. Oktober Ferien in Volkstädt beim Kantor Unbehaun. Eine Wiederholung der glücklichen Sommermonate des Vorjahres wurde nicht daraus. Die erste Woche vergeht unter heftigen Zahnschmerzen, und auch im weiteren Verlauf will sich keine rechte Heiterkeit einstellen. »Zwang angetan« war den Dreien nicht durch unerwünschten Besuch für einen Tag, sondern während der ganzen Zeit durch die vertrackten Umstände, in die man sich begeben hatte. Mochte Frau von Lengefeld auch auf der Heidecksburg wohnen, man war sich nah genug, und es war für die drei eine harte Probe, die Hauptsache vor der energischen und in ihrer Familie herrschgewohnten Dame zu verheimlichen. Ahnungsvoll hatte Schiller in seinem letzten Brief vor seiner Ankunft an die Schwestern diesen sehr angelegentlich empfohlen, die chère mère doch ja nicht zu vernachlässigen, wenn er anwesend sein werde, predigte ihnen geradezu kindliche Liebe...

Voller Ungewißheiten sind diese Herbstwochen. Die wirtschaftlichen Überlegungen drehen sich um die Frage, ob Schiller in der Hoffnung auf ein festes Gehalt in Jena ausharren soll, oder ob der geplante Haushalt in Rudolstadt begründet werden solle, wo es am billigsten wäre, und die Einkünfte aus der Feder des freien Schriftstellers fließen müßten; nebenher kreiseln Hoffnungen auf den Koadjutor, Spekulationen auf kurmainzische oder kurpfälzische Posten. Körner trägt sich mit der Absicht, den kursächsischen Dienst zu quittieren und weimarischen zu nehmen – Schiller bemüht sich umsichtig. Ungewißheit, tiefe Unsicherheit quälen die heimlich Verlobte über die wirkliche Neigung ihres künftigen Mannes – neben den Schatten der mächtigen Mutter fällt der der Schwester. – Zum Vorlesungsbeginn reist Schiller nach Jena ab.

Die Sorgen reisen mit. »Ich durchsuche alle Winkel der Erde, um den Platz zu finden, den das Schicksal unserer Liebe bereiten könnte« heißt es in dem Brief, den Schiller an seinem 30. Geburtstag an die Schwestern schreibt. Lottes Zweifel können durch die schönen Briefe des Verlobten nicht besänftigt werden. Da schreibt er: »Seid mir gegrüßt, Teuerstes meiner Seele! Es geht mir ein schöner freundlicher Tag auf, der mir Briefe bringt von Euch. Ich habe sie nötig, in unruhiger Sehnsucht nach Euch verlebte ich diese lange, diese ewige Woche; in einem glühenden Triebe nach Leben, das nur an Eurem Herzen mir beschieden ist, verzehrt sich mein Wesen.« Es ist schwer vorstellbar, daß man so nicht an *einen* geliebten Menschen schreibt, sondern an zwei. Endlich, am 15. November, findet der Briefschreiber das rechte, tröstende, klärende Wort.

»Du kannst fürchten liebe Lotte, daß Du mir aufhören könntest zu seyn was Du mir bist. So müßtest Du aufhören mich zu lieben! Deine Liebe ist alles was Du brauchst, und diese will ich Dir leicht machen durch die meinige. Ach das ist eben das höchste Glück in unserer Verbindung, daß sie auf sich selbst ruhet und in einem einfachen Kreise sich ewig um sich selbst bewegt – daß mir die Furcht nicht mehr einfällt, euch jemals weniger zu seyn, oder weniger von euch zu empfangen. Unsere Liebe braucht keiner Ängstlichkeit, keiner Wachsamkeit, – wie könnte ich mich zwischen euch beiden meines Daseyns freuen, wie könnte ich meiner eigenen Seele immer mächtig genug bleiben, wenn meine Gefühle für euch beide, für jedes von euch, nicht die süße Sicherheit hätten, daß ich dem andern nicht entziehe, was ich dem Einen bin. Frey und sicher bewegt sich meine Seele unter euch – und immer liebevoller kommt sie von Einem zu dem andern zurücke – derselbe Lichtstral – laßt mir diese stolzscheinende Vergleichung – derselbe

Stern, der nur verschieden wiederscheint aus verschiedenen Spiegeln.

Caroline ist mir näher im Alter und darum auch gleicher in der Form unsrer Gefühle und Gedanken. Sie hat mehr Empfindungen in mir zur Sprache gebracht als Du meine Lotte – aber ich wünschte nicht um alles, daß dieses anders wäre, daß *Du* anders wärest als Du bist. Was Caroline vor Dir voraus hat, mußt Du von mir empfangen; Deine Seele muß sich in meiner Liebe entfalten, und *mein* Geschöpf mußt Du seyn. Deine Blüthe muß in den Frühling meiner Liebe fallen. Hätten wir uns später gefunden, so hättest Du mir diese schöne Freude weggenommen, Dich für mich aufblühen zu sehen.«

Er hat mit diesen Zeilen eine Last vom Herzen seiner künftigen Frau genommen. Daß es nicht die ganze Last war, wissen wir. Nun wächst auch Schillers Bedürfnis, mit der chère mère in ein klares Verhältnis zu kommen. Und zwar geschieht das vor der Bereinigung seiner beruflichen und ökonomischen Ungewißheiten, ein Wagnis, das er nun in Kauf nimmt. Am 15. Dezember hatten Lotte und Karoline von Erfurt aus – einige Meilen Distanz zur Heidecksburg mögen es erleichtert haben – den Mut gefaßt, der Mutter die heimliche Verlobung zu gestehen. Am 18. Dezember schreibt Schiller, bittet um Lottes Hand.

»Ich gebe das ganze Glück meines Lebens in Ihre Hände. Ich liebe Lottchen – ach! wie oft war dieses Geständniß auf meinen Lippen, es kann Ihnen nicht entgangen seyn. Seit dem ersten Tage, wo ich in ihr Haus trat, hat mich Lottchens liebe Gestalt nicht mehr verlaßen. Ihr schönes edles Herz hab ich durchschaut. In sovielen froh durchlebten Stunden hat sich ihre zarte sanfte Seele in allen Gestalten mir gezeigt. Im stillen innigen Umgang, wovon *Sie* selbst so oft Zeuginn waren, knüpfte sich das unzerreißbarste Band meines Lebens. Mit jedem Tage wuchs die Gewißheit in mir, daß ich durch Lottchen allein glücklich werden kann. Hätte ich diesen Eindruck vielleicht bekämpfen sollen, da ich noch nicht vorhersehen konnte, ob Lottchen auch die meine werden kann? Ich hab es versucht, ich habe mir einen Zwang vorgeschrieben, der mir viele Leiden gekostet hat, aber es ist nicht möglich, seine höchste Glückseligkeit zu fliehen, gegen die laute Stimme des Herzens zu streiten. Alles, was meine Hofnungen niederschlagen könnte, habe ich in diesem langen Jahre, wo diese Leidenschaft in mir kämpfte, geprüft und gewogen, aber mein Herz hat es widerlegt. Kann Lottchen glücklich werden durch meine innige ewige Liebe, und kann ich

Sie, Verehrungswürdigste, lebendig davon überzeugen, so ist nichts mehr, was gegen das höchste Glück meines Lebens in Anschlag kommen kann. Ich habe nichts zu fürchten, als die zärtliche Bekümmerniß der Mutter um das Glück ihrer Tochter, und glücklich wird sie durch mich seyn, wenn Liebe sie glücklich machen kann. Und daß dieses ist, habe ich in Lottchens Herzen gelesen.«

Luise von Lengefeld sagt ja, und zwar postwendend. Das berührt um so sympathischer, als ihr dieser Entschluß gewiß nicht leicht gefallen ist. Sie mußte den ihr selbstverständlichen Adelsstolz hintansetzen und sich außerdem damit abfinden, daß ihre Lotte auch finanziell keine gute Partie machen würde. Aber die chère mère hatte offenbar längst erkannt, daß aus dem herzlichen Einvernehmen dieses beharrlichen Gastes mit ihren Töchtern natürlicher- und schicklicherweise eine Ehe mit Lotte erwachsen mußte. Schillers äußere Erscheinung konnte der strengen Dame nicht wohl gefallen. Daß sie ihn dennoch als Schwiegersohn akzeptierte, beweist, daß sie »seines Geistes einen Hauch verspürt« hat (das Uhland-Zitat sei gestattet).

In seinem Dankbrief kommt Schiller von der bewegten Herzensergießung ohne Übergang zur Sache, zu seiner ökonomischen Lage:

»Meinen innigsten unaussprechlichsten Dank, verehrungswürdigste theuerste Mutter, für die ganze Glückseligkeit meines Lebens, die Sie in Lottchen mir gegeben. Wie kann ich mit Worten dafür danken? Meine Seele ist tief bewegt und zu sehr, um Ihnen mit aller Fassung jezt zu schreiben. Aber ich kann in disem Augenblick der Freude nicht schweigen, und ich mußte die Fülle meines Herzens gegen Sie ausströmen! O wie erhöhen Sie noch das Geschenk, das Sie mir geben, durch die Art, womit Sie es thun! Dieses grossmüthige Vertrauen, womit Sie mir Lottchens Glück übergeben – wie vermehrt es meine grenzenlose Verpflichtung gegen Sie! Glauben Sie, daß ich es fühle, *was* Sie mir anvertrauen, und, was es Sie kosten mußte, alle Ihre Außichten für Lottchens Glückseligkeit auf meine Liebe allein einzuschränken. Aber ich fühle es nicht weniger lebhaft, daß Sie nie, nie Ursache finden werden, dieses Vertrauen zu bereuen.

Ein glänzendes äußres Glück kann ich ihr weder für jezt noch fürs künftige anbieten, ob ich gleich einige Gründe habe zu hoffen, daß ich in 4, 5 Jahren in den Stand gesetzt seyn werde, ihr ein angenehmes Leben zu verschaffen. Sie wissen, worauf alle meine Aussichten beruhen, bloß auf meinem eigenen Fleiß. Ich habe keine Hilfsmittel, die Sie nicht längst schon kennen, aber mein Fleiß ist auch *hinreichend*, uns ein sorgenfreyes Daseyn von außen zu verschaffen.

Mit achthundert Rthlr können wir in Jena leidlich gut ausreichen; wir könnten es mit etwas weniger, wenn man sich in den ersten Jahren gleich zu helfen wüßte. Dreyhundert Rthlr sind mir eine sichre Einnahme von Vorlesungen, die mit jedem Jahre steigen wird, so wie ich mehr Stunden darauf verwenden kann. 150 bis 200 Rthlr kann mir der Herzog, da ich ein Jahr umsonst gedient habe nicht versagen. Da er dieses Geld aus *seiner* Schatulle geben muß, so wird er freilich etwas hart daran kommen, aber meinem und Lottchens Glück wird er dieses kleine Opfer gewiß bringen. Neben diesen 400 biß 500rthl. bleibt mir die ganze Einnahme von Schriften, welche bisher meine einzige Ressource gewesen ist, und welche sich mit jedem Jahre verbeßert, da die Arbeiten mir leichter werden, und man sie mir auch immer beßer bezahlt. Ehe ich nach Jena kam hatte ich bey sehr wenigem Fleiß doch alle 2 Jahre zwischen 8 und 900 rth. mir erworben. Eben dieses kann ich auch noch jetzt, und ohne mich anzustrengen; dabey habe ich keinen einzigen Glücksfall gerechnet, durch den ich es noch einmal so hoch bringen könnte. Ein solcher Glückfall wäre es, wenn meine Unternehmung mit den Memoires einschlüge, welche mir einen fortlaufenden jährlichen Gehalt von 400 Rthlr. sicherte, fast ohne alle eigene Arbeit. Aber ich bringe jetzt nichts in Anschlag, worüber das Glück erst entscheiden muß. Sie sehen aus dem bisherigen, daß mir mein Verhältniß mit der hiesigen Academie (im Fall der Herzog nur etwas weniges für mich thut) 400 rth – und meine Schriften eben soviel eintragen; und mit 800 rth. können wir leben.

Ich läugne nicht, daß mir das Jahr 1790 merklich schwerer werden wird, als alle folgenden, weil ich in diesem Jahr alles das erst neu ausarbeiten muß, was nachher für immer gethan ist. Folgte ich bloß der Klugheit, so würde ich in diesem Jahre noch an keine Vereinigung mit Lottchen denken. Aber wie kann ich dieses ganze Jahr von meiner Glückseligkeit verlieren? Ich darf und will es Ihnen nicht beschreiben, meine theuerste Mutter, wie schmerzlich mir schon das Vergangene durch meine Trennung von allem, was ich liebe, geworden ist. Selbst zu meinem Fleiße ist es eine wesentliche Bedingung, daß mein Herz genießt, und in meiner Vereinigung mit Lottchen werden mir alle meine Beschäftigungen leichter werden. Dieses fühlen Sie. Ich brauche nichts hinzuzusetzen. Was ich Ihnen hier vorgelegt habe, gilt nur von den Ersten Jahren. Ich bin nicht ohne Aussichten...«

Die rückhaltlose Ehrlichkeit des Schwiegersohns ist doch ein wenig beflügelt von Optimismus. Es muß für Schiller eine große Erleichterung und für Frau von Lengefeld eine Beruhigung gewesen sein, daß der Herzog wenige Tage nach diesem Brief eine wichtige Erwartung erfüllt und ein Gehalt bewilligt. Man könnte den lateinischen Spruch, daß der doppelt gibt, der schnell gibt, dahin abwandeln, daß der dreifach gibt, der im richtigen Moment gibt – Erwünschteres konnte dem neugebackenen Schwiegersohn nicht begegnen.

Angesichts der bevorstehenden Familiengründung bringt Schiller auch sein Verhältnis zu seinen Eltern und Geschwistern wieder ins Gleis. Vier Jahre lang, seit dem Herbst 1785, seiner Übersiedlung nach Dresden, war die Verbindung zwischen dem heimatlosen Sohn und dem Elternhaus auf der Solitude zwar nicht gänzlich abgerissen, aber auf das spärlichste beschränkt gewesen; zeitweilig dürfte nur über Reinwalds einige gegenseitige Unterrichtung erfolgt sein. Zu Anfang in Dresden muß Schiller das Gefühl gehabt haben, »sein Alter spioniere ihm nach«; er hat sich gereizt und unbeherrscht dahin geäußert. Nun spielte er vor sich selbst, ohne es zur Schau zu tragen, den trotzigen entlaufenen Sohn, jahrelang.

Am 18. August 1789, also kurz nach der heimlichen Verlobung, schreibt er an die Schwester Christophine, die von einem Besuch in der Heimat nach Meiningen zurückgekehrt war: »Zu Deinem vergnüglichen Aufenthalte im Vaterlande und im Schoß unserer Familie wünsche ich Dir herzlich Glück; daß ich noch herzlicher gewünscht hätte, diese Freude mit Euch teilen zu können, wirst Du mir ohne viel Versicherung glauben. So lange bin ich schon meiner Familie entrissen, daß ich mich beinah als allein auf der Welt betrachte, und nur an der stillen Sehnsucht, die mich oft zu den meinigen zieht, noch erkenne, daß ich noch Angehörige habe.« Er spricht die Hoffnung aus, »in wenigen Jahren« in die Heimat zu reisen, »und vielleicht geschieht es dann in Gesellschaft einer neuen Schwester für Dich, und einer guten Tochter, die unsern Ältern Freude machen wird«. Das sind lange nicht vernommene herzliche Worte; freilich bekundet er keine Eile, die Seinen wiederzusehen – »in wenigen Jahren«.

Die wirklich Leidtragende bei dieser Entfremdung war Schillers Mutter, die neben ihrem grundehrlichen, aber harten und naiv-egoistischen Eheherrn ein freudearmes Leben führte nach dem Weggang erst des geliebten Sohns und dann der vertrauten ältesten

Tochter. Im Spätjahr 89 erkrankt sie so schwer, daß der Sohn sie einige Tage für schon gestorben hält. Am 3. Januar 1790 teilt er das Lotte und Karoline mit: »Meine Mutter ist wahrscheinlich tot...« Ein eigentümliches Dokument ist dieser Brief, er mutet nüchtern an, zeugt aber von einem tiefen Verständnis von der Lebenswirklichkeit der Mutter. »Ich bin froh, daß sie ihres schmerzensvollen Lebens los ist...« Dann: »Ein Band, das mich an die Menschen knüpfte, und das erste meines Lebens war, ist zerrissen. Sie liebte mich sehr, und hat viel um mich gelitten.« Er gedenkt dann des Vaters, der nun in seinem 67. Jahr allein stehe. Fährt fort: »Meine Mutter war eine verständige gute Frau, und ihre Güte, die auch gegen Menschen, die ihr nichts angingen, unerschöpflich war, hat ihr überall Liebe erworben. Mit einer stillen Resignation ertrug sie ihr leidenvolles Schicksal, und die Sorge um ihre Kinder kümmerte sie mehr, als alles andere. Ich fühle, wenn ich an sie denke, daß die frühen Eindrücke doch unauslöschlich in uns leben. Ich darf mich nicht mit ihr beschäftigen.« Wir kennen Schiller als einen bisweilen enthusiastischen Briefschreiber. Hier macht die Erregung seinen Mund trocken, er beherrscht seine Gefühle – »ich darf mich nicht mit ihr beschäftigen«.

Ein Brief des Vaters meldet dann die überraschende Genesung. Der Sohn antwortet am 7. Januar: »Wie willkommen liebster Vater war mir Ihr letzter Brief und wie nötig war er mir...« Seine Verlobung hatte er schon einige Wochen zuvor mitgeteilt. Nun schreibt er: »Der Herzog interessiert sich sehr für meine Heurat. Ich war kürzlich bei ihm, und habe eine jährliche Pension von 200 Reichsthaler von ihm erhalten; die schöne Art womit er mir dieselbe gab, muß ihren Wert bei mir erhöhen. Lottchen, die mit ihrer Schwester diesen Winter in Weimar zubringt, und ihn dort öfters bei Hofe spricht, begegnet er mit sehr viel Teilnahme und Achtung.« Der Brief, dem ein Schreiben Lottes beigelegt ist, schließt mit den Worten: »Der Himmel segne Sie mit tausendfältigem Segen bester Vater, und schenke meiner teuern Mutter ein heitres schmerzfreies Leben. Darum bittet mit vollem Herzen Ihr gehorsamer und ewig dankbarer Sohn Fritz.«

Er trumpft nicht geradezu auf, aber es bereitet ihm doch eine tiefe Genugtuung, seine gesellschaftliche Position dem Vater darzustellen. Anfang des Jahres verleiht der Herzog von Meiningen ihm den Hofratstitel, was Schiller besonders im Hinblick auf seine Frau und seine Schwiegermutter höchst willkommen ist. Er teilt die Neuigkeit unverzüglich dem Vater mit. »Der Herzog von Meiningen hat mir mit dem HofrathsCarakter ein Geschenk gemacht, so daß ich meiner Frau doch einen anständigen Rang anzubieten habe, und das was sie verliert weniger fühlbar wird. Dies konnte *mir* nicht ganz gleichgültig sein, wenn auch meine Frau und ihre Verwandte sich nicht darum bekümmern.« (Natürlich bekümmerten sie sich sehr!)

Während die Französische Revolution über die Grenzen zu wirken beginnt, paßt sich der Dichter der *Räuber* und von *Kabale und Liebe* den überkommenen gesellschaftlichen Verhältnissen an, nicht geflissentlich und schon gar nicht devot, aber mit heiterer Gelassenheit. Amüsiert vermerkt er in einem Brief an Körner einen Ausrutscher Herders: »Bei der Tafel der Herzogin sprach er vom Hof und von Hofleuten, und nannte den Hof einen Grindkopf und die Hofleute die Läuse, die sich darauf herum tummeln. Dies geschah an Tafel, und so, daß es mehrere hörten. Man muß sich dabei erinnern, daß er und seine Frau den Hof suchen, und auch vorzüglich durch den Hof souteniert werden. Aber genug von diesen Knabenstreichen.«

Die ersten Wochen des neuen Jahres sind der Vorbereitung des Ehestandes gewidmet. Frau von Lengefeld stellt einen jährlichen Zuschuß von 150 Thalern in Aussicht, was zusammen mit dem vom Herzog gewährten Gehalt einen Sockel ausmacht für die Erträgnisse aus der literarischen Arbeit; einigermaßen solide, aber keineswegs großartige Voraussetzungen für eine häusliche Ökonomie. Schiller drängt nun, wenn auch mit zartfühlender Höflichkeit, auf einen baldigen Zeitpunkt für die Hochzeit. Es scheint zwischen den beiden künftigen Gatten und der Mutter Einverständnis geherrscht zu haben sowohl über die allereinfachste Zeremonie als auch über den bescheidensten Fuß, auf dem der Haushalt einzurichten sei. Dafür mögen mancherlei Vernunftgründe gesprochen haben. Dennoch ist man versucht zu fragen: hat Frau von Lengefeld diese Ehe bei allem freundlichen Verständnis nicht doch als eine Mesalliance betrachtet; als das Sicheinlassen eines adligen Fräuleins mit einem durch den Hofrats-Charakter einigermaßen aufgeputzten bürgerlichen Mann ohne Vermögen und in einer weder glanzvollen noch eindeutigen beruflichen Position? Die Frage ist nicht zu beantworten, aber es ist nicht abwegig, sie zu stellen.

»Wir lassen uns in meinem Zimmer so ganz in der Stille trauen« – man ist schon verblüfft, wenn man das in einem Brief Schillers vom 12. Januar liest. Ein klein wenig feierlicher wird dann doch am Spätnachmittag des 22. Februar, beim letzten Licht eines frühlingshaften Tages, die Trauung in der Dorfkirche von Wenigenjena vollzogen. Es sind vier Menschen, die da bei dem Kirchlein vorfahren, das junge Paar, Frau von Lengefeld und Karoline. Es ist ein gotischer Bau ohne Turm, der hauptsächlich aus einem hohen Chor mit steilem Dach besteht. Lotte in ihren Erinnerungen: »Als ich in die stille Dorfkirche hineintrat, schwammen leichte Abendwolken an dem Himmel, und die Abendsonne übergoß sie mit rötlichem Glanze. An Schillers Hand trat ich in die schmucklose Kirche und legte das Gelübde ab, ihm treu zu bleiben bis in den Tod.«

Dann kehrt man den kurzen Weg in die Stadt zurück. Der Abend wird zu viert still und ruhig beim Tee verbracht... »Man feire nur, was glücklich vollendet ist; alle Zeremonien zum Anfange erschöpfen Lust und Kräfte, die das Streben hervorbringen und uns bei einer fortgesetzten Mühe beistehen sollen. Unter allen Festen ist das Hochzeitsfest das unschicklichste; keines sollte mehr in Stille, Demut und Hoffnung begangen werden als dieses.« So liest man in Goethes *Wilhelm Meisters Lehrjahre* – einige Jahre später geschrieben. Schiller, der den Roman bewundert hat, wird sich bei dieser Stelle an seinen Hochzeitstag erinnert haben. Er hat wiederholt geäußert, man habe so in aller Stille geheiratet, um lärmenden studentischen Huldigungen zu entgehen. Das war eine Erklärung, die sich hören ließ, wo immer eine solche angezeigt schien. Der eigentliche Grund war es sicherlich nicht. Schiller am 1. März an Körner: »Die Veränderung selbst ist so ruhig und unmerklich vor sich gegangen, daß ich selber darüber erstaunte, weil ich mich bei dem Heurathen immer vor der Hochzeit gefürchtet habe.« Und die chère mère, aus Gründen, die wir vielleicht erraten haben, hatte nichts dagegen, daß die Sache so einfach abgemacht wurde.

Einfach war nicht nur die Zeremonie – einfach sind auch die äußeren Umstände des jungen Haushalts. Kann man überhaupt von Haushalt reden? »Ihr habt ja eine wunderliche Wirtschaft« hat Goethe einmal bemerkt, ein treffendes Wort. Man war entschlossen, sich in der »Schrammei« einzurichten, bei den Schwestern Schramm also, den Studentenmüttern, in deren großem Logierhause Schiller seit einem Jahr und als Junggeselle recht breit und komfortabel wohnte. Dazu sollten weitere Räume angemietet werden. »Wegen des Raumes in unserm Logis habe ich meine Demoiselles heute gesprochen, aber sie haben mich überführt, daß es eine positive Unmöglichkeit ist, mehr Platz zu bekommen. Auch ist in der Nachbarschaft weit und breit kein Logis für Line. Ich habe aber eine Auskunft entdeckt, die uns für diese wenigen Monate aus der Verlegenheit ziehen kann...«

Also nichts als die Räume, die Schiller ohnedies innehat, »3 Piecen, die in einander laufen, ziemlich hoch, mit hellen Tapeten, vielen Fenstern... Meubles reichlich und schön...« Das möchte für ein junges Paar im Anfang hingehen, könnte man meinen. Aber: zunächst war Schiller entschlossen, Karoline mit in diese Wohnung zu nehmen. Dazu wird noch ein Wort zu sagen sein. Und: Standespersonen waren damals ohne Bediente undenkbar. Da ist Schillers Diener oder Kerl, »der Heinrich«; für den findet sich glücklicherweise eine zusätzliche Kammer, die bisher als Holzplatz gedient hat. Lotte bringt zwei Mädchen mit, »die Simmern«, wohl ihre Zofe, und eine Köchin. Die Existenz der letzteren beweist, daß in der Anfangszeit Schillers in der großen Schramm'schen Küche extra für sich kochen ließen – was später aufgegeben wurde. Für zwei Frauenspersonen muß also Platz geschaffen werden, was Schiller so bewerkstelligt, daß er einen großen Raum mit Alkoven durch eine Bretterwand teilen läßt: »Zwei Betten haben im Alkove Platz, und so haben sie das ganze Zimmer frei, worin wir auch Coffre und Schränke stellen, und uns frisieren lassen können.« Letzteres muß man sich so vorstellen, daß Lotte von »der Simmern« frisiert wurde, während er einen Haarkünstler ins Haus kommen ließ.

Ein enges Provisorium, man kann es nicht anders nennen. Und Lotte hatte ein so tiefes Bedürfnis nach behaglicher Häuslichkeit. In ihren Kindheitserinnerungen schildert sie das Heim des alten Pfarrers: »Ein Fest für uns war ein Besuch bei einem alten Geistlichen, dem Beichtvater unseres Hauses, der mit seiner Frau ein patriarchalisches Leben führte. Die runden Fensterscheiben im Zimmer, der große Schrank von Nußbaum mit großen geschliffenen Gläsern besetzt, mit Kirschen von Glas und einer ruhenden Kuh von Porzellan, die eine Butterbüchse war, war mir so lieb und erfreulich als der Kohlkopf in Vossens Luise. Ein schöner bunter Teppich lag auf dem Kaffeetisch. An der Seite des Zimmers war ein Fensterchen, das in die Küche sehen ließ, wo der Kaffee uns entgegen dampfte, oder die schönen Kuchen gebacken wurden. Die Hoffnung, die Erwartung, was uns bevorstände, war für mich wichtig. Wenn der Tisch recht mit den Gaben des Herbstes prangte, saß ich recht gemütlich und hörte den Gesprächen, die mit Einfalt im Gemüt gehalten wurden, zu und verlor mich in dieser Welt.« Man kann zweifeln, ob Lotte und Schiller je ein wirklich behagliches Heim beschieden war. Die Schrammei jedenfalls bot nicht viel mehr als einen kuriosen Notbehelf.

Soweit die äußeren Umstände. In die tiefe, reizvolle und spannungsreiche Unordnung der Neigung eines Mannes zu zwei Schwestern hatte die Heirat ein Element der Ordnung gebracht, aber keine Wendung, die eine Lösung bedeutet hätte. Die tragische Gestalt Karolines, Liebe spendend, flehend, fordernd, warf einen Schatten auf die junge Ehe. Es ist nun der Zeitpunkt, zwei Personen in diese Lebensgeschichte einzuführen, die für Schiller, für Lotte und namentlich für Karoline schon eine Bedeutung besaßen und die auf dieses Dreiecksverhältnis beträchtlichen und meist heilsamen Einfluß genommen haben. Es sind Karoline von Dacheröden und ihr Verlobter, Wilhelm von Humboldt.

Die Schwestern Lengefeld, besonders Karoline, waren seit Jahren befreundet mit Karoline von Dacheröden, einem schönen, geistvollen, empfindsamen Mädchen in Lottes Alter. Es lebte mit seinem in preußischen Diensten gestandenen Vater während des Winters in Erfurt, dem Sitz des Koadjutors, im Sommer auf den Gütern der Familie, meist in Burgörner. Das junge Mädchen war ein Mitglied des »Tugendbunds«, einer Vereinigung, die in Berlin vor allem von gebildeten und ehrgeizigen jüdischen Frauen gegründet worden war; ihr Haupt war Henriette Herz, aus sephardischer Familie und mit einem Arzt verheiratet. Es war eine Vereinigung von Schöngeistern, undenkbar ohne die Lessing-Mendelssohn-Nicolai'sche Aufklärung (mit ihren heilsamen Konsequenzen für die norddeutsche Judenschaft), aber in ihrem Streben nicht so sehr der verstandeshellen Aufklärung als romantischen Strömungen zuneigend; ein Freundschaftsbund von hohem geistigen Anspruch mit einem Anflug von Schwärmerei (nachmals unter der französischen Besatzung als Zelle patriotischer Empörung verdächtig). Karoline von Beulwitz trat diesem Bund bei, der ihrer Natur gemäß war. Zum Bunde zählen auch Karl von La Roche, ein Sohn der Sophie, und etwas später Wilhelm von Humboldt.

Schiller hatte das Fräulein von Dacheröden während der Lauchstädter Kur der beiden Schwestern kennengelernt. »Selten findet sich ein so liebes einstimmiges Dreiblatt zusammen«, schreibt er an das Fräulein, und damit waren die beiden Karolinen mit Lotte gemeint. An einer heftigen Erkrankung der Dacheröden nimmt er warmen Anteil. Aufrichtig, aber nicht gerade frei von Egoismus, schreibt er der Wiedergenesenen: »Immer fürchtete ich, das Schicksal hätte mir Ihr liebes schönes Bild nur vorgehalten, um es mir wieder und vielleicht auf immer zu entreißen.« – Wilhelm von Humboldt hatte sich während der Zeit in Paris aufgehalten, mehr mit sich selbst als mit der brodelnden Weltstadt beschäftigt. Am Heiligen Abend lernt Schiller den Zurückgekehrten kennen; beide, Humboldt sieben Jahre jünger, haben sich rasch verstanden und in einer fruchtbaren Freundschaft gefunden. – Karoline Dacheröden hat das Dreiblatt Schiller, Lotte, Karoline in seiner Besonderheit erkannt und hat einfühlsam und klug an der Lösung mitgewirkt. Lotte war zeitweilig nahe daran, zu Gunsten der stärkeren Schwester zu resignieren. Aber die Dacheröden, trotz ihrer starken und durch den Bund gefestigten Freundschaft zur anderen Karoline, hat Lotte in ihrem wankenden Selbstvertrauen gestärkt, zweifellos auch auf die ältere Schwester und wahrscheinlich auf Schiller eingewirkt, um der Eheschließung mit Lotte den Weg zu bahnen. Humboldt seinerseits hat Schiller zur baldigen Heirat zugeredet.

Wir zitieren Humboldt und Karoline Dacheröden als Zeugen für das Verhältnis zwischen Schiller, Lotte und Karoline. Humboldt im Januar 1790: »Schiller wurde in den ersten Stunden vertraut, das heißt er genierte sich nicht. Aber die Art, wie sie untereinander sind, drückt mich oft. Wenn ich Karoline ansah, über ihn hingelehnt, das Auge schwimmend in Tränen, den Ausdruck der höchsten Liebe in jedem Zuge – ach ich kanns Dir nicht schildern...« Karoline Dacheröden im März: »Bitte Carln [wahrscheinlich La Roche], daß er den Freunden nicht viel über dies ganze Verhältnis zu Lotte und Schiller spricht, wer es nicht ganz durchschaut, versteht es gar nicht. Lotte ist ruhig. Schiller ist's auch, Karoline in einer eigenen milden Stimmung. Ach, mein Wilhelm, wann wird man den Menschen auslernen...« Dieselbe im Mai: »Lotte ist gar drollig, sie hat viel Mutterwitz. Schiller scheint glücklich mit ihr zu sein, ruhiger in seinen Gefühlen zu Karoline, und Lotte gibt es Sicherheit, Karolines Seele so unbeschreiblich auf Dalberg gerichtet zu sehen.« Aus diesen Anmerkungen, in denen ein Klatschbedürfnis von der besseren Art durchleuchtet ist von Freundschaft und Verstehen, geht doch hervor, wie die eheliche Verbundenheit klärend, krampflösend zu wirken beginnt.

Schillers Glücksbeteuerungen aus der ersten Zeit seiner Ehe gehören nicht auf die Goldwaage; kein Mann wird leicht anderes äußern, aus Ritterlichkeit wie aus Eitelkeit. Aber ein Wort wie das an Körner am 16. Mai darf man gelten lassen: »Es lebt sich doch ganz anders an der Seite einer lieben Frau, als so verlassen und allein – auch im Sommer. Jetzt erst genieße ich die schöne Natur ganz, und mich in ihr.«

Von tiefer Vertrautheit zeugen die Briefe, die sich die Gatten geschickt haben, als eine Reise Lottes zum Geburtstag der Mutter die erste Trennung des jungen Paares bewirkte. Sechs Tage waren das, und in dieser Zeitspanne haben sich die beiden Briefe geschrieben, wie sie heute in Jahren nicht gewechselt werden. Er: »Was wird die liebe kleine Frau jetzt machen? Ich kann es mir noch immer nicht recht glauben, daß sie fort ist, und suche sie in jedem Zimmer. Aber alles ist leer, und ich finde sie nur in den Sachen, die sie mir zurückgelassen hat. Was ich von ihr sehe, alles, was mich an sie erinnert, gibt mir unbeschreiblich viel Freude.« Sie: »Alles schläft schon um mich her, aber ich kann nicht eher ruhen, bis ich Dir, Teurer, Liebster, einen guten Abend gesagt habe. Jetzt schläfst Du wohl, ach mir ist's immer, als müßte ich Dich aufsuchen, als hörte ich den Laut Deiner Stimme; ohne Dich ist das Leben mir nur ein Traum, ich bin nie da, wo ich scheinbar bin, sondern meine Seele, meine besten wärmsten Gefühle sind nach Dir hin gerichtet. Wie lebst Du? Um unserer Liebe willen strenge Dich nicht zu sehr an, mein Einziger, Lieber, arbeite nicht zu viel, es kann mir so Angst werden, daß Du Dir doch wirklich schaden könntest.«

Und bei einer anderen kurzen Trennung: »Ich muß, ehe ich zu Bette gehe, die kleine Frau noch grüßen. Man hat sie wohl längst schon zu Bette gejagt, und die Nachtmütze fängt schon an, schief zu sitzen.« Sie: »Du denkst wohl jetzt, Liebster, Deine kleine Frau schläft schon, aber spaße Du sachte, hier jagt sie niemand zu Bette...« Übrigens hat zu der wunderlichen Schillerschen Wirtschaft in der Schrammei auch eine Katze gehört – »bewahre die königliche Tochter wohl«. Es war ein improvisiertes Heim, ein halber Haushalt, aber für die Liebenden doch nicht ohne Behaglichkeit.

Die Wolke, die über diesem trotz allem glücklichen Zusammenleben hängt, ist die Sorge um Schillers Gesundheit. Es waren nicht nur Ahnungen, die die junge Frau ängstigten. Text und Melodie dieses gemeinsamen Schicksals finden wir in Mozarts gleichzeitig entstandener »Zauberflöte«.

TAMINO: Du siehst die Schreckenspforten,
die Not und Tod uns dräun.
PAMINA: Ich werde alle Orten
an Deiner Seite sein.

Am Tod entlang gelebt

Als hoffnungglühender jugendlicher Ausreißer kommt er in Mannheim an als der Stätte seines frühen theatralischen Triumphes – und wird mit solcher Zurückhaltung empfangen, daß er die ersten Stunden dort darauf verwenden muß, einen demütigen Bittbrief an seinen Herzog zu schreiben. – Nach bitteren Erfahrungen, Irrungen und Wirrungen erreicht er endlich die ersehnte Anstellung als Theaterdichter – da packt ihn am gleichen Tage ein lebenbedrohendes Fieber. – Nun ist seine Sehnsucht nach einer guten Frau in Erfüllung gegangen – eine kurze Frist verhält, was in einer seiner Balladen der Neid der Götter heißt, dann, noch im ersten Ehejahr, schlägt es wieder zu mit Krankheitsanfällen, die Schillers Leib so zerrütten, daß er seither, um ein Wort Robert Minders zu gebrauchen, nur noch am Tod entlang gelebt hat.

»Lieber, arbeite nicht so viel, es kann mir so Angst werden« – wir haben das Wort aus dem Brief der jungen Frau zitiert. Von den Gegenständen seines Fleißes ist im letzten Kapitel kaum die Rede gewesen. Seit der Fertigstellung des *Don Carlos* im Jahr 1787 hat Schiller jahrelang wenig produziert, was seinen volkstümlichen Ruhm gemehrt hat. Er hat sich, unter Körners beständigem Klagen, von der dramatischen Kunst abgewendet und sich bemüht, seine im Carlos großartig entfaltete Neigung zur Historie wissenschaftlich zu begründen und zu vertiefen. Äußere Umstände, Erwerbs- und Berufsrücksichten zogen ihn in derselben Richtung. Seine wichtigste Arbeit war zunächst die *Geschichte des Abfalls der Niederlande*, deren gedrängte Fülle, in meisterhaft zuchtvoller Sprache, ein herrliches Beispiel historischer Prosa ist; aber nichts, was Aufsehen erregen konnte, und zudem Fragment geblieben.

Neben Geschichtswissenschaftlichem hat er die gleichfalls nie vollendete Erzählung vom *Geisterseher* fortgeführt. Der Reiz dieses Romanversuchs liegt nicht zuletzt darin, wie des Dichters präzis gezügelte Phantasie ihn durch das zeitgenössische Venedig führt; aber das Interesse Schillers, der eben kein Romanschriftsteller war, erlahmt spürbar, zerfließt in erdachten Briefen. Der letzte Satz des Fragments lautet: »An dem Bett meines Freundes erfuhr ich endlich die unerhörte Geschichte« – aber diese Geschichte hat Schiller seinen Lesern auf ewig vorenthalten, sie ist unerhört geblieben.

Von den Arbeiten, die das akademische Lehramt erforderte, ist berichtet worden. Die eher unauffällige Produktion der Jahre 1789, 1790 hat angestrengten Fleiß gekostet; manches ist unter Drang und Zwang zustande gekommen. Aber die Kärrnerarbeit wird bisweilen unerwartet erhellt. Aus einem Brief an Karoline Beulwitz vom 3. November 89: »Ich habe zwei oder drei glückliche Tage erlebt, Karoline, und ich habe mein eigenes Herz dabei beobachtet. Eine Arbeit, die mir anfangs nichts versprach, hat sich plötzlich unter meiner Feder, in einer glücklichen Stimmung des Geistes, veredelt, und eine Vortrefflichkeit gewonnen, die mich selbst überrascht.«

Und weiterhin: »Es war mir aber nie so lebhaft, daß jetzt niemand in der deutschen Welt ist, der gerade das hätte schreiben können als ich.« Ein stolzes, aber keineswegs übertriebenes Wort.

Den Gegenstand dieser überraschend geglückten Arbeit bilden die Denkwürdigkeiten aus dem Leben des Alexius Komnenes, eines byzantinischen Kaisers aus der Zeit der Kreuzzüge, aufgezeichnet von seiner Tochter Anna Komnene – Ritterzeit, Ostrom im Spannungsfeld zwischen christlichem Abendland und Islam. Schiller hat diese Biographie aus der Feder einer genialen Frau (so nennt sie Berthold Rubin) unter Mitwirkung des Studenten Berling aus dem Griechischen übersetzt. Übersetzungen aus dem Griechischen, hauptsächlich von Euripides, haben ihn in jenen Jahren stark beschäftigt.

Mit der »allgemeinen Sammlung historischer Memoires« zielt Schiller auf einen Kreis von Lesern, »welchen ihre Bestimmung es nicht erlaubt, aus der Geschichte ein eigenes Studium zu machen, und die also der historischen Lektüre nur ihre Erholungsstunden widmen können«. (Im Vorwort) Er erkennt in diesen *Memoires* – für die Beibehaltung des französischen Worts hat er eine besondere Begründung – »den wichtigen Vorzug, daß sie zugleich den kompetenten Kenner und den flüchtigen Dilettanten befriedigt, jenen durch den Wert ihres Inhalts, diesen durch die Nachlässigkeit ihrer Form. Meistens von Weltleuten oder Geschäftsmännern verfaßt, haben sie bei diesen auch immer die beste Aufnahme gefunden. Der Geschichtsforscher schätzt sie als unentbehrliche Führer, denen er sich – in mancher Geschichtsperiode – beinahe ausschließend anvertrauen muß. Daß es ein Augenzeuge – ein Zeitgenosse wenigstens – ist, welcher sie niederschrieb, daß sie sich auf eine einzige Hauptbegebenheit oder auf einzige Hauptperson einschränken und nie den Lebensraum eines Menschen überschreiten, daß sie ihrem Gegenstand durch die kleinsten Nuancen folgen, Begebenheiten in ihren geringfügigsten Umständen und Charaktere in ihren verborgensten Zügen entwickeln, gibt ihnen eine Miene von Wahrheit, einen Ton von Überzeugung, eine Lebendigkeit der Schilderung, die kein Geschichtsschreiber, der Revolutionen im großen malt und entfernte Zeiträume aneinanderkettet, seinem Werke mitteilen kann.«

Bei den *Memoires* handelt es sich also um eine Materialsammlung, doch war ein Teil davon mit zeitraubenden Übersetzungen verbunden. Die Vorlesungen über die frühen Gesetzgeber und über das Zeitalter der Kreuzzüge waren ein eigenartiges Gemisch von fast dilettantisch zusammengerafftem Stoff und großartiger Darstellung; auch sie forderten von dem Neuland betretenden Professor angestrengte Vorbereitungen. Bevor wir von dem Hauptwerk des Jahres 1790, der *Geschichte des dreißigjährigen Krieges*, ein Wort sagen, lohnt es sich, einen Blick auf eine beiläufige dramatische Arbeit zu lenken, die über einige Szenen nicht hinaus gediehen ist; wohl nicht für die Bühne, eher als Liebhateraufführung gedacht.

Werkgeschichtlich ist *Der versöhnte Menschenfeind* unbeachtlich, doch verdient er als Beispiel für Schillers gesellschaftliches Bewußtsein anno 1790 eine Erwähnung. Die Skizze spiegelt das Milieu des von Fortschritt und Humanität berührten, aber selbstverständlich und selbstbewußt auf ererbtem Boden herrschenden Landadels; es war die Schicht, mit der Schiller sich durch seinen Umgang und durch seine Heirat bis zu einem gewissen Grade verbunden hatte. Die Titelrolle ist auf einen Gutsherrn angelegt, der, streng und gerecht, niemandem etwas schuldig bleiben will, der für die »Glückseligkeit« seiner Untertanen alles Zeitgemäße tut, aber, ein Menschenfeind, doch nicht bereit ist, die also Beglückten als Mitmenschen zu würdigen – bis er dann doch irgendwie »versöhnt«, bekehrt wird. In die Eindrücke von adliger Gutsherrschaft im Thüringischen – der Wolzogen in Bauerbach, der Stein in Kochberg, der Dacheröden in Burgörner – mischen sich unverkennbar Spuren der Karlsschulen-Aufklärung. So sind diese Szenen für ein Liebhabertheater ein Zeugnis für Schillers gesellschaftskritische und gesellschaftsbejahende Haltung in der Zeit der Französischen Revolution.

Die Niederschrift der *Geschichte des dreißigjährigen Krieges*, im Mai 1790 begonnen, zieht sich unter wiederholten schweren Störungen über Jahre hin. In den Perioden aber, in denen Schiller die Konzentration auf diesen Gegenstand möglich war, hat er unglaubliche Leistungen an Stoffbewältigung, kritischer Sichtung und Wägung und gestalterischer Kraft erbracht. Bekanntlich war die Arbeit für Göschens *Historischen Calender für Damen* bestimmt. Sie macht in mehreren Jahrgängen den Hauptteil aus – ein eindrucksvoller Beweis für Bildungsfähigkeit und Bildungsbereitschaft der damaligen Frauenwelt; der Oberschicht, wie man notwendigerweise hinzusetzen muß. Übrigens sind diese Damenkalender bibliophile Kostbarkeiten, waren es schon bei ihrem Erscheinen; mit Goldschnitt und Kupferstichen geschmückt; richtige Kalender mit Monatstäfelchen und astronomischen Angaben; von ganz kleinem Format, so, daß sie auch im zierlichsten Strickbeutel Platz fanden.

»Meisterschaft... im Stil, im Aufbau, im Urteil« (Golo Mann) bezeugt diese *Geschichte des dreißigjährigen Krieges.* Sie ist nicht nur meisterhaft erzählt, sondern sie ist auch nach dem heutigen Stand der Wissenschaft eine sehr achtbare Darstellung, und dies, obwohl Schiller auf recht dürftigen Unterlagen aufbauen mußte. Was mit unseren heutigen Kenntnissen nicht übereinstimmt, ist die betont konfessionelle Sicht der Ereignisse. Im Ringen der Mächte waren die konfessionellen Motive selten mehr als drittrangig; das Volk allerdings hat den dreißigjährigen als einen Konfessionskrieg empfunden, unter dem Hin- und Herwogen bald katholischer, bald protestantischer Kriegsvölker. Noch in einem anderen Punkt gilt uns heute Schillers Anschauung als überholt (aber sie ist des Nachdenkens wert): in der sehr positiven Einschätzung des Westfälischen Friedens und seiner Nachwirkungen bis in Schillers Zeit: »Aber Europa ging ununterdrückt und frei aus diesem fürchterlichen Krieg, in welchem es sich zum erstenmal als eine zusammenhängende Staatengesellschaft erkannt hatte; und diese Teilnehmung der Staaten aneinander, welche sich in diesem Krieg eigentlich erst bildete, wäre allein schon Gewinn genug, den Weltbürger mit seinen Schrecken zu versöhnen.«

Bei dem Historiker Schiller fällt die Neigung auf, die heilsamen Folgen böser Wirren hervorzuheben. Hier, bei den Auswirkungen des Westfälischen Friedens auf die europäische Staatenordnung, tritt hinzu seine eigenartige Zufriedenheit mit den deutschen Zuständen in dem sich neigenden Jahrhundert. (Gleiches schwingt in seiner Antrittsvorlesung.) Insoweit ist die Grundstimmung in dem bedeutenden Geschichtswerk dieselbe wie in den lose hingeworfenen Szenen vom *Menschenfeind.*

Die Beschäftigung mit dem gewaltigen Stoff des großen Krieges weckt den schlummernden Drang zur künstlerischen Gestaltung. »Es kleidet sich wieder um mich herum in dichterischen Gestalten, und oft regt sich's wieder in meiner Brust.« (Am 16. Mai 1790 an Körner) Ein Epos schwebt ihm vor zur Verherrlichung Gustav Adolfs; ein Wallenstein-Drama – eine Reihe von Jahren werden noch vergehen, bis er dieses, sein vielleicht größtes Werk vollendet. Gegen Ende des Jahres 1790 (am 26. November) schreibt er an Körner: »Das Arbeiten im dramatischen Fache dürfte überhaupt noch auf eine ziemlich lange Zeit hinausgerückt werden. Ehe ich der griechischen Tragödie durchaus mächtig bin und meine dunklen Ahnungen von Regel und Kunst in klare Begriffe verwandelt habe, lasse ich mich auf keine dramatische Ausarbeitung ein. Außerdem muß ich doch die historische Wirksamkeit so weit treiben, als ich kann, wär's auch nur deswegen, um meine Existenz bestmöglichst zu verbessern. Ich sehe nicht ein, warum ich nicht, wenn ich ernstlich will, der erste Geschichtsschreiber in Deutschland werden kann...«

Die *Geschichte des dreißigjährigen Krieges* hatte sein Selbstbewußtsein mächtig gestärkt. Dieser große Gegenstand ist seine Hauptbeschäftigung während der ersten Zeit seiner Ehe. Er arbeitet mit beruhigtem Herzen, erfreut sich an Lottes Gegenwart. Er hat es gern, wenn sie, während er mit seinem Stoff ringend auf und ab schreitet, im Nebenzimmer Klavier spielt – eine Melodie von Gluck, einen Marsch. So nimmt Lotte weitere Klavierstunden. Sie liest viel, bildet sich in Sprachen, im Italienischen, besonders im Englischen. Dem Schwager Reinwald bekennt sie in einem Brief vom 27. August 1790: »Die Liebe für England ist mir angeboren, und fast sollte ich glauben, ich wäre schon einmal auf der Welt gewesen und hätte in England gelebt, so wenig fremd war mir die Sprache...« Auch dilettiert sie recht glücklich im Zeichnen und Malen. Die Wirtschaft wird ihr nicht viel Zeit geraubt haben – man muß sich fragen, was eigentlich ihr Personal, drei Personen, den ganzen Tag getan hat in den gemieteten Räumen in der Schrammei.

Das innige Einverständnis der Gatten spricht aus den Briefen, die gewechselt werden, als Lotte zum Geburtstag der chère mère, dem 27. Juli, nach Rudolstadt reist. Lotte: »Ohne Dich ist das Leben mir nur ein Traum... Wie klar fühle ich's täglich und jetzt, daß nur bei Dir, nur unter Deinen Augen das Leben mir liebliche Blüten geben kann. Arm und leer wäre mein Herz ohne Dich. Mein besseres Leben lebe ich nur bei Dir. Ach das Scheiden auf stundenlang tut mir schon weh, und vollends auf Tage!« Schiller: »Mir ist, wie vier Wochen vor unsrer Heirat, so leer, so einsam unter allem, was mich umgibt.«

Unter den mancherlei Besuchern, die in der Schrammei kommen und gehen, ist in diesem Sommer, ein paar Tage nach Lottes Rückkehr aus Rudolstadt, ein dänischer Literatus namens Jens Baggesen, ein aufgeregter, in Gefühlen schwelgender Mensch; aber einer der ersten Kenner Schillers in Dänemark (das damals, durch die Zugehörigkeit Schleswigs und Holsteins zur dänischen Krone, eng an den deutschen Kulturkreis angeschlossen war). Baggesen war durch Reinhold eingeführt, kam aber nicht eben zur guten Stunde, denn Schiller war seit Tagen vom Zahnweh geplagt. Baggesen: »Ich wußte nicht, wie es mir war, was ich tat, woher und wohin, als wir in Schillers Stube hereintraten, wo seine schöne, nette, sanfte, graziöse, runde, liebenswürdige Frau mit Lächeln uns entgegenschwebte..., indem Er, lang, hehr, bleich, mit unfrisierten gelben Haaren und durchschneidenden Blicken in den fast starren Augen mich bewillkommte. Er hatte erschreckliche Zahnschmerzen, geschwollene Backen und mußte das Schnupftuch immer für den Mund halten, so daß er mit Mühe sprach. Er war überaus artig – aber tiefer Gram guckte durch seine gezwungene Munterkeit.«

Man trinkt Tee, macht Konversation, Lotte spielt etwas auf dem Klavier. Eine treffende Bemerkung in Baggesens Tagebuch: »Bei der Gelegenheit sprachen wir von der Musik, von der Schiller gar nichts versteht, die er aber, wie er mir sagte, außerordentlich liebt.«

In diesem Tagebuch finden sich weiter Bemerkungen über Schillers enge finanzielle Verhältnisse – Baggesens Wissen darum wird Folgen haben – und dann ein Porträt des Dichters, bei aller Kraßheit bemerkenswert und merkwürdig: »Schiller ist ein feuerspeiender Berg, dessen Gipfel mit Schnee bedeckt ist. Er scheint kalt zu sein – sein ganzes Betragen selbst gegen seine vertrautesten Freunde – am allermeisten gegen seine Frau – ist kalt. Er ist in der Gesellschaft *nichts*, ganz und gar nicht unterhaltend, ganz und gar nicht witzig – meistens stumm. Nie hat man ihm einen guten Einfall abgelockt, nie ist ein bon-mot über seine Lippen gekommen. Bisweilen aber – doch äußerst selten, wird er gerührt, und dann ist er rührend bis zu Tränen allen denen, die ihn umgeben. Er sagt nie seiner Frau oder irgendeinem seiner Freunde was Liebes – sein Ton mit ihr ist trocken, hart, kalt, gleichgültig, verdrießlich – im Schreiben aber ist er ganz anders, und in allen seinen Briefen ist Geist und Herz.«

Es war der Sommer, in dem Schiller bis an den äußersten Rand seiner Kräfte an der *Geschichte des dreißigjährigen Krieges* arbeitete, um Göschen für seinen Damenkalender noch rechtzeitig zu beliefern. Göschen, wir erinnern daran, befand sich in der prekärsten Situation, ein neuer Fehlschlag hätte seinen Ruin bedeutet. Schiller war über die Lage seines Verleger-Freundes nicht genau unterrichtet, ahnte aber genug: »Tausend gute Wünsche zur bevorstehenden Messe. Ich würde Gebete für Sie und Ihre Unternehmung zum Himmel schicken, wenn ich mit dem Himmel auf diesem Fuße stünde.« (Am 12. September) Es war auch ein bereits prolongierter Wechsel fällig... Bekanntlich wurde der Damenkalender für Göschen zum rettenden Anker, und der Dichter wurde fürstlich honoriert. Schönste Harmonie zwischen Autor und Verleger! Schiller am 5. November: »Auf kommenden Mittwoch liebster Freund fällt mein Geburtstag, den Sie mir in meinem Zimmer zu feyern versprochen. Ich lege Ihnen Ihre Versprechung ans Herz, meine Frau vereinigt ihre Bitte mit der meinigen, kommen Sie wenn es irgend Ihre Geschäfte erlauben. Champagner soll fließen und mitunter soll auch ein gescheides Wort gesprochen werden. Sie logieren bey mir ...«

Im Oktober hatte Schiller eine Arbeitspause eingelegt; er wollte in Rudolstadt ausspannen. »Wird viel Schach gespielt und sind die TarockhombreTische parat? Ich habe im Sinn recht lüderlich zu werden und ihr werdet mir wie ich hoffe dazu behilflich seyn –« schreibt er am 5. Oktober an die Schwestern; Lotte war schon vorausgereist. In einem weiteren Brief hofft er auf fröhliche Wanderungen. Aus Rudolstadt schreibt er an Körner: »Ich wollte diese vierzehn Tage schlechterdings nichts thun, und es wird redlich gehalten. Aber nach diesem beschwerlichen Sommer war diese Erholung mir nöthig.« Am 1. November jedoch, nach Jena zurückgekehrt, ebenfalls an Körner: »Zwölf Tage brachte ich in Rudolstadt mit Essen, Trinken und Schachspielen und Blindekuhspielen zu. Ich wollte ganz feiern, und diese Erholung hat mir wohlgethan, obgleich sie mir gegen das Ende unerträglich wurde. Lange kann ich den Müßiggang nicht ertragen, solchen besonders, wo der Geist nicht einmal durch geistigen Umgang gepflegt wird. Sogar die Vorlesungen machen mir jetzt mehr Vergnügen ...«

Die Vorlesungen hatten wieder begonnen. Es sollten die letzten regulären sein. – Am 31. Oktober hatte Goethe einen Besuch in der Schrammei gemacht. Er kam sehr angeregt von Körner aus Dresden, und das war eine sympathische Gesprächsvoraussetzung. Man sprach auch von Kants Philosophie, der sich Schiller unter Reinholds Einfluß zuzuwenden begonnen hatte, um sie nie mehr loszulassen. (Goethe im Alter zu Eckermann: »Schiller pflegte mir immer das Studium der Kant'schen Philosophie zu widerraten. Er sagte gewöhnlich, Kant könne mir nichts geben. Er selbst studierte ihn dagegen eifrig.«) Es scheint eine angenehme Begegnung gewesen zu sein. Der Beginn einer Freundschaft ist es nicht geworden. Bis dahin sollten noch vier Jahre vergehen.

Es sind aus dieser Zeit zwei Briefe Schillers an seinen Vater erhalten. Der hatte nach gutem württembergischen Brauch den jungen Haushalt mit heimischem Wein versorgt, mit einem an Reinwalds abzuzweigenden Deputat. Der Sohn schickt den Damenkalender und verschweigt nicht, daß er für seine Arbeit 80 Louisdors erhalten hat. Der Vater antwortet, der Kalender werde auch in der Heimat gut verkauft. Darauf der Sohn am 29. Dezember: »Es ist mir überaus lieb, daß mein histor. Kalender in Schwaben sehr verbreitet wird. Eine Reputation im historischen Fach ist mir des Herzogs wegen nicht gleichgültig. Auch vor seine Ohren muß es endlich kommen, daß ich ihm im Auslande keine Schande mache, und wenn er dadurch zu einer bessern Gesinnung von mir wird vorbereitet sein, dann ist es Zeit, daß ich mich selbst an ihn wende.« Hier taucht der Gedanke an eine Reise in die Heimat auf. Der Brief ist noch dadurch merkwürdig, daß von einer Veröffentlichung der »meisterhaften Kur« des Dr. Consbruch an Schillers Mutter die Rede ist.

Das Jahr 1790 geht zu Ende. An Silvester sind Schillers zu Mittag bei Frau v. Stein eingeladen. Dann fahren sie nach Erfurt zum Koadjutor Dalberg, dem »Goldschatz« (in Schillers Briefen bisweilen geschäftsmäßig G.sch. abgekürzt), wo Karoline Beulwitz bereits auf sie wartet; auch die andere Karoline, Wilhelm Humboldts Verlobte, ist anwesend. Dalberg war für sie alle ein hochgestellter Freund und Gönner; hilfsbereit, ohne daß diese Bereitschaft auf die härteste Probe gestellt wurde; den drei jungen Frauen herzlich zugetan, für Karoline Beulwitz ein wahrhafter Freund; voller Bewunderung für Schillers Genie. Ein rührender Beweis seiner Zuneigung ist das Gemälde, das er eigenhändig als Hochzeitsgeschenk für Schiller und Lotte gefertigt hat, und das mit einiger Verspätung eintraf. Freilich ist die liebenswürdige Absicht an diesem Geschenk alles – ein ridiküles Ding, dilettantisch gepinselt, einen Hymen darstellend, der die Buchstaben S und L in die Rinde eines Baumes schneidet; im Hintergrund ein Wasserfall. Dalbergs liebenswürdige, verbindliche Art, seine hohe Stellung und noch höhere Bestimmung im altersschwachen Reich, machten ihn zum glänzenden Mittelpunkt des freundschaftlich verbundenen Kreises. Theaterbesuch, Festsitzung der »Kurfürstlichen Akademie nützlicher Wissenschaften«, in die Schiller aufgenommen wird, Konzert im Redoutensaal.

Karoline von Dacheröden hatte der Begegnung mit dem Ehepaar Schiller mit gespannter Neugierde entgegengesehen, wobei ihr Wohlwollen durchsäuert war vom Mitgefühl für ihre intime Freundin und Bundesschwester Karoline Beulwitz, die seit der Heirat der Schwester etwas von ihrem Anteil an Schiller eingebüßt hatte. Gesprächig teilt sie dem Verlobten ihre Eindrücke mit – »ach ja, Bill muß alles wissen«. Sie schreibt am Neujahrstag: »Gestern abend kam Schiller mit Lottchen an. Es tat mir unendlich wohl, sie wiederzusehen und die beiden lieben Wesen um mich zu fühlen. Lottchen hat so in allem den süßen Ausdruck der Ruhe, der Zufriedenheit, des innigsten Wohlseins –« fährt aber fort: »Es wird mir wohl und weh, wenn ich sie neben Schiller sehe, wenn sie sich so öffentlich Du nennen...« In einem weiteren Brief äußert sie sich abgekühlt über Schiller. »Du glaubst kaum, wie geändert er ist. In sich mag er ruhiger, vielleicht in einem gewissen Sinne glücklicher sein... Ich fühlte, wie einige Saiten in ihm nicht mehr tönten...« Sie klagt, mit seinen Ideen hoher, einziger Liebe sei es aus. In solchem Kontext hat es Gewicht, wenn sie sagt: »Lottchen selbst ist mehr geworden. Ihre Empfindungen haben an Innigkeit gewonnen, ihr Wesen tönt in einem volleren Klang.«

Am Abend des 3. Januar muß sich Schiller, hoch fiebernd, in einer Sänfte aus dem Redoutensaal in sein Quartier tragen lassen. Er bleibt einen Tag im Bett, ein paar Tage in seinem Zimmer – der Koadjutor, wohlwollend und besorgt, besucht ihn wiederholt, im Gespräch mit ihm taucht der Gedanke einer dramatischen Gestaltung Wallensteins auf – allmählich klingen die Beschwerden ab. Am Vormittag des 9. Januar macht der scheinbar Genesene einen Spaziergang mit dem Fräulein von Dacheröden, dann reist er mit Lotte nach Weimar. Man ist bei Hof eingeladen. Schiller trifft den Schauspieler Beck, den guten Freund aus der Mannheimer Zeit, der hier ein Gastspiel gibt. Schiller fühlt sich so weit erholt, daß er Lotte auf ein paar weitere Tage in Weimar läßt und allein nach Jena fährt. Am 12. Januar hält er seine Vorlesung. Er fühlt sich genesen. Am nächsten Tag erneutes Fieber; Husten, eitriger Auswurf, Atemnot. »Es wäre mir gar lieb, mein Herz, wenn Du gleich nach Empfang dieses Briefes einen Wagen nähmest und hieher führest.« Das Fieber steigt, der Magen behält nichts bei sich, die totale Schwächung führt bei geringen Bewegungen zu Ohnmachten.

Lotte, auf das Billett herbeigeeilt, ist nur noch Krankenpflegerin. Freunde, Studenten drängen hilfsbereit herzu und lösen einander bei den Nachtwachen ab; darunter der junge Baron Hardenberg, später unter dem Namen Novalis bekannt, in der vielfarbigen Gesellschaft der deutschen Romantiker die zarteste und reinste Erscheinung. Freund Beck erscheint am Krankenbett. Der Herzog schickt sechs Flaschen Madeira zur Stärkung. Die Schwägerin Karoline trifft ein, später auch für eine Woche die Schwiegermutter.

Ende Januar ist das Ärgste für einmal ausgestanden. Langsam erholt sich der Patient. Sein erster Brief geht an Göschen, eine dringende Bitte um Vorschuß. Dann: »Ich fange an mich aus dem kranken Zustand herauszuwinden, aber mit ziemlich langsamen Schritten, weil der Anfall zu heftig war, und Krankheit und Kur mich äußerst erschöpften. Dieser Brustzufall entdeckte mir übrigens wie sehr ich meine Lunge zu schonen habe, und ich fürchte sehr, daß er auf meine hiesige Lage Einfluß haben wird. Das Collegienlesen ist eine zu gefährliche Bestimmung für mich...« Folgerichtig richtet er am 2. März ein Gesuch um Beurlaubung von den Vorlesungen an den Herzog. Karl August entspricht dem in der liebenswürdigsten Form; er besucht ihn und gibt seine Zustimmung mündlich. Mit den wachsenden Tagen schreitet die Genesung fort. Im April reist er mit Lotte nach Rudolstadt. Sie erholen sich beide von dem tiefen Schrecken. Jeden zweiten Tag reitet er aus. So geht es immer besser, aber als dunkle Mahnung spürt er »bei starkem, tiefen Atemholen einen spannenden Stich auf der Seite«.

Hier in Rudolstadt, am 8. Mai, erleidet Schiller eine neue schwere Attacke, krampfartige Erstickungsanfälle, Fieberfrost, Erkalten der Glieder und Schwinden des Pulses. Nach einigen Stunden ist das Schlimmste überstanden; der Arzt, Dr. Conradi, hatte sich tüchtig gezeigt. Aber schon am übernächsten Tag erfolgt ein Rückfall mit so entsetzlicher Atemnot, daß der Kranke und die weinenden Frauen die letzte Stunde für gekommen halten. In der Verzweiflung und um ein übriges zu tun, schickt man einen reitenden Boten zu Dr. Stark, dem Jenenser Hausarzt. Als der schleunigst eintrifft, ist der Anfall abgeklungen. Der tief erschöpfte Kranke schläft.

Diese Todesnot war genau vierzehn Jahre vor Schillers Ende. Die Anfälle erfolgten am 8. und 10. Mai 1791; sein Todestag ist der 9. Mai 1805. Noch vierzehn Jahre am Tod entlang gelebt.

Wir sind über jene Tage gut unterrichtet, am eindringlichsten durch die Aufzeichnungen der Schwägerin Karoline. »Ich las ihm aus Kants Kritik der Urteilskraft die Stellen, die auf Unsterblichkeit deuten, vor.« Der Kranke: »Dem allwaltenden Geiste der Natur müssen wir uns ergeben und wirken, solange wir's vermögen.« Sie fährt in ihren Erinnerungen fort: »Wir sollten unsere Freunde zu ihm kommen lassen, damit sie lernten, wie man ruhig sterben könne. Als ihm die Sprache schwer zu werden anfing, griff er nach dem Schreibzeuge und schrieb: »Sorget für eure Gesundheit, man kann ohne das nicht gut sein.« Als der Arzt ihm Linderung verschafft, sagt er mit einem heiteren Blick zu Lotte: »Es wäre doch schön, wenn wir noch länger zusammenblieben!« – Karoline berichtet von den schlaflosen Nächten, Lektüre, langen Gesprächen – »Reisen interessierten ihn sehr. In unsern Gesprächen wanderten wir über die ganze bekannte Erde, durch alle Zonen... Die Länder am Nordpol, wo der Mensch mit allen Elementen um sein Dasein kämpfen muß, waren Schiller besonders merkwürdig«. Rührend der Ausspruch des Mannes, der in seinem Leben kaum gereist ist: »Man bringt doch immer etwas von solch einer Reise um die Erde mit.« Schweifende Gespräche, schwere Lektüre, aber auch leichte Ablenkung. Kartenspiel mit den Hausjungfern – und dann kommt endlich doch der ersehnte Schlaf. Es wird auch bisweilen mit Morphium nachgeholfen.

Unter den hilfsbereiten, von Neugierde nicht ganz freien Besuchern ist ein gewisser Karl Gotthard Grass, Student aus Jena. Er hat den Moment festgehalten, wie der Kranke, aus einer Ohnmacht erwachend, seine über ihn gebeugte Frau umschlingt. – Von Lotte haben wir ein Zeugnis aus seiner und ihrer Leidenszeit in ihrem Brief vom 23. Mai an die Schwägerin Christophine: »Er selbst verlor den Mut, und wie mir nun sein mußte, können Sie fühlen.« Am Ende heißt es: »Heute ist er zum erstenmal mit uns im Garten gewesen, und es war in mir ein tiefes Gefühl des Dankes, daß ihn mir der Himmel wieder gegeben, daß ich mich wieder mit ihm der schönen Welt freuen kann.«

In allen sonstigen Berichten aus den Tagen, in denen Schiller mit dem Tode rang, ist auffallend, daß von christlichen Worten und Bräuchen, die doch damals in den Krankenstuben verbreitet waren, überhaupt nicht die Rede ist. Zwar vermag der Schreiber dieser Lebensgeschichte sich nicht vorzustellen, daß Lotte nicht zuweilen stumm gebetet habe – aber alles, was zuverlässig zumal von ihm selbst bekannt ist, weist gänzlich auf verständige Einsicht und philosophische Gefaßtheit.

Welcher Art ist Schillers Krankheit gewesen? Seine »Brustkrankheit« weist auf eine Tuberkulose; sein häufiger Husten, sein ganzes Erscheinungsbild stützen diese Vermutung. Er selbst hat sich in einem Brief an Körner geäußert, daß er eine Schwindsucht befürchtet, daß aber der Krankheitsverlauf auf andere Ursachen gedeutet habe. Nach unserem heutigen und wahrscheinlich definitiven Wissensstand, den wir vor allem der nachträglichen Diagnose des Jenenser Internisten W. Veil verdanken, hat Schiller 1791 eine schnell verlaufende Lungenentzündung (kruppöse Pneumonie) erlitten, die von einer trockenen Rippenfellentzündung begleitet war. Davon verblieb eine Rippenfellvereiterung, aus der ein Eiterdurchbruch durchs Zwerchfell erfolgte – ein Wunder fast, daß er dies überlebt hat. Hierdurch ist ein zweiter Eiterherd im Bauch entstanden, die Ursache aller seiner späteren Unterleibskomplikationen. Chronische Entzündungsherde also in einem in der Abwehr zweifach beeinträchtigten Körper; einmal durch die von Natur schwachen Lungen, zum andern durch die Folgen der in Mannheim ausgestandenen Malaria. Wahrscheinlich waren die Krankheitsherde doch tuberkulöser Art – dafür spricht das lange Dahinleben, das Schwanken zwischen fiebrigen und fieberfreien Perioden.

Schiller hat sich wiederholt brieflich über seine Erkrankung geäußert, am ausführlichsten gegenüber Körner; er verleugnet dabei den studierten Mediziner nicht. In seinem Brief vom 22. Februar erfahren wir auch einiges von der Therapie – starke Aderlässe, Blutegel, Vesicatorien auf der Brust –, das waren die gängigen Mittel der damaligen Medizin. Immerhin haben sie ihm Luft verschafft. »Nur die üble Einmischung des Unterleibs machte das Fieber complicirt. Ich mußte purgiert und vomiert werden. Mein geschwächter Magen brach 3 Tage lang alle Medicin weg. In den ersten 6 Tagen konnt ich keinen Bissen Nahrung zu mir nehmen, welches mich bey so starken Ausleerungen der ersten und zweyten Wege und der Heftigkeit des Fiebers so sehr schwächte, daß die kleine Bewegung, wenn man mich vom Bette nach dem Nachtstuhl trug, mir Ohnmachten zuzog, und daß mir der Arzt vom siebenten bis eilften Tage nach Mitternacht mußte Wein geben lassen. Nach dem Siebenten Tage wurden meine Umstände sehr bedenklich, daß mir der Muth ganz entfiel; aber am 9. und 11. Tage erfolgten Crisen. Die Paroxysmen waren immer von starkem Phantasieren begleitet, aber das Fieber in der Zwischenzeit mäßiger und mein Geist ruhig... Erst acht Tage nach Aufhören des Fiebers vermochte ich einige Stunden außer dem Bette zuzubringen, und es stand lange an, ehe ich am Stock herum kriechen konnte.« Er rühmt den Eifer der Pfleger: »Sie stritten sich darüber, wer bei mir wachen dürfte.« Auch ein schönes Wort über Lotte, »die mehr gelitten hat, als ich«.

Am 24. Mai ebenfalls an Körner: »Der Athem wurde so schwer, daß ich, über der Anstrengung Luft zu bekommen, bei jedem Athemzuge ein Gefäß in der Lunge zu zersprengen glaubte.« Erkalten der Glieder – »Im heißen Wasser wurden mir die Hände kalt«. Die ärztlichen Maßnahmen: Aderlässe (das Hauptmittel der alten Medizin! aber vom Patienten positiv beurteilt), Opium »in starken Dosen«, Kampfer mit Moschus, Klistiere. »Starkes (seines Arztes) Urtheil von dieser Krankheit ist, daß Krämpfe im Unterleibe und Zwerchfell zum Grunde liegen, die Lunge selbst aber nicht leide; und es ist wahr, daß dieser fürchterliche Zufall selbst der stärkste Beweis davon ist, weil ein örtlicher Fehler in der Lunge sich bei der convulsivischen Anstrengung der Respirationswerkzeuge nothwendig hätte offenbaren müssen, welches nicht geschah.« Hier irrt Starke, aller Wahrscheinlichkeit nach.

»Ich habe dabei mehr als einmal dem Tod ins Gesicht gesehen, und mein Muth ist dadurch gestärkt worden... Mein Geist war heiter, und alles Leiden, was ich in diesem Momente fühlte, verursachte der Anblick, der Gedanke an meine gute Lotte, die den Schlag nicht würde überstanden haben.« – Der Biograph hat der Neigung zu widerstehen, seinen Helden durchaus groß zu sehen. Kein Mensch ist in allen Stücken groß. Groß unter Schicksalsschlägen hat sich schon der junge Schiller gezeigt. Und groß ist die Art, wie der gefestigte, gereifte Mann diese fürchterlichen Krankheitsanfälle ertragen hat. Groß ist – man kann das Wort wagen: unvergleichlich –, was er durch vierzehn Jahre an Leistungen seinem zerrütteten Leib abgetrotzt hat.

An zwei Beispielen aus diesem Schicksalsjahr 1791 soll gezeigt werden, wie Schiller auf junge Menschen wirken konnte. Johann Gottfried Gruber (damals siebzehn Jahre alt, später Schriftsteller und Geschichtsprofessor): »Er war lang von Statur, fast hager. Sein Körper schien den Anstrengungen des Geistes damals zu unterliegen. Sein Gesicht war bleich und verfallen, aber eine stille Schwärmerei schimmerte aus seinem schönen, belebten Auge, und die hohe, freie Stirn verkündigte den tiefen Denker. Mit Freundlichkeit empfing er mich, sein ganzes Wesen erweckte Vertrauen. Da war nichts von Zurückhaltung, nichts von Stolz oder vornehmtuendem Air, er war so offen, so redlich in allen Äußerungen, so ganz nur ein schönes Herz entfaltend, daß mir, ehe eine Viertelstunde verging, war, als hätten wir uns seit Jahren gekannt.« Hardenberg-Novalis (damals achtzehnjährig): »Sein Blick warf mich nieder in den Staub und richtete mich wieder auf. Das vollste, uneingeschränkteste Zutrauen schenkte ich ihm in den ersten Minuten, und nie ahnete mir nur, daß meine Schenkung zu übereilt gewesen sei. Hätt er nie mit mir gesprochen, nie teil an mir genommen, mich nicht bemerkt, mein Herz wäre ihm unveränderlich geblieben; denn ich erkannte in ihm den höheren Genius, der über Jahrhunderte waltet, und schmiegte mich willig und gern unter den Befehl des Schicksals. Ihm zu gefallen, ihm zu dienen, nur ein kleines Interesse für mich bei ihm zu erregen, war mein Dichten und Sinnen bei Tage und der letzte Gedanke, mit welchem mein Bewußtsein abends erlosch... Sein Wort hätte Funken zu Heldentaten in mir geschlagen... und vielleicht ist selbst das Gute und Schöne, dessen Spuren meine Seele trägt und tragen wird, schon durch sein Beispiel größtenteils mit sein Werk.«

Die Nachricht von Schillers schwerer Erkrankung hatte sich verbreitet und mit wachsender Entfernung an Genauigkeit eingebüßt. Am 19. Juni meldete die *Oberdeutsche allgemeine Literaturzeitung* seinen Tod. Dieses Gerücht erreichte Ende Juni Kopenhagen. Dort war ein kleiner, aber einflußreicher Kreis von Schillerfreunden eben im Begriff, auf Baggesens Vorschlag eine Feier zu Ehren des Dichters zu veranstalten. Das sollte auf dem Lande geschehen, in Hellebaek, am Sund unweit des Hamlet-Schlosses Kronenborg gelegen. Auf die niederschmetternde Nachricht hin wollte man das Fest absagen, aber Minister Schimmelmann meinte: nun erst recht, nun solle es eine Totenfeier werden. So fuhren sie denn trotz drohender Regenwolken von Kopenhagen hinaus nach Hellebaek, Graf und Gräfin Schimmelmann, Baron von Schubert, ebenfalls Minister, und natürlich Baggesens. Als man am Ziel ankam, hatte der Wind die Wolken verblasen. Schimmelmann arrangierte alles – man verstand sich noch auf fêtes champêtres hier im Norden, wie unlängst noch in Trianon. Hinter Bäumen und Gebüsch sind Chöre versteckt, Kinder im Schäferkostüm. Baggesen beginnt zu rezitieren: »Freude, schöner Götterfunken, Tochter aus Elysium –« die Minister mit ihren Frauen singen mit, die Chöre fallen ein (das Lied ist schon vor Beethoven vertont worden), und als es ausgesungen ist, spricht Baggesen eine neue Strophe:

> Unser toter Freund soll leben,
> Alle Freunde, stimmet ein!
> Und sein Geist soll uns umschweben …

Dann tanzen die Kinder einen Reigen: eine Szene, rührend und grotesk, spätes Rokoko unter dem hellen Himmel des Nordens, eine heitere Totenfeier ohne Toten.

Da zum Glück Baggesen in regem Briefwechsel mit Reinhold stand, erfuhren die dänischen Freunde bald, daß sie in Hellebaek einen Lebenden gefeiert hatten. Schiller hörte von dieser seltsamen Veranstaltung »mit unaussprechlichem Vergnügen«. Lotte, als sie Reinhold Grüße an Baggesen bestellte, brach in Tränen aus.

Zur Festigung von Schillers erschütterter Gesundheit wurde eine Kur in Karlsbad für gut befunden. Am 9. Juli, nach einer äußerst beschwerlichen Reise, traf man dort ein; Schiller, Lotte, Karoline und der junge Dr. med. Eicke, vom Hausarzt als Begleiter und Überwacher der Kur mit auf den Weg geschickt. – Eine Badereise nach Böhmen, das ist in Schillers Leben etwas Außergewöhnliches, ein Ereignis. Aber seltsamerweise wissen wir wenig Genaues darüber. Über kein Stück seines Lebens ist so viel gefabelt worden. Das hängt mit der Verehrung zusammen, die Schiller nicht nur von den Deutschen Böhmens, sondern auch vom tschechischen Stammvolk entgegengebracht wurde, und die dazu geführt hat, daß sein Aufenthalt in Böhmen – vier Wochen – phantastisch ausgeschmückt wurde. Seinen Besuch in Eger hat man übertrieben. Er soll in Dux den alten Casanova, der dort in der Schloßbibliothek saß, besucht haben, er soll in Prag gewesen und von den theaterbegeisterten Pragern mit Vivatrufen begrüßt worden sein. In Wirklichkeit hat er von Böhmen nichts gesehen als die Nordwestecke, Karlsbad und Eger. Es gehört zu den Verdiensten von Lieselotte Blumenthal, aus dem Wust von Übertreibungen und Fabeln den Kern gesicherter Tatsachen herausgeschält zu haben.

Karlsbad genoß bereits europäischen Ruf. Hier trafen sich Kurgäste aus allen Provinzen Österreichs, aus Ungarn und Polen, aus Kurland und Dänemark und ganz Norddeutschland. Bei den meisten hielt sich das Bedürfnis nach einer Kur mit dem Wunsch nach Abwechslung und Geselligkeit die Waage. Den Reiz des Ortes bildete der Kontrast zwischen »hohen, engen und Wilden Gebürgen« und den Alleen, Gartenanlagen, luftigen Sälen und behaglichen Gasthöfen der kleinen Stadt.

Der Aufenthalt im Bade, mit dem Glas in der Hand oder in einer Bütte sitzend, war im 18. Jahrhundert beliebt und weit verbreitet, in vielen Familien ein fester Bestandteil im Jahreslauf; für viele Menschen, vor allem für die Frauen, überhaupt der einzige Anlaß zu einer Reise. Es konnten winzige, stille Plätze das Ziel ein. In den kleinen Bädern, mit denen besonders Schwaben übersät war, gähnte bisweilen kaum ein halbes Dutzend Fremde an der einzigen gemeinsamen Wirtstafel einander an. Karlsbad hatte in der Sommerzeit gleichzeitig 600 bis 700 Gäste, mitgebrachte Dienerschaft nicht gerechnet. Goethe, vier Jahre später aus Karlsbad an Schiller: »Man könnte 100 Meilen reisen und würde nicht so viele Menschen und so nahe sehen. Niemand ist zu Hause, deswegen ist jeder zugänglicher und zeigt sich doch auch eher von seiner günstigen Seite.«

An Gesellschaft hat es Schiller im Bade nicht gefehlt; es waren auch Bekannte und Freunde darunter. Dora Stock, als Begleiterin eines gräflichen Paares Hoffmann von Hoffmannsegg aus Dresden, war zwar gerade abgereist, zu ihrem Kummer. Aber Herder war noch eine Woche anwesend. Da ihm die Kur nicht gut bekommen war, und da Schiller sich zunächst von den Strapazen der heißen und staubigen Reise erholen mußte in seinem Quartier Zum weißen Schwan, haben sich beide nicht lange gesehen, aber sie haben ein großes Gesprächsthema gehabt: die *Sakontala*, eine frühe indische Dichtung, die Herder gerade beschäftigte und für deren Schönheit er Schiller zu begeistern wußte. Wahrscheinlich durch Herder hat Schiller die schöne und geistvolle österreichische Gräfin Aloysia Lanthieri-Wagensperg kennengelernt, die hier in Karlsbad schon vor Jahren Goethe und seinem Herzog ein wenig den Kopf verdreht hatte; sie war danach Goethe in Neapel begegnet. Eine literarische Bekanntschaft war der Hofgerichtsassessor von Pape aus Hannover, ein Mann von Geist und Takt. Schillers Umgang mit österreichischen Offizieren erwähnt Karoline in ihren Erinnerungen; ihre Meinung, er habe darunter Modelle für seine Wallensteinschen Generale gefunden, ist nicht ganz abwegig, aber wenig überzeugend.

So hat Schiller, bei langsam zunehmendem Wohlbefinden, an dem farbigen und funkelnden gesellschaftlichen Kaleidoskop des berühmten Bades betrachtend und plaudernd teilgehabt. Wichtiger als alle neuen Bekanntschaften ist aber die Anwesenheit Göschens gewesen. Der Verleger-Freund hat sich in geradezu väterlicher Weise des Patienten angenommen. In Briefen an Wieland verzeichnet er die Fortschritte, wie Schiller immer längere Spaziergänge gut bekommen, auch das Bergsteigen. Er sorgt sich darum, daß die Brunnenkur sorgfältig eingehalten, aber auch nicht übertrieben wird – Schillers Tagesquantum waren 18 Becher; von einer Badekur wurde abgesehen. Und zu allem hin machte Göschen den Zahlmeister...

In leidlich gebessertem Zustand tritt Schiller die Rückreise an. Um den miserablen Straßen, die man im Juli erfahren hatte, auszuweichen, aber wohl nicht nur aus diesem Grunde wird der Rückweg über Eger genommen. Wie weit des Dichters Vorstellungen von einer dramatischen Behandlung Wallensteins gediehen waren, steht dahin; aber auch für den Historiker des Dreißigjährigen Krieges war die große dunkle Gestalt von hohem Interesse. So macht man denn hier Station, steigt im Gasthof Zum goldnen Hirschen ab. Schiller betrachtet im Rathaus das eindrucksvolle, angeblich nach Van Dyck kopierte Porträt des Friedländers. Er besucht auch das Mordhaus. Im übrigen macht Eger auf die Reisenden den Eindruck einer schwer befestigten Grenzstadt; von der alten Burg, wo der Überfall der versteckten Butlerschen Dragoner geschah, ist nicht die Rede.

Körner hatte herzlich und dringend um einen Besuch nach der Karlsbader Kur gebeten. Es ist nicht klar ersichtlich, weshalb

Schiller abgelehnt hat. In einem von Pape zu überbringenden Billett (die einzigen Zeilen aus Karlsbad von seiner Hand) ist von höfischen Verpflichtungen seiner Schwägerin die Rede, und »Dazu kommt, daß wir alle 3 wünschen, die Freude euch zu sehen mit gesundem Körper und frischer Seele zu genießen. Jetzt aber sind wir alle krank, und abgestumpft für jeden Genuß der Seele«. Krank und abgestumpft – das wäre ein düsteres Fazit der Kur, und es entspricht wohl kaum der Wirklichkeit, allenfalls einer momentanen Stimmung; es ist denkbar, daß damit Meinungsverschiedenheiten zwischen Schiller und seinen Damen verdeckt werden sollten. Man kehrt also nach Jena zurück, verweilt aber nicht lange, sondern geht alsbald für fünf Wochen nach Erfurt.

Hat der Koadjutor, der Goldschatz, als Magnet gewirkt, bis hinüber nach Karlsbad? Erst in seinem Umkreis, im allabendlichen Verkehr mit ihm, scheint sich eine Verkrampfung zu lösen. Dalbergs herzliche Aufmerksamkeit für Schiller und beide Damen erweist sich als eine heilsame Nachkur, gewiß nicht weniger wirksam als der Egerbrunnen, der fleißig getrunken wird. Das gilt auch für Lotte, die der Schwägerin Christophine brieflich gesteht: »Meine eigene Gesundheit ist nicht die beste.« – Das Weimarer Theater gastiert eben in Erfurt, und auf des Koadjutors Wunsch wird als Abschlußvorstellung *Don Carlos* gegeben. Am Tag darauf führt ein Liebhabertheater den *Fiesco* auf. Schiller konnte sich an Leib und Seele umsorgt fühlen.

Auch über die Finanzen wurde mit Dalberg gesprochen. »Dieses Jahr, Du wirst es kaum glauben, kostet mir 1400 Rthlr. außer dem was die Versäumniß mir kostet. Glücklicherweise habe ich diesen außerordentlichen Stoß ausgehalten, ohne Schulden zu machen, ja ich habe noch 90 Thaler an alten Schulden und 120 als Bürge für einen anderen bezahlt. Mit Göschen bin ich zwar etwas stark in der Kreide, aber doch so, daß wir mit Neujahr quitt seyn können« – so hat Schiller seine Lage in einem Brief an Körner dargestellt. Der Koadjutor rät zu einem Gesuch an den Herzog um Besoldungserhöhung. Der Antwortbrief, ganz unbürokratisch an Lotte gerichtet, zeigt Karl August in seiner offenen, natürlichen Art: »Hoffentlich, liebes Lottchen, wird der Krankheitszustand Schillers nicht von Dauer sein und er sich so bald wieder erholen, daß sein Geist von den Unregelmäßigkeiten des Körpers befreit, wieder im Stande sein wird, für die Bedürfnisse des wiederhergestellten Begleiters zu sorgen. Da der Mangel der Einnahme hoffentlich nur ein Jahr dauern wird, so schicke ich Ihnen soviel als etwa nötig sein möchte, die Lücke auszufüllen, welche nach Abzug des Zuschusses

Ihrer Frau Mutter und meiner Pension noch an dem Notwendigsten übrig bleiben möchte.« Es war ein Zuschuß von 250 Thalern.

Ein Tropfen auf einen heißen Stein? Wohl etwas mehr, aber doch keine Abhilfe. Schiller hatte in seinem Leben schon weit ärgere Schuldenlasten und Geldnöte ausgestanden. Aber er war nun kein junger Mensch mehr, der allein für sich zu sorgen hatte, und er wußte jetzt, daß er sein Leben mit einem stets bedrohten Rest von Kräften würde führen müssen. Chronische Geldnot, das mochte er ahnen oder wissen, würde er nicht lange zu ertragen vermögen.

Reinhold – Wielands Schwiegersohn, Professor der Philosophie, bedeutender Kantianer – war der Mann, der von Jena aus die Verbindung mit Schillers dänischen Freunden, vor allem mit Baggesen, unterhielt. Reinhold hatte am 16. September Baggesen eine ziemlich düstere Schilderung von Schillers Befinden gegeben. »Wie schlimm es noch immer mit seinen Gesundheitsumständen stehen müsse, können Sie daraus schließen, daß er sowohl als sein Arzt damit zufrieden sind und es für ein gutes Zeichen ansehen, daß er durchs Bad nicht schlimmer geworden ist, als er vorher war. Seine Eingeweide sind, ich befürchte fast, unheilbar zerrüttet. Doch arbeitet er, aus geistigem nicht weniger als vielleicht auch ökonomischem Bedürfnisse, an der Fortsetzung der Geschichte des dreißigjährigen Krieges.« Reinhold berichtet weiter von dem Eindruck, den die Nachricht von der Feier in Hellebaek auf den Dichter gemacht habe: »Ich zweifle, ob irgend eine Arznei heilsamer auf ihn gewirkt hat.« Im Oktober heißt es in einem weiteren Brief: »Schiller ist leidlich wohl, vielleicht könnt' er sich noch ganz erholen, wenn er eine Zeit lang sich aller eigentlichen Arbeit enthalten könnte. Aber das erlaubt seine Lage nicht. Schiller hat nicht mehr als ich ein fixes Einkommen, d. h. 200 Thaler, von denen wir, wenn wir krank sind, nicht wissen, ob wir sie in die Apotheke oder Küche senden sollen. Ich kann arbeiten, und Schiller hat es noch besser gekonnt, und kann es jetzt kaum, ohne seine Existenz in Gefahr zu setzen.«

Zu den Bewunderern, die Schiller in Dänemark hatte, gehörte auch ein Angehöriger des Königshauses, Herzog Friedrich Christian von Schleswig-Holstein-Sonderburg-Augustenburg (1764 geboren). Der Prinz war ein gebildeter junger Herr, ein Kantianer. Schiller war ihm, wohl von den Jugenddramen her, zuwider, bis Baggesen es durchsetzen konnte, ihm den *Don Carlos* vorzulesen. Der begeisterte Prinz lernte Szenen daraus auswendig und war nun für des Dichters ganzes Werk aufgeschlossen. Begeisterungsfähig war Friedrich Christian: die ersten Nachrichten von der Französischen Revolution haben ihn zu Tränen des Glücks gerührt. Diesem seinem Verehrer wäre Schiller beinahe in Karlsbad begegnet. Der Prinz hatte im Frühsommer dort eine Kur gebraucht. Er hatte Umgang mit Herder und mit Dora Stock, von Schiller war zweifellos die Rede gewesen.

Reinholds letzter Brief, der Genaueres über Schillers Finanzen enthielt, ging in Kopenhagen von Hand zu Hand. Friedrich Christian las ihn und nahm ihn sich zu Herzen. Schimmelmann (Finanzminister!) ließ sich die Sache durch den Kopf gehen. Friedrich Christian ist es, der den Entschluß, rasch und großzügig zu helfen, zuerst faßt. Doch war das Königreich Dänemark so weit entwikkelt, daß der Prinz zunächst den Finanzminister für die Sache gewinnen mußte. Baggesen wird eingespannt, um Schimmelmann zu überzeugen. Das erweist sich als nicht einfach. Auch die Frau Gräfin redet mit und meint ungeachtet ihrer Verehrung für Schiller, zunächst müsse den Bedürftigen im eigenen Land geholfen werden. – Es ist bemerkenswert, wie aufmerksam bei dem Ringen um einen Entschluß die Arbeiten des Dichters in die Waagschale gelegt werden. Der Prinz stand eben unter dem Eindruck des Gedichts *Der Künstler* (Wie schön, o Mensch, mit Deinem Palmenzweige Stehst du an des Jahrhunderts Neige...). Schillers Rezension der Bürgerschen Gedichte mehrt in Kopenhagen seinen Ruhm als »echt philosophischer Dichter«.

Ende November ist die Entscheidung gefallen. Baggesens begeisterte Geschäftigkeit, Friedrich Christians Hilfsbereitschaft und endlich Schimmelmanns Einwilligung münden ein in Briefe an Schiller. »Zwey Freunde, durch Weltbürgersinn mit einander verbunden, erlassen dieses Schreiben an Sie, edler Mann! Beyde sind Ihnen unbekant, aber beyde verehren und lieben Sie. Beyde bewundern den hohen Flug ihres Genius der verschiedene Ihrer neuern Werke zu den erhabensten unter allen menschlichen Zwecken stempeln konte... Dieses lebhafte Interesse, welches Sie uns einflößen, edler und verehrter Mann vertheidige uns bey Ihnen gegen den Anschein von unbescheidener Zudringlichkeit! Es entferne jede Verkennung der Absicht dieses Schreibens! Wir fassen es ab, mit einer ehrerbietigen Schüchternheit... Ihre durch alzuhäufige Anstrengung und Arbeit zerrüttete Gesundheit, bedarf, so sagt man uns, für einige Zeit einer großen Ruhe, wenn sie wiederhergestellt, und die ihrem Leben drohende Gefahr abgewendet werden soll. Allein Ihre Verhältnisse Ihre Glücksumstände verhindern Sie, Sich dieser Ruhe zu überlassen. Wolten Sie uns wohl die Freude gönnen, Ihnen den Genuß derselben zu erleichtern? Wir bieten Ihnen zu dem Ende auf drey Jahre ein jährliches Geschenk von tausend Thalern an.« Außer dieser Hauptsache ist an dem Brief zweierlei bemerkenswert. Das eine ist die vom Zeitgeist beschwingte Art und Weise – es ist das dritte Jahr der Französischen Revolution –, in der hier ein Prinz und ein Minister sich auf ihren Weltbürgersinn berufen. Man liest im weiteren Text: »Wir kennen keinen Stolz als nur den, Menschen zu seyn, Bürger in der grosen Republick, deren Grenzen mehr als das Leben einzelner Generationen, mehr als die Grenzen eines Erdbals umfassen. Sie haben hier nur Menschen, Ihre Brüder vor sich, nicht eitle Grose...« Bemerkenswert auch, wie feinsinnig das Geschenk angeboten wird: »Nehmen Sie dieses Angebot an edler Mann! Der Anblick unserer Titel bewege Sie nicht es abzulehnen.«

Überschwenglich das Begleitschreiben Baggesens. Doch findet er ein schönes Wort, um die Einladung nach Dänemark, die auch der Brief des Prinzen und des Ministers erhält, zu unterstreichen: »Kommen Sie zu uns!... Sie werden doch etwas hier in Coppenhagen finden, das man nicht überall trifft: Muße, Freyheit und Freunde!«

Eigentümlich in diesem für Schillers Leben so bedeutsamen Vorgang ist die Rolle Schimmelmanns. Zwar tritt er in dem entscheidenden Angebot offen neben dem Prinzen auf – »Zwei Freunde, durch Weltbürgersinn verbunden« –, er hat den Brief auch unterschrieben. Gleichzeitig ist er aber bemüht, sich im Hintergrund zu halten. »Als Privatperson habe ich weder das Recht, noch das Verlangen, mich ganz an die Seite des Prinzen zu setzen, mich selbst unter die Großen zu rechnen, und ich gebe hierin nur der Freundschaft des Prinzen nach –«: so wendet er sich an Baggesen und ersucht ihn »inständigst«, er möge auf Schiller einwirken, daß sein, Schimmelmanns, Name in der Sache ungenannt bleibe. Das war wohl nicht die pure Bescheidenheit. Wahrscheinlich war es Schimmelmann in seiner Eigenschaft als Finanzminister nicht wohl bei dem großzügigen Geschenk, und er suchte sich wenigstens zum Schein aus der Sache herauszuhalten. Es ist ein Zeichen seiner Verehrung für den Dichter, daß er seine Ressort-Bedenken überwunden hat.

Für Schiller kam dieses Geschenk wie vom Himmel herab. Es war die Rettung. Natürlich kann niemand mit Sicherheit behaupten, daß Schiller ohne diese dänische Pension die Wallensteintrilogie und den *Tell* und die Balladen nicht geschaffen haben würde.

Aber die Wahrscheinlichkeit ist groß, daß diese Hilfe, diese Sicherstellung aller Bedürfnisse für drei volle Jahre ihm zu jenem Maß von Lebenswillen und Lebenskraft verholfen hat, das nötig war, um den Geist in dem zerrütteten Leib festzuhalten.

Am 13. Dezember 1791 hat Schiller die Post aus Kopenhagen empfangen. Noch am gleichen Tag meldet er Körner: »Das, wonach ich mich schon so lange ich lebe aufs Feurigste gesehnt habe, wird jetzt erfüllt. Ich bin auf lange, vielleicht auf immer aller Sorgen los; ich habe die längst gewünschte Unabhängigkeit des Geistes.« Er rühmt »die Delicatesse und Feinheit, mit der der Prinz mir dieses Anerbieten macht«. Endlich: »Aber was detailliere ich Dir dieses alles? Sage Dir selbst, wie glücklich mein Schicksal ist.«

Am 16. Dezember schreibt Schiller an Baggesen, drei Tage später an Friedrich Christian und Schimmelmann. An Baggesen: »Wie werd ich es anfangen, mein theurer und hochgeschätzter Freund, Ihnen die Empfindungen beschreiben, die seit dem Empfang jener Briefe in mir lebendig geworden sind? So überrascht und betäubt, als ich durch ihren Inhalt geworden bin, erwarten Sie nicht viel zusammenhängendes von mir« – es ist ein langer Brief geworden. Ehrlich und ohne Umschweife zur Hauptsache: »Ja, mein theurer Freund, ich nehme das Anerbieten des Prinzen von H. und des Grafen S. mit dankbarem Herzen an – nicht, weil die schöne Art, womit es gethan wird, alle Nebenrücksichten bei mir überwindet, sondern darum, weil eine Verbindlichkeit, die über jede mögliche Rücksicht erhaben ist, es mir *gebietet*.«

Der Brief an Baggesen hat autobiographische Züge, die man bei Schiller selten findet. »Von der Wiege meines Geistes an bis jetzt da ich dieses schreibe, habe ich mit dem Schicksal gekämpft, und seitdem ich die Freiheit des Geistes zu schätzen weiß, war ich dazu verurtheilt, sie zu entbehren. Ein rascher Schritt vor 10 Jahren schnitt mir auf immer die Mittel ab, durch etwas anderes als schriftstellerische Wirksamkeit zu existiren. Ich hatte mir diesen Beruf gegeben, eh ich seine Forderungen geprüft, seine Schwierigkeiten übersehen hatte. Die Nothwendigkeit ihn zu treiben, überfiel mich, ehe ich ihm durch Kenntnisse und Reife des Geistes gewachsen war. Daß ich dieses fühlte, daß ich meinem Ideale von schriftstellerischen Pflichten nicht diejenigen engen Grenzen setzte, in welche ich selbst eingeschlossen war, erkenne ich für eine Gunst des Himmels, der mir dadurch die Möglichkeit des höhern Fortschritts offen hält, aber in meinen Umständen vermehrte sie nur mein Unglück. Unreif und tief unter dem Ideale, das in mir lebendig war, sah ich jetzt alles, was ich zur Welt brachte; bey aller geahndeten möglichen Vollkommenheit mußte ich mit der unzeitigen Frucht vor die Augen des Publikums eilen, der Lehre selbst so bedürftig, mich wider meinen Willen zum Lehrer der Menschen aufwerfen. Jedes, unter so ungünstigen Umständen nur leidlich gelungene Produkt ließ mich nur desto empfindlicher fühlen, wie viele Keime das Schicksal in mir unterdrückte.« Selbstbewußtsein mischt sich mit tiefen selbstkritischen Einsichten: »Was hätte ich nicht um zwey oder drey stille Jahre gegeben, die ich frey von schriftstellerischer Arbeit bloß allein dem Studiren, bloß der Ausbildung meiner Begriffe, der Zeitigung meiner Ideale hätte widmen können.« Er geht dann auf die Einladung nach Kopenhagen ein, der er einstweilen nicht Folge leisten könne. Am Ende: »Verzeihen Sie diesen langen Brief, mein vortreflicher Freund, der leider noch dazu fast nur von mir selbst handelt.«

Gefaßter, in sehr wohlgesetzten Worten, aber auch von herzlichem Gefühl getragen ist der Brief an Friedrich Christian und Schimmelmann. »Zu einer Zeit, wo die Überreste einer angreifenden Krankheit meine Seele umwölkten und mich mit einer finstern traurigen Zukunft schreckten, reichen Sie mir, wie zwey schützende Genien, die Hand aus den Wolken.« Und: »Rein und edel, wie Sie geben, glaube ich, empfangen zu können.«

Seit dem Herbst 1791 hatte man sich in der Schrammei behaglicher eingerichtet, man war eingewöhnt. Schiller und Lotte waren in dem großen und belebten Haus zum Mittelpunkt eines vertrauten Kreises geworden. Fritz von Stein, als Sohn seiner Mutter von Goethe väterlich gefördert, mit Lotte von Kind an auf familiärem Fuß, war, nun neunzehnjährig, in der Schrammei eingezogen und machte sich gelegentlich nützlich. »Die Mamsells hatten schon überall gefegt und ausgeräumt zu Ihrem und Ihres H. Gemahls Empfang, weil sie glaubten Sie würden kommen...« (Am 14. September an Lotte) Man bildet nun einen gemeinsamen Mittagstisch, das Ehepaar Schiller und Fritz von Stein; zwei schwäbische Landsleute sind dabei, der Magister Niethammer und der spätere Dekan Göriz; ferner der Professor Fischenich aus Bonn und der Student Fichard aus Frankfurt, sowie der und jener gelegentliche Gast; und natürlich war Karoline Beulwitz oft anwesend. Die Schwestern Schramm kochten oder ließen kochen. Der ohnedies kleine Schillersche Haushalt war nun noch weiter vereinfacht, aber die fröhliche Tafelgesellschaft, die oft nach Tisch noch eine Weile zum Kartenspiel beisammen blieb, bildete so etwas wie eine Familie, und die große Mietskaserne, denn das war die Schrammei, wurde eine Art Heim. Die Tischgesellschaft blieb beieinander, bis Schillers im April 1793 auszogen.

Eine anschauliche Schilderung dieser etwas wunderlichen, aber ganz gemütlichen Wirtschaft verdanken wir Philipp Conz, der im alten Kloster Lorch aufgewachsen und als Kind der bevorzugte Spielgefährte des etwas älteren Fritz Schiller gewesen war. Conz hatte als Stiftler getan, was der große Freund als Jüngling einmal geträumt hatte, nämlich ein Konradin-Drama verfaßt, war auch sonst fleißig im Dichten; Schiller wußte davon; Conz hatte es im Stift zum Repetenten gebracht, ihm verdankt Hölderlin eine tiefgründige Kenntnis des Griechentums; und nun befand er sich auf der schwäbischen Magisterreise, die herkömmlicherweise durchs nördliche Deutschland führte. Er kommt im Frühjahr 1792 nach Jena, und es mag Schiller tief angerührt haben, als da ein Gefährte aus seiner frühesten Kindheit vor ihm stand, übrigens eine kugelige Erscheinung, ein heiteres Gemüt – eine »Sommerweste«.

In den Monaten, die Conz in Jena verbrachte, gehörte er zur Tafelgesellschaft in der Schrammei. »Die Tafel war einfach, frugal, und durch Schillers sokratischen Ernst und Scherz – möchte ich sagen – gewann sie die schönste Würze.« Lotte wird von Conz »ein Muster edler Gefälligkeit und Bescheidenheit« genannt. Ihr Aufgabenkreis als Hausfrau war eng. Aber außer dem, was sie an Lektüre, Sprachstudien, Malen und Musikunterricht für sich selber tat, hat sie für ihren Mann viel Korrespondenz geführt. Göriz nennt Lotte »die personifizierte Lieblichkeit« und »die holde Scham«. Schiller habe sie »die Dezenz« genannt: »Es schickt sich nicht« sei ihr höchstes Gebot gewesen.

Göriz und Conz, zwei Schwaben, sind die interessantesten Zeugen für Schillers Existenz in der Schrammei, wobei Göriz anschaulicher in den täglichen und momentanen Beobachtungen ist, Conz bedeutender in seinem Urteil über Schillers Charakter. Die Realität wird bedrückend deutlich – auch wenn man die Bemerkung nicht geradezu wörtlich nimmt –, wenn man Göriz hört: »Ich habe Schiller nie gesund, sogar äußerst selten angezogen, fast immer im Schlafrock gesehen.« Unpäßlichkeit, Unwohlsein – durchzuckt von Schmerzen, schweren Koliken. Göriz: »Mitten im größten Schmerz sagte ihm einer: er jammere ja wie ein kranker Poet; das nahm er nicht übel, sondern lachte mit.«

Von Göriz erfährt man auch, welche Rolle Neckereien und Mystifikationen in der Tischgesellschaft gespielt haben, wobei Schiller unbeschadet seiner Würde weder als Anstifter fehlte, noch als Zielscheibe ausgenommen war. So hat er fingierte Briefe eines von ihm gering geschätzten Gelehrten arglos für echt gehalten: »Denken Sie nur, was der verfluchte Kerl mir schreibt...« Geradezu peinlich wurde es, als man ihm die Verleihung der medizinischen Doktorwürde voräffte und Schiller mit wahrer Begeisterung darauf reagierte – wie sich sein alter Vater freuen werde... und er sah sich schon als Leibarzt seines verehrten Koadjutors. Umgekehrt war Schiller sich nicht zu schade, bei derben Neckereien mitzutun; er ließ sich auch selbst derlei einfallen. – Man muß solche Späße, man muß das Kartenspiel, Billard und Kegelschieben im Zusammenhang mit Schillers häufigem Unwohlsein sehen. Wenn die Kräfte zur Arbeit nicht reichten, so sollte die Zeit wenigstens gesellig vertrieben werden, damit er doch mit einiger Hoffnung auf Schlaf zu Bett gehe. Bei leidlichem Befinden pflegte Schiller gern auszureiten, obwohl er kein guter Reiter war; die Bewegung zu Pferd galt als gesund. Bei einem Ritt über Land gab es übrigens einen ärgerlichen Zusammenstoß mit Bauern, wobei Schiller, dem ein Kerl in die Zügel gefallen war, »wie ein Löwe« dreinschlug.

Gewürzt waren die Tischgespräche. Göriz bemerkt, Medizinisches und Jugenderinnerungen, besonders an die Akademie, seien Lieblingsgegenstände gewesen. Conz erinnert sich: »Schiller sprach nicht viel, aber was er sprach, gediegen, mit Würde, mit Anmut, er liebte den gemäßigten Scherz; ein Feind des Leeren, und gleichförmig heiter, wenn ihn Anfälle seiner Krankheit nicht verstimmten...« Selten sei man an den Dichter der *Räuber* erinnert worden. Einmal, als eine niederträchtige Tat eines bisher angesehenen Bürgers bekannt wird, meint Schiller: »Es ist zu verwundern, daß solche Menschen nicht im Gefühl ihrer Nichtswürdigkeit augenblicklich verwesen.« – Conz war auch zu den gelehrten Abendzirkeln geladen. »Mehrere, vorzüglich der jüngeren Lehrer dieser Hochschule versammelten sich wöchentlich einige Male zu abendlichen geselligen Unterhaltungen. Kant und Kantische Philosophie war hier immer der Gegenstand, über den am lebhaftesten gesprochen und gestritten wurde, und Schiller blieb immer so wenig bloß Zuhörer, daß er vielmehr mit seinem feurigen Geiste und seinem eindringenden Scharfsinne dem Gespräch oft das größte Interesse zu geben wußte.«

Kant war unter den großen Geistern, die zu Schillers Lebenszeit leuchteten, derjenige, der den stärksten Einfluß auf ihn geübt hat. In der Auseinandersetzung mit Kant wird Schillers geistesgeschichtliche Position deutlich. »Die Gleichzeitigkeit von Kant und Goethe, und die Verknüpfung ihrer Ideen durch Schiller – das sind die entscheidenden Züge jener Zeit.« (Windelband) Was Schiller an Kant so mächtig angezogen hat, braucht hier nicht analysiert zu werden. Kants Sprache wirkt auf niemanden anziehend, aber Schiller hat durch die trockene, verschrobene Sprache hindurch frühzeitig den souveränen Geist gespürt, der dahinter waltet. Er hat erfaßt, daß Kant die verschiedenen Strömungen der Aufklärung, mit denen Schiller schon von der Karlsschule her bekannt war, in einer neuen, großen Zusammenschau erfaßt und zu einem höheren Sinn geführt hat. Adlergedank – dieses hohe Wort Schillers kann nur Immanuel Kant gegolten haben. Es ist bezeichnend, daß Schiller, von der Aussicht auf die dänische Pension beruhigt und beglückt, sich sofort dem Studium von Kants Hauptwerk *Kritik der reinen Vernunft* zuwendet.

Es waren ja diese Jahre 1791, 1792, 1793 keine besonders produktive Zeit. Man wird die Aneignung des Kantschen Gedankenguts als Schillers stärkste geistige Leistung damals betrachten dürfen. Fortgesetzt wurde die Arbeit an der *Geschichte des dreißigjährigen Krieges*, die mehrere Jahrgänge des *Historischen Damenkalenders* in den Rang der Weltliteratur erhebt. Probleme der Ästhetik begannen ihn zu beschäftigen. Dem galt auch seine letzte Vorlesung. Unter den kleineren literarischen Arbeiten ist seine Auseinandersetzung mit Bürgers Lyrik in der *Allgemeinen Literatur-Zeitung* von besonderem Interesse; sie reicht in den Winter 1790 auf 1791 zurück, ist aber noch nicht erwähnt worden.

Gottfried August Bürger (geboren 1748, gestorben 1794), ein hochbegabter, vom Unglück verfolgter Mann, dabei ein Kerl voller Saft und Kraft, hat manche Ähnlichkeit mit dem ziemlich gleichaltrigen Schubart, ist aber der weit bedeutendere Dichter (Schubarts eigentliches Genie war musikalisch). Und wie Bürgers Gedichte in ihren stürmischen, sentimentalen und grobianischen Zügen an Schubart erinnern, ähneln sie auch dem Ton in Schillers Jugendwerken, den Dramen und vor allem den Gedichten. Und gerade das dürfte der Grund dafür sein, weshalb der einunddreißigjährige Schiller sich so empfindlich, kritisch, abwehrend zeigt und sie von seiner nun erreichten Höhe philosophischer Gelassenheit und ästhetischer Regelkunst herab kühl kritisiert. Dabei verläßt ihn sein Sinn für Gerechtigkeit nicht. Er nimmt die Balladen aus, »in welcher Dichtungsart es nicht leicht ein deutscher Dichter Hn. B. zuvortun wird«, und beschränkt seine Kritik auf Bürgers Lyrik. Auch hier betont er, daß er »bei Gedichten, von denen sich unendlich viel Schönes sagen läßt«, so streng seine kritischen Maßstäbe anlege, weil sie es wert seien, daß man sich eindringlich damit befasse. Interessant sind die beiden hauptsächlichen Ansätze zur Kritik – sie sagen über Schiller mehr als über Bürger.

Einmal wird der gewollte Volkston getadelt: »Wir sind weit entfernt, Hn.B. mit dem schwankenden Wort ›Volk‹ schikanieren zu wollen.« Ein Volksdichter wie Homer sei in unseren Tagen nicht denkbar: »Jetzt ist zwischen der Auswahl einer Nation und der Masse derselben ein sehr großer Abstand sichtbar.« Man muß sich an diesen Satz erinnern, wenn man an die durch Generationen unglaublich starke Volkstümlichkeit Schillers denkt. Er hat das Herz des Volkes erobert, ohne es im mindesten darauf abgesehen zu haben. – Zum anderen wirft er Bürger vor, seine ganz persönlichen Herzenserlebnisse und Gefühle zu besingen. Nun enthält zwar diese Rezension (die 12 Buchseiten füllt) den berühmt gewordenen Satz »Alles, was der Dichter uns geben kann, ist seine Individualität«, aber der Kontext macht klar, wie bedingt Schiller das gemeint hat. Er meint eine »veredelte Individualität« und spricht sich entschieden dagegen aus, im Gedicht ganz persönliche Gefühle und Erfahrungen auszusprechen. In der Tat ist es schwierig – und fast müßig –, aus Schillers reifen Werken persönliche Lebenserfahrungen des Dichters herauszuhorchen. Wer etwas über ihn wissen will, sieht sich durch die Fülle der Lebenszeugnisse reich entschädigt.

Diese inhaltsschwere Kritik, die anonym erschien, erregte Aufsehen. Goethe war so beeindruckt, daß er öffentlich erklärte, er wünschte, er habe diese Rezension selbst geschrieben. Natürlich blieb Schillers Autorschaft nicht lange verborgen. Bürger hat bald darauf im gleichen Blatt eine »vorläufige Antikritik« gebracht. Scheinbar gelassen, auch witzig, wendet er sich gegen den »mit der ganzen Herren- und Meistergebärde« verabreichten Tadel: »Ich meines Teils wußte nun zwar längst, und werde es in keinem Moment meines Lebens vergessen, daß weder ich selbst ein gereifter und vollendeter Geist bin, noch daß ich einen solchen in meinen Werken ausgeprägt habe.« – Darauf noch einmal eine »Verteidigung des Rezensenten gegen obige Antikritik« aus Schillers Feder. »Der nachdenkende Leser entscheide, ob der Verfasser der Rezension sich deswegen eines groben Widerspruchs schuldig machte, weil er Individualität an einem Werke der Kunst nicht vermissen will und dennoch eine ungeschlachte, ungebildete, mit allen ihren Schlacken gegebene Individualität nicht schön finden kann.« Schiller hat in dieser Sache nicht ohne hohen Anstand gehandelt. Zwei Jahre nach jener Auseinandersetzung erwähnt Conz ein Gespräch mit Schiller über Homer-Übersetzungen: »Besonders, sagte er mir einmal, hätte die Bürgersche Übersetzung einzelner Homerischer

Gesänge in Jamben... einen erfreulich-begeisternden Eindruck auf ihn gemacht.« Es fällt kein Schatten auf Schillers Charakter, wenn man konstatiert, daß er zum Unglück eines großen Dichters beigetragen hat.

Conz, der Freund aus Kindertagen, ist ein guter Beobachter. Über Schillers Arbeit an der *Geschichte des dreißigjährigen Krieges* sagt er: »Er war gewohnt, was er den Tag zuvor, oder auch wenige Stunden vor der Komposition aus seinen Folianten: Hugo Grotius und anderen, sich zurecht gelesen, sogleich zu verarbeiten. Bei dem schnellen Überblicke, den er besaß, bei der Macht der Darstellung, die ihm eigen war, konnte dies seiner Arbeit weniger nachteilig werden, als es bei minder von der Natur begabten Schriftstellern der Fall hätte sein müssen...« Conz vermerkt auch des Dichters Sehnsucht nach dramatischen Stoffen – »es brenne ihn recht in der Seele«.

Es schwäbelt wieder stark um Schiller. Conz, Niethammer, Göriz, dazu Paulus, Professor für orientalische Sprachen, auch ein Landsmann, mit dem Schiller seit Jahren auf freundschaftlichem Fuß stand. – Mitte September 1792 kommt die Mutter angereist, in Begleitung ihrer jüngsten, nun fünfzehnjährigen Tochter Nanette. Mutter und Sohn hatten sich zehn Jahre nicht gesehen. Ein solches Wiedersehen kann unmöglich ein ganz harmonisches, rundum freudiges Ereignis sein. Urvertrautes und befremdlich Neues treten in Widerstreit. An Körner schreibt Schiller von diesem Besuch: »Meine Mutter hat mich zwei Tage früher überrascht, als ich den Briefen von der Solitude nach erwarten konnte. Die große Reise, schlechte Witterung und Wege haben ihr nichts angehabt. Sie hat sich zwar verändert gegen das, was sie vor zehn Jahren war; aber nach soviel ausgestandenen Krankheiten und Schmerzen sieht sie sehr gesund aus. Es freut mich sehr, daß es sich so gefügt hat, daß ich sie bei mir habe und ihr Freude machen kann.« Es folgen etwas herablassende Bemerkungen über die kleine Schwester: »Sie ist noch sehr Kind der Natur, und das ist noch das beste, da sie doch keine vernünftige Bildung hätte erhalten können.« Man ist in Jena beisammen, dann in Rudolstadt. Die alte Frau strahlt vor Mutterstolz. Aber zwischen ihr und der Schwiegertochter will sich kein unbefangenes Verhältnis einstellen.

Es scheint, als habe der Besuch der Mutter Schillers lang gehegten Plan, die Heimat zu besuchen, zum Entschluß gefestigt. Da mußte denn freilich zuvor die alte Sache beim Herzog ins reine gebracht werden... Aus einem Brief der Mutter an den Sohn vom Neujahrstag 1793 geht hervor, daß Schiller damals schon zweimal an den Herzog geschrieben, aber keine Antwort erhalten hat. Übrigens enthält der Brief der Mutter eine Fülle kleiner Kümmernisse – Verstopfung, Magen- und Rückenschmerzen, Erbrechen, Zahnweh, »auch der Krieg macht uns sehr bang, es wird alles ungeheuer theuer bei uns, es schlächt aller Tag Brod und Butter herauf«. Dann aber folgt (das Gute ist besonders deutlich geschrieben) ein Bericht über die Aufführung von *Kabale und Liebe* in Stuttgart, wobei die Schwestern Luise und Nahne »unendgeldlich auf den ersten und besten Platz aufgenommen worden«. Der Prinz sei dagewesen und habe großen Beifall gespendet. Ob damit der dicke Friedrich, nachmals Württembergs erster König, gemeint ist? Denn der war ein leidenschaftlicher Theaterbesucher, indes sein Onkel, Herzog Carl Eugen, dies längst hinter sich hatte.

Die Zeit zwischen der Abreise der Mutter, Oktober 92, und dem Hochsommer 93, als der Entschluß zu einem längeren Aufenthalt in Schwaben feststand, gibt dem Biographen einige Rätsel auf. Schillers stille, gute Frau war es gewohnt, ihre eigenen Wünsche ihm unterzuordnen; aber sicherlich nicht in totaler Passivität. Für sie hat die Aussicht auf ein Dasein in Schwaben wenig Verlockendes, wenngleich sie das Land aus ihrer Mädchenreisezeit in angenehmer Erinnerung hat. Nun kommt hinzu, daß sie irgendwann im Frühjahr sich ihrer Schwangerschaft bewußt wird, der ersten in drei Ehejahren. Dieser Umstand dürfte dafür ausschlaggebend gewesen sein, daß man im April die halbstudentische Wirtschaft in der Schrammei beendet und eine eigene Wohnung bezieht; bescheiden in einem Gartenhaus in der Zwätzengasse, aber doch mit freiem Blick in Feld und Himmel. Hätte es nicht nahegelegen, daß man die Niederkunft an Ort und Stelle abgewartet hätte? Aber in Schiller regt sich ein seltsamer schwäbischer Patriotismus: »Künftig Monat mache ich eine Reise nach Schwaben, wo ich vielleicht den ganzen Winter zubringen werde. Von da aus will ich Sie zu Gevatter bitten, denn ich reise bloß dahin, um einem Sohn oder Mädchen das auf d. Weg ist ein beßres Vaterland zu verschaffen, als Thüringen ist.« (Am 5. Juli an Göschen) Einige Tage zuvor bringt er in einem Brief an Körner andere Argumente – zunächst den 70. Geburtstag seines Vaters: »Er ist im Oktober 70 Jahr alt, und also läßt sich mit ihm nichts aufschieben. Auch fodert es die Gesundheit meiner Frau aufs dringendste, geschicktere und sorgfältigere Ärzte zu gebrauchen, wenn es mit der Schwangerschaft nichts seyn sollte. Ich rechne sehr auf Gmelin in Heilbronn, wo ich meinen Wohnsitz aufzuschlagen gedenke. Für meine eigenen Umstände erwarte ich sehr viel von der Luft des Vaterlandes...«

Es ist schwer, den Gehalt solcher Argumente zu wägen. Sicher ist, daß beide Gatten eine schwere Zeit durchlebten. Lottes Schwangerschaft ging mit argem Unwohlsein, mit Krankheit einher. Schillers eigenes Befinden stand unter einem ständigen Memento mori. »Ich muß also den Winter ebenso sehr in Rücksicht meiner Brust, als den Sommer und Frühling in Rücksicht auf meine Krämpfe fürchten. Ich bin da in eine saubere Alternatife gesetzt, und jedes Zeichen im Thierkreis bringt mir ein anderes Leiden mit. Und doch ist dass beßte, was ich vernünftig wünschen kann, noch lange so zu bleiben, denn die ganze Veränderung, die ich zu erwarten habe, ist daß es zum schlimmern geht.« (Am 25. Januar an Körner) »Der Frühlingsanfang, der zwar ein Freund der Poeten, aber nicht der kranken Poeten ist, hat mich einige Wochen wieder an mein Übel angeschmiedet.« (Am 25. Februar an Göschen)

Etwa zu der Zeit, als die Mutter auf Besuch war, hatte Schiller Gelegenheit, im *Moniteur*, den man ihm zugeschickt hatte, eine Neuigkeit über seine Person zu lesen. Am 26. August 1792 hatte die Nationalversammlung zu Paris ihm neben anderen prominenten Nicht-Franzosen das Bürgerrecht verliehen – sie wollte Ausländer ehren, die »Arm und Wachsamkeit der Sache des Volkes gegen den Despotismus der Könige geweiht hatten«. Es war eine bunte Reihe von Männern , die dieser Ehre teilhaftig wurden, Pestalozzi darunter und Klopstock, beide nicht eben Königsmörder, auch George Washington. Darunter also, auf einen Zusatzantrag hin, »M. Gille, Publiciste allemand«. Es kann ihn nicht unberührt, nicht ungerührt gelassen haben, daß sein Name an der Seine so bekannt war. Doch hat er sich nicht damit gebrüstet; in den Briefen aus jenen Wochen ist die Sache nicht einmal erwähnt. Übrigens blieb die Urkunde in Straßburg hängen und kam erst 1798 in seine Hände. – An dem Tag, als die Nationalversammlung diesen Entschluß faßte, befand sich Goethe unweit Longwy bei der Armee, die auf Paris marschierte. Sie ist aber nur bis Valmy gekommen. Die Hinrichtung des Königs am 21. Januar 93 hat dann Schillers Überlegungen, als Citoyen auf den Gang der Dinge mäßigend einzuwirken, schlagartig beendet.

Durch die dänische Pension war er einstweilen sichergestellt und durch keine Pflichtarbeit bedrängt – denn Göschen gegenüber hatte er seine Schuldigkeit getan und sich auf weiteres nicht eingelassen, und mit den ästhetischen Schriften, die in langen Briefen an Körner sichtbar wurden, war er nicht pressiert; aber in Sorge um die Gesundheit seiner Frau und seiner selbst betreibt Schiller jetzt die Abreise nach Schwaben.

»Am Tod entlang gelebt« ist das letzte Kapitel überschrieben. Das Wort steht unsichtbar über der Frist, die Schiller noch zu leben vergönnt ist. Hier sei eine Betrachtung der Frage eingeschaltet, ob dieses Leben, das wir beschreiben, glücklich gewesen ist. Eine Frage, ur-töricht, aber begründet, weil durch alle Zeiten auch die Weisen sie gestellt haben.

Schopenhauer hat in Anknüpfung an Aristoteles über das menschliche Wohlbefinden, das Glück, tiefschürfend nachgedacht; wir lesen es in seinen *Aphorismen zur Lebensweisheit*. Darin steht der Satz: »Überhaupt aber beruhen 9/10 unsers Glücks allein auf der Gesundheit« – für uns, die wir Schillers Leben betrachten, ein erschütterndes Wort.

Es gibt keinen Menschen, der nicht dunkel oder weniger dunkel über Glück und Unglück in seinem Leben sinniert. Schiller macht da keine Ausnahme. »Dieser heutige Tag ist der erste, wo ich mich ganz, ganz glücklich fühle. Nein! Ich habe nie gewußt, was glücklich sein ist, als heute. Ein einziger Tag verspricht mir die Erfüllung der zwei einzigen Wünsche, die mich glücklich machen können –« Der Leser kennt diese Briefstelle, geschrieben am Abend des 3. August 1789 an Lotte und Karoline, nachdem er Lottens Einverständnis zur Ehe gewiß war – und sich nun wie ein schwärmender Jüngling in die Doppelwonne einer Ehe mit Lotte und einer permanenten Herzensfreundschaft mit Karoline träumt. – Eine andere Briefstelle: »Sage Dir selbst, wie glücklich mein Schicksal ist« – am 13. Dezember 1791 an Körner, nach dem Empfang der Rettung verheißenden Briefe aus Kopenhagen.

Seit Schiller sein Schicksal selbst in die Hand genommen hat, also seit seiner Flucht nach Mannheim, kann man sein »Glück« als die schimmernde, manchmal überraschend und wider alle Wahrscheinlichkeit aufleuchtende Erhellung eines dunklen Hintergrunds und Untergrunds sehen. Dabei werden manche Glücksfälle durch den Neid der Götter geradezu possenhaft in ihr Gegenteil verkehrt, wie an jenem 1. September 1783, als er seinen Theaterdichtervertrag erhält und sogleich von der Malaria angefallen wird. Die letzten leidlich gesunden Jahre sind verdüstert durch Armut und Schulden. Seit seinem 32. Lebensjahr hat ihn das Gefühl der Nähe des Todes, haben ihn Unwohlsein, Schmerzen und Krämpfe nicht mehr losgelassen. »Neun Zehntel« seines Lebensglücks waren dahin.

Heilsame Gegenkräfte: sein Talent zur Freundschaft, das er von klein auf besessen und immer bewahrt hat; die mit den Jahren reifende philosophische Gelassenheit, gekräftigt auch durch seinen Sinn für Humor; vor allem sein schöpferisches Genie, das aus einer physisch verdunkelten Existenz immer wieder Feuerfunken des Glücks schlägt. In einem Brief an die Eltern: »Es ist mir immer himmlisch wohl, wenn ich beschäftigt bin und meine Arbeit mir gedeiht –« himmlisch wohl... Und dann, was nicht jedem Genie gegönnt ist: Die Anerkennung, der Ruhm, der ihn noch zu seinen Lebzeiten mächtig erhebt.

Das ist viel, und soll man es nicht Glück nennen? Und doch muß der, der dieses denkwürdige Leben überblickt, noch mehr in die Waagschale legen. Es sind Zufälle, die Schiller, hätte er den von den Vätern ihm auferlegten Glauben nicht abgeworfen, als gnädige Führung hätte auffassen müssen. Da wird ihm für die Zeit der Flucht und der darauf folgenden Bodenlosigkeit in der Person des jungen Andreas Streicher ein Gefährte zur Seite gegeben wie der Engel dem ins Ungewisse wandernden Tobias. Da erreicht ihn in der bittersten, ausweglosen Periode seiner Mannheimer Existenz die Huldigung ihm unbekannter Freunde aus Sachsen, die ihm einen neuen Horizont öffnen. Da fällt dem von der Krankheit niedergeworfenen, um sein Fortleben bangenden Mann wie vom Himmel herab die dänische Pension zu. Und: sein Verhältnis zu Goethe, das im letzten Viertel seines Lebens nie geahnte, nicht gehoffte Dimensionen annimmt – war das nicht auch ein Glück?

Und die Ehe? Niemand kann sicher darüber urteilen als die beiden Beteiligten am Ende ihrer Tage, und ihr Urteil muß nicht übereinstimmen. Ganz unglückliche Ehen kommen vor; ganz glückliche sind schwer vorstellbar, allenfalls unter einfältigen Menschenkindern. Man setze an die Stelle des Worts von der glücklichen Ehe das Wort gute Ehe, und man kommt der Wirklichkeit näher. So ist Schillers Ehe mit Lotte gewesen nach allem, was wir wissen können. Sie hatten am Ende vier Kinder; zwei Söhne, zwei Töchter. Ohne sonderliche Begabungen, aber lebenstüchtig, gesund an Leib und Seele – bei der Nachkommenschaft eines Genies überaus erstaunlich, die schönste nachträgliche Bestätigung der Gattenwahl – auch das ein Glück.

Schiller hat in seinem Werk die Frage nach dem Glück immer wieder gestellt, am eindringlichsten in der Ballade *Der Ring des Polykrates*. Der Leser möge die Bekanntschaft mit ihr erneuern. Hier sollen nur drei Zeilen daraus stehen:

> Drum, willst du dich vor Leid bewahren,
> So flehe zu den Unsichtbaren,
> Daß sie zum Glück den Schmerz verleihn.

Am 8. August 1793 treffen Schiller und Lotte in Heilbronn ein. Die Reise, »beschwerlich, aber von allen üblen Zufällen frei«, hatte über Nürnberg geführt. Dort war man noch einmal mit Baggesen zusammengetroffen, dem guten Engel aus Dänemark, der in seiner menschlichen Gestalt freilich auch allerlei menschliche Züge hatte, ein neugieriger, exaltierter Literatus. Er war kurz vor Schillers Abreise in Jena eingetroffen, trotz dem wenig glücklichen Zeitpunkt dankbar-freudig begrüßt, und da das Zusammensein kurz war, hatte man sich in Nürnberg noch einmal verabredet.

In Heilbronn steigen sie zunächst im Gasthof zur Sonne ab. Acht Tage später ersucht Schiller in einem Schreiben an den Bürgermeister förmlich um landesherrlichen Schutz. »Es kann Euer Hochwohlgebohren nichts unerwartetes seyn, wenn eine Stadt, die unter dem Einfluß einer aufgeklärten Regierung und im Genuß einer anständigen Freiheit blühet, und mit den Reizen einer schönen fruchtbaren Gegend soviel Kultur der Sitten vereinigt, Fremde herbeyzieht und ihnen den Wunsch einflößt, dieser Wohlthaten eine Zeitlang theilhaftig zu werden.« – Heilbronn war Reichsstadt und in dieser Zeit des Niedergangs der meisten alten Stadtrepubliken ein gesundes Gemeinwesen; »daß das öffentliche Wesen in frühern Zeiten reich und mächtig war, und daß es bis jetzt noch an einer guten mäßigen Verwaltung nicht fehlen mag« – so wird Goethe bei seinem Besuch vier Jahre später präzis konstatieren. Das Lob der schönen und fruchtbaren Gegend liest man in Goethes Tagebuch wörtlich wieder; Garten-, Frucht- und Weinbau im breiten Neckartal, von sanften Hügeln umkränzt. Schiller fühlt sich im Vaterland, »in Schwaben«, wiewohl Heilbronn eine fränkische Stadt ist; freilich in allen vier Himmelsrichtungen an herzoglich württembergisches Territorium anstoßend. Der Platz war klug gewählt. Hier konnte sich Schiller in der Heimat fühlen, ohne sich denkbaren Folgen einer üblen Laune seines »alten Herodes« (das Wort kommt in einem Brief an Körner vor) auszusetzen. Die Familie, die Freunde konnten ihn mühelos aufsuchen. Wirklich war er gesonnen, bei einer unfreundlichen oder zweideutigen Haltung Carl Eugens den ganzen Herbst und Winter in der Sicherheit bietenden Reichsstadt zu bleiben.

Ein anderer Grund, der Schiller hierher gezogen hatte, magnetisch sozusagen, war der Doktor Gmelin. »In Gmelin fand ich einen sehr fidelen Patron und einen verständigen Arzt. Für den Magnetismus ist er noch sehr eingenommen, übt ihn aber sehr selten oder gar nicht aus. Soviel ich aus den wenigen Gesprächen urtheilen kann, in die ich mich mit ihm über diese Materie einließ, so wird mein Glaube daran eher ab- als zunehmen...« Der Magnetismus war damals eine große Mode; an jedem Teetisch wurde davon geredet. Die Gestalt Gmelins tritt uns aus Justinus Kerners *Bilderbuch aus meiner Knabenzeit* entgegen. Kerner hatte schon als Kind peinliche Erfahrungen mit Ärzten gemacht und sollte endlich dem berühmten Hofrat Dr. Gmelin vorgeführt werden. Das geschieht. Gmelin führt zunächst noch ein gemütlich-gelehrtes Gespräch zu Ende, dann: »sah er mich inniger an und sagte dann leise zu mir: ›Ja, liebes Kind, auch du wurdest von Ärzten schon sehr gefoppt! Komm mit mir einmal, ich schütte dir keine Arznei ein.‹ Er führte mich nun eine Treppe empor in ein kleines Zimmerchen..., das an den Wänden mit vielen ausgestopften Vögeln verziert war, hieß mich auf einen Stuhl setzen, sah mir mit seinen schwarzen Augen fest ins Auge und fing mich mit seinen ausgereckten Händen vom Kopf bis in die Magengegend zu bestreichen an; er behauchte mir auch mehrmals die Herzgrube. Ich wurde ganz schläfrig und wußte endlich nichts mehr von mir... In spätern Jahren begriff ich, daß mich der Herr magnetisiert hatte.« Justinus Kerner war, als Schiller in Heilbronn weilte, sieben Jahre alt. Er wird also diese Begegnung wenig später erlebt haben.

Kaum ist Schiller in Heilbronn eingetroffen, als schon sein Vater vor ihm steht; er bringt die Schwester Luise mit, die der Schwägerin im Haushalt und Kindbett behilflich sein soll. Der Alte hatte es kaum erwarten können. Elf Jahre hatte er den Sohn nicht gesehen, in Sorge und Stolz aus der Ferne an seinem Schicksal teilgenommen. Er hatte, in herzoglichen Diensten stehend, seinen allergnädigsten Herrn um Urlaub für diese Reise bitten müssen; der war ihm prompt bewilligt worden. So konnte Schiller von Anfang an vermuten, daß er seitens des »Schwabenkönigs« (so hat er ihn gelegentlich genannt) nichts Übles zu erwarten hatte. Die Bitte an den Bürgermeister um Schutz und Aufenthaltsbewilligung war eine reine Vorsichtsmaßnahme. Als Carl Eugen etwas später öffentlich erklärt, er werde Schiller bei dessen Aufenthalt in Württemberg ignorieren – was unfreundlich klingt, in der Konsequenz aber nicht unfreundlich war –, entschließt sich Schiller alsbald zur Übersiedlung nach Ludwigsburg.

Das behäbige, schön gelegene Heilbronn hatte sich nicht in jeder Hinsicht als für einen längeren Aufenthalt geeignet erwiesen. Das Leben war teuer hier. Deshalb sucht Schiller bald aus dem Gasthof herauszukommen. Es findet sich ein Quartier in dem stattlichen

Haus des Kaufmanns Ruoff in der Sülmerstraße; die Schwester Luise versorgt den kleinen Haushalt umsichtig. Schiller lebt den Monat, den er in Heilbronn zubringt, so dahin, unter den gewohnten Unpäßlichkeiten. »Hier habe ich noch nicht viele Bekanntschaften, weil ich mich meistens zu Hause hielt. Die Menschen sind hier freier, als in einer Reichsstadt zu erwarten war, aber wissenschaftliches oder Kunstinteresse findet sich blutwenig. Einige litterarische Nahrung verschafft mir eine kleine Leihbibliothek und eine schwach vegetirende Buchhandlung. Der Nekarwein schmeckt mir desto besser, und das ist etwas, was ich auch Dir gönnen möchte.« (Am 27. August an Körner)

Er war schon von Heilbronn aus »ohne bei dem Schwabenkönig anzufragen« kurze Zeit in Ludwigsburg und auf der Solitude gewesen. Am 8. September erfolgt der Umzug nach Ludwigsburg. Im Fischerschen Haus, mitten in der gleich und heiter gebauten Stadt, findet man sich »vortrefflich logiert«, und Lotte kann einigermaßen beruhigt ihrer Niederkunft entgegensehen. Nun ist auch ihre Schwester Karoline bei ihr, das Kleeblatt wieder beisammen. Karoline war schon Wochen zuvor nach Schwaben gereist, um eine Kur in den Bädern von Cannstatt zu machen. Sie hat ihre Schwägerin Ulricke von Beulwitz bei sich, so daß der Haushalt vier Personen umfaßt; drei Frauen um das erwartete Kind.

Schiller wieder in Ludwigsburg! Das Wiedersehen mit früheren Lebensstationen weckt in den meisten Menschen ein wehmütiges, aus verklärter Erinnerung getränktes Gefühl. Bei Schiller ist dieser sentimentale Zug wenig entwickelt. Ein Wiedersehen mit Bauerbach hatte ihn kalt gelassen: »Jede Magie war wie weggeblasen. Ich fühlte nichts.« Hier in Ludwigsburg hatte er seine Knabenzeit gelebt, von seinem achten bis zu seinem dreizehnten Jahr. Die Gefährten aus jener Zeit sind da; Hoven, Erzfreund von damals, wohnt gleich um die Ecke. Die Stadt ist kaum verändert, die Wipfel der Alleen sind mächtiger geworden, die Schatten tiefer; ums Schloß ist es still geworden. Auf Schritt und Tritt umgibt ihn seine Vergangenheit. Er kann nicht unberührt davon geblieben sein. Im ersten Brief, der aus Ludwigsburg an Körner gerichtet ist: »Die Stadt ist überaus schön und lachend, und ob sie gleich eine Residenz ist, lebt man darin auf dem Lande.« Übrigens dürfte Schiller der einzige Mensch gewesen sein, der Briefe mit dem Vermerk »Ludwigsburg in Schwaben« datiert hat.

Schillers Zugehörigkeitsgefühl zu Schwaben, früher gern mit dem miserabelsten Vers, den er sich je geleistet, belegt (Ihr, ihr da draußen in der Welt, die Nasen eingespannt...), versteht sich in seinen Jugendjahren von selbst, bleibt danach lebendig, hat ihn, als Hauptmotiv, zu dieser Reise veranlaßt. Er hat von seinen Schwaben viel gehalten. »Toleranz, liebster Freund müssen Sie nun einmal in alle Winkel der Welt mitbringen, und es ist die Frage, ob Sie Ihnen überall so belohnt wird, wie unter der gutartigen und kraftvollen Race der Schwaben.« (Am 23. März 1788 an Wilhelm von Wolzogen) »Daß Sie in mein liebes Vaterland reisen und dort meinen Vater nicht vorbeygehen wollen, war mir eine sehr willkommene Nachricht. Die Schwaben sind ein liebes Volk, das erfahr ich jemehr und jemehr, seitdem ich andre Provinzen Deutschlands kennen lernte.« (Am 2. Mai 1788 an Schwan) In Jena hatte er sich in einen schwäbischen Zirkel ziemlich eingesponnen. Und zu Göschen hat er sich ja geäußert, das erwartete Kind solle »ein bessres Vaterland« bekommen als Thüringen...

Dieses Kind, ein Junge, erblickt an dem vom Vater gewünschten Ort am 14. September das Licht der Welt. Schillers Mutter und seine jüngste Schwester, die Nane, sind bei der Geburt anwesend, und Hoven als Arzt und dessen Frau. Schiller schläft, während sein wohlgeratener Sohn den ersten Schrei ausstößt. Der Vater meldet das ersehnte Ereignis zuerst Körner und Göschen, am 16. September Reinwalds: »Mit frohem Herzen gebe ich euch die Nachricht, daß meine Lotte mir vorgestern am 14. September einen Sohn geschenkt hat, der frisch und stark ist, und sich mit seiner Mutter bey vollkommener Gesundheit befindet. Ich weiß, daß ihr diese Freude ganz mit mir theilen werdet. Alles gieng glücklich ab, aber die Niederkunft überraschte uns so früh, daß wir kaum mit den nothwendigsten häußlichen Einrichtungen fertig waren.«

Das Kind wird auf den Namen Karl getauft; das berührt eigentümlich. Man denkt sich etwas dabei, wenn man seinen Kindern Namen gibt, und dreimal beim ersten Kind und Sohn. Die Namensgleichheit mit Schillers altem Landesvater, Übervater, ist verblüffend. Nun ist bekannt, daß die Eltern ihr Kind zu Ehren des Koadjutors Karl von Dalberg so genannt haben, dem sie beide herzlich zugetan waren. Dennoch wird für Schiller beim Namen Karl hinter der liebenswürdigen, aber etwas schwammigen Figur des »Goldschatzes« jener andere spürbar gewesen sein, Württembergs vielgehaßter und vielgeliebter Herr; jedenfalls hat der Gedanke an den Herzog ihn nicht gehindert, seinen Sohn Karl zu nennen... Für die beiden Alten von der Solitude, die den Enkel über der Taufe hielten, war ohnedies der ferne Kirchenfürst kein Begriff, aber der andere Karl die verkörperte Vorsehung.

Mit dem alten Herrn, der Württemberg fast ein halbes Jahrhundert regiert hatte, geht es in diesem Herbst zu Ende. In der Frühe des 8. Oktober fährt er noch einmal auf die Jagd, muß aber mit starken Schmerzen vorzeitig umkehren. Dem Leibarzt fällt nichts anderes ein als ein Aderlaß. Das Leben soll weitergehen. Aber in der Nacht nach einer Spazierfahrt wird der Kranke von so rasenden Schmerzen geplagt, daß »nur die Religion ihn von der Selbstentleibung zurückgehalten habe«, wie er seinem Hofprediger Bleibimhaus anvertraut. Noch zweimal läßt sich Carl Eugen nach Stuttgart fahren, um Bauarbeiten im Neuen Schloß zu beaufsichtigen. Dann ist es aus damit. Er liegt in seiner Kammer im Dachstock eines Nebengebäudes von Schloß Hohenheim (der späteren Speisemeisterei) und läßt es erst nach Tagen zu, daß wenigstens der Ofen geheizt wird. Die Familie, die Räte versammeln sich in der Nähe des Sterbenden. Franziska weicht Tag und Nacht nicht von seiner Seite. Es ist ein langsames, qualvolles Sterben, das endlich in der Nacht zum 24. Oktober sein Ziel erreicht. Am 30. Oktober wird der Sarg nach Ludwigsburg überführt und bei Nacht in der tiefen, engen Gruft im Schloß beigesetzt – der von Schubart so schrecklich besungenen »Fürstengruft«.

Es war des Vaters ernste Totenfeier,
Im Volksgedräng verborgen, wohnten wir
Ihr bei, du weißt's, in unbekannter Kleidung...

So steht es in der *Braut von Messina*, und bei aller Vorsicht, die geboten ist, wenn man in Schillers reifen Werken Spuren seines eigenen Erlebens zu begegnen meint – diese Zeilen mögen die Erinnerung an den dunklen Herbstabend spiegeln, als Schiller von seinem Fenster aus den Zug im wehenden Fackellicht sah, der die Leiche seines Herzogs zur Gruft geleitete. Hoven hat die Worte bewahrt, die Schiller bei einem Spaziergang mit dem Blick auf die Gruft gesagt hat: »Da ruht er also, dieser rastlos tätig gewesene Mann! Er hatte große Fehler als Regent, größere als Mensch, aber die ersteren wurden von seinen großen Eigenschaften weit überwogen und das Andenken an die letzteren muß mit dem Tode begraben werden...« An diesen Worten braucht nicht herumgedeutelt zu werden. Sie sind ein Zeugnis für Schillers hohen Gerechtigkeitssinn – kein Richter könnte präziser abwägen – und das Siegel unter die langjährige spannungsgeladene Beziehung zwischen einem tyrannisch-väterlichen Erzieher und seinem genialen Zögling.

Kurz nach dem Tod des Protektors hat Schiller die Akademie besucht. Intendant von Seeger geleitet ihn durch die vertrauten Räume. Sie kommen in den Speisesaal, halten an jeder der acht

Tafeln, und an jeder schallen ihm die Hoch-Rufe von fünfzig jungen Leuten entgegen; »mit Huld und sichtbarer Rührung« (J. Chr. Fr. Mayer) nimmt er die Ehrung entgegen. Nach dem Essen besieht er die Kunst- und Naturalienkabinette und hält bei einem Spaziergang bei seinem einstigen Gartenstück; hier stand noch die ihm zu einem Geburtstag geschenkte »Retirade« aus einem Eichenstumpf mit Tür – kurioses Erinnerungsstück an die Jugendzeit eines Dichters.

Mit der Akademie sollte es ein rasches Ende nehmen. Sie hat den Tod ihres Protektors kaum ein halbes Jahr überlebt. Die Nachfolge Carl Eugens, der wahrlich nicht kinderlos, aber ohne Thronerben gestorben war, trat sein Bruder Louis an, ein freundlicher alter Herr, von dessen Milde man sich Wunderdinge versprach. Doch war der einzige markante Akt seiner kurzen Regierungszeit die Schließung der Akademie – sie ging über seinen Horizont. Der alte Schiller hätte es gern gesehen, wenn der berühmte Sohn eine Gratulationsvisite bei dem neuen Herrn gemacht hätte – aber der dachte nicht daran, und wenn er den neuen loben hörte, strich er die Vorzüge des alten heraus. In einem Brief an Körner vom 17. März 1794 beklagt Schiller die Auflösung der Akademie, ohne Sentimentalität, aber mit einer Würdigung ihrer reichen Früchte: »Die Künste blühen hier in einem für das südliche Deutschland nicht gewöhnlichen Grade...«

Schillers vertrauter Umgang in Ludwigsburg ist Hoven. Sie kommen täglich zusammen, nehmen oft das Mittag- oder Nachtessen gemeinsam ein. Schillers Interesse für die Medizin ist nicht erloschen, viele Gespräche drehen sich darum. Oder er schwärmt von der neuen Vossischen Homer-Übersetzung, aus der Abende lang vorgelesen wird. Schillers Zustand schwankt zwischen leidlichem Befinden und Krankheit – »und ich bin wenigstens so glücklich, jetzt der einzige Kranke in meinem Hause zu sein« heißt es einmal in einem Brief. Hoven: »Leider war der Genuß seines Umgangs sehr oft durch seine Kränklichkeit, heftige Brustkrämpfe, gestört; aber in den Tagen des Besserbefindens, in welcher Fülle ergoß sich der Reichtum seines Geistes, wie liebevoll zeigte sich sein weiches, teilnehmendes Herz... Da er nur selten ganz frei von Brustkrämpfen war, so konnte er nicht viel und anhaltend arbeiten, indessen schrieb er doch fast täglich, meistens in der Nacht...«

Es scheint, daß in das harmonische Einvernehmen der Freunde die Frauen nicht einbezogen waren. Ungeachtet des Beistandes Hovens und seiner Frau bei der Geburt hat sich kein freundschaftliches Verhältnis bilden wollen. Karoline, die nun ernstlich ihre Scheidung von Beulwitz betreibt, war wohl mit ihren eigenen Problemen beschäftigt. Lotte hat an den Landsleuten ihres Mannes keinen Gefallen gefunden, sie vermißt bei ihnen Kultur und Feinheit; Niethammer (aus dem Jenaer Schwabenkreis) und Conz hat sie ausgenommen, nicht aber Hoven. Sie hat sich, bei aller Dezenz recht offen, in einem Brief vom 6. Februar 1794 an Fritz von Stein darüber ausgesprochen – »von den Frauen mag ich gar nichts sagen, sie sind so unkultiviert und roh und geschwätzig etc. etc., daß man gar nichts darüber sagen kann«. In dem gleichen Brief spricht sie von ihrem Kind, es sei so wohl und robust, »als ichs nicht erwarten konnte«. Wir haben einen Exkurs über das Glück in Schillers Leben gewagt; wir versagen uns ein Gleiches im Blick auf das Leben seiner Frau. Charlotte von Schiller hat ihren Mann um viele Jahre überlebt; in der Rückschau wird ihr die Zeit an seiner Seite in goldenem Licht erscheinen. Aber jeder gegenwärtige Tag hat seine Plage.

Übrigens ist es nicht so gewesen, daß Schiller seinerseits in lauter alter Freundschaft und Kameraderie geschwommen hätte. Er schreibt am 4. Oktober an Körner: »Von meinen alten Bekannten sehe ich viele, aber nur die wenigsten interessiren mich. Es ist hier in Schwaben nicht soviel Stoff und Gehalt als Du Dir einbildest, und diesen wenigen fehlt es gar zu sehr an der Form. Manche, die ich als helle aufstrebende Köpfe verließ, sind materiell geworden und verbauert.« So liest man in einem überhaupt recht verdrießlichen Kontext. Für Conz findet er gemessenes Lob, sehr sachlich äußert er sich über Hoven: »Einer meiner ehemaligen familiärsten Jugendfreunde, D.Hoven von hier, ist ein brauchbarer Arzt geworden, aber als Schriftsteller, wozu er sehr viel Anlage hatte, zurückgeblieben. Mit ihm habe ich von meinem 13ten Jahr biß fast zum 21. alle Epochen des Geistes gemeinschaftlich durchwandert. Zusammen dichteten wir, trieben wir Medicin und Philosophie. Ich bestimmte gewöhnlich seine Neigungen. Jetzt haben wir so verschiedene Bahnen genommen, daß wir einander kaum mehr finden würden, wenn ich nicht noch medicinische Reminiscenzen hätte.« Und dann, bitter: »Ich habe noch wenig arbeiten können, ja es gibt viele Tage, wo ich Feder und Schreibtisch hasse. So ein hartnäckiges Übel, so sparsam zugewogene freie Intervallen drükken mich oft schwer. Nie war ich reicher an Entwürfen zu schriftstellerischen Arbeiten, und nie konnt ich, wegen der elendesten aller Hindernisse, wegen körperlichen Druckes, weniger ausharren. An größere Compositionen darf ich gar nicht mehr denken...« Und: »Daß meine Krankheit mir in allem zuwider sein muß!«

Briefe sind Momentaufnahmen. Schiller am 8. November an seine Eltern: »Recht leid thut es mir, liebste Eltern, daß ich meinen Geburtstag nicht mit Ihnen soll feyern können. Aber ich sehe wohl ein, daß der liebe Papa es jetzt nicht gut wagen kann, sich von der Solitude zu entfernen, da alle Tage ein Besuch vom Herzog erwartet wird. Es kommt ja überhaupt nicht just auf den Tag an, wenn man zusammen fröhlich seyn will, und jeder Tag, wo ich mit meinen liebsten und besten Eltern zusammen bin, soll mir festlich und willkommen wie ein Geburtstag sein... Ich war diese ganze Woche sehr fleißig und es gieng mir von der Hand. Es ist mir immer himmlisch wohl, wenn ich beschäftigt bin, und meine Arbeit mir gedeiht.« Die letzten Worte wurden bei der Betrachtung von Glück und Unglück schon zitiert. Der Vater hatte ein Geburtstagsgeschenk geschickt: sein Porträt von der Hand der Ludowike Simanowitz. Der Sohn dankt und bemerkt: »So froh ich indeß bin, daß ich dieß Andenken von Ihnen habe, so viel froher bin ich doch, daß die Vorsehung mir vergönnt hat, Sie selbst zu haben und in Ihrer Nähe zu leben. Wir müssen aber diese Zeit etwas besser nützen...«

Ludowike Simanowitz war eine geborene Reichenbach, aus dem Haus, in dem die Familie Schiller, von Lorch nach Ludwigsburg zugezogen, anfänglich gewohnt hatte. Ludowike und Fritz waren damals beide siebenjährig, Spielgefährten, und sie blieben einander in den folgenden Jahren zugetan, bis der Fritz auf der Karlsschule abgeliefert wurde. Das Mädchen, eine muntere, rundliche Person, erhielt eine sorgfältige künstlerische Ausbildung und entwickelte sich zu einer vortrefflichen Porträtistin. Ihr verdanken wir die Bilder von Schillers Eltern. Nun, da er wieder im Lande war, wollte sie auch »den lieben Fritz« porträtieren. So ist in jenem Herbst das Brustbild in Pastell entstanden – außer der großartigen Marmorbüste von Dannecker vielleicht das treffendste Porträt, das wir von Schiller besitzen. Danach ist das fast lebensgroße Bild entstanden, das späterhin als Vorlage für zahlreiche Kopien gedient hat. Schillers Schwester Nanette, die Malerin bei ihrem Mädchennamen nennend, am 12. Dezember an die Schwester Christophine: »Die Reichenbachen war auch hir bei uns einige Tage, die hat den Schiller gemahlt, zwar wirklich noch nicht ganz aus, doch so ähnlich, daß es gar auffallend gut ist... die Stellung gar hübsch sitzend, mit beiden Armen sichtbar, der eine hängt über das Stuhlgeländer nunter und der andre stekt in der Weste. Fritz hat die Ludevike sehr gern im Umgang gehabt, und sie hat eine große Freude, da ich nun hir bin, bin ja schuldig dir immer bestens

Nachricht, von allen was dich interesiret zu geben...« Die Stellung sei gar hübsch, meint das junge Mädchen. Man kann auch der Ansicht sein, daß die Malerin darin unbeabsichtigt etwas von seiner erschütterten Gesundheit verrät. Etwas später hat Ludowike auch Lotte gemalt, ein schönes, sprechendes Bildnis.

Im Sommer 1794, nach Jena zurückgekehrt, sendet Schiller ihr einen Geldbetrag: »Ich schäme mich in der That, meine vortreffliche Freundin, Ihnen für die Mühe, die Sie mit unsern Porträts gehabt, und für die Zeit, die Sie dabei verloren, die geringe Belohnung anzubieten, die in meinen Kräften steht. Seyen Sie indessen nachsichtig, und nehmen Sie die inliegende Kleinigkeit als Erstattung für die Farbe und für die Leinwand an; denn die Kunst kann und will ich Ihnen nicht bezahlen.« Feiner, nobler kann man's nicht sagen.

In Ludwigsburg war der vierunddreißigjährige Mann von seiner Knabenzeit umgeben. Es zog ihn auch in seine alte Lateinschule, das Lern- und Prügelinstitut; vielleicht nur, weil der beste seiner Lehrer, der Oberpräzeptor Jahn, dort noch immer seines Amtes waltete, Jahn, der als vortrefflicher Pädagoge vom Herzog auf die junge Pflanzschule berufen, bald aber wieder nach Ludwigsburg zurückgeschickt worden war. Der alte Lehrer sah es mit Vergnügen und Stolz, daß sein berühmter Schüler gelegentlich den Unterricht übernahm; Rhetorik, Logik, Geschichte. Da saß Schiller zwischen den Jungen auf einer Bank, ein Bein übers andere geschlagen, den Kopf in die Hand gestützt. Im Geschichtsunterricht hielt er sich meistens ans Lehrbuch, Schröckh's Abriß – manchmal Feuer fangend und hoch aufgerichtet extemporierend. Die Schüler wußten, wen sie da unter sich hatten. Begegneten sie ihm auf der Straße, so umringten sie ihn: O Herr Schiller, verzählet Se uns au wieder a G'schichtle!

Gelegentliche Ausflüge gingen nicht immer gut aus. Meistens war Hoven sein Begleiter, so war wenigstens ein Arzt dabei. Von einem ausgedehnten Spaziergang kann Hoven ihn mit Müh und Not, mehr tragend als stützend, heimbringen; doch ließ sich die Atemnot des Kranken mit Bettruhe und einigen Tassen Tee beheben. In anderer Weise mißglückte ein Ausflug nach Stuttgart, wo man sich in der »Geistlichen Herberge« mit den alten Kameraden Haug und Petersen traf. Schiller hatte sich vorgenommen, Petersen betrunken zu machen. Wer aber zuviel bekam, war der Dichter selbst, dergestalt, daß er sich schließlich auf dem Tisch herumwälzte. Zum Glück ging es ohne die gefürchteten Brustkrämpfe ab, und da der Heimweg ohnedies im Wagen erfolgte, blieb die Sache ohne nachteilige Wirkung. Lotte freilich wird keine besondere Freude daran gehabt haben.

Merkwürdig unter Hovens Erinnerungen ist sein Bericht vom Weihnachtsabend. Weihnachten als festlicher Höhepunkt des Familienlebens ist erst seit dem Biedermeier allgemein. Vordem war es ein Feiertag wie andere im Jahreslauf. Tannenbaum oder Lichterpyramide waren zwar ziemlich verbreitet, man beschenkte sich auch »zum heilgen Christ«, besonders die Kinder; doch waren in Familie und Gesellschaft Silvester und Neujahr eigentlich bedeutender. In Schillers Lebenszeugnissen ist der Weihnachtstag selten hervorgehoben. Um so auffälliger ist diese Schilderung vom Weihnachtsabend 1793, die auch darauf schließen läßt, daß in Schillers Elternhaus, in Lorch und Ludwigsburg, das Christfest feierlich begangen worden ist. Hoven: »Am Weihnachtsabend kam ich zu ihm, und was sah ich da? Einen mächtig großen, von einer Menge kleiner Wachskerzen beleuchteten und mit vergoldeten Nüssen, Pfefferküchlein und allerlei kleinem Zuckerwerk aufgeputzten Weihnachtsbaum. Vor ihm saß Schiller ganz allein, den Baum mit heiter lächelnder Miene anschauend und von seinen Früchten herunternaschend. Verwundert über den unerwarteten Anblick fragte ich ihn, was er da mache? ›Ich erinnere mich meiner Kindheit‹, erwiderte er...« Für den kleinen »Goldsohn« war der große Baum geschmückt, obwohl der außer dem Glanz der Lichter kaum etwas davon aufnehmen konnte. »So kindlich, ja kindisch war der hohe, ernste Mann in den Stunden seines Wohlbefindens«, bemerkt der Freund dazu.

»Die Lotte ist auch so gewöhnlich wohl, zeichnet, ist am Stikrahmen beschäftigt und liest, ist aber doch übrigens recht besorgt für ihr Kind und nimmt mehr an häuslichen Sachen antheil. Die Frau von Beulwiz und die Fräulein von Beulwiz sind auch immer da und werden auch so bald nicht gehen; erstere hab ich sehr gern, und Jedermann, leztre aber hat sich kein großes Interess bei uns erworben.« So schildert Nanette in dem erwähnten Brief an Christophine die Damen des Schillerschen Haushalts in Ludwigsburg. Karoline war entschlossen, nicht mehr zu Beulwitz zurückzukehren. Sie war in diesem Punkt uneins mit ihrer Schwester – »Das schickt sich nicht« –, während Schiller mit ihr übereinstimmt.

Schiller übernimmt es auch, die endgültige Trennung mit einem Brief an Beulwitz einzuleiten: »Gerne hätte ich mich schon längst mit Ihnen über Ihr Verhältniß mit Carol. besprochen, aber meine eigne üble Gesundheit machte, daß ich diese fatale Materie soviel möglich aus meiner Erinnerung zu verbannen suchte, und es ist überhaupt schwer für einen Dritten, darüber einen Ausspruch zu thun. Sie wollen aber, mein theurer Freund, meine Meinung davon wissen, und ich schreibe sie Ihnen mit aller Aufrichtigkeit, die ich unserer Freundschaft schuldig zu seyn glaube.« (Am 21. Januar 94) Man erinnert sich, daß Schiller auf der Akademie anfänglich Jura studiert hat. Er hätte in diesem Fach seinen Weg machen können; sein scharfer analytischer Verstand, sein rigoroses sittliches Bewußtsein und sein nach und nach entwickelter praktischer Sinn im Umgang mit Menschen hätten ihn hervorragend befähigt. Wir haben bemerkt, daß sein Urteil über Carl Eugen von keinem Richter treffender hätte formuliert werden können. Und diesen Brief an Beulwitz hätte kein Advokat besser gemacht. Man staunt, mit welchem Nachdruck, und doch voll hohem Anstand, Schiller dem zaudernden Mann zur Scheidung rät. Mit der gleichen Souveränität werden die Gelddinge behandelt. »Was die Abfindung mit Caroline anbetrifft, so glaube ich, daß sich Caroline Ihrer Billigkeit allein überlassen muß und daß sie auch nichts dabey wagen wird«; nichtsdestoweniger werden einige Details präzis behandelt... »und für Sie ist es um so weniger, als Sie damit Ihre Freiheit erkaufen«. Der Brief schließt mit einem letzten Appell und der Versicherung der unveränderten freundschaftlichen Gesinnung. – Die Scheidung wird durchgeführt. Für Karoline ist der Weg zu ihrer Jugendliebe, zu Wilhelm von Wolzogen, frei.

Noch vor der Reise nach Schwaben hatte sich nach langem, schmerzerfüllten Schweigen Charlotte von Kalb in Erinnerung gebracht. Sie hatte andere Schicksalsschläge hinter sich... nun schrieb sie an Schiller mit der Bitte, sich nach einem Hauslehrer für ihren ältesten Sohn Fritz umzusehen. Schiller hatte unbefangen und herzlich geantwortet, sich auch vorgenommen, nach einem Lehrer Ausschau zu halten; vielleicht ließe sich in Schwaben ein geeignetes Subjekt ausfindig machen. – Wirklich hat sich ein solches »Subjekt« gefunden. Am 20. September 93 empfiehlt Stäudlin, Herausgeber einer Gedichtsammlung *Blumenlese*, einen gewissen Hölderlin; dessen Freund, Magister Hegel, bitte auch für ihn. Einige Tage später stellt sich Hölderlin bei Schiller vor. Schiller mußte spüren, was ihm da an Verehrung entgegenglühte. Er wird dem jungen Menschen freundlich begegnet sein. Aber der Brief, den er am 1. Oktober an Frau von Kalb richtet, kann nur gerade noch als Empfehlung betrachtet werden. Der junge Mann sei nicht ohne poetisches Talent – in Klammern fügt Schiller hinzu: Ich weiß nicht, ob ich dies zu seiner Empfehlung oder zu seinem Nachteile anführe. Im übrigen: »Ich habe ihn persönlich kennen lernen und glaube, daß Ihnen sein Äußeres sehr wohl gefallen wird. Auch zeigt er vielen Anstand und Artigkeit. Seinen Sitten giebt man ein gutes Zeugniß, doch völlig gesetzt scheint er noch nicht, und viele Gründlichkeit erwarte ich weder von seinem Wissen noch von seinem Betragen. Ich könnte ihm vielleicht hierin Unrecht thun...«

Aus der Sache ist etwas geworden. Frau von Kalb an Schillers Frau: »Ich kann Schiller nicht genug danken für die Empfehlung des guten Hölderlin.« Hölderlin hat es ziemlich vorteilhaft getroffen mit dieser Hauslehrerstelle. An seine »liebste Mamma« schreibt er in vergnügter, geradezu behaglicher Stimmung. An Schiller aber: »In einer Stunde, worin die Nähe eines großen Mannes mich sehr ernst machte, versprach ich, der Menschheit Ehre zu machen in meinem jetzigen, durch die Folgen so ausgebreiteten Wirkungskreise. Ich versprach es *Ihnen.* Ich lege Ihnen Rechenschaft ab.« Der Brief, sonst der eines ernsthaft bemühten jungen Philosophen, enthält eine rührende Klage darüber, daß es ihm nicht vergönnt gewesen sei, eine Weile in Schillers Umgebung zu leben. »Lassen Sie mir meinen Glauben, edler großer Mann! Ihre Nähe hätte Wunder gewirkt in mir.«

Was hat Schiller in jenen Ludwigsburger Monaten unter der Feder gehabt, wenn er die Kraft besaß, sich zu »beschäftigen«? Er hat sich in zwei verschiedenen Bereichen bewegt. Das Thema Wallenstein begann Gestalt anzunehmen. Und die bereits in Jena eingeleitete Korrespondenz mit Prinz Friedrich Christian wurde fortgesetzt, in der Schiller die Resultate seiner Untersuchungen über das Schöne vorzulegen gedachte, zweifellos als Gegengeschenk zu der fürstlichen Pension gemeint. Vier solcher Briefe sind aus »Ludwigsburg in Schwaben« datiert, wovon zwei den Umfang von Abhandlungen haben.

Schiller hat immer wieder bohrend über den Begriff des Schönen nachgedacht. Wieland und Moritz hatten bereits solche Überlegungen bei ihm ausgelöst, ja, es ist sehr wohl denkbar, daß er die ersten Anregungen dazu bereits auf der Akademie empfangen hat. Am 21. Dezember 1792 hatte er an Körner geschrieben: »Den objektiven Begriff des Schönen, der sich eo ipso auch zu einem objektiven Grundsatz des Geschmacks qualifiziert und an welchem Kant verzweifelt, glaube ich gefunden zu haben. Ich werde meine Gedanken darüber ordnen und in einem Gespräch ›Kallias über die Schönheit‹ auf die kommenden Ostern herausgeben.« Zu dieser Veröffentlichung ist es nicht gekommen. Schiller hat seine Gedanken in langen, übrigens geistreich erwiderten Briefen an Körner entwikkelt. »Die Untersuchungen über das Schöne... führen mich in ein sehr weites Feld, wo für mich noch ganz fremde Länder liegen.« So schreibt er in dem Brief vom 25. Januar 93; weist darin teils zustimmend – Kant –, teils kritisch – Baumgarten, Mendelssohn und die ganze Schar der Vollkommenheitsmänner, Wolfianer und Burkianer –, auf seine Vordenker und schließt den Brief mit der Wendung »vielleicht ziehe ich den Vorhang mehr auf, wenn ich wieder eine schwazhafte Laune kriege«. Der Faden wird am 8. Februar wieder aufgenommen, bohrende Fragen nach dem Wesen des Schönen und »nach welchem Princip der Erkenntnis der Geschmack verfahre«. Diese Körner gegenüber momentan geklärten Überlegungen finden sich am Tag darauf neu formuliert in einem ersten belehrenden Brief an Friedrich Christian von Augustenburg. In diesem Schreiben, das die Kränklichkeit und die daraus folgende Hypochondrie des Dichters nicht verschweigt, liest man den Satz: »Mein jetziges Unvermögen, die Kunst selbst auszuüben, wozu ein frischer und freier Geist gehört, hat mir eine günstige Muße verschafft, über ihre Principien nachzudenken.«

Wer Schillers Leben und Werk betrachtet, sollte dieses Wort aufmerksam zur Kenntnis nehmen. Es spricht daraus etwas wie ein ökonomischer Imperativ und gleichzeitig ein großartiges Selbstbewußtsein: wenn der bresthafte Leib dem Geist keine schöpferische Arbeit erlaubt, dann soll doch wenigstens gedacht und aufgeschrieben werden, was anderen immer noch als große Leistung erscheint. Das ist das eine. Das andere: wie Schiller, Dichter und Philosoph, unbedingt seinem poetischen Werk den höheren Rang einräumt. Man ist kein Banause, wenn man *Don Carlos, Maria Stuart* und *Wilhelm Tell* hoch über die Mehrzahl der eigentümlich geschraubten theoretischen Schriften stellt. Nur in gewissen Strophen mancher Gedichte sind Poesie und Philosophie unvergleichlich ineinander verschmolzen.

In Ludwigsburg wird die Reihe der philosophisch-ästhetischen Briefe an den Dänenprinzen fortgesetzt. Im September hatte ihn dort ein Brief Friedrich Christians erreicht, in dem die ästhetischen Gedanken eher skeptisch aufgenommen werden: »Das Gebiet der Schönheit der Herrschaft der Laune entziehen, es der Vernunft unterwerfen, – ich ahnde die Möglichkeit, aber ich staune wenn ich an die Geisteskraft denke, die hier nicht unterliegen muß.« Höflich und gut gesagt. Entschieden zustimmend äußert sich der Prinz zu den politischen Meinungen in jenem Brief. Schiller stand unter dem Eindruck der überbordenden Ereignisse in Paris, insbesondere der

Hinrichtung des Königs. Friedrich Christian: »Willig trete ich Ihrer Meynung bey, daß das Reich der politischen Freiheit noch zu frühzeitig ist. Es fehlt an Priestern dieser Gottheit würdig. Nur Freygebohrne können ihren Dienst versehen und die Menschen unsres Zeitalters sind nicht einmahl Freygelassene.«

Auch in Schillers weiteren nach Kopenhagen gerichteten Briefen sind die ästhetischen Spekulationen eingebettet in menschheitsgeschichtliche Betrachtungen; man findet zum Beispiel die Behauptung, daß ästhetische Kultur nie und nirgends mit bürgerlicher Freiheit verbunden gewesen sei... Liest man diese Texte, so versteht man die skeptische Bemerkung Friedrich Christians. »Nicht in der Theorie, vielmehr in der poetischen Praxis liegt die unabgegoltene Größe Schillers« – diesem Urteil aus allerjüngster Zeit (E. Middell) ist beizupflichten. Der Historiker Schiller, der in diesen Briefen dem Ästhetiker und Philosophen ständig über die Schulter blickt, ist groß, wo er konkrete Vorgänge schildert, nicht in seinen oft allzu rasch hingetuschten allgemeinen Betrachtungen. Der Dänenprinz war, ungeachtet seiner herzlichen Verehrung für den Dichter, kein unkritischer Bewunderer. Auf Schillers Schreiben vom 11. November bemerkt er zu seiner Schwester: »Der erste Brief gefällt mir nicht so gut, er ist sehr spekulativ und in den Grundsätzen sowohl als Resultaten weiche ich von ihm sehr ab. Er ist auch einer von denen geworden, die es zu vergessen scheinen, daß Geist und Sinnlichkeit im Menschen in der Theorie wohl abgesondert werden können, allein in der Wirklichkeit sich immer gemeinschaftlich äußern...«

Obgleich man in Kopenhagen den Kopf frei behielt zum eigenen Denken, wurden Schillers Briefe als Kostbarkeiten behandelt. Sie wurden bei der Prinzessin, bei den Schimmelmann und Bernsdorff herumgereicht, besprochen, mit Kommentaren versehen, und am Ende vom Prinzen wieder sorgsam verwahrt. Gerade das hat zum Verlust der Originale geführt. Im Februar 1794 ist Schloß Christiansborg niedergebrannt; dabei wurden auch Schillers Briefe vernichtet.

Friedrich Christian hat die Folgen der Brandkatastrophe in einem merkwürdigen Brief geschildert. Durch dieses Unglück, welches das Königshaus betroffen habe, sei die Mißstimmung zwischen Volk und Krone (durch Späher, Ohrenbläser, Geschichtenträger genährt) mit einem Schlage bereinigt worden. »Von einem Ende des Reichs zum andern strömen freywillige Gaben hin zum Altar des Vaterlandes. Kleine und Große, Arme und Reiche, alles giebt seinen Beytrag zu den durch die augenblicklichen Umstände vermehrten Bedürfnissen des Staats. Die niedrigsten im Volk halten es für Schande nicht auch etwas für denselben zu thun. Man hat Höckerweiber gesehen, die das Anerbieten bey einer nahe vermutheten außerordentlichen Steuer, die aber nicht statt finden wird, für sie bezahlen zu wollen mit dem Zusatz abgelehnt haben, sie müßten das Vergnügen haben von ihrem eigenen Erwerb einige Schillinge zu geben...« Vom Vergnügen der Untertanen, Steuern zu zahlen – kein Märchen von Andersen. Der Brief endet: »Alles ist im Feuer aufgegangen. Auch Ihre lehrreichen Briefe, edler und verehrter Mann, die ich oft und mit immer wiederholten Vergnügen las, haben das nemliche Schicksal gehabt. Können Sie diesen Verlust ersetzen, so werden alle Ihre hiesigen Freunde Ihnen dankbar seyn, und niemand mehr als ich, da niemand den Verfasser dieser Briefe und den Don Karlos höher schätzen und lieben kann als Ihr ergebenster Friedrich Christian.« – Schiller besaß Entwürfe seiner Briefe, nach denen er neue Reinschriften für den Prinzen fertigte. Das waren hauptsächlich die vier Briefe aus Ludwigsburg.

Diese ästhetisch-philosophischen Briefe an die Freunde im Norden haben Schiller in den Monaten November und Dezember beschäftigt. Wenig wissen wir von seinen Entwürfen zum *Wallenstein*; fast nur, daß er in Ludwigsburg daran geschrieben hat. Die Arbeiten an der *Geschichte des dreißigjährigen Krieges* hatten ihn auf die Gestalt hingeführt. »Lange habe ich nach einem Sujet gesucht, das begeisternd für mich wäre; endlich habe ich es gefunden –« schreibt er im Unglücksjahr 1791 an Körner. Kein anderer Gegenstand ist so langsam, unter solchen Wandlungen in der Ansicht der Hauptfigur wie in der Bewältigung des Stoffs zur Reife gediehen. Anfänglich stellte Schiller die Sentenz auf: Wallenstein fiel nicht, weil er rebellierte, sondern er rebellierte, weil er fiel – im Verlauf der Arbeit ist er eher zur gegenteiligen Meinung gekommen. Forschung und Dichtung sind gerade bei diesem Schillerschen Drama aufs innigste ineinander verwoben. Von der Arbeitsstufe, auf der er in Ludwigsburg stand, wissen wir etwas von Hoven, aber wenig genug: die Szenen seien in Prosa geschrieben, und vom *Lager* sei noch nicht die Rede gewesen. Erhalten hat sich von diesen Entwürfen nichts.

Im März 1794 reist Schiller in Hovens Begleitung nach Tübingen, wo er zwei Tage zubringt. (Es sei angemerkt, daß Tübingen der südlichste Punkt auf der Landkarte ist, den Schiller erreicht hat.) Unterwegs kehrt man in Waldenbuch im Goldnen Adler ein. Aus Hovens Erinnerungen: »Das Mittagessen war ziemlich gut, aber desto weniger zufrieden waren wir mit dem Wirt. Um seine Gäste recht nach Stand und Würden zu bedienen, wich er, seine Serviette über dem Arm, nicht von der Stelle... Wir ärgerten uns beide über den beschwerlichen Gesellschafter, aber wir wußten nicht, wie wir ihn, ohne unhöflich gegen ihn zu sein, wegbringen konnten. Endlich tat er doch seinen Mund auf und sagte ganz gleichgültig, heute früh sei seine alte Mutter begraben worden. ›Und das sagen Sie so kalt, Herr Wirt‹, entgegnete ihm Schiller, ›genieren Sie sich doch ja nicht vor uns, wir nehmen teil an Ihrem Verlust und fühlen, wie nahe er Ihnen geht, darum begeben Sie sich sogleich in Ihr Kämmerlein und weinen Sie sich aus, wir werden mit dem Essen schon selber zurecht kommen.‹ Der Wirt nahm es für Ernst und entfernte sich, mit seiner Serviette über dem Arm, ohne sich wieder sehen zu lassen.« – Man mag in Schillers Werk den Humor vermissen; im Leben hat er ihm nicht gefehlt.

Tübingen war kein beliebiges Ausflugsziel. Die alte Landesuniversität befand sich in einem interessanten Stadium, da die Aufhebung der hohen Karlsschule eine beschlossene Sache war, Tübingen wieder die einzige Universität des Landes sein würde, und man im Begriff stand, bedeutenden Professoren von der Akademie hier einen neuen Wirkungskreis zu verschaffen. Ein Wiedersehen mit seinem Lehrer Abel war der unmittelbare Reisegrund. Schiller wurde gebeten, in der Burse abzusteigen, wo auch Abel und der Rektor wohnten, und wo man gemeinsam mit einer Schar Studenten aus großen Schüsseln speiste. Abel: »Das letztere war ihm sehr angenehm, er unterhielt sich gerne und heiter mit den Studierenden, und diese hingen mit Liebe und Bewunderung an dem damals schon durch ganz Deutschland gefeierten Manne. Als er darauf in die oberen Zimmer des Hauses geführt wurde, entzückte ihn die herrliche Aussicht – er war äußerst vergnügt, und wie überhaupt, was ihm Neues vorkam, sehr leicht neue Plane in ihm weckte, so entstand jetzt plötzlich in ihm der Gedanke: Wäre er hier, so würde es ihm Freude sein, abends 6–8 Uhr Studierende um sich zu sammeln und sich mit ihnen über Wissenschaft und Kunst zu unterreden, wodurch er auf Geist, Geschmack und Sitten derselben mehr und kräftiger als durch Vorlesungen einzuwirken hoffe; doch würde er auch, sobald sein Gesundheitszustand es ihm gestatten würde, Vorlesungen sich nicht entziehen; nur gegenwärtig sei er nicht fähig, zusammenhängende Vorlesungen zu halten.«

Gedanken also über eine Tübinger Existenz... Es ist bezeichnend, daß Schiller drei Tage danach in einem Brief an Körner kein Wort von seinem Tübinger Aufenthalt erwähnt; die Sache ging ihm im Kopf herum, er wollte aber keine unnötige Unruhe verursachen. Aus den im Augenblick entstandenen Erwägungen sind später konkrete Angebote der Universität an den inzwischen nach Thüringen zurückgekehrten Dichter erwachsen. Aber da war Schiller nicht mehr für Württemberg zu haben. – Eine Bekanntschaft aber, die er in Tübingen gemacht hat, sollte außerordentliche Folgen haben: das war seine erste Begegnung mit Cotta.

Gleich nach der Rückkehr von Tübingen nach Ludwigsburg entschließt sich Schiller, nach Stuttgart umzuziehen. Er hatte zunächst davon gar nichts wissen wollen... »Ich hasse Stuttgart.« Nun zog er doch dorthin, und die sieben Wochen, die er in Stuttgart verlebt hat, brachten mehr Anregung als das halbe Jahr in Ludwigsburg. Der Haushalt dort wird aufgelöst. Die von ihrem Ehejoch befreite Karoline reist mit Wilhelm von Wolzogen, ihrer alten Liebe, ihrem künftigen Gatten, in die Schweiz. Schiller mit Lotte und dem Goldsohn beziehen ein Quartier im Hofküchengarten (ungefähr dort, wo heute Paulinenstraße, Marienstraße und Reinsburgstraße zusammentreffen). »Ich habe jetzt meinen Auffenthalt verändert, und zwar in Rücksicht des gesellschaftlichen Umgangs sehr vortheilhaft, weil hier in Stuttgardt gute Köpfe aller Art und Handthierung sich zusammenfinden. Ich kann es mir nicht verzeyen, daß ich diesen Entschluß nicht früher gefaßt habe...« So schreibt er gleich zu Beginn seines Aufenthalts an Körner.

In Stuttgart gedieh damals, wenn auch in kleinen Zirkeln, ein geistiges Leben, das ein Menschenleben zuvor dort undenkbar gewesen wäre. Das war Carl Eugen und seiner hohen Schule zu verdanken. Drei Jahre später, mit Empfehlungsschreiben von Schiller versehen, hat Goethe sich neun Tage in Stuttgart aufgehalten und am Ende darüber geurteilt: »Nun habe ich hier Tage verlebt, wie ich sie in Rom lebte.« Das war ein großes Wort. Sein Umgang war der gleiche gewesen, den Schiller im Frühjahr 94 genossen hatte. Ein Mittelpunkt geistvoller Geselligkeit war das Haus des Kaufmanns Rapp, nach Goethes Worten ein tätiger Handelsmann, ein gefälliger Wirt, ein wohlunterrichteter Kunstfreund; und (in einem Brief an Schiller) eine gar behagliche, heitere und liberale Existenz. Sein Haus stand neben der Stiftskirche. Gottlob Heinrich Rapp war ursprünglich Tuchhändler, wurde sodann von Carl Eugen mit dem Vertrieb der herzoglichen Glasfabrik Spiegelberg betraut und hat später im Wirtschaftsleben des Landes eine Rolle gespielt, in der Tabakregie, in der Hofbank und als Mitbegründer der Landessparkasse. Rapps Schwester war mit Dannecker verheiratet, dem vielleicht größten bildenden Künstler, den Schwaben nach der Reformation hervorgebracht hat; so war der große Kaufmann mit der Kunst buchstäblich verschwägert. In seinem Haus, im Spätsommer 1797, hat Goethe *Hermann und Dorothea* vorgelesen – Zuhörer waren das Ehepaar Rapp, das Ehepaar Dannecker und, lautlos zu Füßen seiner Mutter, Rapps fünfjähriges Töchterlein (das, als Goethe nach Stunden endete, den Mund auftat: der Ma soll no meh lesa!).

Schiller fand in dem tätigen und behaglichen Geschäftsmann einen feinsinnigen Kenner der Poesie. Das Rappsche Haus war für ihn ein Mittelpunkt seines geselligen Verkehrs. Übrigens waren es von dort nur wenige Schritte zur »Geistlichen Herberge«, wo er sich mit etwas derberer Gesellschaft zu treffen pflegte, vor allem mit dem alten Kameraden Petersen, der nun auch infolge der Auflösung der Akademie seine Stelle verloren hatte und wenig tat, um sich bei der Regierung zwecks anderweitiger Verwendung genehm zu machen. Er war ein Bewunderer der Französischen Revolution und ließ sich, anders als die meisten deutschen Sympathisanten, auch durch die Hinrichtung des Königs nicht darin beirren. In diesem Jahr 1794 lobt ein französischer Agentenbericht seine intimen Kenntnisse von der württembergischen Regierung, nennt ihn einen erprobten Mann und warmherzigen Freund der Liberté, schränkt aber ein: leider seit einiger Zeit dem Wein und den Weibern ergeben. Ein geistvoller, faunischer Geselle, Junggeselle mit herabhängenden Strümpfen, trunken vom Wein der Zeit und vom Wein im Glase. Später hat er dann doch seinen Frieden mit der bestehenden Ordnung gemacht und eine Bibliothekarstelle zugewiesen erhalten.

Ungleich bedeutsamer, folgenreicher das Wiedersehen mit Dannecker; auch er einer aus dem engeren Freundeskreis auf der Akademie – er war unter den Zuhörern der Räuberlesung im Bopserwald gewesen. Dannecker, ein Jahr älter als Schiller, ist ein Beispiel dafür, was aus einem Jungen einfachster Herkunft unter dem aufgeklärten Absolutismus werden konnte. Sein Vater war Stallknecht in herzoglichen Diensten. Gegen diesen Willen – seltsam genug, daß der Stallknecht dem Herzog einen Willen entgegensetzen konnte – war der Zwölfjährige von daheim durchgebrannt, um seinen Landesvater um Aufnahme in dessen neue Pflanzschule zu bitten; ein paar andere wissensdurstige Stallknechtssöhne hatte er gleich mitgebracht. Carl Eugen, wohlgefällig, nahm die Buben unter seinen Schutz und seine Fuchtel. Dannecker hat es auf der Karlsschule durchaus nicht leicht gehabt, obwohl er ein heller, kräftiger und lustiger Bursche war. Ziemlich spät erst wurde sein bildnerisches Können erkannt und anerkannt, erst dem Neunzehnjährigen wird auf Guibals Anraten ein erster Preis zuerkannt. Damit allerdings hatte er Carl Eugens Gunst errungen, der ihm jahrelange Studien in Paris und in Rom ermöglichte. Nur hatte der alte Herr für den hochbegabten und vortrefflich ausgebildeten Heimgekehrten keine großen Aufträge...

Tatsächlich hat erst das Wiedersehen mit Schiller Dannecker erlaubt zu beweisen, daß er Großes vermochte. Um den Freund zu porträtieren, schlug er seine Werkstatt in dessen Wohnung im Hofküchengarten auf. Aus vielen Sitzungen erwuchs Schillers Büste, das Vor-Bild jener kolossalen Idealbüste, die Dannecker nach des Dichters Tode schuf – Grundmodell der meisten Schiller-Denkmäler. Einmal traf der Bildhauer den Freund über seinem *Wallenstein* eingeschlafen und konnte nun die einzelnen Teile des Kopfes mit den Maßen der fast fertigen Büste durch den Zirkel vergleichen und sich von der vollständigen Übereinstimmung der Natur mit dem Abbild überzeugen. – Als Schiller im Sommer dieses Jahres einen Abguß empfing, schrieb er dem Künstler in heller Freude: »Ganze Stunden könnte ich davorstehen und würde immer neue Schönheiten an der Arbeit entdecken. Wer sie noch gesehen, der bekennt, daß ihm noch nichts so Ausgeführtes, so Vollendetes von Skulptur vorgekommen ist... Ich umarme dich tausendmal, lieber Freund, und versichere dir, daß kein Tag von nun an vergehen wird, wo ich mich deiner Liebe und deiner Kunst nicht mit herzlicher Freude und Bewunderung erinnern werde.« Zu den Bewunderern gehörte auch Goethe, der auf seiner Reise 1797 auch das Original zu sehen bekommt; er hat damals Dannecker schätzen, ja lieben gelernt, nennt ihn »als Künstler und als Mensch, eine herrliche Natur«.

Die Ergebnisse von Schillers dreivierteljährigem Aufenthalt in seinem Heimatland haben Gewicht. Was immer ihn an Stimmungen und Plänen bewegt hat, als er diese Reise unternahm: in mancher Hinsicht sind seine Erwartungen nicht erfüllt worden, oder doch blasser, gedämpfter, als es ihm vorgeschwebt haben mag. Anderes wieder war nicht oder kaum vorauszusehen. Ohne diese Reise wären die bedeutendsten Porträts nicht entstanden, die wir von ihm besitzen. Nicht die getreuen und liebevollen Bilder von der Hand Ludowikes, nicht die herrliche Büste Danneckers, in der ein Genie sich in der Anschauung des genialen Freundes bestätigt hat. Und doch vollzog sich die lebenbestimmende Begegnung dieser Schwabenreise auf einem anderen Feld. Es war die Begegnung Schillers mit Cotta.

Johann Friedrich Cotta ist der größte deutsche Verleger gewesen. Sein Ahnherr, einziger Überlebender einer im Dreißigjährigen Krieg niedergemetzelten sächsischen Familie, war in Nürnberg Buchhändler geworden und von dort 1659 nach Tübingen gekommen, wo er die Leitung einer Buchhandlung übernahm, die Witwe des Inhabers heiratete und von der Universität als civis academicus aufgenommen wurde. Handlung und Firma gingen nach seinem Tod auf den Sohn, dann auf den Enkel über. Doch schwand der Unternehmergeist dahin. Der Urenkel ließ die Handlung durch Faktoren leiten, gründete allerdings in Ludwigsburg eine Druckerei, die recht gut ging. In diesem Gebäude haben dann, wie berichtet, die Familien von Hoven und Schiller zur Miete gewohnt. Dieser Urenkel Christoph Friedrich Cotta war mit zehn Töchtern und fünf Söhnen über die Maßen gesegnet... einer davon, Johann Friedrich, geboren am 27. April 1764, sollte das Haus Cotta ins hellste Licht führen.

Er besucht das Gymnasium seiner Vaterstadt Stuttgart, bezieht sechzehnjährig (was nicht ganz ungewöhnlich war) die Universität Tübingen, studiert Mathematik, zu der er eine besondere Neigung hat, dann mit großem Fleiß Jurisprudenz, macht glänzende Examina und begibt sich dann nach Paris, um dort den letzten Schliff zu bekommen – denn er soll Hauslehrer bei einer der ersten Familien Polens werden, bei den Lubomirsky in Warschau. Daraus allerdings ist nichts geworden, was zum Teil in den verworrenen polnischen Zuständen begründet war. – Sein Vater beauftragt ihn nun mit der Leitung der inzwischen gänzlich heruntergewirtschafteten Tübinger Buchhandlung. Der Dreiundzwanzigjährige erbittet in einem wohlüberlegten Brief Rat von dem durch Tüchtigkeit und Erfahrung berühmten Buchhändler Reich in Leipzig, Besitzer der Weidmannschen Offizin. Voll ernsthafter Vorsätze übernimmt Johann Friedrich am 1. Dezember 1787 die Leitung des Tübinger Unternehmens, unter Voraussetzungen, die man armselig nennen muß. In das Grau seines Alltags fällt ein goldner Sonnenstrahl, als ihm die Fürstin Lubomirska 300 Dukaten zukommen läßt – er habe durch das vergebliche Warten auf die Erzieherstelle sicherlich Nachteile erlitten – die Noblesse eines großen polnischen Hauses verschafft einem um seine Existenz ringenden Tübinger Verlag hoch erwünschtes Betriebskapital!

Den entscheidenden Schritt, um Handlung und Verlag aus ärmlicher Enge hinauszuführen, tat Cotta, indem er sich 1789 mit dem Dr. iur. Christian Jakob Zahn assoziierte. Zahn, aus einer der Familien der Calwer Compagnie-Verwandten (fast die einzigen namhaften Kapitalisten Württembergs), war ein feingebildeter, ein tüchtiger und ein vermögender Mann; zudem sah er der Mitgift seiner künftigen Frau entgegen, Elisabeth Haselmeyer, ebenfalls aus einer der reichsten Calwer Familien; ihre kraft- und geistvolle Erscheinung ist uns in einer Büste Danneckers lebendig erhalten. Das Zahnsche Geld, durch die Haselmeyersche Mitgift beträchtlich gemehrt, und Cottas verlegerisches Genie haben innerhalb von zehn Jahren aus einer verkommenen Unternehmung den angesehensten deutschen Verlag erblühen lassen.

Die erste Begegnung zwischen Schiller und Cotta hatte, durch Abels Vermittlung, in Tübingen stattgefunden. Über ihr Gespräch kann man nur Vermutungen anstellen. Sicher ist, daß sie füreinander Sympathie empfanden. Und sicher ist auch, daß von Geld die Rede war. Schiller befand sich in Verlegenheit, denn die dänische Pension für 1793 war aufgezehrt, die nächste noch zu erwarten, und da Göschen, an den sich Schiller sonst um Vorschüsse zu wenden pflegte, weit weg war, erbat er sich das Geld von Cotta; ein Vierteljahr später sollte er es von Göschen zurückerhalten, und Göschen sollte aus der dänischen Pension bezahlt werden. Schiller am 4. Mai an Göschen: »Ich brauchte Geld und wußte es nicht anders anzugreifen...« – Aber es kann nicht nur vom Geld die Rede gewesen sein an jenem Märztag in Tübingen.

Die ersten Briefe, die nach dem Kennenlernen gewechselt wurden, bewegen sich noch in engen Kreisen. Schiller bietet eine Arbeit über das griechische Theater an, im übrigen ist von Gelddingen bescheidenen Ausmaßes die Rede. Die entscheidende Begegnung findet dann kurz vor Schillers Abreise statt, am 4. Mai. Cotta kommt nach Stuttgart, und man unternimmt eine Ausfahrt nach Untertürkheim. Auf dem Rückweg halten sie zu einem Spaziergang. Man ist auf dem Kahlenstein, einer sanften Anhöhe über dem Neckar, auf der später das ländliche Schloß Rosenstein errichtet wurde. Hier, im Umhergehen und Stehenbleiben, an einem der schönsten Plätze der Neckarlandschaft wurde der Bund zwischen Dichter und Verleger geschlossen. Der Tag blieb denkwürdig. Noch nach neun Jahren bemerkt Cotta in einem Brief: »Der 4te Mai ist der Jahrestag unserer Spatzierfarth auf den Kahlenstein bei Cantstadt.« Die Hauptgegenstände jener berühmten Unterredung dürften Cottas Zeitungspläne gewesen sein.

Noch im selben Monat haben diese Ideen in zwei Kontrakten Gestalt angenommen: über eine *Allgemeine Europäische Staatenzeitung* und über die literarische Monatsschrift *Die Horen*. Aus der ersteren sollte, ohne Schillers Mitwirkung, die *Augsburger Allge-*

meine Zeitung erwachsen, das führende deutsche Blatt in der ersten Hälfte des 19. Jahrhunderts, an dem mitzuarbeiten von Thiers wie von Heine als Ehre angesehen wurde. Aus den *Horen* wurde eine literarische Zeitschrift, wie sie Deutschland vorher und nachher nicht gehabt hat – für Schiller ein Bereich, in dem er seine Fähigkeit, die Großen seiner Zeit zur Mitarbeit zu bewegen, glänzend unter Beweis stellen konnte, und eine Plattform für seine eigene Produktion.

Zwei Tage nach jenem Treffen reist Schiller aus Schwaben ab, um nie wieder zurückzukehren. Als er sich im Sommer zuvor nach Süden aufgemacht hatte, dürfte er zum mindesten mit dem Gedanken gespielt haben, sich in der Heimat niederzulassen; die vage Hoffnung, das Klima des Neckartals könne seine Atemnot, seine »Brustkrämpfe« lindern, mag ihm dabei vorgeschwebt haben. Ob er geblieben wäre, wenn er sich gleich nach Stuttgart begeben hätte statt in das stille Ludwigsburg, die verlassene Residenz? Man kann die Frage stellen, doch wäre es müßig, lange Betrachtungen darüber anzustellen. Schiller hatte gewichtige, ganz verschiedenartige Gründe, Württemberg zu verlassen.

Man kann sehr wohl die Angst um sein Leben, die Angst um den Lebensrest an die erste Stelle setzen. Der für die Alliierten ziemlich glücklose Fortgang der Operationen gegen die französische Armee am Rhein hatte die Rückverlegung einiger Feldlazarette mehr oder weniger notwendig gemacht. Diese Lazarette befanden sich meistens in einem fürchterlichen Zustand, man wundert sich eigentlich, daß man um ihre Verlegung bemüht war – vielleicht wollte man sich nicht vor dem Feinde blamieren damit. Seuchenherde waren sie ohne Zweifel, vor allem die Ruhr pflegte dort fürchterlich zu grassieren. Schiller am 7. März an Gmelin: »Eine seuchenschwangere Lazarethwolke wälzt sich gegen Schwaben her, und ich muß mich hüthen, daß der Blitz nicht in meine baufällige Hütte schlägt.« Mit der Reise nach Tübingen, mit dem Aufenthalt in Stuttgart sind dann doch noch zwei Monate vergangen. Aber hier ist eine Hauptursache für die Rückreise nach Thüringen zu suchen.

Ein weiterer Grund dürfte Lottes Abneigung gegen ihre schwäbische Umgebung gewesen sein. »Hier im Lande möchte ich der Menschen wegen doch nicht wohnen«, heißt es in ihrem Brief an Fritz von Stein, aus dem schon zitiert wurde. Dieser Brief mit den kühlen Bemerkungen über Schillers schwäbische Freunde und den kalten über deren Frauen war noch aus Ludwigsburg datiert. Über die Rapp und Dannecker würde sie nicht so geurteilt haben, aber die Abneigung gegen Land und Leute hatte sich in ihr schon festgesetzt. Wäre Schiller entschlossen gewesen, sich hier niederzulassen, dann hätte er das auch gegen den Wunsch seiner Frau getan. Da es ihn aber selbst eher forttrieb als festhielt, fiel Lottes Meinung gewichtig in die Waagschale.

Die Professur in Jena war an und für sich kein Magnet; wohl aber der Fürst, dem diese kärglich besoldete Stelle zu danken war. Karl August von Sachsen-Weimar, den Schillerschen Damen vertraut wie ein älterer Cousin, war ein Herr, dem man gerne diente; grundehrlich, derb und unverblümt, und dabei mit einem untrüglichen Sinn für geistige Größe. Was war, mit ihm verglichen, der alte, freundlich vertrottelte Herzog Ludwig Eugen, dem nichts eingefallen war, als die hohe Schule seines Bruders zu schließen?

Als Schiller mit Cotta am Kahlenberg spazierenging, war die Abreise bereits beschlossen und eingeleitet. Es bedurfte keines weiteren Motivs zur Rückkehr ins Herzogtum Sachsen-Weimar. Aber für Schiller, der die Idee der *Horen* in sich einsog, stand fest: Goethe mußte dafür gewonnen werden. Dieser Mann, dieser Halbgott mußte erobert werden.

Auch ein Grund, nach Thüringen abzureisen.

IV. HÖHE DES LEBENS

In Jena

Die Horen

Nach einer gemächlichen Reise von neun Tagen, mit einem kürzeren Aufenthalt in Würzburg und einem längeren in Meiningen bei Reinwalds, trifft die Familie Schiller am 14. Mai 1794 in Jena ein. Man bezieht eine Wohnung am Marktplatz. Wilhelm von Humboldt wohnt mit seiner Familie – es war eben das zweite Kind angekommen – in nächster Nähe. Humboldt: »Ich hatte, um Schiller nahe zu sein, meinen Wohnsitz in Jena genommen... Wir sahen uns täglich zweimal, vorzüglich aber des Abends allein und meistenteils bis tief in die Nacht hinein.« Schiller hatte in dem sieben Jahre Jüngeren von Anfang an (Dezember 1789) einen bedeutenden Gesprächspartner gefunden. Nun hatte sich Humboldt mit Körner befreundet, und das steigerte Schillers Zuneigung. Schiller am 18. Mai 94 an Körner: »Humbold ist mir eine unendlich angenehme und zugleich nützliche Bekanntschaft; denn im Gespräch mit ihm entwickeln sich alle meine Ideen glücklicher und schneller. Es ist eine Totalität in seinem Wesen, die man äußerst selten sieht, und die ich außer ihm nur in Dir gefunden habe.«

Ein paar Tage nach Schillers Rückkehr war an der Universität Vorlesungsbeginn. Es werden Vorlesungen Schillers angekündigt, historische und philosophisch-ästhetische. Aber er betritt das Katheder nicht mehr; er hat nicht mehr Atem genug zum Vortrag. In der Historie vertritt ihn der junge Professor Woltmann, den man vorsorglich von Göttingen berufen hat; es habe viel Gutmütigkeit dazu gehört, bemerkt er, »da zu erscheinen, wo auch er erwartet werden konnte«. Schiller fühlte sich deswegen nicht mit Dankesschuld beladen. Er schreibt ein Jahr später an Goethe: »Freund Woltmann hat wieder eine sehr unglückliche Geburt und in einem sehr anmaßenden Ton von sich ausgehen lassen. Es ist ein gedruckter Plan zu seinen historischen Vorlesungen, der auch den hungrigsten Gast verscheuchen müßte.«

Cotta hielt sich, während Schiller sich wieder in Jena einnistete, der Messe wegen in Leipzig auf. Für die Rückreise wird ein Besuch in Jena vorgesehen. Die Zeitungsprojekte sollen Gestalt annehmen. Am 19. Mai schreibt Schiller an Cotta:

»Vor 4 Tagen bin ich hier angelangt, und Sie finden mich also, wenn Sie kommen, gewiß. Mich erfreut es sehr, daß wir einander hier in Jena noch sehen, und nachhohlen können, was wir auf dem Katzenstein (Kahlenstein) bey Kanstatt nicht haben vollenden können. Meine Gesundheit läßt sich ganz erträglich gut an, und ich wollte zufrieden seyn, wenn sie so bleiben wollte, wie sie ist.

Aber den Plan mit der Zeitung werden wir so schnell nicht ausführen können. Für einen kränklichen Menschen ist dieses Geschäft doch zu anstrengend zu unabsehbar, und für den Verleger zu risquant, wenn ich kränker werden sollte. Auch kann ich von Jena so schnell nicht loskommen und einen fixen, obgleich unbeträchtlichen, Gehalt nicht wohl an den Zufall einer Speculation wagen. Möglicher hingegen, und auch sicherer ist es, mit einer politischen Quartalschrift anzufangen, welche sich von mir leichter übersehen und da man immer 3 Monate Zeit hat, auch leichter im Gang erhalten läßt. Ich gewänne dabey nicht nur dieses, daß ich mich durch eine solche Arbeit mit dem politischen Fach familiarisierte, und meine Mitarbeiter zugleich für eine größere Entreprise üben und auf die Probe setzen könnte; sondern auch Sie selbst würden aus dem Glück einer solchen Zeitschrift Ihren Entschluß für die größere faßen und die Vortheile beßer berechnen können.

Indeßen habe ich gefunden, daß auch schon diese eingeschränktere Unternehmung großen Aufwand machen dürfte. Was mich selbst betrifft, so gestehe ich aufrichtig, daß ich die politische Schriftstellerey nicht aus Neigung sondern aus Speculation erwählen würde, und da ich mich nie entschließen könnte, etwas zu vernachlässigen, wovor ich meinen Nahmen setze, so würde mich eine solche Arbeit ungleich mehr Zeit und Anstrengung kosten als jede andere ...«

Bedenken über Bedenken. Freilich auch: »Wir wollen schon sehen, daß unsere Vortheile mit einander laufen.« Und: »Das große litterarische Journal, wovon ich Ihnen auf der Rückreise von Untertürkheim sprach, scheint mir noch immer eine treffliche Unternehmung und zu dieser könnte ich Ihnen 3mal mehr Dienste leisten, weil ich hier ganz in meinem Fache wäre.«

Am 27. und 28. Mai ist Cotta in Jena. Auf sein energisches Drängen kommen zwei Verträge zustande. Der »Contrakt über den Verlag einer Allgemeinen Europäischen Staatenzeitung von Hrn. Hofrat Schiller« ist von Cottas Hand geschrieben und für Schiller finanziell sehr vorteilhaft. Der »Contract über die litterarische Monathsschrift die Horen betitelt, welches unter der Aufsicht des Hofr. Schiller erscheinen soll« ist von Schiller geschrieben.

Unter Ziffer 2 heißt es: »Alle darin enthaltenen Aufsätze müssen entweder historischen oder philosophischen oder aesthetischen Inhalts seyn, und auch von dem Nichtgelehrten verstanden werden können.« Die Honorare werden auf mindestens 3, höchstens 8 Louisdors festgesetzt, also nicht eben kleinlich; alles andere als kleinlich auch die Bezahlung für die Redaktion, also für ihn selbst – jährlich »hundert Ducaten extra«. Ein Ausschuß von fünf »Mitgliedern«, also eine Art Redaktionsbeirat, soll über die Würdigkeit der eingegangenen Beiträge befinden und mit Majorität entscheiden.

An die *Horen* ist Schiller mit Begeisterung gegangen. Daß er, Cottas energischem Drängen nachgebend, seinen Namen unter den Contract, die *Allgemeine Europäische Staatenzeitung* betreffend, gesetzt hat, empfand er jedoch von der ersten Stunde an als eine überschwere Last. Schon am 4. Juni beschwört er Cotta, noch keine Schritte wegen der Zeitung zu unternehmen; das Vorhaben sei, jedenfalls unter seiner, Schillers, Leitung »viel zu schwürig und risquant«. Zehn Tage später kündigt er seine Mitwirkung an dieser Zeitung unumwunden auf: »Ich kann und darf weder Sie noch mich exponieren. Mich würde ich exponieren, wenn ich mit einer hinfälligen Gesundheit in ein für mich ganz neues und eben darum höchst schwüriges Fach mich stürzte, wozu es mir sowohl an Talent als an Neigung fehlt, und wobey ich doch die genaueste Ordnung beobachten müßte. Im ersten Jahr würde meine Anstrengung unbeschreiblich seyn... In diesem einzigen Jahre würde ich meinen ganzen Rest von Gesundheit vollends zu Grund richten...« Diese beängstigende Sorge nimmt ihm Cottas Brief vom 21. Juni: »Ich müßte mein Interesse mehr als Ihre Gesundheit lieben, wenn ich nicht nach Ihren vorgelegten Gründen von dem Zeitungsplan abstehen wollte; desto mehr wollen wir nun auf die Horen unsre Kräfte verwenden, mit denen also auf den Januar der Anfang gemacht würde.«

In dem Kapitel »Die Professur« wurde bereits angedeutet, daß Schiller ein leidenschaftliches Verhältnis zur Geschichte gehabt hat, aber den gewaltigen Ereignissen seiner Zeit kühl gegenüberstand. Cottas Ansinnen mit der *Europäischen Staatenzeitung* hätte ihn in dieses Meer der gegenwärtigen Ereignisse und Probleme geworfen, in das er sich nicht wagen wollte. Zwei Tage, bevor er seinen Namen unter den Zeitungskontrakt setzte, hat er in einem Brief an Joh. Benjamin Erhard ausgesprochen, wie ihm wirklich zumute war. Erhard war als älterer Student mit Schiller bekannt geworden, hatte sich später als Arzt in Nürnberg niedergelassen. Man hatte sich eben, auf Schillers Rückreise, in Würzburg getroffen. Schiller schreibt ihm am 26. Mai: »Wir sind hier glücklich angekommen, und ich sehe nun einer ruhigen Existenz im Schooß einer philosophischen Muße entgegen... Möchte nun auch Ihr Schicksal Sie glücklich führen, geliebter Freund, daß Ihre Geisteskräfte sich nicht im Kampf mit den Umständen zu verzehren brauchen. Vor allem folgen Sie meinem Rath, und lassen Sie vor der Hand die arme, unwürdige und unreife Menschheit für sich selbst sorgen. Bleiben Sie in der heitern und stillen Region der *Ideen*...« Die Hauptursache – wenn auch wohl nicht die einzige – für Schillers Abneigung, an den Zeitläuften Anteil zu nehmen, ist in seiner untergrabenen Gesundheit zu suchen. Es war keine Redensart, wenn er Cotta zu bedenken gibt, er werde mit der Zeitung den Rest seiner Gesundheit zugrunde richten.

Den *Horen* alle seine Kräfte zu widmen, war er freudig bereit. Schon Anfang Juni werden Fichte, Humboldt und Woltmann für das Unternehmen gewonnen. Fichte – der Name ist in Schillers Umkreis neu. Eine erste Begegnung hatte Anfang Mai in Stuttgart stattgefunden. Fast gleichzeitig treffen beide in Jena ein, Fichte als Nachfolger Reinholds auf dessen Lehrstuhl. Reinhold war ein namhafter Kantianer. Fichte, nun 32 Jahre alt, war Kants persönlicher Schüler und hatte sich mit seiner *Kritik aller Offenbarung* an die Spitze aller Kantianer gesetzt. Das war 1792. Er ließ im Jahr darauf die Schrift *Beiträge zur Berichtigung des Urteils des Publikums über die französische Revolution* folgen – ein ideenreiches, kühnes, radikales Werk. Seine Berufung nach Jena ist ein Zeichen für die geistige Souveränität Karl Augusts; »verwegen« hat Goethe diesen Entschluß seines Fürsten genannt. Für Schiller wurde Fichte zu einer gewaltigen Bereicherung seines Jenaer Kreises, ein Leuchtturm für seine Kant-Studien. Schiller am 12. Juni an Körner: »Fichte ist eine äußerst interessante Bekanntschaft, aber mehr durch seinen Gehalt, als durch seine Form. Von ihm hat die Philosophie noch große Dinge zu erwarten.« Es ist im Lauf der Jahre zu ernsten Verstimmungen zwischen den beiden gekommen, aber nie zum Bruch. Fichte nennt Schiller einmal »einen höchst seltenen Gleichgesinnten über geistige Angelegenheiten«.

»Die Horen. Unter diesem Titel wird mit dem Anfang des Jahres 1795 eine Monatsschrift erscheinen, zu deren Verfertigung eine Gesellschaft bekannter Gelehrter sich vereinigt hat. Sie wird sich über alles verbreiten, was mit Geschmack und philosophischem Geiste behandelt werden kann, und also sowohl philosophischen Untersuchungen, als historischen und poetischen Darstellungen offen stehen. Alles, was entweder bloß den gelehrten Leser interessieren, oder was bloß den nichtgelehrten befriedigen kann, wird davon ausgeschlossen sein; vorzüglich aber und unbedingt wird sich alles verbieten, was sich auf Staatsreligion und politische Verfassung bezieht. Man widmet sich der schönen Welt zum Unterricht und zur Bildung, und der gelehrten zu einer freien Forschung der Wahrheit und zu einem fruchtbaren Umtausch der Ideen...« Res publica, öffentliche Dinge, Politik »unbedingt« ausgeschlossen. – Das gedruckte Blatt wird mit persönlichen Briefen von Schiller an die erhofften Mitarbeiter versandt. An einem Tag, dem 13. Juni, schreibt er an Goethe und Kant (außerdem an Garve in Breslau, einem ältlichen und kränklichen Mann, der als Literatus einen Namen hat; an Engel in Berlin; an Weißhuhn, Privatdozent in Jena).

An Goethe: »Hochwohlgeborner Herr, Hochzuverehrender Herr Geheimer Rat! Beiliegendes Blatt enthält den Wunsch einer, Sie unbegrenzt hochschätzenden Gesellschaft, die Zeitschrift, von der die Rede ist, mit Ihren Beiträgen zu beehren, über deren Rang und Wert nur Eine Stimme unter uns sein kann. Der Entschluß Euer Hochwohlgeboren, diese Unternehmung durch Ihren Beitritt zu unterstützen, wird für den glücklichen Erfolg derselben entscheidend sein, und mit größter Bereitwilligkeit unterwerfen wir uns allen Bedingungen, unter welchen Sie uns denselben zusagen wollen.« Und: »Je größer und näher der Anteil ist, dessen Sie unsre Unternehmung würdigen, desto mehr wird der Wert derselben bei demjenigen Publikum steigen, dessen Beifall uns der wichtigste ist.«

Goethes Antwort konnte nicht erwünschter ausfallen: »Ew. Wohlgeboren eröffnen mir eine doppelt angenehme Aussicht, sowohl auf die Zeitschrift, welche Sie herauszugeben gedenken, als auf die Teilnahme, zu der Sie mich einladen. Ich werde mit Freuden und von ganzem Herzen von der Gesellschaft sein.«

Damit war für die *Horen* der entscheidende Durchbruch geglückt. Das Blatt, wie zu zeigen sein wird, hat nicht alle hochgespannten Erwartungen erfüllt und keine lange Lebensdauer gehabt. Aber mit Anfrage und Antwort, die Horen betreffend, mit der ehrfürchtig ausgesprochenen, diplomatisch klugen Bitte und der entschiedenen, freundlich getönten Gewährung war ein anderer Durchbruch zwar nicht vollzogen, aber eingeleitet: der fruchtbarsten Wechselwirkung der zwei großen Geister. Davon später.

Von Kant war eine Mitwirkung an den *Horen* nicht ernstlich zu erwarten gewesen; doch erhält Schiller von ihm eine Antwort, die ihn erfreut. Herder erklärt sich zur Mitarbeit bereit. Über Humboldt wird August Wilhelm Schlegel gewonnen. Gentz in Berlin, als Diplomat und Literat im Aufstieg begriffen, antwortet schwungvoll: »Wenn ich auch in Amtsgeschäften noch tiefer vergraben, und in literarische Arbeiten noch tiefer verflochten wäre, als ich es in der Tat bin, so würde ich mich doch nie entschließen können, einer Verbindung zu entsagen, über deren Wert kein Zweifel stattfinden darf, sobald man ihren Urheber kennt. Ich nehme also mit Freuden Ihr ehrenvolles Anerbieten an.« Er hat aber nie etwas geliefert.

Unter denen, die zusagten, ohne je eine Zeile zu liefern, war auch der liebenswürdige steinalte Gleim in Halberstadt. Er gab seine Zustimmung: »Unter der Bedingung, liebster Herr Hofrath, daß das Honorarium, das ich für zwey Bogen jedes Jahr erhalten möchte, von Ihnen, Einem armen Mädchen zur Ausstattung gegeben werde, nehm ich den Antrag an, und bin mit großer Hochachtung Ihr Freund und Diener Der alte Gleim.« Schiller ist nie in die Verlegenheit gekommen, ein bedürftiges, aber würdiges Mädchen ausfindig zu machen...

Am 1. September meldet Schiller an Cotta: »Von unsrer Seite ist nun gar keine Schwierigkeit mehr, und schon jetzt ist eine Societät von Schriftstellern beysammen, wie noch kein Journal (ich darf es wohl sagen) aufzuweisen gehabt hat.« Dem kann man noch nach zweihundert Jahren zustimmen. Eine Zeitschrift, die Schiller und Goethe, Herder, Fichte, die Brüder Humboldt zu ihren Mitarbeitern zählte, ist ohne Beispiel geblieben. Nun sind jenem stolzen Satz aber die Worte vorausgestellt: »Ehe wir aber in diese Unternehmung ernstlich hineingehen, so überlegen Sie noch einmal genau, was Sie dabey zu wagen und zu hoffen haben.« Und im zweiten Teil dieses Briefes macht er seinem Verleger eine genaue Rechnung auf; erst bei einem Absatz von 1300 Exemplaren werde von einem Gewinn die Rede sein können. »Überlegen Sie nun alles wohl, und nehmen Sie auf uns gar keine Rücksicht... Wenn Sie aber über den Rubicon gegangen sind... so erwarten Sie von unsrer Seite allen Menschenmöglichen Eifer, aber auch Sie müssen ihrer Seits keine Zeit, keine Industrie, keine Thätigkeit sparen, denn die Zerstreuung eines Buchs durch die Welt ist fast ein ebenso schwieriges und wichtiges Werk, als die Verfertigung desselben.« Cotta antwortet darauf wohlgelaunt: »Da ich schon öfters über den Rubikon gegangen bin, so bin ich nicht mehr so schüchtern, und bei dieser Unternemung finde ich den Gang ohnediss nicht sehr gefährlich. Es bleibt also bei unserer Abrede...«

Schiller, dessen junge Jahre so lange von Schuldenlasten bedrückt gewesen waren, ist ein erfahrener Geschäftsmann geworden. Seine verantwortliche Rolle bei der Entstehung der *Horen* ist ein Beispiel dafür, und seine Bedenken waren nicht unbegründet. Auch Cotta war bei aller unternehmerischen Courage nicht frei von Sorgen. Jedenfalls legte er Wert darauf, seinen finanzkräftigen Associé Zahn an der Verantwortung für dieses Unternehmen zu beteiligen. Zahn soll Mitglied in dem Ausschuß werden, der die eingegangenen Beiträge prüft. Schiller dazu an Goethe: »Ich kann es ihm nicht verargen, daß er in dem Senat, der über seinen Geldbeutel disponieren soll, gern einen guten Freund haben möchte. Dazu kommt, daß dieser junge Mann, der sich Zahn nennt, zu der Handelscompagnie in Calw gehört, die das Cottaische Unternehmen deckt... Ich glaube daher, daß man wohl tut, diesen Mann so sehr als möglich in das Interesse unsrer Unternehmung zu ziehen...« Goethe stimmt zu.

Es ist verständlich, daß Cotta das eine und andere mit den künftigen *Horen* konkurrierende Blatt gern aus dem Weg geräumt gesehen hätte. Bereits im Sommer 94 schreibt er unverblümt an Schiller: »Haben Sie bei Wieland keinen Versuch gemacht: es wäre gar schön, wenn der Merkur aufhörte.« Schiller sagt zu, in diesem Sinne vorzufühlen, gibt dem Versuch aber wenig Chance bei dem behutsamen alten Herrn; meint, »daß der Merkur nach dem ersten Jahr der Horen von selbst fallen soll, so wie alle Journale, die das Unglück haben, von ähnlichem Innhalt mit den Horen zu seyn«. Hierin hat er sich gründlich getäuscht. Und der *Merkur* wird die *Horen* um dreizehn Jahre überleben. – Anders sah es mit der *Neuen Thalia* aus, Göschens Blatt, das ihm nahestand. Diese Zeitschrift, der Schiller in zehn Jahren viel Liebe und Aufmerksamkeit zugewendet hatte, schwand wirklich nach dem Erscheinen der *Horen* dahin; Schiller wollte sie nicht fortsetzen. Die alte Freundschaft zu Göschen, die bis in den Gohliser Sommer zurückreichte, wurde dadurch, überhaupt durch Cottas Eintreten in Schillers Leben, stark belastet.

Es hat auf der Leipziger Buchmesse im Frühjahr 95 zwischen Göschen und Cotta einen heftigen Auftritt gegeben. Göschen, der freilich Grund hatte, Cotta gegenüber bittere Gefühle zu hegen, prahlte vor ihm, er werde den *Don Carlos* mit den schönsten Illustrationen, von Ramberg gezeichnet, von Bertalozzi (einem in England tätigen Florentiner) gestochen, erscheinen lassen; und von schönem Druck verstehe man in Tübingen ohnehin nichts. Cotta trumpfte dagegen, er werde Schillers Werke bei Bodoni in Padua drucken lassen (dem damals berühmtesten Drucker). Göschen ließ seinem Groll die Zügel fahren, sprach vom schändlichen Abspannen von Autoren, warf ihm vor, sich zwischen zwei Freunde eingeschlichen zu haben... Cotta gab sich redlich Mühe, ihm die korrekte Art des Zustandekommens seiner Verbindung mit Schiller darzulegen: »Diss half aber alles nichts, er tobte fort... daß ich disen Auftritt unter die härtesten meines Lebens rechnen muß.« (Cotta an Schiller aus Leipzig, 8. Mai 1795) Schiller hat darauf zunächst behutsam reagiert: »Es ist mir freylich nicht angenehm, daß Göschen sich so ungeberdig bezeugt hat, aber ungerecht darf ich auch nicht gegen ihn seyn, und wenn er also den Don Carlos nicht gern verliert, so halte ich mich für verbunden, ihm dieses Stück nicht zu entreißen –«

Während die Vorbereitungen für die *Horen* im vollen Gang sind, wagt Cotta noch einen Versuch, Schiller für die geplante *Staatenzeitung* zu gewinnen: »Sie werden, wenn es einst Ihre Gesundheit erlauben sollte, doch auch daran Theil nehmen, wenigstens nur in soweit, als es mit Ihrer vollen Bequemlichkeit geschehen kann.« Aber auch dieses vorsichtige Angebot wird rundweg abgelehnt. – Schillers radikale Abneigung dagegen, sich mit den Ereignissen seiner Zeit politisch auseinanderzusetzen, zeigt sich sogar in einer kritischen Anmerkung zu Goethes erstem gewichtigen Beitrag zu den *Horen*. Es waren dies die *Unterhaltungen deutscher Ausgewanderten*, freilich ein aktuelles Thema. Unmöglich konnte Schiller diesen Beitrag von dem heiß umworbenen, berühmten Mitarbeiter des Blattes überhaupt zurückweisen. Aber er erlaubt sich, unter Berufung auf »unsre Keuschheit in politischen Urteilen« gegen ein Wort Bedenken anzumelden, das Goethe einem Geheimerat in der Gesellschaft der Auswanderer in den Mund legt, »er hoffe sie alle gehangen zu sehen«, die deutschen Mitläufer der Französischen Revolution.

Die *Unterhaltungen deutscher Ausgewanderten* mußten dem Redakteur der in einer schwierigen Geburt steckenden *Horen* kostbar genug sein. Denn er hatte seine Mühe und Not mit der Zeitschrift, die doch ein »Epoche machendes Werk« (so schreibt er einmal an Körner) werden soll. Die Beschaffung pünktlicher Beiträge erweist sich als weit schwieriger als erwartet; dazu kümmert er sich in seiner Korrespondenz mit Cotta um jede technische Einzelheit. Einigermaßen pünktlich, Mitte Januar 95, erscheint das erste Heft. Es enthält von Goethe die *Erste Epistel*

Jetzt, da jeglicher liest und viele Leser das Buch nur
Ungeduldig durchblättern und, selbst die Feder ergreifend,

Auf das Büchlein ein Buch mit seltner Fertigkeit pfropfen…, sowie den Anfang der »Unterhaltungen deutscher Ausgewanderten«. Schiller steuert den ersten Brief *Über die ästhetische Erziehung des Menschen* bei. (Seine Briefe an Christian Friedrich von Augustenburg waren bei dem Schloßbrand in Kopenhagen vernichtet worden. Auf die Bitte seines prinzlichen Gönners um Ersatz hatte Schiller die Briefe nach vorhandenen Kopien umgearbeitet und nach Dänemark geschickt. Die Texte standen ihm nun für die *Horen* zur Verfügung.) Fichte hatte einen Aufsatz *Über Belebung und Erhöhung des reinen Interesses für Wahrheit* geliefert.

Es war also die erste Nummer der *Horen* aus den erlauchtesten Federn gespeist. Im zweiten Heft sind dann neben Goethe und Schiller Wilhelm von Humboldt und der Weimarer Kunst-Professor Meyer vertreten. Im Lauf des Jahres wird die Palette bunter. Herder beteiligt sich lebhaft. Körner steuert eine Betrachtung über »Charakterdarstellung in der Musik« bei. Der Koadjutor Dalberg schickt einen Beitrag über Kunstschulen. Schiller selbst fertigt noch einmal eine historische Prosaarbeit an über die Belagerung von Antwerpen – Nachklang seiner Darstellung des Abfalls der Niederlande; ohne rechte Freude – »ich hoffe aber, es geht mir wie den Köchen, die selbst wenig Appetit haben, aber ihn bei andern erregen« (an Goethe).

Überblickt man die drei Jahrgänge der *Horen*, sechsunddreißig dicke Hefte, so imponieren die großen Namen – Schiller und Goethe, Herder, Fichte, die Brüder Humboldt –, auch Vielzahl und Vielfalt der zumeist im nördlichen Deutschland lebenden Mitarbeiter. Man findet eine Reihe hervorragender Beiträge. Goethes Übersetzung des Benvenuto Cellini ist hier erstmals erschienen; von Schiller außer den ästhetischen Schriften so bedeutende Gedichte wie *Das verschleierte Bild zu Sais, Die Teilung der Erde* oder *Elegie* (später unter dem Namen: *Der Spaziergang*). Es sind 1797 auch zwei Gedichte Hölderlins erschienen: *Der Wanderer* und *Die Eichbäume*. August Wilhelm Schlegel hat vor allem Übersetzungen aus Shakespeare gebracht. Volkstümliche Dichter wie Voß in Eutin und Pfeffel in Colmar sind mit Beiträgen vertreten. Die Frauen fehlen nicht: Amalia von Imhoff, eine Nichte der Frau von Stein; die sonderbare, ewig herumkutschierende Baltin Elisa von der Recke; Sophie Mereau, die später Clemens Brentano heiratet. – Ein Symposion der Geister, wie es Schiller vorgeschwebt hat, ist die Zeitschrift nicht oder doch nur in Ansätzen geworden.

Der Dichter, der sich nach seiner Schwabenreise in Jena zum Bleiben einrichtet, ist trotz aller Schicksalsschläge ein vom Glück begünstigter, vom Erfolg verwöhnter Mann. Aber es gibt in seinen reifen Jahren nichts, was ihn so viel Mühe gekostet und so wenig Dank eingebracht hat wie die *Horen.* Schon im September 95 schreibt er resigniert an Cotta: »Ich verspreche mir... von der Dankbarkeit des Publikums nicht viel; denn mit dem Guten gefällt man selten. Aber, wenn es auch mit den Horen zu Ende geht, so sollen sie doch auf eine ehrenvolle Art aufhören.« Cotta, postwendend, tröstet: »Ich bin versichert, daß sich das Urteil des Publikums nun wieder ganz umstimmen wird, und daß wir am Ende des Jahres wie bei allen disen Instituten zwar eine Ebbe und Fluth haben werden, die aber, wenn sich die Sache gesetzt hat, nicht sehr bedeutend seyn wird. Sie möchte aber ausfallen, wie sie wolte, so wäre vom Beschließen kein Gedanke, und ich bitte Sie dasjenige, was ich Ihnen vom Urteil einiger schrieb, nicht dahin auszulegen, und was mir noch wichtiger ist, Ihre Freude an disem schönen Institut nicht zu verlieren, denn das hieße ihm die Seele genommen.« Und zwei Monate später beschwört ihn Körner: »Auf keine Weise sollten Sie irgend etwas dem tadelnden Theil des Publicums nachgeben.« Der Zwang, das Blatt Monat für Monat zu machen, ist für Schiller, der nie seiner Gesundheit sicher sein konnte, eine harte Zumutung gewesen. Nach Überwindung eines »häßlichen Katarrhfiebers« klagt er Herder: »Nachdem ich wieder anfing, mich zu erholen, fiel die Last der Horen mit solchem Druck auf mich, daß ich kaum Athem schöpfen konnte.«

In einer Hinsicht haben ihm die *Horen* Freude bereitet: die Zeitschrift war ein Feld des Gedankenaustausches und der Zusammenarbeit mit Goethe.

Die Begegnung

Ein gewisser Batsch, Professor in Jena und Direktor des Botanischen Gartens, ein ungemein regsamer Mann, hatte es zuwege gebracht, eine Naturforschende Gesellschaft in der Universitätsstadt ins Leben zu rufen. Goethe pflegte zu ihren periodischen Sitzungen, die sich jeweils über mehrere Tage erstreckten, von Weimar herüber zu kommen. Eine solche Tagung fand vom 20. bis 23. Juli 1794 statt. Goethe und Schiller, beide Ehrenmitglieder der Gesellschaft, nahmen teil. Diese Begegnung hat innerhalb kurzer Zeit zu einem unvergleichlichen Verhältnis gegenseitiger Wirkung geführt.

Goethe schildert die Zusammenkunft an jenem Julitag: »... wir gingen zufällig beide zugleich heraus, ein Gespräch knüpfte sich an, er schien an dem Vorgetragenen teilzunehmen, bemerkte aber sehr verständig und einsichtig und mir sehr willkommen, wie eine so zerstückelte Art, die Natur zu behandeln, den Laien, der sich gern darauf einließe, keineswegs anmuten könne.

Ich erwiderte darauf: daß sie den Eingeweihten selbst vielleicht unheimlich bleibe, und daß es doch wohl noch eine andere Weise geben könne, die Natur nicht gesondert und vereinzelt vorzunehmen, sondern sie wirkend und lebendig, aus dem Ganzen in die Teile strebend darzustellen. Er wünschte hierüber aufgeklärt zu sein, verbarg aber seine Zweifel nicht; er konnte nicht eingestehen, daß ein solches, wie ich behauptete, schon aus der Erfahrung hervorgehe.

Wir gelangten zu seinem Hause, das Gespräch lockte mich hinein; da trug ich die Metamorphose der Pflanzen lebhaft vor und ließ mit manchen charakteristischen Federstrichen eine symbolische Pflanze vor seinen Augen entstehen. Er vernahm und schaute das alles mit großer Teilnahme, mit entschiedener Fassungskraft; als ich aber geendet, schüttelte er den Kopf und sagte: ›Das ist keine Erfahrung, das ist eine Idee.‹ Ich stutzte, verdrießlich einigermaßen; denn der Punkt, der uns trennte, war dadurch aufs strengste bezeichnet... der alte Groll wollte sich regen, ich nahm mich aber zusammen und versetzte: ›Das kann mir sehr lieb sein, daß ich Ideen habe, ohne es zu wissen, und sie sogar mit Augen sehe.‹ Schiller, der viel mehr Lebensklugheit und Lebensart hatte als ich und mich auch wegen der Horen, die er herauszugeben im Begriff stand, mehr anzuziehen als abzustoßen gedachte, erwiderte als ein gebildeter Kantianer...«

Die ernsthafte Auseinandersetzung zwischen den beiden über die Vereinbarkeit von Erfahrung und Idee geht weiter, wobei Schillers Hartnäckigkeit Goethe »ganz unglücklich« macht. Dennoch: »Der erste Schritt war jedoch getan. Schillers Anziehungskraft war groß, er hielt alle fest, die sich ihm näherten; ich nahm teil an seinen Absichten und versprach, zu den Horen manches, was bei mir verborgen lag, herzugeben. Seine Gattin, die ich von ihrer Kindheit auf zu lieben und zu schätzen gewohnt war, trug das ihrige bei zu dauerndem Verständnis; alle beiderseitigen Freunde waren froh, und so besiegelten wir durch den größten, vielleicht nie ganz zu schlichtenden Wettkampf zwischen Objekt und Subjekt einen Bund, der ununterbrochen gedauert und für uns und andere manches Gute gewirkt hat.« Und Goethe zieht schon an dieser Stelle die Summe: »Für mich insbesondere war es ein neuer Frühling, in welchem alles froh nebeneinander keimte und aus aufgeschlossenen Samen und Zweigen hervorging. Unsere beiderseitigen Briefe geben davon das unmittelbarste, reinste und vollständigste Zeugnis.«

Goethe muß nach diesem Gespräch seinem Freund Meyer gesagt haben, was dieser Körner mitteilt, und Körner wiederum Schiller: »Er habe lange nicht solchen geistigen Genuß gehabt, als bei Dir in Jena.«

Der zweite große Schritt ist Schillers Brief vom 23. August gewesen.

»Man brachte mir gestern die angenehme Nachricht, daß Sie von Ihrer Reise wieder zurückgekommen seyen. Wir haben also wieder Hofnung, Sie vielleicht bald einmal bey uns zu sehen, welches ich an meinem Theil herzlich wünsche. Die neulichen Unterhaltungen mit Ihnen haben meine ganze Ideen-Maße in Bewegung gebracht, denn sie betrafen einen Gegenstand, der mich seit etlichen Jahren lebhaft beschäftigt. Über so manches, worüber ich mit mir selbst nicht recht einig werden konnte, hat die Anschauung Ihres Geistes (denn so muß ich den TotalEindruck Ihrer Ideen auf mich nennen) ein unerwartetes Licht in mir angesteckt. Mir fehlte das Objekt, der Körper, zu mehreren speculativischen Ideen, und Sie brachten mich auf die Spur davon. Ihr beobachtender Blick, der so still und rein auf den Dingen ruht, setzt Sie nie in Gefahr, auf den Abweg zu gerathen, in den sowohl die Speculation als die willkürliche und bloß sich selbst gehorchende Einbildungskraft sich so leicht verirrt. In Ihrer richtigen Intuition ligt alles und weit vollständiger, was die Analysis mühsam sucht, und nur weil es als ein Ganzes in Ihnen ligt, ist Ihnen Ihr eigener Reichthum verborgen; denn leider wißen wir nur das, was wir scheiden. Geister Ihrer Art wißen daher selten, wie weit sie gedrungen sind, und wie wenig Ursache sie haben, von der Philosophie zu borgen, die nur von Ihnen lernen kann. Diese kann bloß zergliedern, was ihr gegeben wird, aber das Geben selbst ist nicht die Sache des Analytikers sondern des Genies, welches unter dem dunkeln aber sichern Einfluß reiner Vernunft nach objektiven Gesetzen verbindet.

Lange schon habe ich, obgleich aus ziemlicher Ferne, dem Gang Ihres Geistes zugesehen, und den Weg, den Sie Sich vorgezeichnet haben, mit immer erneuerter Bewunderung bemerkt. Sie suchen das Nothwendige der Natur, aber Sie suchen es auf dem schwersten Wege, vor welchem jede schwächere Kraft sich wohl hüten wird. Sie nehmen die ganze Natur zusammen, um über das Einzelne Licht zu bekommen, in der Allheit ihrer Erscheinungsarten suchen

Sie den Erklärungsgrund für das Individuum auf. Von der einfachen Organisation steigen Sie, Schritt vor Schritt, zu den mehr verwickelten hinauf, um endlich die verwickeltste von allen, den Menschen, genetisch aus den Materialien des ganzen Naturgebäudes zu erbauen. Dadurch, daß Sie ihn der Natur gleichsam nacherschaffen, suchen Sie in seine verborgene Technik einzudringen. Eine große und wahrhaft heldenmäßige Idee, die zur Genüge zeigt, wie sehr Ihr Geist das reiche Ganze seiner Vorstellungen in einer schönen Einheit zusammenhält. Sie können niemals gehofft haben, daß Ihr Leben zu einem solchen Ziele zureichen werde, aber einen solchen Weg auch nur einzuschlagen, ist mehr werth, als jeden andern zu endigen – und Sie haben gewählt, wie Achill in der Ilias zwischen Phtia und der Unsterblichkeit. Wären Sie als ein Grieche, ja nur als ein Italiener gebohren worden, und hätte schon von der Wiege an eine auserlesene Natur und eine idealisierende Kunst Sie umgeben, so wäre Ihr Weg unendlich verkürzt, vielleicht ganz überflüßig gemacht worden. Schon in die erste Anschauung der Dinge hätten Sie dann die Form des Nothwendigen aufgenommen, und mit Ihren ersten Erfahrungen hätte sich der große Styl in Ihnen entwickelt. Nun da Sie ein Deutscher gebohren sind, da Ihr griechischer Geist in diese nordische Schöpfung geworfen wurde, so blieb Ihnen keine andere Wahl, als entweder selbst zum nordischen Künstler zu werden, oder Ihrer Imagination das, was ihr die Wirklichkeit vorenthielt, durch Nachhülfe der Denkkraft zu ersetzen, und so gleichsam von innen heraus und auf einem rationalen Wege ein Griechenland zu gebähren. In derjenigen LebensEpoche, wo die Seele sich aus der äußern Welt ihre innere bildet, von mangelhaften Gestalten umringt, hatten Sie schon eine wilde und nordische Natur in sich aufgenommen, als Ihr siegendes, seinem Material überlegenes Genie diesen Mangel von innen entdeckte, und von außen her durch die Bekanntschaft mit der Griechischen Natur davon vergewißert wurde. Jetzt mußten Sie die alte, Ihrer Einbildungskraft schon aufgedrungene schlechtere Natur nach dem beßeren Muster, das Ihr bildender Geist sich erschuf, corrigieren, und das kann nun freilich nicht anders als nach leitenden Begriffen von Statten gehen. Aber diese logische Richtung, welche der Geist bey der Reflexion zu nehmen genöthiget ist, verträgt sich nicht wohl mit der aesthetischen, durch welche allein er bildet. Sie hatten also eine Arbeit mehr, denn so wie Sie von der Anschauung zur Abstraktion übergiengen, so mußten Sie nun rückwärts Begriffe wieder in Intuitionen umsetzen, und Gedanken in Gefühle verwandeln, weil nur durch diese das Genie hervorbringen kann.

So ungefähr beurtheile ich den Gang Ihres Geistes, und ob ich recht habe, werden Sie Selbst am beßten wißen. Was Sie aber schwerlich wißen können (weil das Genie sich immer selbst das größte Geheimniß ist) ist die schöne Uebereinstimmung Ihres philosophischen Instinktes mit den reinsten Resultaten der speculirenden Vernunft. Beym ersten Anblicke zwar scheint es, als könnte es keine größern Opposita geben, als den speculativen Geist, der von der Einheit, und den intuitiven, der von der Mannichfaltigkeit ausgeht. Sucht aber der erste mit keuschem und treuem Sinn die Erfahrung, und sucht der letzte mit selbstthätiger freier Denkkraft das Gesetz, so kann es gar nicht fehlen, daß nicht beide einander auf halbem Wege begegnen werden. Zwar hat der intuitive Geist nur mit Individuen, und der speculative nur mit Gattungen zu thun. Ist aber der intuitive genialisch und sucht er in dem empirischen den Caracter der Nothwendigkeit auf, so wird er zwar immer Individuen aber mit dem Karakter der Gattung erzeugen; und ist der speculative Geist genialisch, und verliert er, indem er sich darüber erhebt, die Erfahrung nicht, so wird er zwar immer nur Gattungen aber mit der Möglichkeit des Lebens und mit begründeter Beziehung auf wirkliche Objekte erzeugen.

Aber ich bemerke, daß ich anstatt eines Briefes eine Abhandlung zu schreiben im Begriff bin – verzeyhen Sie es dem lebhaften Intereße, womit dieser Gegenstand mich erfüllt hat; und sollten Sie Ihr Bild in diesem Spiegel nicht erkennen, so bitte ich sehr, fliehen Sie ihn darum nicht...«

Goethe, am Vorabend seines 45. Geburtstages, antwortet, und er ergreift die so entschlossen ausgestreckte Hand: »Zu meinem Geburtstage, der mir diese Woche erscheint, hätte mir kein angenehmer Geschenk werden können als Ihr Brief, in welchem Sie mit freundschaftlicher Hand die Summe meiner Existenz ziehen und mich durch Ihre Teilnahme zu einem emsigern und lebhafteren Gebrauch meiner Kräfte aufmuntern.

Reiner Genuß und wahrer Nutzen kann nur wechselseitig sein, und ich freue mich, Ihnen gelegentlich zu entwickeln: was mir Ihre Unterhaltung gewährt hat, wie ich von jenen Tagen an auch eine Epoche rechne, und wie zufrieden ich bin, ohne sonderliche Aufmunterung, auf meinem Wege fortgegangen zu sein, da es nun scheint, als wenn wir, nach einem so unvermuteten Begegnen, miteinander fortwandern müßten. Ich habe den redlichen und so seltenen Ernst, der in allem erscheint, was Sie geschrieben und getan haben, immer zu schätzen gewußt, und ich darf nunmehr Anspruch machen, durch Sie selbst mit dem Gange Ihres Geistes, besonders in den letzten Jahren, bekannt zu werden. Haben wir uns wechselseitig die Punkte klar gemacht, wohin wir gegenwärtig gelangt sind, so werden wir desto ununterbrochener gemeinschaftlich arbeiten können.

Alles, was an und in mir ist, werde ich mit Freuden mitteilen. Denn da ich sehr lebhaft fühle, daß mein Unternehmen das Maß der menschlichen Kräfte und ihre irdische Dauer weit übersteigt, so möchte ich manches auch bei Ihnen deponieren und dadurch nicht allein erhalten, sondern auch beleben.

Wie groß der Vorteil Ihrer Teilnehmung für mich sein wird, werden Sie bald selbst sehen, wenn Sie, bei näherer Bekanntschaft, eine Art Dunkelheit und Zaudern bei mir entdecken werden, über die ich nicht Herr werden kann, wenn ich mich ihrer gleich sehr deutlich bewußt bin... Ich hoffe bald einige Zeit bei Ihnen zuzubringen, und dann wollen wir manches durchsprechen.«

Wenige Tage, nachdem Schiller diese Antwort erhalten hat, reist Lotte mit dem Jungen nach Rudolstadt zur chère mère. Humboldts hatten ihre Kinder gegen die Blattern impfen lassen, und bei dem täglichen Zusammenkommen der beiden Familien befürchtet man eine Infektionsgefahr für den kleinen Karl. Schiller richtet sich auf eine etwas ungeregelte, aber ganz behagliche Strohwitwerexistenz ein; vertrauliche, heitere Briefe gehen zwischen den Gatten hin und her, der »kleine liebe Sohn« spielt eine große Rolle darin. Da erhält Schiller eine Einladung von Goethe: »Nächste Woche geht der Hof nach Eisenach, und ich werde vierzehn Tage so allein und unabhängig sein, als ich so bald nicht wieder vor mir sehe. Wollten Sie mich nicht in dieser Zeit besuchen? Sie würden jede Art von Arbeit ruhig vornehmen können. Wir besprächen uns in bequemen Stunden, sähen Freunde, die uns am ähnlichsten gesinnt wären, und würden nicht ohne Nutzen scheiden. Sie sollten ganz nach Ihrer Art und Weise leben und sich wie zu Hause möglichst einrichten.« Darauf Schiller: »Mit Freuden nehme ich Ihre gütige Einladung nach W. an, doch mit der ernstlichen Bitte, daß Sie in keinem einzigen Stück Ihrer häuslichen Ordnung auf mich rechnen mögen, denn leider nötigen mich meine Krämpfe gewöhnlich, den ganzen Morgen dem Schlaf zu widmen, weil sie mir des Nachts keine Ruhe lassen, und überhaupt wird es mir nie so gut, auch den Tag über auf eine bestimmte Stunde sicher zählen zu dürfen. Sie werden mir also erlauben, mich in Ihrem Hause als einen völlig Fremden zu betrachten, auf den nicht geachtet wird...« Und es folgt noch der Satz: »Ich bitte bloß um die leidige Freiheit, bei Ihnen krank sein zu dürfen.« Goethe nimmt die Zusage an. »Eine völlige Freiheit nach Ihrer Weise zu leben werden Sie finden.«

Man muß sich vor Augen halten, daß Unordnung und Krankheit Goethe in tiefster Seele zuwider waren. Jeder Hausbesuch bringt Unordnung – auch wenn für alle Umstände gesorgt wird, es waren ja Christiane da und die Dienerschaft. Aber dieses Ansinnen, in seinem Haus krank sein zu dürfen? Daß Goethe ihn trotzdem zu sich gebeten hat, ist der stärkste Beweis, wie mächtig er sich von Schillers Geist angezogen fühlte, wie tief sein Bedürfnis nach ungestörtem, unbegrenztem Gespräch mit ihm war.

Fast zwei Wochen dauert dieser Besuch. Schiller an Lotte: »Seit drei Tagen bin ich hier und nun schon ziemlich bei Goethe eingewohnt. Ich habe alle Bequemlichkeiten, die man außer seinem Hause erwarten kann und wohne in einer Reihe von drei Zimmern, vorn hinaus. Diese meiste Zeit aber bin ich fast immer mit G. zusammen gewesen, doch ohne den ganzen Genuß dieses Umgangs, weil ich mich selten wohl befand. Die Nächte waren viel besser, und ich schlief bald ein, aber meine Krämpfe inkommodierten mich den Tag über so sehr, daß ich nicht einmal die Stein besuchen konnte...« Und später: »Ich bringe die meiste Zeit des Tages mit Goethen zu, so daß ich, bei meinem langen Schlafen, kaum für die nötigsten Briefe noch Zeit habe. Vor einigen Tagen waren wir von 1/2 12, wo ich angezogen war, bis nachts um 11 Uhr ununterbrochen zusammen.« Am 29. September, nach Jena zurückgekehrt, schreibt er an Goethe: »Ich sehe mich wieder hier, aber mit meinem Sinn bin ich noch immer in Weimar. Es wird mir Zeit kosten, alle die Ideen zu entwirren, die Sie in mir aufgeregt haben; aber keine einzige, hoffe ich, soll verloren sein.«

Drei Stufen der Annäherung: im Juli das erste tiefschürfende Gespräch, im August das gegenseitige Bekenntnis in Briefen, im September das Zusammenwohnen. Nun ist die Plattform erreicht, auf der sich durch mehr als zehn Jahre ein ununterbrochener geistiger Austausch vollzieht, ein gegenseitiges Freisetzen schlummernder Kräfte, Förderung und Bestätigung durch die vollkommene Teilnahme. Goethe, als er Schiller begegnete, arbeitete am *Wilhelm Meister*. Er notiert in den Tag- und Jahresheften das Echo, das er auf diesen Roman erfahren hat, Ärger, Anerkennung, Verständnis – »Schillers Teilnahme nenne ich zuletzt; sie war die innigste und höchste«.

Die *Horen* waren jahrelang ein Feld praktischer Zusammenarbeit. Hier, wo es so vielfältige Schwierigkeiten, auch Enttäuschungen und Ärger gab, waren sich die zwei großen Männer zum Staunen einig. Sie verstanden sich auch im Geschäftlichen. Als die Nummer 1 heraus ist, bemerkt Schiller: »Etwas eng ist der Druck ausgefallen, wobei das Publikum mehr profitiert als wir.« Goethe begreift sofort: »Unsere Erklärung über das Honorar, dächte ich, versparten wir... dann machte man seinen Kalkul und seine Bedingungen, denn freilich, unsere Feldfrüchte über Herrn Cottas beliebigen Scheffel messen zu lassen, möchte in der Kontinuation nicht dienlich sein.« Nun, Cotta war der Mann nicht, der Schiller und Goethe Ärger bereitete. Aber in den wirklichen Nöten und Verdrießlichkeiten, sowohl bei der Herstellung des Blattes wie bei seiner weithin kritischen Aufnahme sind sich Schiller und Goethe stets einig; eines Sinnes auch, wo es um Auseinandersetzungen mit bedeutenden Mitarbeitern geht, glimpfliche mit Herder, schärfere mit Fichte; Harmonie, beiderseits, mit Humboldts.

Der Weg von Jena nach Weimar ist nicht weit; die Botenfrau läuft ihn in ein paar Stunden; der gegen Mittag geschriebene Brief ist am Abend beim Empfänger. Dennoch sind es Perioden des intensivsten Austauschs, wenn Schiller in Weimar oder Goethe in Jena weilt. Als Goethe sich im Frühjahr 95 fünf Wochen in Jena aufhält, verbringt er jeden Abend bei Schiller. Das wiederholt sich im November; Goethe erscheint am Nachmittag und bleibt bis Mitternacht und darüber; unendliche, durch weite Räume schweifende Gespräche.

Um Schillers geistige Anziehungskraft auf Goethe ganz zu würdigen, muß man sich Schillers äußere Erscheinung in jener Zeit vorstellen. Denn daß er ein »am Tode entlang lebender« Mann war, zeigte sich nur zu deutlich. »Sein Gesicht glich dem Bilde des Gekreuzigten« bemerkt Meyer, Maler und Kunstsachverständiger. Friederike Brun, eine dichtende Dame: »Etwas auf Stelzen, Schwäche und Kraft wunderlich vereinigt. Schwäche der abgenutzten Organe und hervorblitzende Kraft des Genies.« Goethe, bei all seiner Abneigung gegen Krankhaftes und Krankheit, hat bei Schiller darüber hinweggesehen.

Eine besonders anschauliche Darstellung Schillers während eines Goethebesuchs (Januar 1796) verdanken wir dem sächsischen Rittmeister von Funk, einem Freund Körners, Schiller bekannt seit seiner Dresdner Zeit. Er spricht von Schillers eingezogenem Leben – »Goethe ist der einzige, der die Zeit, wo er in Jena ist, viel mit Schillern lebt, er kömmt alle Nachmittage um 4 Uhr und bleibt bis nach dem Abendessen«. Funk schildert dann, wie Goethe es sich familiär bequem macht, auch wohl von dem kleinen Karl geplagt wird, wie das Gespräch in Gang kommt, bei Tee oder Punsch sich erwärmt. »Schiller selbst wandelt, ja, man möchte sagen, rennt unaufhörlich im Zimmer herum, setzen darf er sich gar nicht. Oft sieht man ihm sein körperliches Leiden an, besonders wenn ihn die Suffokationen (Anfälle akuter Atemnot) anwandeln. Wenn es zu arg wird, geht er hinaus und braucht irgendeinen Palliativ. Kann man ihn in solchen Momenten in eine interessante Unterredung ziehen, kann man besonders etwa einen Satz hinwerfen, den er auffaßt, zerlegt und wieder zusammensetzt, so verläßt ihn sein Übel wieder, um sogleich zurückzukommen, wenn an dem Satz nichts mehr zu erörtern übrig ist. Überhaupt sind ihm anstrengende Arbeiten das sicherste Mittel für den Augenblick. Man sieht, in welcher ununterbrochenen Spannung er lebt und wie sehr der Geist bei ihm den Körper tyrannisiert, weil jeder Moment geistiger Erschlaffung bei ihm körperliche Krankheit hervorbringt. Aber eben deshalb ist er auch so schwer zu heilen, weil der an rastlose Tätigkeit gewöhnte Geist durch das Leiden des Körpers immer noch angespornt wird...« Und: »Bei seiner Lebensart wird er so lange fortwirken, bis einmal am Schreibpult der letzte Tropfen Öl verzehrt ist, und dann auslöschen wie ein Licht.«

Immer wieder muß Schiller schlechten Befindens halber Goethes Einladungen nach Weimar zum Theaterbesuch absagen. Als im März 96 Iffland ein Gastspiel in Weimar gibt, läßt Goethe eine eigene Proszeniumsloge bauen, die so eingerichtet ist, daß Schiller es sich bequem machen kann, ohne vom Publikum gesehen zu werden; ein fürstlicher Freundschaftsdienst.

»Freunde« – so wird Goethe dreiundzwanzig Jahre nach Schillers Tod zu Eckermann bemerken, »wie Schiller und ich, jahrelang verbunden, mit gleichen Interessen, in täglicher Berührung und gegenseitigem Austausch, lebten sich ineinander so sehr hinein, daß überhaupt bei einzelnen Gedanken gar nicht die Rede und Frage sein konnte, ob sie dem einen gehörten oder dem anderen. Wir haben viele Distichen gemeinsam gemacht, oft hatte ich den Gedanken und Schiller machte die Verse, oft war das Umgekehrte der Fall, und oft machte Schiller den einen Vers und ich den anderen. Wie kann nun da von Mein und Dein die Rede sein!« Goethes Bemerkung bezieht sich auf die *Xenien* (griechisch Gastgeschenke), Distichen von zwei Zeilen, mehr oder weniger stachlige Dinger, mit denen sich die beiden ursprünglich mit den feindseligen Kritikern der *Horen* auseinandergesetzt haben.

> Einige steigen als leuchtende Kugeln, und andere zünden,
> Manche auch werfen wir nur spielend, das Aug zu erfreun.

Goethe, Oktober 96, an Schiller: »Indessen haben unsere mordbrennerischen Füchse auch schon angefangen, ihre Wirkung zu tun. Des Verwunderns und Ratens ist kein Ende...« Es war eine Art Gesellschaftsspiel, ein Spiel mit der ganzen deutschen belesenen Welt, ein Wettkampf auch untereinander. Manche dieser *Xenien* waren wirklich scharfe Pfeile, die dem Getroffenen tief in die Haut gehen mußten. Zum Beispiel auf B..s Taschenbuch:

Eine Kollektion von Gedichten? Eine Kollekte
Nenn es, der Armut zulieb und bei der Armut gemacht.

Es war ein Spiel, und zuweilen auch eine Spielerei. Schiller spricht, Herbst 97, in einem Brief an Goethe unverblümt von dem »so lauten Xenienunfug«.

Das große uns verbliebene Zeugnis der machtvollen gegenseitigen Wirkung ist der Briefwechsel, der noch von Goethe selbst veröffentlicht wurde. Diese Edition hat ihn derartig beschäftigt, daß er in eine Widmung an König Ludwig I. von Bayern das sehr persönliche Wort einfließen läßt: »Jetzt da ich nach beendigter Arbeit von ihm abermals zu scheiden genötigt bin...«

Welche Wirkung schon zu Lebzeiten des Alten dieser Briefwechsel tun konnte, dafür gibt es kaum ein schöneres Zeugnis als das des jungen Mörike. In einem Brief vom 7. Mai 1829 schildert er dem Freund Mährlen seine Begegnung mit dem Buch. Er war auf einer Reise durch Oberschwaben und übernachtete in Zwiefalten, wo das Kloster zu einer Irrenanstalt umgestaltet war – Mörike will sich zur Ruhe begeben: »Da zeigte mir der Satan einen Band des Briefwechsels auf dem Tisch. Ich griff so unentschieden darnach, als wollt ich nur den Überschlag beiläufig mustern; es war der zweite Band. Das tolle Büchlein klebte aber in meinen Händen fest – seine Blätter flogen eilig, wie besessen von der Rechten zur Linken, ich stand bald mitten in heiliger klassischer Atmosphäre, las endlich sachte und sachter, ja ich hielt den Atem an, die ruhige, tiefe Fläche nicht zu stören, in deren Abgrund ich nun senkrecht meinen Blick hinunterließ, als dürfte ich die Seele der Kunst anschauen. Einmal blick' ich auf und verliere mich in eigenem Nachdenken. Das Licht war tief herabgebrannt; ich putzte es nicht. Mein Kopf war aufs äußerste angespannt – meine Gedanken liefen gleichsam auf den Zehenspitzen, ich lag wie über mich selbst hinausgerückt und fühlte mich neben aller Feierlichkeit doch unaussprechlich vergnügt. Statt mich niederzuschlagen, hatte der Geist dieser beiden Männer eher die andere Wirkung auf mich. Gar manche Idee – das darf ich Dir wohl gestehen – erkannte ich als mein selbst erworbenes Eigentum wieder, und ich schauderte oft vor Freuden über seine Begrüßung. Zuletzt geriet meine Phantasie auf ganz fremde Abwege; ich durchlief die benachbarten Zellen des Irrenhauses und wühlte in der nächtlichen Fratzenwelt ihrer Träume...«

Mit diesem Beispiel der Wirkung auf ein junges Genie soll dieses Kapitel beschlossen sein. Aber aus Schillers Leben ist Goethe nun nicht mehr wegzudenken. Es gibt kein Werk Schillers – und die ganze reife Ernte lag ja noch vor ihm –, das nicht Goethes Spuren trüge – wie er umgekehrt Goethe wieder zum Dichter hat werden lassen. Und Schillers ganzes Leben, bis in die Ökonomie hinein, ist nun von der Gemeinsamkeit mit dem anderen geprägt.

Nachklänge

Als Schiller, bald nach seiner Rückkehr aus Schwaben, sich nach Mitarbeitern für die *Horen* umsah, hat er nicht daran gedacht, Gelehrte aus dem Umkreis seiner alten Akademie oder der Universität Tübingen aufzufordern; zum mindesten hätte es nahegelegen, Abel um seine Mitwirkung zu bitten. Schiller hat nicht zurückgedacht. Was immer ihn an Gefühlen und Gedanken bewegt hat, als er ein Jahr zuvor die Reise nach Süden antrat – sein Entschluß, nun in Sachsen-Weimar zu bleiben, war endgültig. Mit unfreundlichen Gefühlen war er wohl nicht aus der alten Heimat geschieden, vielleicht mit enttäuschten. Eine abermalige Rückkehr, sei es auch nur zu einem Besuch, ist nicht mehr ernstlich erwogen worden.

Der reinste, schönste Nachhall seines Aufenthalts in Schwaben waren die Bildwerke: Ludowikens liebevolle und treffende Porträts seiner selbst und Lottes (in dem das Mädchenhafte und das Leiderfahrene rührend verschmolzen sind); Danneckers herrliche Büste, von der Schiller im Oktober 94 einen fehlerlosen Abguß erhält; Anlaß zu hellem Entzücken und kaum verhehlter stolzer Selbstbetrachtung.

Noch einmal, oder vielmehr: zum erstenmal! wird ihm von seinem Heimatstaat Württemberg ein Angebot gemacht, und kein kleinliches. Man hegte dort die Hoffnung, »daß der treffliche Mann dem Vaterland wieder gewonnen werden könnte« (Abel). Nach einer vorsichtigen Anfrage Abels erfolgt im Februar 95 eine Berufung an die Universität Tübingen als ordentlicher Professor der höhern Philologie und Ästhetik; bei mäßigem, aber ansteigendem Gehalt. Cotta begleitet diesen Versuch mit starker Anteilnahme; in einem Geschäftsbrief vom 9. Februar heißt es: »Wenn der Himmel meine Wünsche in Erfüllung bringt, so würden wir künftig alles leichter ins Reine bringen können.« Schiller lehnt ab, weil sein Gesundheitszustand ihm das Abhalten regelmäßiger Vorlesungen verbiete.

Aber man gibt in Tübingen noch nicht auf. Es folgt ein zweiter, ungewöhnlicher Versuch, den großen Sohn ins »Vaterland« zu locken: eine Berufung unter Dispensierung von allen Vorlesungspflichten; völlige Freiheit, sein Wirken auf die Studierenden nach Belieben selbst zu gestalten. Wiederum sekundiert Cotta nach Kräften. »Ich gebe meine Hoffnung hierinnen noch nicht auf« – und: »Ihr Umgang ist ja schon das lehrreichste Collegium, es bedarf hierzu keiner ordentlichen Lehrstunden; die Universität gewinnt genug, Sie in Ihrer Mitte zu haben.« – Schiller teilt die Neuigkeit am 25. März Goethe mit und fügt hinzu: »Ob ich nun gleich meine erste Entschließung nicht geändert habe und auch nicht leicht ändern werde, so haben sich mir doch bei dieser Gelegenheit einige ernsthafte Überlegungen in Rücksicht auf die Zukunft aufgedrungen, welche mich von der Notwendigkeit überzeugen, mir einige Sicherheit auf den Fall zu verschaffen, daß zunehmende Kränklichkeit an schriftstellerischen Arbeiten mich verhindern sollte. Ich schrieb deshalb an den Herrn G.R. Voigt, und bat ihn, mir von unserm Herrn eine Versicherung auszuwirken, daß mir in jenem äußersten Fall mein Gehalt verdoppelt werden solle. Wird mir dieses zugesichert, so hoffe ich, es so spät als möglich oder nie zu gebrauchen; ich bin aber doch wegen der Zukunft beruhigt, und das ist alles, was ich vor der Hand verlangen kann.«

Am 28. März erteilt Karl August seine Zustimmung. Dergestalt rückversichert, gibt Schiller nach Tübingen Bescheid. Er schreibt am 3. April an Abel: »Ich habe mir nun Zeit genommen, liebster Freund, Ihrer letztern Anfrage reiflich nachzudenken, und den Vorschlag, welchen Sie mir thun, mit meiner ganzen Lage zu vergleichen. Das Resultat meiner Ueberlegungen ist, daß ich beßer thue, in meinen bißherigen Verhältnissen zu bleiben, vorzüglich deßwegen, weil es gar keinen Anschein hat, daß ich, meiner Gesundheits-Umstände wegen, demjenigen würde entsprechen können, was man von einem academischen Lehrer mit Recht erwartet, und was ich in einem solchen Fall mir selbst zur Pflicht machen würde. Indem ich einen Ruf annehme, so mache ich mich doch stillschweigend anheischig, etwas bestimmtes dafür zu leisten, und diß ist mehr, als meine körperlichen Umstände mir zu versprechen erlauben. Hier in Jena und Weimar erwartet man nichts dergleichen von mir, und unser Herzog weiß, daß keine academische Functionen von mir geleistet werden können. Hier täusche ich also niemand, und kann daher mit völliger Zufriedenheit leben. Auch hat mir der Weimarische Hof soviele Beweise von einer uneigennützigen Achtung gegeben, daß ich es mir kaum würde verzeyhen können, ihn, wenn es auch meinem Vaterlande wäre aufzuopfern. Noch ganz neuerlich erklärte mir der Herzog, daß mein Gehalt mir verdoppelt werden sollte, sobald ich Unterstützung nöthig haben würde. Setzen Sie Sich nun in meine Lage. Ich bin überzeugt, Sie würden Sich entschließen wie ich.« Hohe Klugheit, der Schläue nicht fern; und dabei hoher Anstand.

Schiller war sich bewußt, daß er seine alten Eltern nicht wieder sehen würde. Dem Vater konnte er noch einen großen Dienst erweisen. Caspar Schiller hatte die Erfahrungen und Einsichten aus einem der Baumzucht gewidmeten halben Leben schriftlich niedergelegt. »Die Baumzucht im Großen, aus zwanzigjährigen Erfahrungen im Kleinen in Rücksicht auf ihre Behandlung, Nutzen und Ertrag, beurteilt von J. C. Schiller.« Das Buch behandelt vor allem die Aufzucht, Anpflanzung und Pflege von Chausseebäumen; ein mit höchstem Sachverstand in klarer Sprache geschriebenes Werk, das auch so modern anmutende Gedanken enthält wie den von der Luftverbesserung durch Bäume und Wälder.

Der große Sohn fand einen Verleger dafür in dem jungen Michaelis, Buchhändler in Neustrelitz. Die Sache ist ein Wort wert, denn sie kennzeichnet Schillers in Bauerbach begründetes Verhältnis zu den Juden. In einem Brief an Hoven vom November 94 bemerkt Schiller: »Die sächsischen Juden haben viel Kultur und bedeuten etwas. Dieser, der sich Michaelis nennt, ist ein junger, unternehmender Mann, der Kenntnisse besitzt, in guten Verbindungen steht und bei dem Herzog von Mecklenburg viel Credit hat.« Nun lief die Sache alles andere als glatt. Schiller sah sich genötigt, im August 95 Cotta zu bitten, seinem Vater den ansehnlichen Betrag (mehr als 25 Louisdors) vorzustrecken, den Michaelis vertragswidrig nicht überwiesen habe; Schillers zorniger Brief enthält aber keine Anspielung auf Michaelis' Judentum. Einige Wochen später klärte sich alles auf. Michaelis war das Opfer eines ungetreuen Geldboten geworden. Ein Berliner Jude namens Friedländer unterrichtet Humboldt von dem Vorfall und dieser Schiller. Der stellt in einem Brief an Cotta die Sache richtig und bemerkt über den Gewährsmann: »Dieser Friedländer ist ein reicher und angesehener Jude in Berlin, und sein Zeugnis läßt keinen Zweifel zu.« Michaelis, der übrigens ein vorzügliches Deutsch schrieb, blieb in einem freundschaftlichen Verhältnis zu Schiller. Er ist später nach Tübingen gezogen.

Im Jahr 1796 geht es mit dem Alten auf der Solitude langsam dem Ende zu. Schiller am 3. März an Cotta: »Mein Vater hütet schon seit langer Zeit wegen einer schmerzlichen Krankheit das Bette. Sie würden mich recht sehr verbinden, wenn Sie ihm eine Parthie unterhaltender Schriften z. B. Reisebeschreibungen oder dgl. auf einige Zeit leyhen und zuschicken wollten.« Im April drängt er darauf, gegen das grämliche Genörgel seines Schwagers Reinwald, daß seine Schwester Christophine zu den Eltern reist, um die Mutter bei der Krankenpflege zu unterstützen; er schenkt dazu 8 Louisdors Reisegeld. – Im Laufe des Sommers rücken die Franzosen über den Rhein. Kanonendonner grollt in die Kümmernisse und Hoffnungen des einzelnen hinein. Auch in Goethes Briefen an Schiller finden sich nun Bemerkungen über die Situation seiner Vaterstadt Frankfurt, die abwechselnd in die Hände der Franzosen und der Kaiserlichen fällt.

Christophine schildert dem Bruder brieflich, wie im Juli marodierende französische Freitruppen in das kleine Haus eindringen, das die Familie auf der Solitude bewohnt (es ist eines der noch erhaltenen sogenannten Kavaliershäuser, die in einem Halbzirkel um das Schloß gruppiert sind) – wie der Vater, alter Offizier, gelähmt im Bett liegt, während die wilden Kerle die Weibsleute bedrängen, Wein und Brot fordern, die Schubladen ausräumen, Hemden, Strümpfe, Schnupftücher – vor der Tür ziehen sie sogar einem blinden Bettler die Schuhe aus. Später rücken reguläre Truppen ein, General Lambert hält strenge Mannszucht, läßt Plünderer füsilieren; aber freilich, es wird requiriert, Lebensmittel, Wein, Pferde, Fuhrwerk.

Bei Cannstatt kommt es zu einem blutigen Gefecht. Die Post wird unsicher, zeitweilig reißt die Verbindung ab; Christophine bangt um ihre Rückreise nach Meiningen. Die Briefe, die Schiller erreichen, sprechen vom bedrückenden Dienst am Krankenbett. Seltsam genug, daß die Mutter »Eigensinn und Eigenlieb« des Sterbenden nicht verschweigt. »Die gutte Fene (Christophine-Phine-Fene) kan sich auch nicht mit ihm stellen. und wie bethaure ich sie, daß ein Übel sie verleßt und ein anderes dagegen erhält, ich habe mich freulich schon in ettliche 40 jahr schon so gewöhnen missen.« Wie schwer wiegt dieser eine Satz! Die Tochter tauscht das Übel ihrer Ehe mit dem Übel der Pflege eines unverträglichen Kranken – und die Mutter blickt so auf ihre langen Ehejahre zurück. Aber so aufrichtig diese Worte sind, so aufrichtig ist auch der Abschiedsschmerz – trotzdem. Und in einem Brief Christophines an den Bruder: »Deinen herrlichen Brief mußte ich dem lieben Vater vorlesen; er weinte wie ein Kind darüber und dankte Gott mit Innbrunst, daß er ihm einen solchen Sohn gab – Ja ich will ihm würdig zu werden suchen, sagte er, und meine Seele blos mit dem einzegen wichtigen Gegenstand meiner zukünftigen Ewigkeit beschäftigen.«

Am 7. September früh hat der alte Schiller ausgelitten. Der Sohn stellt der Mutter anheim, wo sie leben wolle: bei ihm, bei Reinwalds oder mit der Tochter Luise in der Heimat (die jüngste Tochter Nanette war in diesem selben Jahr gestorben); empfiehlt aber, behutsam und mit guten Gründen, das Verbleiben im Lande. »Ich würde darauf bestehen, daß Sie hieher zu mir zögen, wenn ich nicht fürchtete, daß es Ihnen bey mir viel zu fremd und zu unruhig seyn würde.« Und: »Alles, was Sie zu einem gemächlichen Leben brauchen, muß Ihnen werden, beste Mutter, und es ist nun hinfort meine Sache, daß keine Sorge Sie mehr drückt.« – Ein Umzug der Mutter nach Jena, in eine Wohnung, in die eben das zweite Kind, Ernst, beglückende Unruhe gebracht hatte, zu der adlig geborenen und erzogenen Schwiegertochter – das wäre in der Tat problematisch geworden. – Die alte Frau ist in der Heimat geblieben. Noch zu Lebzeiten des Vaters hatte sich der Vikar Frankh als Freund der Familie gezeigt, der ein liebendes Auge auf Luise hatte. Sie heirateten, Frankh wird Pfarrer zu Cleversulzbach im Unterland. Dort ist die »Frau Majorin« im Frühjahr 1802 in Frieden gestorben. Später wird der Pfarrer Mörike ihren eingesunkenen, unkenntlich werdenden Grabhügel in seine Obhut nehmen. Er hat ein steinernes Kreuz darauf gepflanzt und mit eigener Hand die Worte darein gemeißelt: Schillers Mutter.

Von Ludwigsburg aus hatte Schiller den jungen Hölderlin an Frau von Kalb als Hauslehrer empfohlen. Aus der Sache war etwas geworden, und beide Seiten hatten es recht gut getroffen. Hölderlins von pädagogischem Ernst erfüllter Brief an Schiller wurde erwähnt, auch der Satz daraus: »Ihre Nähe hätte Wunder gewirkt in mir.« Im November 1794 bezieht Hölderlin in Begleitung seines Zöglings Fritz die Universität Jena, um sich, im Einvernehmen mit Kalbs, weiter zu bilden. Hölderlin an Neuffer: »Die Nähe großer Geister, und auch die Nähe wahrhaft großer, selbsttätiger, mutiger Herzen schlägt mich nieder und erhebt mich wechselweise, ich muß mir heraushelfen aus Dämmerung und Schlummer, halbentwickelte, halberstorbne Kräfte sanft und mit Gewalt wecken und bilden, wenn ich nicht am Ende zu einer traurigen Resignation meine Zuflucht nehmen soll...« Er schreibt »Fichte ist jetzt die Seele von Jena« und kommt erst im letzten Teil des Briefs auf Schiller, in dessen Haus er verkehrt. Doch passierte es Hölderlin beim erstenmal, daß Goethe anwesend war – und von dem jungen Besucher nicht erkannt wurde! »Der Himmel helfe mir, mein Unglück und meine dummen Streiche gut zu machen, wenn ich nach Weimar komme. Nachher speist ich bei Schiller zu Nacht, wo dieser mich so viel möglich tröstete, auch durch seine Heiterkeit, und seine Unterhaltung, worin sein ganzer kolossalischer Geist erschien, mich das Unheil, das mir das erstemal begegnete, vergessen ließ.«

Hölderlin hatte bei einem Aufenthalt in Weimar Gelegenheit, Goethe seine Aufwartung zu machen. (An Hegel: »Goethen hab ich gesprochen, Bruder! Es ist der schönste Genuß unsers Lebens, so viel Menschlichkeit zu finden bei so viel Größe.«) Seine Hauslehrerstelle findet im gütlichen Einvernehmen ein Ende, Hölderlin weilt allein noch einige Monate in Jena. Er schreibt, genial beflügelt, aber auch von Dunkelheit geängstigt, den *Hyperion*. Schiller am 9. März an Cotta: »Hölderlin hat einen kleinen Roman, Hyperion, davon in dem vorletzten Stück der Thalia etwas eingerückt ist, unter der Feder. Das erste Theil der etwa 12 Bogen betragen wird, wird in einigen Monaten fertig. Es wäre mir gar lieb, wenn sie ihn in Verlag nehmen wollten. Er hat recht viel genialisches, und ich hoffe auch noch einigen Einfluß darauf zu haben.« Das war kein geringer Freundesdienst.

Hölderlin taumelt in seine erste tiefe Lebenskrise. Im Mai stürmt er ohne Abschied davon; landet bei der Mutter in Nürtingen. Am 23. Juli schreibt er von dort an Schiller: »Ich wußte wohl, daß ich mich nicht, ohne meinem Innern merklichen Abbruch zu tun, aus Ihrer Nähe würde entfernen können. Ich erfahre es itzt mit jedem Tage lebendiger. Es ist sonderbar, daß man sich sehr glücklich finden kann unter dem Einfluß eines Geistes, auch wenn er nicht durch mündliche Mitteilung auf einen wirkt, bloß durch seine Nähe, und daß man ihn mit jeder Meile, die von ihm entfernt, mehr entbehren muß. Ich hätt es auch schwerlich mit all meinen Motiven über mich gewonnen, zu gehen, wenn nicht eben diese Nähe mich von der andern Seite so oft beunruhiget hätte. Ich war immer in Versuchung, Sie zu sehn, und sah Sie immer nur, um zu fühlen, daß ich Ihnen nichts sein konnte...« Und am 4. September, mit einem Beitrag für die Horen:

»Ich glaube, daß dies das Eigentum der seltnen Menschen ist, daß sie geben können, ohne zu empfangen, daß sie sich auch ›am Eise wärmen‹ können. Ich fühle nur zu oft, daß ich eben kein seltner Mensch bin. Ich friere und starre in dem Winter, der mich umgibt. So eisern mein Himmel ist, so steinern bin ich... Es ist beinahe mein einziger Stolz, mein einziger Trost, daß ich Ihnen irgend etwas und daß ich ihnen von mir etwas sagen darf. Ewig Ihr Verehrer Hölderlin.«

Die Korrespondenz hat sich noch eine Weile fortgesetzt. Hölderlin fleht einmal: »Sagen Sie mir ein freundlich Wort, und Sie sollen sehen, daß ich verwandelt bin.« Neun Monate später: »Ihr Brief wird mir unvergeßlich sein, edler Mann! Er hat mir ein neues Leben gegeben.« Über *Horen* und *Almanach* gibt es einige Verbindung zwischen beiden, dann reißt der Faden ab. Hölderlin wird auf seinen Weg gejagt werden, über die Gipfel hinaus und hinab in den Schatten, in dem er fast ein Menschenalter Schillers Leben überdauern wird. Ob ihm irgendein Mensch hätte helfen können, vermag niemand zu sagen. Schiller, der beim spärlichen Licht seiner schwachen und flackernden physischen Existenz sein Werk schaffen mußte, hätte es unmöglich vermocht.

Schiller soll Hölderlin einmal seinen »liebsten Schwaben« genannt haben. Unter allem, was landsmannschaftlich nachklingt in seinem Leben, berührt uns sein Wohlwollen für diesen Jüngeren am stärksten. Grüße, brieflicher Austausch weiterhin mit Hoven, Dannecker, Conz, Rapp. Aber er gehörte nicht mehr zu ihnen. Der Tod des Vaters hat ein starkes Band gelöst, wenn auch das Gefühl für die Mutter so stark bleibt, daß Lotte ihm deren Tod einige Tage vorenthält.

Eine Adresse in Schwaben ist in Schillers Leben hoch bedeutsam geblieben: Cotta in Tübingen. Sein *rocher de bronce* im heimatlichen Boden.

... denn ich mache Gedichte

»Ich lebe jetzt ganz cavalièrement, denn ich mache Gedichte für meinen Musenalmanach« – ein Wort Schillers an Körner vom 4. Juli 1795. War das etwas so Außergewöhnliches? Und er fügt noch hinzu: »Närrisch genug komme ich mir damit vor.« Wer von Schiller so gut wie nichts weiß, weiß doch, daß er ein Dichter war; und ein Dichter, darf man doch annehmen, schreibt Gedichte.

Schiller ist ein großer dramatischer Dichter gewesen; und manche seiner dramatischen Szenen glühen von Poesie. Die Gedichte treten gegenüber dem dramatischen Werk zurück, wenngleich allein die unglaubliche Volkstümlichkeit, die besonders seine Balladen generationenlang genossen haben, eine geringe Einschätzung verbietet. Das aber ist gewiß: ein Dichterfrühling, wie er einigen wenigen in der Jugend geleuchtet hat, dem jungen Goethe, dem jungen Mörike, ist ihm versagt geblieben. Die Gedichte seiner Jugendjahre – die meisten waren ihm wegen ihrer Kraßheit und Exaltiertheit später zuwider – sind Reflexe eines erwachenden Genies, aber weit von hoher Kunst entfernt; sie sind zudem von Vorbildern stark beeinflußt, vor allem Schubart nachempfunden.

Im Alter von sechsundzwanzig Jahren hat Schiller seiner seelischen Befreiung durch Freunde jubelnden Ausdruck gegeben in dem Lied *An die Freude* – Verse, die um den Erdball geflogen sind. Dann wieder Schweigen. Im Jahr 1788, dem ersten in Weimar, *Die Götter Griechenlands* (Da ihr noch die schöne Welt regieret...) und *Die Künstler* (Wie schön, o Mensch, mit deinem Palmenzweige...) – gedankenschwere Lyrik, vierunddreißig lange Strophen. Danach eine Pause von sieben Jahren.

Um so seltsamer dieser förmliche Schub von Poesie, der sich im Sommer 1795 entlädt. Das wahrscheinlich erste dieser Gedichte, *Der Tanz*

Siehe, wie schwebenden Schritts im Wellenschwung sich die Paare
Drehen, den Boden berührt kaum der beflügelte Fuß...

erscheint noch befangen, unfrei, dabei unangenehm dozierend. Aber obwohl ihm schlechtes Befinden zeitweilig die Produktion verleidet, klingt in dem wahrscheinlich nächsten Gedicht *Die Macht des Gesangs* ein ganz anderer Ton:

Ein Regenstrom aus Felsenrissen,
Er kommt mit Donners Ungestüm,
Bergtrümmer folgen seinen Güssen,
Und Eichen stürzen unter ihm;
Erstaunt, mit wollustvollen Grausen,
Hört ihn der Wanderer und lauscht,
Er hört die Flut vom Felsen brausen,
Doch weiß er nicht, woher sie rauscht:
So strömen des Gesanges Wellen
Hervor aus nie entdeckten Quellen...

Das erinnert an seine Jugendverse, aber geläutert, von Schlacken befreit. Übrigens bringt das Gedicht auch die Frage nach Schillers Verhältnis zur Musik in Erinnerung. Die Strophe könnte geradezu auf gewisse Partien in Beethovens Pastorale bezogen werden – die den Dichter mit Sicherheit, schon aus Gründen des Datums, nicht inspiriert hat. Doch kann das Gedicht als Beweis dafür gelten, daß Schiller ein seelisches Verhältnis zur Musik gehabt hat. Musik regte ihn an, konnte ihn vielleicht berauschen. In seinem dramatischen Schaffen ist die Nähe zur Oper spürbar. Aber ein tieferes Musikverständnis hat ihm gefehlt; er hat es gewußt, auch gelegentlich ausgesprochen.

Es erscheint unglaublich, was Schiller in wenigen und keineswegs ungestörten Sommerwochen in die Feder geströmt ist. Bei aller gebotenen Vorsicht läßt sich aus manchen Strophen Biographisches herauslesen. Etwa der Blick auf das Kind:

Glücklicher Säugling! Dir ist ein unendlicher Raum noch die Wiege;
Werde Mann, und dir wird eng die unendliche Welt.

Und:

Spiele, Kind, in der Mutter Schoß! Auf der heiligen Insel
Findet der trübe Gram, findet die Sorge dich nicht.
Liebend halten die Arme der Mutter dich über den Abgrund –

Dem Manne, der so wenig von der Welt mit seinen leiblichen Augen gesehen hat, und der doch ferne Orte und Zeiten so sicher kraft seiner Phantasie findet, begegnen wir in dem Gedicht *Die Antike an den nordischen Wanderer*

Über Ströme hast du gesetzt und Meere durchschwommen,
Über der Alpen Gebirg trug dich der schwindlichte Steg,
Mich in der Nähe zu schaun und meine Schöne zu preisen,
Und der begeisterte Ruf rühmt durch die staunende Welt;
Und nun stehst du vor mir, du darfst mich Heil'ge berühren,
Aber bist du mir jetzt näher, und bin ich es dir?

Amüsant ist das Gedicht *Pegasus im Joche*, das mit dem vertracktesten Vers beginnt

Auf einem Pferdemarkt – vielleicht zu Haymarket,
Wo andre Dinge noch in Ware sich verwandeln –
Bracht' einst ein hungriger Poet
Der Musen Roß, es zu verhandeln.

Haymarket – war ihm der Platz durch Hogarth vertraut? Der Reim Haymarket – Poet ist von einer umwerfenden Komik, die den guten Humor des Ganzen in den Schatten stellt. Gewisse Kenntnisse des Englischen hat Schiller von der Karlsschule her besessen.

Wie es aber um seine Aussprache bestellt gewesen sein mag, darauf läßt dieser haarsträubende Reim schließen.

In diese komprimierte Schaffensperiode gehören auch zwei seiner philosophisch durchtränkten großen Gedichte: *Das verschleierte Bild zu Sais* und *Das Ideal und das Leben* (ursprünglicher Titel: *Das Reich der Schatten*).

Ewigklar und spiegelrein und eben
Fließt das zephirleichte Leben
Im Olymp den Seligen dahin.
Monde wechseln, und Geschlechter fliehen,
Ihrer Götterjugend Rosen blühen
Wandellos im ewigen Ruin.
Zwischen Sinnenglück und Seelenfrieden
Bleibt dem Menschen nur die bange Wahl;
Auf der Stirn des hohen Uraniden
Leuchtet ihr vermählter Strahl.

Etwas später folgen die Schiller so ganz kennzeichnenden Zeilen

Nur der Körper eignet jenen Mächten,
Die das dunkle Schicksal flechten;
Aber frei von jeder Zeitgewalt,
Die Gespielin seliger Naturen,
Wandelt oben in des Lichtes Fluren
Göttlich unter Göttern die *Gestalt*.

Dieses Gedicht schickt Schiller nach Tegel an Wilhelm Humboldt und seine Li (Karoline) mit einem ungewöhnlichen Begleitbrief. »Wenn Sie diesen Brief erhalten, liebster Freund, so entfernen Sie alles was profan ist, und lesen in geweyhter Stille dieses Gedicht. Haben Sie es gelesen, so schließen Sie Sich mit der Li ein, und lesen es ihr vor. Es thut mir leid, daß ich es nicht selbst kann, und ich schenke es Ihnen nicht, wenn Sie einmal wieder hier seyn werden. Ich gestehe, daß ich nicht wenig mit mir zufrieden bin, und habe ich je die gute Meinung verdient, die Sie von mir haben und deren Ihr letzter Brief mich versicherte, so ist es durch diese Arbeit. Um so strenger muß aber auch Ihre Critik seyn.« So feierlich war ihm nach der Vollendung einer Arbeit selten zumute.

Als *Das Reich der Schatten* ist das Gedicht im Septemberheft der *Horen* erschienen. »Michaelis erhält es nicht« heißt es in dem eben zitierten Brief, der geschrieben wurde, als Schiller Anlaß zu haben schien, Michaelis für einen Gauner zu halten; dieser Verdacht hat sich dann bald aufgelöst. Tatsächlich wurde die poetische Ernte des so fruchtbaren Sommers sowohl in die *Horen* als auch in den bei Michaelis verlegten *Musenalmanach für das Jahr 1796* eingebracht.

Dieser schöpferische Schub hat sich unter fast erbärmlich zu nennenden Umständen vollzogen. Fast drei Monate lang, bis in den Oktober hinein, bleibt Schiller in sein Zimmer gebannt, von Krämpfen geschüttelt. »Mit meiner Gesundheit geht es noch nicht viel besser. Ich fürchte, ich muß die lebhaften Bewegungen büßen, in die mein Poetisieren mich versetzte. Zum Philosophieren ist schon der halbe Mensch genug, und die andere Hälfte kann ausruhen; aber die Musen saugen einen aus.« (Am 29. August an Goethe)

In dieser Zeit des Nichtspazierengehens wird auch die große Elegie geschrieben, die später den Titel *Der Spaziergang* erhält:

Sei mir gegrüßt, mein Berg mit dem rötlich strahlenden Gipfel!
Sei mir, Sonne, gegrüßt, die ihn so lieblich bescheint!

Die Worte »Auch um mich, der endlich entflohn des Zimmers Gefängnis«, als sie niedergeschrieben wurden, sprechen nur eine Hoffnung aus. Es hat etwas Rührendes, mit welchem Eifer dort thüringische, hier schwäbische Lokalpatrioten sich um den Nachweis bemüht haben, der Topos des Gedichtes sei im Saaletal bei Jena oder in der Umgebung Stuttgarts zu suchen – dieser Wettstreit ist wohl mit der vorletzten Generation von Gymnasialprofessoren begraben worden. Wer die Elegie unbefangen liest, erkennt, daß in diesem weit ausholenden, bis in die Antike schweifenden Gedicht Natureindrücke des Dichters eingeflossen sind – von wo immer sie stammen mögen. Freilich findet man kaum sonst in Schillers Werk solche Natur- und Landschaftsbilder wie in dieser Elegie, für die der Titel *Spaziergang* sinnvoll gewählt ist.

Um mich summt die geschäftige Bien, mit zweifelndem Flügel
Wiegt der Schmetterling sich über dem rötlichen Klee...

Man findet Bilder von einer Leuchtkraft, die den großen Landschaftsschilderungen der deutschen Literatur nichts nachgeben, wiewohl Schillers Genie in anderen Bereichen wirkt als das eines Eichendorff oder Stifter:

> ... in duftende Kühlung
> Nimmt ein prächtiges Dach schattender Buchen mich ein,
> In des Waldes Geheimnis entflieht mir auf einmal die Landschaft,
> Und ein schlängelnder Pfad leitet mich steigend empor.

Nur verstohlen durchdringt der Zweige laubigtes Gitter
Sparsames Licht, und es blickt lachend das Blaue herein.
Aber plötzlich zerreißt der Flor. Der geöffnete Wald gibt
Überraschend des Tags blendendem Glanz mich zurück.
Unabsehbar ergießt sich vor meinen Blicken die Ferne,
Und ein blaues Gebirg endigt im Dufte die Welt.

Und doch sind diese Natureindrücke nicht viel mehr als der Rahmen seiner die Menschheit durchschweifenden Gedanken.

Noch ein Gedicht aus dieser Schaffensperiode sei betrachtet – *Die Würde der Frauen*.

Ehret die Frauen! Sie flechten und weben
Himmlische Rosen ins irdische Leben,
Flechten der Liebe beglückendes Band,
Und in der Grazie züchtigem Schleier
Nähren sie wachsam das ewige Feuer
Schöner Gefühle mit heiliger Hand.

So durch neun Strophen. Des Mannes rohe Kraft, der Frauen sittigendes, sänftigendes Walten: Das formschöne Gedicht kann nicht nur zu ernsthaftem Widerspruch reizen, sondern auch zum Spott, wie zu zeigen sein wird. In der Lebens-Geschichte des Dichters verdient es Beachtung. Mir erscheint es als ein Hinweis darauf, daß Schiller in seiner Haltung zu den Frauen nie ganz aus dem Uniformrock des Karlsschülers geschlüpft ist. Nicht, daß die auf einer solchen Knaben-Zuchtanstalt fast zwangsläufigen homoerotischen Strömungen ihn auf die Sandbank einer frauenfremden Position getragen hätten. Davon kann nicht die Rede sein. Schiller hat kräftige und sehr verschiedenartige Liebesbeziehungen zu Frauen gehabt und später in einer Ehe gelebt, die den Vorstellungen von einem glücklichen Familienleben zumindest nahekommt. Aber aus diesem Gedicht des fünfunddreißig Jahre alten Mannes spricht noch immer die unwirkliche Vorstellung, die sich der in Kasernenmauern gesperrte Jüngling vom Weibe machte – himmlische Rosen flechten sie ins harte Leben. Man mache einmal die Probe und lese das Gedicht im Blick auf Franziska von Hohenheim, und es wird vollkommen passen –

Aber mit sanft überredender Bitte
Führen die Frauen den Zepter der Sitte –

Keineswegs soll gesagt werden, daß Schiller dabei an Franziska gedacht hat. Aber es wird deutlich, daß der Dichter im Grunde seines Herzens zeitlebens die Frauen nicht viel anders gesehen hat als damals auf der Akademie.

Eines Tages tönt es übermütig zurück:

> Ehret die Frauen, sie stricken die Strümpfe,
> Wollig und warm, zu durchwaten die Sümpfe,
> Flicken zerrissene Pantalons aus.
> Kochen dem Manne die kräftigen Suppen,
> Putzen den Kindern die niedlichen Puppen,
> Halten mit mäßigem Wochengeld haus.

Das war am Teetisch der Schlegels ausgeheckt. Die Brüder Schlegel, August Wilhelm und der fünf Jahre jüngere Friedrich, bildeten den Kern des »kleinen, furchtlosen Trupps« (Ricarda Huch), der die Gefühlswelt ihrer Generation und die Literatur mächtig beeinflussen sollten; die Romantiker. Schillers Verhältnis zu diesen Jungen war keineswegs unfreundlich von Anfang an. Den Dichter der *Räuber* mußten sie als den Ihrigen empfinden. Der junge Hardenberg, Novalis, zählte zu Schillers Verehrern und hat ihm immer ein warmes Gefühl bewahrt. August Wilhelm Schlegel war auf Körners Empfehlung Mitarbeiter der *Horen* geworden und lieferte Übersetzungen aus Dante und Shakespeare. Dazu wollte natürlich schlecht passen, daß sein Bruder das Überhandnehmen von Übersetzungen in den *Horen* öffentlich kritisierte – »wie zuversichtlich muß nicht der Herausgeber darauf rechnen, daß das Publikum sich alles gefallen läßt«; er hatte dabei Goethes Übersetzung des *Cellini* im Visier.

Schiller reagiert gereizt und scharf. In einem Brief an A. W. Schlegel vom 31. Mai 1797 stellt er zunächst eine kleine Abrechnung richtig und fährt dann fort: »Es hat mir Vergnügen gemacht, Ihnen durch Einrückung Ihrer Übersetzungen aus Dante und Shakespear in die Horen zu einer Einnahme Gelegenheit zu geben, wie man sie nicht immer haben kann, da ich aber annehmen muß, daß mich H*err* Frid*erich* Schlegel zu der nehmlichen Zeit, wo ich Ihnen diesen Vortheil verschaffe, öffentlich deßwegen schilt, und der Uebersetzungen zuviele in den Horen findet, so werden Sie mich für die Zukunft entschuldigen.

Und um Sie, einmal für allemal, von einem Verhältniß frey zu machen, das für eine offene Denkungsart und eine zarte Gesinnung nothwendig lästig seyn muß, so lassen Sie mich überhaupt eine Verbindung abbrechen, die unter so bewandten Umständen gar zu sonderbar ist, und mein Vertrauen zu oft schon compromittierte.«

Der Adressat, der sich nicht für jede Zeile seines Bruders verantwortlich fühlen konnte, rechtfertigt sich, worauf Schiller: »Ihnen mache ich keinen Vorwurf, und ich will Ihrer Versicherung, daß Sie Sich gegen mich nichts vorzuwerfen haben gerne glauben, aber dadurch wird leider nichts verändert, weil bei den großen Ursachen zum Mißvergnügen, die Ihr Herr Bruder mir gegeben hat und noch immer zu geben fortfährt, das gegenseitige Vertrauen zwischen Ihnen und mir nicht bestehen kann... In meinem engen Bekanntschaftskreise muß eine volle Sicherheit und ein unbegränztes Vertrauen seyn, und das kann, nach dem was geschehen, in unserm Verhältniß nicht stattfinden...«

Goethe suchte behutsam zu vermitteln. Im Alter erinnert sich A. W. Schlegel boshaft: »Überhaupt trat Goethe auf eine sehr liebenswürdige Weise vermittelnd ein. Seine sorgsame Schonung für Schiller, welche der eines zärtlichen Ehemannes für seine nervenschwache Frau glich, hielt ihn nicht ab, mit uns auf dem freundschaftlichstem Fuße fortzuleben.« – A. W. Schlegel lieferte noch weiteres für die schon im Sinken befindlichen *Horen* (keine Übersetzungen mehr!), und Schiller hat ihm im Lauf des Sommers recht freundliche Briefe geschrieben. Sein Groll gegen Friedrich Schlegel blieb unverändert. Er hatte ihn von Anfang an für einen »kalten Witzling« gehalten. Friedrichs spöttische Bemerkungen über den *Almanach*, über die *Horen* hatten Schiller empfindlich verletzt; die Kritik am Übersetzungswesen war nicht Ursache, sondern Anlaß zum Bruch.

Es hatte recht freundschaftlich angefangen. Als im Juli 96 A. W. Schlegel und seine Frau Karoline, eine Professorentochter aus Göttingen, vom Bergmedikus Böhmer geschieden, in Jena ankamen, waren sie nicht nur willkommene Gäste gewesen, sondern Schillers hatten ihnen die Wohnung vorbereitet – dies, obwohl Lotte unmittelbar vor ihrer zweiten Niederkunft stand. Doch begann der beiderseitige gute Wille bald zu erlahmen. Daß Goethe freundschaftlich in das beginnende Schiller-Schlegelsche Verhältnis eintrat, hatte die Wirkung, daß Schlegels sich von ihm weit stärker angezogen fühlten als von Schiller. Auch begann spürbar zu werden, daß Lotte von den Schlegels eher in Kauf genommen als geschätzt wurde, während umgekehrt Schiller der starken Natur Karoline Schlegels mit kühler Abneigung begegnete. Die Ankunft Friedrichs war dann eher eine Beunruhigung als eine Bereicherung für Schiller. Der im Sommer 97 erfolgende Bruch war zwangsläufig. »Von nun an herrschte erklärte Feindschaft zwischen Schiller und dem Schlegelschen Kreise.« (Ricarda Huch)

Als die Lust zur poetischen Produktion nach so langer Pause wieder erwachte, mißtraute sich der Dichter noch. In einem Brief an Körner vom 3. August 1795 spricht er davon, wie Unwohlsein die Lust zum Poetisieren hemme. »Indess ist doch etwas geschehen, was mir fürs künftige Vertrauen giebt. Ich habe mich... nicht auf das weite Meer gewagt, sondern bin am Ufer der Philosophie herumgefahren, doch ist damit wenigstens der Übergang zu einer freyern Erfindung gemacht.« Das ist, nebenbei bemerkt, ein Beispiel dafür, wie Schiller, der nie das Meer gesehen hat, immer wieder Bilder aus der Seefahrt verwendet. Jene Sommerwochen haben ihn rasch ins Reich der »freyern Erfindung« geführt, und es ist ihm nun unverschlossen geblieben. Doch wurden ihm zwei Perioden der stärksten Schöpfungskraft zuteil – Sommerwochen wie bei jenem ersten Durchbruch; im Sommer 1797 und 1798. Die poetische Fruchtbarkeit dieser Perioden ist um so erstaunlicher, als sie in seine Arbeit am *Wallenstein* fallen.

Im Jahr 96 wurden noch fleißig Xenien produziert. Die Gedichte dieses Jahres sind *Klage der Ceres*

Ist der holde Lenz erschienen?
Hat die Erde sich verjüngt?
Die besonnten Hügel grünen,
Und des Eises Rinde springt.

Und *Pompeji und Herkulanum*

Welches Wunder begibt sich? Wir flehten um trinkbare Quellen,
Erde, dich an, und was sendet dein Schoß uns herauf!

Dieses Gedicht ist ein besonders starkes Beispiel dafür, wie Schiller auf dem Vehikel seiner Phantasie zu reisen vermochte –

Siehe, wie rings um den Rand die netten Bänke sich dehnen,
Wie von buntem Gestein schimmernd der Estrich sich hebt!

Man wird an sein Gedicht *Die Antike und der nordische Wanderer* erinnert. Schiller brauchte nicht wirklich zu reisen; ein gedruckter Bericht, ein paar Abbildungen waren seiner Phantasie genug, um mehr zu sehen als drei das Original beäugende Bildungsreisende.

Im Sommer 97 wirft Schiller, neben anderem, fünf Balladen aufs Papier: *Der Taucher, Der Handschuh, Der Ring des Polykrates, Die Kraniche des Ibykus, Der Gang nach dem Eisenhammer*. Die erste, *Der Taucher*, spricht vom Meer, und wer von einem steilen, felsigen

Ufer hinabblickt in die aufgewühlte See, mag an die Verse des Dichters denken, der dergleichen nie sehen konnte

Und es wallet und siedet und brauset und zischt,
Wie wenn Wasser mit Feuer sich mengt,
Bis zum Himmel spritzet der dampfende Gischt,
Und Flut auf Flut sich ohn Ende drängt,
Und will sich nimmer erschöpfen und leeren,
Als wollte das Meer noch ein Meer gebären.

Die fast einfältig schlichte Fabel wird überhöht durch die phantastisch-realistische Naturschilderung, die auch das Gewimmel der Meeresfauna einschließt – letzteres nach einem zoologischen Werk aus dem 17. Jahrhundert, *Mundus subterraneus*. Die Balladen vom Taucher, vom Handschuh und vom Gang nach dem Eisenhammer spielen im höfischen Milieu; die beiden letzteren sind französischen Quellen entnommen. Noch höher gespannt sind die aus der Antike lebenden Balladen, *Der Ring des Polykrates* und *Die Kraniche des Ibykus*.

Ibykus war ein Gesprächsthema zwischen Schiller und Goethe gewesen – die Geschichte von dem Mord an dem Sänger, der zu den Spielen auf dem Isthmus gezogen kam (ein Fest, ähnlich den Olympischen Spielen), von den Kranichen, die über die Untat hin geflogen waren, und deretwegen, als sie auch über der Arena erscheinen, die Mörder sich selbst verraten. Während Goethe nach Frankfurt, nach Stuttgart und in die Schweiz verreist ist, gehen in dichter Folge Briefe zwischen beiden hin und her. Schiller am 28. Juli: »Vielleicht fliegt aus Ihrem Reiseschiff eine schöne poetische Taube aus, wo nicht gar die Kraniche ihren Flug von Süden nach Norden nehmen.« Und am 17. August: »Endlich erhalten Sie den Ibykus... Die letzte Hand habe ich noch nicht daran legen können, da ich gestern abend fertig geworden, und es liegt mir zu viel daran, daß Sie die Ballade bald lesen, um von Ihren Erinnerungen (d. h. Einwänden) noch Gebrauch machen zu können.« Goethe geht schon am 22. August gründlich auf den Gegenstand ein. Nach Worten hohen Lobes: »Nun auch einige Bemerkungen: 1) der Kraniche sollten, als Zugvögel, ein ganzer Schwarm sein, die sowohl über den Ibykus als über das Theater wegfliegen; sie kommen als Naturphänomen und stellen sich so neben die Sonne und andere regelmäßige Erscheinungen. Auch wird das Wunderbare dadurch weggenommen, indem es nicht eben dieselben zu sein brauchen; es ist vielleicht nur eine Abteilung des großen wandernden Heeres, und das Zufällige macht eigentlich, wie mich dünkt, das Ahnungsvolle und Sonderbare in der Geschichte...« Und so fort – und weitere Fortsetzung in einem Postscriptum vom Tag darauf: »Meo voto würden die Kraniche schon von dem wandernden Ibykus erblickt...«

Schiller, am 30. August, berichtet von argen Beschwerden. »Das Fieber läßt mich heute zwar in Ruhe, aber der Husten plagt mich noch sehr und der Kopf ist mir ganz zerbrochen.« Während er noch schreibt, trifft Goethes letzter Brief ein, und man merkt, wie er auflebt: »Es ist mir bei dieser Gelegenheit wieder recht fühlbar, was eine lebendige Erkenntnis und Erfahrung auch beim Erfinden so viel tut. Mir sind die Kraniche nur aus wenigen Gleichnissen, zu denen sie Anlaß geben, bekannt, und dieser Mangel an lebendiger Anschauung macht mich hier den schönen Gebrauch übersehen, der sich von diesem Naturphänomen machen läßt. Ich werde suchen, diesen Kranichen, die doch einmal die Schicksalshelden sind, eine größere Breite und Wichtigkeit zu geben.« Und am 7. September an Goethe: »Mit dem Ibykus habe ich nach Ihrem Rat wesentliche Veränderungen vorgenommen«, was ausgeführt wird. Wie genau sich der Dichter in die Situation versetzt, wird deutlich, wo er vom Platz des Mörders in der Arena spricht: »Da ich ihn oben sitzend annehme, wo das gemeine Volk seinen Platz hat, so kann er erstlich die Kraniche früher sehen, ehe sie über der Mitte des Theaters schweben; dadurch gewinn' ich, daß der Ausruf der wirklichen Erscheinung der Kraniche vorhergehen kann, worauf hier viel ankommt, und daß also die wirkliche Erscheinung derselben bedeutender wird. Ich gewinne zweitens, daß er, wenn er oben ruft, besser gehört werden kann. Denn nun ist es gar nicht unwahrscheinlich, daß ihn das ganze Haus schreien hört, wenngleich nicht alle seine Worte verstehen.«

Schillers Art zu arbeiten sollte an diesem einen Beispiel anschaulich gemacht werden. Das Gedicht ist ein Zeichen für seine Vertrautheit mit dem klassischen Griechentum; dennoch: »Ich habe die Ballade in ihrer nun veränderten Gestalt an Böttiger [Gymnasialdirektor] gesendet, um von ihm zu erfahren, ob sich nichts darin mit altgriechischen Gebräuchen im Widerspruch befindet.«

Nirgends in seinem Werk ist Schillers Griechentum schöner an den Tag getreten als in der *Dithyrambe.* Und selten hat Schiller in Versen so seine Träume ausgesprochen –

Nimmer, das glaubt mir, erscheinen die Götter,
Nimmer allein.
Kaum daß ich Bacchus, den lustigen, habe,

Kommt auch schon Amor, der lächelnde Knabe,
Phöbus, der herrliche, findet sich ein.
Sie nahen, sie kommen, die Himmlischen alle,
Mit Göttern erfüllt sich die irdische Halle.

Sagt, wie bewirt ich, der Erdegeborne,
Himmlischen Chor?
Schenket mir euer unsterbliches Leben,
Götter! Was kann euch der Sterbliche geben?
Hebet zu eurem Olymp mich empor!
Die Freude, sie wohnt nur in Jupiters Saale,
O füllet mit Nektar, o reicht mir die Schale!

Reich ihm die Schale! Schenke dem Dichter,
Hebe, nur ein!
Netz ihm die Augen mit himmlischem Taue,
Daß er den Styx, den verhaßten, nicht schaue,
Einer der Unsern sich dünke zu sein.
Sie rauschet, sie perlet, die himmlische Quelle,
Der Busen wird ruhig, das Auge wird helle.

Ein Schriftsteller unserer Tage, Wolfgang Koeppen, hat es »ein tollkühnes Gedicht« genannt.

Im häuslichen Kreise

Im Haus Unterm Markt wohnte die Familie Schiller nur elf Monate. Im April 1795 erfolgte der Umzug ins Griesbach'sche Anwesen, Schloßgasse 17. Das war ein überaus stattliches Haus – die Leute nannten es das Kastell – und Schiller bedeutsam bekannt. Denn hier hatte er sechs Jahre zuvor seine Antrittsvorlesung gehalten; das Griesbachsche Auditorium war das geräumigste im ganzen Städtchen. So vertraut das Haus war, so vertraut waren der Besitzer und seine Frau, alte Bekannte sowohl Schillers wie Lottes. »Ich habe den Griesbach so gern, er hat so eine gewisse Ruhe in sich« liest man in einem Brief Lottes aus der Verlobungszeit. An der Frau vermerkt Lotte ihre Munterkeit und ihre häusliche Geschäftigkeit – »es ist unglaublich, was sie alles besorgt«. Friederike Griesbach hatte wegen ihrer antikisierenden Haartracht den Spitznamen »Der Lorbeerkranz«. Schiller, ebenfalls in der Verlobungszeit, nennt sie einmal »die Frau mit dem Lorbeerkranz und der schwarzen Wäsche«, woraus man schließen könnte, daß unter ihren häuslichen

Tugenden die Reinlichkeit nicht obenan stand. Das Paar war kinderlos.

Johann Jakob Griesbach, Professor der Theologie und Kirchenrat, fünfzig, als Schiller bei ihm einzog, war ein Mann von Welt, der sich in London, Oxford, Cambridge und Paris umgesehen hatte, gebildet und belesen; dazu ein fester, in sich ruhender Charakter. Er saß einmal zu Gericht über einen Studenten, der sich duelliert hatte. Der Jüngling hatte die Unverfrorenheit, den Herrn Kirchenrat auf die Schmisse im eigenen Gesicht hinzuweisen. Darauf Griesbach: »Ja, das war damals, als ich noch ein solcher dummer Junge war wie Sie.«

So erscheint der Einzug ins Griesbachsche Haus als eine recht glückliche Fügung, nicht zuletzt für Lotte. Zwei Kinder sollten in diesem Hause geboren werden, Ernst und Karoline. Wie behaglich man zusammen lebte, zeigen Verse Schillers auf Madame Griesbachs Geburtstag, wo er den kleinen Ernst sagen läßt:

Mach auf, Frau Griesbach, ich bin da
Und klopf an deine Türe,
Mich schickt Papa und die Mama,
Daß ich dir gratuliere.

Will man sich Schillers Leben im Griesbachschen Haus vor Augen stellen, so kommt man nicht los von dem dunklen Hintergrund entweder wirkender oder drohender körperlicher Leiden. Bald nach dem Einzug ist sein Zustand derart geschwächt, durch immer wiederkehrende Krämpfe so irritiert, daß er von Juli bis Oktober das Haus nicht zu verlassen wagt. Aber er schreibt seine Gedichte... Die zerrüttete Gesundheit ist der hauptsächliche Grund dafür, daß die Geselligkeit zeitweilig fast einschläft. Kein Vergleich mit der fröhlichen Tischrunde in der Schrammei während der ersten Jenenser Ehezeit. Als Humboldts im Sommer 95 nach Tegel ziehen, ist es mit dem engsten freundschaftlichen Umgang vorläufig zu Ende. Körners Freund Funk, ein besonders zuverlässiger Zeuge, notiert im Januar 96:

»Schiller lebt ein sonderbares Leben... Ganz abgesondert von aller Gesellschaft lebt er in seiner eigenen Welt. Er kommt oft in mehreren Monaten nicht aus dem Zimmer, natürlich macht ihm nun schon die bloße Luft einen unangenehmen Eindruck. Doch würde ihn das nicht abhalten, zum Genuß der wirklichen Natur und des geselligen Lebens zurückzukehren, wenn er da irgendeinen Ersatz für den hohen Genuß, den ihm seine Abgezogenheit gewährt, finden könnte. Sein niedlicher wilder Junge macht seine einzige Unterhaltung mit der Welt, und grade war auch die Vaterliebe das einzige Band, welches ihn, ohne irgendeine Art von Sinnlichkeit einzumischen, doch von der Austerität und dem menschenfeindlichen Wesen eines Einsiedlers bewahren konnte.« Und Funk setzt hinzu: »Seine Frau, die, ohne den Ersatz zu finden, den ihm sein spekulatives Leben gibt, die Einsamkeit mit ihm teilt, erscheint mir in der Tat ehrwürdig, denn man sieht auch keinen Schatten von Unzufriedenheit an ihr. Sollte sie aber in der Länge einmal das Bedürfnis eines anderen männlichen Umgangs fühlen, wer könnte sie verdammen?«

Schiller an Goethe »Montag nachmittag 3 Uhr« am 11. Juli 1796: »Vor zwei Stunden erfolgte die Niederkunft der kleinen Frau über Erwarten geschwind und ging unter Starkes Beistand leicht und glücklich vorüber. Meine Wünsche sind in jeder Rücksicht erfüllt, denn es ist ein Junge, frisch und stark, wie das Ansehen es gibt. Sie können wohl denken, wie leicht mir's ums Herz ist, um so mehr, da ich dieser Epoche nicht ohne Sorge, die Krämpfe möchten die Geburt übereilen, entgegensah. Jetzt also kann ich meine kleine Familie anfangen zu zählen; es ist eine eigene Empfindung, und der Schritt von eins zu zwei ist viel größer, als ich dachte. Leben Sie wohl. Die Frau grüßt; sie ist, die Schwäche abgerechnet, recht wohl auf.«

Am Tag darauf Goethes Gratulation, und ein weiterer Brief Schillers: »Noch steht es um die kleine Gesellschaft so gut, als man's nur wünschen kann. Meine Frau getraut sich selbst zu stillen, welches mir auch sehr erwünscht ist. Donnerstag wird die Taufe sein.« Goethe am nächsten Tag: »Viel Glück zum guten Fortgang alles dessen, was sich aufs neue Lebendige bezieht. Grüßen Sie die liebe Frau und Frau Gevatterin. Zur Taufe hätte ich mich ohngebeten eingestellt, wenn mich diese Zeremonien nicht gar zu sehr verstimmten. Ich komme dafür Sonnabends, und wir wollen ein paar frohe Tage genießen. Leben Sie wohl. Heute erlebe ich auch eine eigne Epoche, mein Ehstand ist eben acht Jahre und die französische Revolution sieben Jahre alt.« – Ein Briefwechsel ohne viele und große Worte, der zeigt, wie nahe man sich gekommen war. Ein wenig läßt Goethes Hinweis auf seinen »Ehstand« stutzen. Denn wie von fast jedermann, so wurde Christiane auch von Schiller so weit wie möglich ignoriert. Goethe nahm das hin, wie er es von Personen hinnahm, die ihm weit weniger wichtig waren als Schiller.

Schillers Zurückgezogenheit damals verleiht dem ständigen Gedankenaustausch und dem häufigen Zusammensein mit Goethe ein außerordentliches Gewicht. Ihr Miteinander umfaßt auch Alltägliches. Schiller bittet um die Besorgung einer Tapetenbordüre, und Goethe greift die Sache aufs bereitwilligste an. Die *Xenien*, dieses Gesellschaftsspiel zu zweit, werden noch eine Weile fortgesponnen, bis am Ende beide ihrer überdrüssig werden. In das Alltägliche, in das Spielerische und das Wissenschaftliche hinein wehen die mächtigen gegenseitigen Anstöße, Goethes Gedanken zum *Wallenstein* und Schillers Weckrufe für den schlummernden *Faust*.

Wie Goethe Anteil an Schillers Alltag nahm, zeigt sich bei den Plänen zum Erwerb eines Gartenhauses und bei dessen Ausbau. »Gartenhaus« ist für uns heute ein undeutliches Wort, weil es die Sache fast nicht mehr gibt. Im Leben des deutschen Bürgertums während des 18. und 19. Jahrhunderts hat es eine große Rolle gespielt. Abgesehen davon, daß man sich gern eine leichte Hütte, eine Laube oder eine Grotte in den Garten setzte, um darin bei schönem Wetter den Kaffee oder den Tee zu trinken, oder bei Bier und Knaster Karten zu spielen, baute man sich wohl ein luftiges Haus als geräumige Sommerwohnung in den vom eigentlichen Hause abgelegenen, meist unter der Stadtmauer oder weiter vor dem Tor befindlichen Garten.

Von der alten Gartenherrlichkeit haben wir heute kaum mehr als einen Abglanz. Man lese davon in den Kindheitserinnerungen Goethes oder Justinus Kerners. Goethe über den Garten des Großvaters in Frankfurt: »Gewöhnlich eilten wir sogleich in den Garten, der sich ansehnlich lang und breit hinter den Gebäuden hin erstreckte und sehr gut unterhalten war, die Gänge meist mit Rebgeländer eingefaßt, ein Teil des Raums den Küchengewächsen, ein andrer den Blumen gewidmet, die vom Frühjahr bis in den Herbst in reichlicher Abwechslung die Rabatten so wie die Beete schmückten. Die lange, gegen Mittag gerichtete Mauer war zu wohlgezogenen Spalier-Pfirsichbäumen genützt, von denen uns die verbotenen Früchte den Sommer über gar appetitlich entgegenreiften... In diesem friedlichen Revier fand man jeden Abend den Großvater mit behaglicher Geschäftigkeit eigenhändig die feinere Obst- und Blumenzucht besorgend, indes ein Gärtner die gröbere Arbeit verrichtete. Die vielfachen Bemühungen, welche nötig sind, um einen schönen Nelkenflor zu erhalten und zu vermehren, ließ er sich niemals verdrießen. Er selbst band sorgfältig die Zweige der Pfirsichbäume fächerartig an die Spaliere, um einen reichlichen und bequemen Wachstum der Früchte zu befördern. Das Sortieren der Zwiebeln von Tulpen, Hyazinthen und verwandten Gewächsen so wie die Sorge für Aufbewahrung derselben überließ er niemandem; und noch erinnere ich mich gern, wie emsig er sich mit dem Okulieren der verschiedenen Rosenarten beschäftigte.«

Kerner schreibt über den Garten seines Vaters, des Oberamtmanns in Ludwigsburg, eine Viertelstunde vor dem Tor: »Der Garten war von einer großen Mauer umgeben und enthielt Baumschulen und Bienenhäuser. Sobald mein Vater da ankam, legte er Hut und Stock in dem kleinen Gartenhause nieder, zog seinen Rock aus und eilte mit Messer und Säge versehen zu seiner lieben Baumpflanzung... Durch Inokulation und Impfung veredelte er selbst die wilden Stämme, die er meistens selbst aus den Kernen zog, und führte über alles Kataloge. Ich habe auch kein üppigeres Obst mehr gesehen, als ich damals sah. Pfirsiche, Kirschen, Birnen und Äpfel waren in den seltensten größten Arten vorhanden...« Bürgerliche Paradiese.

Wenn Schillers Gedanken in die Kindheit schweiften, so hatten die Gärten darin ihren Platz. Aber es war ihm auch bewußt, daß seit dem Notverkauf des letzten Marbacher Weinbergs seinem Vater, diesem Meister der Baumzucht, nie mehr ein Stück Erdboden zu eigen gehört hat. Ich zweifle nicht daran, daß der Gedanke daran dem Mann, der nun in hohem Ansehen stand, Vater zweier Kinder war und in leidlichen Verhältnissen lebte, einen starken Anstoß zum Erwerb eigenen Grund und Bodens gegeben hat. Dazu kam sein Bedürfnis nach Luft, durch monatelangen Zimmeraufenthalt geschärft, die Erinnerung an produktive Stunden in Gartenlauben, in Mannheim, Bauerbach, Gohlis, Loschwitz und wo immer; auch eine Liebe für die offene Landschaft. Im Winter 96 auf 97 reift sein Entschluß.

Am 31. Januar 97 schreibt er an Goethe: »Weil doch von merkantilischen Dingen die Rede ist, so lassen Sie mich Ihnen eine Idee mitteilen, die mir jetzt sehr am Herzen liegt. Ich bin jetzt genötigt, mich in der Wahl einer Wohnung zu beeilen, da ein Gartenhaus hier zu verkaufen ist, welches mir konvenient wäre, wenn ich hier wohnen bleiben wollte. Da ich notwendig auf einen Garten sehen muß, und die Gelegenheit so leicht nicht wieder kommen könnte, so müßte ich zugreifen. Nun sind aber verschiedene überwiegende Gründe da, warum ich doch lieber in Weimar wohnen möchte...« Es folgt eine Erkundigung, ob Goethe sein Gartenhaus (»Übermütig sieht's nicht aus, dieses kleine Gartenhaus«) entbehren und an ihn vermieten könne. »Es ist ja ohnehin schade, daß es dasteht, ohne sich zu verinteressieren [d. h. ohne eine Rendite abzuwerfen], und mir wäre sehr damit geholfen.« Goethe, postwendend: »Mein

Gartenhaus stünde Ihnen recht sehr zu Diensten, es ist aber nur ein Sommeraufenthalt für wenig Personen. Da ich selbst so lange Zeit darin gewohnt habe und auch Ihre Lebensweise kenne, so darf ich mit Gewißheit sagen, daß Sie darin nicht hausen können, um so mehr, als ich Waschküche und Holzstall habe wegbrechen lassen, die einer etwas größeren Haushaltung völlig unentbehrlich sind.« Und er fährt fort: »Der zu verkaufende Garten in Jena ist wohl der Schmidtische? Wenn er wohnbar ist, sollten Sie ihn nehmen. Wäre denn einmal Ihr Herr Schwager hier eingerichtet, so könnte man auf ein frei werdende Quartier aufpassen und den Garten werden Sie, da die Grundstücke immer steigen, ohne Schaden wieder los.«

Der Schwager war Wolzogen, Karolines Mann. Aus Schillers wie meistens postwendender Antwort wird deutlich, wie es ihn schon damals nach Weimar zog. »Daß mein Plänchen auf Ihr Gartenhaus unausführbar ist, beklage ich sehr. Ich entschließe mich ungern, hier sitzen zu bleiben; denn wenn Humboldt erst fort ist, so bin ich schlechterdings ganz allein, und auch meine Frau ist ohne Gesellschaft.« (Humboldts waren im Herbst nach Jena zurückgekehrt, doch war ihr Aufenthalt bis zum Frühjahr begrenzt.) Schiller fährt fort, er werde sich jetzt ernstlich um das Schmidtsche Anwesen kümmern. Er schreibt an Cotta: »Ich muß Sie um eine große Gefälligkeit ersuchen, wenn Ihnen jetzt eine solche Zumutung nicht ungelegen kommt. Da ich im Begriff bin, einen Garten und Gartenhaus hier zu kaufen, so muß ich nicht nur alles Geld, was ich bereits mein nennen kann, sondern auch das, was ich in einiger Zeit einzunehmen hoffen kann, zusammensuchen, weil sich die Capitalien meiner Schwiegermutter so schnell nicht aufkündigen lassen, und hier keins zu entlehnen ist. Ich ersuche Sie daher mir die noch bey Ihnen stehenden 100 Carolins und, wenn es möglich ist, noch andre sechshundert Thaler, als Vorschuß auf den Wallenstein und auf den Almanach, gütigst zu verschaffen, und zwar in so kurzer Zeit als Sie können...« Cotta reagiert prompt und großzügig, sendet das Geld (zur Hälfte fällige Zahlungen, zur Hälfte Vorschuß), 2222 Gulden und 47 Kreuzer. Dieser Betrag entsprach ziemlich genau der Kaufsumme für das Grundstück – 1150 Thaler. Schiller ist Haus- und Grundbesitzer.

Das Grundstück des verstorbenen Professors Ernst Gottfried Schmidt lag vor der Stadt – »bei Jena« heißt es in den Erinnerungen des Sohnes Karl – über dem Leutrabach, gegen den es sich in einer steilen Böschung hinabsenkte. Das Haus war einfach, aber für ein »Gartenhaus« geräumig. Das Erdgeschoß bezog das Personal, der

Diener und zwei weibliche Wesen; Lotte richtete sich mit den Kindern im ersten Stock in zwei Zimmern ein; Schiller bezog die Mansarde mit einem größeren Raum und einer engen Kammer. Natürlich ging es ohne Umbauten nicht ab. Goethe hatte seinen Rat dazu gegeben; schon zwei Tage nach Abschluß des Kaufvertrags war er nach Jena gefahren und hatte sich die Sache angesehen. Anfang Mai wird das Gartenanwesen bezogen. »Leben Sie recht wohl und erfreuen sich der freien Luft und der Einsamkeit« grüßt Goethe aus Weimar. Aber der neue Hausherr hat allerlei Widrigkeiten zu bestehen, Regenwetter und Handwerkergeschäftigkeit. Goethe, teilnehmend: »Es tut mir leid, daß Sie vom nahen Bauwesen so viel dulden! Es ist ein böses Leiden und ein reizender Zeitverderb, in seiner Nähe arbeitende Handwerker zu haben.«

Man wohnt sich ein in dieser Sommerfrische. Im Oktober schreibt Lotte an ihre Schwägerin Reinwald: »Ich habe diesen Herbst auch meinen Garten noch anlegen lassen, wozu es dieses Frühjahr zu spät war, zumal ein großes Spargelbeet. Die Bäume sollen diesen Herbst auch noch verbessert werden. Wir haben doch etwas Zwetschgen bekommen. Schiller hat geschüttelt und Karl aufgelesen, das war ein großes Fest für Karl. Schiller hat sich doch an die Luft gewöhnt und geht alle Tage in den Garten; darüber bin ich sehr froh, und es wird einen guten Einfluß auf seine Gesundheit haben.« So vergehen diese letzten drei Jenenser Jahre im Wechsel zwischen der Sommerzeit im ländlichen Eigentum und der Winterzeit im Griesbachschen Haus. Im zweiten Sommer baut sich Schiller abseits vom Gartenhaus ein Gartenhäuschen – am Rande seines Grundstücks einen kleinen Turm, darin unten ein Bad, von dem man gern wüßte, wie es eingerichtet war, darüber seine Studierstube – »die schöne Gartenzinne« hat es Goethe genannt.

In diesem Sommer beweist Cotta mit besonderer Herzlichkeit seine Verehrung und Fürsorge. Er schenkt Lotte einen Toilettetisch; und er veranlaßt, daß auf seine Kosten Schillers Haus mit einem Blitzableiter versehen wird. Schiller Ende Mai an Cotta: »... der neue Beweis Ihrer Freundschaft und Liebe für mich und meine Familie... hat mich innig gerührt... Wir kennen einander nun beide gegenseitig, jeder weiß daß es der eine schwäbisch-bider mit dem andern meint und unser Vertrauen ist auf wechselseitige Hochschätzung gegründet; die höchste Sicherheit, deren ein menschliches Verhältniß bedarf.« – In diesem Jahr 1797 sollte Schillers Verhältnis zu Cotta eine ungeahnte Dimension erhalten. Goethe macht eine Schweizerreise und verbringt auf dem Wege zwei Wochen in Württemberg, dabei ganz den Empfehlungen

Schillers folgend: in Stuttgart sucht er die Gesellschaft von Rapp, Dannecker und anderen bildenden Künstlern aus der Akademie; in Tübingen nimmt er Wohnung bei Cotta. Heimgekehrt, hat er sich bei Schiller sehr behaglich über seine schwäbischen Bekanntschaften geäußert, besonders über Cotta – was Schiller nicht versäumt, diesem mitzuteilen. Darauf Cotta am 3. Oktober: »Sie haben mir durch Ihr Schreiben vom 21.h. eine unbeschreibliche Freude gemacht, da ich mir nur träumen lassen konnte, bei Göthe so wol angeschrieben zu seyn.« Cottas hochgespannte Erwartungen, die in diesem Brief anklingen, sollten sich verwirklichen; Schiller hat hierbei immer wieder Beweise seiner Menschenkenntnis, Geschäftsklugheit und Diplomatie gegeben.

»Es ist mir wie ein Traum, daß ich an Dich schreibe, Lieber, und ich kann es noch nicht recht glauben, und es ist mir, als ob Du auch kommen müßtest.« So beginnt ein Brief, den Lotte am 4. Juni 1798 von Rudolstadt an den in Jena zurückgebliebenen Schiller schreibt. Sie war mit dem kleinen Karl bei der Mutter zu Besuch. »Es hat mir einen Entschluß gekostet, Dich zu verlassen gestern, Liebster, mehr, als ich's sagte, und hätte ich meinem Gefühl gefolgt, so wäre ich geblieben, und doch hätte es mir weh getan, der chère mère nicht die Freude zu machen, sie freut sich so sehr über mich und den K. Aber sage mir ja offenherzig, wie es Dir am liebsten ist. Das Ernstchen sehe ich immer im Geist, und jedes Kind, das ich sehe von seinem Alter, rührt mich... Der Herr K. schreit und springt mit dem Prinz vor der chère mère ihren Fenstern herum und ist sehr lustig. Sei so gut und sage der Christine, daß sie meine Stube scheuert, wenn Du sie nicht brauchst eben. Ernstchen küsse von mir. Ich schließe Dich an mein Herz. Grüß Goethe, und schreib mir ja offenherzig, ob es Dir recht ist, wenn ich bleibe.«

Schillers Antwort: »Liebe Lolo! Eure gute Ankunft bei der chère mère freut mich herzlich. Das Wetter blieb auch hier den ganzen Nachmittag schön und beruhigte mich wegen Deiner Reise. Goethe kam Montag abend hier an und läßt Dich grüßen. Ernstchen ist wohl auf und unterhält mich an einem fort mit seinen vier Wörtern. Ich habe mich bis jetzt auch wohl befunden. Die Leute machen ihre Sachen recht, so daß Du wegen Deines längeren Ausbleibens ganz beruhigt sein kannst...« Vom Ehealltag besitzen wir natürlicherweise wenige Zeugnisse. Aber solche Briefe bei dem seltenen Getrenntsein der Gatten werfen ein Licht auf diesen innersten Bezirk. Und es ist einem wohl dabei.

Im Herbst des Jahres 1799 wird diese Zweisamkeit auf die

Feuerprobe gestellt. In der Nacht vom 11. zum 12. Oktober bringt Lotte ihr drittes Kind zur Welt, ein Mädchen, Karoline. Die Geburt verläuft gut, die Wöchnerin erholt sich, wenn auch langsam, das Kind gedeiht und erweist sich als »ein frommer ruhiger Bürger des Hauses«, wie an seinem elften Lebenstag der Vater an Goethe berichtet. Den Tag darauf fährt aus leidlich heiterem Himmel der Blitz. Schiller an Goethe: »Seit dem Abend, als ich Ihnen zuletzt schrieb, ist mein Zustand sehr traurig gewesen. Es hat sich noch in derselben Nacht mit meiner Frau verschlimmert, und ihre Zufälle sind in ein förmliches Nervenfieber übergegangen, das uns sehr in Angst setzt. Sie hat zwar für die große Erschöpfung, die sie ausgestanden, noch viel Kräfte, aber sie phantasiert schon seit drei Tagen, hat diese ganze Zeit über keinen Schlaf, und das Fieber ist oft sehr stark. Wir schweben noch immer in großer Angst, obgleich Starke jetzt noch vielen Trost gibt. Wenn auch das Ärgste nicht erfolgt, so ist eine lange Schwächung unvermeidlich. Ich habe in diesen Tagen sehr gelitten, wie Sie wohl denken können, doch wirkte die heftige Unruhe, Sorge und Schlaflosigkeit nicht auf meine Gesundheit, wenn die Folgen nicht noch nachkommen. Meine Frau kann nie allein bleiben und will niemand um sich leiden als mich und meine Schwiegermutter. Ihre Phantasien gehen mir durchs Herz und unterhalten eine ewige Unruhe. Das Kleine befindet sich gottlob wohl. Ohne meine Schwiegermutter, die ruhig und besonnen ist, wüßte ich mir kaum zu helfen.«

Goethe: »Ihr Brief, wertester Freund, hat mich auf das unangenehmste überrascht. Unsere Zustände sind so innig verwebt, daß ich das, was Ihnen begegnet, an mir selbst fühle.«

Es ist vier Wochen hindurch ein Kampf auf Leben und Tod, durchschauert noch von der Furcht vor einem dritten zwischen Leben und Tod klaffenden Ausgang in den Wahnsinn. Auf hitziges Fieber und wildes Phantasieren folgt, bei Fortdauer des Deliriums, eine ruhigere Phase, die in einen beängstigenden Zustand der Stumpfheit und Geistesabwesenheit übergeht. Überschattete anfangs die Sorge um das Leben der Frau alles andere, so wird die dritte und vierte Woche der Krise beherrscht von der Angst, sie könne ihren Verstand verlieren. »Gott weiß, wohin all dies noch führen soll, ich kenne keinen ähnlichen Fall...« (Am 4. November an Goethe) In diesem Brief führt Schiller übrigens alle Mittel auf, die der Hausarzt Starke einsetzt – ein tüchtiger Mann, der sinnvoll angewendet hat, was im Arsenal seiner Zeit vorhanden war; in der hitzigen Phase Opium, Moschus, Hyoscyamus, Chinarinde; gegen die Lethargie vor allem Kampfer.

Zumal in den ersten zwei Wochen geht Schiller auf in der Pflege seiner Frau, die chère mère zur Seite, deren Festigkeit, ausgeglichenes Temperament und praktischer Sinn sich in dieser Not bewähren. Der tüchtige Starke, die hilfsbereite Griesbach tun das ihre. Einmal, am 6. November, »weil der immerwährende quälende Anblick mich ganz niederdrückt«, fährt Schiller für Stunden nach Weimar, nimmt seinen Karl mit, der einige Tage bei Goethe bleibt. Schiller hat diese Zeit durchgestanden, ein starker Wille, der wohl nicht nur dem Bewußtsein entsprang, hat ihn aufrecht gehalten.

Der chère mère ist er in diesen Wochen nahe gekommen. Nach endlich überstandener Not wechseln Schwiegersohn und Schwiegermutter Briefe. Schiller: »Wie sehr, beste Chère Mère, wünschte ich Ihnen jetzt Ruhe, daß Ihre Gesundheit von der langen Anstrengung des Geistes und des Körpers sich recht erholen möge. Ich werde es mein Lebtag nie vergessen, wieviel Sie uns allen, und besonders mir gewesen sind, und wie man einander eigentlich nur im Unglück recht kennen lernt...« Frau von Lengefeld: »Noch habe ich nicht den Muth genung die unglükliche Zeit in Jena mir ganz zurük zu rufen, aber, als eine wohlthätige Erscheinung leuchtet mir aus solcher Ihre treue unermüdete Sorgfalt für meine gute Lollo entgegen, und ertheilt mir die frohe Zuversicht meine liebe Tochter unter allen Schicksalen des Lebens an Ihrer sanften und theilnehmenden Hand glücklich und versorgt zu wissen.«

Lotte hat sich, fast rätselhaft, vollständig erholt. Was sie ihrem Mann an hingebender Pflege geopfert hat, ist ihr in der eigenen Gefahr von ihm gegeben worden. Für einmal waren die Rollen von Tamino und Pamina vertauscht –

Du siehst die Schreckenspforten,
Die Not und Tod uns dräun.
Ich werde aller Orten
An Deiner Seite sein.

Wallenstein

Die Gestalt Wallensteins hatte Schiller fasziniert, als er sich in die Geschichte des Dreißigjährigen Krieges vertiefte. »... ein verdienter Offizier, der reichste Edelmann in Böhmen. Er hatte dem kaiserlichen Hause von früher Jugend an gedient...«: mit diesen Worten wird Wallenstein in Schillers Geschichtserzählung eingeführt. Er hat der Gestalt im zweiten Buch Farbe und scharfe

Umrisse verliehen. »Ein furchtbarer, zurückschreckender Ernst saß auf seiner Stirne, und nur das Übermaß seiner Belohnungen konnte die zitternde Schar seiner Diener festhalten« – heißt es in einer groß angelegten Charakterschilderung. Das wurde im Jahr 1790 geschrieben; der Dichter war frisch bestallter Professor und eben verheiratet. Es ist wahrscheinlich, daß die große Figur ihn schon zur dramatischen Bearbeitung gereizt hat, als er ihre historische Bedeutung und die Eigentümlichkeit ihres Charakters erkannt hatte. Im Januar 1791, unter dem ersten Ansturm der lebensgefährdenden Krankheit, hat Schiller zum erstenmal über ein solches Vorhaben gesprochen, und zwar mit Dalberg, der ihn damals wiederholt besucht hat.

Im Lauf jenes Jahres hat er, wie berichtet, von Karlsbad seinen Rückweg über Eger genommen, Wallensteins wegen. Es ist das einzige Mal, wo er einen Schauplatz eines seiner Dramen mit eigenen Augen gesehen hat – Eger, das Mordhaus, das Rathaus mit dem Porträt –; bis zur Burg hinauf hat es nicht gelangt. Die Orte des *Don Carlos*, der *Maria Stuart*, der *Jungfrau von Orleans*, der *Braut von Messina*, des *Wilhelm Tell* lagen weit entfernt, nie wäre Schiller auf die Idee verfallen, dorthin zu reisen. Eger, ziemlich am Weg gelegen, war ihm einen kurzen Aufenthalt wert; und es ist zu vermuten, daß mehr das Interesse des Historikers ihn an den Ort geführt hat als ein Bedürfnis des dramatischen Dichters. Dieser Dichter bedurfte der leiblichen Anschauung nicht.

Es ist bekannt, daß Schiller sich zwei Jahre später während seines Aufenthalts in Schwaben mit dem Stoff beschäftigt hat. Aber von diesen Ansätzen ist nichts erhalten geblieben. – Im Jahr 1796 war die Zeit gekommen, dieses Werk in Angriff zu nehmen. Wir können Schillers Annäherung an den ungeheuren Stoff nirgends besser verfolgen als in seinen Briefen an Goethe.

Am 18. März: »Ich habe an meinen Wallenstein gedacht, sonst aber nichts gearbeitet... Die Zurüstungen zu einem so verwickelten Ganzen, wie ein Drama ist, setzen das Gemüt doch in eine gar sonderbare Bewegung. Schon die allererste Operation, eine gewisse Methode für das Geschäft zu suchen, um nicht zwecklos herumzutappen, ist keine Kleinigkeit. Jetzt bin ich erst an dem Knochengebäude, und ich finde, daß von diesem, ebenso wie in der menschlichen Struktur, auch in dieser dramatischen alles abhängt. Ich möchte wissen, wie Sie in solchen Fällen zu Werk gegangen sind. Bei mir ist die Empfindung anfangs ohne bestimmten und klaren Gegenstand; dieser bildet sich erst später.«

Und es folgt der merkwürdige Satz: »Eine gewisse musikalische

Gemütsstimmung geht vorher, und auf diese folgt bei mir erst die poetische Idee.«

Dann vergeht mehr als ein halbes Jahr. Am 23. Oktober: »Wie lieb ist mir's, daß Sie bald wieder auf einige Tage kommen wollen... Zwar habe ich den Wallenstein vorgenommen, aber ich gehe noch immer darum herum und warte auf eine mächtige Hand, die mich ganz hineinwirft.« Darauf Goethe: »Ich wünsche sehr zu hören, daß der Wallenstein Sie ergriffe; es würde Ihnen und dem deutschen Theater recht wohl bekommen.« Schiller am 13. November: »Ich habe in dieser Zeit die Quellen zu meinem Wallenstein fleißig studiert, und in der Ökonomie des Stücks einige nicht unbedeutende Fortschritte gewonnen. Je mehr ich meine Ideen über die Form des Stücks rektifiziere, desto ungeheurer scheint mir die Masse, die zu beherrschen ist, und wahrlich, ohne einen gewissen kühnen Glauben an mich selbst würde ich schwerlich fortfahren können.«

Die Quellen... es sind im wesentlichen die, die ihm auch für seine *Geschichte des dreißigjährigen Krieges* zur Verfügung standen. Schiller hat oft über die geist- und herzlosen alten Schriften, die seichten und trockenen Bücher geklagt, mit denen er sich plagen müsse. Speziell für den *Wallenstein* hatte er zwei brauchbare Monographien, die von Schirach und die von Herchenhahn. Authentische Quellen standen ihm wenige zur Verfügung, etwa Murrs *Beiträge zur Geschichte des dreißigjährigen Krieges* mit Material aus Nürnberger Archiven. Golo Mann hat aufgezeigt, wie Schiller mit kritischer Intelligenz, aber auch mit fast schlafwandlerischer Intuition aus dürftigen Unterlagen der historischen Wirklichkeit nahe kommt, die uns heute, nach Erschließung der Archivalien und der Arbeit von Generationen, vor Augen steht.

Freilich ist es nicht der Sinn eines historischen Dramas, Historie wirklichkeitsgetreu auf die Bühne zu stellen. Aber wie es Schiller im *Wallenstein* gelungen ist, dichterische Gestaltung aus geschichtlicher Wahrheit zu nähren, ist zum Staunen. Die Hauptfigur weicht nur in einer Hinsicht beträchtlich von der Wirklichkeit ab: Der Feldherr im Drama ist im Vollbesitz seiner physischen und psychischen Kräfte – tatsächlich war Wallenstein am Ende seiner Laufbahn, damals in Pilsen und Eger, ein siecher Mann. Der Charakter des Helden der Tragödie ist der des historischen Wallenstein, seine Position gegenüber dem kaiserlichen Hof, der heillose Konflikt, in den er geraten, entspricht der Wirklichkeit in der großartigsten Weise. Golo Mann: »Das Wunder ist, daß die beiden Positionen: ›So brauche ich es für meine Tragödie‹, und: ›So muß es gewesen sein‹ – sich deckten. Es war, in der historischen Wirklichkeit, so, wie Schiller es für seine Tragödie brauchte.«

Feuer und Eis – man kommt um dieses krasse Bild nicht herum, wenn man den Dramatiker Schiller am Werk sieht; die feurigste schöpferische Phantasie gezügelt, in die Bahn gelenkt von einem hohen, kalten Verstand. Natürlich fühlt er sich von seinem Helden mächtig angezogen. Er schreibt aber, drei Tage nach seinem ersten an Goethe gerichteten Wallenstein-Brief, an Wilhelm von Humboldt: »Er hat nichts Edles, er erscheint in keinem einzelnen Lebens-Akt groß; er hat wenig Würde und dergleichen. Ich hoffe aber nichtsdestoweniger, auf rein realistischem Wege einen dramatisch großen Charakter in ihm aufzustellen... Hier im Wallenstein will ich es probieren und durch die bloße Wahrheit für die fehlende Idealität... entschädigen. Die Aufgabe wird dadurch schwerer und folglich auch interessanter, daß der eigentliche Realism den Erfolg nötig hat, den der idealistische Charakter entbehren kann... Seine Unternehmung ist moralisch schlecht, und sie verunglückt physisch. Er ist im einzelnen nie groß, und im Ganzen kommt er um seinen Zweck. Er berechnet alles auf die Wirkung, und diese mißlingt. Er kann sich nicht wie der Idealist in sich selbst einhüllen und sich über die Materie erheben, sondern er will die Materie sich unterwerfen und erreicht es nicht.«

Es ist fast unglaublich, mit welcher Eindringlichkeit Schiller und Goethe ihre Vorstellungen und Überlegungen in diesem Riesenstoff ausgetaucht haben. In den drei Jahren von der ersten brieflichen Erwähnung bis zur Uraufführung von *Wallensteins Tod* ist in mehr als hundert Briefen davon die Rede, und häufig in die Tiefe gehend. Und dazwischen liegen zahlreiche persönliche Gespräche! Goethes Beitrag ist beträchtlich, die Dreigliederung des Riesenstoffs geht auf ihn zurück. Vieles bleibt Gedankenaustausch ohne sichtbare Spur. Ein paar Tage vor der Uraufführung des *Lagers* schreibt Goethe: »Wie anders ist es, was man mit sich und unter Freunden ins Zarteste und Besonderste arbeitet! und was der fremden Masse im allgemeinsten vorgetragen werden soll!«

Immer wieder wird mit zupackender Umsicht korrigiert. In Marbach ist die Handschrift der *Piccolomini* bewahrt, ein Konvolut aus drei ineinandergehefteten Teilen, die sich im Format und in der Farbtönung des Papiers unterscheiden; sie sind in der steilen, deutlichen Manier eines Kopisten geschrieben, ein Blatt ist von Lottes Hand. In diese Manuskripte hinein ist immer wieder, im schönen, eiligen Schwung seiner Handschrift, Schillers Feder gefahren. Der erste Aufzug, erster Auftritt begann ursprünglich

ILLO: Gut, daß Ihr's seid, daß wir Euch heben! Wußt ich's doch Graf Isolan bleibt nicht aus, wenn sein Chef auf ihn gerechnet hat...

Schiller hat zunächst das Wort Chef ausgestrichen und durch das Wort Feldherr ersetzt. Dann aber ziehen Ausstreichungen wie Blitze über den ganzen wenig geglückten Anfang hin, nur die Worte Graf Isolan bleiben stehen – und nun lautet es:

ILLO: Spät kommt Ihr, doch Ihr kommt! Der weite Weg,
Graf Isolan, entschuldigt Euer Säumen...

Mit keinem Stoff hat Schiller je so gerungen wie mit diesem.

»Er stand vom Schreibtisch auf, von seiner kleinen gebrechlichen Schreibkommode, stand auf wie ein Verzweifelter und ging mit hängendem Kopfe in den entgegengesetzten Winkel des Zimmers zum Ofen, der lang und schlank war wie eine Säule. Er legte die Hände an die Kacheln, aber sie waren fast ganz erkaltet, denn Mitternacht war lange vorbei, und so lehnte er, ohne die kleine Wohltat empfangen zu haben, die er suchte, den Rücken daran, zog hustend die Schöße seines Schlafrockes zusammen, aus dessen Brustaufschlägen das verwaschene Spitzen-Jabot heraushing, und schnob mühsam durch die Nase, denn er hatte den Schnupfen wie gewöhnlich.«

So beginnt die kleine Prosaskizze *Schwere Stunde*, die der junge Thomas Mann 1905 für die Schillernummer des *Simplicissimus* geschrieben hat, anläßlich der 100. Wiederkehr des Todestags. Mit der Einfühlungskraft und Feinheit eines Meisters hat er den an seinem Riesenvorhaben schier verzweifelnden Dichter gezeichnet, und er faßt dabei eine ganz spezifische Schaffenskrise ins Auge: »Nein, es mißlang, und Alles war vergebens! Die Armee! Die Armee hätte gezeigt werden müssen! Die Armee war die Basis von Allem! Da sie nicht vors Auge gebracht werden konnte – war die ungeheure Kunst denkbar, sie der Einbildung aufzuzwingen?«

Die Armee hätte gezeigt werden müssen – das war in der Tat ein Hauptproblem für Schiller. Das sollte in der Form eines Prologs geschehen, aber daraus hat sich *Wallensteins Lager* entwickelt. Schiller am 21. September 98 an Goethe: »Eine schlaflose Nacht, die ich heute gehabt, und die mir den ganzen Tag verdorben, hat mich verhindert, den Prolog noch für heute zu expedieren; überdies hat der Abschreiber mich sitzen lassen. Ich denke, in der Gestalt, die er jetzt bekommt, soll er als ein lebhaftes Gemälde eines historischen Moments und einer gewissen soldatischen Existenz ganz gut auf sich selber stehen können. Nur weiß ich freilich nicht, ob alles, was ich dem Ganzen zulieb darin aufnehmen mußte, auch auf dem

Theater wird erscheinen dürfen. So ist z. B. ein Kapuziner hinein gekommen, der den Kroaten predigt, denn gerade dieser Charakterzug der Zeit und des Platzes hatte mir noch gefehlt.«

Goethe zieht aus seinen Büchern einen Predigtband des Abraham a Santa Clara hervor und schickt ihn Schiller. Es pressiert. Erst zwei Tage vor der Aufführung des *Lagers* sendet Schiller die von Goethe dringend angemahnte Predigt: »Hätt ich gedacht, daß die Kapuzinerpredigt morgen früh nicht zu spät kommen würde, so hätte sie noch besser ausfallen müssen. Im Grund macht es mir große Lust, auf diese Fratze noch etwas zu verwenden; denn dieser Pater Abraham ist ein prächtiges Original, vor dem man Respekt bekommen muß, und es ist eine interessante und keineswegs leichte Aufgabe, es ihm zugleich in der Tollheit und in der Gescheitigkeit nach- oder gar zuvorzutun.«

Zu den Problemen, die dem Dichter im Fortgang der Tragödie besonders zu schaffen machten, gehört das Insbildsetzen des Astrologischen. Schiller am 8. Dezember 98 an Goethe: »Der Fall ist sehr schwer, und man mag es angreifen, wie man will, so wird die Mischung des Törichten und Abgeschmackten mit dem Ernsthaften und Verständigen immer anstößig bleiben. Auf der andern Seite durfte ich mich von dem Charakter des Astrologischen nicht entfernen und mußte dem Geist des Zeitalters nahe bleiben, dem das gewählte Motiv sehr entspricht.« Goethe postwendend: »Ich muß also um Aufschub bitten, bis ich meine Gedanken über Ihre Anfrage sammeln kann.« Und drei Tage später: »Der astrologische Aberglaube ruht auf dem dunkeln Gefühle eines ungeheuren Weltganzen. Die Erfahrung spricht, daß die nächsten Gestirne einen entschiedenen Einfluß auf Witterung, Vegetation usw. haben; man darf nur stufenweise immer aufwärts steigen, und es läßt sich nicht sagen, wo diese Wirkung aufhört. Findet doch der Astronom überall Störungen eines Gestirns durchs andere; ist doch der Philosoph geneigt, ja genötigt, eine Wirkung auf das Entfernteste anzunehmen. So darf der Mensch im Vorgefühl seiner selbst nur immer etwas weiter schreiten und diese Einwirkung aufs Sittliche, auf Glück und Unglück ausdehnen. Diesen und ähnlichen Wahn möchte ich nicht einmal Aberglauben nennen, er liegt unserer Natur so nahe, ist so leidlich und läßlich als irgend ein Glaube.« Schiller: »Es ist eine rechte Gottesgabe um einen weisen und sorgfältigen Freund...«

Schiller hat die Sternenszene schließlich an den Beginn von *Wallensteins Tod* gestellt:

Laß es jetzt gut sein, Seni. Komm herab.
Der Tag bricht an, und Mars regiert die Stunde.
Es ist nicht gut mehr operieren. Komm!
Wir wissen gnug.

Sollen wir das Wort wagen, die *Wallenstein*-Trilogie sei Schillers abolutes Meisterwerk, der Gipfel seines Schaffens? Würfe man damit einen Schatten auf die nachfolgenden Dramen? Solche Wertung gehört nicht zu den Aufgaben des Biographen. Eher steht ihm zu, darauf hinzuweisen, wie stark uns Schiller selbst, der Dichter, der Philosoph, der Historiker aus diesem Werk anblickt. – Aus dem großen Monolog im *Tod*:

Du willst die Macht,
Die ruhig, sicher thronende erschüttern,
Die in verjährt geheiligtem Besitz,
In der Gewohnheit fest gegründet ruht,
Die an der Völker frommem Kinderglauben
Mit tausend zähen Wurzeln sich befestigt.

»Das trifft den Nerv des Problems« hat Golo Mann dazu bemerkt. Geschmiedete, gehämmerte Worte – kein Wunder, daß Dutzende von Zitaten aus diesem Werk »geflügelt« in den Sprachgebrauch eingegangen sind.

Ein historisches Drama wie dieses wirft sein Licht auf die verschiedensten geschichtlichen Situationen in welcher Zeit oder an welchem Ort immer. Dem Zeitgenossen der Hitlerherrschaft und des nachfolgenden Aufräumens und Besinnens muß auffallen, wie die Rolle des Befehlsempfängers im Wallenstein beleuchtet ist.

Wir Subalternen haben keinen Willen,
Der freie Mann, der mächtige allein
Gehorcht dem schönen menschlichen Gefühl.
Wir aber sind nur Schergen des Gesetzes,
Des grausamen, Gehorsam heißt die Tugend,
Um die der Niedre sich bewerben darf –

So jammert Gordon, als Buttler ihn zur Entscheidung nötigt. Und in der Szene, in der Buttler die anfangs widerstrebenden Offiziere Deveroux und Macdonald zur Mordtat dingt, tut der letztere den wahrhaft klassischen Ausspruch

Wir denken *nicht* nach. Das ist deine Sache!
Du bist der General und kommandierst,
Wir folgen dir, und wenns zur Hölle ginge.

Übrigens knistert dieser Auftritt von einem vertrackten Humor. »Ja, das ist wahr, man hat auch ein Gewissen« – versucht sich Macdonald zu wehren. Und da Buttler argumentiert, der Kaiser selbst wünsche Wallensteins Tod, versucht Deveroux einzuwenden

Ists des Kaisers Will?
Sein netter, runder Will? Man hat Exempel,
Daß man den Mord liebt und den Mörder straft.

Buttler dringt durch. Deveroux: »Wärs nur vorüber, Macdonald...« Schiller war Dichter, Philosoph, Historiker – war er nicht auch ein großer Menschenkenner? (Er war es; allerdings nur in bezug auf Männer; seinen Frauengestalten haftet fast sämtlich etwas Unwirkliches an.)

Am 12. Oktober 98 Uraufführung des *Lagers* am Hoftheater. Schiller war mit Lotte und Wolzogens am Tag zuvor nach Weimar gefahren und hatte der Hauptprobe beigewohnt. Die Aufführung entsprach den Erwartungen (Schiller an Körner: Das Publikum ergötzte sich. Die große Masse staunte und gaffte das neue dramatische Monstrum an; Einzelne wurden wunderbar ergriffen) – danach feierte der Dichter mit den Schauspielern im Gasthof zum Elefanten. Als der Wein zu wirken begann, hielt Schiller die Kapuzinerpredigt, und hier war sein kaum abgeschliffener schwäbischer Akzent einmal angemessen – hat doch auch das grobkörnige Deutsch des Abraham a Santa Clara alias Ulrich Megerle ein schwäbisches Fundament.

Ein Vierteljahr später folgte die Uraufführung der *Piccolomini*. Am 4. Januar reist Schiller mit seiner Familie nach Weimar und bezieht im Schloß ein behagliches Quartier. Es sind, bei passabler Gesundheit, Wochen schöner Geselligkeit; tägliches Zusammensein mit Goethe, Einladungen bei Hofe, alte Bekanntschaften: die Kalbs, Herder, Wieland, Bertuch... auch Jean Paul, mit dem er zum erstenmal tiefer ins Gespräch kommt (ein Mensch, der sehr seltsame und skeptische Gedanken über das Theater hat); Leseproben des Stücks, Theaterbesuch, man gibt Mozarts *Hochzeit des Figaro*.

Am 29. Januar Generalprobe der *Piccolomini*, am nächsten Abend die Uraufführung vor ausverkauftem Haus; der Kampf um die Plätze hatte derartige Ausmaße angenommen, daß sich Professorenfamilien deswegen verfeindeten... Graff, noch ziemlich jung, aber mit einer ausdrucksvollen derben Physiognomie, spielt den Wallenstein; Schiller: »In seiner gefühlvollen Darstellung erschien die dunkle, tief mystische Natur vorzüglich glücklich.« Die Thekla wird von der Jagemann gespielt, Karl August innig verbunden, später seine selbstbewußte Maitresse en titre; Vohs spielt den Max. »Sooft Vohs und Demoiselle Jagemann auftraten, verbreitete sich eine sichtbare Heiterkeit über Schillers Gesicht, und wenn dem ersteren eine Darstellung so recht nach der Idee des Verfassers gelang, schien mir ein kaum merkbares Nicken des Kopfes sein Einverständnis mit dem Mimen anzudeuten.« So berichtet ein Student namens Friedrich, der in seiner Nähe saß, und seine Beobachtung erinnert an Andreas Streichers Schilderung Schillers bei der Uraufführung von *Kabale und Liebe*. In Schillers Loge saß Henrich Steffens, Norweger, Naturwissenschaftler, dem Kreis der Romantiker zugehörig; derselbe, dessen beängstigende erste Bekanntschaft mit den Jenenser Studenten im Kapitel *Die Professur* erwähnt wurde. Schiller zu Steffens: »Durch eine solche Aufführung lernt man erst sein eigenes Stück kennen; es erscheint veredelt durch die Darstellung, es ist, so ausgesprochen, besser, als ich es schrieb.« Von Zeit zu Zeit erschien Goethe in der Loge, nicht aufgeregt, aber tief zufrieden.

Wieder ein Vierteljahr später, am 20. April, erfolgt die Uraufführung des dritten Teils, damals unter dem Titel *Wallenstein*. »Der Wallenstein hat auf dem Theater in Weimar eine außerordentliche Wirkung gemacht und auch die Unempfindlichsten fortgerissen.« (Schiller an Körner) Lotte schreibt der Schwägerin Christophine von der Ergriffenheit, die im ganzen Theater geherrscht habe: »Mich selbst hat die Vorstellung so gerührt, daß ich mich nicht zu fassen wußte; ob ich gleich Alles kannte und Schiller es mir mehr als einmal gelesen hatte, so war der Effekt derselbe, als ob ich es zuerst dargestellt sähe.« Der Herzog beglückwünscht den Dichter. Wallenstein hat Schillers Ruhm in ganz Deutschland und weit darüber hinaus leuchten lassen. In London wetteifert man um die Übersetzerrechte (woraus für den Dichter und seinen Verleger Verdrießlichkeiten erwachsen sollten). Auswärtige Bühnen zahlen ungewöhnlich hohe Honorare. Die Kritik nimmt vielfach hymnische Züge an.

Das Weimarer Hoftheater aber und Schiller gehören von nun an zusammen.

Die Residenz

»Die wenigen Wochen meines Aufenthalts in Weimar und in größerer Nähe Eurer Durchlaucht im letzten Winter und Frühjahr haben einen so belebenden Einfluß auf meine Geistesstimmung geäußert, daß ich die Leere und den Mangel jedes Kunstgenusses und jeder Mitteilung, die hier in Jena mein Loos sind, doppelt lebhaft empfinde. So lange ich mich mit Philosophie beschäftigte, fand ich mich hier vollkommen an meinem Platz; nunmehr aber da meine Neigung und meine verbesserte Gesundheit mich mit neuem Eifer zur Poesie zurückgeführt haben, finde ich mich hier wie in eine Wüste versetzt.« So schreibt Schiller im Herbst des Jahres 1799 an Herzog Karl August. Der hatte ihm schon im Frühjahr, nach der Uraufführung von *Wallensteins Tod*, nahegelegt, nach Weimar umzuziehen. So nimmt er Schillers Absicht mit herzlichem Wohlwollen auf. »Ihre Gegenwart wird unsern gesellschaftlichen Verhältnissen von Nutzen sein, und Ihre Arbeiten können Ihnen vielleicht erleichtert werden, wenn Sie den hiesigen Theaterliebhabern etwas Zutrauen schenken und sie durch Mitteilung der noch im Werden seienden Stücke beehren wollen. Was auf die Gesellschaft wirken soll, bildet sich gewiß auch besser, wenn man mit mehreren Menschen umgeht, als wenn man sich isoliert. Mir besonders ist die Hoffnung sehr schätzbar, Sie oft zu sehen und Ihnen mündlich die Hochachtung und Freundschaft wiederholt ausdrücken zu können, die ich für Sie hege.« Und er sagt zu, Schillers Gehalt um 200 Thaler (jährlich, versteht sich) zu erhöhen.

Die bevorstehende Niederkunft Lottes und ihre darauf folgende schwere Erkrankung stehen einem Umzug einstweilen im Wege, der aber, kaum daß diese Not überwunden ist, mit allem Nachdruck betrieben wird. Eine anständige, geräumige Wohnung war gefunden, was in der kleinen Residenz mit ihren rund achthundert Häusern nicht einfach war. Doch ließ sich die Sache im Bekanntenkreise und unter Goethes umsichtiger Assistenz erledigen. Es war die Wohnung, die bisher Kalbs innegehabt hatten und die ihnen zu aufwendig geworden war, in der Windischengasse beim Rathaus; die Jahresmiete betrug 122 Thaler, also fast ein Drittel von Schillers nunmehr erhöhtem Jahresgehalt; Hausherr war der Perückenmacher Müller, ein Mann von Reputation, der nebenher Geldmaklergeschäfte betrieb. Am 3. Dezember wird die Wohnung bezogen, einstweilen von Schiller mit dem kleinen Ernst und den Dienstboten. Lotte, gerade genesen, ist mit Karl und dem Säugling zu Gast bei der Frau von Stein. In diesen zwei Wochen haben sich die Gatten, klein, wie das Städtchen war, nicht nur täglich gesehen, sondern Schiller hat seiner Frau nicht weniger als acht Briefe geschrieben –

»Noch einen herzlichen Gruß an meine liebe Lolo. Ich bin ganz beruhigt, da ich sie heute so wohl gefunden und bei unserer lieben Fr.v.St. so gut aufgehoben weiß. Alle Erinnerungen an die letzten acht Wochen mögen in dem Jenaer Tal zurückbleiben, wir wollen hier ein neues, heiteres Leben anfangen. Gute Nacht, liebes Kind, meine herzlichen Grüße an die Gesellschaft, die bei Dir ist. Hier schicke ich ein Pulver, das über eine Bouteille kaltes Wasser gegossen und in eine gelinde Wärme gestellt wird, wie chère mère weiß. Das andere ist von der Apotheke bestellt.«

»Ich mache eben Feierabend von meinem Geschäft und sage meiner guten Maus noch einen Gruß. Ich benutze diese Tage der Zerstreuung, um jedes Geschäft abzutun, bei dem ich mich nicht erheitern kann, und so werde ich, wenn Du wieder da bist, mit desto mehr Lust und Stimmung zu meiner wahren Tätigkeit zurückkehren.«

»... es fängt nun an recht freundlich und bewohnlich im Haus zu werden. Der lieben Lolo wird es gewiß wohl darin gefallen.« Der letzte dieser Zettel eines liebevollen Gatten und umsichtigen Hausvaters enthält übrigens einen Hinweis, der den, der die Bräuche der Zeit kennt, stutzen läßt. Es heißt darin, es sei zweckmäßig, in einem bestimmten Zimmer zu schlafen, »des Badens wegen«. Man erinnert sich an die Badeeinrichtung in der Jenaer Gartenzinne. Es scheint, daß Schiller einen für seine Zeit ganz ungewöhnlichen Umgang mit Wasser gehabt hat.

Man erinnert sich an Schillers ersten Aufenthalt in Weimar anno 1787. Es war keine Liebe auf den ersten Blick gewesen. »Die Stadt selbst, das innere Weimar, zeichnet sich weder durch Größe noch durch den Geschmack aus, der es bewohnt. Weimar erscheint in diesem Stücke wie seine Genie's, die wenig auf das Äußere halten. Doch erblickt das Auge hier allenthalben Reinlichkeit und Ordnung; und wenn auch der Geschmack durch die Gestalt dieser kleinen Stadt eben nicht erfreut wird, so stößt er doch auch nirgend auf etwas, das ihn beleidigen könnte. Dem wallfahrtenden Kunstjünger... erscheint Weimar herrlich wie das schöne Heiligtum der Musen... Aber daran haben Bauart, Häuser, Straßen und Verzierungen keinen Teil... Doch fehlt es nicht an gewissen äußeren Zeichen, wodurch diese Stadt der Muse sich dem aufmerksamen

Fremden gleich bei seinem Eintritte ankündiget. Fast aus jedem Fenster betrachtet ihn ein Feiertagsgesicht mit neugierig musternden, aber freundlichen Blicken. Ein liberales, gefälliges gastfreundliches Wesen, ein schöner Gesang aus einem oft unansehnlichen Häuschen, die Töne verschiedener musikalischer Instrumente daher und dorther sagen dir, daß du in Weimar bist. – Bei allem dem wirst du wohl tun, wenn du wohlgekleidet und mit einer imposanten Miene erscheinst. Der Weimaraner ist gebildet aber kleinstädtisch.« So schildert ein gewisser Joseph Rückert das Weimar von 1799. Vom Park, von den »Lustgefilden Weimars«, weiß er viel zu rühmen.

Der Mittelpunkt der Residenz, das Schloß, das so lange als Brandruine dagestanden hatte, war nun wieder aufgebaut und wurde ziemlich prächtig eingerichtet. Goethe hatte bei seinem Besuch in Stuttgart den dortigen Hofbaumeister Thouret angeworben; mit ihm war der Theatermaler Heideloff gekommen (einer der Zuhörer bei der *Räuber*-Lesung am Bopserwald); denn auch das Hoftheater sollte in neuem Glanz strahlen.

Als Musensitz, als »deutsches Athen« hatte Weimar im Lauf weniger Jahrzehnte sein Gesicht wiederholt gewandelt. Der Ruhm, den Anfang gemacht zu haben, gebührt Anna Amalia, die den Abstand zwischen ihrer heimatlichen Residenz Braunschweig und dem armseligen, langweiligen Weimar schmerzlich empfunden hatte (Herder: das wüste Weimar, ein Mittelding zwischen Dorf und Hofstadt). Die Plagen, die der Siebenjährige Krieg über das kleine Land und über die kleine Stadt brachte, haben es ihr bitter schwer gemacht, ihrer Residenz aufzuhelfen. Ein großer Schritt dazu war getan, als Wieland als Prinzenerzieher gewonnen wurde. Im Dezember 1775 kommt Goethe, den der junge Herzog Karl August auf einer Reise kennengelernt hatte – kommt, 26jährig, zu dem mit seinen 18 Jahren schon regierenden Herzog, und bleibt in Weimar, bleibt Karl Augusts Freund und Diener bis zu dessen Tod, mehr als ein halbes Jahrhundert lang. Frau Aja, Goethes Mutter, im Mai 1776 an Klinger, der auf ihre Kosten in Gießen studiert: »Weimar muß Vors Wiedergehn ein gefährlicher Ort seyn, alles bleibt dort, nun wenns dem Völklein wohl ist, so gesegnes ihnen Gott.«

Daß Karl August Goethe geholt hat, hat seinem Weimar zu Weltruhm verholfen. Es kam nicht selten vor, daß Thronfolger fast noch im Knabenalter zur Regierung ihres Landes berufen wurden; Carl Eugen von Württemberg war sechzehn gewesen. Aber selten hat ein so junger Fürst das Zeug dazu gehabt, sich von Anfang an zu bewähren. Merck, der geistvolle Freund des jungen Goethe, dem Weimarer Hof nahestehend, seit der junge Herr eine Prinzessin aus Darmstadt geheiratet hatte – Merck nennt den jungen Karl August einen »der respectabelsten und gescheutesten Menschen, die ich je gesehen habe«. Und etwas später rühmt er gegenüber Lavater »das tiefste Gefühl für Schönheit der Natur in Bäumen und Menschen, das er wie einen Schatz im Busen trägt, voller Taciturnität [Schweigsamkeit] und einer unglaublichen Toleranz gegen alles Schiefe, was ihn an Menschen und Sachen umgibt«. Er sei ein Mann, den man nicht mehr entbehren wolle, »und wenn man auch zehn Jahre mit ihm in einem Zimmer schliefe und Tobak rauchte«. Höchstes Lob für einen Fürsten (und gar für einen so jungen!): »Er riecht Schmeicheleien, sogar solche die Goethen gemacht werden, auf hundert Meilen weit.« Und dann: »Goethe liebt ihn wie keinen von uns, weil vielleicht keiner ihn so nöthig hat, als dieser, und so wird ihr Verhältniss ewig dauern –«

Goethes erster wichtiger Entschluß im Dienste seines jungen Herrn war die Berufung Herders, den er von Straßburg her kannte, auf die Stelle des Superintendenten. Es entsprach der Gesinnung Karl Augusts, daß auf dieses höchste Kirchenamt in seinem Land ein geistvoller und toleranter Mann gesetzt wurde, und kein engstirniger Orthodoxer. Auf Herders Berufung sollte die Schillers folgen, dann die von Fichte. So ist dieses zwergenhafte Staatswesen geistig ins Große gewachsen.

> Klein ist unter den Fürsten Germaniens freilich der meine;
> Kurz und schmal ist sein Land, mäßig nur, was es vermag.
> Aber so wende nach innen, so wende nach außen die Kräfte
> Jeder: da wärs ein Fest, Deutscher mit Deutschen zu sein.

So Goethe in den *Venezianischen Epigrammen.* Bei allen guten Gaben des Charakters und des Verstandes, die dem Herzog eigen waren, die ersten Jahre seiner Regierung waren nicht durch Weisheit und Stetigkeit ausgezeichnet. »Ich leugne nicht, er hat mir anfänglich manche Sorge und Not gemacht« hat sich Goethe im Alter zu Eckermann geäußert. Doch hat sein Land unter dem jägermäßigen Dahinbrausen des jungen Fürsten weit weniger gelitten als, vergleichsweise, Württemberg unter den Jugendtorheiten Carl Eugens, seiner Verschwendung und einer üblen Cliquenwirtschaft. Von Anfang an waren es ernsthafte Bemühungen um das Wohl des Landes, Bergwesen, Wiesenbewässerung, die den hellen Geist der beiden großen Freunde beschäftigten. Goethe in dem Gedicht *Ilmenau* (Anmutig Tal! du immergrüner Hain!):

Ich sehe hier, wie man nach langer Reise
Im Vaterland sich wiederkennt,
Ein ruhig Volk in stillem Fleiße
Benutzen, was Natur an Gaben ihm gegönnt.
Der Faden eilet von dem Rocken
Des Webers raschem Stuhle zu,
Und Seil und Kübel wird in längrer Ruh
Nicht am verbrochnen Schachte stocken;
Es wird der Trug entdeckt, die Ordnung kehrt zurück,
Es folgt Gedeihn und festes irdsches Glück.

So mög, o Fürst, der Winkel deines Landes
Ein Vorbild deiner Tage sein!
Du kennest lang die Pflichten deines Standes...

Aufgeklärter Absolutismus, praktischer Merkantilismus in Versen.

Frühzeitig wurde auch Karl Augusts leidenschaftliches Interesse an der auswärtigen Politik wach. Freilich war er einer der kleinen, fast einer der kleinsten Reichsfürsten und war sich dessen bewußt. Aber bei der Trägheit und Gleichgültigkeit nicht weniger Fürsten erhielten das Temperament und die Intelligenz des Herzogs von Weimar-Eisenach Gewicht. – Nach dem Siebenjährigen Krieg war die Politik im Reich noch immer vom preußisch-österreichischen Gegensatz beherrscht. Jetzt freilich hatte man es mit einem saturierten, auf die Sicherung seines vergrößerten Bestandes bedachten Preußen zu tun, während in Österreich die von Kaunitz klug beratene Maria Theresia den Tatendrang ihres Sohnes Joseph II. (seit 1765 Kaiser und in seinen Erblanden Mitregent seiner Mutter) zu zügeln verstand. Der Tod des bayrischen Kurfürsten Max Joseph – infolge dessen Karl Theodor von Mannheim nach München hatte ziehen müssen – drohte dieses Gleichgewicht zu stören; Joseph II. hätte gern den Verlust Schlesiens durch die Einnahme Bayerns wettgemacht. Gegen solche Bestrebungen rief Friedrich der Große den »Fürstenbund« ins Leben. Karl August reiste mit Goethe nach Berlin. Der König war schon vorsorglich im Feldlager. Man verhandelte also mit Hof und Kabinett, wobei man »über den großen Menschen seine eigenen Lumpenhunde räsonnieren hörte« – wie Goethe an Merck schrieb. Karl August ist damals nicht als überzeugter Preußenfreund aus Berlin zurückgekehrt. Späterhin hat er sich schrittweise der preußischen Politik genähert, so sehr, daß er zu Goethes großer Besorgnis sein eigenes Land fast darüber vernachlässigte.

Karl Augusts preußische Phase begann mit dem Tode des großen Königs. Dessen Neffe und Nachfolger Friedrich Wilhelm II. schenkte dem Vetter aus Weimar in hohem Maße sein Vertrauen; er spannte ihn in verschiedene diplomatische Aktionen ein, unter anderem zugunsten des befreundeten Dalberg in der Mainzer Nachfolge. Ein ungewöhnlicher Schritt war es, daß Karl August ein Kommando im preußischen Militärdienst annahm. Das vertrug sich zwar mit der weitmaschigen Verfassungswirklichkeit des noch immer leise atmenden Heiligen Römischen Reichs deutscher Nation, wurde aber doch als eine Demonstration empfunden. Ein Hauptgrund war Karl Augusts elementare Freude am Soldatenspiel, das sich freilich im preußischen Maßstab anders betreiben ließ als im weimarischen. Karl August hat den kurzen Hollandfeldzug 1787/88 mitgemacht und dann 1792 die Kampagne in Frankreich, unvergeßlich durch Goethes Tagebuch. Zu Beginn des Jahres 1794 wurde er seinem Wunsch gemäß unter Beförderung zum Generalleutnant aus dem preußischen Heeresdienst entlassen.

Als Schiller aus Württemberg ins Herzogtum Sachsen-Weimar zurückkehrte, war Karl Augusts preußische Periode also gerade zu Ende gegangen. Und als er nach Weimar zieht, läßt er sich in einer Residenz nieder, in der der Fürst kraftvoll wirkend präsent ist.

Weimar hatte bereits einen Ruf in der Welt und zog die Fremden an. »Endlich sind wir heute am Sitz so vieler großer Geister angelangt« schrieb schon 1784 Sophie Becker, die Reisebegleiterin der Elise von der Recke, in ihr Tagebuch. Vor allem die Engländer hatten die unauffällige kleine Stadt als Merkwürdigkeit entdeckt. Karl August sarkastisch: »Von Engländern wimmelt's in Weimar... Das wird recht Hochblut in die Rasse bringen und geradere Kreuze wie bisher.« (1797 an Knebel) Groß war die Zahl mehr oder minder gebildeter Fremder, die angereist kamen und mit ihren Empfehlungsschreiben reihum bei den Berühmtheiten ihre Aufwartung machten. Nun hatten sie neben Goethe, Wieland, Herder auch Schiller hier – von den ansehnlichen Minores, den Bertuch, Bode, Meyer e tutti quanti zu schweigen.

Niemand war über Schillers Umsiedlung nach Weimar so froh wie Goethe. Wieviel Behagen spricht aus den Billetts, die er im Dezember 99 von Haus zu Haus dem eben Angekommenen schickt: »Ich dächte, Sie entschlössen sich, auf alle Fälle um halb neun Uhr zu mir zu kommen. Sie finden geheizte und erleuchtete Zimmer, wahrscheinlich einige zurückgebliebene Freunde, etwas Kaltes und ein Glas Punsch. Alles Dinge, die in diesen langen Winternächten nicht zu verachten sind.« Und zwischen Weihnachten und Silvester: »Ich frage an, ob Sie mich heute abend ein wenig besuchen wollen? Sie können sich ins Haus bis an die große Treppe tragen lassen, damit Sie von der Kälte weniger leiden. Ein Gläschen Punsch soll der warmen Stube zu Hilfe kommen, ein frugales Abendessen steht nachher zu Befehl.«

Überblickt man Schillers Geselligkeit in seinen letzten Lebensjahren, so staunt man über die alles überragende Bedeutung seines Verkehrs mit Goethe. Es war sonst nicht viel. Sein Verkehr bei Hof läßt sich stattlich an – im Januar 1800 finden wir ihn innerhalb zweier Wochen bei Anna Amalia eingeladen, dann bei der Herzogin Luise, dann allein als Gast zum Diner bei Karl August. Aber später sieht man ihn seltener bei den allerhöchsten Herrschaften, was seinen Hauptgrund in seiner ewig schwankenden Gesundheit hat. Man darf daraus nicht auf eine Gleichgültigkeit gegen seine Person schließen; schon gar nicht seitens des Herzogs. Übrigens kam er mit diesen Herrschaften während der Saison ständig im Theater zusammen. Schiller hat in seiner Wohnung in der Windischengasse nicht viele Gäste gesehen. Es kommen alte Bekannte aus Jena, Cotta regelmäßig auf dem Weg zur Leipziger Buchmesse und zurück. Es kommen Fremde, von denen nicht jeder zum Ziel seiner Neugierde vordringt, häufiger Unpäßlichkeit des Dichters wegen.

Zu denen, die Glück hatten, zählte der dänische Dichter Balthasar Bang, ein Jüngling damals und voll Gefühl: »Als unser Gespräch nach etwa dreiviertel Stunden zu Ende war, nahm ich Abschied, er reichte mir mit einem unbeschreiblich reizenden Lächeln die Hand. Wie ich nun mit tränendem Auge zu ihm emporblickte, um mir jede Linie dieser teuren Züge einzuprägen, die ich wahrscheinlich nie mehr wiederzusehen hoffen konnte, umfaßte er mit seinen lieben Händen meinen Kopf und drückte mir einen Kuß auf die Stirn, wodurch ich für ewig dem Kultus der Musen geweiht wurde.« Auch Seume, der eine Weile Korrektor in Göschens Druckerei war, hat Schiller zu guter Stunde angetroffen. Er hat später der russischen Kaiserin Maria Feodorowna (einer württembergischen Prinzessin) den Dichter mit seinem zweijährigen Töchterlein auf dem Arm sehr liebenswürdig geschildert. Mit Seume waren der Maler Schnorr von Karolsfeld und ein Engländer namens Robinson, der »the second man in Weimar« kühl besah. »Schiller's manners were awkward. He seemed not to be at his ease.« Wobei »awkward« am ehesten mit »verquer« zu verdeutschen ist.

Im November 1801 erscheint ein Besuch aus Berlin, und er wäre nicht zu wiederholten Malen empfangen worden, wenn Schiller in ihm nicht einen erstaunlich klugen, weltkundigen und beredten Gesprächspartner gefunden hätte: Friedrich von Gentz, Literat und Diplomat, damals in preußischen, später in österreichischen Diensten. Die Eitelkeit, die Selbstverliebtheit dieses bedeutenden Menschen feiern in Weimar Triumphe. Er sieht *Wallensteins Tod* aus Schillers Loge; anschließend Souper bei Schiller, in Anwesenheit Goethes und der von Gentz angehimmelten Dichterin Amalie von Imhoff; dazu der Kunstprofessor Meyer und der Kammerrat Riedel. Solche Gesellschaften waren bei Schiller selten. Und so geht es durch während der zwei Wochen, in denen Gentz Weimar beehrt. Großes Souper, in Schillers Anwesenheit, auch bei Kotzebue; über ihn ein Wort im folgenden Kapitel. Schiller hat das Gespräch mit Gentz genossen; Golo Mann meint in seinem Jugendwerk über Gentz, es müsse »zum Höchsten, was die Kultur der Wechselrede je irgendwo auf Erden hervorbrachte, gehört haben«.

Sein Verkehr mit Goethe hatte einen anderen Rang, eine andere Dimension als die ganze sonstige Geselligkeit. Als Schiller im Februar und März 1800 an einem »Nervenfieber« lag, hat Goethe ihn häufig, in einer Woche fast täglich besucht, bis er selbst erkrankte. Und Schillers erster noch recht mühsamer Ausgang gilt ihm, obwohl er noch unsicher auf den Beinen ist. »Meine Krankheit muß sehr hart gewesen sein, denn jezt in der sechsten Woche fühle ich noch immer die schweren Folgen, die Kräfte sind noch immer sehr weit zurück, daß ich mit Mühe die Treppe steige, und noch mit zitternder Hand schreibe –«: so am Tag darauf an Körner. Goethe ist in Schillers letzten Lebensjahren der ständige Gefährte, mitdenkend, mitstrebend, mitfühlend, mitleidend. Das kommt vielleicht nirgends so zum Ausdruck wie in dem Brief, den Schiller am 23. November 1800 nach Kopenhagen an die Gräfin Schimmelmann geschrieben hat über »meine Bekanntschaft mit Göthen, die ich auch jezt, nach einem Zeitraum von sechs Jahren, für das wohlthätigste Ereigniß meines ganzen Lebens halte«. Schiller rühmt ihn als Dichter, Naturforscher, Kenner der bildenden Künste, erwähnt auch seine Ministerialgeschäfte:

»Aber diese hohen Vorzüge seines Geistes sind es nicht, was mich an ihn bindet. Wenn er nicht als Mensch für mich den größten Werth von allen hätte, die ich persönlich je habe kennen lernen, so würde ich sein Genie nur in der Ferne bewundern. Ich darf wohl sagen, daß ich in den 6 Jahren die ich mit ihm zusammenlebte, auch nicht einen Augenblick an seinem Charakter irre geworden bin. Er hat eine hohe Wahrheit und Biderkeit in seiner Natur, und den höchsten Ernst für das Rechte und Gute; darum haben sich Schwät-

zer und Heuchler und Sophisten in seiner Nähe immer übel befunden.«

Schiller, von der spätwinterlichen Attacke einigermaßen genesen, zieht sich im Mai für eine Weile in das herzogliche Jagdschloß Ettersburg zurück, um in Ruhe an *Maria Stuart* zu arbeiten; er ist nur von seinem Diener begleitet (man erinnert sich, daß er bereits als armseliger Regimentsarzt einen »Kerl« zu seiner Bedienung hatte). Ettersburg, nicht mehr als ein nobles Landhaus in den mit Wäldern bedeckten Hügeln nördlich von Weimar, in einem bequemen Spaziergang, einem halbstündigen Ritt zu erreichen. Gelegentlich kommt Besuch, darunter Karl August. Zwischen den auf Spazierdistanz geschiedenen Gatten gehen Briefe hin und her, fast jeden Tag einer.

Er: »Gestern und vorgestern habe ich den Wald zwei, drei Stunden lang frisch durchwandert und mich ganz wohl darauf befunden. Die Arbeit rückt auch fort –«. »... die Einsamkeit, scheint es, macht es allein noch nicht aus, ich habe zu Hause oft mich weit mehr sammeln können.« »Ich komme eben von einem kleinen Spaziergang nach Hause, wo mich der Regen vertrieben, und finde Deinen Brief. Ich beklage, daß Du Dich so einsam findest, mir geht es auch so, und in den Stunden, wo ich nicht arbeite, fühle ich die Leere um mich herum sehr.« Sie: »Das Ernstli ist gestern mit mir herumgezogen, und ganz ernst und feierlich neben der Herzogin hergegangen... Er spricht sehr oft vom Papa, und wenn er eine Kutsche sieht, denkt er, Du kämst wieder. Der gute Karl hat eine große Sehnsucht, Dich zu besuchen, und ich habe ihm gestern den Wald gezeigt, wo Du wohnst. Da freute er sich sehr.« »Das Wetter ist mir Deinetwegen sehr fatal, und ich stelle es mir recht kalt vor in den großen Zimmern. Mich dünkt, die Phantasie leidet auch darunter, und ich fürchte, Deine Arbeiten greifen Dich doppelt an deswegen. Greife Dich ja nicht zu sehr an, Lieber, bitte ich Dich.«

So wird jedes kurze Getrenntsein der Gatten bei ihrer unverdrossenen Schreiblust zu einer sprudelnden Quelle für den Biographen. Im März 1801 zieht sich Schiller für vier Wochen in sein Jenaer Gartenhaus zurück – es ist das letztemal, daß er sich an diesem Besitz erfreut, der ihm anfangs so sehr am Herzen lag. »Ich versetze mich in meiner einsamen Stube zu Euch hin, meine Lieben, und wünsche einige Stunden unter Euch verleben zu können. Ruhig genug ists um mich her, aber in diesen ersten Tagen, wo ich Besuche zu geben und zu empfangen hatte, habe ich die absolute

Einsamkeit, die mir not tut, noch nicht recht finden können. Auch ist mein Geist von der Schwierigkeit meiner jetzigen Arbeit noch zu sehr angespannt, ich hetze und ängstige mich und komme dadurch nicht weiter.« (Es ging um den Abschluß der *Jungfrau von Orleans.*) Abends Besuche bei den alten Bekannten, bei Griesbachs, bei Niethammers – beiläufig teilt er Lotte ein neues Punschrezept mit, »wird aus Portwein, Zitronen, Zucker und Muskatnuß warm zubereitet und ist für den Magen komfortabel«. Lottes besonders ausführliche Berichte handeln von den Kindern, Gesellschaftsklatsch der besseren Sorte, Lektüre, Theaterbesuchen. Unter Schillers Briefen eine Bemerkung, die den Geschäftsmann kennzeichnet, der er auch war: »In Stuttgart werden Kapitalien zu 5% von der Landschaft aufgenommen. Über das Geld ist völlige Sicherheit, weil die Landschaft durch das Land selbst garantiert ist. Man muß aber binnen vier Wochen das Geld hinschaffen. Da die Chère Mère, wie ich weiß, ihr Geld nur zu 4 % stehen hat, so wäre bei einer großen Summe kein unbeträchtlicher Gewinn zu machen, auf jedes Zehntausend hundert Taler mehr. Schreibe ihr das doch...«

Ist in dieser Biographie allzuviel vom Alltag die Rede? Wer es unternimmt, die Geschichte eines Lebens zu schreiben, sollte dem Alltag genügend Aufmerksamkeit zuwenden, denn jedes Leben, auch das ungewöhnliche, vollzieht sich im Alltäglichen. Zudem spiegelt der Alltag unmittelbar die Epoche.

Als eine poetische Überhöhung des Alltags, des bürgerlichen Lebens kann man das *Lied von der Glocke* auffassen, das in Cottas *Musen-Almanach auf das Jahr 1800* erschien, ein sehr unterschiedliches Echo fand und wenig später ganzen Schülergenerationen als ein Höhepunkt deutscher Dichtkunst vorgestellt worden ist. Die mehr als hundert Jahre dauernde Überschätzung dieser Dichtung – an der Schiller lange gefeilt hat – trägt wohl Schuld daran, daß man sich heute nicht mehr recht damit befreunden kann. Die an manchen Stellen bis zur Banalität glatten Reime bieten der Spottlust einen ungewollten Reiz. Am Teetisch der Schlegel tönte sofort helles Gelächter.

Wozu Schiller, dessen Genie am stärksten in den Dramen zutage tritt, im Gedicht fähig ist, zeigt die 1802 geschriebene Ballade *Kassandra*:

> Freude war in Trojas Hallen,
> Eh die hohe Feste fiel...

Kassandra, der die Götter die entsetzliche Gabe verliehen haben, die Zukunft zu schauen –

Frommts, den Schleier aufzuheben,
Wo das nahe Schrecknis droht?
Nur der Irrtum ist das Leben,
Und das Wissen ist der Tod.

Über diese letzten zwei Zeilen hat Fontane geurteilt, sie seien »das Tiefste, was je über Menschen und Menschendinge gesagt worden ist«.

Im Dienst des Theaters

»Theaterdichter« wollte der flüchtige Regimentsarzt werden. Als Theaterdichter wurde er nach einem Jahr qualvoller Irrungen und Erwartungen am 1. September 1783 beim Mannheimer Nationaltheater angestellt – der Vertrag lief nach einem Jahr aus. Theaterdichter ist Schiller am Weimarer Hoftheater gewesen, schon vor seinem Umzug in die Residenz, und nun für den Rest seines Lebens ganz und gar.

Um die Fülle seines Wirkens wiederzugeben, soll in diesem Kapitel zunächst die praktische Theaterarbeit behandelt werden. Von den vier Dramen, die nach dem *Wallenstein* noch vollendet werden konnten: *Maria Stuart – Die Jungfrau von Orleans – Die Braut von Messina – Wilhelm Tell –*, soll hauptsächlich im nächsten Kapitel gesprochen werden. Es ist aber nicht möglich, das eine vom anderen gänzlich zu trennen.

»Die Bühne verdient in Weimar vorzüglich ins Auge gefaßt zu werden. Weimar ist die Schule des Geschmacks und der Kunst. Dies bemerkt man bei dem Theater. Kein Schauspieler kann hier bei einer beliebten unverbesserlichen Mittelmäßigkeit stehn bleiben. Das Publikum erträgt ihn so wenig als die Bühne selbst.« So urteilt 1799 der schon einmal zitierte Joseph Rückert.

Das Weimarer Theater ist etwa sieben Jahre lang, bis 1805, durch das Zusammenwirken Goethes und Schillers geprägt worden. Ein besonderes Datum ist der 12. Oktober 1798. An diesem Tag ist das umgebaute Hoftheater mit der Uraufführung von *Wallensteins Lager* eingeweiht worden; übrigens stand auch ein Stück des flinken und fruchtbaren Kotzebue auf dem Programm, was nicht unterschlagen werden soll. Der von Schiller verfaßte Prolog kann als Auftakt dieser Theaterepoche gelten –

Der scherzenden, der ernsten Maske Spiel,
Dem ihr so oft ein willig Ohr und Auge
Geliehn, die weiche Seele hingegeben,
Vereinigt uns aufs neu in diesem Saal –
Und sieh! er hat sich neu verjüngt...

Und weiter:

Die neue Ära, die der Kunst Thaliens
Auf dieser Bühne heut beginnt, macht auch
Den Dichter kühn, die alte Bahn verlassend,
Euch aus des Bürgerlebens engem Kreis
Auf einen höhern Schauplatz zu versetzen,
Nicht unwert des erhabenen Moments
Der Zeit, in der wir strebend uns bewegen.
Denn nur der große Gegenstand vermag
Den tiefen Grund der Menschheit aufzuregen,
Im engen Kreis verengert sich der Sinn,
Es wächst der Mensch mit seinen größern Zwecken.
Und jetzt an des Jahrhunderts ernstem Ende,
Wo selbst die Wirklichkeit zur Dichtung wird,
Wo wir den Kampf gewaltiger Naturen
Und ein bedeutend Ziel vor Augen sehn,
Und um der Menschheit große Gegenstände,
Um Herrschaft und um Freiheit wird gerungen,
Jetzt darf die Kunst auf ihrer Schattenbühne
Auch höhern Flug versuchen, je sie muß,
Soll nicht des Lebens Bühne sie beschämen...

Das ist, nebenbei gesagt, eines der seltenen Beispiele für des Dichters Anteilnahme am Geschehen seiner Zeit. Der Prolog wurde von Herrn Vohs gesprochen, und Goethe lobt ihn in einem Bericht in der Beilage zur *Allgemeinen Zeitung*: »Dieser vorzügliche Schauspieler entwickelte hier sein ganzes Talent, er sprach mit Besonnenheit, Würde, Erhebung und dabey so vollkommen deutlich und präcis, daß in den letzten Winkeln des Hauses keine Sylbe verloren ging. Die Art, wie er den Jamben behandelte, gab uns eine gegründete Hoffnung auf die folgenden Stücke.«

Als Goethe aus Italien zurückgekehrt war, hatte sein Herzog ihm, neben anderen Aufgaben, das Theaterwesen anvertraut. Da war im Anfang nicht viel. Das 1791 eröffnete Hoftheater war ein bescheidener Bau, und da zunächst Redouten, Kostümfeste und Maskenzüge die Hauptsache waren, hieß es das Redouten-Comödienhaus. Goethe, der Schöpfer des *Faust* und des *Götz*, des *Tasso* und der *Iphigenie*, hat das Weimarer Theater mit Strenge und Pedanterie geleitet, aber auch mit einer unendlichen Geduld; bei den Proben bemühte er sich um das bescheidenste Detail. Im *Wilhelm Meister* hat er seine Gedanken über das Theater, seine Kenntnis der farbigen, vom Bürgerlichen getrennten Welt der

Schauspieler poetisch und groß behandelt. Er hat aber das tiefe menschliche Verständnis des Romanciers von den selbstauferlegten Pflichten eines genauen und mitunter kleinlichen Theaterdirektors scharf zu trennen gewußt; wie er auch seine eigenen Bühnenwerke nicht im mindesten bevorzugte.

Betrachtet man das Weimarer Theater in seiner sozusagen hochklassischen Zeit, so darf man nicht außer acht lassen, daß der Stand der Schauspieler von Alters her als anrüchig galt, seine gesellschaftliche Stellung noch zweifelhaft war. Selbst während der Französischen Revolution wurde in der Nationalversammlung hitzig darüber debattiert, ob man den Komödianten die Bürgerrechte zuerkennen dürfe oder nicht. Faktisch war zu Goethes und Schillers Zeit dieser Stand ziemlich in die Gesellschaft integriert. In *Wilhelm Meisters theatralische Sendung* spricht man »vom Stande der Schauspieler, daß er täglich ehrbarer und geehrter werde«. Aber Wilhelm ruft dennoch mit Emphase aus: »Es ist ein unerhörtes Vorurteil, daß die Menschen einen Stand schänden, den sie um so vieler Ursachen zu ehren hätten. Wenn der Prediger, der die Worte Gottes verkündiget, darum billig der Hochwürdigste im Staat ist, so kann man den Schauspieler gewiß ehrwürdig preisen, der uns die Stimme der Natur ans Herz legt...« Goethe wie Schiller hatten zu den Schauspielern ein ungezwungenes, auf Achtung gegründetes Verhältnis (Schiller vielleicht noch unbefangener). Beide haben es klug vermieden, mit den Damen des Ensembles anzubändeln.

Schiller hat sich, nach dem Zeugnis seiner Schwägerin Karoline, einmal geäußert: »Das Theater und die Kanzel sind die einzigen Plätze für uns, wo die Gewalt der Rede waltet«; und in seinem Sinn sollte das Theater immer der Kanzel gleichen, die Menschen geistiger, stärker und liebreicher machen, die kleinen, engen Ansichten des Egoismus lösen, zu großen Opfern das Gemüt stärken und das ganze Dasein in eine höhere Sphäre erheben.

Schillers Wirken am Weimarer Theater stand noch immer im Zeichen der Emanzipation der deutschen Bühne vom französischen Vorbild und seinen strengen Regeln, wobei Shakespeare als der Schirmherr einer vom Zwang befreiten deutschen Bühne galt. Shakespeare als Schirmherr und Vorbild; Lessing als Lehrer. Zwischen dem *Wallenstein* und der *Maria Stuart* vertieft sich Schiller in Lessings *Hamburgische Dramaturgie*. Er schreibt am 4. Juni 1799 an Goethe: »Es ist doch gar keine Frage, daß Lessing unter allen Deutschen seiner Zeit über das, was die Kunst betrifft, am klarsten gewesen, am schärfsten und zugleich am liberalsten darüber gedacht und das Wesentliche, worauf es ankommt, am unverrücktesten ins Auge gefaßt hat. Liest man nur ihn, so möchte man wirklich glauben, daß die gute Zeit des deutschen Geschmacks schon vorbei sei: denn wie wenig Urteile, die jetzt über die Kunst gefällt werden, dürfen sich an die seinigen stellen?« (Lessings Dramaturgie war damals einige zwanzig Jahre alt.)

Karl August, für seine Person, blieb ein Anhänger der französischen Schule; die Eindrücke, die er als junger Mensch auf seiner Kavalierstour von Pariser Bühnen empfangen hatte, bestimmten seinen Geschmack. Er ließ die Genies, die er an seinen Hof gezogen hatte, gewähren; doch wurde seiner Neigung von Zeit zu Zeit Rechnung getragen – nicht aus Gehorsam, sondern aus Sympathie. So wurde zu Beginn des Jahres 1800 Voltaires *Mahomet*, von Goethe bearbeitet, in Schillers Beisein einstudiert. In dem merkwürdigen Gedicht *An Goethe, als er den Mahomet von Voltaire auf die Bühne brachte*, hat Schiller seiner Meinung darüber freien Ausdruck verliehen:

> Einheimscher Kunst ist dieser Schauplatz eigen,
> Hier wird nicht fremden Götzen mehr gedient,
> Wir können mutig einen Lorbeer zeigen,
> Der auf dem deutschen Pindus selbst gegrünt;
> *Selbst* in der Künste Heiligtum zu steigen,
> Hat sich der deutsche Genius erkühnt,
> Und auf der Spur der Griechen und des Briten
> Ist er dem bessern Ruhme nachgeschritten.
> Denn dort, wo Sklaven knien, Despoten walten,
> Wo sich die eitle Aftergröße bläht,
> Da kann die Kunst das Edle nicht gestalten...

Am Ende, halbwegs versöhnlich:

> Nicht Muster zwar darf uns der Franke werden;
> Aus seiner Kunst spricht kein lebendger Geist,
> Des falschen Anstands prunkende Gebärden
> Verschmäht der Sinn, der nur das Wahre preist;
> Ein Führer nur zum Bessern soll es werden,
> Er komme wie ein abgeschiedner Geist,
> Zu reinigen die oft entweihte Szene
> Zum würdgen Sitz der alten Melpomene.

Während der *Mahomet* einstudiert wurde, saß Schiller bereits an einer Bearbeitung von Shakespeares *Macbeth*. Eine vertraute Gestalt – vor Jahren hatte er ihn einmal in Parallele zu Wallenstein gesetzt,

»wo das Schicksal ebenfalls weit weniger schuld hat als der Mensch, daß er zugrunde geht«. (Am 28. November 1796 an Goethe) Schiller versuchte sich zunächst mit deutschen Ausgaben zu behelfen und war damit übel daran. Schlegels Übersetzungen staken damals noch in den Anfängen (die ersten Proben waren in den *Horen* erschienen), und übrigens ist Schlegel in seinem Zusammenwirken mit Tieck nie bis zu *Macbeth* gekommen. Schiller sah sich alsbald genötigt, trotz seiner dürftigen Kenntnisse im Englischen zum Original zu greifen. Am 2. Februar an Goethe: »Seitdem ich das Original von Shakespeare mir von der Frau von Stein habe geben lassen, finde ich, daß ich wirklich besser getan, mich gleich anfangs daran zu halten, so wenig ich auch das Englische verstehe, weil der Geist des Gedankens viel unmittelbarer wirkt, und ich oft unnötige Mühe hatte, durch das schwerfällige Medium meiner beiden Vorgänger mich zu dem wahren Sinn hindurch zu ringen.« Goethe leiht ihm dann noch ein englisches Lexikon.

Die Aufführung, es war im Mai, drohte zu einer Katastrophe zu werden, da der hochbegabte Vohs, dem Schiller die Titelrolle anvertraut hatte, seinen Text nicht gelernt hatte und in der Generalprobe eine mehr als bedenkliche Figur abgab. Goethe in hellem Zorn: »Sollen wir uns vor den höchsten Herrschaften und dem Publikum blamieren? Man sistiere das Stück für morgen, und Sie brauchen das Warum weder vor Herrn Vohs noch dem Personal zu verschweigen.« Nun war es aber Schiller, der im Vertrauen auf das Genie dieses Schauspielers das Risiko eingehen wollte, und Goethe gab nach. Am nächsten Tag fand die Aufführung statt unter stärkstem Andrang des Publikums; die Jenenser Studenten waren in Haufen mit Roß und Wagen herangezogen. Und siehe da: es ging glänzend. Vohs sprang zwar mit dem Text sehr frei um, spielte aber herrlich. Aus den Erinnerungen des Weimarer Schauspielers und Regisseurs Genast: »Nach dem zweiten Akt kam Schiller auf die Bühne und fragte in seinem herzigen schwäbischen Dialekt: ›Wo ischt der Vohs?‹ Dieser trat ihm mit etwas verlegener Miene und gesenktem Kopf entgegen; Schiller umarmte ihn und sagte: ›Nein, Vohs! Ich muß Ihne sage: Meischterhaft! meischterhaft! Aber jetzt ziehe Sie sich zum dritte Akt um!‹ Vohs mußte sich anderes erwartet haben. Denn mit inniger Freude dankte er Schiller für seine unbegrenzte Nachsicht.«

Nach den Proben hat Schiller bisweilen die Schauspieler zu sich eingeladen, und es ging vergnügt dabei zu. »Es ist sehr freundlich, daß Sie die Schauspieler morgen nach der Probe bewirten mögen. Es kann dabei manches Zweckmäßige verhandelt werden, besonders, da es ihrer nicht viele sind« bemerkt Goethe einmal gemessen. – Dieses gute Verhältnis ist nur selten getrübt worden. Schiller ließ die Menschen um ihn sein häufiges schlechtes Befinden, Unausgeschlafensein, Schmerzen, Atemnot nicht entgelten. Genast rühmt seine Nachsicht und Freundlichkeit bei den Proben, seine Geduld auch mit bockbeinigen Besserwissern: »Mich brachte die Anmaßung dieser Leute öfters in Harnisch, und ich hätte gern mit Fäusten dreingeschlagen, aber Schiller widerlegte stets mit der größten Freundlichkeit oft ganz widersinnige Ansichten; zuweilen machte sich freilich eine zornige Röte auf seinen Wangen bemerklich.« Einmal, bei einer Probe zu Voltaires *Tancred,* brach ein Donnerwetter los – »es ischt ä Graus, des ewige Vagiere mit dene Händ und das Hinaufpfeife bei der Rezitation!« Schiller danach an Goethe: »Ich will mit dem Schauspielervolk nichts mehr zu schaffen haben, denn durch Vernunft und Gefälligkeit ist nichts auszurichten, es gibt nur ein einziges Verhältnis zu ihnen, den kurzen Imperativ, den ich nicht anzuwenden habe.« (Am 28. April 1801)

Die Arbeit geht dennoch weiter. Schiller inszeniert Lessings *Nathan, Turandot* von Gozzi. Goethe vertraut ihm seine *Iphigenie* zur Bearbeitung an. Am 5. Mai 1802 schreibt er an Goethe, der sich in Jena aufhält: »Iphigenie wäre auf keinen Fall auf den nächsten Sonnabend zu zwingen gewesen, weil die Hauptrolle sehr groß und schwer einzulernen ist. Es war schlechterdings nötig, der Vohsin Zeit dazu zu geben. Ich hoffe übrigens das Beste für dieses Stück; es ist mir nichts vorgekommen, was die Wirkung stören könnte. Gefreut hat es mich, daß die eigentlich poetisch schönen Stellen und die lyrischen besonders auf unsere Schauspieler immer die höchste Wirkung machten.« Goethe antwortet sehr befriedigt: »Könnten und möchten Sie das Werk bis zur Aufführung treiben, ohne daß ich eine Probe sähe, und es Sonnabend den 15. geben, so bliebe ich noch eine Woche hier und brächte manches vor und hinter mich.« Und zwei Tage später: »Ihre Sorgfalt für die Iphigenie danke ich Ihnen zum allerbesten. Künftigen Sonnabend werde ich am Schauspielhause anfahren wie ein anderer Jenenser auch, und hoffe Sie in Ihrer Loge zu treffen.« Schiller berichtet am 12. Mai von Schwierigkeiten, weil die Oper *Titus* alle Räume beansprucht habe: »Morgen und übermorgen aber werden die Theaterproben mit Ernst vorgenommen werden, und ich hoffe, daß Sie über Ihr Werk nicht erschrecken sollen. Wohl glaube ich, daß die sinnliche Erscheinung dieses Stücks manche vergangene Zustände in Ihnen erwecken wird, sowohl in Formen und Farben Ihres eignen Gemüts, als auch der Welt, mit der Sie sich damals zusammen fühlten, und in letzterer Hinsicht wird es mehreren hiesigen Freunden und Freundinnen merkwürdig sein.« Am 15. Mai ist es soweit. Bemerkt sei, daß in den Tagen, als Schiller alle Sorgfalt auf diese Proben anwandte, der Umzug aus der Mietwohnung in sein neu erworbenes Haus vonstatten ging, und daß ihn die Nachricht vom Tod seiner Mutter erschütterte.

Man darf bei der Betrachtung der hochklassischen Periode des Weimarer Theaters nicht übersehen, daß auch damals dem Bedürfnis des Publikums nach leichter Kost, nach schierer Unterhaltung Rechnung getragen werden mußte. Hierfür stand ein Stückefabrikant erster Klasse zur Verfügung: August von Kotzebue. Der, ein Weimaraner Kind und wenig jünger als Schiller, hatte sein literarisches Talent zunächst in gereimten Frozzeleien bewiesen, die bei Hofe Ärger erregten, so daß er es bald geraten fand, sich in der Welt umzusehen. Er ging nach Rußland und machte dort sein Glück. Das deutschbaltische Liebhabertheater in Reval wurde sein Sprungbrett in die Bühnenwelt. Mit unglaublicher Fixigkeit erzeugte er Rührstücke, Schwänke, Ritter- und Indianerstücke – kurzum, er schuf ein Riesenarsenal, aus dem Europas Theaterdirektoren das Bedürfnis der Menschen nach müheloser Ergötzung und sentimentalem Dusel befriedigen konnten – Bedürfnisse, derer sich später das Kino und dann das Fernsehen angenommen haben.

Als russischer Untertan, schwerreich und mit Orden behängt, kehrt Kotzebue 1799 in die Heimat zurück; auch hier nicht nur zur Füllung der Theaterkasse unentbehrlich, sondern nun auch bei Hofe, vor allem bei Anna Amalia, wohlgelitten. Schiller und Goethe sehen sich genötigt, im Wittumspalais einer seiner Lesungen beizuwohnen (Kotzebues Stellung bei Hof sollte sich noch festigen und Goethe schweren Ärger bereiten; nur Karl August konnte den Menschen nicht ausstehen). Goethe und Schiller waren sich über Kotzebue einig. Schiller hat ihn einen entsetzlichen Menschen genannt, ein andermal einen Windball. Goethe macht ihn im vertrauten Kreis zur derbsten, mit heruntergelassenen Hosen einen Säulengang bekleckernden Karikatur – nichts ändert ein solcher zorniger Spaß daran, daß man den Vielschreiber braucht. In den Jahren, als Goethe das Hoftheater leitete, 1791 bis 1817, wurden 84 (vierundachtzig) Stücke von Kotzebue aufgeführt.

Zurück zu Schiller. Das Beste, was er dem Theater geben konnte, waren seine eigenen Stücke. Seine letzten Lebensjahre waren der dramatischen Produktion und ihrer Verwirklichung auf der Bühne gewidmet. Vorarbeiten und Niederschrift der Dramen spiegeln sich hundertfach in seiner Korrespondenz mit Goethe.

Nicht oder nur selten dokumentiert ist das Gespräch darüber mit Lotte, die meistens die frisch aufs Papier geworfenen Szenen als erste hörte und auch ihre Meinung dazu sagte. War ein Werk so weit gediehen, daß er es als Ganzes überblickte, hat er auch gern einem größeren Kreis vorgelesen, vor allem Schauspielern, um sie mit dem Stoff bekanntzumachen und sie zu begeistern.

Über manche solcher Lesungen sind wir gut unterrichtet, so über die von *Maria Stuart* im Mai 1800. Die Vorlesung war auf den späten Nachmittag angesetzt. Schiller verstand es aber, mit Geplauder und einem Abendessen die eigentliche Lesung in die Nacht zu verlegen – die Zeit, die ihm am liebsten war dafür. »Schiller las stehend, zuweilen auf einem Stuhle kniend, nicht, was man eigentlich schön oder kunstgerecht nennt, woran ihn auch sein etwas hohles Organ hinderte, aber mit Begeisterung, mit Feuer, ohne Manier und Übertreibung, so daß er auch als Vorleser genügte und seine Begeisterung die Zuhörer hinriß. Demoiselle Jagemann weigerte sich im geringsten nicht, die Elisabeth darzustellen, zumal auch Schiller und die übrigen es anschaulich machten, welche ungleich größere Kunstleistung es sei, die Elisabeth darzustellen, als die Maria, indem diese sich gewissermaßen von selbst spiele.« So berichtet Amalia von Voigt, die Schwiegertochter des Geheimrats. Wirklich war ein Hauptzweck der Veranstaltung gewesen, die begabte und einflußreiche Jagemann für die Sache zu gewinnen. Aus diesen und ähnlichen Berichten kann man schließen, daß in jener Zeit Schillers Vortrag nicht mehr so schlecht war wie in seinen jungen Jahren.

Bei der Einstudierung dieses Stücks erwies sich die Darstellung der Kommunion, die Maria von dem heimlichen Priester Melvil gereicht wird, als ein besonderes Problem. Die Szene steht im 7. Auftritt des 5. Akts. Schiller hatte sich von dem katholischen Schauspieler Haide Sinn und Ritus genau erklären lassen. Bei der Uraufführung wurde die Szene jedoch weggelassen. Karl August, mit dem Text bereits vertraut, hatte sich eingeschaltet. In einem freundlichen Brief an Schiller hatte er die Befürchtung ausgesprochen, das Publikum könne darin die Profanierung einer den Katholiken heiligen Handlung erblicken. Goethe gegenüber hatte er sich schärfer geäußert und die Szene als Effekthascherei bezeichnet. Goethe daraufhin diplomatisch an Schiller: »Der kühne Gedanke, eine Kommunion aufs Theater zu bringen, ist schon ruchbar geworden, und ich werde veranlaßt, Sie zu ersuchen, die Funktion zu umgehen. Ich darf jetzt bekennen, daß es mir selbst dabei nicht wohl zumute war...« Schiller, der in der Abendmahlszene einen

Höhepunkt des Dramas sah, im ersten Zorn: »Ich will ein Stück schreiben, worin eine genotzüchtigt wird und... sie *müssen* zusehen!« – in dieser Minute war er noch einmal der Dichter der *Räuber*.

Doch waren solche ärgerlichen Vorfälle selten. Das tiefe Einverständnis mit Goethe als dem Theaterdirektor, die Zuneigung, ja Bewunderung der meisten Schauspieler, der ziemlich kultivierte Geschmack des Publikums, Weimaraner und Jenenser Studenten und Professoren, schufen glückliche Voraussetzungen zur Aufnahme seiner Stücke. Freilich, ganz heil war auch diese Theaterwelt nicht, wo wäre eine solche je gewesen. Die Aufführungen mußten wohl oder übel den personellen und technischen Gegebenheiten dieser Bühne angepaßt sein, was bei ihrer Übernahme durch größere Häuser bisweilen störend war. – Kotzebues Monopolstellung für Unterhaltungsstücke verschaffte diesem Mann Einfluß. In seiner Komödie *Die Kleinstädter* (ein Stück übrigens, das heute noch gespielt wird) fehlte es nicht an limonadefarbenen Giftspritzern gegen die großen Dichter. Goethe strich das kurzerhand weg. Kotzebue gekränkt: mit Schiller werde derlei auch vorher besprochen! Goethe antwortete dem Sinne nach: Quod licet Jovi non licet bovi – was Jupiter erlaubt ist, ziemt sich nicht fürs Rindvieh. Ganz fatal drohte es zu werden, als Kotzebue auf die Idee verfiel, eine große Schiller-Ehrung zu veranstalten, nicht ohne sich dabei selbst gebührend ins Licht zu rücken. Er hatte sich dafür, es war im März 1802, des Dichters Namenstag ausgesucht, für jeden Nicht-Katholiken ohnehin ein sinnloser Anlaß. Goethe in den Tag- und Jahresheften: »Schillern war nicht wohl zumute bei der Sache: die Rolle, die man ihn spielen ließ, war immer verfänglich, unerträglich für einen Mann von seiner Art wie für jeden Wohldenkenden, so als eine Zielscheibe fratzenhafter Verehrungen in Person vor großer Gesellschaft dazustehn. Er hatte Lust, sich krank zu melden, doch war er, geselliger als ich, durch Frauen- und Familienverhältnisse mehr in die Sozietät verflochten, fast genötigt, diesen bittern Kelch auszuschlürfen. Wir setzten voraus, daß es vor sich gehen würde, und scherzten manchen Abend darüber; er hätte krank werden mögen, wenn er an solche Zudringlichkeiten gedachte.« Im letzten Moment konnte die Sache abgewendet werden. Zu der Kotzebueschen Apotheose wurde Danneckers Büste benötigt, die in der Bibliothek aufgestellt war. Deren Herausgabe wurde verweigert, »weil man noch nie eine Gipsbüste unbeschädigt von einem Feste zurückerhalten habe«. Damit war man aus dieser Fatalität heraus und Kotzebues Feuerwerk blieb ungezündet.

Die fühlende Nachwelt dankt den Weimarer Göttern, daß diese Ehrung unterblieben ist. Verblüfft und ärgerlich-amüsiert nimmt man aber zur Kenntnis, daß bei einer spontanen Ehrung Schillers durch Jenenser Studenten der Theaterdirektor Goethe sich zum Einschreiten bewogen fühlte. Am 11. März 1803 war in Weimar die Uraufführung der *Braut von Messina*. In den Beifall hinein brachte der Professorensohn Schütz auf den Dichter ein Vivat aus, in das seine Kommilitonen mit Gedonner einfielen – Tumult in Anwesenheit der höchsten Herrschaften! Schütz junior wurde polizeilich verwarnt. Auch ein Stück Hoftheater.

Die späten Dramen

»Ich habe mich schon lange vor dem Augenblick gefürchtet, den ich so sehr wünschte, meines Werks los zu sein; und in der Tat befinde ich mich bei meiner jetzigen Freiheit schlimmer als der bisherigen Sklaverei. Die Masse, die mich bisher anzog und festhielt, ist nun auf einmal weg, und mir dünkt, als wenn ich besinnungslos im luftleeren Raume hinge. Zugleich ist mir, als wenn es absolut unmöglich wäre, daß ich wieder etwas hervorbringen könnte; ich werde nicht eher ruhig sein, bis ich meine Gedanken wieder auf einen bestimmten Stoff mit Hoffnung und Neigung gerichtet sehe. Habe ich wieder eine Bestimmung, so werde ich diese Unruhe los sein...« So schreibt Schiller, als er das *Wallenstein*-Gebirge durchschritten hat, am 19. März 1799 an Goethe.

Schon im folgenden Monat sehen wir ihn ins Quellenstudium zu *Maria Stuart* versenkt. Er vollendet dieses Drama in wenig mehr als einem Jahr, um sich fast ohne Unterbrechung einem neuen Stoff zuzuwenden, der *Jungfrau von Orleans*. Hier genügt eine Zeitspanne von dreiviertel Jahren. Nun tritt eine, durch körperliche Schwäche zumindest mitbedingte, Pause ein. Dann bringt er innerhalb eines halben Jahres die *Braut von Messina* zu Papier. Bald danach folgt, in einer gewaltigen Willensanstrengung, der *Wilhelm Tell*. Nach der Uraufführung des *Tell* – meistens folgte die Uraufführung auf den letzten Federstrich – hat Schiller noch knapp vierzehn Monate zu leben. Von den Dramenentwürfen wird nichts mehr vollendet.

Am Anfang der Arbeit an *Maria Stuart* steht das Studium ihres Prozesses. »Ein paar tragische Hauptmotive haben sich mir gleich dargeboten und mir großen Glauben an diesen Stoff gegeben, der unstreitig sehr viele dankbare Seiten hat.« (Am 26. April 99 an Goethe) Der historische Vorgang ist dieser: Maria, mit neunzehn

Jahren Königin von Schottland, jung in blutige Eifersuchtstragödien verstrickt, wurde nach siebenjähriger Herrschaft durch eine Adelsrevolte vertrieben und floh nach England, wo Elisabeth, die Tochter aus der Verbindung Heinrichs VIII. mit Ann Boleyn, regierte. Maria wurde festgenommen und erst in leidlicher, dann in strenger Haft gehalten. Wiederholte Verschwörungen ihrer Anhänger, die nicht nur auf ihre Befreiung gerichtet waren, sondern sie auch auf den englischen Thron bringen wollten, veranlaßten einen Hochverratsprozeß, der mit dem Todesurteil endete. Das Urteil wurde vom Parlament bestätigt, von Elisabeth jedoch erst nach langem Zögern unterschrieben. Am 8. Februar 1587 wurde Maria enthauptet. Die Königin bestrafte den für den Vollzug des Urteils verantwortlichen Beamten: er habe ohne ihre ausdrückliche Zustimmung gehandelt. In der Tat ein gewaltiger Stoff!

Es ist das selbstverständliche Recht des Dramatikers, den historischen Stoff nach den Bedürfnissen der Bühne zu formen. Schiller hat sich in diesem Stück in erheblichem Umfang der gesicherten Tatsachen bedient. Dazu gehört übrigens gleich der erste Auftritt, in dem Sir Paulet als Bewacher der Maria sich ihrer Briefschaften und ihres Schmucks bemächtigt. Die stärkste Abweichung von der geschichtlichen Wirklichkeit liegt im Lebensalter der beiden Hauptfiguren, die Schiller um zwanzig Jahre jünger macht; in Wirklichkeit war zu der fraglichen Zeit Maria 44, Elisabeth 53. Eine verständliche Korrektur, nicht nur im Hinblick auf das Publikum, sondern besonders auch auf die Schauspielerinnen, die für ihre Rollen erwärmt werden sollten.

Mit diesem blutigen Kapitel aus der Geschichte Britanniens wandelt Schiller scheinbar auf den Spuren Shakespeares. Zudem entdeckt er inmitten seiner Arbeit an *Maria Stuart* »eine neue mögliche Tragödie« in jenem Milieu, nämlich den Warwick, der sich unter der Regierung Heinrichs VII. als falscher Prinz ausgegeben hatte. Es ist bemerkenswert, daß trotz des altenglischen Milieus, trotz seiner abgöttischen Verehrung für den großen Briten kein Gedanke an Shakespeare in den Briefen auftaucht, die Schillers Arbeit an *Maria Stuart* begleiten. Nicht Shakespeares Vorbild leitet ihn (es sei denn unbewußt), sondern das der griechischen Tragödie. »Besonders scheint er (der Stoff dieses Stücks) sich zu der Euripidischen Methode, welche in der vollständigsten Darstellung des Zustandes besteht, zu qualifizieren, denn ich sehe eine Möglichkeit, den ganzen Gerichtsgang zugleich mit allem Politischen auf die Seite zu bringen, und die Tragödie mit der Verurteilung anzufangen.« (Am 26. April 99 an Goethe) Und mitten in der Arbeit erbittet er sich von Goethe den Aischylos – »mich verlangt wieder sehr nach einer griechisch-tragischen Unterhaltung«.

Bis zum 3. Akt mit der Begegnung der Königinnen wurde das Stück, »mit Lust und Freude begonnen«, in großen Zügen gefördert; der Arbeitsplatz das Jenaer Gartenhaus; »gute, freundliche Stimmung in meinem kleinen Gartensälchen« liest man in einem Brief an Goethe. Und an den alten Freund Körner: »Jetzt bin ich Gottlob wieder auf ein neues Trauerspiel fixiert... Ich hoffe am Ende des Winters allerspätestens damit fertig zu sein, denn fürs erste ist der Gegenstand nicht so widerstrebend wie der Wallenstein, und dann habe ich an diesem Handwerk mehr gelernt.« Mitte August an Goethe: »In meiner dramatischen Arbeit geht es noch immer frisch fort.«

Es wurde in diesem Buch einmal die Bemerkung gemacht, Schillers Frauengestalten hafte etwas Unwirkliches an. Dieses Drama nun ist das der Maria und der Elisabeth. Beide Gestalten sind der Geschichte entnommen; ihre tragische Verkettung ist historisch. Nun sind auch Don Carlos, sein Vater Philipp und seine Stiefmutter Elisabeth von Valois historische Figuren; aber sie sind von Schiller mit absoluter dichterischer Freiheit behandelt. Die Maria Stuart und die Königin Elisabeth in diesem Drama kommen, von der Altersverschiebung einmal abgesehen, ihren Urbildern ziemlich nahe; ihr Leben, ihre Glaubwürdigkeit beziehen sie aus der Realität.

Maria Stuart ist wie der *Wallenstein* eine Staats-Aktion (im *Don Carlos* sind nur einzelne Züge davon). Bei manchen Szenen wird man an die Bemerkung Goethes erinnert, Schiller würde im Staatsrat eine so große Figur abgegeben haben wie am Teetisch. Staatswirklichkeit, Staatsregiment, Staatsraison – dieses Bühnenstück lebt daraus. Wie im *Wallenstein* blitzt auch das Problem der Subalternen auf – »Gehorsam ist meine ganze Klugheit« stammelt Davison vor seiner Königin. Die Staatsraison steht Elisabeth höher als ihr persönliches Glück und höher als ihr Gewissen. Es ist ein tiefer Gedanke, umkreist, absichtlich abgeschwächt (indem heuchlerische Züge aufgetragen werden) und doch das Spiel bestimmend, Elisabeth zur eigentlichen tragischen Figur zu machen. Im 4. Akt, 9. Auftritt:

> Ach Shrewsbury! Ihr habt mir heut das Leben
> Gerettet, habt des Mörders Dolch von mir
> Gewendet – Warum ließet Ihr ihm nicht
> Den Lauf? So wäre jeder Streit geendigt,

Und alles Zweifels ledig, rein von Schuld
Läg ich in meiner stillen Gruft! Fürwahr!
Ich bin des Lebens und des Herrschens müd...

bis hin zu dem (von der Geschichte wahrlich widerlegten) Ausruf: Bin ich zur Herrscherin doch nicht gemacht!

Und da von Elisabeths Beratern immer wieder die Volksmeinung ins Spiel gebracht wird – was angesichts des konfessionellen Hintergrunds des Königinnenstreites und des Grades, in dem sich der konfessionelle Hader ins Volk eingefressen hatte, historisch glaubhaft ist – wird jener seltsame Monolog der Elisabeth verständlich:

O Sklaverei des Volksdiensts! Schmähliche
Knechtschaft – Wie bin ichs müde, diesem Götzen
Zu schmeicheln, den mein Innerstes verachtet!
Wann soll ich frei auf diesem Throne stehn?
Die Meinung muß ich ehren, um das Lob
Der Menge buhlen, einem Pöbel muß ichs
Recht machen, dem der Gaukler nur gefällt.
O der ist noch nicht König, der der Welt
Gefallen muß!

Was Maria angeht, so betont Schiller mit Nachdruck: »Meine Maria wird keine weiche Stimmung erregen, es ist meine Absicht nicht, ich will sie immer als ein physisches Wesen halten, und das Pathetische muß mehr eine allgemeine tiefe Rührung als ein persönlich und individuelles Mitgefühl sein. Sie empfindet und erregt keine Zärtlichkeit, ihr Schicksal ist nur, heftige Passionen zu erfahren und zu entzünden.« (Am 18. Juni 99 an Goethe) Man kann nicht übersehen, daß diese Unglückliche, die »eine allgemeine tiefe Rührung« erregt, eine Katholikin ist, die protestantischer Staatsraison und protestantischem Eifer zum Opfer fällt – ein Hinweis, wie sich Schiller von allen Vorurteilen befreit hatte, die ihm aus seiner Herkunft und seiner Erziehung anhingen.

Maria Stuart wurde im Juni 1800 fertig und im gleichen Monat in Weimar uraufgeführt; die Jagemann spielte die Elisabeth, Frau Vohs die Maria. Schiller an Goethe: »Man hatte alle Ursache, mit der Aufführung sehr zufrieden zu sein, so wie das Stück mich außerordentlich erfreut hat.« Das Stück nahm seinen Weg über die Bühnen. Die Aufnahme seitens der Kritik war unterschiedlich, bisweilen spitzig, sogar gehässig – »zwei Weiber, die es nicht wert sind uns zum Zeugen ihres Zankes zu machen«. Spöttisches Echo aus dem Kreis der Romantiker, wobei aber August Wilhelm Schlegel eine Ausnahme macht. Körner in einem Brief an Schiller: »Du näherst Dich hier der Manier der Alten, eine Handlung darzustellen. Es gibt keinen Helden in Deinem Stück, selbst die Hauptpersonen sind nicht idealisiert, und keine ihrer Schwächen und gehässigen Seiten verborgen, an denen sie in der Geschichte kenntlich sind... Wie sehr ist es Dir gleichwohl gelungen, jene hohe Rührung hervorzubringen, die der echten Tragödie eigentümlich ist.«

»Ich will Dir aus meinem neuen Plan kein Geheimniß machen; doch bitte ich, gegen niemand etwas davon zu erwähnen, weil mir das öffentliche Sprechen von Arbeiten, die noch nicht fertig sind, die Neigung dazu benimmt. *Das Mädchen von Orleans* ist der Stoff, den ich bearbeite; der Plan ist bald fertig, ich hoffe binnen 14 Tagen an die Ausführung gehen zu können. Poetisch ist der Stoff in vorzüglichem Grade... Mir ist aber angst vor der Ausführung, eben weil ich sehr viel darauf halte, und in Furcht bin, meine eigenen Ideen nicht erreichen zu können... Auf das Hexenwesen werde ich mich nur wenig einlassen... In Schriften findet man beinah gar nichts...« So schreibt Schiller am 28. Juli 1800 an Körner. Und sieben Wochen später an Goethe: »Mit meiner Arbeit geht es noch sehr langsam, doch geschieht kein Rückschritt. Bei der Armut an Anschauung und Erfahrung nach außen, die ich habe, kostet es mir jederzeit eine eigene Methode und viel Zeitaufwand, den Stoff sinnlich zu beleben. Dieser Stoff ist keiner von den leichten und liegt mir nicht nahe.«

Auch hier ergreift es den heutigen Betrachter, mit wie wenigen und wie ärmlichen »Schriften« Schiller sein historisches Ahnungsvermögen und seine dramatische Gestaltungskraft zu unterbauen vermocht hat. Das Leben der Jeanne d'Arc ist in geradezu wunderbarer Weise dokumentiert. Die Akten und Protokolle beider Prozesse, des Inquisitionsprozesses von 1431 und des Rechtfertigungsprozesses aus den 1450er Jahren, sind fast lückenlos erhalten und erlauben tiefe Einblicke in das fabel-hafte Wesen dieses Mädchens und seiner Mitmenschen: Gespielen, Nachbarn, Basen, Priester und Schankwirte, Ritter und Heerführer. Heute werden uns diese unerhörten Texte im Taschenbuch geboten. Schiller wußte nichts von diesen Urkunden, und hätte er etwas gewußt, so hätte ihm das in seinem Weimar nichts genützt. Erst ein Menschenalter nach seinem Tode ist dieses Material gesichtet und veröffentlicht worden.

Jeanne d'Arc aus Domremy in Oberlothringen – am 6. Januar 1412 als Bauernkind geboren, als Hirtenmädchen aufgewachsen.

Überirdische Stimmen rufen sie an, befehlen ihr, nach Frankreich zu ziehen, das seit zwanzig Jahren von Kriegen zerrissen und mehr und mehr eine Beute der Engländer wird, und dem hart bedrängten Dauphin mit der Waffe zur Hilfe zu eilen. Sie folgt ihren Stimmen, gerät auf märchenhafte Weise an die Spitze des Heeres, schlägt die Engländer vor Orleans und weiterhin, fällt aber im Mai 1430 in die Hände der Feinde. Ein kirchlicher Prozeß, der nach dem Willen der Engländer geführt wird, verurteilt sie als Zauberin (Hexe) und Ketzerin zum Feuertod. Sie stirbt auf dem Scheiterhaufen am 30. Mai 1431 zu Rouen, neunzehn Jahre alt. – Aus ihren Antworten und Aussagen in den Prozeßakten schaut uns ein Menschenkind an von gesundem Verstand, geradsinnig und von vollkommener Wahrheitsliebe, nüchtern wie frisches Wasser – aber durchdrungen von der Gewißheit seines göttlichen Auftrags und der Geneigtheit der Engel.

Schiller also wußte von diesen Quellen nichts. Kraft seiner Intuition ist die Johanna seines Stückes dem Urbild nahe, und immerhin verfügte er ja über die äußeren Fakten und Daten dieses einzigartigen Lebens. Der in sich selbst märchenhafte Stoff ist bis in den fünften Akt hinein der Wirklichkeit nachgezeichnet – Johannas Dorfheimat, ihre überirdische Berufung, ihr Weg zum Dauphin, die Entsetzung von Orleans, ihr Waffenruhm, die Krönung Karls VII. in Reims, endlich ihre Gefangennahme durch die Engländer – um dann zu einem Ende zu führen, das mit der Wirklichkeit rein gar nichts zu tun hat. Schiller läßt seine Heldin im Kampfgetümmel fallen.

Der eigentliche Kreuzweg jenes Mädchens, das ein halbes Jahrtausend nach seinem Feuertode erst selig und dann heilig gesprochen wurde, kommt also in Schillers Drama nicht vor. Ihre Ausstoßung ist bühnenwirksam ans Ende der Krönungsszene gesetzt; sie verliert ihren Glorienschein, als ihr Hauptziel, die Krönung des rechtmäßigen Königs, erreicht ist. Und zur Auslösung ihres Sturzes läßt der Dichter ihren Vater auftreten... Das dramatische Gedicht verliert sich ins Träumerische, und die schicksalhafte Vaterfigur ist ja ein Urbild auf Schillers Seelengrund. Der Glanz dieses Stückes ist Poesie. Bertrand, ein Landmann, kommt aus dem Städtchen mit einem Helm, den er gar nicht will (im 3. Auftritt des Prologs):

Ein großes Drängen fand ich auf dem Markt,
Denn flüchtges Volk war eben angelangt
Von Orleans mit böser Kriegespost.
Im Aufruhr lief die ganze Stadt zusammen.

Und als ich Bahn mir mache durchs Gewühl,
Da tritt ein braun Bohemerweib mich an
Mit diesem Helm, faßt mich ins Auge scharf
Und spricht: »Gesell, Ihr suchet einen Helm,
Ich weiß, Ihr suchet einen. Da! Nehmt hin!
Um ein Geringes steht er Euch zu Kaufe«.
– »Geht zu den Lanzenknechten« sagt ich ihr,
»Ich bin ein Landmann, brauche nicht des Helmes«.
Sie aber ließ nicht ab und sagte ferner:
»Kein Mensch vermag zu sagen, ob er nicht
Des Helmes braucht. Ein stählern Dach fürs Haupt
Ist jetzo mehr wert als ein steinern Haus«.
So trieb sie mich durch alle Gassen, mir
Den Helm aufnötigend, den ich nicht wollte.
Ich sah den Helm, daß er so blank und schön
Und würdig eines ritterlichen Haupts,
Und da ich zweifelnd in der Hand ihn wog,
Des Abenteuers Seltsamkeit bedenkend,
Da war das Weib mir aus den Augen schnell,
Hinweggerissen hatte sie der Strom
Des Volkes, und der Helm blieb mir in Händen.

Johanna greift nach dem Ding: »Mein ist der Helm und mir gehört er zu.« – Im ersten Akt schilt Dunois, Bastard von Orleans, den verliebten, tatenschwachen Dauphin:

Willst du der Liebe Fürst dich würdig nennen,
So sei der Tapfern Tapferster! – Wie ich
Aus jenen alten Büchern mir gelesen,
War Liebe stets mit hoher Rittertat
Gepaart und Helden, hat man mich gelehrt,
Nicht Schäfer saßen an der Tafelrunde.
Wer nicht die Schönheit tapfer kann beschützen,
Verdient nicht ihren goldnen Preis...

Alte Ritterbücher – Schiller hat eine seltsame Neigung dafür gehabt. Er gehört zu denen, um deren Erleuchtung willen Cervantes den *Don Quijote* geschrieben hat. In der Volkstädter Sommerfrische erkrankt, bittet er Karoline und Lotte »fußfälligst« um die Bücher vom gehörnten Siegfried und der schönen Melusine. Und noch in seinen letzten Lebenstagen verlangt er Märchen und Rittergeschichten: »Da liegt doch der Stoff zu allem Schönen und Großen.« Auf die Art kann *Die Jungfrau von Orleans* in ihrer Schönheit und ihren Schwächen verstanden werden.

Es war das einzige seiner späten Stücke, das nicht auf dem Weimarer Theater seine Uraufführung erlebte. Karl August hat es nicht gewollt, und er hatte seine Gründe. Voltaires *Pucelle*, ein in Alexandrinern daherhüpfendes amüsantes und witziges Spottgedicht auf Jeanne d'Arc, war seit seiner Entstehung im Jahr 1755, heißbegehrtes Objekt profitlicher Kopisten und Nachdrucker, eine Lieblingslektüre der europäischen Höfe. Es wäre eigentlich vorstellbar, daß der große Voltaire das Mädchen aus Domremy als reines Opfer eines von weltlicher Machtgier inszenierten kirchlichen Prozesses hätte würdigen können – es hat ihm aber beliebt, in seiner Pucelle kindischen Aberglauben und lächerliches Rittergehabe bloßzustellen. Angesichts der Verbreitung dieses frivolen Gedichts hielt es der Herzog für untunlich, über den gleichen Gegenstand ein idealisches Trauerspiel auf die Bretter des Hoftheaters zu bringen. Karl August hatte noch einen anderen Grund: Im Weimarer Ensemble war die einzige, die der Titelrolle würdig gewesen wäre, seine intime Freundin Jagemann. Die Jagemann als Jungfrau – das hätte die Mäuler des Publikums in Bewegung gesetzt. Das durfte nicht sein. Von seiner verständlichen Ablehnung abgesehen, hat Karl August die poetische Schönheit des Stücks durchaus erkannt – »eine Wärme herrscht in diesem Poem, das auch denjenigen nicht kalt bleiben läßt, der nie christlicher Mythologie einen Geschmack abgewinnen konnte... Die betrübte deutsche Sprache ist in die schönste Melodie gezwungen, deren sie fähig ist...« schreibt er an Schillers Schwägerin Karoline.

Die Uraufführung war am 11. September 1801 in Leipzig; der Erfolg über alle Erwartung. Als Schiller zur dritten Aufführung anwesend war, wurde er stürmisch gefeiert. Auch die Kritik der professionellen Besserwisser war nun ernsthafter. Ein Beispiel: »Als eigentliches Drama steht es unter allen seinen Arbeiten am niedrigsten, oder richtiger gesagt, am wenigsten hoch. Als romantisch-historisches Charakterstück ist es die kühnste, erhabenste Unternehmung, die je ein Dichter gewagt hat.« (Merkel, *Briefe an ein Frauenzimmer*, Berlin 1802; derselbe, der *Maria Stuart* boshaft verrissen hat.) Außerordentlich war das Interesse in Frankreich. Es reichte von vernichtender Kritik bis zur hellen Begeisterung. Mercier im Vorwort zur ersten französischen Übersetzung, 1802: »Sa muse dramatique est telle que je désire, et telle que je l'aime, telle enfin que je voudrais la voir naturalisée en France.« (Seine dramatische Muse ist so, wie ich sie ersehne und liebe und wie ich sie in

Frankreich naturalisiert sehen möchte.) Es hat mehrere Übersetzungen ins Französische, auch Nachahmungen gegeben. Zweifellos hat Schillers Drama zu einer Klärung, vielleicht Verklärung des Bildes dieser Nationalheldin im Bewußtsein der Franzosen beigetragen; die *Jungfrau* trat an die Stelle der *Pucelle*. Es ist gar nicht abwegig, in den späteren Selig- und Heiligsprechungen auch eine Wirkung des der Kirche so fern stehenden Dichters zu vermuten.

Zwischen der Fertigstellung der *Jungfrau* und dem Beginn der Arbeit an der *Braut von Messina* liegt eine Strecke von mehr als einem Jahr. In dieser Zeit ist Schiller durch Haussorgen stark in Anspruch genommen. Der ziemlich schwierige Verkauf seines Jenaer Anwesens und der Erwerb eines Hauses in Weimar erfordern Umsicht und Tatkraft. Zudem zeigt sich wieder besorgniserregend, wie es um seine »Gesundheit« bestellt ist. Er bearbeitet und inszeniert in dieser Zeit Gozzis *Turandot* und Goethes *Iphigenie* – wenn ihm die Kraft zur eigenen Produktion fehlt, fühlt er sich doch auf diese Art sinnvoll beschäftigt. Zwischenhinein spukt immer wieder der *Warbeck*-Plan, der aber abseits liegen bleibt, als sich Schiller im Sommer 1802 einem neuen Theaterstück zuwendet; es ist die *Braut von Messina*.

»Ich bin in diesen letzten Tagen nicht ohne Sukzeß mit meinem Stück beschäftigt gewesen, und ich habe noch bei keiner Arbeit so viel gelernt als bei dieser. Es ist ein Ganzes, das ich leichter übersehe und auch leichter regiere; auch ist es eine dankbarere und erfreulichere Aufgabe, einen einfacheren Stoff reich und gehaltvoll zu machen, als einen zu reichen und zu breiten Gegenstand einzuschränken« – so am 18. August 1802 an Goethe. Und einige Wochen später an Körner: »Über dem langen Hin- und Herschwanken von einem Stoff zum andern habe ich zuerst nach diesem gegriffen, und zwar aus dreierlei Gründen – 1. war ich damit, in Absicht auf den Plan, der sehr einfach ist, am weitesten. 2. bedurfte ich eines gewissen Stachels von Neuheit in der Form, die ein Schritt näher zur antiken Tragödie wäre, welches hier wirklich der Fall ist, denn das Stück läßt sich wirklich zu einer äschyleischen Tragödie an. 3. mußte ich etwas wählen, was nicht de longue haleine [von langem Atem] ist, weil ich nach der langen Pause notwendig bedarf, wieder etwas fertig vor mir zu sehen.« Aus diesem Brief geht übrigens hervor, daß Schiller schon im September des vorhergegangenen Jahres mit Körner über diesen Plan gesprochen hatte; es war in Leipzig, die Freunde haben sich damals zum letztenmal gesehen.

Die Braut von Messina steht in gewissem Sinne fremd zwischen

Schillers sämtlichen Bühnenstücken. Er hat hier eine Idee verwirklicht, mit der er lange umgegangen ist: die Wiedergeburt des griechischen Dramas auf eine seiner Zeit gemäße Art. Es entspricht dieser Zielsetzung, daß er kein Motiv aus der ihm so vertrauten Götter- und Halbwelt der Alten gewählt hat, sondern einen Ort, »wo sich Christentum, griechische Mythologie und Mohamedanismus wirklich begegnet und vermischt haben« (an Körner), eben auf Sizilien. Die erdichtete Handlung ist von hoher Unwahrscheinlichkeit: Bruderzwist, Kindesverhehlung durch die Mutter, Liebe beider eben versöhnter Brüder zu dem Mädchen, von dem sie nicht wissen, daß es ihre Schwester ist, und ein Ende mit Schrecken. Aber das Unwahrscheinliche ist gewollt – für einmal soll das Theater nicht Geschehenes dramatisch gerafft zeigen oder eine erdachte, in sich logische Handlung vorführen. »Ist das völlige Verlassen der Wirklichkeit auf der tragischen Bühne möglich?« fragt Gerhard Storz. Keine dem Leben nahe Handlung also. Die Menschen sind Spielpuppen, Spielbälle eines Geschicks, dessen Sinn den Irdischen verborgen bleibt.

In diesem »poetischen Drama« ist dem Chor eine besondere Rolle zugedacht. Eine besondere und eine doppelte Rolle – in dem wiederholt zitierten Brief an Körner hat Schiller auseinandergesetzt, wie dieser Chor bald als Beobachter vom hohen Podest, bald als leidenschaftlich teilnehmende Volksmasse seine Stimme erhebt. Schiller hat nachträglich dem Text eine Lektion »Über den Gebrauch des Chors in der Tragödie« vorangesetzt. Sie beginnt zwar mit den Worten: »Ein poetisches Werk muß sich selbst rechtfertigen, und wo die Tat nicht spricht, da wird das Wort nicht viel helfen«, enthält aber auf sieben Seiten eine scharfsinnige, nicht leicht zu lesende Begründung. Ein experimentelles Lehrstück? Man kann es so nennen. Aber es ist durchpulst von Poesie, die besonders die Worte des Chors befeuert:

Durch die Straßen der Städte,
Vom Jammer gefolget,
Schreitet das Unglück –
Laurend umschleicht es
Die Häuser der Menschen,
Heute an dieser
Pforte pocht es,
Morgen an jener,
Aber noch keinen
Hat es verschont...

Die dichterische Schönheit und Gewalt der Sprache hat denn auch das Publikum über alles Befremdliche hinweggerissen. Die Uraufführung am 19. März 1803 wurde mit Jubel aufgenommen – es war der Theaterabend, an dem die überschäumende Begeisterung der Studenten polizeilich gedämpft werden mußte. Seltsam gestaltete sich die Aufführung im Sommer dieses Jahres in Lauchstädt. Von diesem unweit Leipzig gelegenen Bad ist schon einmal die Rede gewesen; dort waren die Schwestern Lengefeld zur Kur gewesen, und dort war zwischen den beiden, was den gemeinsamen Verehrer Schiller betraf, die Entscheidung gefallen; das lag nun vierzehn Jahre zurück. Theater war in Lauchstädt gespielt worden, seit das Bad im Flor stand, und zwar in einer großen Bretterbude, der Schafstall genannt. Nun war anno 1802 ein neuer Bau errichtet worden; »die Verwandlung eines schlechten Bauernwirtshauses in einen theatralischen Palast, wobei zugleich die meisten Personen in eine höhere Sphäre versetzt worden, beförderte heiteres Nachdenken« bemerkt Goethe in den Tag- und Jahresheften. Goethe, Gentz, Schinkel haben sich an diesem Nachdenken mit Erfolg beteiligt. Das äußerlich schlichte Haus ist heute sorgfältig restauriert.

Hier wurde am 3. Juli 1803, einem sehr heißen Tag, *Die Braut von Messina* aufgeführt. Schiller war anwesend, in der Gesellschaft des württembergischen Prinzen Eugen (ein Bruder des nun in Stuttgart regierenden Friedrich, verheiratet mit der Witwe eines Herzogs von Meiningen), mit dem er tagelang zusammen war. Der Schauspieler Graff berichtet: »Seine (Schillers) Gegenwart, sein Ruf vermehrte die Neugierde, wieder ein neues Stück von ihm zu sehen, und führte uns von der Umgebung Lauchstädts, besonders von Halle, eine zahllose Menge von Zuschauern herbei. Unser Schauspielhaus war gedrängt voll. Mit einer wahren Feierlichkeit und Andacht begann unsere Vorstellung; mit jedem Akt steigerte sich der Beifall. Ich sprach den ältesten Chorführer. In dem Augenblick, als ich im vierten Akt kaum die Stelle zu sprechen anfing

Wenn die Wolken getürmt den Himmel schwärzen,
Wenn dumpftosend der Donner hallt,
Da, da fühlen sich alle Herzen
In des furchtbaren Schicksals Gewalt,

brach wirklich über dem Hause ein fürchterlicher Donner los, so daß das ganze Haus erzitterte. Dies ergriff mich in dem Moment, daß ich mit aller Kraft meines Organs jene Verse gleichsam mit herausdonnerte. Den Eindruck... kann ich nicht beschreiben; es war eine beinahe fürchterliche Stille in dem vollen Hause...«

Das Stück hat, auch ohne Blitz und Donner vom Himmel, eine starke Wirkung gehabt. Die Aufnahme seitens der Kritik war kühl. Goethe hat zwar freundlich gratuliert, sich aber in diesem einen Fall jeglicher Würdigung enthalten.

Das letzte Drama, das Schiller vollendet hat, ist *Wilhelm Tell*. Schillers erste Berührung mit der Geschichte der Schweiz spiegelt sich im Briefwechsel mit Lotte Lengefeld, Frühjahr 1789. Sie las damals Müllers Schweizergeschichte (ein ernsthaftes Werk »mit inniger Liebe zu seiner Nation und mit nicht minderer Ehrfurcht zur Wahrheit geschrieben«, wie H. Gelzer ein Menschenalter später rühmt) – Lotte war bezaubert. »Es ist so oft ein alter Märchenton« und: »Man kann sich der Tränen über viele Züge der alten Schweizerhelden nicht enthalten, und die Darstellung ist gar stark und einfach. Es ist mir doch die einzige deutsche Geschichte, die ich kenne, die einen nach Ihrer Geschichte der Niederlande zu lesen freut.« Aber der neugebackene Professor winkt ab: »Ich mache den Schweizern die Tapferkeit und den Heldenmut nicht streitig – nichts weniger. Aber ich danke dem Himmel, daß ich unter Menschen lebe, die einer so großen Handlung, wie die Tat des Winkelried ist, nicht fähig sind. Ohne das, was die Franzosen férocité nennen, kann man einen solchen Heldenmut nicht äußern; die Heftigkeiten, deren der Mensch in einem Zustande roher Begeisterung fähig ist, kann man der Gattung bloß als Kraft, aber dem Individuum nicht wohl als Größe anrechnen.« Lotte postwendend: »Ich möchte Ihnen den Krieg ankündigen, lieber Freund, daß Sie meinen Schweizerhelden nicht so groß finden, wie er uns vorkommt. Es war kein Anfall von wilder Wut, in dem er sich aufopferte, sondern eine ganz reiflich überwogene Tat...« Winkelried ist ihr Held, nicht der Tell, aber das Thema jener Korrespondenz ist dem sehr nahe, was Schiller auf der Höhe seines Schaffens auf die Bühne bringt.

Der *Tell* ist ihm durch Goethe zugetragen worden. Auf seiner Schweizerreise im Spätsommer 1797 hatte Goethe die Urkantone rund um den Vierwaldstättersee besucht – »und diese reizende, herrliche und großartige Natur machte auf mich abermals einen solchen Eindruck, daß es mich anlockte, die Abwechslung und Fülle einer so unvergleichlichen Landschaft in einem Gedicht darzustellen. Um aber in meine Darstellung mehr Reiz, Interesse und Leben zu bringen, hielt ich es für gut, den höchst bedeutenden Grund und Boden mit ebenso bedeutenden menschlichen Figuren zu staffieren, wo denn die Sage vom Tell mir als sehr erwünscht zu statten kam.« (Zu Eckermann) »Den Tell dachte ich mir als einen urkräftigen, in sich selbst zufriedenen, kindlich-unbewußten Heldenmenschen, der als Lastträger die Kantone durchwandert, überall gekannt und geliebt ist, überall hilfreich, übrigens ruhig sein Gewerbe treibend, für Weib und Kind sorgend, und sich nicht kümmernd, wer Herr oder Knecht sei.« Geßler, Fürst, Stauffacher, alle kommen schon vor in Goethes Vorstellungen, dazu Winkelried, dem wir in Schillers Drama nicht begegnen, historisch richtigerweise. »Von diesem schönen Gegenstande war ich ganz voll, und ich summte dazu schon gelegentlich meine Hexameter... Von allem diesem erzählte ich Schillern, in dessen Seele sich meine Landschaften und meine handelnden Figuren zu einem Drama bildeten. Und da ich andere Dinge zu tun hatte und die Ausführung meines Vorsatzes immer weiter verschob, so trat ich meinen Gegenstand Schillern völlig ab...«

Land und Leute um den Vierwaldstättersee und die Geschichte und Sage vom Tell bildeten also ein beliebtes Thema zwischen den beiden Freunden. Im Frühjahr 1802 nähert sich Schiller der Sache, »mit einer Kraft und Innigkeit angezogen, wie es mir lange nicht begegnet ist.« (Am 10. März an Goethe) Vier Tage darauf wendet er sich an Cotta: »Können Sie eine genaue Special Charte von dem Waldstättensee und den umliegenden Cantons mir verschaffen, so haben Sie die Güte, sie mit zu bringen. Ich habe so oft das falsche Gerücht hören müssen, als ob ich einen Wilhelm Tell bearbeitete, daß ich endlich auf diesen Gegenstand aufmerksam worden bin, und das Chronicon Helveticum von Tschudi studierte. Diß hat mich so sehr angezogen, daß ich nun in allem Ernst einen Wilhelm Tell zu bearbeiten gedenke, und das soll ein Schauspiel werden, womit wir Ehre einlegen wollen. Sagen Sie aber niemand kein Wort davon...« Es folgt noch die Bitte um das Tschudi'sche Werk, »denn ich möchte es wohl eigen besitzen«. Cotta: »Daß Sie Tell bearbeiten, freut mich unendlich – ich werde alles mitbringen was Sie dazu verlangen.« Dann ruht die Sache, arbeitet in seinen Gedanken fort. Im Juli des folgenden Jahres bespricht er sich mit Goethe auf einem langen Spaziergang. Und bald darauf geht ein Brief an Cotta: »Wenn Ihnen einige Prospekte von Schweitzerischen Gegenden, besonders aber von dem Schweitzerufer des Waldstättensees, dem Rütli gegenüber in die Hände fallen sollten, so senden Sie mir sie doch. Auch wünschte ich Füsslis Erdbeschreibung, Tschockes Werk von der Schweitz und die Briefe über ein schweitzerisches Hirtenland, so wie auch von Ebels Schrift über die Gebirgsvölker die Fortsetzung zu besitzen. Alle diese Werke könnte ich in 14

Tagen zurückschicken, wenn ich sie geliehen bekommen könnte. Auch was in Bern über Wilhelm Tell neuerdings herausgekommen ist, wünsche ich zu lesen.«

In schöner Klarheit haben wir die Entstehung dieses Dramas vor uns. Goethe, der Reisende, wie er unter den Deutschen – trotz Seume und Fürst Pückler – nicht seinesgleichen hat, als Erzähler und Schiller mit seiner begnadeten Phantasie als Zuhörer. Dazu die gedruckten Materialien: Landkarten, Prospekte, Geschichtsbücher. Das Ergebnis ist eine so dichte, farbige Schilderung von Land und Leuten, wie sie unter den Bühnenwerken schwerlich noch einmal zu finden ist.

Dies ist das Bild der ersten Szene: »Hohes Felsenufer des Vierwaldstättensees, Schwyz gegenüber. Der See macht eine Bucht ins Land, eine Hütte ist unweit dem Ufer, Fischerknabe fährt sich in einem Kahn. Über den See hinweg sieht man die grünen Matten, Dörfer und Höfe von Schwyz im hellen Sonnenschein liegen. Zur Linken des Zuschauers zeigen sich die Spitzen der Haken, mit Wolken umgeben; zur Rechten im fernen Hintergrund sieht man die Eisgebirge. Noch ehe der Vorhang aufgeht, hört man den Kuhreihen und das harmonische Geläut der Herdenglocken, welches sich auch bei eröffneter Szene noch eine Zeitlang fortsetzt.« Und vor dieser Kulisse die Fischer, die Jäger, die Sennen. Lokalkolorit in den kräftigsten Farben. Das geht bis zur Annäherung an den Dialekt: »Lug, Seppi, ob das Vieh sich nicht verlaufen.« In der Rütliszene werden Wendungen gebraucht, die noch heute auf den Landsgemeinden, die sich in kleinen Kantonen erhalten haben, zu hören sind. Selten hat ein Dramatiker, nie zuvor hat sich Schiller so um Genauigkeit von Ort und Stelle bemüht. Aus einer Schweizer Studie aus jüngster Zeit: »Hier aber ist es, als wolle Schiller seine Vorstellung vom höchst bedeutenden Lokal – wie auch die Ortsnamen, die dem damaligen Publikum vertraut waren – mit als Gegenstand der Sage einbauen; als wolle er im Bild auf die condition humaine seiner Gestalten weisen. Gleich im ersten Aufzug werden denn auch die Elemente mit Donnergrollen, Windesbrausen und Seesturm entfesselt. Also rühmen wir Schiller, wie er, ohne je in dieser Berggegend gewesen zu sein, Landschaft und Atmosphäre sehen und erleben, diese als festlichen Überraschungseffekt auf den Zuschauer... wirken läßt.« (Barbara Schnyder-Seidel) Im Weiteren werden dem Dichter einige Abweichungen in der Topographie nachgewiesen, die vom Schreibpult in Weimar aus denn doch nicht zu vermeiden waren – so weiß jeder, der die Gegend bereist hat, daß das Rütli freundlicher gelegen und leicht zu begehen ist.

Insgesamt, das bestätigt auch jene neueste Arbeit, ist es eine unvergleichliche Leistung, wie Schiller eine Landschaft beschwört, die er nie gesehen hat.

Und nicht nur die Landschaft. Was Geschichte und Sage aus der Frühzeit der Eidgenossenschaft überliefert und ausgeschmückt haben, ist in Schillers *Wilhelm Tell* aufgehoben und in einer metallenen Sprache verewigt. Der Rütlischwur:

> Wir wollen sein ein einzig Volk von Brüdern,
> In keiner Not uns trennen und Gefahr.
> Wir wollen frei sein, wie die Väter waren,
> Eher den Tod, als in der Knechtschaft leben.
> Wir wollen trauen auf den höchsten Gott
> Und uns nicht fürchten vor der Macht der Menschen.

Die schon zitierte Schweizer Autorin bemerkt dazu, »daß nicht selten einer glaubt, die Zeilen seien der Anfang vom ersten Bundesbrief«. Vom Rütlischwur später noch ein Wort.

Das ganze dramatische Gedicht ist von einem machtvollen Atem durchweht. Die Lebenserfahrung des gereiften Mannes ist spürbar, vielleicht am schönsten im Gespräch zwischen Tell und seiner Frau Hedwig (3. Akt, 1. Szene), wobei die treffendsten Worte die Frau spricht:

> Ja, du bist gut und hilfreich, dienest allen,
> Und wenn du selbst in Not kommst, hilft dir keiner.

Oder: Die recht tun, eben die haßt man am meisten. Psychologisch meisterhaft Tells Erzählung, wie er dem Landvogt allein an einer Felswand begegnet – »Bloß Mensch zu Mensch, und neben uns der Abgrund« und Geßler blaß geworden sei vor Angst, er ihn aber nur freundlich gegrüßt – worauf Hedwig:

> Er hat vor dir gezittert – Wehe dir!
> Daß du ihn schwach gesehn, vergibt er nie.

Übrigens stehen die Eheleute Tell und Hedwig kontrapunktisch zu dem Paar Stauffacher und Gertrud. Die Stauffacherin weckt in ihrem Mann den Mut, Hedwig mahnt ihren Mann zur Besonnenheit, aber beidemal sind die gescheitesten Worte den Frauen in den Mund gelegt; man könnte darin eine kleine Huldigung für Lotte erblicken.

Der Apfelschuß ist ein Höhepunkt der Sage vom Tell. In dem aus alten Quellen geschöpften Lied von der Entstehung der Eidgenossenschaft (um 1535 niedergeschrieben) heißt es:

Der landvogt sprach zu Wilhelm Tell:
nun luog, das dir die kunst nit fel –

Und nachdem Tell seinem Kind glücklich »den öpfel ab dem huopt traff« fragt der Landvogt mißtrauisch, was denn der Schütze mit dem zweiten Pfeil im Sinn gehabt habe, der im Köcher stecke:

Wilhelm Tell was ein zornig man,
er schnarzt den lantvogt übel an:
Hett ich min kind erschossen,
so sagen ich dir, landvogt guott,
so hätt ich stätt in minem muott,
ich welt dich selber han troffen.

Das ist der Märchenton, von dem Lotte als Mädchen schwärmte, und den Schiller sein Leben lang geliebt hat. Schiller faßt im 3. Auftritt des 3. Akts, »Wiese bei Altdorf«, die Geschichte von dem aufgesteckten Hut, den jedermann zu grüßen hatte, mit der Apfelschuß-Szene in großer Art zusammen. Vom geglückten Schuß über die kühne Antwort an Geßler, die Gefangennahme, die Flucht während des Sturms auf dem See bis zum Mord am Tyrannen wird das dramatische Gedicht in einem großen Schwung zu seinem Ende geführt. Allein die Begegnung mit dem flüchtigen Johann Parricida, Herzog von Schwaben, bringt kurz vor dem Ende eine Störung in den Ablauf des Geschehens; Schiller hat diese Szene eingebaut, um die »rasche, wilde Wahnsinnstat« des Vatermörders der befreienden, aber immerhin mörderischen Tat seines Helden entgegenzusetzen. Tells langer bedenkenschwerer Monolog vor dem Schuß auf den Landvogt hat ihm noch nicht genügt.

Am 17. März 1804 war die Uraufführung im Weimarer Hoftheater. Man spielte von halb sechs Uhr bis nachts um elf – trotzdem war es ein Erfolg, der alle vorhergegangenen übertraf. Das Stück nimmt seinen Siegeszug über die Bühnen.

Die meisten von Schillers Bühnenwerken enthalten Stücke politischer Konfession, wenn man politisch zugleich im eigentlichen wie im weitesten Sinne nimmt. Karl Moor, der Majorssohn Ferdinand, Marquis Posa – kühne Worte gegen eine in sinnentleerten Konventionen erstarrte Gesellschaft, gegen Gewissenszwang. Das »in Tirannos« auf dem Titelblatt der *Räuber* stammt, wie wir wissen, nicht von Schiller, es zeigt aber, wie sein dramatisches Ungestüm auf die Zeitgenossen gewirkt hat. Nun, auf der Höhe seines Schaffens und am Ende, noch einmal »in Tirannos«:

Nein, eine Grenze hat Tyrannenmacht,
Wenn der Gedrückte nirgends Recht kann finden,
Wenn unerträglich wird die Last – greift er
Hinauf getrosten Mutes in den Himmel
Und holt herunter seine ewgen Rechte,
Die droben hangen unveräußerlich
Und unzerbrechlich wie die Sterne selbst –

Im *Tell*, wie in der *Geschichte des Abfalls der Niederlande*, hat der Ruf nach Freiheit nationale Bedeutung; beide handeln vom Kampf eines ganzen Volkes gegen seine Unterdrücker. Und weil Unterdrükkung sich immer neu ereignet, erwachen Schillers geschmiedete Verse zu immer neuem Leben:

Wir wagten es, ein schwaches Volk der Hirten,
In Kampf zu gehen mit dem Herrn der Welt?
Der gute Schein nur ists, worauf sie warten,
Um loszulassen auf dies arme Land
Die wilden Horden ihrer Kriegesmacht,
Darin zu schalten mit des Siegers Rechten
Und unterm Schein gerechter Züchtigung
Die alten Freiheitsbriefe zu vertilgen.

Was auf den Kampf der Eidgenossen im Mittelalter gemünzt ist, erscheint, während diese Zeilen geschrieben werden, in Zentralasien gültig, Wort für Wort.

Immer wieder vermag Schiller »hier und heute« zu ergreifen.

Das Berliner Theaterpublikum stand wohl nie im Ruf besonderer Sentimentalität. Als in der jammervollen Zeit nach dem Ersten Weltkrieg, es mag 1921 oder 1922 gewesen sein, hier *Wilhelm Tell* aufgeführt wurde und es auf der Bühne zum Rütlischwur kam – erhoben sich alle von ihren Sitzen, mitsamt dem Reichspräsidenten Ebert in seiner Loge, und sprachen die Verse des Schwurs mit: »Wir wollen sein ein einzig Volk von Brüdern...« Und als zwanzig Jahre später hier der *Don Carlos* gegeben wurde und Posa sein berühmtes: »Sire, geben Sie Gedankenfreiheit!« (eigentlich ein sehr bescheidenes Begehren) ausrief, brach ein minutenlang tobender Beifall aus.

Schiller selbst, im Widerschein seiner Wirkung, wurde Generationen hindurch und wird immer wieder als Freiheitskämpfer, als Patriot und gar als Demokrat beansprucht. Der Biograph hat die Pflicht, dieses Bild zurecht zu rücken. – Schiller hat sich mit einer nie angekränkelten Selbstverständlichkeit als Deutscher empfunden, nicht als Weltbürger oder sonst etwas – dem widersprechen auch nicht die beiden Xenien

Deutschland? aber wo liegt es? Ich weiß das Land nicht zu finden.
Wo das gelehrte beginnt, hört das politische auf.
Zur Nation euch zu bilden, ihr hoffet es Deutsche, vergebens;
Bildet, ihr könnt es, dafür freier zu Menschen euch aus.

Einzelzitate aus den Werken haben geringe Beweiskraft, was des Dichters persönliche Haltung und Meinung betrifft; für Zitate aus den *Xenien* gilt das besonders, zumal man nie genau weiß, von welchem der zwei Freunde sie stammen. Es sind Mosaiksteine, nicht mehr, allerdings auch nicht weniger. Die beiden Xenien spiegeln die deutsche Situation am Ausgang des 18. Jahrhunderts. Deutschland war ein geographischer Begriff (von der Etsch bis an den Belt – das steht im *Wallenstein*, und dürfte von dort durch Hoffmann von Fallersleben übernommen sein). Die Deutschen waren zusammengehörig durch Sprache, Tradition, Kultur – ein gemeinsames Vaterland haben sie damals so wenig gehabt wie heute.

Der Österreicher hat ein Vaterland,
Und liebts, und hat auch Ursach, es zu lieben –

heißt es im *Wallenstein*; der Österreicher, nicht die kaiserliche Armee. »Kurpfalz ist mein Vaterland!« meinte Schiller in Mannheim ausrufen zu dürfen, als er sein württembergisches Vaterland hinter sich gelassen hatte. Von einem deutschen Vaterland hat er nicht geschwärmt, weder in seinen Werken noch in persönlichen Äußerungen. Unter denen, die ihm geistig verbunden waren, hat vor allem und radikal Fichte das getan; aber da war Schiller bereits tot. Schillers politische Vorstellung von den deutschen Dingen war auf dem Westfälischen Frieden von 1648 gegründet. Das »Reich«, das er erlebt hat, war das tausend Jahre alte Heilige Römische Reich deutscher Nation, in seinen allerletzten Zügen gerade noch atmend. Sein Nationalgefühl war am ehsten gegen die Franzosen abgehoben. Kein Wunder, da er es aus der Ferne erleben mußte, wie die enfants de la patrie seiner Familie zusetzten, während der alte Vater auf seinem Sterbebette lag. In einer Notiz für Goethe findet sich einmal (am 9. August 1803) die Bemerkung: »Dem Überbringer dieses, Herrn Arnold aus Straßburg, bitte ich Sie, einige Augenblicke zu schenken und ihm ein freundliches Wort zu sagen. Er hängt an dem deutschen Wesen mit Ernst und Liebe ...«

Der Tod hat Schiller davor bewahrt, die Ankunft der französischen Armee anno 1806 zu erleben, »das grimmige Unheil«, wie es Goethe in den Tag- und Jahresheften nennt. Schiller war Ehrenbürger jener aus der Revolution geborenen und inzwischen verwandelten Republik – es ist nicht Sache des Biographen auszumalen, wie er sich in einer so absurden Situation verhalten hätte; gewiß nicht würdelos. Seltsamer noch ist die Vorstellung, er wäre 1808 anläßlich des Erfurter Fürstenkongresses, wie Goethe und Wieland, mit dem Herrn Europas, dem Kaiser der Franzosen zusammengetroffen. Schillers Verhältnis oder vielmehr Nicht-Verhältnis zu Napoleon ist ein negatives Phänomen. Der Historiker und Dramatiker, der die Geschichte nach merkwürdigen, Geist und Herz bewegenden Gestalten durchforscht, der im *Wallenstein* die große Figur eines von der Macht betörten und im Spiel der Mächte versinkenden Heerführers mit höchster Meisterschaft gestaltet hat – dieser gleiche Dichter sieht an dem Zeitgenossen, einem der Großen der Weltgeschichte, vorbei! Schiller hat doch den kometenhaften Aufstieg des unbekannten Offiziers aus kleinem korsischen Adel miterlebt – Vendémiaire und Konsulat, die Feldzüge in Italien und Ägypten, die Kaiserkrönung. Er stellt sich blind und taub. Einmal hat er sich zur Schwägerin geäußert: »Wenn ich mich nur für ihn interessieren könnte!... ich vermag's nicht; dieser Charakter ist mir durchaus zuwider...« Der Biograph kann das nur berichten. Wie soll er es erklären? Diese Worte an Karoline, wohl die einzigen einschlägigen, müssen uns geradezu unglaublich erscheinen. Eine instinktive Abneigung – wenn man dem trauen will – hätte sie nicht zu einem großartigen Haß geläutert werden können, wie Kleist gehaßt hat und viele andere? Unbegreiflich bleibt dieses Ignorieren einer Erscheinung, die die Welt geblendet, erschüttert, verändert hat. Vielleicht ist es die Schutzhaltung eines Menschen gewesen, der mit einem Rest physischer Kraft bemüht war, seine geistige Ernte einzubringen, dem alles Störende ängstlich zuwider war.

Er hat ja nicht außer der Welt gelebt, nicht als Familienvater, nicht als Geschäftsmann, nicht als Celebrität im Umkreis des Weimarer Hofes. Er hat, mit jener einzigen phänomenalen Ausnahme, an den Ereignissen seiner Zeit nicht vorbeigesehen. Der Dichter Friedrich Schiller hat die Freiheit besungen. Sein Werk, und ganz besonders der *Tell*, ist reich an herrlichen Worten, deren sich jeder Freiheitsmann, gleich welcher Couleur, bedienen kann. Nur ist es nicht erlaubt, kurze Rückschlüsse auf Schillers politische Haltung zu ziehen. Goethe zu Eckermann: »Durch alle Werke Schillers geht die Idee von Freiheit, und diese Idee nahm eine andere

Gestalt an, sowie Schiller in seiner Kultur weiter ging und selbst ein anderer wurde. In seiner Jugend war es die physische Freiheit, die ihm zu schaffen machte und die in seine Dichtung überging, und in seinem späteren Leben die ideelle.« Der alte Goethe fährt fort: »Es ist mit der Freiheit ein wunderlich Ding, und jeder hat leicht genug, wenn er sich nur zu begnügen und zu finden weiß...« und: »Hat einer nur so viel Freiheit, um gesund zu leben und sein Gewerbe zu treiben, so hat er genug, und so viel hat leicht ein jeder« – in der Tat, diese Dosis Freiheit kann jeder Diktator garantieren (Goethes weitere Betrachtungen führen in ein Feld, in das man ihm gerne folgt).

Schillers Idee von der Freiheit ist ein Licht, das durch die Zeiten leuchtet, und sie hat auch so gewirkt. Abwegig ist es, in Schillers Leben nach Taten oder auch nur nach starken Worten zu suchen, die auf eine Änderung, Liberalisierung, Demokratisierung der ihn umgebenden politischen Zustände gerichtet wären. Daß es eine Zensur gab, hat er hingenommen, bei der Bearbeitung seiner und fremder Bühnenstücke berücksichtigt, ohne sich darüber aufzuregen. Das Staatswesen, in dem er sich eingerichtet hat, war ihm recht. Sein großer Freund waltete darin als Minister. Der Herzog, gescheit, instinktsicher, innerlich kultiviert, äußerlich von einfachen Sitten, war ein Herr und ein ganzer Kerl zugleich. Ihm zu dienen, nahm keinem etwas von seiner Würde.

Die Würde des Menschen – das ist es, wo bei Schiller Idee und Leben eins sind. Er hat die herkömmlichen Formen gewahrt, er konnte klug, geschmeidig, diplomatisch vorgehen, er konnte Hofmann bei Hofe sein – nie hat er seinem Stolz, seiner Würde etwas vergeben. Die Würde des Menschen ist der Grundtenor vieler seiner Gedichte und eigentlich aller seiner Bühnenstücke. »Die Würde des Menschen ist unantastbar« lautet der erste Satz unsres Grundgesetzes. Das ist Schillers Handschrift.

Das letzte Haus

An seinem ansehnlichen Grundbesitz in Jena hat Schiller nach dem Umzug das Interesse verloren. Auch seine »Gartenzinne« mit der schönen, stundenweiten Aussicht über Täler und Hügel vermochte ihn nicht mehr zu fesseln. Er hat im Frühjahr 1801 noch einmal für einige Wochen hier gewohnt, um die »Jungfrau« in Ruhe zu vollenden. Dann war er nur noch darum besorgt, Haus, Gartenhaus und Garten wieder los zu werden; was sich als ziemlich schwierig erweisen sollte.

Er sucht ein Haus in Weimar zu kaufen und hat zu Beginn des Jahres 1802 ein Objekt gefunden. An der Esplanade hatte sich wenige Jahre zuvor ein junger schriftstellernder Engländer namens Mellish ein geräumiges Haus gebaut, schlicht, aber in gutem Geschmack; bürgerlich behaglich, mit einem Anflug von Klassizismus; sechs Fenster breit, über dem etwas niedrigen Erdgeschoß die Bel Etage, darüber ein zweiter Stock mit einem schönen Raum in der Mitte, links und rechts Mansarden; gut gelegen. Mellish fordert für das Haus den angemessenen Preis von 4200 Thalern. Das war mehr als das dreifache dessen, was Schiller allenfalls aus dem Verkauf in Jena erzielen konnte. Er hat die Finanzierung auf einer breiten Basis gesichert, großzügig und solide; denn beide Wörter kann man auch aufs Schuldenmachen verwenden, wenn die Umstände danach sind.

Die erste Adresse ist Cotta. »Sie haben mir ehmals erlaubt, werthester Freund, im Falle daß ich zum Ankauf eines Hauses einen Vorschuß an Geld nöthig haben sollte, mich an Sie wenden zu dürfen. Dieser Fall ist jezt gekommen, und da ich die Gelegenheit nicht aus der Hand lassen möchte, so mache ich von Ihrer Güte Gebrauch. Ich kann zwar einen Theil der Summe von meiner Schwiegermutter erhalten und auch etwas auf dem Hause stehen lassen, aber eine Summe von 2600 Gulden brauche ich doch, weil mich das Haus mit den nöthigen Reparaturen auf 8000 Gulden zu stehen kommt; so theuer wohnt man in unserm schlechten Nest. Meinen Garten in Jena, von dem ich jene Summe nehmen könnte, wollte ich nicht gern mit Nachtheil verkaufen.« Cotta wünscht Glück zum Hauskauf und teilt mit, 2600 Gulden (das sind 1430 Thaler) lägen bereit. Im März räumt die Weimarer fürstliche Kammer einen Kredit in gleicher Höhe ein. Ein kleines Darlehen gibt Goethe privatim. Von der Chère Mère ein Darlehen von 600 Thalern. Dann wird noch vom Pächter Weidner eine Hypothek von 2200 Thalern aufgenommen, zu 4%. Im Juni endlich wird das Jenaer Anwesen an den Professor der Jurisprudenz Thibaut für 1150 Thaler verkauft, akkurat die Summe, die Schiller seinerzeit bezahlt hatte (doch war noch ein Erkleckliches für Reparaturen und Umbauten darauf gegangen). Addiert man diese Beträge, so kommt man auf eine Summe von 6810 Thaler. Dabei ist nicht gerechnet Goethes Beitrag, ein Vorschuß von Göschen und alles, was in der fraglichen Zeit an Honorar einging. Die Ausgabe war also reichlich gesichert. Am 19. März wird der Vertrag unterschrieben. Am 26. März leistet der Käufer eine Anzahlung von 1365 Thalern; im April und im Mai weitere Teilbeträge. Mellish ist sichergestellt. Schiller muß nach Umbauten noch Handwerkerrechnungen zahlen, die um etliche hundert Thaler über dem Anschlag liegen.

Ende April wird das Haus bezogen. Goethe gratuliert: »Es soll mich sehr freuen, Sie in einem neuen, freundlichen, gegen die Sonne und das Grüne gerichteten Quartier gesund und tätig anzutreffen.« Die Schwägerin Karoline, als Frau von Wolzogen in recht stattlichen Verhältnissen lebend, nennt es ein kleines, aber bequem und freundlich gelegenes Haus. »Er bewohnte die obere Etage allein. Seine Zimmer hatten die Mittags- und Morgensonne. Ein karmesinseidener Vorhang war vor dem Fenster, an dem sein Arbeitstisch stand, angebracht. Er sagte uns, daß der rötliche Schimmer belebend auf seine produktive Stimmung wirke.« Das ist das Zimmer mit dem aus Tannenbrettern gefügten Bett und dem einfachen Schreibtisch, mit Lottes Spinett, mit den gerahmten italienischen Landschaften auf der grünen, blaugetupften Tapete und dem besagten roten Vorhang – es ist wie das ganze Haus aufs sorgfältigste erhalten, mit Liebe und hohem Sachverstand gepflegt und präsentiert: der Raum, in dem Schiller seine drei letzten Jahre gelebt und gearbeitet hat, und in dem er gestorben ist. (Nebenbei sei bemerkt, daß das Haus in den 1870er Jahren noch einmal einen bedeutenden Bewohner gehabt hat, Ernst Abbe, den Gründer der Zeiss-Stiftung. Es gab damals noch die »giftgrünen« Tapeten, in denen sich ein beträchtlicher Arsenikgehalt nachweisen ließ. Wer Schillers physischen Zustand kennt, weiß um die Unsinnigkeit der Behauptung, diese Tapeten hätten ihm den Tod gebracht. Nicht auszuschließen ist aber, daß sie eine Quelle mehr für sein häufiges Unwohlsein gewesen sind.)

Das ganze Haus war recht einfach eingerichtet, »kleinbürgerlich« (Mosapp). Die Räume in der Bel Etage, wie sie heute gezeigt werden, Empfangszimmer und Gesellschaftszimmer, haben weniger elegant ausgesehen. Eine Anschauung von der Einrichtung vermittelt ein Brief Schillers an Lotte vom August 1804, als sich diese nach der Geburt ihres vierten Kindes, das in Jena zur Welt kam, noch eine Weile im Griesbach'schen Hause pflegen ließ. »Die Ruhe, die um mich her ist, und die größere Bequemlichkeit tun mir wohl, obgleich es mir ganz fremd vorkommt, mich so allein und von Euch abgeschnitten zu sehen. Die kleinen Anordnungen, die ich noch im Hause zu machen habe, ehe Du kommst, beschäftigen mich auf eine angenehme Weise, das Kabinettchen ist schon gedielt, auch der Christine (Zofe) ihre Kammer wird ordentlich und bewohnlich eingerichtet. Die Kinderstube ist recht komfortabel und auch das Schlafzimmer daran. Zu dem harten Sofa lasse ich aus Pferdehaarkissen, die ich noch vorrätig hatte, eine neue, gute Matratze machen, zwei eichene Kommoden und zwei neue eichene Tische hineinsetzen, die anderen schlechtkonditionierten Tische aus Buchenholz werden neu fourniert und gebeizt. Ein recht schönes Nachttischchen aus Mahagoni steht schon für Dich bereit und auch noch ein kleines Teetischchen mit einem lackierten Blech. Die Sofa- und Stuhlkappen aus den guten Zimmern lasse ich waschen, wie auch die Vorhänge aus diesen vorderen Stuben, die ich nun für mich nehmen werde.« Schiller, der Hausvater.

Ein Zufall hat es gewollt, daß an dem Tag, an dem das neue Haus – das letzte Haus – bezogen wurde, im Pfarrhaus zu Cleversulzbach Schillers Mutter gestorben ist. Cotta, auf der Durchreise zur Buchmesse, überbrachte die Nachricht, teilte sie aber nur Lotte mit, die sie erst drei Tage später Schiller zu eröffnen wagte. Die Wirkung dieser Trauerbotschaft war stark. Er gesteht Goethe in einem Brief, wie er sich »von einer solchen Verflechtung der Schicksale« bewegt fühle. Nach Cleversulzbach schreibt er an die Schwester Luise: »Sie hat ausgekämpft, und wir müssen es ihr sogar wünschen. O liebe Schwester, so sind uns nun beide lebende Eltern entschlafen, und dieses älteste Band, das uns ans Leben fesselte, ist zerrissen! Es macht mich sehr traurig, und ich fühle mich in der That verödet, ob ich gleich mich von geliebten und liebenden Wesen umgeben sehe und euch, ihr guten Schwestern, noch habe, zu denen ich in Kummer und Freude fliehen kann. O, laß uns, da wir drei nun allein noch von dem väterlichen Hause übrig sind, uns desto näher aneinander schließen! Vergiß nie, daß du einen liebenden Bruder hast...«

Von geliebten und liebenden Wesen umgeben – das ist tief empfunden und schön gesagt. An seinem letzten Weihnachtsabend waren vier Kinder um ihn: Karl war elf, Ernst acht, Karoline fünf, dazu »Emilie, die ein halbes Jahr alt war und, als mein Vater sie auf den Arm nehmend um den mit vielen Lichtern brennenden Christbaum herum trug, durch ihre ausgestreckten Ärmchen und Jauchzen ihre Freude darüber ausdrückte«. So hat es Karl aufgezeichnet. Das erinnert an Hovens Schilderung vom Christfest in Ludwigsburg, als der Sohn Karl eben auf die Welt gekommen war.

Es gehört zu den Merkwürdigkeiten in Schillers Leben, daß er, der mit einer erschütterten Gesundheit darum ringen mußte, seine geistige Ernte einzubringen und das leidenschaftlich und willensmächtig getan hat – daß dieser Geniale ein umsichtiger Hausvater, ein guter Gatte und seinen Kindern ein liebevoller, geduldiger Vater gewesen ist.

Wir haben Gewißheit über die erstaunliche Tatsache, daß Schiller seine Kinder fast ohne Schläge erzogen hat – was in seiner Zeit zwar nicht einzigartig, aber doch eine auffallende Seltenheit ist. Der Sohn Karl hat eine Szene überliefert, die sich wahrscheinlich noch in der Weimarer Mietswohnung beim Perückenmacher Müller zugetragen hat. Karl ist damals sieben oder acht Jahre alt gewesen. »Einmal waren mein Bruder, Schwester und ich zur Mittagszeit in unserem Zimmer, wo auch gegessen ward, wir waren hungrig, allein der Vater schlief noch. Wir wohnten über seinem Schlafzimmer, und um uns den Hunger zu vertreiben, sprangen wir in der Stube um den runden Tisch herum; hiedurch wurde mein Vater aufgeweckt und schellte seinen Diener; ich in der Freude, daß der Vater erwacht war, eilte hinunter, um ihm einen guten Morgen zu sagen, seine Zimmertür war noch verschlossen, ich klopfte, worauf er fragte: ›Wer ist da?‹ Ich antwortete: ›Ich!‹ ›Wer ist der Ich?‹ fragte er, worauf ich sagte: ›Der Karl!‹ Hierauf öffnete er die Tür. Statt mir aber einen freundlichen guten Morgen zu sagen, sagte er, indem er mich am Kragen packte und mir einige leichte Schläge gab: Wart, ich will euch den Lärmen vertreiben...« Karl war über dieses gänzlich ungewohnte Ereignis so aus der Fassung gebracht, daß er sich »aus Scham, Schläge bekommen zu haben«, unter das Bett seiner Mutter verkroch und dort den Rest des Tages verschlief. »Das ist das zweite und letztemal, daß mich der Vater strafte.«

Man erinnert sich, wie der Dichter in seiner Kindheit zuhause und besonders auf der Lateinschule geprügelt worden ist. – Auch in anderer Hinsicht hat Schiller aus den Erfahrungen seiner jungen Jahre Folgerungen für die Erziehung seiner eigenen Kinder gezogen. Er hat zwar jedes taufen lassen, aber so lange er gelebt hat, jede religiöse Unterweisung vermieden. Christiane von Wurmb, eine junge Cousine Lottes, hat 1802 eine Weile im Hause gelebt und Aufzeichnungen über Schillers Gespräche gemacht. Einmal wurde sie von dem sechsjährigen Ernst gefragt, »was im Winde sei?« Das, antwortete sie, solle er den Vater fragen.

Schiller hat ihr dann gesagt: »Man sollte es sich zur heiligsten Pflicht machen, dem Kinde nicht zu früh einen Begriff von Gott beibringen zu wollen. Die Forderung muß von innen heraus geschehen, und jede Frage, die man beantwortet, ehe sie aufgeworfen wird ist verwerflich. Man sagt dem Kinde öfters im sechsten bis siebten Jahre etwas vom Schöpfer und Erhalter der Welt, wo es den großen, schönen Sinn dieser Worte noch nicht ahnden kann und so sich seine eigenen verworrenen Vorstellungen macht. Entweder verhindert man durch dieses zu frühe Erklärungen den schönen Augenblick des Kindes ganz, wo es das Bedürfnis fühlt, zu wissen, woher es kommt und wozu es da ist – oder kommt er je, so ist doch das Kind schon kalt durch seine vorhergegangenen Ideen geworden, so daß man ihm nie wird die Wärme einflößen können, die es gefühlt haben würde, wenn man ihm Zeit bis zu diesem entscheidenden Augenblicke gelassen hätte. Und das Kind hat vielleicht seine ganze Lebenszeit daran zu wenden, um jene irrigen Vorstellungen wieder zu verlieren oder wenigstens abzuschwächen.« Ob dies eine gültige pädagogische Weisheit ist, bleibe dahingestellt. Sicher ist aber, daß hier eine Reaktion auf ein zuviel in Schillers eigener Kindheit sichtbar wird. – Die Sorge um die Kinder hat ihn auch bei seinen Finanzüberlegungen bewegt, auch dies aus unausgelöschten Erinnerungen an die eigenen jungen Jahre: »Wenn ich nur noch so viel für die Kinder zurücklegen kann, daß sie vor Abhängigkeit geschützt sind, denn der Gedanke an eine solche ist mir unerträglich.« (Nach den Erinnerungen der Schwägerin)

Die große Arbeit, die in seinem letzten Haus in Angriff genommen und vollendet wurde, war der *Tell*. Aufs anschaulichste hat das Goethe später in einem Gespräch in Karlsbad geschildert: »Schiller stellte sich die Aufgabe, den ›Tell‹ zu schreiben. Er fing damit an, alle Wände seines Zimmers mit so viel Specialkarten der Schweiz zu bekleben, als er auftreiben konnte. Nun las er Schweizer Reisebeschreibungen, bis er mit Weg und Stegen des Schweizer Aufstandes auf das Genaueste bekannt war. Dabei studierte er die Geschichte der Schweiz; und nachdem er alles Material zusammengebracht hatte, setzte er sich über die Arbeit, und buchstäblich genommen stand er nicht eher vom Platze auf, bis der Tell fertig war. Überfiel ihn die Müdigkeit, so legte er den Kopf auf den Arm und schlief. Sobald er wieder erwachte, ließ er sich – nicht, wie ihm fälschlich nachgesagt worden, Champagner – sondern starken schwarzen Kaffee bringen, um sich munter zu erhalten. So wurde der ›Tell‹ in sechs Wochen fertig; er ist aber auch aus *einem* Guß!« Man darf diese, ein halbes Menschenalter später gegebene Schilderung nicht wortwörtlich nehmen; aber sie ist wahr und lebensnah.

Es sei an dieser Stelle die ziemlich bekannte Eigentümlichkeit erwähnt, daß Schiller durch den Geruch fauler Äpfel angeregt wurde. Auch hierfür ist Goethe unser Gewährsmann: »Wir waren, wie gesagt und wie wir alle wissen, bei aller Gleichheit unserer Richtungen Naturen sehr verschiedener Art, und zwar nicht bloß in geistigen Dingen, sondern auch in physischen. Eine Luft, die Schiller wohltätig war, wirkte auf mich wie Gift. Ich besuchte ihn eines Tages, und da ich ihn nicht zu Hause fand und seine Frau mir sagte, daß er bald zurückkommen würde, so setzte ich mich an seinen Arbeitstisch, um mir dieses und jenes zu notieren. Ich hatte aber nicht lange gesessen, als ich von einem heimlichen Übelbefinden mich beschlichen fühlte, welches sich nach und nach steigerte, so daß ich endlich einer Ohnmacht nahe war. Ich wußte anfänglich nicht, welcher Ursache ich diesen elenden, mir ganz ungewöhnlichen Zustand zuschreiben sollte, bis ich endlich bemerkte, daß aus einer Schieblade neben mir ein sehr fataler Geruch strömte. Als ich sie öffnete, fand ich zu meinem Erstaunen, daß sie voll fauler Äpfel war. Ich trat sogleich an ein Fenster und schöpfte frische Luft, worauf ich mich denn augenblicklich wiederhergestellt fühlte. Indes war seine Frau wieder hereingetreten, die mir sagte, daß die Schieblade immer mit faulen Äpfeln gefüllt sein müsse, indem dieser Geruch Schillern wohltue und er ohne ihn nicht leben und arbeiten könne.« (Zu Eckermann) Die Sache mit den faulen Äpfeln ist also sozusagen von höchster Stelle verbürgt. Ein Tick, eine gelinde Verrücktheit. Übrigens sollte man bei dieser Äußerung Goethes nicht übersehen, daß er sich ungeniert an Schillers Schreibtisch gesetzt hat – ein Zeichen für einen sehr vertrauten Umgang.

Mehr als in Jena, mehr als in der Weimarer Mietswohnung wird im Haus an der Esplanade die Geselligkeit gepflegt. Gerade aus Schillers letzten Lebensjahren haben wir Zeugnisse seiner Liebenswürdigkeit im Gespräch mit Fremden, als Gastgeber. – Im Herbst 1802 war Johann Heinrich Voß mit seiner Familie aus dem Holsteinischen nach Jena gezogen (wenn man in Jena wohnte, war man auch halb in Weimar, und umgekehrt). Voß war eine Leuchte der Literatur in Norddeutschland geworden, hatte den alten Klopstock an Ruhm fast überholt und stellte den stillen Matthias Claudius (von dem, nebenbei gesagt, Schiller niemals einen richtigen Begriff gehabt hat) in den Schatten. Dabei war Voß, aufrecht und freiheitsliebend, kein überheblicher Mann. Seine Idyllen waren höchst populär, seine Homer-Übersetzung berühmt – beides zu Recht. Seine Frau Ernestine war eine geborene Boie, ihr Bruder der literarisch gebildete Landvogt von Meldorf. Mitgezogen war der damals 23jährige Sohn Heinrich, der bald darauf für einige Jahre Lehrer der alten Sprachen am Weimarer Gymnasium wurde; ein liebenswürdiger, stets hilfsbereiter Bewunderer Schillers, ein ergriffener Zeuge seiner letzten Lebenszeit.

Familie Voß wohnt im Griesbach'schen Haus, also wahrscheinlich in den ehemals Schillerschen Räumen. Ernestine Voß notiert nach dem ersten Besuch bei Goethe und Schiller: »... von letzterem wurden wir zum Mittagessen eingeladen. Seine liebenswürdige Herzlichkeit stimmte uns schon bei dem Aussteigen aus dem Wagen gemütlich, ich möchte sagen häuslich; er stand an der Haustür, und seine freundliche blasse Gestalt hatte etwas Rührendes. Lebhaft ist mir noch im Sinne, wie wir abends im Gasthofe uns mehrere Stunden im Gespräch über eine angenehme Zukunft erheiterten. Wir hatten beide das wohltuende Gefühl, in Schiller einen Mann gefunden zu haben, dem man sein Herz aufschließen könne...« Und ein Jahr später schreibt sie an den Bruder vom Umgang mit Goethe und Schiller: »Mit dem (Schiller) fühlt man sich aber viel herzlicher und wohler, ganz so als ob er einem angehört. Sie (Lotte) ist mir auch sehr lieb...«

Neue Freunde, alte Freunde. Schiller hat eine starke Begabung zur Freundschaft gehabt; und wenngleich es schlechterdings unmöglich ist, jede alte Freundschaft ein Leben hindurch zu pflegen, war er jedem herzlich zugetan, der ihm später wieder begegnete. Bestand hatte auch die Freundschaft mit Göschen, die durch die Umstände zeitweilig problematisch geworden war. Die dominierende Stellung Cottas als Verleger von Schillers Werken war seit 1794 unbestritten; ein Monopol hat er aber nie besessen, und bei den früheren Verlegern, bei Crusius und namentlich Göschen ging manches nebenher. Im November 1804 war Göschen bei Schiller zu Besuch und erhielt von ihm die Zusage, daß er sich bei dem neuen *Journal für deutsche Frauen, geschrieben von deutschen Frauen* als eine Art Schirmherr beteiligen werde – »besorgt von Wieland, Schiller, Rochlitz und Seume«. Noch am 24. April 1805, zwei Wochen vor seinem Tode, hat Schiller ihm »zum frischen Fortgang des Frauen-Journals« Glück gewünscht.

Der Gedankenaustausch mit Körner, dem Urfreund, vollzieht sich in einer Art Wellenbewegung, bald stark, bald verhalten; immer ist er ein Lebenselement – von der Mannheimer Zeit, in die Körners und seines Kreises Huldigung wie ein Lichtstrahl fällt, bis zu dem zwei Wochen vor dem Tode geschriebenen Brief, der die Hoffnung ausdrückt: »Wenn mir nur Leben und leidliche Gesundheit bis zum 50.Jahr aushält.« Verglichen mit der bedeutenden Korrespondenz haben sich die Freunde in den späteren Jahren nicht oft gesehen; Beinahe-Begegnungen, verpaßte Gelegenheiten kommen öfters vor. Körner hat Schillers letztes Haus nie betreten. Im Sommer 1801 hatte Schiller eine Reise nach Sachsen gemacht und in Loschwitz und Dresden fröhliche Wochen bei Körners verlebt. Mit ihnen war er dann abgereist, hatte unterwegs Göschen besucht, und gemeinsam hatte man in Leipzig eine Aufführung der *Jungfrau* gesehen, an die sich stürmische Huldigungen für den Dichter anschlossen. Hier in Leipzig, am 19. September 1801, hatten sich die Freunde gerührt adieu gesagt, um sich in den Jahren, die Schiller noch vergönnt waren, nicht mehr zu sehen. – Im September 1802 kommt Wilhelm von Humboldt, zum preußischen Gesandten beim Vatikan ernannt, mit Frau und fünf Kindern, auf der Durchreise von Berlin nach Rom. Er und Schiller sehen sich zum letztenmal.

Die alten Stuttgarter Freunde sind für Schiller nicht aus der Welt. Für Hoven hat er sich ernstlich, allerdings ohne Erfolg, um eine Professur in Jena bemüht. Mit Petersen – die Freundschaft war im Winter 1793/94 beim Wein erneuert worden – gab es manchen Verdruß. So hat er die Annahme der *Braut von Messina* am Stuttgarter Theater durch sein absprechendes Urteil verhindert (alle anderen Stücke Schillers wurden hier gespielt); Cotta nannte ihn im Zorn »der durch sein Trinken ganz entmenschte Petersen«. Immerhin hat diese menschliche Ruine noch einige bemerkenswerte Aufzeichnungen über Schillers Jugendzeit zu Papier gebracht. – Die Verbindung mit den alten Kameraden hielt Cotta, Schillers Rocher de Bronce in Schwaben. »Abel, Rapp, Dannecker, Haug lassen Ihnen die zärtlichsten Wünsche zu Ihrer WiederGenesung sagen – auch für dise waren es schrekliche Trauertage, so wie für ganz Wirtemberg, und wo sich die falsche Nachricht verbreitete« schreibt er an Schiller, als dessen schwere Erkrankung 1804 wieder einmal eine irrtümliche Todesnachricht ausgelöst hatte.

Man muß Schillers Freundes- und Bekanntenkreis in dieser späten Phase seines Lebens überblicken, um die überragende Bedeutung von Goethes Nähe richtig einzuschätzen. Tiefstes Verständnis, herzliche gegenseitige Anteilnahme, stärkste Wechselwirkung. Häufige gegenseitige Besuche, gemeinsame Spaziergänge, Ausfahrten, Schlittenfahrten, und auch bei diesem selten unterbrochenen Beieinander Briefe hin und her, oder doch eilig beschriebene Zettel: »Ich möchte nicht stören und doch erfahren, wie die Geschäfte stehen und gehen? Sagen Sie mir ein Wort, und ob man morgen zusammen käme?« (Goethe am 5. November 1804)

Ungleich sind die Gewichte nur insofern, als Schiller Goethes »Nicht-Gattin« ignoriert, wie es fast alle tun, während Goethe die ihm von Kind auf bekannte Lotte aufs freundlichste respektiert. »Sie sind so freundlich und gut, daß ich ein paar Worte an Sie zu diktieren wage, ob ich gleich von bösestem Humor bin –« redet er sie einmal an. Wie weit Lotte selbst davon entfernt ist, nur eine

Hausmutter zu sein, zeigt ein Brief, den sie 1804, mit einem Blick auf die Anfeindungen aus dem Schlegel'schen Kreis, an Goethe geschrieben hat. »Es hat mich innig gefreut, daß auch Sie so warmen Anteil an diesem Produkt (Wilhelm Tell) nehmen, es ist mir eine neue, wunderbar erfreuliche Erscheinung und hat mich tief ergriffen. Trotz allen Redens über dramatische Kunst müßt Ihr beiden Geister Euren eignen hohen Weg gehen und durch die Tat das Räsonnement zum Schweigen bringen. Ich bin wie die Rahel, die ihre Hausgötter verbarg vor den Feinden, so bewahre ich die Meinung über meine Freunde und ihre Produkte und führe Krieg mit den fremden Göttern.«

Ein ähnlich achtungsvoll-vertrauliches Verhältnis hat Karl August zu Lotte unterhalten. Und als er Schillers Nobilitierung einleitete, hat er gewiß nicht nur an ihn gedacht, sondern auch an die gesellschaftliche Position seiner Frau; ja, wir sprechen getrost diese Vermutung aus, vielleicht ihretwegen mehr als seinetwegen. Denn nach der verschnörkelten und scheinbar für ewige Zeiten festgeschriebenen Hofetikette hatte Lotte, wiewohl adlig geboren und mit einer Berühmheit verheiratet, zu offiziellen Hofveranstaltungen keinen Zutritt und mußte so hinter ihrer adlig verheirateten Schwester zurückstehen. So wurde denn Schillers Erhebung in den Adelsstand in Wien betrieben – denn für derlei gab es noch immer den römisch-deutschen Kaiser. Kurz nach Schillers 43. Geburtstag trifft das Adelsdiplom ein. Als Wappentier erscheint das Einhorn, die alte Märchengestalt. – Der Glückwunsch seiner altadligen Schwiegermutter ist von einer Nüchternheit, an der sich noch heute mancher und manche ein Beispiel nehmen könnte: »Zu dem angekommenen Von wünsche ich Glück, und ob mir gleich weder Schiller noch Lollo lieber dadurch geworden sind, so denke ich doch, es kann zu manchem Angenehmen in W(eimar) Anlaß geben.«

Schiller hat wahrlich kein Wesen aus der Sache gemacht. Zwei Wochen nach seiner Erhebung in den Adelsstand schreibt er an Goethe: »In meiner jetzigen Ein- und Abgeschlossenheit erfahre ich nur an dem immer kürzeren Tagesbogen, daß sich die Zeit bewegt.« Lotte aber, bei all ihrer Bescheidenheit, hat es genossen. Man geht nun doch fleißiger zu Hofe, besonders in dem letzten Winter, 1804 auf 1805. Da sind im November die Festlichkeiten aus Anlaß der Ankunft des mit der russischen Kaisertochter vermählten Erbprinzen. (Bei dieser Gelegenheit überreicht der Schwager Wolzogen, der mit in Petersburg gewesen war, Schiller als Geschenk der Kaiserin einen Brillantring; der wird einige Wochen später verkauft – 500 Thaler zur Abzahlung an der Hypothek.) Zu den Veranstaltungen zu Ehren des jungen Paares gehört auch eine Aufführung des *Wilhelm Tell*, wobei man aber die Parricida-Szene wohlweislich gestrichen hat; denn immerhin war der Vater der Braut, Kaiser Paul, gleichfalls ermordet worden...

Wir erinnern uns, daß Höfisches Schiller von Jugend auf vertraut war, daß er schon als Karlsschüler an höfischen Festivitäten mitgewirkt hatte. Nicht weniger bekannt war ihm – der ums Haar im Feldlager das Licht der Welt erblickt hätte – von Kind auf das Militärwesen. Offizierssohn war er, seine Karlsschule hatte viel von einer Kadettenanstalt, Offizier, wenn auch vom alleruntersten Rang, war er gewesen als Regimentsmedikus bei Augé. Der *Wallenstein* hätte unmöglich so geschrieben werden können, wenn der Dichter nicht mit dem Kriegswesen vertraut gewesen wäre. Auf der Höhe seines Ruhmes sehen wir ihn öfters in militärischer Gesellschaft. Im Jahre 1803 nimmt er in Erfurt an einem Stiftungsfest in Anwesenheit von hundert preußischen Offizieren teil. Im Sommer, bei einem Diner in Lauchstädt, ist er von sächsischen und preußischen Offizieren umgeben. Und ein paar Tage später sieht man ihn gar zu Pferde als Manövergast. Jedes militärische Schauspiel, ob Manöver oder blutiger Ernst, das sich in jener Zeit in offener Landschaft abspielte, hatte einen starken malerischen Effekt – nicht zufällig war die Schlachtenmalerei, vom Wandschmuck im Großformat bis zur Porzellantasse ein eigenes Metier. Die kriegerische Musik, das Rasseln der Trommeln und das aufreizende Schrillen der Querflöten, dazu die Trompeten der Kavallerie machten vollends aus so einem Manöver ein erregendes Spektakel, ein großes Theater unter offenem Himmel. Der Dichter des *Wallenstein* mag es genossen haben.

Er war ja sonst in seinen Gepflogenheiten, in der Art, wie er sich von seiner Arbeit erholte, ein erzbürgerlicher Mann, ein Philister fast. »Wer hat einen so warmen Sinn für häusliche Freuden und Geselligkeit?« fragt der jüngere Voß. Und die Schwägerin Karoline (vielleicht ein weniges beschönigend): »Beim fröhlichen Mahl im Kreise vertrauter, ihn ansprechender Menschen, überließ er sich gern einem heiteren, aber mäßigen Genusse des Weines. Das Unmaß floh er immer... Trat er, von einer gelungenen Arbeit aufstehend, in den Kreis der Seinen, dann war er empfänglich für alles, was ihn umgab.« Im *Wallenstein (Piccolomini)* heißt es einmal:

Ein halbes Dutzend guter Freunde höchstens
Um einen kleinen runden Tisch, ein Gläschen

Tokaierwein, ein offnes Herz dabei
Und ein vernünftiges Gespräch – so lieb ichs!

Er beteiligte sich auch gern an simplen Vergnügungen, Kartenspiel und Kegelschieben, letzteres mit großem Eifer und geringem Geschick, wenn man einem enthusiasmierten ungarischen Besucher glauben darf, der dabei zugesehen hat.

Keine Berühmtheit, die zu Schillers Zeiten das stille Weimar aufsuchte, kam mit einer solchen Bugwelle dahergerauscht wie Madame de Staël. – Germaine de Staël, née de Necker, 38 Jahre alt, Mutter von fünf Kindern, Literatin von Rang, leicht entflammte Freundin bedeutender Männer, deren temperamentvolle Schriften aufrührerisch wirkten, ohne geradezu so gemeint zu sein, Napoleon widerwärtig und nun von ihm, dem Ersten Konsul, ausgewiesen, aber mit dem Dritten Konsul, Lebrun, würdevoll über die Erziehung ihrer Söhne korrespondierend – Germaine de Staël hatte beschlossen, sich nach Deutschland zu wenden. Eine erste Wirtshausimpression fortspinnend, urteilt sie in einem Brief: »Deutschland kommt mir vor wie eine verräucherte Stube, in der musiziert wird.« Im November ist sie in Frankfurt am Main, am 14. Dezember 1803 trifft sie in Weimar ein.

Goethe war, wenn der Ausdruck erlaubt ist, in Jena in Deckung gegangen, und zeigte wenig Neigung, sich blicken zu lassen. Sein Brief vom 13. Dezember an Schiller ist ein klein wenig lächerlich oder jedenfalls amüsant: »Vorauszusehen war es, daß man mich, wenn Madame de Staël nach Weimar käme, dahin berufen würde. Ich bin mit mir zu Rate gegangen, um nicht vom Augenblick überrascht zu werden, und hatte zum voraus beschlossen, hier zu bleiben. Ich habe, besonders in diesem bösen Monat, nur gerade so viel physische Kräfte, um notdürftig auszulangen...« Wolle Madame sich nach Jena bemühen, »so soll sie wohl empfangen sein«, vorausgesetzt, sie meldet sich rechtzeitig an – »aber in diesem Wetter zu fahren, zu kommen, mich anzuziehen, bei Hof und in Sozietät zu sein, ist rein unmöglich...« Doch, freilich, sei ihm daran gelegen, »diese merkwürdige, so sehr verehrte Frau wirklich zu sehen und zu kennen«, und guten Muts auf Schillers Geschicklichkeit vertrauend: »Leiten und behandeln Sie diese Zustände mit Ihrer zarten, freundschaftlichen Hand.« So hat sich denn Germaine de Staël einstweilen an Schiller zu halten und an den entzückten alten Wieland; Herder liegt eben im Sterben. Übrigens wohnt sie bei der Gräfin Werthern und wird bei Hofe herumgereicht.

Schiller macht seine Sache gut. Freilich sieht er sich enttäuscht in der Hoffnung, die Dame werde deutsch sprechen. Aber er meistert das Gespräch auf französisch; eine Sprache, die ihm von der Lektüre völlig geläufig ist, die er aber kaum je gesprochen hat. Frau von Staël bemerkt anerkennend, daß er das Streitgespräch durchgehalten, so sehr ihm die fremde Sprache zu schaffen gemacht habe; über seine Aussprache, die grauenhaft gewesen sein dürfte, schweigt sie höflich. Das schwer befrachtete Gespräch dreht sich um das französische und das deutsche Theater, um Kant, um Probleme der Übersetzung. Man ist und bleibt in fast allen Stücken entgegengesetzter Meinung. Aber die Dame ist von seiner hohen und unerschütterlichen Gesinnung, seinem Stolz im Gewand liebenswürdiger Bescheidenheit beeindruckt, »que je lui vouai, dès cet instant, une amitié pleine d'admiration« – von Bewunderung erfüllte Freundschaft. Übrigens hat sie Schiller in seiner uniformähnlichen Hoftracht und seiner stolzen Haltung anfänglich für den Chef der weimarischen Streitkräfte angesehen. Sie macht auf ihn einen starken Eindruck: »... es ist alles aus einem Stück und kein fremder, falscher und pathologischer Zug an ihr... das einzige Lästige ist die ganz ungewöhnliche Fertigkeit ihrer Zunge, man muß sich ganz in ein Gehörorgan verwandeln, um ihr folgen zu können.« (Am 21. Dezember zu Goethe)

Charlotte von Schiller hört sich kühl an, was die berühmte Französin vom Theater und vom Glanz der Sprache Racines sagt. »Schiller nimmt die Deutschen in Schutz, wo er nur kann« schreibt sie zufrieden an Goethe. Angeregt und amüsiert erlebt sie das Auftreten der Dame am Weimarer Hof und macht ihre Beobachtungen: »Böttiger (der Gymnasialdirektor) macht ordentlich den Petit maitre und ist zum Totlachen, wenn er französisch spricht.« (An den Schwager Wolzogen)

Der Auftritt der Madame de Staël in Weimar hat manchen Anlaß zum Lachen gegeben. Nur darf man deshalb nicht die geistesgeschichtliche Bedeutung dieser Begegnung übersehen. Germaine de Staël war eitel, übersprudelnd gesprächig, von einer penetranten Wißbegierde; aber dabei eine geistvolle, willensstarke Frau, die das deutsche Geistesleben ergründen wollte, um Frankreich damit bekannt zu machen. Das ist ihr in ihrem Buch *De l'Allemagne* großartig gelungen. In seinen Tag- und Jahresheften hat Goethe dieser Frau, der er für eine gute Weile ausgewichen war, ausführlich gedacht. »Mit entschiedenem Andrang verfolgte sie ihre Absicht, unsere Zustände kennen zu lernen, sie ihren Begriffen ein- und unterzuordnen, sich nach dem einzelnen so viel als möglich zu erkundigen, als Weltfrau sich die geselligen Verhältnisse klar zu machen, in ihrer geistreichen Weiblichkeit die allgemeineren Vorstellungsarten und was man Philosophie nennt, zu durchdringen und zu durchschauen.« Doch hat Goethe auch nach seiner Rückkehr den Verkehr mit der Dame auf ein ihm schickliches Maß beschränkt. Die Hauptlast überläßt er weiterhin dem Freunde. Als sie im Januar beschließt, weitere drei Wochen zu bleiben, äußert Schiller voll Zorn, man müsse auch wissen, zu rechter Zeit wieder zu gehen. – Am 29. Februar reist Frau von Staël ab.

An Reiseplänen hat es Schiller nie gefehlt; wenige sind zur Ausführung gekommen, und nach langem Zögern. Auffallend rasch hat er den Entschluß gefaßt, im April des Jahres 1804 nach Berlin zu fahren, und zwar mit seiner Frau und den beiden Söhnen. Eingeladen war er seit geraumer Zeit. Iffland, durch die Kriegswirren aus Mannheim vertrieben und seit 1796 Direktor des Berliner Nationaltheaters, hatte ihm wiederholt nahegelegt, er möge doch einmal die Wirkung seiner Dramen in Berlin erleben. Königin Luise hatte ihn wissen lassen, wie willkommen er in Preußen sein würde. Innerhalb von 48 Stunden wird nun die umständliche Reise beschlossen; Abfahrt am 26. April. Am Tag zuvor war Madame de Staël zu einem neuen Besuch in Weimar eingetroffen, und zwar in Begleitung von August Wilhelm Schlegel. Es liegt nahe, Schillers Entschluß zur Abreise mit dieser Ankunft in ursächlichen Zusammenhang zu bringen. Weder glänzende Erfolge – die Uraufführung des *Tell* lag nur wenige Wochen zurück – noch die Geborgenheit seines Hauses haben dem in tiefster Seele unruhevollen Mann das Gefühl gegeben, in Weimar endgültig an seinem Bestimmungsort zu sein; dabei ist auch der Wunsch spürbar, aus den zwar gesicherten, aber doch immer engen ökonomischen Bedingtheiten auszubrechen. Merkwürdig bleibt der Umstand, daß er auf diese Reise nicht nur Lotte, sondern auch die Jungen mitnimmt.

Die Reise geht über Weißenfels nach Leipzig, wo eben die Buchmesse begonnen hat. Schiller trifft sich mit seinen Verlegern, mit Cotta sowohl wie mit Göschen und Crusius. Weiter geht es über Wittenberg. In der Nacht zum 1. Mai kommt man in Potsdam an, das Tor ist schon versperrt, der Schlüssel muß in der Wohnung des Stadtkommandanten geholt werden. Inzwischen ist Gelegenheit, sich im Finsteren die Füße zu vertreten und einem ohrenbetäubenden Froschkonzert zu lauschen. Aber als der wachthabende Leutnant die Pässe visitiert, wird er munter und ist entzückt, mit dem großen Dichter über seine Werke sprechen zu können, bis denn endlich der Schlüssel gebracht wird. – Am nächsten Tag trifft man in Berlin ein, bezieht Wohnung erst im Hôtel de Russie, Unter den Linden 23, später bei dem von Weimar her bekannten Arzt Hufeland, Friedrichstraße 130.

Nie und nirgends ist Schiller so geehrt und gefeiert worden. Als er zur Aufführung der *Braut von Messina* im Theater erscheint, bricht ein Sturm des Jubels los, der nicht enden will. Als er zwei Tage später – man gibt die *Jungfrau* – seine Loge betritt, erheben sich alle Zuschauer von ihren Plätzen. Er speist als hoch geehrter Gast an der Tafel des Prinzen Louis Ferdinand, des genialischen Neffen Friedrichs des Großen. Er frühstückt mit dem Königspaar in Sanssouci – der König eine steife Figur, der sich in halben Sätzen auszudrücken beliebt, die Königin vollbusig, huldvoll, mit seinen Werken wirklich vertraut (sie wird ein Jahr später, nach Preußens jammervoller Niederlage, sagen: In meinem Schiller habe ich wieder und wieder gelesen! Warum mußte er sterben!). Karl und Ernst spielen mit den königlichen Prinzen...

Soll man diese fünfzehn Tage in Berlin und Potsdam nicht einen Höhepunkt, ja den Höhepunkt in Schillers Leben nennen? Es gefällt den Göttern, den Irdischen ihren Nektar in löchrigen Bechern zu reichen. Indem sie kaum die Lippen benetzen, rinnt er schon davon.

Das Diner bei Louis Ferdinand – der die Artigkeit gehabt hatte, zuvor über Iffland anzufragen, welche Speisen und Getränke dem Gast angenehm sein würden – wurde durch den schweren weißen Burgunder, den Schiller unvorsichtig bestellt hatte, etwas aus dem Gleichgewicht gebracht. Wohl nicht nur deswegen befällt ihn ein Unwohlsein – Erschöpfung und fiebriger Katarrh –, das ihm einige Tage sehr stark trübt: »ich war 8 Tage in Berlin krank und für alles verdorben« berichtet er, etwas übertreibend, an Cotta. Die Iffland'sche Aufführung der *Jungfrau von Orleans* mißfällt ihm; man habe den Krönungszug und nicht die *Jungfrau* gegeben, bemerkt er verärgert. Mit der Aufführung von *Wallensteins Tod*, dem dritten und letzten seiner Stücke, das er in Berlin gesehen hat, ist er allerdings zufrieden.

Nicht übersehen sollte man, daß er in diesen erlebnisreichen Tagen keine Zeile an Goethe gerichtet hat. Zurückhaltung hat er auch gegenüber den Salons jüdischer Frauen geübt, die damals Zentren des Berliner geistigen Lebens waren. Seinen Bedarf an klugen Frauen hatte Madame de Staël überreichlich gedeckt. So hat er den Salon der Rahel – äußerlich so bescheiden, geistig brillant – nicht besucht. Er hatte aber ein Gespräch mit Henriette Herz.

Hauptthema war natürlich die Staël. »Er verhehlte mir seine Abneigung gegen sie nicht« berichtet Henriette. Doch hat er ihrem Geist alle Anerkennung gezollt, vor allem ihren erstaunlich raschen Fortschritten im Deutschen. Henriette Herz, die Schiller sicherlich nicht in seiner besten Verfassung kennen gelernt hat, ist von seiner Erscheinung, seinem Charakter, seiner Lebensklugheit tief berührt. An einer kleinen Stichelei gegen seine Frau läßt sie es nicht fehlen.

Was Schiller den Glanz dieser Tage in der großen Stadt und am Königshof im tiefsten Grunde getrübt haben mag, ist vielleicht die Unsicherheit über seine eigenen Absichten gewesen. Wollte er im Ernst nach Berlin? Das Für und Wider spiegelt sich am deutlichsten in einem Brief an Körner vom 28. Mai. »Daß ich bei dieser Reise nicht bloß mein Vergnügen beabsichtigte, kannst Du Dir leicht denken; es war um mehr zu thun, und allerdings habe ich es jetzt in meiner Hand, eine wesentliche Verbesserung in meiner Existenz vorzunehmen. Zwar wenn ich nicht auf meine Familie reflectiren müßte, würde es mir in Weimar immer am besten gefallen. Aber meine Besoldung ist klein und ich setze ziemlich alles zu, was ich jährlich erwerbe, so daß wenig zurückgelegt wird. Um meinen Kindern einiges Vermögen zu erwerben, muß ich dahin streben, daß der Ertrag meiner Schriftstellerei zum Capital kann geschlagen werden, und dazu bietet man mir in Berlin die Hände. Ich habe nichts da gesucht, man hat die ersten Schritte gegen mich gethan, und ich bin aufgefordert, selbst meine Bedingungen zu machen. Es ist aber kostbar in Berlin zu wohnen, ohne Equipage ist es für mich ganz und gar nicht möglich, weil jeder Besuch oder Ausgang eine kleine Reise ist... Es ist dort eine große persönliche Freiheit und eine Ungezwungenheit im bürgerlichen Leben. Musik und Theater bieten mancherlei Genüsse an, obgleich beide bei weitem das nicht leisten, was sie kosten. Auch kann ich in Berlin eher Aussichten für meine Kinder finden... Auf der andern Seite zerreiße ich höchst ungern alte Verhältnisse, und in neue mich zu begeben, schreckt meine Bequemlichkeit. Hier in Weimar bin ich freilich absolut frei, und im eigentlichsten Sinne zu Hause. Gegen den Herzog habe ich Verbindlichkeiten, und ob ich gleich mit ganz guter Art mich loszumachen hoffen kann, so würde mir's doch wehe thun zu gehen. Wenn er mir also einen nur etwas bedeutenden Ersatz anbietet, so habe ich doch Lust zu bleiben. So stehen die Sachen.«

»Die Sachen« nehmen folgendermaßen ihren Fortgang. Schiller trägt seine Überlegungen in einem Brief unumwunden seinem Herzog vor. Karl August antwortet, sachlich und zugleich so feinfühlend (so daß man sich fragt, ob je irgendwo ein deutscher Fürst seinesgleichen gelebt hat): er verstehe ihn, danke ihm für seine Offenheit und bitte ihn, seine finanziellen Wünsche zu präzisieren. Das geschieht. Karl August bewilligt eine Verdoppelung von Schillers Gehalt, statt 400 Thaler 800, mit der Aussicht auf weitere Erhöhung. Daraufhin entscheidet sich Schiller, in Weimar zu bleiben, behält sich aber vor, einen Teil des Jahres in Berlin tätig zu sein. Karl August: »Ich freue mich unendlich, Sie für immer den Unsrigen nennen zu können. Es würde mir recht angenehm sein, wenn meine Idee realisiert würde, daß die Berliner beitragen müßten, Ihren Zustand zu verbessern, ohne den unsrigen dadurch zu schaden.« Nun wendet sich Schiller an den preußischen Kabinettsrat Beyme, der ihm bei einem Gespräch in Potsdam eine Jahrespension von 3000 Thalern angeboten hatte, wenn er nach Berlin übersiedle. Schiller schreibt ihm, er sei bereit, mehrere Monate im Jahr in Berlin zu wirken, bei einem Gehalt von 2000 Thalern. Auf diesen Vorschlag ist nie eine Antwort erfolgt. Schwarz-weiß sind die preußischen Farben; man will Schiller ganz oder gar nicht.

Er bleibt also in Weimar. Lotte fiel eine Last vom Herzen. Sie mag die Empfänge am preußischen Hof genossen haben, fühlte sich aber in der ebenen Landschaft unglücklich. »Die Natur dort hätte mich zur Verzweiflung gebracht« gesteht sie dem vertrauten Jugendfreund Fritz von Stein. Die Landschaft um Weimar sei ja auch nicht besonders reizvoll – »aber ich weinte fast, als ich die erste Bergspitze wieder erblickte«. – Am 24. Juli 1804 bringt sie in Jena die Tochter Emilie zur Welt. Schiller, nach einer abendlichen Ausfahrt ins Dornburger Tal verkühlt, wird in diesen Tagen von so entsetzlichen Bauchkrämpfen befallen, daß die Ärzte um sein Leben fürchten. Er kommt noch einmal davon. Neun Monate sind ihm noch zugemessen.

Es existiert aus Schillers letzter Lebenszeit eine Liste von Dramen, die nicht weniger als 32 Titel umfaßt. An der Spitze steht die immer wieder erwogene Tragödie *Die Maltheser.* Sieben Titel, darunter die zwei Bearbeitungen von Shakespeare und Gozzi, sind als erledigt durchstrichen, abgehakt; die Jahreszahl ist dahinter gesetzt. – Der Themenkreis ist weit gespannt, er reicht von der Antike bis in Schillers Gegenwart. Aus der Antike: Themistokles, Agrippina. Gestalten des Mittelalters: Rudolf von Habsburg, Heinrich der Löwe, Warbek. Er dachte an eine Figur aus dem Umkreis des Königs Henri IV.: Biron, Marschall und Verschwörer. Der Graf von Königsmarck steht auf der Liste und damit eine der düstersten höfischen Kabalen aus dem Barockzeitalter. Mit *Charlotte Corday* hätte er ein Thema aus der Französischen Revolution behandelt. Die Schauplätze, über die er in Gedanken schweift, reichen von Frankreich und England über Flandern nach Deutschland und hinüber nach Rußland; über das Mittelmeer, Sizilien, Malta, Zypern, Venedig; in zwei Vorhaben aufs Meer überhaupt, das er so oft gedacht und nie gesehen hat: *Die Flibustiers* und *Das Schiff*.

Auf der Dramenliste fehlt der Titel *Demetrius*; dieses Thema verbirgt sich unter dem Titel *Bluthochzeit in Moskau*. Es ist dies der einzige unter allen Entwürfen, von dem Schiller ein beträchtliches zu Papier gebracht hat. Das Thema ähnelt dem *Warbeck*. Auch Demetrius ist ein vorgeblich gewaltsam beseitigter Thronerbe, den man aber gerettet und verborgen hat, und der, herangewachsen, seinen legitimen Anspruch geltend macht. Bereits vor der Berliner Reise, unmittelbar nach Abschluß des *Tell*, hat Schiller sich zahlreiche Notizen aus der russischen Geschichte und von russischen Zuständen gemacht; auch über Polen, denn der polnische Reichstag ist die Tribüne, von der Demetrius seine Forderungen anmeldet. Es fällt auf, daß er, wiewohl er über die polnischen Verhältnisse auch vielerlei Negatives notiert hat, in den Szenen dieses Dramas Polen als einen Fels abendländischer Gesittung am Rande einer fremden Welt darstellt:

Hier ist nicht Moskau. Nicht Despotenfurcht
Schnürt hier die freie Seele zu. Hier darf
Die Wahrheit wandeln mit erhobnem Haupt.
Ich wills nicht hoffen, edle Herren, daß hier
Zu Krakau, auf dem Reichstag selbst der Polen
Der Zar von Moskau feile Sklaven habe.

Der Winter 1804 auf 1805 verläuft noch übler, als es Schiller seit vielen Jahren ohnehin gewöhnt ist. Auf katarrhalische Attacken im Dezember und im Januar folgen im Februar schwere Fieberanfälle. Gleichzeitig erkrankt Goethe. Der junge Voß hat zeitweilig den seltsamen Vorzug genossen – und er hat ihn bewußt genossen –, abwechselnd am Krankenbett Schillers und an dem Goethes zu wachen und Dienste zu verrichten. Für Schillers letzte Krankheitszeit ist dieser aufmerksame und empfindsame junge Mensch ein unschätzbarer Zeuge. – Er hat auch überliefert, wie es Goethe mit seinem Glückwunsch an Schiller am Neujahrsmorgen 1805 ergangen ist: »Am Morgen des letzten Neujahrstages, den Schiller erlebte, schreibt Göthe ihm ein Gratulationsbillett. Als er es aber durchliest, findet er, daß er darin unwillkürlich geschrieben hatte: ›der letzte Neujahrstag‹, statt ›erneute‹ oder ›wiedergekehrte‹ oder dergleichen. Voll Schrecken zerreißt er's und beginnt ein neues. Als er an die ominöse Zeile kommt, kann er sich wiederum nur mit Mühe zurückhalten, etwas vom ›letzten‹ Neujahrstage zu schreiben.«

Heinrich Voß, dem trotz Angst und Sorge beglückten Gefährten qualvoller Tage, schlafloser Nächte, verdanken wir eine Fülle von Momentaufnahmen aus Schillers letzten Krankheitszeiten. In den Fiebernächten werden zwischen Traum und Gespräch die weitesten Reisen gemacht, ans Meer, aufs Meer am liebsten. Voß erinnert den Dichter daran, wie er es in Versen beschworen habe:

Ich höre fern das ungeheure Meer
An seine Ufer dumpferbrandend stoßen –

Die Dramenpläne vom *Schiff* und von den *Flibustiers* tauchen auf. Wie lauteten doch die flüchtigen Notizen, die er zu diesem Gegenstand gemacht hatte? »Landen und Absegeln, Meuterei auf dem Schiff, Schiffsjustiz, Begegnung zweier Schiffe, ausgesetzte Mannschaft, Proviant, Wassereinnahme – Sextant, Kompaß – wilde Thiere, wilde Menschen – die spurlose Bahn des Schiffs, die Korallen, die Seevögel, das Seegras ...« Sehnsucht, Fernweh; Erinnerungsbilder aus *Daniel Defoe*, aus Cooks Reisen. Da sitzt dieser freundliche junge Mensch an seinem Bett, der Holsteiner, der war schon am Meer. Einmal will auch er die Weite der offenen See vor sich haben, die salzige Brise tief einatmen, im Sommer, wenn dieses Fieber vergessen, wenn er wieder bei leidlichen Kräften sein wird. Die Adria? Der Kranke rechnet: »Eine Reise nach dem adriatischen Meere wird mir zu kostbar; ich brauche dazu 1500 Thaler, die kann ich nicht daran wenden.« Voß: »Wir machten einen Reiseplan nach Cuxhaven, und ich führte ihn in Gedanken zu meinen ehrlichen gastfreien Dithmarsen, in deren Hütten es dem großen Manne wohl geworden wäre.«

Mehrfach sind wir über die zarte Rücksichtnahme unterrichtet, die der todkranke Mann gegen seine Umgebung übte. An einem Tag im Karneval hat er erfahren, daß am Abend große Redoute sei, und er will durchaus, daß Voß sich dort amüsiere, statt Dienst in der Krankenstube zu verrichten. Ein andermal fühlt er, während Lotte an seinem Bett sitzt, eine Ohnmacht heranziehen; es geht auf Mitternacht, und er schickt seine Frau dringendst ins Bett – er will sie nicht durch den Anblick seiner Ohnmacht ängstigen. »Kaum war die Frau die Treppe hinunter, da sank Schiller mir bewußtlos in die Arme und blieb darauf wohl einige Minuten in Ohnmacht liegen, bis ich ihm Brust und Schläfe mit Spiritus gerieben hatte. Sieh! aus Schonung für seine Frau hatte er sich Gewalt angetan und die Ohnmacht verzögert, die nun desto gewaltiger hereinbrach« (Voß).

Es gibt auch Szenen anderer Art. Zu den Plagen, mit denen Schiller geschlagen war, gehörte auch der »Mangel an Öffnung«. Voß: »Ich riet ihm, nur einen Versuch zu machen und geduldig die Zeit zu erwarten. ›Sie haben recht‹, erwiderte er, ›Gelegenheit macht Diebe‹, und folgte meinem Rat. Als er nun so auf jenem Stuhle, der oft auch für Könige bedeutender wird als der Thron, saß, verglich er sich mit Cato, der auch einmal in dieser Positur gesessen und so Audienz gegeben hatte. Ich erzählte ihm allerlei lustige ähnliche Geschichten, die ihn sehr ergötzten, und so verflossen ein paar fröhliche Stunden. Endlich und endlich erfolgte Linderung...« Voß gratuliert, der Kranke erklärt sich für gesund und fällt in einen erquickenden Schlaf. Diese nur zu anschauliche Momentaufnahme mag ihren Platz in unserem Lebensbericht haben; das Rüpelspiel hat seinen Platz in der Tragödie. Übrigens war jenes Übel damals unglaublich verbreitet und ein beliebtes Gesprächsthema auch in der feinsten Gesellschaft.

Ende Februar kündigt sich eine Besserung an. In der Begleitung von Voß macht Schiller seinen ersten Ausgang, zu Goethe, der sich gleichfalls zu erholen beginnt. Der junge Holsteiner ist der bewegte Zeuge eines Wiedersehens der beiden, die vor Rührung – »sie fielen sich um den Hals –« lange kein Wort hervorbringen. Als sie denn doch Worte finden, ist von Krankheit nicht die Rede. Der März, der April verlaufen ohne grobe Störungen. Aufs nachdrücklichste demonstriert Schiller den Seinen und sich selbst Lebensmut und Zuversicht, indem er sich wieder ein Pferd kauft; das Reiten soll seine Genesung befördern. Das Tier wird besichtigt, getätschelt und in den Stall geführt; aber Schiller hat es nie geritten.

Man sieht ihn häufig bei Hof, in zwei Monaten nicht weniger als neunmal. Er arbeitet am *Demetrius*, schreibt Briefe. An Goethe Ende März: »Ich habe mich mit ganzem Ernst endlich an meine Arbeit angeklammert und denke nun nicht mehr so leicht zerstreut zu werden. Es hat schwer gehalten, nach so langen Pausen und unglücklichen Zwischenfällen wieder Posto zu fassen, und ich mußte mir Gewalt antun. Jetzt aber bin ich im Zuge.« Der *Demetrius* ist gemeint. Die letzten Zeilen vom 25. April handeln von Anmerkungen Goethes zu Voltaire. – Anfang April richtet Schiller einen langen Brief nach Rom an Humboldt; ein umfassender

Bericht, von dem Berliner Projekt, von Übersetzungen aus dem Französischen, von Goethes Krankheit und von seiner eigenen; am Ende ein scharfer Hieb gegen die Brüder Schlegel – »das Unheil, was sie in jungen und schwachen Köpfen angerichtet, wird sich doch lange fühlen, und die traurige Unfruchtbarkeit und Verkehrtheit, die jetzt in unserer Litteratur sich zeigt, ist eine Folge dieses bösen Einflusses«. Am 25. April an Körner: »Ich werde Mühe haben, die harten Stöße seit neun Monaten zu verwinden, und ich fürchte, daß doch etwas davon zurückbleibt... Indessen will ich mich ganz zufrieden geben, wenn mir nur Leben und leidliche Gesundheit bis zum 50. Jahr aushält.«

Am Abend des 1. Mai besucht Schiller mit seiner Schwägerin das Theater. Man gibt *Die unglückliche Ehe aus Delikatesse*, ein Stück aus der Feder des Hamburger Theaterdirektors F. L. Schröder (»unglaublich trocken und abgelebt« hat Goethe ihn einmal genannt). Der junge Voß holt Schiller ab; er findet ihn in seiner Loge im Schüttelfrost und geleitet ihn schleunigst nach Hause.

Schiller hat sein Leben hindurch an den Tod gedacht. Man erinnert sich, wie schon den Karlsschüler der Tod zweier Kameraden zu grüblerischen Briefen und zu Klageliedern bewegt hat. Seine früheste Edition von Gedichten, die Anthologie auf das Jahr 1782, ist »Meinem Prinzipal dem Tod zugeschrieben« und beginnt mit der Anrede: »Großmächtigster Czar alles Fleisches, Allezeit Vermindrer des Reichs, Unergründlicher Nimmersatt in der Natur!« Schiller und der Tod, in seinem Leben, Denken und Dichten – das ist ein weites Feld. – In der *Jungfrau von Orleans* finden sich zwei Monologe Sterbender, die eine total entgegengesetzte Auffassung vom Tode aussprechen. Talbot, der englische Feldherr, im 3. Akt:

Bald ists vorüber und der Erde geb ich,
Der ewgen Sonne die Atome wieder,
Die sich zu Schmerz und Lust in mir gefügt –
Und von dem mächtgen Talbot, der die Welt
Mit seinem Kriegsruhm füllte, bleibt nichts übrig,
Als eine Handvoll leichten Staubs. – So geht
Der Mensch zu Ende – und die einzige
Ausbeute, die wir aus dem Kampf des Lebens
Wegtragen, ist die Einsicht in das Nichts,
Und herzliche Verachtung alles dessen,
Was uns erhaben schien und wünschenswert –

Im 5. Akt stirbt Johanna mit den Worten:

Seht ihr den Regenbogen in der Luft?
Der Himmel öffnet seine goldnen Tore,
Im Tor der Engel steht sie glänzend da,
Sie hält den ewgen Sohn an ihrer Brust,
Die Arme streckt sie lächelnd mir entgegen.
Wie wird mir – Leichte Wolken heben mich –
Der schwere Panzer wird zum Flügelkleide.
Hinauf – hinauf – Die Erde flieht zurück –
Kurz ist der Schmerz und ewig ist die Freude!

Diese beiden Textstellen erübrigen, fast möchte man sagen: verbieten einen Kommentar.

Es waren noch Besuche gekommen, der Schauspieler Genast, Cotta auf der Durchreise nach Leipzig, von dem Kranken herzlich begrüßt – nur von Geschäften soll nicht geredet werden, das soll geschehen, wenn Cotta auf der Rückfahrt vorspricht; das Reden reizt zum Husten; die Frauen, Lotte und Karoline, sind besorgt, den Patienten ruhig zu halten. Die ersten drei Tage erscheinen nicht bedrohlicher als andere längst gewohnte Krankheitstage. Sein *Demetrius* geht ihm im Kopf herum, besonders der Monolog der Marfa. In der Nacht vom 5. auf den 6. Mai tritt die Krise ein, die alle Hoffnung zunichte macht. Er läßt sich das jüngste Kind ans Bett tragen, die kleine Emilie, umfaßt sie mit seinem Blick, dreht sein Gesicht ins Kissen und weint. – Als sich der Kranke einmal im Zimmer umschaut, fällt sein Blick auf ein Blatt des *Freimütigen*, einer Zeitschrift, die ihm zuwider ist. »Tut es doch gleich hinaus, daß ich in Wahrheit sagen kann, ich habe es nie gesehen.« Und: »Gebt mir Märchen und Rittergeschichten, da liegt doch der Stoff zu allem Schönen und Großen.« (Sokrates, als er den Tod erwartete, ließ sich Äsops Fabeln geben.)

Immer häufiger verläßt ihn das Bewußtsein. Man hört ihn im Fieber phantasieren, oft in lateinischer Sprache. Einmal der seltsame Ausruf: »Ist das euer Himmel, ist das eure Hölle?!« Und: Judex! Kein Geistlicher ist anwesend. Es ist kein christliches Sterben; aber ein gläubiges Sterben. Kein Sterben, wie Johanna starb; aber auch kein Sterben wie Talbot. Einmal, unter Schmerzen und Atemnot: »Du von oben herab, bewahr mich vor langem Leiden!« Zuletzt sind, außer dem treuen Diener Rudolph, nur noch Lotte und Karoline um ihn. Er sucht es den Frauen leichter zu machen. Zu Karoline, als sie nach seinem Befinden fragt: »Immer besser, immer heitrer«; einmal zu seiner Frau: »liebe Gute!«

Am Morgen des 9. Mai 1805 liegt Schiller besinnungslos, phantasiert, hält lateinische Ansprachen. Der Arzt befindet ein Bad für gut, der Sterbende läßt es mit Zeichen des Unwillens über sich ergehen. Nach dem Bad sinkt er in Ohnmacht. Er kommt noch einmal zu sich. Man flößt ihm ein Glas Champagner ein. Dann schläft er, phantasiert. Er erwacht gegen drei Uhr nachmittags, erkennt die neben ihm kniende Lotte und sucht ihre Hand. Um halb sechs Uhr zuckt der Körper unter einem heftigen Nervenschlag. Man reibt ihn mit Moschus ein. Eine Viertelstunde später erfolgt ein zweiter Nervenschlag, der dieses Leben auslöscht.

Die letzte Faser Docht hat den letzten Tropfen Öl verzehrt. Der Sektionsbefund ergibt eine völlig zerstörte linke Lunge, ein zu einem Rest geschrumpftes Herz, einen deformierten Darm. Todesursache: akute Pneumonie, verbunden mit einer Nierenentzündung.

Die Beerdigung erfolgte in der Nacht vom 11. zum 12. Mai, nach Mitternacht, so war es der Brauch. Der Sarg wurde auf dem Jakobsfriedhof im sogenannten Kassengewölbe beigesetzt, einer gemeinsamen Gruft für Personen von Stand, die kein eigenes Erbbegräbnis hatten. Erst im Jahr 1827 werden Schillers sterbliche Reste in die von Karl August errichtete Fürstengruft überführt, in der später auch Goethe beigesetzt wird.

Der Mai des Jahres 1805 war in ganz Deutschland rauh und stürmisch. Als Schiller in jener Nacht zu Grabe getragen wurde, rissen im starken Wind die Wolken auf. Eine schöne Mainacht nennt es Karoline in ihren Erinnerungen, und die Nachtigallen hätten gesungen. Zuverlässiger berichtet Lotte zwei Tage nach der Beerdigung: »Der ganze Himmel war umwölkt und drohte Regen, schaurig durchzog der Sturm die alten Dächer der Grabgewölbe und die Fahnen (Wetterfahnen) ächzeten. Als aber eben der Sarg vor der Gruft niedergestellt wurde – die Leiche Schillers ruht in dem Landschafts-Kassen-Gewölbe – da zerriß der Sturm plötzlich die dunkle Wolkendecke, der Mond trat hervor mit ruhiger Klarheit, und warf seine ersten Strahlen auf den Sarg mit den theuren Uiberresten. Man brachte den Sarg in die Gruft, der Mond trat wieder hinter die Wolke und der Sturmwind brauste heftiger.«

Körner konnte an der Beerdigung nicht teilnehmen. Er hat aber, wie so viele andere, Schillers Tod poetisch beklagt; tiefe Empfindung in matten Reimen – wer aber bis zur siebten Strophe aushält, stutzt:

Am Himmel ist geschäftiges Bewegen –
Des Thurmes Fahne jagt des Friedhofs Luft.
Die Mondessichel wankt...

Das sind ungefähr die Worte, die Thomas Mann an Schillers 150. Todestag seiner Gedenkrede vorangestellt hat. Seltsam spiegelt sich in ihnen Lottes genauer Bericht. – Auf das düstere Nachtstück folgte, der Sitte entsprechend, am nächsten Tag in der Jakobskirche eine Art Trauergottesdienst. Dazu spielte die Hofkapelle Teile aus Mozarts Requiem – es ist die Musik, der Mozart auf seinem Sterbebett nachgesonnen hat.

Anhang

ANMERKUNGEN ZUR LITERATUR

Die Schiller-Literatur ist fast unübersehbar. Die Bibliographie allein für die Jahre 1974–1978 umfaßt 588 Titel. Für die Erstellung der vorliegenden Biographie kam es vor allem auf die Quellen im eigentlichen Sinne des Worts an: das Werk, die Briefe von und an Schiller sowie sonstige unmittelbare Lebenszeugnisse von Schiller und ihm nahestehender Personen. Erst in zweiter Linie war die ungeheuer zahlreiche und vielseitige Sekundärliteratur zu berücksichtigen. Zur Ergründung des Faktischen durfte der Biograph seinen Bemühungen keine Grenzen setzen; nachher die Kunst des Weglassens zu üben, war eine andere Sache. Hinsichtlich der Erforschung von Betrachtungen, Meinungen, Kommentaren und Interpretationen mußte und durfte er sich jedoch stark beschränken. Ein spezielles Problem des Biographen ist der Umgang mit vorhergegangenen Biographien; er darf sie nicht ignorieren oder gar verachten; er darf sich aber auch nicht in sie vertiefen und sich von ihnen leiten lassen.

Unter den Quellen steht obenan die Schiller-Nationalausgabe (SNA), die seit 1943 in Weimar erscheint. Dieses riesige Unternehmen, als Fundament der Schillerforschung gedacht, ist aber trotz der 27 bisher vorliegenden Bände noch immer ein Fragment, und es werden bis zur Vollendung noch viele Jahre vergehen. Bei Werktexten wie bei Brieftexten wurde in Zweifelsfällen der SNA der Vorzug gegeben. Neben der SNA wurde, was das Werk betrifft, die von H. G. Göpfert besorgte Ausgabe des Hanser Verlags benutzt.

Große Lücken weist die SNA noch bei den Briefen von und an Schiller auf. Hier erfüllt die von F. Jonas besorgte siebenbändige Ausgabe von Schillers Briefen noch immer eine wichtige Funktion. Weiterhin wurden folgende Einzelausgaben von Briefen von und an Schiller benutzt:

Feuertrunken, Schillers Briefe bis zu seiner Verlobung, Hrsg. Hans Brandenburg, Ebenhausen 1909.

Schiller und der Herzog von Augustenburg in Briefen, Hrsg. Hans Schulz, Jena 1905.

Briefwechsel zwischen Schiller und Cotta, Hrsg. Wilhelm Vollmer, Stuttgart 1876.

Briefwechsel zwischen Schiller und Goethe, 2 Bde, Hrsg. H. St. Chamberlain, Jena 1905.

Briefwechsel zwischen Schiller und Körner, Hrsg. K. L. Berghahn, München 1973.

Schiller und Lotte (nicht im Titel: und Karoline), ein Briefwechsel, 2 Bde, Hrsg. Alex v. Gleichen-Russwurm, Jena 1908.

Die nicht zu umgehende und übrigens reizvolle Vielfalt der Briefausgaben hat zur Folge, daß die Orthographie unterschiedlich ist, teils Original, teils der heutigen angepaßt; ein unvermeidbarer Nachteil.

Als Augenzeugenberichte und Aufzeichnungen von Gesprächen wurden neben der SNA vor allem zwei Werke benutzt:

Schillers Persönlichkeit, Urteile von Zeitgenossen und Dokumente, 3 Bde, Hrsg. Max Hecker, Weimar 1904–1909.

Schillers Gespräche, Hrsg. Julius Petersen, Leipzig 1911.

Als schlechthin unentbehrliches Hilfsmittel wurde ständig benutzt:

Gero von Wilpert, Schiller-Chronik, Stuttgart 1958.

Wertvolle Anregungen enthalten zwei Marbacher Veröffentlichungen:
Dichter aus Schwaben, Ein Führer durch das Schiller-Nationalmuseum, Stuttgart 1964.
Schiller, Ständige Ausstellung des Schiller-Nationalmuseums... Stuttgart 1980.
Unter den Biographien sind, in dem oben genannten Sinne, hauptsächlich beachtet worden:
Eduard Boas, Schillers Jugendjahre, Hannover 1856.
Emil Palleske, Schiller's Leben und Werke, Erster (einziger) Band, Berlin 1863.
Richard Weltrich, Friedrich Schiller, Geschichte seines Lebens, Bd 1, Stuttgart 1885; die handschriftlichen Aufzeichnungen für den 2. Band durfte ich im Deutschen Literaturarchiv in Marbach einsehen.
J. Wychgram, Schiller, Bielefeld und Leipzig 1895.
Reinhard Buchwald, Schiller, 2 Bde, Leipzig 1937.
Benno von Wiese (unter Mitwirkung besonders von G. Rohrmoser), Friedrich Schiller, Stuttgart 1959.
Emil Staiger, Friedrich Schiller, Zürich 1967.
Keine Biographie, und deshalb vom Biographen besonders herangezogen:
Gerhard Storz, Der Dichter Friedrich Schiller, Stuttgart 1968.
Beachtet wurden ferner zwei Veröffentlichungen aus der DDR:
Alexander Abusch, Schiller, Berlin 1955.
Eike Midell, Friedrich Schiller, Leipzig 1980.
Bevor die weiteren nach Lebensabschnitten geordneten Quellen aufgeführt werden, sind noch folgende Titel zu nennen:
K. L. Berghahn (Hrsg.), Friedrich Schiller, Zur Geschichtlichkeit seines Werks, Kronberg 1975 (hieraus besonders Beiträge von W. Müller-Seydel und P. A. Bloch).
Erich Ebstein, Schillers Krankheiten, Jahrbuch der Sammlung Kippenberg, Bd. 6, 1926.
Gerhard Femmel, Friedrich Schiller, Stätten seines Lebens und Wirkens, Weimar 1955.
Herbert Kraft, Um Schiller betrogen, Pfullingen 1978.
Ernst Kretschmer, Geniale Menschen, Berlin 1958.
Robert Minder, Ein Blutstropfen Schiller, in »Wozu Literatur?« Frankfurt 1971.
Hermann Mosapp, Charlotte von Schiller, Stuttgart 1902.
Norbert Oellers, Schiller – Zeitgenosse aller Epochen, Frankfurt 1970.
»Schiller«, Reden in den Gedenkjahren, Stuttgart 1955 und 1959.
Charlotte von Schiller, Werke und Briefwechsel, 3 Bde, Stuttgart 1860–1865.
Olga Gräfin Taxis-Bordogna, Frauen von Weimar, München 1950.
Karoline von Wolzogen, Schillers Leben, Stuttgart 1883.
Bernhard Zeller, Schiller, Eine Bildbiographie, München 1958.
Bernhard Zeller und Walter Scheffler, Schiller, Leben in Daten, Frankfurt 1977.

HEIMATJAHRE

Im Hauptstaatsarchiv Stuttgart wurden ausgewertet aus Abt. A 272 die Büschel 77, 78, 80, 102, 185, 186, 257, 258.
Ausstellungskatalog »Die hohe Carlsschule«, Stuttgart 1960.
Ludwig Baur, »Hat Schiller wirklich niemals Griechisch gelernt?« Staatsanzeiger f. Württ. Besondere Beilage, 1905.

C. Belschner, Schillers dreimaliger Aufenthalt in Ludwigsburg, Ludwigsburger Geschichtsblätter IV 1906.

Julius Hartmann, Schillers Jugendfreunde, Stuttgart 1904.

P. Lahnstein, »Als Soldat und brav« (Schillers Vater) in: Schwäbische Wünschelrutengänge, Tübingen 1976.

P. Lahnstein, Ludwigsburg, Aus der Geschichte einer europäischen Residenz, Stuttgart 1968.

Eugen Munz, Dem Dichter ein Denkmal, Schriften zur Marbacher Stadtgeschichte Bd 1, Marbach 1976.

Baronne d'Oberkirch, Mémoires, Paris 1970.

F. Schiller, Versuche über den Zusammenhang der thierischen Natur... Faksimile-Ausg. Hrsg. Joh. Oeschger, Ingelheim 1959.

F. Schiller, Anthologie auf das Jahr 1782, Faksimile-Ausg. Hrsg. Katharina Mommsen, Stuttgart 1973.

Wolfgang Schmierer, Ludwigsburg, Historischer Atlas von Bad. Württ. Erläuterung IV 11.

Robert Uhland, Geschichte der Hohen Karlsschule, Stuttgart 1953.

MANNHEIM

Ingeborg Görler, So sahen sie Mannheim, Stuttgart und Aalen 1974.

Aug. Wilh. Iffland, Meine theatralische Laufbahn, Stuttgart 1976.

Wolfgang Ignée, Die Mannheim-Legende, Stuttgarter Zeitung 22. 9. 79.

Heinz Kindermann, Theatergeschichte Europas, Bd IV, Salzburg 1961.

Gabriele von Koenig-Warthausen, Sophie von La Roche, in Lebensbilder aus Schwaben und Franken, 10. Bd, Stuttgart 1966.

Herbert Meyer, Schiller und der Theaterdichter Flickwort, Mannheimer Hefte 1961/1.

A. W. Müller, Aus Schillers Asylzeit in Bauerbach, Schwäbischer Schillerverein, Marbach-Stuttgart, 25. Rechenschaftsbericht 1920/21, Zum gleichen Thema: »Gartenlaube« 1860 Nr. 15.

Lambert Graf v. Oberndorff, Zur Charakterisierung des Frh. Wolfg. Heribert v. Dalberg, Mannheimer Geschichtsblätter 1927.

Chr. Fr. Schwan, Kurze Nachrichten aus meinem Leben, Mannheimer Geschichtsblätter 1901.

Andreas Streicher, Schillers Flucht, Hrsg. P. Raabe, Stuttgart 1968.

Herbert Stubenrauch, Mein Klima ist das Theater, Schiller und Mannheim, Nationaltheater Mannheim, Bühnenblätter für die Spielzeit 1954/1955.

Friedrich Walter, Wolfgang Heribert v. Dalberg, Mannheimer Geschichtsblätter 1900.

SPÄTERES LEBEN

In Schillers späterem Leben, schon in Sachsen, vor allem aber in Jena und Weimar, tritt die Bedeutung lokaler und regionaler Quellen zurück. Das Werk tritt in den Vordergrund, der Briefwechsel gewinnt für die Biographie eine überragende Bedeutung. – Es wird darauf verzichtet, Titel der Goethe-Literatur aufzuführen; Hauptquellen waren die autobiographischen Teile des Werks, die Briefe und die Gespräche mit Eckermann.

Ludwig Bäte (Hrsg.), Vossische Hausidylle, Briefe von Ernestine Voss, Bremen 1925.
Sophie Becker, Elise von der Reckes Reisen durch Deutschland, Stuttgart o. J.
Paul Bennemann, Geschichtliche Wanderungen durch die Reichsmessestadt Leipzig, Leipzig 1940.
Lieselotte Blumenthal, Das glückliche Jahr 1790, Jahrbuch d. Dt. Schillergesellschaft Bd 19, 1975.
Lieselotte Blumenthal, Schiller in Böhmen, Jahrbuch d. Dt. Schillergesellschaft Bd. 13, 1969.
Willy Ebert, Gohlis, Leipzig 1926.
Joh. Gottfr. Herder, Ideen, Hrsg. Fr. v. d. Leyen, Jena 1904.
Ricarda Huch, Die Romantik, Tübingen 1951.
»Jena und Weimar« Almanach des Verlags Eugen Diederichs, Jena 1904.
August von Kotzebue, Hrsg. W. Promies, Das merkwürdigste Jahr meines Lebens, München 1965.
Paul Kühn, Hrsg. H. Wahl, Weimar, Leipzig 1921.
Eugen Kühnemann, Herders Leben, München 1895.
F. Ch. Laukhard, Leben und Schicksale, 2 Bde, Stuttgart 1905.
Hubertus Lossow, Schiller und Fichte, Breslauer Diss., Dresden 1935.
Pauline Gräfin de Pange, August Wilhelm Schlegel und Frau von Staël, Hamburg 1940.
Max Riess, Einf. zu: J. Gottlieb Fichte, Ein Evangelium der Freiheit, Jena 1905.
Joseph Rückert, Bemerkungen über Weimar 1799, Hrsg. E. Haufe, Weimar o. J.
Rochus Ruge, Dresden und die Sächsische Schweiz, Bielefeld 1924.
Friedrich Schneider Hrsg, Schiller in Jena, Jena 1955.
Barbara Schnyder-Seidel, Sonne über Eisgebirgen, Neue Zürcher Zeitung, 25. 7. 1980.
Heinrich Steffens, Was ich erlebte, 10 Bde, Breslau 1841–1844.
Hans Tümmler, Carl August von Weimar, Stuttgart 1978.
Max Wehrli, Tell, Neue Zürcher Zeitung, 20. 10. 1962.

DANK DES VERFASSERS

An den Anfang muß ich den Dank an die Männer stellen, die mich zu meinem Vorhaben ermutigt haben – denn eine Schillerbiographie ist ein Wagnis. Ich danke den Herren Wilhelm Hoffmann, Ernst Klett und Theodor Pfizer – zufällig oder nicht zufällig Persönlichkeiten der Deutschen Schillergesellschaft. Wiederholter herzhafter Zuspruch kam auch aus Paris von Robert Minder, zuletzt wenige Wochen vor seinem Tode.

Zu danken habe ich Mitarbeitern des Schiller-Nationalmuseums und des Deutschen Literaturarchivs in Marbach, besonders dem Leiter, Herrn Bernhard Zeller, und den Herren Werner Volke und Friedrich Pfäfflin. Dank schulde ich der Württembergischen Landesbibliothek, mit der und in der zu arbeiten eine Freude ist. Im Hauptstaatsarchiv Stuttgart ist man mir beim Studium von Akten der Hohen Karlsschule hilfsbereit entgegengekommen; dem hervorragenden Kenner dieser Materie, Robert Uhland, danke ich für seine Bereitschaft, Zweifelsfragen im Gespräch zu klären. Für wichtige Hinweise auf die Mannheimer Zeit bin ich Herrn Herbert Meyer und vom Städtischen Reiss-Museum Herrn Wilhelm Herrmann verpflichtet. Für Auskünfte ärztlicher und pharmazeutischer Natur danke ich den Dres Konrad Löhr, Sindelfingen, und Rudolf Braumiller und Horst Spegg, beide in Stuttgart.

NAMENREGISTER

C

D

H

L

S

T

U